김이석문학전집 1
실비명
김이석 지음

동서문화사

실비명
차례

관앞골 기억

선덕이는 오학년으로 올라가던 열세 살 나던 봄에 처동국(處洞局)이라는 건재 약국으로 가서 약을 썰게 됐다.

물론 선덕이는 학교를 계속하고 싶은 마음이었으나 아버지가 들어주질 않았다. 그는 사흘이나 밥을 먹지 않고 졸라댔다. 그래도 역시 막무가내였다.

그가 학교를 계속하겠다는 것은 안타깝게 공부를 하고 싶은 생각에서는 아니었다. 학교를 다니는 동안에는 놀 수가 있었기 때문이다. 또한 축구 선수도 될 가능성이 있다고 생각했기 때문이다.

그때 평양에는 축구 열이 극도로 팽창했던 때라, 소학교의 축구도 만만치가 않았다. 그는 볼차기를 좋아했던 만큼 축구 선수가 되는 것이 소원이었다. 유니폼을 입고 수천 명이 모인 운동장께 나서서 멋들게 볼을 한번 찬다면 죽어도 한이 없을 것만 같았다.

미장이인 그의 아버지는 선덕이의 이런 마음을 알 탓도 없었고 또한 알아주려고도 하지 않았다. 그저 선덕이를 의술로만 만들겠다는 생각뿐이었다. 벽이나 바르고 기와나 넣는 자기 일보다는 사람의 병을 고치는 일이 훨씬 벌이가 좋다는 것을 알고 있는 그는 그것으로써 늘그막에 아들 덕도 볼 수 있으리라고 생각한 것이다.

그는 선덕이를 앞에 앉혀놓고서 의술이 되면 남한테 존경도 받으며 밥걱정도 없다는 것을 열심히 말했다. 그러나 열세 살 난 선덕이로서는 그 말을 이해하긴 너무나도 어렸다. 그는 남의 집 살이가 죽기보다도 싫었지만 아버지의 명령이니 하는 수 없이 간 것뿐이다.

선덕이는 처동국에서 삼 년이나 약을 쓰는 동안에 약초 이름도 무던히 알게 됐고 제멋대로 쓴 약방문도 뜯어 읽게 됐다. 그러나 약국이 싫은 것은 처음이나 마찬가지로 의술이 되겠다는 생각은 털끝만큼도 없었다. 그는 기회만 있으면 그곳을 도망칠 생각만 하고 있었다.

이런 판에 아버지가 갑자기 죽었다. 기와를 넣다가 지붕에서 떨어져 어이없게도 죽은 것이다.

선덕이는 아버지가 죽은 것이 슬프기보다는 춤을 추게끔 기뻤다. 그것으로써 한종일 마루에 앉아서 약을 썰어야 하는 그 지루하고도 갑갑한 일을 면할 수가 있었기 때문이다.

아버지가 죽고 나서는 생계가 막혀, 어머니는 선덕이와 열세 살 난 여동생을 데리고 관앞골에 있는 객주집에 행랑살이로 들어갔다. 그 집은 늘 손님이 들끓어댔으므로 상에서 나오는 밥만으로도 세 식구가 배곯는 일은 없었다.

그곳을 소개해준 것은 그 집에서 길 하나 건너서 사는 혹부리 영감이었다. 그는 선덕이의 아버지와 마찬가지인 미장이로 이상한 술버릇이 있었다. 술을 마시기 시작하면 며칠씩 쭉 계속해서 먹었으며 그동안에는 일을 하는 일이 없었다. 그러나 술을 먹지 않으면 보름이고 한 달이고 한 방울도 먹지 않았다. 그런 때는 말도 별로 없이 온순하기가 짝이 없었지만 마시기 시작하면 또 그 버릇이 생겼다.

혹부리네도 선덕이의 여동생인 선옥이만 한 계집애가 있었다. 갈매기 알처럼 얼굴에 주근깨가 많은 복희라는 계집애였다. 복희는 선옥이와 곧 단짝이 되어 밀려다녔고 선덕이한테도 오빠 오빠 하고 따랐다.

대동강이 풀리기 시작한 어느 봄날 오후, 선덕이는 그들을 데리고 강 언덕으로 메를 캐러 갔다. 어머니가 메를 캐 오면 시루떡을 해준다고 했기 때문이다. 선덕이는 가파로운 언덕으로 올라가서 호미로 땅을 헤치고 메를 캐 내려보내면 선옥이와 복희는 경쟁이나 하듯이 꽃바구니에 주워 넣었다. 반 바구니나 실히 캐고 나자, 윗동네 아이들이 네댓 명이 밀려와서,

"이 자식아, 누구 허락으루 메를 캐는 거야."

하고 눈을 굴리며 생트집을 잡았다. 고슴도치니 장도리니 하는 별명을 가진 모두가 쌈패들이다. 메를 캐던 선덕이는 그만 일어나, 언덕 위에서 멍청하니 그들을 내려다봤다. 다리가 마구 후들후들 떨렸다. 그들 중의 한 녀석은 복희가 들고 있는 꽃바구니를 빼앗아, 강물에다 집어 던졌다. 복희가 울어대자 선덕이는 언덕에서 내려올 채비를 했다. 그들은 혼자서는 당해낼 재주는 없었지만 어느 녀석 하나만이라도 손가락을 물고 늘어질 생각을 한 것이다.

학교를 같이 다니던 대성이가 나타난 것은 바로 그때였다.

"너희들 뭐 어쨌다구 야단치는 거야."

대성이는 의젓하니 말했다.

"이건 너희 땅도 아닌데 메를 캐건 말건 간참할 필요 없잖아."

그들은 겁을 먹은 질린 얼굴이면서도 대들듯이 대성이를 지켜봤다.

"할 말 있으면 말해봐."

"……."

"한 사람을 몇이서 달려붙겠다는 건 비겁하단 말야. 그런 생각 알면 곱게 돌아가요."

대성이는 그들의 어깨까지 두들겨줄 여유가 있었다. 거기에 아주 기가 죽은 모양으로 그들은 비슬거리다 아랫길로 도망쳐버리고 말았다.

언덕 위에서 이것을 보고 있던 선덕이는 그에게 도움을 받은 고마

움 보다도 창피한 생각이 앞섰다.

그리고 며칠 후에 둘이서는 골목 어귀에서 다시 만났다. 대성이는 망판같은 얼굴에 웃음을 띠워,

"그 자식들 또 뭐라지 않아?"

하고 물었다. 어른 같은 목소리였다. 그 음성에 선덕이는 기가 눌린 채 고개만 흔들어 보였다. 그리고는 그가 학교에서 공부 시간에 '에 데보르'며 '다르마찌' 같은 활동사진 배우들을 그리다가 선생에게 꾸중을 듣던 생각을 했다.

"요즘두 너 그림 그리니?"

"심심하면 그리지. 그레두 그림은 혼자 그려야 필요 없어. 선생한테 배워야 돼."

"선생?"

선덕이는 무슨 말인지 몰라 반문했다.

"장기두 잘 두려면 배워야 하지 않어?"

"장기 두는 데 무슨 선생이 필요해?"

"다 잘 자가 붙으려면 선생이 필요한 거야. 그래 너 장기 둘 줄 아니?"

"먹이나 알지."

선덕이는 약국에 있을 때 매일 장기를 뒀으므로 자신이 있었다.

"그렇다면 우리 집에 가서 한판 둬."

대성이네 집은 관앞골에서 이주 가까운 기생 학교 뒤에 있었다.

그는 어머니가 없이 육십 난 아버지와 둘이서 살고 있었다. 선덕이는 그의 어머니가 어떻게 없는지 알고 싶었지만 그런 일을 물으면 안 될 것만 같아 잠자코 있었다.

그의 아버지는 집에서 비녀며 가락지 같은 것을 만드는 은장이였

다. 아랫목에서 자라처럼 목을 움츠리고 앉아서 열심히 풀무질을 해 가며 뭣을 만들고 있었다.

그곳은 기생 동네인 만큼 은장 일이 많은 모양이었다.

장기는 대성이가 좀 약한 편이었다. 세 테 두면 으레 두 테는 선덕 이가 이겼다.

그 후로 선덕이는 매일 밤, 대성이네 집에 장기를 두러 갔다. 선덕 이가 가면 대성이 아버지는 과자를 사 먹으라고 오 전짜리 한 닢을 던져 주고서는 어디론지 나가곤 했다. 그러고는 열두 시가 다 돼서야 취한 얼굴로 돌아왔다. 선덕이는 그제야 일어나 돌아왔지만 집에는 여동생인 선옥이 혼자서 자는 날이 많았다. 어머니는 주인집 일이 바빴기 때문이다. 그런 날이면 선덕이는 몹시 마음이 허전했다.

어느 날 밤 둘이서는 장기를 두다가 싸우게 됐다. 그동안에 대성이 는 장기가 부쩍 늘어 전과는 반대로 선덕이가 지는 편이 됐다.

선덕이는 두 번이나 연달아 지고 세 번째 가서 겨우 한 번 이겼다. 그러자 대성이가

"세 테씩 꼬박 지워줄 수야 없지. 그래서 이번엔 져준 줄이나 알어."

이 말에 선덕이는 화가 벌떡 났다.

"그래 우진 져줬단 말야?"

"물론이지."

"물론이라구, 이번에 또 지면 어떻게 하겠어?"

"코 쥐고 절하지. 그 대신 네가 져두 그렇게 해야 하네."

"염려 말어, 어서 장기나 놔."

다음 장기도 선덕이가 지게 됐다. 졸을 치받아 올리는 바람에 궁 이 꼼짝할 수가 없었다.

"가만 있어."

선덕이는 대성이가 치받은 졸을 밀어놓고 궁을 달리 쓰려고 했다.

"일수불퇴야, 졌으면 코 쥐구 절이나 해요."

"지지도 않았는데 왜 절해."

"무르지 않으면 진 것 아냐."

"손을 떼기 전에 썼는데 뭐가 무른 거야."

"네가 손을 떼기 전에 내가 졸을 받칠 리 없잖아, 그러니까 무른 거지."

"넌 내가 손을 떼기 전에 썼어."

이런 때는 몰리는 편이 더 화가 나기 마련이다. 선덕이는 얼굴까지 벌게가지고 억지를 쓰자, 대성이는 약을 올려주는 밉살스러운 웃음으로,

"무르겠다면야 물러주지. 그러나 다시 그런 소리 하면 없네."

장기는 다시 계속됐다. 그러나 이미 물렸던 장기라, 몇 수를 두지 않아서 선덕이는 그만 장기 쪽을 놓는 수밖에 없게 됐다. 그래도 선덕이는 졌다는 말이 없이 장기판을 들여다보고 있었다.

"장긴 두지 않고 보고만 있는 거야."

대성이는 유쾌한 듯이 키들거리며 웃어댔다.

"내일 아침까지 보구 있겠나, 그러면 난 좀 자야겠네."

부러 기지개를 켜며 드러눴다. 그 소리에 비위가 왈칵해진 선덕이는,

"뭐, 어때?"

하고 장기판을 번쩍 들어 대성이의 면상에다 내려쳤다. 그 순간 대성이는 재빨리 장기판을 피했으나 모새기에 맞아 이마에서 피가 흘렀다.

선덕이는 무의식중에 한 일인 만큼 당황했다. 그러나 대성이는 화내는 일도 없이,

"내가 잘못했다. 공연히 널 약을 올리게 해서."

정색한 얼굴로 도리어 사과를 했다. 선덕이는 울고 싶게끔 미안했다.

"병원에 가요. 내 어머니한테 가서 이야기하게."

"으응."

대성이는 고개를 돌렸다.

"병원에 뭣하러. 오징어 가루나 뿌리면 날 텐데."

대성이는 거울 앞에 가서 수건으로 피를 닦았다. 왼편 눈썹 위에 한 치쯤 찢어진 자리에서 좀처럼 피가 멈춰지질 않았다. 대성이는 거기다 오징어 가루를 뿌렸다. 그것을 선덕이는 멍청하니 보고만 있다가 뜨거운 춤을 삼키고 나서,

"정말 잘못했어."

"자식 뭐 자꾸 싱겁게 그래, 피나는덴 오징어 가루가 제일이야."

하고 오징어 가루에 피가 잦아붙는 것을 보이며 피식 웃었다.

선덕이는 아무 말이 없었으나 저 녀석은 정말 좋은 녀석이구나 하고 생각했다.

그 후로 둘이서는 전처럼 장기를 둘 수가 없었다. 대성이가 신시가에 있는 일본 집 간판점에 견습공으로 들어갔기 때문이다. 그리고서 얼마 되지 않아 대성이의 아버지는 젊은 여자 하나 들여왔다. 나이는 서른 대여섯, 자그마한 몸에도 캄캄한 얼굴에도 그리고 기름이 짤짤 흐르는 머리에도 술집의 땟국지가 젖어 있는 여자였다. 대성이 아버지는 자기 조카딸이라며 시골서 잠깐 다니러 왔다고 했지만 옆집 사람들은 모두가 웃었다. 밤만 되면 대단하여 옆집에서 귀를 막고도 그 소리를 들을 수 있었기 때문이다.

'대성이 녀석은 어떻게 생각할까?'

어른들이 낄낄대며 웃는 말에는 선덕이로서 이해하지 못하는 말

도 있었으나 대체로 짐작은 하고 있었다. 대성이가 집에 돌아오기 전에 나간다면 아무 일도 없겠지만 그대로 눌러 있다면 결국 대성이의 어머니가 되고 마는 것이다.

'그런 여편넬 어떻게 어머니라구 불러. 난 절대로 부를 수 없어.'

그렇게 생각하고 보니 대성이 아버지가 매일 밤 나가던 것은 그 여편네한테 가던 것이 분명했고 대성이를 일본 집 간판점으로 보낸 것도 그 여편네를 들여오기 위해서 한 짓이라고 생각됐다.

'대성이는 그걸 모르고 있을까? 아니야, 머리가 좋은 그가 모를 리가 없지. 그래서 집에 한 번도 오지 않는 거야.'

양력 명절에 처음으로 대성이가 집에 왔다는 말을 듣고 선덕이는 그의 집으로 찾아갔다. 그는 전과 조금도 다름없는 태연한 태도로,

"잘 왔다. 그렇지 않아두 너한테 갈 생각을 하고 있던 참인데."

하고 반갑게 맞아주었다. 선덕이는 아무렇지도 않은 그의 태도를 보고 안심은 됐으나 너무나 의외 같은 생각이었다.

"오래간만에 만났는데 장기나 한 번 또 맞세볼까?"

"그만둬요."

선덕이는 아직도 흠이 남아 있는 대성이 이마에 눈이 갔다.

"뭐 이거 때문에?"

대성이는 자기 이마의 흠을 가리켰다.

"그렇지두 않지만."

"그래, 오늘 같은 날 집구석에서 장기나 두고 앉아 있을 건 아니야. 나갑세."

그는 외투를 껴입었다.

선덕이는 돈이 없었으므로 극장 간판이나 구경하고서 돌아올 생각으로 따라나섰다. 그러나 대성이는 지폐가 잔뜩 든 지갑을 꺼내 김소랑이의 연극도 구경시켜 줬고 '미까도' 빵집에 들러 빵도 사줬다.

일본 거리인 신시가는 정초라고 모두 문을 닫고 조용했으나 장난감집만은 물건을 파느라고 들끓어댔다. 대성이는 그 속으로 비비고 들어가서 셀룰로이드로 만든 인형 두 개를 사갖고 나왔다.

"선옥이와 복희 갖다 주라구"

"그런 거 안 사다 줘두 돼요. 그만둬요."

선덕이는 받기가 미안해서 이런 말을 했다.

"그래두 난 사주고 싶어서 샀어. 외로운 놈이라, 내겐 그것들이 동생 같은걸."

서글픈 눈으로 웃었다. 선덕이는 대성이의 그 기분을 알 것 같았다. 그러면서도 잠자코 걷다가 남문 안으로 들어서며 그의 집에 와 있는 여자에 대한 것을 물었다. 대성이는 약간 붉어진 얼굴로,

"제일 난처한 건 뭐라고 불러야 좋을지 모르는 일이야. 어머니라구두 어색하구 그렇다구 아주머니라구두 우습지 않아?"

"그렇다면 싫다는 건 아니구나?"

"응, 난 어머니가 없이 살아온걸."

그러고서는 얼굴을 돌려,

"남들이 웃지?"

"……"

"웃는 데야 무슨 밑천 드는 일인가? 그래서들 웃는 거지. 웃으면 어때, 아버지가 좋아하면 됐지 뭐."

배알듯이 말했다. 선덕이는 그만 머리가 수그러지고 말았다.

'역시 대성이는 보통 사람하구는 달라. 나 같으면 그런 아버진 빨리 죽어줬으면 할 텐데.'

그해 봄에 선덕이는 주인집의 소개로 대동문 옆에 있는 과자점에서 일을 하게 됐다. 그 과자점은 그때 평양에서 제일 큰 집으로 과자 직공이 이십 명이나 됐다. 대동문에서 관앞골은 아주 가까웠으므로

탄 과자 부스러기가 많이 나는 날이면 신문지에 싸갖고서 집에 뛰어 가곤 했다. 선옥이와 복희는 날마다 그것을 기다리게 됐다.

그러한 어느 날 복희가,

"대성이 오빠가 어머니 옷 해 입으라구 돈 주구 갔대요. 효자 아니 야."

하고 알려줬다.

"어머니라니?"

"대성이 오빠에게 새어머니 생긴 것 몰라? 알구 있으면서 뭘."

복희는 대성이한테 인형을 받은 후부터는 반드시 오빠라고 불렀다.

'이런 계집애두 대성이가 훌륭하다는 것을 아는 모양이지.'

선덕이는 속으로 웃었다.

'이 계집애가 대성이보고 오빠 오빠 하는 것을 보면 생각이 달라서 그런지도 몰라. 겨우 열네 살밖에 안 난 계집애가. 그러나 너 같은 계집앤 대성이를 좋아할 자격이 없어요.'

그해 여름, 평양에는 삼십 년 만에 처음이라는 큰물이 났다. 강물이 대동문 앞까지 올라와 선덕이네 가게에서도 짐을 옮긴다고 법석이었다. 그때 복희가 숨을 헐떡거리며 와서 선옥이가 피병원으로 끌려간다는 것을 알려줬다. 평양 시내는 장마와 함께 장질부사가 창궐하여 집집마다 사람이 죽어 나가는 판으로 며칠 전부터 선옥이가 앓고 있는 것은 선덕이도 알고 있었다. 선덕이는 분주히 집으로 달려갔다. 그러나 구급 마차는 벌써 떠난 후로 어머니도 보이지가 않았다. 선옥이를 따라갔다는 것이다.

선덕이는 기둥에 얼굴을 대고 울어댔다. 복희도 뒤따라 울었다. 피병원으로 끌려가서 살아 나온 사람이란 없었기 때문이다.

사흘 만에 어머니는 미친 사람 되어 분골을 싼 조그마한 보자기

하나를 들고 돌아왔다. 전염병으로 죽은 시체를 화장해버렸기 때문이다.

여동생이 죽은 것은 선덕이에게 큰 타격이었다. 그러나 다음 날 가게로 돌아온 그는 일이 바빴으므로 그런 슬픔도 비교적 빨리 잊어버릴 수가 있었다.

선옥이가 죽고서 일주일쯤 지난 어느 날 오후, 누가 보니 가게 앞에 대성이와 복희가 서 있었다.

"오빠, 이전 난 가두 돼?"

복희가 웃는 눈을 치뜨며 대성이에게 물었다. 며칠 사이에 갑자기 어른이 된 것 같은 얼굴이다. 그리고 보니 주근깨도 별로 눈에 띄지가 않았다. 그러나 대성이는 아무 말 없이 눈을 서먹거려 엄숙한 얼굴이 됐다.

"사람은 다 죽는 거야. 집에 왔다가 오늘이야 알았지만 선옥이 죽은 걸 너무 서러워하지 말아요."

"응."

선덕이는 뜨거운 눈물이 새어 나오는 것을 팔로 닦았다.

대성이는 복희를 돌아다보고,

"이야기가 좀 있으니 복휜 먼저 가. 그 대신 다음에 올 때 좋은 것 사다 줄껜."

"좋은 것 뭐?"

"뭣 사다 줄까? 하여튼 좋은 것 사다 줄껜."

하고 얼굴을 돌려 선덕이에게 싱긋 웃었다. 그러고는 간판점을 그만뒀다며 잠깐만 나오라고 했다. 선덕이는 밀가루 묻은 옷을 주저하자,

"그러면 어때, 긴 이야기도 아닌데."

그들은 연광정(練光亭) 바위 있는 곳으로 갔다.

"사나이루 태어나서 일생 간판이나 그려먹을 수 없잖아? 그래서 나두 그림다운 그림을 그려보겠다는 거지."

그러고는 그때 평양 화가들의 단체인 삭성회(朔成會)에서 하고 있던 연구소에 다니기로 결심을 했다는 것이다.

"난 돈 같은 건 필요 없어. 일생 가난하게 살아도 좋으니 세상에 남길 수 있는 걸작을 한 번 그려보겠다는 거야."

선덕이는 그만 압도되고 말았다. 세상에 남길 수 있는 걸작이 어떤 그림인지는 알지를 못했지만, 하여튼 그는 굉장한 결심을 한 것이라고 생각했다.

'그 녀석은 무엇이나 한다고 결심하면 꼭 하고야 말 거야.'

그렇게 훌륭한 것을 생각하고 있는 대성에 비하면 선덕이는 자기 자신이 너무나도 초라해 보였다.

'돈벌이가 좋은 간판두 싫다구 집어치는데 난 밤낮 밀가루 반죽이나 하구 있어야 하니.'

자기가 축구 선수가 못 된 것도 대성이와 같은 굳은 의지가 없기 때문이라고 생각했다. 헤어지면서 선덕이는,

"빨리 네 말대로 세상에 남길 좋은 그림을 그리게나. 그땐 나도 원직공이 돼서 내가 만든 카스테라로 자네 그림을 축하할 테니."

하고 웃었다. 웃으면서도 부끄러운 마음이었다.

대성이는 관앞골 집으로 돌아와서 매일 그림 공부를 하러 다니는 모양이었지만 선덕이한테는 좀처럼 들르지를 않았다. 그가 그림 공부에 너무나 열중했기 때문이라고 선덕이는 좋게 해석했다. 그래도 한편 섭섭한 마음이기도 했다.

가을도 끝나게 된 어느 날, 선덕이는 알사탕을 자르고 있는데 사환 애가 와서,

"여동생이 뒷문에서 기다리고 있어요."

하고 알려줬다. 나가보니 생각한 대로 복희가 울먹한 얼굴로 서 있었다.

"왜 그런 얼굴이야?"

그러자 복희는 급기야 선덕이에게 달려들었다.

"오빠, 난 어쩌면 좋아."

"무슨 일이 생겼길래?"

"아버지가 날 기생 수양딸루 판대요."

"그게 무슨 걱정이야, 안 가면 되잖아."

선덕이는 아무렇지도 않은 것처럼 예사롭게 말했다. 그러면서 달려 붙은 복희 몸이 자기의 가슴을 뛰게 함을 분명히 느꼈다. 그것이 더 걱정되는 것 같기도 했다.

"오빠는 아버지가 어떤 사람이란 걸 알면서 그런 소리야."

복희는 드디어 눈물을 터쳐놓고야 말았다.

"울지 말어. 운다고 무슨 되는 일이 있어."

그러고는 다시,

"아무리 애비라구 해두 그럴 수야 없지. 일할 수 있는 뎅뎅한 몸을 갖고서 술 먹기 위해 딸을 팔다니 될 말이야. 그건 애비두 아니야. 그렇지 않어."

"아버지가 돈을 받아 쥐면 어떻게 할 수 없다는 걸."

"그래두 안 가면 되잖아."

그 순간에 나도 아버지에게 끌려가서 약국집살이를 삼 년 동안이나 한 녀석이 하고 생각했다. 그러한 부끄러움이 느껴지는 반발로서 언성을 높여,

"그런 생각 가지구 뭐가 될 줄 알어. 네가 정말 그런 짓 하고 싶지 않다면 죽을 각오를 해봐요. 사람이 죽을 각오라면 무서운 것이 없구 못하는 것이 없는 거야."

복희는 얼굴을 들었다. 눈물에 젖은 눈으로 선덕이를 말끔히 쳐다 봤다.

"대성이 오빠두 그렇게 말했어요."

"대성이가 언제?"

선덕이는 자기도 모르게 놀란 어조가 됐다.

"며칠 전이야. 자긴 우리나라에서 제일가는 화가가 된다며 죽길 한 사코 공부한대요."

선덕이는 가슴속을 무엇으로 콱 찌르는 것 같은 아픔을 느꼈다.

"그것 봐. 무슨 일이구 그만한 결심이 있어야 되는 거야."

알 수 없게도 목의 침까지 말라 말도 제대로 나오질 않았다.

"그러니까 너두 울 생각은 말구 아버지에게 대들어요. 자기 싫다는 일을 아버지가 어떻게 할 수 있어?"

복희는 알겠다고 끄덕이며 눈물을 닦았다.

"난 정말 죽어두 기생은 되지 않을래."

"그 생각이면 되는 거야. 하여튼 나두 너의 아버진 한 번 만나보겠 다."

선덕이는 다시 들어가서 알사탕을 자르기 시작했으나 일이 제대로 손에 붙지를 않았다.

'대성이가 복희에게 그런 말을 한 것을 보면 그들은 늘 만나는 모 양이 아닌가. 그러면서도 나한텐 한 번도 들르지 않고……'

선덕이는 알사탕 자르는 데는 정신없고 그 생각만 했다. 그러나 그 날 밤, 선덕이는 복희의 아버지를 만나러 가는 길에서 대성이와 복희 가 서로 붙안고 입을 맞추는 것을 보고야 말았다.

복희네 집 옆에는 넓은 공터가 있었다. 낮에는 목수들이 원목을 켰지만 밤에는 늘 조용한 곳이었다. 선덕이가 그 앞을 지나다가 보 니 저편 담 밑에서 어둠에 가리운 그림자 둘이 움직이는 것이 보였다. 선덕이는 문득 가슴이 짚이는 대로 원목에 숨어서 그들을 살폈다. 틀림없는 대성이와 복희였다. 그들은 너무나 열중해서 누가 보고 있는 줄도 모르는 모양이었다.

선덕이는 복희 아버지를 만날 생각이 없어진 채 돌아가던 길에 처음으로 대포 술집 장폭을 들렀다. 그러고는 처음으로 혼자 쇠주를 마셨다.

그는 전에도 직공들과 회식 같은 것을 할 때 호기심으로 술을 마셔보지 않은 것은 아니었으나 그 한두 잔만 들어가도 속에서 불이 붙는 것같이 괴로웠다. 그러므로 애써 술은 입에 대려고도 하지 않았던 그였다. 그러나 그날만은 술을 마시고 싶었다. 술에 취한 사람은 알고 있으므로 자기도 그렇게 취하고 싶었고, 취하지는 못한다고 해도 술로써 자기를 한껏 괴롭게라도 해주고 싶었다.

'둘의 일은 전부터 알고 있던 일인데, 왜 사나이답지 못하게 그런 일 갖고서 옹졸스럽게 야단이야.'

선덕이는 고뿌 술을 앞에 놓고 자기 자신을 비웃었다. 그러고는 좀 전에 본 그 정경을 잊으려고 몇 번인가 눈을 감고 머리를 흔들어봤다. 그러나 그 정경은 더욱 선명히 떠오를 뿐으로 아픈 가슴은 더욱 괴로울 뿐이었다.

다음 해 봄에 복희는 결국 수양딸로 팔려 가서 기생 서재를 다니게 됐다.

아버지가 몸값을 받아 벌써 노름으로 없이했다는 것을 알고 나서는 복희는 고집을 부릴 수도 없었기 때문이다.

평양 기생은 기생 서재에서 삼 년간 가무를 배워야 손님 자리에 나갈 수가 있었다. 옛날엔 가무 외에 서도(書道)도 배워줬으나 복희 때는 그 대신에 유행가와 사교댄스를 배워줬다.

수양딸을 키우는 기생집에서는 물론 이삼 년 동안을 곱게 입혀, 서재만을 보내지를 않았다. 집에서 손님을 받게 했다. 이것을 모우기생(毛羽妓生)이라고 했다. 솜털처럼 어린 기생이란 뜻인 모양이다.

복희가 모우기생이 된 이후로 선덕이는 그녀를 되도록 만나지 않을 생각이었다. 그러나 복희는 전과 조금도 달라진 것 없이 오빠 오빠 하고 늘 찾아와서 시시한 일까지 일일이 의논했다.

'열다섯이라고 해도 여자란 못하는 일 없이 대담한 모양이야.'

남자에게 안겨 입을 빨리우는 일은 결코 예사로운 일이 아니다. 말하자면 자기 일생을 결정하는 일인데, 그런 기색도 보이지 않으니 웬만큼 대담하지 않고서야 하고 그는 생각했다.

선덕이도 드디어 자기의 기분을 감추는 법을 알게 됐다. 복희와 대성이 앞에도 되도록 전과 다름없는 태도로 대했으며. 자기의 감정을 표면에 나타내지 않으려고 노력했다. 그러나 이런 일에는 으레 비굴감이 느껴지게 마련이다. 선덕이는 이러한 자기 자신이 때로는 주체스러워 견딜 수가 없었다.

그럴 때면 으레 술집을 찾곤 했다.

대성이는 먹지 않던 술을 선덕이가 입에 대기 시작한 것이 이상한지 알 수 없다는 눈으로 보는 일이 많았다.

"무슨 걱정이라도 있는가? 요즘 네 행동이 좀 이상해."

어느 날 대성이가 이런 말로 걱정을 해줬다.

"걱정은 무슨 걱정."

선덕이는 예사롭게 대답하면서도 속으로 부끄럽기도 하고 기쁘기도 한 마음이었다. 우정에 조금이라도 흐리터분한 것이 있다면 그런 말은 도저히 물을 수가 없다고 생각됐기 때문이다.

'역시 좋은 친구야. 복희를 갈피에 두고 있는 나 같은 졸장부와는 애전에 사람이 달라요.'

선덕이는 머리가 수그러지고 말았다.

'그 녀석은 머리도 좋은 만큼 자기가 말한 대로 훌륭한 화가도 될수 있겠지. 그리고 복희하구두 곧 결혼을 하겠지. 그러면 복희도 기생의 몸에서 벗어나 행복하게 될 것 아닌가. 둘이서는 어쩔 수 없이 그렇게 되기로 돼 있는걸.'

하고 선덕이는 몇 번인지 모르게 자기에게 되풀이해서 말했다. 자기 가슴에 맺혀 있는 아픔을 잊으려고 애쓰기나 하듯이.

선덕이는 스무 살에 겨우 원직공이 되어 관앞골 집으로 돌아왔다. 가게와 인연이 끊어진 것이 아니고 집에서 매일 다니기로 된 것이다. 그러면서 자연 복희하고도 자주 만나게 됐다. 그녀도 자기 집에는 늘 들렀기 때문이다.

복희는 이미 열일곱 살이라, 이제는 전처럼 길에서 만나도 오빠 하고 소리치는 일은 없었다. 눈웃음치는 미소를 지을 뿐이었다. 그러한 미소가 또한 선덕이 가슴을 두근거리게 하며 한종일 잊을 수 없게 하기도 했다.

대성이하고도 늘 만났으나 그는 그림 그리는 동무들이 따로 생겼기 때문에 전처럼 친하게 다니지는 못했다.

그러한 어느 날 저녁, 대성이가 집으로 찾아와서 술을 마시러 나가자고 했다. 선덕이가 원직공이 된 축하를 해준다는 것이었다.

그들은 어느 중국집으로 가서 배갈을 마시기 시작했다. 얼마큼 취기가 올랐을 때 문득 대성이가,

"너하구두 오늘이 마지막이다."

하고 알 수 없는 말을 꺼냈다.

"마지막이라니?"

"평양이 좁다는 것을 알았다는 것이지. 그래서 난 집에서 이걸 훔

쳐 갖고 나왔어."

하고 손가락만한 금을 꺼내놓았다. 그러고는 다시 말을 계속하여,

"난 이걸 팔아 동경을 갈 생각을 한 거야. 넌 평양에서도 훌륭한 과자 직공이 됐지만 그림은 그렇지가 못한걸. 난 동경 가서 십 년 전엔 돌아오지 않을 생각이야. 십 년만 애쓰면 되든 안 되든……."

"가만 있게."

선덕이는 도중에서 말을 막았다.

"그러면 복희는 어떻게 되는가?"

"어떻게 되긴?"

대성이는 알 수 없다는 얼굴이 됐다.

"그 앤 전부터 널 좋아했어, 너두 그 앨 좋아하지 않았어?"

"그야 나두 좋아했지만, 그러나 좋아한다고 반드시 부부가 돼야 하는가?"

"되지 않은 소리 말어. 나는 내 눈으로 분명히 봤어. 작년 가을 복희 네 집 앞마당에서 복희를 얼싸안구 있는 것을. 내 눈앞에 지금도 선히 벌어지고 있어. 그러기까지 하고서 좋기만 했다구 할 수 있나 말이다."

"나두 그것은 기억하구 있다. 그러나 그건 네가 너무 지나친 생각이야."

"내가 지나친 생각이라구!"

"입쯤 맞춘 걸 뭐 그렇게 대수로운 일이라구."

"뭐 대수로운 일이 아니라구?"

그 순간에 선덕이는 접시를 집어 들어 대성이 얼굴에 집어 던졌다. 대성이는 얼굴을 휙 피했다. 그러나 얼굴에는 음식이 덮어진 채 이마에서는 피가 흘렀다. 그것을 대성이는 닦을 생각도 않고, 흥분하는 일도 없이,

"선덕아, 나는 알고 있다. 네가 나보다는 몇 곱절이나 더 복희를 좋아 하고 있다는 것을. 그것을 알고 내가 먼 길을 떠날 생각을 했다면 나를 이다지도 서럽게 떠내보내지야 않겠지. 이렇게 말해도 복희의 입술을 더럽힌 마음이 풀리지 않는다면 더 때려. 시원히 속이 풀리도록 때려."

대성이는 그 어지러운 머리를 내댔다. 그 얼굴을 멍청하니 보고만 있던 선덕이는 급기야 눈물 어린 소리로,

"대성이, 정말 나는 바보야."

하고 소리치며 대성이를 쓸어안았다.

광풍(狂風) 속에서

　1950년 6월 27일 오후 네 시경이었다. 아홉 대의 편대로 된 유엔군의 중폭기는 평양을 구경이나 하러 온 듯 유유히 상공을 스쳐 지나가며 평양 비행장을 폭격했다. 처음으로 공습을 본 시민들은 가슴을 설레었고 처음으로 폭격을 맞은 비행장은 삽시간에 불바다가 되고 말았다. 다음 날 아침에도 유엔군은 평양 비행장을 폭격했다. '무스탕'이 벌떼처럼 달려들어 왕왕 울어대는 소리에 평양 시민들은 당황해서 눈을 비비며 뛰쳐 나왔다. 그 다음 날은 대동강 철교를 공습했다. 흐르는 강물은 그때마다 물기둥을 이루어 솟구쳐 오르다 못해 강 안둑을 넘어 소낙비를 쏟아놓곤 했다. 계속해서 평양 조차장을 폭격했고 평양 정거장을 폭격했다. 정거장은 마치도 성냥개비로 지었던 듯이 산산이 부서졌고, 역 광장에는 셀 수 없이 시체를 뿌려놓았다. 그러나 평양 방송국에서는 공습에 대한 이야기는 한마디도 없었다. 다만 살기등등한 목소리로—영웅적인 인민군대는 수원을 해방하고 계속 남진 중에 있다, 라는 그 소리뿐이었다. 그러고는 소련의 '꼬르호즈'[*1]는 조기 농작물의 수확고를 초과 달성하기 위하 여…… 계집의 야릇한 억양이 태평스럽게도 계속될 뿐이었다. 이제 시민들은 '라디오'를 들을 흥미도 잃어버리고 말았다. 그저 매일같이 날아오는 폭음과 폭탄과 그리고 악을 쓰는 고사포 소리에 모두들 정신이 마비

＊1 콜호스. 소련의 집단농장. 모든 생산 수단을 사회화하고 협동조합 형식에 의해 농민이 집단 경영을 행하였으며, 각자의 노동에 따라 수익을 분배함.

된 채 갈팡질팡할 뿐이었다. 이리하여 평양의 거리는 날이 갈수록 점점 더욱 공포와 전율의 도시로 되어버리고 말았다.

평양역에 나서면 광장 건너편으로 대여섯 채의 고층 건물이 바라보인다. 그중에 제일 높은 지붕에 붉은 깃발이 펄럭이는 것이 바로 '소비에트신문사'였다.

그곳은 본시 왜정 때엔 《평양 매일신문》이라는 왜놈의 신문을 발행하던 곳이었다. 그것이 지금엔 공산주의를 선전하는 신문을 발행하는 곳이 된 것이다.

경일이는 그곳의 문선 직공이었다. 그는 열세 살 때에 그곳으로 들어가 지금에 이르기까지 이십여 년 동안이나 매일같이 활자를 뽑아 왔다. 왜정 때에는 일본 제국주의를 선전하는 활자를 뽑았고, 지금은 공산주의를 선전하는 활자를 뽑았다. 그는 재작년 가을 직총(직업총동맹)에서 주최한 출판 노동자 경기 대회에서 한 시간에 활자를 오천 오백여 자를 뽑아냈다. 그리하여 그는 모범 노동자로서 표창을 받았다. 그렇다고 그는 별반 좋은 대우를 받는 것도 아니었다. 직장에서 받는 월급으로 살아나갈 수조차 없는 것은 다른 노동자나 매일반으로 모자라는 것은 그의 아내가 어린애를 둘러메고 나가서 광주리장사로 보태야 했다.

그가 사는 집도 왜정 때나 지금이나 역시 마찬가지로 '나가야*²에서 살았다. 그래도 그 '나가야'들이 왜정 때와 다른 것은 '출판 노동자의 낙원'이란 이름이 붙은 것이다. 실상 그때보다도 기왓골은 더욱 찌그러졌고 창구멍이 뻥뻥 뚫려졌다. 게다가 '나가야' 앞에 있던 술 공장이 화학 공장이 되어 그곳에는 언제나 달걀 썩은 냄새가 풍겨왔

---

*² 일본어로 '길게 지은집', '단층 연립 주택'을 뜻함.

고 검은 석탄 연기가 내려 덮었다. 그래도 '낙원'이란 이름을 붙일 수가 있었다. 이를테면 공산당 간부들은 '낙원'이란 이름만 붙이면 즐거워지는 것이라고 생각하는 모양이었다.

그 '나가야'들은 왜정 때부터 신문사에 소속되어 있는 집들이었다. 그러므로 신문사를 그만두게 되면 직공들은 그 집에서도 쫓겨나야 하는 판이었다. 경일이는 그 집이나마 쓰고 있기 위해선 애써 불평 같은 것은 않기로 했다. 사실은 직장을 그만둘래야 마음대로 그만둘 수도 없는 일이었지만.

경일의 집에서 신문사까지는 천천히 걸어서 십오 분이면 충분했다. 그래도 그는 언제나 오분을 더 여유를 두어 이십 분을 앞두고 집에서 출발했다. 그는 집을 나서면 으레 좁은 지붕 위로 길게 한일자로 그려진 아침 하늘을 쳐다보는 것이었다. 마치도 '낙원'의 하늘을 쳐다보듯이. 출근하는 길도 언제나 일정했다. '나가야'들이 서로 마주 서 있는 좁은 골목길을 빠져나오면 해방산이 바라보이는 비교적 넓은 아스팔트 길이 나섰다. 그곳에서 얼마큼 가노라면 산 밑에 소련 정부가 경영하고 있는 '호텔'이 나섰고, 바로 그 앞쪽 양지바른 곳에 수십 채의 문화촌이 나섰다. 그는 그 앞을 매일처럼 지나면서도 그곳에서 누가 사는지는 몰랐다. 그래도 언제나 경비병이 어마어마하게 수비하고 있는 것을 보아, 높은 사람들이 살고 있다는 것은 짐작하고 있었다. 그 앞을 돌아 나가면 해방산을 넘어 인민군대 병사로 가는 넓은 길이 나섰다. 그곳에서 다시 앞쪽으로 한산한 길을 한참 동안 걸어 나가면 전차 통로가 나서며 그곳에서는 벌써 신문사가 바라보이었다. 바로 그 모퉁이를 돌아서면 담배 가게가 있었다. 그는 그 집에서 제일 싼 담배인 '해연'을 한 갑 사서 피워 물고는 다음 집, 이발소에서 괘종시계를 들여다보는 것이었다. 그 시계는 언제나 출근 시간보다는 십분 전을 가리키고 있었다. 그러면 그제야 일부러 걸음을 천천히 걸어보는 것이었다.

그가 직장에서 활자를 뽑아내는 기사도 거의 매일 같은 것이었다. 그 기사에는 매일같이 노동자의 생활은 향상된다고 했다. 그러나 실제에 있어선 조금도 향상되는 것이 없었다. 경일이도 처음엔 알 수 없다고 고개를 기웃거려 보았으나, 지금은 그럴 필요도 없다고 생각했다. 그저 자기는 활자를 뽑아내는 기계가 되면 그뿐이라고 생각한 것이었다. 그렇게 한종일 활자를 뽑고 있으면, 아무리 하루가 지리스럽다 해도 퇴근 시간은 되는 것이었다. 그렇다고 직장에서 완전히 벗어나는 것은 아니었다. 그러고도 직장 대회니 세포 회의니 독보회니 이런 것들이 매일처럼 있기 때문에 어둡지 않고서는 좀처럼 돌아올 수가 없는 것이었다.

때로는 평양역에 와 닿은 열차의 손님들과 뒤섞이어 돌아오는 날도 있었다. 그럴 때면 자기도 하루의 고역에서 풀려났다는 기분이 지리한 여행을 끝낸 것과도 같은 기분을 느껴가며, 술도 한잔 먹고 싶어졌다. 그러나 대개는 아이들의 옷도 한 벌 변변히 못 해주는 주제에……하고 참아버리고 말았다. 그러고는 해방산 언덕을 넘어 '호텔' 앞을 지나면서 어두운 길 위에 흐르는 불빛을 따라 들려오는 음악 소리에 더욱 시장증을 느끼는 것이었다. 그러나 집에서 기다리고 있는 저녁상은 언제나 쓴 김치가 하나 있을 뿐이었고, 그것을 물려놓고 나면 그만 쓰러져 코를 골고 마는 것이었다. 그것이 표창을 받은 그의 생활이었다. 아무리 생각해도 즐겁달 수가 없는 생활이었다. 그저 생을 계속하고 있는 쳇바퀴 같은 생활이었다. 그래도 그 생활에는 직접 죽음의 공포는 뒤따르지 않던 것이다. 그것이 유엔군의 공습이 시작하자 그때부터 죽음의 공포까지가 뒤따르게 된 것이다.

유엔군의 공습이 날로날로 심해갈수록 각 직장에서는 매일같이 궐기 대회를 열었다. 물론 경일이가 다니는 신문사에서도 마찬가지였다. 그들은 바로 맞은편 평양역이 공습에 날아나는 것을 보면서도 매일 직장에 나가서 직장을 사수해야 한다고 소리쳐야 했다. 그들이 직장을 나가지 않으면 대번에 태만 죄에 걸리는 것이었고, 그것에 걸리면 어떻게 되는지도 알 수 없게 없어지고 마는 것이었다. 그러므로 그들에게 있어선 공습보다도 더 무서운 강박 관념에 끌리어 직장에 나가게 되는 것이었다.

평양역은 연사흘을 두고 계속해서 공습을 받았다. 첫날은 그리 큰 공습은 아니었으나 둘째 날과 셋째 날의 공습은 평양역을 중심 삼고 신시가 일대에 걸친 무서운 공습이었다.

그날은 아침부터 부실부실 비가 내리었다. 비가 오는 날이면 공습이 없다는 소문이 누구의 입에서 나왔는지 알지 못하는 사이에 거리에서 돌고 있었지만 전쟁이란 그렇게도 인정사정 보고 하는 일은 아닌 모양이었다. 오후 다섯 시쯤 되었을 때에 검은 구름장을 타고 온 비행기들은 여기 저기에다 폭탄을 떨구었고 신시가 일대는 삽시간에 불바다로 화해버리고 말았다.

바로 그때 경일이 직징에서는 종업 시간이 끝나고 직장 대회를 열고 있을 때였다. 갑자기 악을 쓰는 고사포 소리에 놀란 그들은 공습이 왔다는 것을 즉각적으로 알아채고, 제각기 살겠다고 지하실로 뛰쳐 내려갔다. 그러나 그들이 지하실에 이르기 전에 거의 백색에 가까운 불빛이 복도에 휙 당겨지며, 뒤이어 집이 무너지는 듯한 요란스러운 소리와 함께 폭풍이 달려들면서 그들을 바람벽에다 몰아치었다. 벽에 부딪친 그들은 공처럼 튀어났다. 튀어난 그들은 그때는 벌써 감각을 잃은 단순한 공처럼 뎅굴뎅굴 굴러 지하실로 떨어졌다. 그곳은 바다 밑바닥처럼 캄캄했다. 들리는 것은 다만 폭탄이 떨어지는 소리뿐이었다. 쏴 하고 구름장이 찢어지는 듯한 소리가 들려오다가는 천지를 뒤흔들어 놓는 듯한 지동 치는 소리—그 소리가 멀기도 하고 가깝기도 하고, 몹시 가까울 때는 화광이 지하실까지 스쳐지며 고막이 터질 듯한 소리와 함께 천장의 횟가루를 뿌려놓곤 했다. 그때마다 그들은 그저 머리를 땅에 묻고 가슴을 졸여대고 있을 뿐이었다. 그러기를 몇 번이나 했는지 알 수 없는 일이었다.

얼마 후에 비행기 소리가 멀어지자, 희멀거니 바라보이는 지하실 입구에서 누가 이곳을 빨리 달아나야 한다고 소리쳤다. 그 소리에 지금까지 죽은 듯이 잠잠하던 지하실 안은 갑자기 소란해지며 제각기 먼저 나오겠다고 야단을 쳤다.

바깥에는 비가 아직도 계속해서 내리며 사면엔 불길이 충천한 채, 수많은 군중들이 불길에 쫓기듯 밀려 달려가고 있었다. 어디에 이렇게도 많은 사람들이 있었던가, 늙은이, 어린애, 노동복, 양복쟁이, 학생, 지게꾼, 중국 사람, 도리우찌,*3 안경쟁이, 여인네. 어디로 달리는 것인지 군중들의 구두 굽소리에 설레며 눈을 비비고 서 있던 경일이도 어느 결에 그 군중의 떼 속에 휩쓸려 들었다. 군중들은 어디라고 방향도 모르고 무척대고*4 달렸다. 비를 맞으며 마구 달렸다. 달려야만 산다고 짐승처럼 달렸다. 달리는 군중의 떼는 어느덧 긴 행렬이 되어 무서운 홍수처럼 흘렀다. 그렇게 한참이나 달리던 행렬 속에서 문득 젊은이의 가쁜 고함 소리가 터져 나왔다.

"그리 가면 철교가 있어 위험합니다."

그 소리에 홍수처럼 흐르던 물결은 급기야 멈춰졌다. 그러고는 잠시 주춤했다가 선두가 왼편으로 뚫려진 넓은 통로로 휘어들자, 행렬은 다시 흐르기 시작했다. 그때에 또 누가 뒤에서 악을 써 소리쳤다.

"그곳엔 화약 창고가 있어요. 가면 안 돼요."

행렬은 다시금 뒤로 움쳐들며 불시에 군중들의 불안스러운 소음이

---

*3 납작모자. 사냥할 때 쓰는 모자로서 '사냥모자(헌팅캡)'이라고도 함.
*4 '무턱대고'의 오식으로 보임.

끓어올랐다.

"하여튼 정거장을 멀리합시다."

"평촌리로 나갑시다."

"평촌리는 병기창이 있어 위험해요."

"빨리 헤집시다. 이렇게 뭉쳐 있다가 비행기가 오면 야단이오."

"아닙니다. 사람은 폭격하지 않소."

"흰옷을 벗어요."

"아니오. 검은 옷은 벗고 흰옷을 입어야 하오. 빨리빨리 검은 옷 벗어요."

가랑비가 어느덧 대죽같이 굵어졌다. 비에 싸인 군중들은 이제는 방향조차 잃은 듯이 어찌할 줄을 모르고 갈팡질팡 헤매고 있을 뿐이었다. 이때에 또 누가 소리쳤다.

"하여튼 이곳은 공장 지대이니 해방산 쪽으로 피합시다."

그 소리에 군중들은 온 길을 다시 되돌아 해방산 쪽으로 밀려갔다. 그들은 이미 어떻게 해야 한다는 이지와 분별은 잃어버리고 만 것이었다. 그러면서도 어떡해서든지 자기의 목숨을 이어보겠다는 발악뿐으로 그것도 선두에 서기만 하면 사는 줄만 알고 서로 앞을 다투려고 악을 썼다.

경일이도 군중과 함께 허덕이며 해방산 언덕 위로 올라섰다. 반대쪽 언덕 아래에서도 길이 터질 듯이 피란민이 밀려 올라왔다. 그 앞쪽에서는 검은 연기가 뒤덮인 채 불길이 창연했다. 그는 헉헉대는 가쁜 숨결을 거두지 못한 채, 갑자기 가슴이 무너짐을 느꼈다. 순간에 분주히 비에 어린 눈을 손등으로 씻고 나서 그곳이 어딘가고 살폈다. 그곳은 분명 화학 공장이 있는 자기 집 부근이었다. 그는 급기야 숨결이 가속도로 높아지며, 지금까지 잊었던 아내와 어린것들이 번개처럼 눈앞에 달려들었다. 그러면서도 그는 어쩔 줄을 모르고 멍하

니 한참이나 불길만 쳐다보고 서 있었다. 그러다가 무엇에 떠밀리우
듯, 그곳을 향하여 마구 달리었다. 그러나 달린다는 것은 그의 마음
이었다. 아우성을 치며 올라오는 피란민에게 떠밀리어 마음대로 발
을 내짚을 수조차도 없었다. 그래도 그는 악을 써가며 피란민을 뚫
고 헤쳐나갔다. 피란민은 갈수록 더 많이 터져 나왔다. 모두들 크고
작은 보따리를 하나씩 짊어지기도 하고 이기도 한 채, 서로 살겠다고
악을 쓰는 것이었다. 그는 '호텔' 앞까지 간신히 헤엄쳐 나가자, 그 앞
에는 지척조차 분간할 수가 없이 검은 연기가 서리어진 채 더운 김이
끼엇혀 더 나갈 수가 없었다. 그래도 그는 불구덩이 속에서 자기 집
을 찾으려고 애썼다. 그러나 군중에 떠밀리어 잠시도 한곳에 서 있을
수가 없었다. 그는 몇 번인가 밀리어 뒷걸음을 쳐 나오다가 다시 군
중을 헤쳐 들어가곤 했다. 그러다가 갑자기 바람이 바뀌며 군중을
향하여 더운 바람이 끼쳐졌다. 군중은 질겁하여 더욱 요동치자, 경일
이도 허겁지겁 뒷걸음을 치다 그만 몸을 돌이켰다. 그러고는 군중에
밀리는 대로 힘없이 걸어 나왔다.

예술극장 앞에서 '방공대책위원'이란 완장을 두른 민청원들이 '메
가폰'을 들고, 해방산으로 피란하라고 외쳤다. 그 소리에 군중은 앞
을 다투어서 해방산으로 밀려갔다.

해방산 광장은 물이 괸 곳을 내어놓고는 앉을 자리도 없이 피란민
으로 꽉 찼다. 그래도 그곳엔 서늘한 바람도 불어, 그곳에다 짐을 풀
어놓은 사람들은 인제는 살았다는 듯이 한숨을 짓는 얼굴들이었다.

경일이는 광장으로 올라가는 중턱에 시멘트 관을 싸놓은 곳에 자
리를 잡고 앉았다. 그곳에선 불이 동남풍을 받아, 전차 통로를 향하
여 맹렬히 붙어나가고 있는 것이 한눈에 바라보였다. 그는 시름없이
불붙는 것을 바라보고 있다가 문득 바른발이 쓰린 것을 느끼고 발
을 봤다. 그때야 바른발에 구두가 없는 것을 알았다. 그는 헤어진 양

말을 벗어버리고 괸 물에다 상처를 씻었다. 그러고 나서는 처맬 오라기를 찾다가 버린 양말을 다시 주워서 처매려고 했다. 그때에 옆에서 역시 멍청하니 불붙는 것을 보고 있던 청년이,

"몹시 상하셨군요."

하고 수건을 꺼내 주었다. 경일이는 고맙다는 말도 없이 그것으로 처매고 나서 왼편 양말을 벗어 옮겨 신었다.

"저렇게도 불이 커지게 된 것은 화학 공장의 가솔린 탱크가 터진 때문이지요."

그 청년은 검은 연기가 기운차게 피어오르는 쪽을 고개로 가리키며 혼잣말처럼 말했다.

"폭탄에 맞아 터졌나요?"

"물론 그렇겠지요. 나두 그곳에서 일하던 사람인데, 걷잡을 수 없는 사이에 불천지가 되어버리고 만걸요."

"공장주변에 있던 사람들은 다 어떻게 되었나요?"

"글쎄요. 나온 사람들도 있겠지요. 나두 이렇게 나왔으니까, 그렇지만, 난 지금 이렇게 이야기하고 있는 것이 꿈만 같아요."

경일이는 그만 한숨을 쉬고 일어섰다. 가족을 찾아보려고 광장으로 올라갔다. 그 많은 사람 중에 자기 가족들도 꼭 있을 것만 같았다. 그는 아이를 데리고 있는 여인이 보이기만 해도 가보았고, 이불의 빛깔이 같아도 달려가 보았다. 그러나 자기의 가족은 보이지 않았고 마음만 더욱 초조했다. 그러면서 그는 아픈 발도 잊어버리고 말았다.

그의 앞에서 어떤 여인이 짐을 잃고 울상이 되어 야단을 쳤다.

"당신을 찾느라고 돌아선 짬에 없어졌다니까요."

"이년아, 글쎄 짐을 버리고 무엇을 찾는다는 거야."

아이의 손목을 쥐고 서서 눈을 흘기고 있는 것이 그의 남편인 듯 불시에 그의 주먹이 여인의 면상으로 달려들었다. 그래도 여인은 얼

굴을 싸쥔 채 찍소리도 없었다.

"이년아, 어서 짐을 찾을 생각은 하지 않고……."

사나이의 주먹이 다시 달려들려고 했다.

"무엇을 잃은지 모르지만 지금 귀한 것이 뭐 있다고 그러시오. 참으시오."

구경꾼 중에 늙은이가 나서며 말리었다.

경일이는 정말 자기는 귀한 가족을 잃어버린 것이 아닌가고 더욱 불안해지며 발을 돌렸다. 그는 자기 가족들이 광장 북쪽에 있는 문화 회관에 있지나 않은가 하고 그곳으로 가보았다. 그곳은 경비원들이 지켜 서서 아무나 들어가지 못하게 했다. 그곳 지하실에는 소련 사람들이 들어 있는 모양이었다.

그는 다시 사람들이 비좁게 앉은 광장으로 나왔다. 옆의 사람이 담배를 피워 무는 것을 보고 자기도 피워 물었다. 그러나 담배 맛도 없었다. 두어 모금 빨다 말고 그대로 꺼버리고 말았다.

그는 방송국이 있는 언덕 아래로 다시 가족들을 찾아보려고 내려가고 있었다.

바로 그때였다. 서쪽 구름 속에서 무거운 폭음이 다시금 밀려오기 시작한 것은—일순간에 군중들의 소란스럽던 소음은 끊어지고, 숨이 타는 듯한 이상스러운 소음이 광장 전체에 퍼지었다. 폭음은 검은 구름 속에서 이어졌다 끊어졌다 하면서 높게 가늘게 또는 굵게 가늘게 들리며 점점 가까이 오고 있었다. 군중들은 불길한 예감에 사로잡힌 채 이제는 피할 수도 없는 듯이 그저 그 소리가 멀어지기만을 바라며 묵묵히 하늘만 쳐다보고 있었다. 구름 속의 보이지도 않는 폭음이 더욱 커지자, 갑자기 고사포가 요동치기 시작했다. 그 소리에 놀란 군중들이 물방울이 튀어나듯 쫙 헤어지던 그 서슬에, 구름장이 찢어지듯 몇 대인지 알 수 없는 중폭기들이 해방산 서쪽에 있는 인민군대 병사를 스쳐 올라갔다. 찰나에 번개 치는 불빛과 함께 병사를 뒤덮은 황연(黃煙)이 하늘로 솟구쳐 오르며 그대로 광장을 향하여 달려왔다. 군중들의 입에선,

"으악."

하고 일시에 비명이—비명이라기보다도 지옥 불구덩이에 떨어지는 순간에 발악치는 그 소리가 끝나기도 전에 휙 하고 달려든 광풍(狂風)에 사람과 짐들은 하늘 높이 뿌려진 파편에 뒤섞이어 둥둥 떠올랐고, 벽돌과 기왓장은 콩 튀듯 튀어났다. 광풍은 광장 전체를 집어삼켜 버리고 만 것이었다.

방송국 앞 언덕 아래로 굴러떨어진 경일이가 무의식중에 나무 밑을 쓸어안은 채 의식을 잃어버린 것도 그 순간이었다.

그리고 얼마를 지나서인지 몰라도, 그는 참을 수 없이 전신이 쓰리고 저린 고통 속에서 간신히 눈을 떴다. 눈앞이 아득한 채, 연막에 묻힌 유황 냄새가 코를 찔렀다. 그는 정신이 펄떡 들며 반사적으로 몸을 일으키려고 했다. 그러나 그것은 마음뿐이었고, 상체만 간신히 들 수가 있었다. 그제야 자기 다리가 넘어진 나무 밑에 깔리어 뽑아낼 수가 없음을 알았다. 그는 여기가 어딘가고 눈을 굴렸다. 불이 무섭게 붙어 오르는 방송국 앞에서 불에 탄 사람들의 목숨을 비비 트는 듯한 소리가 들려왔다. 그 소리를 멍하니 듣고 있다가 그 소리마저 문득 끊어지자, 어서 여기를 달아나야 한다는 생각이 번개 쳤다. 그는 다시 다리를 뽑아보려고 애썼다. 그러나 아무리 악을 써도 나무는 달싹도 하지 않았다. 그는 어쩔 수 없이 맥을 잃고 멀진멀진 불붙는 불길만 쳐다보고 있었다.

이제는 비행기의 폭음도 사라지고 비도 끊어져 수라장의 어지러움도 얼마큼 진정된 것 같았다. 그래도 피에 젖은 화약 냄새는 그대로 풍겨왔고, 가지가지의 신음 소리가 스산스럽게 들려왔다. 날카로운

여인들의 소리, 어린애의 울음소리, 멀리서 사람 찾는 소리, 숨이 끊어지는 소리, 물 찾는 소리, 이런 소리들이 바람결에 뒤섞이어 고즈넉하게 들려왔다.

그는 다시 다리를 뽑으려고 죽을힘을 다하여 허덕이다가, 견딜 수 없게 목이 타옴을 느꼈다. 목구멍에 성냥을 대면 금시에 불이 붙어오를 듯, 눈에는 물만이 보이었다. 그는 타는 가슴을 쥐어뜯다 못해 물을 찾아 기어 나가려고 했다. 그러나 마음뿐이었다. 그때 문득 자기는 이러다가 죽는 것이 아닌가고 죽음의 공포가 소리 없이 스며드는 듯한 감을 느꼈다. 겁결에 나무가 흠칫하니 밀려나며 발이 뽑아지는 대로 정신없이 앞으로 기어 나갔다. 심장이 터질 듯이 뛰었다. 그는 땅 위에 얼굴을 댄 채 죽어서는 안 된다고 악을 썼다. 그 순간에 선득선득한 수분이 얼굴에 옮아옴을 따라, 불시에 그는 물을 마시듯이 땅을 핥았다. 그러자 아직도 살아 있다는 기쁨을 생생하게 느끼며 그 기쁨 속에서 긴장이 풀어져 다시금 의식을 잃고 말았다.

그가 다시 의식을 차렸을 때에는 흙물을 마구 들이켜고 있었다. 그는 물을 다시 마시려다가 그것을 안 것이었다. 어느새 해도 저물었다. 땅거미가 찾아든 사방은 어두운 윤곽만이 보일 뿐, 이제는 비명을 치는 신음 소리도 아무 것도 들리지 않았다. 불타오르던 방송국 쪽도 이제는 마지막 고비로 흰 연기만 자욱할 뿐, 불안과 공포는 어딘지 모르게 사라진 것만 같이 무거운 적막만이 고요하니 흐르고 있었다. 하늘엔 별도 하나 둘 보이기 시작했다. 어디선가 개구리 소리도 들려왔다. 그는 그 소리를 무심히 듣고 앉아 있으면서 이 죽음의 지옥을 어서 벗어나야 할 것을 생각하고 있었다. 그러나 자기는 지금부터 어디를 가야 할지 몰랐다. 그저 가슴이 텅 빈 듯한 공허감이 느껴질 뿐이었다.

그때에 문득 등 뒤에 무엇이 무겁게 달려 있는 것을 느끼었다. 그것이 무엇이라는 것을 알아채자 질겁을 하여 그것을 떠밀고 일어섰다. 완전히 시체인 줄만 알았던 그것이 그의 목을 덮쳤을 때 그는 본능적으로 목에 걸린 팔을 뿌리쳤다. 귀신인지 사람인지도 모르게 머리를 풀어 헤친 그 여인은 다시금 그의 발을 붙잡고 일어나려고 했다. 그는 잡힌 발을 차다 못해 여인의 얼굴을 마구 떼밀었다. 여인은 악을 써가며 발을 물어 뜯었다. 순간에 그는 비명을 치면서 여인의 아가리를 찢어냈다. 와드득 소리와 함께 발이 뽑아지자, 그는 그 발로 여인의 얼굴을 걷어찼다. 여인은 악 소리도 없이 풀쑥 나자빠지고 말았다. 뒤도 돌아보지 못하고 달아나던 순간에 문득 그는 그것은 내 아내가 아닌가 하는 생각이 떠올랐다. 그는 울렁거리는 가슴을 느낄 사이도 없이 횡급히 달려가서 얼굴에 덮여진 머리카락을 헤쳤다. 드러난 젖가슴도 이제는 가릴 필요가 없는 듯 눈을 부릅뜨고 나자빠져 있는 여인의 얼굴을 보자, 그는 다시금 벌떡 일어나 자기의 목을 쓸어안는 것만 같은 착각 속에서

"으악"

하고 뒤로 나자빠졌다. 그러자 여인이 자기의 다리를 잡아당기는 것만 같았다. 그는 다리를 허공에 차며 뛰쳐 일어나 마구 달렸다. 발부리에 걸리는 것이 시체인지 무엇인지도 모르고 이 지옥의 거리를 어서 벗어나야 한다고 마구 달리었다. 어둠 속으로 마구 달리었다.

이튿날 아침 (경일이는 배가 쓰리게 고픈 것을 느끼면서 깨어났다. 맑은 아침이었다. 바람도 부드러웠다) 그는 문득 어제의 일이 떠올랐다. 불구덩이 속의 유령들과 함께 뒹굴던 꿈에서 깨어난 것만 같았다. 그러나 그것은 확실히 꿈이 아니었다. 불시에 까라졌던 공포가 다시 살아 오르자 자기의 손과 팔을 살폈다. 그래도 안심이 되지 않아 코까지 만져봤다. 그러고는 여기가 어딘가고 보았다. 눈에 익은 거

리면서도 어딘지 도시 알 수가 없었다. 그는 다시 눈을 비비고 나서야 자기는 지금 외무성 현관 앞에 앉아 있다는 것을 알았다. 건물이 무너졌기 때문에 처음엔 그것을 몰랐던 것이다.

무너내린 벽돌장 위에는 유리 조각들이 햇빛을 받아 반짝이었다. 그는 그 위에 앉아서 자기의 목숨은 어쩌면 이렇게도 질길 수 있느냐고 생각해봤다. 그렇게 생각해 볼수록 어디선지 모르게 몰려드는 비애가 가슴을 찢어놓는 것만 같았다. 그러면서도 눈물은 나오지 않았다. 그는 그렇게 한참이나 무거운 한숨을 쉬고 앉아 있다가 한 발에만 신겨졌던 구두를 마저 벗어 던지고, 맨발로 해방산 언덕을 내려왔다.

그는 불타버린 자기 집을 찾아가 봐야 마음만 더 아플 것을 잘 알고 있으면서도, 걸음은 자연 그쪽으로 향해졌다.

마른 장작처럼 깨끗이 타버린 거리는 길조차 분별할 수 없이 기왓장이 뒤덮인 채 아직도 흰 김이 피어오르며 눅느그러한 냄새가 코를 찔렀다. 잿더미 위에는 여기저기 우두커니 서 있는 사람들이 보이었다. 그들도 집을 태운 사람들이라고 생각하니 경일이는 자기를 보는 것만 같았다. 길가에는 빨갛게 타버린 자전거도 보이었다. 그는 무너지다 남은 화학 공장을 짐작해서 자기가 살던 곳까지 간신히 찾아갔다. 집이 없어지고 보니 자기가 살던 곳은 손바닥보다도 더 작게 보이어 어이가 없어졌다. 그는 기왓장을 헤치고 재를 파보았으나, 숟갈 하나 나올 성싶지 않아 그만두고 말았다. 그 일대에는 화학 공장에서 풍겨오는 김에 묻혀 아침 안개가 서려진 것 같았다.

길 앞에서 우동 장수를 하던 영감이 서 있으므로, 자기의 가족들을 모르냐고 물었다. 그러나 그 영감은 그런 대답은 하지 않고,

"당신네들이야 한될 것이 뭐 있겠소. 좋아서 일으킨 전쟁인걸."

하고는,

"우린 나밖에 남은 것이 없으니 씨원하게 됐쉐다."

하고 우는지 원망하는지 모를 눈으로 경일이를 흘겨보고는 돌아서 버리고 말았다.

경일이는 그 영감이 자기에게 화풀이하는 것은 자기가 신문사에 다니기 때문이라고 생각했다. 그러나 자기의 가족은 그 속에서 타버려 죽었다고는 생각하고 싶지가 않았다. 그는 서성리에 처형네가 사는 것을 생각하고 아내와 아이들은 반드시 그곳에 피란했으리라고 생각했다. 그러자 지금까지 울멍했던 마음이 한꺼번에 밝아졌다. 그는 불시에 처형네 집으로 향했다. 처형네 집이 점점 가까워지자, 그때까지 기쁨에 뛰던 가슴이 다시금 불안 속으로 꺼져버리기 시작했다. 그곳에 두 아이들과 아내가 없으면 어떻게 되는가.

처형네 집에서는 아무 것도 모르고 조반을 먹고 있었다. 경일이의 이야기를 듣고 나자

"그러면 그것들이 죽은지도 모르겠구나."

하고 처형은 울어댔다.

경일이는 그곳에서 조반을 한술 뜨는 둥 마는 둥 하고 다시 가족을 찾으러 나가려 하였으나, 아침부터 공습이 있어서 나갈 수가 없었다. 그날은 전날보다도 더욱 요란스럽게 평양역을 중심 삼고 폭탄이 떨어졌다.

경일이는 한종일 집이 떠나갈 듯 흔들어대는 폭탄 소리에 끔찍끔찍 놀라며, 검은 연기가 피어오르는 남쪽 하늘만 쳐다보고 있다가 저녁이 되어 자리에 눕고 말았다.

그러나 무섭던 어제 일의 환멸과 가족들의 걱정으로 도저히 잠을 이룰 수가 없었다. 그러다가 간신히 잠이 들었던 그는 갑자기 불이야 하고 소리치며 문을 차고 뛰쳐나갔다. 불구덩이 속에서 깡충깡충 뛰고 있는 자기 아이들의 꿈을 꾸고 놀란 것이었다. 그 소리에 온 집안

이 깬 채 동서가 뛰쳐나와서 그를 붙잡고 진정시켰다. 그러고는 떨어진 문을 달아주고 자기 방으로 가서는 아내에게 그 사람이 미친 모양이라고 수군거렸다. 경일이는 그 소리를 들어가며 전신에 식은땀을 흘린 채 아침까지 눈을 뜨고 밝혔다.

이튿날도 그는 조반상을 물려놓기가 바쁘게 다시 가족을 찾아 나가려고 했다. 그러나 그 집에서 오늘도 폭격이 심할 것이라고 자꾸만 붙잡기 때문에 오정이 넘어서야 간신히 나왔다.

그는 우선 신문사로 가보기로 했다. 그곳으로 가서 동료들을 만나면 가족의 소식도 알 수 있으리라고 생각한 것이었다.

서성리에서 신문사까지 가자면 인민군대 병사의 긴 벽돌 담장을 끼고 가는 길이 제일 빨랐다. 그는 그제 폭격을 맞은 그 옆을 지나기가 싫었으나, 빨리 가자니 하는 수 없이 그 길을 걸었다. 병사들은 그제 폭격에 대개가 부서졌고 온전히 남은 집은 몇 채 되지 않았다. 그곳 마당에서 늘 교련 연습을 하던 인민군대들도 오늘은 통 뵈지 않았고, 그 안은 그저 텅 빈 것만 같았다. 한길에도 사람 하나 얼씬하지 않았다. 병사 정문 앞을 지나서부터는 경일이가 아침저녁으로 출근하며 늘 걷던 길이었다. 이 길을 출근 시간도 아닌 대낮에 혼자서 걷고 있는 것이 이상하기도 하고 무섭기도 했다. 신문사가 보이는 전차 통로로 나오자, 그곳부터는 완전히 무연한 벌판이 되어버리고 말았다. 하룻밤에 이렇게도 거리가 달라질 수 있는가, 그는 놀라기보다도 가슴이 떨리었다. 그가 아침마다 늘 들러서 담배를 사던 집도 물론 없어졌고, 허리를 굽혀 시계를 보던 이발소도 날아가 버리고 말았다. 월급날이면 동무들과 들러서 한대포씩 하던 계물전도 있을 리 없었다. 그제만 해도 그래도 형체만은 남아 있던 정거장은 흔적조차 없어졌고, 그가 매일 일을 하던 신문사는 무너지다 남은 담 만이 우뚝 서 있었다. 머리카락이 타 없어지고, 살이 익은 시체들이 여기 저기 그대로 널려 있었다. 그 무수한 시체들의 얼굴을 보면 하나하나가 매일 대하던 얼굴일 것이라고 생각되었다. 그러면서도 시체에서 떨어져 나온 팔이 발부리에 채워져도 마비되어 아무렇지 않았다. 그는 그저 어떻다고 말할 수 없는 울분과 함께 크게 소리쳐 울고만 싶었다. 아무리 운대도 이 슬픔을 털어버릴 수 없다는 것을 잘 알고 있으면서도, 그저 울고만 싶었다. 그는 힘없이 어정어정 걸어 역 광장 한복판으로 가서 우뚝하니 섰다. 광장에는 뜨거운 햇빛이 흐르고 있었다. 그 햇빛이 갑자기 깊은 밤을 대낮으로 바꿔놓은 듯 그곳에는 아무 것도 들리는 것이 없이 무서운 적막만이 흐를 뿐이었다. 그리고 보이는 것은, 어둠에 가리워 보이지 않아야만 할 죽음과 파괴와 공포와 공허뿐이었다. 숨을 쉬려도 공기마저 죽은 듯 크게 쉴 수조차 없는 것만 같았다. 그때에 문득 그의 눈에 흰나비 한 마리가 띄었다. 나비는 이 넓은 광장을 독차지한 것이 한껏 즐거운 듯이 이 시체에서 저 시체로 마음껏 나풀나풀 날고 있었다.

그날, 경일이는 자기 가족들이 갈 만한 곳은 모두 찾아가 보았으나, 보았다는 사람은 하나 없었다. 어떤 친구의 집에는 아이들만 남아서 집을 지키고 있다가, 어머니는 그제부터 들어오지 않는 아버지를 기다리다 못해 찾으러 나갔다고 했다. 그 친구는 분명 죽은 모양이라고 생각했다.

이렇게도 한종일 싸다니던 그는 가족들의 죽은 시체라도 찾아야겠다고 해방산으로 갔다. 해방산 언덕길을 올라가다가 그는 문득 발걸음을 멈췄다. 생사 속에서 헤매던 그제 저녁의 공포가 불시에 되살아 올랐기 때문이었다. 해방산에는 많은 사람들이 움직이고 있었다. 모두들 시체를 찾는 사람인 모양이었다. 들것에 시체를 담아서 인부에게 지우고 울면서 따라가는 사람들도 보이었다.

그는 시체들을 하나씩 살피며 돌아가는 동안에 가슴이 터질 듯이 울렁거림을 느꼈다. 네 활개를 벌리고 나자빠져 있는 시체들은 그제 밤의 여인처럼 벌떡 일어나 자기 목을 쓸어안을 것만 같으며 이곳을 빨리 달아나고만 싶었다. 그의 앞에서 역시 시체를 찾고 있던 젊은 부처가 거멓게 탄 시체를 보고 갑자기 얼굴빛들이 새파래졌다. 타다 남은 옷에서 무슨 짐작이 간 모양이었다. 그들은 잠시 동안 서서 시체를 지켜보고 있다가 사나이가 떨리는 손으로 시체의 고개를 돌리었다. 그러나 그 얼굴로서는 자기들이 찾는 사람이라곤 단정 짓기가 힘든 모양으로 다시 일어서서 뒤로 움쳤다. 여자도 시체에 손을 대려다가 불시에 뽑으며 남편의 등 뒤로 가 숨었다. 그러고는 가만히 얼굴을 내밀어,

"어머니가 아니예요, 아니라니까."

하고 얼굴을 찡그린 채, 남편에게서도 그런 말이 나오기를 기다리듯 그의 얼굴을 쳐다보았다.

경일이는 어머니가 아니란 소리에 자기도 그 시체의 얼굴을 문득 쳐다보고 말았다. 그러자 자기의 아내도 그렇게 타서 죽었을 얼굴이 떠올랐다. 순간에 그는 심장이 무너져 내리는 것같이 아찔했다. 그는 분주히 걸음을 돌려 광장 위로 올라가며 자기는 이곳에 무엇하러 왔는가고 생각했다.—나는 아내와 아이들의 시체를 찾으려고 온 것이 아닌가. 그러나 그들은 그제 이곳에서 그렇게 찾아보았어도 없지 않았는가, 그것을 왜 지금에 와선 죽었다고 단정하고 이곳에 다시 와서 시체를 찾고 있는 것인가. 이렇게 자문자답할수록 여기서 이러고 있는 자기가 미련한 것만 같고, 자기 가족들이 죽었다고 생각하긴 아직 이르다는 희망이 솟는 것이었다. 그러나 무서운 비애가 지나간 후에 허공에 둥둥 뜬 듯한 빈 마음에서 벗어날 수는 없는 일이었다. 그러면서도 그는 이 죽음의 거리를 벗어날 수 있는 핑계가 생

긴 것이 다행이라고 생각했다.

　그는 자기가 살던 거리를 다시 걷기가 싫어서, 북쪽 길을 걸어 시청 앞으로 내려왔다. 그러고는 목적 없이 걸어가다가, 무너진 '미까도*5 앞을 지나 남문 시장 앞에 와서 술집이 눈에 띄는 대로 들어가 앉았다. 그는 주인이 부어주는 대포를 쭉 단숨에 들이키었다. 안주는 명태밖에 없었다. 그것도 뜯기 귀치않아 두 잔째도 그대로 쭉 들이키었다. 석 잔 받아놓고는 정신없이 멍청하니 앉아 있었다. 몸은 극도로 피곤했고, 안주도 없는 강주라 술기운은 대번에 전신에 퍼져, 지금까지의 슬픔도 어느 정도로 부드러워지는 것 같았다. 맞은편 상에서 술을 먹던 패들이 경일의 동정을 살펴가며 갑자기 조용해졌다. 주인도 이상하다는 눈짓이었다. 경일이는 그런 시선을 처음 느껴보는 것은 아니었다. 어느 술집에서나 모르는 사람이 있을 때엔 서로 경계하는 것이었다. 실상 그는 동무들끼리 앉아서 술을 먹을 때도 한 번도 마음을 풀어놓고 먹어본 적은 없었다. 그는 갑자기 반동적인 말을 한번 배앝아보고 싶어졌다. 그러나 무슨 말을 해야 할지 생각나질 않았다. 넉 잔째에 술을 받아놓고 앉아 있다가 문득 전날 우동장수 영감에게 들은 말이 생각이 났다. 그는 손님들이 있는 쪽으로 고개를 들어 입을 열었다.

　"싸움을 좋아하는 놈들 때문에 난 처자를 다 죽였으니……."

　그러고는 비통해서 더 말이 나오지를 않았다. 그는 그만 술집을 나와 버리고 말았다.

　서쪽 하늘엔 아직도 저녁놀이 남아 있었다. 붉게 물들은 하늘은 거리의 불길이 모두 올라가 그대로 붙는 것만 같았다. 그는 자기가 취했는지 그렇지도 않은지 몰랐다. 그러나 지금엔 아무 것도 무서울

---

*5 작가 부친 소유의 빌딩.

것이 없다는 것만은 분명히 의식할 수가 있었다. 그는 강가에 원목을 쌓아놓은 곳으로 가서 앉았다. 어둠이 스며들기 시작한 그곳은 죽은 듯이 고요할 뿐 멀리 바라보이던 능라도와 반월도도 어두운 장막 속에 숨어버렸고, 폭탄에 죽지를 늘이운 인도교도 겨우 윤곽만이 꺼멓게 짐작되었다. 강에서는 부드러운 바람이 불어왔다. 아내의 살결처럼 부드러운 바람이었다. 그는 마음이 텅 빈 채, 완전히 어두운 빛깔로 변해버린 수면만을 멍하니 바라보고 앉아 있었다.

늙은 수양버들들이 길게 들어선 강 언덕에 트럭 한 대가 화광을 던지며 왔다. 잠시 후에 그곳에선 강 속에다 무엇을 던지는 소리가 들려왔다. 시체를 싣고 와서 던지는 모양이었다. 던져지는 간격도 소리도 일정하니 들리었다. 경일이는 그것을 하나 둘 세었다. 스물까지 세고서는 더 세지를 못했다. 수가 높아질수록 설움이 높아지며 가슴을 찢어놓는 것 같기 때문이었다. 이렇게도 혼자 외로울 바에는 차라리 자기도 시체가 되어, 저 시체들과 함께 강물에 둥둥 떠서 노는 것이 즐거울 것만 같이도 생각되었다. 다시 강 쪽에서는 바람이 풍겨 왔다. 그러나 아까와 달리 이번엔 피비린내 나는 미친바람이 풍겨지는 것 같아 그는 주먹을 그러잡고 전신을 와르르 떨었다.—내 아내와 아이들, 그것들은 다 어떻게 되었단 말인가, 그것들이 그래도 내 품에 안겨서 앓기나 해서 죽었다면 이렇게도 서러울 수가 없을 일인데 그것들이 불구덩이 속에서 얼마나 악을 써가며 나를 부르다 죽었을 것인가. 사과를 하나 사달라고 해도 주먹으로 틀어 막던 그것들, 그것들이 도대체 어떻게 되었단 말야, 그것들이 정말, 정말루…… 이제는 다시는 볼 수가 없단 말야. 그는 숨이 막혀 한참이나 픽픽거리다 못해, 가슴속에 쌓이고 쌓였던 울분이 한꺼번에 터져 나오는 대로 엉엉 울어대기 시작했다. 그 울음소리는 무서운 짐승의 울음소리와도 같았다.

교련(敎鍊)과 나

내가 중학을 다니며 제일 싫어한 과목은 교련이었다. 교련은 일본 군대의 훈련을 받는 과목이었다.

나는 이 교련 때문에 몇 번이나 신물이 나는 곤경을 쳤는지 모른다. 때로는 검도 채로, 때로는 구둣발로, 생각해보면 지긋지긋한 일이다.

그렇다면 내가 무슨 일본에 대한 반항 의식이 남보다 강했기 때문에 그런 곤경을 당한 모양이라고 생각할지도 모른다. 그러나 실상은 그런 것도 아니다. 그보다는 오히려 체질적으로 교련을 싫어한 때문이었다고 하는 것이 옳을 것이다.

하기는 나도 다소나마 민족주의 사상이 없었던 것은 아니다. 평양의 S소학교는 많은 투사를 배출한 민족 사상의 근원지다. 나도 그 학교를 다닌 만큼, 어렸을 때부터 그런 사상이 배양되어 온 것도 사실이요, 또한 그 때문에 교련 선생에게 호감을 가질 수 없는 것도 사실이다.

교련 선생은 일본 육군 중위였지만 이희근(李禧根)이란 이름을 갖고 있는 한국인이었다. 그러나 그는 좀처럼 한국말을 쓰는 일이 없었다. 언제나 일본 말로 지껄였다. 그것도 투박스러운 구주(九州) 사투리로 지껄였다.

그것을 보면 자기가 한국 사람인 것이 무슨 수치나 되는 것처럼 생각하는 모양이었다.

내가 무엇보다도 그에게 호감을 가질 수 없는 것은 이 점이었다. 어째서 그렇게도 자기 나라말을 싫어할 수 있을까—

하긴 그 당시엔 그런 인간이 비단 그뿐만이 아니었다. 저라고 우쭐대는 자들이란 대개가 한국말을 입에 담기도 싫다고 통역을 내세우는 판국이었다. 그는 아내가 일본인이요. 아이들이 모두 일본 학교에 다니고 집에 돌아오면 '유까다'를 걸치게 되고 또한 자기 자신이 일본 군인이고 보면 자기가 한국인이라는 것을 잊을 법도 한 일이다.

우리들도 그의 심정을 알아줘 이름 대신 게사니라는 별명으로 부르지 않는가. 그러니 그를 그렇게 나무랄 것도 아니야라고 생각을 돌이켜도 보았지만 나는 역시 그에게 호의가 가지 않았다. 아무래도 나의 옹졸한 탓이었던지.

그런데 여기서 잠깐 그의 별명인 게사니에 대한 주석이 필요하다고 생각된다. 게사니는 거위의 평안도 사투리다. 그가 아침저녁으로 언제나 깩깩 소리를 치므로 그런 별명이 생겼지만 그가 호령칠 때 목을 뽑는 것도 여등 거위였다. 뿐만 아니라 이희근이라는 자기의 이름보다는 차라리 그런 별명으로 불러주는 것을 내심으론 반가워했을지도 모른다.

그러므로 이제부터는 그를 게사니라고 부르기로 하자.

다음으로 내가 게사니에게 호의를 가질 수 없는 일은 그가 일본 육군 사관 학교를 나온 것을 자랑하는 일이었다. 이건 사사건건 기회가 있을 때마다 "내가 육사 있을 때"가 아니면 "육사 학생들은—" 하고 떠벌렸다. 요컨대 육사 학생들은 모두가 훌륭하고 우리들은 모두가 바보라는 뜻이었지만 나는 그 말이 비위에 거슬려 견딜 수가 없었다. 우리들도 그가 생각하는 것처럼 그렇게 바보는 아니라고 생각했기 때문이다.

그의 지론에 의하면 육사 학생은 모두가 수재라는 것이다. 왜냐하면 수재란 반드시 가난한 집에서 태어나는 것이고, 집이 가난하고 보면 자연 국가에서 학비를 대주는 육사를 지원하게 마련이고, 이런 수재 중에서 뽑힌 것이 육사 학생들이니 그야말로 우수하고도 가장 우수한 수재들일 수밖에 없다는 것이다.

듣고 보면 그럴싸한 이야기였지만 그러나 그가 이 수재론을 역설하는 것은 딴 이유가 있었다. 말하자면 자기도 이런 수재들이 다니는 육사를 나온 만큼 틀림없는 수재라는 것을 은연중 우리에게 자랑하자는 것이었다. 그러나 다른 학생은 몰라도 나는 그를 한 번도 수재라고 생각해 본 일은 없었다. 나는 그 게사니가 어떻게 사관 학교를 다니게 되었다는 것을 너무나도 잘 알고 있기 때문이었다.

그는 본시 구한국 시대의 시위병이었다. 그것이 한일 합병으로 해산 당할 때 일본 사관 학교를 지원하는 한국 군인들에겐 무시험으로 넣어줬다. 그도 그 판에 끼어 들어갔던 것이다. 그러나 그때 일본 사관 학교에 지원한 한국 군인은 불과 몇 명이요, 대부분은 나라를 잃은 의분을 참지 못하여 왜병들과 싸워 피를 흘렸다. 이에 비한다면 그는 멸시받을 변절자요 비겁자다. 아니 나라를 팔아먹은 이완용이나 조금도 다름이 없다. 그런 자가 뭐 수재라고, 더럽다, 더럽다, 퉤. 그의 상판에 침 뱉어주면 줬지 수재라고 생각할 리가 만무하다.

더욱이 비위에 거슬리는 것은 그런 자가 뻔뻔스럽게도 우리들의 머리를 뜯어고쳐 준다는 것이다. 말하자면 요즘 공산당에서 떠벌리는 세뇌 공작의 뜻과 통하는 말이었으리라.

나는 이 말을 들을 때마다 어이가 없었다. 아니 소름이 오싹 끼쳐졌다. 우리들의 머리를 뜯어고쳐 준다니 도대체 어떻게 고쳐주겠다는 것인지 통 알 수가 없었기 때문이다.

자기처럼 자기 나라도 모르는 얼빠진 놈으로 만들어주겠다는 것인지, 그렇지 않으면 자기처럼 아주 일본 군인으로 만들어주겠다는 것인지—

하기는 자기가 일본 군인이 된 것이 무척 자랑스럽기도 하고 훌륭해 보이기도 하는 모양이었다. 그것은 무엇보다도 앞가슴을 툭 내밀고 아침에 출근하는 것을 봐도 알 수가 있었다. 그는 결코 작은 체구가 아니었다. 키가 크고 어깨가 떡 벌어진 것이 당당한 체구였다. 모르긴 해도 그가 젊었을 때 시위병이 됐던 것도 그 체구 덕이었으리라.

그의 걸음걸이도 결코 그의 별명인 게사니의 걸음이 아니었다. 다년간 군대에서 단련된 씩씩한 걸음이었다. 하낫 둘, 하낫 둘 하고 가만히 호령을 불러봐도 보조가 딱딱 들어맞는 걸음이었다. 그 걸음으로 학생들의 경례를 척척 받으며 교문으로 들어설 땐 제법 위풍이 당당하다.

그러나 나는 알 수가 없었다. 간혹 자기를 못 보고 그대로 지나가는 학생까지 붙잡아 세워놓고 기어이 경례를 받고야 마는 심정을—그렇게도 경례를 받고 싶어하는 심정을—

나는 언젠가 반 친구 몇이서 흘레하는 개를 보고 있다가 "코라"[*1] 하는 소리에 깜짝 놀래어 그에게 경례한 일이 있다. 그때도 게사니가 못 본 체하고 그대로 지나갔다면 사제지간의 서로의 체면도 섰으련만.

그러나 더욱 알 수 없는 것은 그가 가슴에 공패를 차고 좋아하는 꼴이다. 그는 무슨 행사나 있는 날이면 보아라는 듯이 으레 가슴에 공패를 가득 달고 나왔다. 그 공패는 금도 아니고 은도 아닌 모두가 구리로 만든 싸구려들이다. 파쇠로 족쳐 판다면 서푼어치도 되나 마나 했다. 그런 것을 차고서 좋아하니 정말 알고도 모를 일이다. 그런

---

*1 일본어로 상대를 꾸짖거나 책망하여 부르는 말. 이놈.

것을 생각해보면 일본 애들의 군인 놀음이라는 게 도대체 유치원 애 놀음 같기도 했다.

사실 교련도 그런 것이었다. "앞으로 갓" 하면 가고 "뒤로 돌아 갓" 하면 다시 제자리로 돌아가고 "번호" 하면 하나, 둘, 셋, 넷, 다섯 하고 셀 줄 아는 걸 무슨 자랑이나 되듯이 큰 소리로 소리쳐야 했으니 그야말로 유치원 애들의 놀음이 아니고 무엇인가. 그것도 유치원 애들의 놀음이라면 재롱떠는 것이 귀엽다고도 할 수 있다. 이건 그것이 아니고 다 큰 여드름투성이를 데리고 하는 노릇이니 사람 반편 만들자고 하는 노릇이 라고밖에 생각되지 않았다. 그런 놀음을 무엇하자고 금같이 아까운 시간을 허비해가며 교련을 배워주는지 나는 도시 이해할 수가 없었다.

중국의 임어당(林語堂)이란 사람은 멀쩡한 젊은 신사들이 무엇 때문에 공 하나를 따라다니며 야단인지 모르겠다고 축구를 비웃었지만 교련은 정말 비할 바가 아니다.

그러나 내가 교련을 더욱 싫어하게 된 것은 교련 시간에 다리에 감고 하는 각반 때문이라고도 할 수 있었다. 물론 나도 처음엔 각반을 사지 않은 것은 아니었지만 어떻게 돼서 한 짝이 없어졌다. 그렇다고 싫어하는 교련을 위해서 각반을 새로 사고 싶지도 않았다. 나는 생각한 끝에 한쪽 각반을 잘라서 둘로 만들었다. 그 짧은 각반을 갖고서 무릎 밑까지 감자면 이만저만 힘든 일이 아니었다. 기술적으로 감았다고 해도 풀어지기가 일쑤였다. 그 때문에 게사니에게 뺨을 얻어맞은 것도 한두 번이 아니다.

하여튼 나는 이런 일, 저런 일로 교련이 싫어지게 마련이었고 따라서 게사니도 싫어지게 마련이었다.

그러나 그와 나와의 감정이 정면으로 충돌되어 노골스럽게 적대시하게 된 것은 뜻하지 않은 방귀 사건이 있은 직후부터였다.

비가 와서 교련을 못 하게 되는 날이면 그는 교실에서 자기가 출전했던 전투담을 잘 해주었다.

그는 일차 대전 직후에 시베리아에 출전한 공으로 소위에서 한 계급 올라 중위가 된 것이고, 또한 가슴에 달고 자랑하는 공패도 그때에 탄 것이었다. 그러니만큼 그로서는 허허벌판 시베리아에서 볼셰비키의 빨치산들과 싸우던 일이 감개무량하기도 하고 그 이야기에 신도 날 법한 일이었다.

그러나 우리들은 별로 흥미가 있을 리 없었다. 더욱이 나같이 앞줄에 나 앉은 학생은 피해가 대단했다. 이야기에 흥분해서 대포 소리를 "쾅쾅……" 하고 연발할 때면 침방울이 마구 튀어 오기 때문이었다.

처음엔 그것이 비가 새서 천장에서 떨어지는 물방울인 줄로만 알았다. 그러나 다음 순간에 이마가 선뜩한 것을 느끼고 그것이 그의 침방울이란 것을 알았다. 그가 한참 이야기에 흥분했을 때는 허연 가래가 막 튀어나올 때도 있다. 정말 견뎌낼 수 없는 일이었다.

그날도 게사니는 시베리아의 전투담으로 한참 열이 올랐다. "쾅쾅쾅……" 연달아 대포 소리를 내며 마구 침방울을 튕기던 그때, 문득 방귀 소리가 났다. 가락을 띠워 길게 굴러 나오는 맵시 있는 방귀 소리였다.

급기야 "하아" 하고 모두가 웃어댔다. 게사니는 그만 맥이 빠지는 모양으로 이맛살을 접으며 혀를 찼다.

"누구야?"

아무도 대답이 없었다. 그렇다고 종잡을 길도 없었다. 게사니의 위신은 아주 떨어지고 말았다. 그 위신을 다시 회복해야겠다고 생각한 모양으로 극히 점잖게,

"방귀도 대소변과 다를 것 없어. 다음부터 손을 들고 나가서 뀌고

와."

그러고는 지금의 일은 잊은 듯이 다시 이야기를 계속했다.

이야기는 또다시 절정에 달하여 이번엔 바야흐로 기관총 쏘는 장면이 나오게 되었다.

"따다―따다다다."

그건 생각만 해도 끔찍한 일이었다. 침방울이 비 오듯이 뿌려질 판이니 나는 그 대책을 생각지 않을 수가 없었다. 쉽게 떠오르는 생각은 노트로 얼굴을 가리우거나 머리를 숙이고 있는 일이었다. 그러나 두 가지가 모두 만족한 대책은 못 되었다. 노트로 얼굴을 가리우면 꾸중을 들을 염려가 있었고, 머리를 숙이고 있으면 머리 위에 떨어지는 침방울은 면할 수가 없었기 때문이었다.

나는 다시 생각했다. 무슨 좋은 수가 없을까. 바로 그 순간에 퍼뜩 머리에 묘안이 떠올랐다. 떠오르는 대로,

"선생님."

하고 나는 손을 번쩍 들었다.

"뭐야?"

"방귀 매려워요."

이리하여 그의 기관총 소리는 간신히 면했지만 그때부터 우리 둘 사이에는 이미 선전 포고를 한 것이나 다름이 없었다.

그는 학생들의 잘못을 잡아내는 일엔 굉장한 정열을 갖고 있었다.

아침마다 조회가 끝나면 교실로 들어가는 학생들의 복장을 검사하는 것이 그에겐 대단히 큰일이었다. 이런 때에 잘못된 학생이라도 발견하게 되면 그의 눈은 대번에 광채가 났다. 마치도 무슨 보물을 찾은 것 같은 눈이었다.

그때는 지금의 맘보바지와는 반대로 바짓가랑이가 펄럭이는 소위

나팔바지란 것이 유행이었다. 그것을 보면 유행도 지구처럼 빙글빙글 도는 모양이지만 그가 눈을 밝혀 찾는 것은 물론 이 나팔바지였다.

나는 교복만은 비교적 단정히 입던 편이었으므로 이런 일엔 걸릴 리가 없었지만 그래도 그의 앞을 지날 때면 언제나 나를 흘겨봤다. 이를테면 내 바짓가랑이가 넓지 않은 것이 화가 난다는 얼굴이었다.

이 모양이니 학년 배지가 조금 비뚤어졌어도 "나와" 하고 주먹 바람이요, 머리가 약간 길었어도 역시 마찬가지였다. 그러나 이런 것은 어떻게 모면할 수가 있었다. 문제는 한 주일에 두 시간씩 있는 교련 시간이었다. 그 시간이 되면 육십 명 중에서 오십구 명은 제쳐놓고 나만을 감시하는 판이니 견뎌낼 도리가 없었다. 그 감시의 눈을 견뎌내자면 적어도 다른 학생의 몇십 배, 정확히 따진다면 오십구 배의 신경을 써야 했다. 그러나 신경을 쓰면 쓸수록 오히려 그 반대의 결과를 나타내는 일이 많다. 이를테면 나는 실수를 않겠다고 너무 긴장해 있었기 때문에 '우향우'를 '좌향좌'로 착각했고 번호를 부를 때도 자기 차례가 오기도 전에 먼저 소리치는 경우가 많았다. 물론 이런 때는 용서 없이 게사니의 주먹이 날아드는 것이지만, 그보다도 더 괴로운 것은 그 때문에 친구들의 웃음거리가 되는 일이었다. 이 교련 시간에는 아무리 친한 반 친구라고 해도 나의 실수를 동정하거나 변호해주려는 생각은 없이 기다리거나 했던 듯이 웃어주니 말이다.

그러니 나로서는 교련이 자꾸만 싫어질 수밖에 없는 것이고 따라서 게사니에 대한 반발심이 끓어오르는 대로 '어디 두고 보자' 하는 생각도 품게 됐다. 그것이 무모한 생각이라는 것을 모르는 것은 아니면서도—

그러나 그 원한을 풀 기회가 온 것이었다. 게사니에 대한 평소의 원한을 풀 그 기회가 온 것이다.

가을 원족으로 평양에서 삼십 리가량 떨어진 대성산을 갔던 다음 날 아침이었다.

"너 교무실로 와."

조회가 끝나고 교실로 들어가는 학생들을 지켜 섰던 게사니가 나를 보자 불시에 소리쳤다.

나는 무슨 일인지 몰랐다. 그에게 불리울 만한 일이 잘 생각나지 않았기 때문이었다.

교무실의 문을 열고 들어서자, 게사니는 대뜸 눈을 홉떠,

"너 원족 안 갔지?"

하고 소리쳤다.

나는 원족을 갔던 만큼 자신 있게,

"갔습니다."

하고 대답했다.

"갔다구? 이 자식."

그는 벌떡 일어나 책상 옆에 세워뒀던 검도 채로 마구 나를 때려 댔다.

처락 처락―

그러나 검도 채로 맞는 것은 그 요란스러운 소리에 비하면 그렇게까지 아픈 것은 아니다. 검도 채가 그렇게 만들어졌기 때문이다. 그렇다고 결코 즐거운 노릇도 아니었다. 뭇 선생의 시선을 받아가며 애매한 매를 맞는 일이니 억울할 뿐이었다. 억울했지만 해명할 도리도 없었다. "갔습니다. 갔습니다. 틀림없이 원족을 갔습니다"하고 극구 발명해봤댔자 그것은 검도 채를 쥔 그의 손아귀에 힘을 더 돋워주는 일밖에 안 됐으니―

그러나 나는 그가 왜 나를 때리게 되었다는 것을 모르는 것은 아니었다.

우리 학교는 게사니가 들어온 후로 여러 가지 귀찮은 규칙이 생겼

다. 일본 군대식을 본받는다고 하며 그가 만든 것이다. 우리가 참빗 장수 같은 가방을 메게 된 것도 그런 것의 하나였다.

원족가는 날, 나는 그 큰 가방에 도시락 하나만을 덜렁 넣고 가는 것도 우스워 도시락을 보에 싸갖고 갔다.

그러한 학생이 나 혼자뿐만 아니라 오십 명가량 되었다.

출발 직전에 그것을 발견한 게사니는 화를 내어 곧 집으로 가서 가방을 갖고 뒤따라 오라고 했다.

이렇게 되면 대개는 원족을 그만두게 된다. 그러나 나는 그것을 실행했다. 그의 블랙리스트에 올라 있는 만큼 어기면 재미없으리라는 것을 알고 있었기 때문이다.

그는 으레 내가 원족에 오지 않았으리라고 추측한 것이다. 내가 그를 미워하는 만큼 그도 나를 미워했으므로 그런 추측을 하게 된 모양이었다.

정신없이 치던 검도 채는 잠시 멈춰졌다. 숨을 돌리기 위해서였다.

"네가 아무리 거짓말을 잘해도 나는 못 속여."

나는 억울했다. 그렇게 오해를 받는 것이 나는 억울했다. 그러나 역시 해명할 도리가 없었다. 사실대로 해명하려고 입을 열면 잠시나마 쉬고 있던 검도 채가 또다시 나의 몸에 날아들 판이니—

나는 억울하면서도 그저 가쁜 숨을 쉬고 있는 그의 얼굴을 멍청히 쳐다보고 있는 수밖에 없었다.

"그래도 원족을 갔다는 것인가?"

그는 또다시 고함쳤다. 어떡해서든지 항복을 받고야 말 작정인 모양이었다. 그러나 나는 거짓말을 할 수는 없었다. 거짓말해서 안 된다는 것을 그한테서도 배운 말이기 때문이다.

"네, 원족은 분명히 갔습니다."

지나칠 정도로 공손히 말했다. 그러한 태도가 또한 비위에 거슬렸

던 모양인지,

"이 자식이 아직도 매를 설맞았구나."

이 소리와 함께 그는 검도 채를 다시 쥐려고 했다.

바로 그때였다. 아까부터 이쪽을 보고 있던 강 선생이 불시에 입을 연 것은—

"이 선생, 그 학생은 분명 원족을 갔습니다."

이 말에 게사니는 물론, 교무실에 있던 모든 선생의 시선이 강 선생에게로 집중되었다.

그러나 강 선생은 태연자약하게,

"그건 내가 증명하지요. 저 학생과 난 점심도 같이 먹었으니."

나는 눈물이 나리만큼 고마웠다. 내가 원족을 갔던 것만은 사실이니까 혹시 강 선생이 나를 본 일이 있었을는지 모르지만 점심까지 먹었다는 것은 완전한 창작이었다. 나는 강 선생에게 달려가서 붙잡고 울고 싶은 마음이었다.

그러나 내가 막상 붙잡고서 운 것은 게사니였다.

"강 선생님도 저렇게 말씀하시지 않았습니까. 저는 원족을 갔기에 갔다는 것입니다. 그런데 선생님은 어째서 그렇게도 자기 학생의 말을 믿지 못합니까?"

게사니는 확실히 당황한 얼굴이 되었다. 살기등등한 얼굴이 점점 거메지는 것을 보아서 알 수가 있었다. 그럴수록 나는 속으로 고소하다, 고소하다 하면서 더욱 목청을 놓아 울어댔다. 울면서,

"아무리 생각해도 선생님은 제게 대한 무슨 원한이 있는 것 같습니다. 그날도 가방을 갖고 오지 않았던 학생이 오십 명이나 되었는데 유독 나만을 의심하니 그건 또 무슨 이유입니까?"

그는 대답 없이 내 얼굴만 쳐다보고 있었다. 대답을 못 하는 품이 내 말에 가슴이 찔린 모양이었다.

그러나 이어 기분을 돌려 그는 변명 대듯이,

"알겠다 알겠어, 그러나 평소에 네 행동이 나쁘기 때문에 나도 잘 못 생각을 한 거야."

"나쁘다면 어떻게 나쁩니까? 나쁜 점은 고치겠으니 분명히 이야기해 줘요."

"하여튼 나쁘다면 나쁜 줄이나 알어."

"그건 너무나 독단적이 아닙니까?"

이 말엔 수그러지던 그도 화가 나는 모양으로,

"뭐 어째?"

하고 언성을 높였다.

"독단적입니다."

나도 지지 않고 소리쳤다. 승산은 내게 있다는 자신이 있었기 때문이었다.

그러나 이 싸움은 불행히도 그만 여기서 중단되고 말았다. 강 선생이 나를 꾸짖었기 때문이었다.

"선생두 잘못은 있는 법이야. 눈물 닦고 빨리 가서 공부나 해."

하고.

강 선생은 그때 벌써 오십이 넘은, 우리 반에 기하를 가르쳐주던 수학 선생이었다. 구한국 시대에 관비생으로 도쿄로 가면서 일본 말이라고는 '단따이(團體)'라는 한 마디를 배워갖고 왔다고 했다. 배를 타고도 '단따이', 기차를 타고도 '단따이', 심지어 담배를 사러 가서도 '단따이'라고 했다니 웃을 일이 한두 가지가 아니었겠지만, 공부할 과목을 선택하는 것도 제비 뽑듯이 했다는 것이다. 그것을 고르고 고른다는 것이 하필 수학을 골라잡아 결국은 훈장 똥은 개도 안 먹는다는 이 노릇을 하고 살게 됐다는 푸념도 했지만 그래도 그는 수학의 깊은 뜻을 알고 있던 분이었다.

그는 기하를 배워주는 것도 재미나고 알기 쉽게 배워줬다.

예를 든다면 삼각형의 두 변은 다른 한 변보다 길다는 것도 "그게 별 것 아니다. 지름길을 걷는 것과 꼭 같은 것이지" 이런 투였다.

그는 우리에게 이런 말을 했다. 화가 났을 땐 백을 세라고, 그래도 풀리지 않으면 또 백을 세라고, 그래도 역시 풀리지 않으면 또 백을 세라고. 그렇게 삼백까지 세고 나서도 참을 수가 없을 땐 목숨을 걸고라도 해 보라고.

강 선생은 실제로 자기 자신이 그것을 실행하고 있는 모양이었다. 화가 났을 때는 묵묵히 뒷짐을 지고 몇 번인가 교단을 왔다 갔다 하는 것을 볼 수가 있었다.

이런 일도 있었다.

우리 반에서 기하 시험을 치는데 게사니가 시험 감독으로 들어왔다. 우리들을 열등생으로 취급해온 그는 이런 때일수록 더욱 눈을 밝혀 야단이었지만, 그날은 무슨 생각인지 선생 책상 위에 의자까지 올려놓고 그 위에 올라가 앉아서 곁눈질을 조금이라도 쳐도 시험지를 빼앗는다고 눈을 두룩거렸다. 마치도 간수가 망대 위에서 죄수들을 감시하는 얼굴이었다. 아니 그보다도 더 불쾌한 얼굴이었다. 그는 다시 두꺼운 입술을 놀려 자기가 다닌 사관 학교 학생들이 시험 칠 땐 감독하는 선생이 들어오지 않아도 누구 하나 곁눈질 치는 일도 없이 연필 소리만 살랑살랑 난다고 했다.

나는 이 소리에 화가 불끈 났다. 책상 위에 올라가서 감시하는 것도 참을 수 없는 일인데, 이 말까지 듣고 나니 시험 칠 생각이 없어지고 말았다.

나는 백지로 낼 생각을 했다. 기하는 꽤 하는 편이었으므로 설마 낙제 점수야 주랴 하는 생각도 없지 않아 있었기 때문이었다. 그러나 백지를 내면 그대로 손해를 보는 것 같아 시험지에 다음과 같은 글을 썼다.

　교련 선생은 우리들이 모두 컨닝이나 해서 시험을 치는 줄 아는 모양입니다. 신성한 선생 책상 위에 의자를 올려놓고 앉아서 우리를 감시하니 이럴 법이 어디 있습니까, 저는 이런 모욕을 받으면서는 시험 칠 마음이 없어 여기 몇 자 적었습니다.

　나는 이 시험지를 남이 낸 시험지 밑에 깔아 넣고 밖으로 나왔다. 그러고는 운동장에서 놀고 있는데 뒤에서 나온 아이가,
　"너 시험지에 뭘 썼니? 게사니가 화가 나서 교무실로 오래더라."
　하고 알려줬다. 나는 가슴이 철썩했다. 그가 내 시험지를 보리라고는 생각지 못했던 것이다. 그러나 그는 내가 나간 후에 내 시험지를 찾아본 모양이었다.
　게사니는 생각한 대로 골이 잔뜩 나서 얼굴이 벌겋게 충혈되어 있었다. 나는 뺨깨나 맞을 것은 이미 각오한 바라, 잠자코 그의 앞으로 가 섰다.
　"너는 도대체 선생을 무얼로 보고서 시험지에 이따위 글을 썼어."
　그는 자기 책상 위에 놓여 있던 시험지를 내 면상에 갖다 대며 소리쳤다. 나는 잠자코 있는 수밖에 없었다. 다음 시간의 종소리가 나도 그는 보내줄 생각이 없이 그대로 계속해서 꾸짖어 댔다.
　그때에 아까부터 자기 책상에 앉아서 유심히 보고 있던 강 선생이 가까이 오며,
　"무슨 일이오?"
　하고 한국말로 물었다. 그러나 한국말은 절대로 입에 담지 않는 그는 역시 일본말로,
　"이 시험지를 좀 보시오. 선생님 시험에 이런 걸 썼습니다."

하고 강 선생 앞에 그 시험지를 내주었다. 강 선생은 시험지에 쓴 글을 잠시 훑어보고 나서,

"알겠쉐다. 내가 잘 처리할 테니 선생님은 빨리 나가보우. 운동장에서 학생들이 기다리는 모양이니."

하고 말했다. 그는 나를 마음껏 때리지 못하고 나가는 것이 유감인 모양이면서도 출석부를 들고 나갔다.

나는 다시금 강 선생에게 욕을 먹을 생각을 하고 가슴을 두근거리고 있자,

"이리 오게나."

하고 나를 자기 책상 앞으로 데리고 갔다. 그러고는 히죽 웃으며,

"됐어 됐어, 훌륭해. 사람이 그만한 뱃심은 있어야 하는 거야."

하고 내가 낸 시험지를 휴지통에 구겨 버린 후 학생들에게 나눠 주고 남은 새 시험지를 한 장 꺼내주며,

"그렇다고 시험을 치지 않은 학생에게 점수야 줄 수 없지. 그러니 다섯 문제 난 이 중에서 자네 마음대로 골라 두 문제만 풀게나. 한 문제에 오십 점씩 줄 테야."

하고 어디론지 나가버렸다. 나는 선생의 고마운 마음에 첫 문제서부터 차례차례로 내 실력껏 풀어나갈 생각을 했다.

내가 셋째 문제까지 풀고 넷째 문제를 풀려고 하는데 선생이 다시 들어와 내 시험지를 들여다봤다. 그러고는,

"이 사람 너무 욕심을 부려 백오십 점 맞게 쳤네그려. 그만하구 어서 올라가 봐."

나는 약간 열적어진 기분에 얼굴이 붉어진 채 인사를 하고 나가려고 하는데,

"이 사람! 어껀 백오십 점 맞은 시험에 이름을 안 쓰고 나가면 무슨 소용인가."

나는 그 순간에 아차 했다. 너무나 흥분했던 때문에 시험지에 이름 쓰는 것을 잊었던 것이다.

모르긴 해도 4월 18일은 평양에 주둔해 있던 77연대의 군기제라고 기억된다. 그날은 시내의 남녀 중학교와 전문학교가 평촌리 연병장에 모여 분열식을 했다. 그날을 앞두고서 각 학교에서는 그 연습이 대단했다. 우리 학교에서도 오후 수업을 집어치우고 연습할 정도였다.

그러한 어느 날, 나는 뜻하지 않은 일로, 정말 뜻하지 않은 일로 게사니가 찼던 환도를 꺾게 되었다. 환도는 군인의 존엄성을 상징한다는 말은 일찍이 게사니에게 들어서 나도 알고 있었다. 그러한 환도를 여지없이 꺾어놨으니 미안스럽지 않을 수 있으랴.

그러나 그 환도는 분명히 따지면 내가 꺾은 것은 아니다. 게사니 자신이 꺾은 것이다. 나는 다만 환도를 꺾은 데 매개물이 된 것뿐이다.

그날은 유달리 따뜻한 봄날이었다. 하기는 4월 중순이면 모란봉에 벚꽃이 피기 시작할 때니 당연한 일이다.

따뜻한 봄날은 으레 노곤한 법이다. 더욱이 여드름투성이인 젊은 놈으로선 공연히 싱숭생숭해질 때다. 그때의 유행가대로 이팔청춘 방긋 웃는 봄이나 즐기고 싶은데 연달아 며칠씩 잡아 놓고 교련 연습만 시키니 기운이 날 리가 없었다. 학생들은 게사니가 땀을 뻘뻘 흘려가며 열심히 지휘하는 것도 몰라주고 한눈팔기가 일쑤였다.

"너희들은 짱꼬라 군대와 꼭 같아. 다른 학교에서 보면 뭐랄 테야, 학교의 명예를 생각해서도 기운을 내요."

하고 게사니는 목에 핏대를 올려가며 소리쳤다. 나는 그 소리에 펀뜻 깨닫는 바가 있었다.

'그렇지, 학교의 명예를 위해서도 그럴 수가 없는 일이지. 일본 놈들이 비웃을 게 아냐. 조선 놈들은 별수 없다구. 아니 그보다도 이런 기회에 게사니에게 잃었던 신용도 회복할 수가 있는 거야. 자, 기운을 내서 남의 모범이 되도록 활기 있게 행진하자.”

이렇게 생각한 나는 앞가슴을 툭 내밀고서 기운차게 활개를 치며 행진했다.

그때에 단상에 올라서서 지휘하던 게사니가 갑자기 “제자리에 섯” 하고 한마디 호령을 던지고서는 백 미터 흑인 선수 오엔스보다도 더 빠른 속도로 나를 향해 달려왔다. 나는 무슨 일인지 몰랐다. 그러나 그것을 더 생각해 볼 사이도 없게 그의 주먹이 내 면상에 날려 들었다. 뒤이어 구둣발이 내 허리를 찼다. 나는 비틀거렸다. 그러자 이번 엔 허리에 찼던 환도 집으로 나를 마구 내려쳤다.

“이 죽일 자식, 교련이 무슨 장난인 줄 아니?”

그 전에도 나는 게사니에게 수없이 맞았지만 전교생이 있는 앞에 서 맞기는 이것이 처음이었다. 학생들은 왁 둘러서서 구경하고 있었다. 그는 그것도 모르는 모양으로 계속해서 나를 때렸다. 나도 물론 영문을 모르고 매를 맞으므로 ‘이 자식’하는 마음도 없지 않아 있었지만 그렇다고 반항할 수도 없었다. 내가 기껏 할 수 있는 일은 피하는 일밖에 없었다. 이리 피하고 저리 피하고—그의 어깨를 짚고 피하는 바람에 그는 나를 때리려던 환도를 깔고 넘어졌다. 그 바람에 환도가 맥없게도, 정말 맥없게도 두 동강으로 부러졌다.

“하하아—”하고 웃음이 터졌다. 선생들도 웃었다. 물론 나도 웃고 싶었다. 그러나 웃음이 나올 수는 없었다.

게사니는 먼지를 털고 일어섰지만 그 순간에 그의 위엄은 아주 땅에 떨어지고 말았다. 마치도 긴 칼을 찬 장교가 졸지간에 졸병이 되듯.

다음 날 나는 학교를 쉬었다. 쉬지 않을 수가 없었다. 교무실로 오라는 게사니의 말을 어기고 달아났기 때문이었다. 그러나 그것도 어기지 않을 수가 없는 일이었다. 어기지 않고서는 내 몸이 성할 수 없다고 생각됐기 때문이다.

그날 나는 가방을 멘 채 모란봉에 가서 도시락을 먹었다. 벚꽃 구경 간 사람이나 다름없었다. 그러나 내 마음은 그렇게 즐겁지 못했다.

다음 날은 책을 산다는 핑계로 구경값을 타갖고 나와서 영화를 봤다. 역시 즐겁지 않았다.

그 다음 날은 일요일이었다. 하숙하는 반 친구를 찾아가서 화투를 쳤다. 학교에서는 내가 대단한 인기라고 했다. 그러나 나는 반갑지가 않았다.

그 환도에 대해서도 의견이 분분하다고 했다. 가짜 칼이거니, 그렇지 않다거니, 칼집에 칼이 있었다거니, 없었다거니.

그다음 날은 학생들이 연병장에 가는 군기제 날이었다. 나는 도서관에 가서 한종일 책을 읽었다.

이렇게 며칠을 지나는 동안에 나는 결국 일주일간 정학으로 낙착되었다.

나는 그제야 겨우 한숨을 쉬면서 웃었다. 부러진 환도를 찼던 게사니를 생각하며 웃은 것이다.

교환 조건

　—이 거리를 걷는 것이 몇 년 만이야, 오 년 만이 아닌가, 아니 육
년 만이야. 이곳을 떠난 것이 4·19 전전해였으니 틀림없이 육 년 만이
야. 병수는 이런 생각을 하며 걸었다.

　도심지에서 그리 먼 곳이 아닌데도 그가 이곳에서 살다가 떠난 이
후로는 이상스럽게 한 번도 발길을 해보지 못했다. 그러나 거리는 옛
날이나 지금이나 별로 달라진 데가 없었다. 파출소 밑의 베이커리도
구둣방도 문방구도 설렁탕집도 그리고 골목 어귀에 우체통이 서 있
는 것도 옛날 그대로였다. 큰 거리를 버리고 골목 안으로 들어서자
그때의 일도 선명하게 되살아왔다. 아침마다 약국에서 담배를 사던
일도, 영숙이와 같이 들어오다가 그 웃집인 고깃간에서 그녀가 고기
를 살 때 우두커니 서 있던 일도 어제 일처럼 떠올랐다. 어두컴컴한
구멍가게도 옛날 그 모양이었다. ㄱ자로 꼬부라진 굴비가 가게 앞에
매달려 있는 것도, 그 밑에 두부 목판이 먼지를 뒤집어쓰고 있는 광
경도 그때나 조금도 다름이 없었다.

　길가에 처마를 잇대고 있는 가게들은 모두가 먼지를 함뿍 뒤집어
쓴 채 누런 광목 차일로 강한 여름 햇볕을 가리고 있었다.

　하얀 타일을 입힌 이발소 이층은 병수도 몇 번 드나든 일이 있는
당구장이다. 병수가 지금 찾아가는 '초원'이라는 다방은 바로 그다음
집인 한약국 이층이었다.

　병수는 다방으로 올라가려다가 문득 걸음을 멈췄다. 이발소 벽에

붙어 있는 국회의원 입후보자들의 포스터가 눈에 띄었기 때문이다. 아니 그 대여섯 장이나 되는 포스터 속에서 자기의 중학 후배인 윤덕일이의 사진이 눈에 띄었기 때문이다. 그는 병수가 모 대학에 강사로 나갈 때 배척 운동을 한 이사장의 아들이었다. 얼마 전에 미국에서 돌아와 야당인 민중당 당수의 비서로 따라다닌다는 이야기는 듣고 있었으나 이번에 출마한 것을 알기는 처음이었다. 병수는 그의 사진에 한 번 더 눈을 줬다. 머리에 기름을 발라 붙인 얼굴이 어느 호텔의 보이같이만 보이었다. 더욱이나 나비넥타이가 그런 인상이다.

'저 친구가 국회의원?'

병수는 어이가 없는 듯 쓴웃음으로 얼굴을 돌리다가 불도그 같은 얼굴을 보고 흠칫 놀랐다. 그것은 분명 김천득이의 사진이었다. 전에 같이 살던 자기 아내를 첩으로 데리고 사는, 병수가 잘 아는 사나이였다. 그가 이번에 건민당에서 공천을 받았다는 것은 물론 병수도 알고 있었다. 그러나 그의 출마 구역이 이곳인 줄은 몰랐다. 그는 못 볼 것을 본 듯이 얼굴을 붉히고 나서 분주히 다방으로 기어 올라갔다. 강한 햇빛 속을 걸어온 탓으로 홀 안은 몹시도 컴컴해 보이었다. 물수건을 들고 쫓아온 레지의 얼굴도 분명히 알아볼 수 없었다.

"커피 빨리 가져와, 아니 냉수를 먼저 좀 줘요."

이런 일 저런 일 어지러운 생각을 하고 온 때문인지 목이 말랐다. 온 몸엔 땀이 후줄근히 배어 있었다.

레지는 물을 날라다 놓고는 카운터로 되돌아가서 분주히 레코드를 걸었다. 낡고 닳은 음반이 찍찍거리며 소란스럽기만 한 재즈를 불러댔다. 곡은 모르지만 귀에 못이 박일 만큼 들은 곡이었다.

덥지도 않고 차지도 않은 미지근한 이름만인 냉수를 한 모금 마시고 나서 병수는 웃도리를 벗었다. 웃도리에까지 땀이 배어 있었다.

'뭐 대단한 녀석을 만난다고 저고리까지 입구 나와 갖구.'

그는 그것을 블라인드 사이로 흘러드는 햇볕에 마르라고 걸어두었다.

"몇 시나 되지?"

커피를 가져온 레지에게 물었다.

"세 시 좀 지났어요."

레지는 팔목시계를 슬쩍 곁눈질하면서 대답했다.

"세 시……."

세 시라면 약속한 시간이었다. 그는 이곳에서 세 시에 《중앙경제신문》이란 한 번도 구경해 본 일도 없는 신문의 편집국장과 만나기로 한 것이다. 그러나 그는 아직 나타나지 않았다.

병수는 할 일이 없는 대로 홀 안을 두리번거렸다. 이 다방도 옛날엔 꽤 자주 들른 곳이다. 그러나 걸린 전축이며 의자가 모두 생소했다. 그때부터 주인이 몇 번이나 바뀌졌는지 모르지만 지금의 이름이 바뀐 것처럼 그때마다 내부 장치며 비품이 바뀌졌으리라는 것은 알 수가 있었다.

병수는 심심한 대로 그때에 있던 물건이 그래도 남아 있는 것이 무엇인가고 찾아봤다. 좀처럼 눈에 뜨이지 않았다. 한참이나 찾다가 축음기 위에 걸려 있는 유화 하나를 발견했다. 꽃병에 꽂힌 백일홍을 그린 서툰 그림이다. 파리똥이 묻고 담배 연기에 그을어 옛날보다도 더 초라하게 보이었지만, 그래도 그 그림만은 이 다방을 지키고 있는 것만 같았다.

손님이 들어오는 문소리에 병수는 분주히 그쪽으로 눈을 돌렸다. 그것은 기다리는 사람이 아니고 요란스러운 무늬의 남방샤쓰를 입은 이십대의 청년이었다. 그는 레지에게 "미스타 킴 안 왔어?" 하고 한마디 묻고서는 쑥 나가버렸다. 그리고는 문을 여는 손님도 별로 없었다. 하기는 이 더운 대낮에 선풍기 하나도 변변한 것이 없는 이 다방을 찾아들 사람이 있을 리가 없었다.

'—이 사람이 어떻게 된 거야, 오지도 않으면서 공연히 나만 나오란 것이 아냐, 거지 같은 신문사의 편집국장이란 걸 사람처럼 믿구서.'

병수는 그 친구를 기다리고 있는 생각을 하니 얼굴이 확 달아왔다. 그것은 단순히 양심에서 오는 수치감 때문만도 아니었다. 망신을 당하고야 만 것만 같은 불안스러운 감정이 더 많다고 할 수 있었다.

'—그만 이대로 일어서구 말어, 사나이 새끼가 뭐 시시하게, 그가 오기 전에 말야. 어서 일어나.'

그러나 그는 생각뿐으로 선뜻 일어서지를 못했다. 어떤 기대—그 기대를 좀처럼 버릴 수가 없었기 때문이었다. 그것은 공채가 맞는 횡재를 기권하는 것만 같은 아쉬운 생각이 들었기 때문이다.

'—굴러 들어오는 복을 싫다고 할 필요는 없는 것 아냐. 너절하면 어때. 세상이 다 그런 거야. 그걸 가리다 난 이 꼴이 된 것 아냐.'

그러나 지금까지 억지로 누르고 있던 자기혐오가 지금보다도 더 몇 갑절이나 느껴지는 것도 어쩔 수 없는 일이었다.

그는 맥이 확 풀리는 것 같은 기운 없는 얼굴로 멍청하니 창밖을 내다봤다. 창밖엔 사오십 평가량 되는 공지가 있었다. 아이들의 놀이터가 돼 있는 모양으로 샤쓰 바람의 사내애들이 열을 지어 말타기를 하고 있었다. 그 한쪽에 동네 아낙네들이 속치마 바람으로 둘러앉아서 이야기에 열중해 있는 것도 보이었다.

전축이 멎을 때엔 옆집 당구장에서 당구알이 부딪치는 소리가 딱딱 하고 들려왔다. 모두가 더위에 지쳐 허덕이고 있는 것만 같은 풍경이다.

그는 오 년 전에 지금과 꼭 같은 이런 분위기 속에서 사람을 기다리던 일이 생각났다. 헤어진 그녀를 기다리고 있은 것이다.

어느 사립대학에서 영어 강사를 하던 그는 4·19때 학생 편에 들어서 부정 축재를 한 이사장을 배척한 이유로써 학교를 쫓겨 나오게 되었다. 그 후로 그는 몇 닢 되지 않는 소설 원고료와 여기저기 출판사를 찾아다니며 번역 일로 살 수밖에 없었다. 그러나 출판사에서도 그가 대학에 있을 때처럼 반가워하지 않았다. 또한 번역의 일이란 있을 땐 있지만 없을 땐 몇 달 씩이나 없는 일이었다.

"이래서야 어떻게 살겠어요. 나라도 나가서 어떻게 살 방도를 만들어야지 않겠어요."

그녀는 매일같이 물리지도 않고 밖을 쏘다녔다. 병수도 외출할 일이 있는 날엔 이런 다방에서 만나기로 약속하고 기다리는 날이 많았다.

"오래 기다렸어요?"

"음—"

"저녁 어떡하셨어요?"

"—"

"전 먹었어요."

그러고 나서 그녀는 땅이 꺼질 듯이 한숨을 쉬었다.

"다방 마담 노릇이라두 해야겠어요."

"다방 마담?"

"먹구살아야 하지 않아요?"

"취직을 하겠다는 거야?"

"몇 닢 준다구 취직을 하겠다는 거겠어요?"

"그럼?"

"내가 다방을 하겠다는 거예요."

"무슨 돈으루?"

"그래서 뛰어다나는 것 아니예요, 빚을 내는 거죠."

"빚?"

"당신은 원고나 팔아서 살 궁리밖엔 못 하는 사람이니 그렇게라도 해 봐야 할 것 아니예요. 아이구, 난 이젠 지긋지긋해 못 살겠어요, 이 고생이."

그러나 실상은 그녀도 한땐 문학소녀였다. 명동의 '동'이란 다방은 글 쓰는 사람이 많이 모이는 다방이었다. 병수는 그 다방에서 어느 친구의 소개로 그녀를 처음 알게된 것이다.

"자네의 대단한 애독자라네."

이런 말로 소개해주는 말에 그녀는 얼굴 하나 붉히는 일 없이,

"정말 대단한 독자지요, 선생님의 작품은 하나도 빼논 것이 없이 읽었으니까요."

하고 말했다. 병수가 오히려 얼굴이 붉어질 정도였다. 그러나 그 후로 그녀와 병수는 다방에서 만나 차를 같이 마시며 문학에 대한 이야기도 하는 사이가 되었다.

어느 날 병수는 친구들과 술을 마시고 하숙으로 돌아가던 길에 우연히 그녀를 만나게 되었다.

"어마, 선생님, 술 마셨어요?"

"술 먹은 것이 그렇게도 놀랍소?"

병수는 웃으면서 반문했다.

"난 선생님은 술 안 하시는 줄 알았어요."

"술 먹는 사람은 싫어하는가?"

"그런 것도 아니지만."

웃고 나서,

"선생님네 댁은 어딘데요?"

"자하문 밖."

"어마, 어쩌면 저하구 같아요, 저두 거기예요."

"그것 참 잘됐구만요. 걸어서 자하문 언덕을 넘어가기로 합시다."

병수는 술에 얼근한 김에 이런 말을 했다.

"싫어요."

"왜?"

"무서운 걸요."

"뭐가."

"……."

"내가?"

"그래요. 걸어서 언덕을 넘어가요."

바로 그때 5월 하순이라 어두운 언덕길에는 아카시아 꽃향기가 풍겼다. 병수는 그 향기에 충격이나 받은 듯이 그녀의 어깨를 끌어당겼다. 그러자 그녀는 의외에도 순순히 끌려들며,

"이러실라구 언덕을 넘자는 것이었지요?"

웃음을 담은 눈을 들어 반짝이었다. 병수는 더욱 힘껏 그녀를 끌어안았다.

그러고서 얼마 후에 그들은 결혼한 것이나 다름없는 생활을 하게 된 것이다. 둘이서는 모두 하숙을 하고 있던 만큼 필운동 쪽에 방을 하나 얻어갖고 간단히 살 수가 있었기 때문이었다.

그날 밤 그녀는 알 수 없게도 시르멍덩한 얼굴로,

"당신 이런 말 들으면 싫어질지 몰라요. 그러나 해야 할 일은 해야지요. 난 아버지가 없답니다. 너무 많아서 없는 거예요. 우리 엄만 그런 사람이예요. 그래서 집을 나와 하숙 생활두 하게 된 거랍니다. 그러나 난 그런 아인 낳고 싶지 않아요. 아버지가 분명한 당신의 아일 낳고 싶어요. 그리구 또 바라는 건 당신이 훌륭한 작품을 써주는 것뿐이예요."

병수는 그렇게 말해주는 그녀가 고마웠다. 눈물이 나리만큼 고마

웠다. 그는 무슨 일이 있어도 그녀를 버려서는 안 된다고 생각했다.

그러나 이 년이란 세월이 흘러 병수가 4·19와 함께 학교를 쫓겨 나오게 되자,

"돈이 언제 떨어진지 아세요. 난 더 견디지 못하겠어요."

이런 말을 예사롭게 하게 되었다. 낭비밖에 모르는 가정에서 자라난 그녀는 경제적으로 쪼들리는 생활에서는 애정을 키워나갈 수가 없었던 모양이었다.

그러나 그땐 그래도 병수에겐 그녀가 뭐라고 해도 굴하지 않는 자부심이 있었다. 자기로서 해야 하는 문학이 있다는 신념이 있었기 때문이었다. 그렇던 그가 언제 어떻게 이렇게도 비굴해졌는지 자기도 알 수가 없게 너절한 사나이가 되었다. 그녀가 다방을 차려준 사나이에게 도망친 후로 몇 년 몇 달이 흐르는 동안에 어떤 것부터 이렇게 변질 작용을 했는지도 알 수 없게 달라지고 만 것이다.

"이봐, 축음기 좀 꺼요. 그렇지 않아도 더워 골치가 아픈데—"

레지는 대답 대신 볼이 부은 얼굴로 전축으로 가서 껐다.

방 안이 조용해지자 수치와 불안과 비굴 같은 것이 뒤섞인 감정이 한층 더 가슴에 파고들었다.

그 때문에 머리가 무거워진 때문인지 미열이 또 나기 시작했다. 하기는 그럴 시간도 되었다. 사지가 녹아나리는 것 같은 미열이 매일 이맘때면 꼭 났으니—

병수는 그것을 잊어보려는 듯이 잠시 눈을 감고 있는데,

"미안합니다. 많이 기다렸지요."

병수는 무엇에 깜짝 놀란 사람처럼 눈을 떴다. 드디어 기다리던 사람이 나타난 것이다.

"빨리 온다는 것이 어디 그렇게 돼야 말이지요."

손수건을 꺼내 가슴팍의 땀을 씻었다. 그리고는,

"김천득이 그 사람도 그 후 몇 번 만났습니다만 처음 생각처럼 그렇게 간단히 되진 않겠어요. 대단한 놈이더군요."

이것이 이쪽을 초조하게 만드는 그의 타산적인 작전이란 걸 병수도 모르지는 않았다. 그러면서도 한시바삐 그 결과를 알고 싶은 대로,

"그래 뭐라고 하던가요?"

하고 궁둥이를 약간 쳐든 자세로 상체를 구부렸다.

"뭐랄까요 글쎄……."

한마디로 이야기할 수가 없다는 듯이 말꼬리를 끌고서는,

"나갑시다. 어디 조용한 장소로 가서 천천히 이야기하기로 합시다."

윤호라는 그 사나이는 벌써 엉덩이를 들어 일어섰다. 병수도 윗도리를 집어들었다.

그들은 큰길을 건너가서 음식집이 눈에 많이 뜨이는 그중에서 비어(飛魚)라고 쓴 장폭을 늘이운 왜식 음식점으로 들어섰다.

그들이 안내된 이층 구석방에서는 H백화점 옥상에서 올린 애드벌룬이 뜨거운 햇빛에 정신을 잃은 듯이 맥없이 떠 있었다. 창 밑엔 무슨 조그마한 철공소라도 있는 모양으로 모터 돌아가는 소란스러운 소리가 더위를 더한층 느끼게 했다. 이 집 저 집에 널려 있는 빨래들도 보이었다. 어린애 기저귀며 속옷, 홑이불 같은 것이 무슨 발광체(發光體)처럼 눈을 뜰 수 없게 시야를 자극해 주었다.

"여기도 덥군, 이렇게 더워서야?"

뚱뚱한 탓으로 통 더위를 이겨내지 못하는 모양인지,

"이거 실례합니다."

남방샤쓰를 훌렁 벗고 러닝 바람이 되었다. 그러고는 선풍기를 자기 쪽에 돌려놓고 러닝을 잡아 들어 그 속으로 바람을 넣었다. 접대부가 물수건을 가져오자,

"그렇지 그렇지."

하고 분주히 수건을 집어 얼굴에서부터 목 팔 가슴 겨드랑이 밑까지 닦았다.

"저 뭘 드릴까요?"

"맥주야 맥주."

윤호는 다 닦고 난 수건을 여자에게 주었다.

"이렇게 더운 날엔 선풍기도 돌리나마나예요. 안준요?"

"이봐, 생선회 있지, 거 싱싱한 거라야 해."

창 밑에선 여전히 모터 돌아가는 소리가 났다. 탁탁탁……

"이제야 정신이 좀 드는군, 어떻게나 더운지."

윤호는 그제야 생각이 난 듯이 선풍기를 병수 쪽으로 돌렸다. 병수는 접대부가 나간 틈을 타서,

"그래서 뭐라고 해요? 얼마간에 내긴 낼 용의 있답디까?"

"거야 물론 전혀 안 낸다구 하겠어요? 지금이 자기에겐 선거로 제일 중요한 땐데, 꼬리를 잡구 늘어지겠다는데 모르겠다구야 하겠어요? 요는 얼마를 내놓겠느냐가 문제지요. 그런데 지금 같아서는 내가 생각하는 액수와는 아주 거리가 먼 것 같습니다."

"……"

병수는 어이가 없는 대로 잠자코 있었다. 그가 생각하는 액수가 얼만지 알 수는 없었으나, 그것은 자기 혼자 일방적으로 생각할 그런 성질의 것이 아니었다. 어디까지나 병수와 상의하고서 결정지을 일이었다. 그것을 생각하니 병수는 불유쾌한 얼굴이 될 수밖에 없었다. 그러나 윤호는 그런 일은 아는지 모르는지 다시 입을 열어,

"그렇다구 가망이 없다는 건 아닙니다. 우리도 연구가 좀 필요하게 됐다는 것뿐이지."

하고 파고다를 꺼내어 그 한 개비를 피워 물었다

"막상 부딪치고 보니 그렇게 호락호락 넘어갈 상대가 아니란 말요. 그렇다구 딱 잡아떼느냐 하면 그것도 아닙니다. 어물어물 끌어서 선거 기간이나 넘겨놓구 보자는 거죠. 말하자면 선거를 앞둔 지금엔 좀 켕기지만 그것만 넘겨놓으면 무서운 것 없다는 뱃심이죠."

접대부가 음식을 갖고 들어와 맥주를 부어놓고 나갔다. 그들에게 무슨 이야기가 있는 것을 눈치채고 자리를 사양하는 모양이다.

"어서 드시지요. 이 집 생선회가 무던하군요."

"그래서 연구라면?"

병수는 뭐 이따위 깡패 같은 녀석에게 이런 말을 꺼내느냐는 생각도 없지 않아 있으면서도 마음이 조급해지는 대로 이야기를 제촉했다.

"글쎄 말입니다, 실은 그래서 형과도 만나자는 것이었습니다. 어떻게 했으면 좋을까요?"

"좋은 방법이 있으면 어서 이야기해보시오."

병수는 어두운 표정으로 자기도 모르게 애걸하는 어조가 나왔다.

그의 몸은 쇠약할 대로 쇠약해졌다. 혈담까지 나왔다. 아무리 약이 좋은 지금이라고 해도 어딘가 조용한 곳에 가서 얼마 동안 쉬지 않으면 안 된다는 것을 알고 있었다. 그러자면 무엇보다도 돈이 필요했다. 돈만 생기면 그것으로 어디 조용한 해변가에나 가서 일이 년 쉴 생각이었다. 아니 그럴 여유만 생긴다면 죽을 때까지라도 혼자서 그런 평화스러운 생활을 하고 싶었다.

무엇이 자기를 이처럼 염세적인 생각을 갖게 했을까. 그러나 병수는 그런 것을 생각하는 일조차 피로했다. 모든 것이 거꾸로 흘러간다고 해도 그것은 자기가 상관할 바가 아니라는 자포자기의 마음이 준비되어 있었다. 그리하여 그런 맹목적으로 흐르는 방향도 목적도 없는 마음이 하나의 인생관처럼 되어 있었다.

"이건 어디까지나 내 생각입니다만 여기서 아주 방법을 달리하는 수밖에 없다구 생각했습니다. 그렇지 않구선 아무래도 저쪽에서 우리가 요구하는 금액은 내놓을 것 같지가 않으니."

윤호는 병수의 동정을 가만히 살폈다. 병수는 마른침을 꿀꺽 삼키고 나서,

"다른 방법이라면?"

"말하자면 우리두 적극적인 행동을 취하자는 겁니다. 눈치 없는 계집에겐 옆구리를 콱 질러야 안다는 그 식으루—"

윤호는 일부러 능청을 부리며 컵을 입으로 가져갔다. 그러고는 한쪽 손으론 콩을 집어서 한입에 집어넣었다. 그러고는 그걸 쩝쩝 깨물던 그 입으로,

"사실은 말이지요."

하고 눈알을 한번 뒤집듯이 휘번득이었다.

"이번에 이 XX구에서 김천득이와 같이 출마한 민중당의 윤덕일 씨를 이용할 생각을 한 겁니다."

"윤덕일이……."

"실상 내가 오늘 좀 늦은 것도 그분을 만나고 오느라고…… 그런데 그분은 바로 김 형의 중학 후배가 된다더군요?"

"그렇지만 저와는 별로 이야기도 잘 하지 않는 사이입니다."

"그래도 그분은 형을 잘 알더군요. 그래서 일은 아주 수월스럽게 된 셈입니다."

"수월하게 됐다니?"

"형이 자기의 찬조 연설만 해주면 그분이 이걸 내어놓겠답니다."

윤호는 손을 쩍 펼쳐 보이었다. 돈의 단위는 알 수 없으나 하여튼 다섯을 표시하는 뜻이었다.

"찬조 연설을?"

병수는 눈이 핑 도는 것 같았다. 자기가 이렇게도 몰락된 것은 그의 부친인 윤형일이 때문이라고도 할 수 있는 만큼, 원수의 아들이라고도 할 수 있는 일이었다. 병수는 어이가 없는 대로 멍멍하니 있자, 윤호는 자기의 말을 잘 이해하지 못한 것으로 안 모양으로,

"정치적 입장에서 볼 때, 이 일은 상대방에게 대단한 치명적인 약점이 되는 거랍니다. 내 말 알겠어요?"

"……."

"남의 아내를 뺏어서 첩을 삼았다는, 즉 선량한 시민의 아내를 돈으로 샀다는 건 정치적인 입장에선 대단한 마이너스가 되는 일이지요. 그건 과거에 김천득이가 부정 축재를 했다는 말을 백 마디 천 마디 띠들어 내는 것보다도 효과가 있는 것이지요. 그러니까 윤덕일이같이 돈엔 무서운 사람도 이걸 낸다는 것이 아닙니까."

다시 손을 쩍 벌려 보이고 나서,

"말하자면 형이 폭로 연설을 하는 거죠."

"폭로?"

"그렇지요, 형이 한마디 입만 열면 제아무리 건민당의 공천을 받았다고 우쭐대던 김천득이도 당황해서 그땐 자기편에서 돈을 싸갖구 우릴 찾아다니게 될 겁니다. 그건 틀림없습니다. 두구 보시오, 내 말이 맞나 안 맞나."

"그렇지만 그런 선거 연설 같은 경험은 통 없는 나로선……."

병수는 불쾌하기가 짝이 없는 자기의 생각과는 딴판으로 이런 미지근한 말이 나왔다.

"뭐 그런 건 간단한 말입니다. 더욱이 형같이 글 쓰는 분이 못할 일이겠어요? 그렇지만 한 가지 주의할 건 일반 시민이 잘 알아듣게 쉽게 이야기해야 한다는 겁니다. 건민당에서 나온 입후보 아무개는 이렇게도 치사한 놈이다. 내 아내를 돈으로 사서 첩으로 삼은 비열하

기가 짝이 없는 놈이다. 이런 놈이 뻔뻔스럽게도 낯짝을 들구 국민의 대변인이 되겠다니, 이런 식으로 말요. 듣기 싫은 소리를 폭로만 하면 되는 거요."

병수는 그저 입을 다물고 있었다. 그건 지금까지 자기가 살아온 세계와는 너무나도 먼 딴 세계였기 때문이었다.

"사실 까놓구 이야기해서 말입니다. 형이 김천득이에게 그런 원한이 있다구 이렇게 이야기하는 것이 아니란 겁니다. 사실루두 그렇지 않습니까. 윤덕일이와 김천득이 둘을 비교하면 어느 편이 우리가 지지해야 할 사람이냐 말예요. 하나는 미국서 정치학을 전공하고 돌아온 여태까지 부정이란 전혀 모르는 양심적인 인테리구, 또 하나는 뭐 양심이란 털끝만큼이나 있는 녀석이오? 김천득이 그 녀석이 정당을 몇 번이나 바꿨소? 그러면서 또 해먹긴 얼마나 해먹었소. 하여튼 민중당에서 자민당으로 넘어갈 때 오천만 환을 받았다는 이야긴 누구나 다 아는 이야기가 아니오. 그런 녀석은 정계에서는 매장을 시켜야 합니다. 그런 녀석의 돈을 좀 뺏아먹었다구 뭐 양심에 가책되기나 할 일이오? 그러니 더 생각할 것 없이 오늘부터 연설 원고나 써갖구 연습이나 좀 하시우."

이미 그러기로 결정이나 된 듯이 말했다. 그러나 병수는 머리가 어지럽고 가슴이 메슥메슥한 것이 무엇을 토하고만 싶어졌다.

병수에게는 지금 열변을 토하고 있는 윤호라는 자를 만나게 된 것이 어떤 올가미 속에 빠져든 것만 같은 기분이었다. 잘 알지도 못하는 이런 자를—굶주린 개가 남의 쓰레기통을 뒤지듯이 흑흑 냄새를 맡고 다니는 이런 자를—이전에 모 대학에서 잠깐 같이 있었다는 연고로 술집에서 만난 그자와 합석을 하게 되었다. 이 이야기 저 이야기가 나오던 끝에 옛날 여자의 이야기가 나왔다. 배반을 하고 도망을 쳤다면 그걸 그냥 두냐는 말로 번졌다. 병수는 그런 대답을 하고 싫지 않은 대로 웃었다. 그러나 그는 그 이야기를 자꾸만 파고들었다. 아내를 빼낸 것이 건민당의 김천득이란 말까지 병수의 입에서 나오게 됐다.

"그런 자라면서 잠자코 있단 말유."

"그런 자라면 별수가 있소?"

"암 있지요."

"무슨 수?"

그렇게 반문했을 때부터 병수는 이미 그자에게 무슨 짓이라도 하겠다는 말하자면 남을 등쳐먹을 수만 있다면 먹겠다는 심정을 드러내 보인 셈이나 다름 없었다.

"만사 내게 맡겨두시오. 말하자면 그 작잔 형의 아내를 뺏은 것이 아닙니까. 그렇다면 그만한 대가를 지불해야 하는 거지요. 그러니 내가 발 벗고 나서 한몫 받아드릴 테니 형은 굿이나 보다 떡이나 잡수시구료."

농담처럼 그러면서도 그런 일엔 익숙한 듯이 말했다. 그러고는 앞으로 연락할 병수의 주소를 묻고 자기의 명함을 한 장 꺼내 주었다. 《중앙경제신문》이란 그런 활자가 박힌 그의 명함으로서 그가 지금 어떤 세계에서 살고 있다는 것을 병수는 어렴풋이나마 짐작할 수가 있었다. 이 사회는 그런 유령 같고 기생충 같은 고등 룸펜이 얼마나 많은가.

"어디 요령껏 해봐요. 형의 덕분으로 나도 팔자가 피우나 봅시다."

병수는 어느덧 비굴한 얼굴로 윤호의 기름기가 번드르한 얼굴색을 살피며 빌붙듯이 말했다. 그것이 바로 며칠 전의 일이었다.

"물론 형은 내 의견에 싫달 리야 없겠지요?"

윤호의 커다란 눈이 압박하듯이 정면으로 병수를 쏘아보고 있었다. 병수는 문득 제정신으로 돌아왔다.

"글쎄요."

"글쎄라니?"

윤호는 분명치 않은 대답에 지금까지 흥분했던 흥도 꺼지는 듯이 놀란 눈을 했다.

"이 뚱뚱한 몸으로 여태까지 땀을 흘리며 뛰어다닌 것이 뉘 때문이오."

퍼렇게 노기를 띤 얼굴이 되었다.

"그건 잘압니다."

"잘 아는 분이 일을 거의 다 만들어 놓으니까 글쎄라니……."

"네 알겠어요."

병수의 머릿속에는 어느 해변의 조용한 그리고 평화로운 풍경이 떠올랐다. 그곳에서 이 더러운 속세와 손을 끊고 푸른 하늘을 쳐다보며 지나는 자기의 모습이 떠올랐다. 아니 일이 잘만 되면 조그마한 과수원도 하나 장만하게 될지도 모른다고 생각했다. 틈틈이 쓰고 싶은 자기의 글도 쓸 수 있는 전원생활—

'—윤덕일이나 김천득이 이 둘 중에서 하나가 국회의원이 될 것은 뻔한 일이다. 내가 찬조 연설을 하건 말건, 또한 그건 아무래도 좋은 나와 상관이 없는 일이다. 그러나 내가 입을 열어 한마디 함으로써 내가 살 수 있는 생활을 가질 수만 있다면 구태여 싫다고 할 리도 없지 않은가.'

이런 생각에 치우치면서도 병수는 분명한 대답을 못 하고 어물거리고 있자 윤호는 더욱 푸락거리는 얼굴로,

"분명한 대답을 해줘요. 싫다든지 좋다든지. 난 억지로 권하는 건 아니니."

대답을 재촉했다. 병수는 당황한 채,

"그그…… 그렇게 합시다. 나도 그 길밖에 없다고 생각되니."

"으레 그렇게 말해야 할 것이 아닙니까. 생각해 볼 필요도 없는 일을 갖고서."

윤호는 이제야 한숨이 나가는 모양으로 흐린 얼굴이 걷어졌다.

"하여튼 일만 잘되게 해주구료."

"그건 염려 말아요. 내게 일임하고 계시면 다 잘될 겁니다."

그러고는 병수의 잔에 맥주를 채우고 자기 잔에도 따른 후,

"자, 일이 잘되기를 바라는 뜻에서 한잔 듭시다. 난 형의 힘이 되고 형은 또 내 힘이 되고. 이것이 바루 협동이 아닙니까 아하하…… 이 협동 정신만 모두 잘 키워간다면 우리나라두 이 꼴은 되지 않을 텐데. 그리구 아까두 말씀드린 그 선거 연설 말입니다. 뭐 그럴듯한 어려운 논쟁을 벌이는 것보다 저놈은 이렇게 치사한 놈이다, 하고 적을 정면으로 깍아내리우는 것이 제일 효과적입니다. 그것이 유치한 것 같지만, 듣는 사람에겐 효과를 주는 방법입니다."

윤호는 그것을 다시 한 번 더 강조하고 나서 손뼉을 쳤다.

"이봐, 맥주하구 안주 더 가져와."

둘이서는 얼마나 마셨던지 알 수 없었다.

윤호는 극도로 기분이 좋은 모양으로 맥주를 갖고 들어온 접대부를 끌어안고 시시덕거렸다. 그러나 병수는 그러고 싶지도 않았다. 자꾸만 머리가 빙빙 도는 것이 바람벽을 기대지 않고서는 앉아 있을 수도 없었다. 그는 혼자서 중얼거렸다.

"내가 그렇게도 치사한 놈이 되다니 절대로 그렇게 될 순 없잖나, 될 수 없지, 이건 술에 취한 때문이야, 머리가 이렇게 빙빙 도는 걸 봐두 분명 술에 취하긴 취했어."

그러자 그의 망막에는 적의에 찬 군중들이 마구 쏟아져 나왔다. 그 속엔 자기가 가르친 학생들도 섞여 있었다.

"이 개새끼야, 네가 싫다던 윤형일이에게 몇 닢 받고 팔렸기에 그런

수작이가!"

"무엇 달구 나온 녀석이 자기 계집 하나 못 건사하구 그런 넋두리 가!"

"우릴 뭘로 보구 모여놓구서 저런 소리야!"

"그런 새낀 칵 밟아 죽여!"

"빨리 끌어 내려!"

그러고는 무섭게 딱딱한 주먹들이 마구 여기저기서 날아들었다.

"아이쿠 아이쿠!"

병수는 머리를 감싸 쥐고 그 자리에 쿵 하고 쓰러졌다.

그는 정신없이 취하여 쓰러진 것이다.

기억(記憶)

　내가 어렸을 때 자라난 곳은 대동강 상류에 있는 S읍에서도 이십 리나 더 들어가 있는 산골 장거리였다. 물론 전기 같은 것이 있었을 리가 없었다. 아주까리 기름을 짜서 방등불을 켜는 집이 태반이었고, 그 중에서도 잘 산다는 집에서야 석유 남폿불을 켰다.

　장거리라 해도 백호도 넘지 못하는 그러한 조그마한 마을이었지만 그 부근에서는 모범촌이라고 했다. 무엇을 가지고 모범촌이라고 했던지 지금에 생각해봐도 알 수 없는 일이었지만 그 때 생각으론 학교가 있고 그리고 닷새만에 한 번씩 장이 서기 때문에 모범촌이 된 것이라고 생각했다. 그러므로 다른 동네에 사는 아이들에게는

　"우리 마을이 제일이야, 그래서 모범촌이 된 것이 아니야."

　하고 뽐내었다. 그 말엔 다른 동네 아이들도 어쩔 수 없이 고개를 끄덕이었다. 그러면서 모범촌에 사는 우리들을 몹시 부러워했다. 그러면 우리들은 무엇이 좋은지도 모르면서 공연히 우쭐해지는 것이었다.

　우리 마을은 앞이 터진 대신에 뒤에는 수풀이 우거진 산으로 둘려 있었다. 그 밑으로 경사진 작은 산등까지는 밭이었다. 학교는 바로 그 산골짜기로 들어가는 어귀에 있었다. 학교라 해도 이름뿐으로 모두 합해서 칠십명이 되나 마나, 그것도 전부가 매일 출석하는 것이 아니었다. 비가 오는 날은 십여명이 겨우 출석했다. 교실은 단 둘밖에 없었다. 그 옆에 잇달아 지은 온돌방이 있었다. 그것이 교원실

도 되고, 학교를 지키고 있는 교지기방도 되었다. 선생은 단 두 분이었고 그 선생들도 양복을 입은 것을 보지 못했다. 그러니 우리 학생들이 양복을 입어본 것은 고사하고, 구경도 못했다. 여름에는 베잠방이에 맨발로 학교를 갔고, 겨울에는 두꺼운 버선에 신을 신고 다녔다. 그놈의 버선과 신은 왜 그렇게도 자꾸만 해지던지—그러면서도 우리들은 모범촌에 산다면서 뽐내었다.

우리집에선 농사를 하는 한편 장사도 했다. 신작로로 향해진 우리집 가게 처마 끝에는 석유등과 신 등거리와 오미자가 언제나 걸려 있었다. 양잿물도 팔았고 못과 철사도 팔았고 공책과 연필, 사탕가루, 밀가루, 술, 그리고 알사탕과 오가리 과자도 팔았다. 그중에서도 내가 제일 관심 있는 것은 알사탕과 오가리 과자였다. 거기에 관심 있는 것은 나만이 아니었다. 파리 떼들도 역시 마찬가지였다. 그놈의 파리들은 그것에만 붙어서 들끓어대었다. 어머니는 뜰을 쓸던 싸리비로 그것을 쫓곤 했다. 그러나 파리들은 쫓은 뒤가 없이 또 몰려 와서 와글거리는 것이었다.

나는 동네 아이들과 그런 일을 가끔 보고 있었다. 그럴 때마다 군침이 자꾸만 넘어갔다.

어느 날 학교에서 돌아오는 길에

"너희 집에서 알사탕 팔지?"

하고 농수라는 웃반 애가 물었다. 그도 우리집에서 알사탕을 사먹으면서도 그것을 묻는 것이 우스웠다. 나는 우스운 대로

"응."

하고 고개를 끄덕이었다.

"많으니까 한줌만 넣고 나와."

"안 돼요. 어머니가 보고 있는데."

"엄마 없을 때 말야."

"그래두 그건 파는 것이 돼서 안 돼요."

나는 처음엔 그것을 훔쳐 갖고 나올 생각은 전혀 못했다. 그것에 손을 대면 죄가 된다고 생각했기 때문이었다.

그후부터는 동네 아이들이 나와 놀아 주지를 않았다. 뿐만 아니라 나만 보면

"얼간망둥이."

하고 놀려댔다. 물론 농수가 추긴 것이었다. 나는 밖에 나가기가 싫어졌다.

그렇던 어느 날이었다. 어머니 대신으로 가게를 보고 있다가 알사탕을 두알 꺼내는 데 성공했다. 그것이 또한 말할 수 없이 즐거웠다. 나는 어머니가 나오는 대로 분주히 옆집 영덕이 한테로 달려갔다.

"알사탕 먹어."

그러나 영덕이는 알사탕을 받을 생각을 하지 않고

"너 훔쳤구나?"

눈이 둥그래진 얼굴로 나를 쳐다봤다. 나는 불시에 가슴이 뜽해졌다. 얼굴도 확 달아오는 것 같았다. 그러면서도 나는 아니라고 고개를 힘껏 흔들었다.

"엄마가 준 거야, 정말 준 거야."

나는 억지로 그의 입에 알사탕을 넣어 줬다. 그리고 나서야 나도 입에 넣었다. 그 후부터 나는 알사탕 훔치는 것은 예사로운 일이 되고 말았다. 영덕이도 나만 보면 알사탕 먹을 줄 알았고 또한 내 말이라면 무엇이나 들어줬다. 그러므로 우리집의 알사탕은 팔아서 없어지는 것보다 내가 먹어서 없어지는 것이 더 많았을지도 모른다. 그러니 어머니도 기수를 채지 않을 수가 없었다. 나는 알사탕을 훔치다가 드디어 들키고야 말았다.

"이놈의 새끼."

고막이 찢어지는 듯한 소리와 함께 귀에서 번쩍 불이 이는 바람에 나는 그만 땅에 쓰러졌다. 나는

"으음."

하고 우는 소리를 내고서는

"난 몰라요, 난 몰라요."

하고 울어대는 영덕의 소리를 간신히 듣는 듯 싶으면서 잠이 오는 대로 그대로 자버리고 말았다. 지금 생각해보면 잠이 들었던 것이 아니고 기절을 했던 모양이었다.

나는 그 다음부터는 알사탕을 훔칠 생각을 염두에도 내지 못했다. 그러나 그 소문은 동네 아이들도 모두 알게 되어 나는 그들에게 더욱 놀림을 받게 되었다. 또한 영덕이도 전처럼 내 말을 잘 들어 주질 않았다.

그러므로 또 다시 혼자 노는 수밖에 없었다.

나는 산골짜기 사이로 흐르는 시냇가에 가서 잘 놀았다. 물 속에 있는 바위에 돋는 이끼를 떼다가 큰할머니를 갖다 주기도 했다. 큰할머니는 좋아하면서 때로는 돈도 줬다. 그것으로 찜질을 하면 저린 다리가 낫다는 것이다. 나는 이끼를 떼기가 싫증이 나면 노래도 불렀고 새 둥지도 찾으러 돌아다니었다.

어느날 나는 새 둥지를 찾기에 미쳐서 날이 저무는 줄도 몰랐다. 한참 싸다니다 보니 벌써 어둡기 시작했다. 나는 갑자기 무서워진 채 분주히 돌아오기 시작했다.

산골짜기를 돌아 나오는 중도에는 산 중턱에 굴 모양으로 된 곳이 있었다. 들어가는 구멍은 병 아가리처럼 좁아서 겨우 사람 하나나 들어갈 수 있었으나 들어가 놓으면 대여섯 사람이나 앉을 수 있는 방안처럼 된 곳이다. 우리들도 낮에는 그곳에 가서 숨바꼭질도 하면

서 노는 곳이었다. 그러나 어둡기 시작한 때에 혼자서 지나려니 그곳에서 무엇이 나올 것만 같아 무서웠다. 나는 그곳을 절대로 보지 않는다고 결심하고 발을 재게 놀렸다. 그러나 보지 않는다고 마음먹을수록 더욱 보고 싶은 노릇이다. 그쪽으로 슬쩍 고개를 한번 돌려본 그 순간에 무슨 불빛이 그 속에서 반짝 하고 비쳐졌다. 그 불빛이 도깨비 불빛이라고 생각한 나는 전신이 떨려 어쩔 줄을 모르고 그만 땅에 엎드려버렸다. 그러나 아무리 있어도 도깨비가 오는 기색은 없었다. 나는 아직 어린애니까 용서해주는 모양이라고 생각하니 약간 안심이 되었다. 그렇다 해도 일어서서 걸을 용기는 나지 않는데도 고개만 슬그머니 들어 그 쪽을 보았다. 그러자 그 굴 속에서 빨간 불빛이 새어 나왔다. 그것이 아무리 보아야 이상한 불빛 같지가 않았고 촛불빛 같이만 보였다. 뿐만 아니라 그 속에서 웅성거리는 소리도 들려왔다. 나는 지금까지의 무섭던 마음이 없어지면서 그것이 무엇인가 알고 싶은 호기심이 느껴지며 홍길동이나 된 것처럼 슬금슬금 그 굴 앞으로 다가가 보았다. 굴 속에서 들리는 소리는 무슨 소린지 알 수 없었으나 분명히 어른들의 말소리였다. 나는 용기를 내어 굴 속을 들여다보았다. 그러자 어른들 대여섯 명이 촛불 밑에 앉아서 무엇을 하고 있었다. 그 속에는 우리 옆집에서 머슴을 살고 있는 칠덕이 아저씨도 끼어 있었다. 나는 그제야 아주 안심을 할 수가 있었다. 그와 동시에 나도 모르게

"칠덕이 아저씨."

하고 소리쳤다. 그러자 놀랍게도

"누구야."

하고 고함치는 소리와 함께 촛불이 꺼지면서 소란스러워졌다. 그 바람에 나는 겁을 먹고 울음을 터쳤다.

"누구야."

"나야요."

"얘가 아니야."

"아니야. 나야요 나."

나는 크게 잘못이나 한 것 같아서 그대로 울고만 있었다.

"수남이 아닌가. 어떻게 여기 왔어?"

칠덕이 아저씨의 목소리를 듣자 나의 울음소리는 더욱 커졌다.

"울긴 왜 울어, 똑똑한 애가……"

촛불을 다시 켜고 나서 칠덕이 아저씨가 나를 얼렀다. 나는 억지로 눈물 끝을 맺고서 흐느끼고 있었다. 눈에는 눈물이 가득 번져서 촛불이 보랏빛의 이상스러운 무늬로 보이었다. 그 때에 어른들은 자기끼리 무엇을 수군거리고 있다가 칠덕이 아저씨가 다시금 내게 말했다.

"수남이 너 우리가 여기 있다는 것 아무에게도 이야기해선 안 된다. 그 대신에 이것 줄게."

하고 십전짜리 은전 하나를 손에 쥐어 주려고 했다. 나는 무슨 영문인지 모르면서도 받으면 안 될 것만 같았다.

"싫어요."

"받아 가지고 가서 무엇이구 사 먹어, 괜찮아."

"정말 싫다는데두……"

나는 돈을 받고 싶으면서도 왜 그런지 무서워 머리를 힘껏 흔들어댔다. 그러자 칠덕이 아저씨는 그 돈을 내 저고리 염낭에 넣어 줬다. 그리고는 다시금 다짐을 했다.

"정말 아무 보고도 이야기해선 안 된다."

나는 그러겠다고 고개를 끄덕여 보이었다. 그러나 집에 돌아와서 생각해보니 이상해서 견딜 수가 없었다.

정월 초하룻날도 십전을 탄다는 일은 좀처럼 있는 일이 아니었다.

그런데 내가 울었다고 십전을 준다는 것은, 그것도 영덕이네 집에서 머슴살이를 살고 있는 칠덕이 아저씨가 준다는 것은 이상스럽지 않을 수가 없었다. 실상 집에서는 그보다 몇 곱절 울고서도 알사탕 한 알 아니면 일전(一錢) 이상을 타 본 일이 없었다. 나는 그 이튿날 저녁까지 그 이유를 혼자 생각해보았다. 그러나 아무리 생각해보아도 알 수가 없으므로 다시금 그 굴까지 찾아갔다. 나는 그날도 전날과 마찬가지로 아무런 이유도 없이 돈을 탈 수가 있었다. 나는 거기에 아주 재미가 났다. 다음 날도 그 다음 날도 굴에 찾아가서

"아저씨들 난 일러 줄 테야."

하고 소리쳤다. 그러면 그 속에서 전날과 꼭 같은 대답이 나오는 것이었다.

"수남아, 돈 줄께 말하지 말어."

나는 그곳에서 돈을 얻어 갖고 와서는 동네 아이들에게 엿도 사주고 과일도 사주었다. 옆집에 사는 영덕이도 다시금 내 말을 잘 듣게 되었고 다른 애들도 나를 따르게 되었고, 알사탕을 훔쳐 내라고 꾀이던 농수까지도 나와 친하려는 기색을 보이었다. 그러나 나는 그 비밀만은 절대로 다른 아이들에게 알려 주지 않았다. 그 굴은 언제나 그들 몰래 나 혼자만이 찾아갔다. 그러면서 나는 그 굴 앞에 가서 소리칠 필요도 없게 되었다. 그 곳에 가서 웃기만 하면 돈을 탈 수가 있었기 때문이다. 처음엔 운 것으로 돈을 탄 것이지만, 지금엔 그 반대로 웃는 것으로써 돈을 타게 된 것이다. 그러나 나는 그때까지도 그 속에서 무엇을 하고 있었는지는 전혀 몰랐다. 그저 동네 사람들이 알면 큰일 날, 좋지 못한 일을 하고 있다는 것만을 막연히 알고 있었을 뿐이었다.

그러면서 며칠이 된 어느 날이었다. 영덕이네 집에서 머슴 살던 칠

덕이 아저씨가 그 집 송아지를 팔아다 투전에 잃어버리고 달아났다는 소문이 났다. 같이 투전한 사람들도 몇 사람은 달아나고, 몇 사람은 주재소로 끌려갔다는 것이다. 나는 그 이야기를 듣고서 가슴이 뚱해 졌다. 나도 그 일에 관련이 있다고 생각했기 때문이었다. 사실 난 그 때까지도 투전이 무엇인지 몰랐다. 그러면서도 그것은 무서운 것이라고 생각했고, 나도 무서운 일을 저질렀다고 생각했다. 나는 무서워서 밖에도 통 나가지를 못하고 집구석에만 구겨박혀 있었다.

그런데 또 이상스러운 것은 그 날 밤 우리 집에 식모로 있던 서분이 아줌마가 없어진 것이었다. 그녀는 내가 나기 전부터 우리집에 있어서 나를 업어 길렀다고 한다. 그 때문인지 나를 퍽 귀애했다. 또한 소처럼 말없이 쑤걱쑤걱 일만 하는 여자였다.

바로 그 때는 평원선의 공사가 시작하던 때이라 우리 동네 앞벌에는 각지에서 모여든 일군들이 움막을 짓고 자기들이 밥을 지어먹으면서 일판에 나가고 있었다. 서분이 아줌마는 저녁이면 그곳에 산나물을 캐 갖고서 팔러 가곤 했다. 어머니는 그것을 좋아하지 않았다.

"떠돌아 다니는 그놈들에게 속아서 몸이나 더럽힐라구……"

그러나 다른 말은 잘 듣는 서분이 아줌마면서도 그 말만은 듣지를 않았다. 그러니 어머니도 어쩔 수 없는 모양이었다.

그렇던 서분이 아줌마가 아침에 일어나 보니 자기 방을 깨끗이 치워 놓고 없어진 것이었다. 모름지기 공사판의 어느 한 사람과 어울려서 달아난 모양이라고 이야기하고 있을 때 대장간 영감이 와서 서분이 아줌마가 없어진 것은 분명히 칠덕이를 따라간 것이라고 알려줬다. 그의 말에 의하면 자기 집 뒤 논둑에서 서분이가 그 사나이와 만나는 것을 몇 번이나 보았다는 것이다. 그것을 우리집에서만 모르고 있은 것이다.

나는 서분이 아줌마가 언제나 집에 있을 줄만 알았었는데 없어지고 나니 섭섭한 마음이 이를데가 없었다. 나는 어린애다운 질투심으로 칠덕이를 욕했다.

"겉으론 좋은 사람 같으면서도 실상은 지독히 나쁜 사람이래."

이 말에 누구보다도 신이 나서 맞장구를 쳐 주는 것은 영덕이었다.

"응, 우리집 송아지를 팔아먹은 놈인 걸. 이제 순사에게 잡힐 거야."

그러나 나는 그가 잡히는 것은 바라지를 않았다. 그가 만일 잡힌다면 내가 그에게서 돈을 탄 것도 드러날 것만 같았기 때문이다.

그리고서 삼 사일 후에 우리집에서는 의장에 넣었던 어머니의 금가락지가 없어졌다는 것을 또 알게 되었다. 나는 알사탕을 훔치다가 어머니에게 들킨 일이 있으므로 나를 의심하지 않을까 하고 걱정했으나 어머니는 서분이 아줌마가 갖고 간 것으로 생각하는 모양이었다. 그날 밤에 아버지와 어머니가 자리에 누워서 이야기를 했다.

"끼지두 않는 가락지, 잃었으면 잘 됐지."

"그래두 그게 돈이 얼만데 그런 소리 하구 있어요."

"서분이가 시집가게 됐다면 그만 것두 안해 줄 생각이었나? 하여튼 이러니 저러니 잘 된 거야."

"그거야 그렇지만……"

어머니는 가락지를 잃은 것이 몹시 분하면서도 대답은 그렇게밖에 할 수가 없는 모양이었다. 나는 서분이 아줌마가 어머니의 가락지를 훔친 것이 몹시 슬펐다. 그러나 그런 일도 날이 가면서 점점 잊게 되었다.

그렇던 어느날 학교에서 혼자 돌아오는데 어디서인지 불쑥 서분이 아줌마가 나타났다. 나는 깜짝 놀라서 주춤하고 섰다. 그러나 서분이 아줌마는 부드러운 웃음으로

"아줌마는 수남이가 보고 싶어 견딜 수가 없었어. 그 동안 앓지 않았어!"

하고 나의 뺨을 두드려 주다 못해 자기 뺨으로 비벼줬다. 그리고는 자기가 갖고 온 과자 봉지를 내게 주었다. 우리집에는 없는 맛난 과자였다. 서분이 아줌마는 내가 그것을 꺼내 먹는 것을 웃는 눈으로 물끄러미 보고 있었다. 나는 어머니의 가락지에 대한 것을 물어볼까 하다가 물어서는 안 될 것 같아 입을 다물었다. 서분이 아줌마는

"정말 내가 왔다는 것 이야기하면 안 돼요. 그리구 그건 다 밖에서 먹구 들어가요."

하고 말하고서는 분주히 산을 타고서 돌아갔다. 나는 아줌마와의 약속대로 어머니에게도 말하지 않았다. 그러나 염낭에 남겨 뒀던 과자가 자려고 옷을 벗다 떨어져 그만 어머니에게 발각되고 말았다.

"어디서 났니?"

"……"

나는 처음엔 잠자코 있어 보았지만 결국 서분이 아줌마를 만났던 일을 모두 실토하고야 말았다. 어머니는 나를 재우면서도 서분이 아줌마는 집에서 좋지 못한 일을 하고 나갔으므로 어머니 몰래 그렇게 밖에서 만나면 안 된다고 일러줬다. 나는 어머니가 꾸짖지 않는 것이 이상스러우면서 기뻤다. 마음이 놓이게 되자 이번엔 서분이 아줌마를 변명해주고 싶었다. 눈을 감고 있던 나는 번쩍 눈을 뜨면서

"엄마, 서분이 아줌마보구 엄마 가락지 가졌냐고 물어보니까 안 가졌대, 정말 안 가졌을 거야."

그리고는 잠이 들어버리고 말았다.

다시 십여일이 지나서였다. 그날도 학교에서 돌아오는 길에 서분이 아줌마가 커다란 나무 옆에 숨어 있다가 웃으면서 나왔다.

"수남이가 오지 않아서 난 한참이나 기다렸단다."

나는 잠자코 있었다.

"왜 말이 없어, 아줌마는 이제 먼 데로 가게 됐어."

그래도 나는 잠자코 있었다. 어머니가 일러 준 말을 어기는 것이 무서운 때문이라기보다도 그렇게 새침을 따고 있으면 서분이 아줌마가 더욱 살뜰스럽게 구는 것이 재미났기 때문이었다. 서분이 아줌마는 몹시도 서러운 듯이 몇번인가 반복해서 먼 곳으로 간다고 외이다가 그 곳은 중국 사람들이 사는 곳이라고 말했다. 모름지기 그들은 북간도로 갈 생각을 했던 모양이다. 그러나 그때 나는 중국 사람은 본 일도 없으면서 아이들을 잡아다가 팔아 먹는 무서운 사람들로만 생각하고 있었으므로

"아줌마는 나쁜 일을 해서 그곳으로 가야 하나?"

하고 물었다. 서분이 아줌마는 분주히 아니라고 고개를 흔들었으나 당황한 얼굴인 채 대답을 못하고 있다가 그만 저고리 고름으로 눈물을 찍어냈다. 그것을 보니 그런 말을 공연히 했구나 하는 생각과 함께 서분이 아줌마가 몹시도 가엾어 나도 눈물이 핑 돌려고 했다. 바로 그 때였다.

"저년 서분이 아니야."

하고 아래서 고함치는 소리에 깜짝 놀란 것은—

학교 교지기 영감이 눈이 벌게 가지고 올라오는 것이었다. 나는 야단났구나 하고 생각했지만 서분이 아줌마는 달아날 생각도 않고 울기만 하면서 교지기 영감에게 순순히 잡혔다. 집에 끌려 간 서분이 아줌마는 어린애처럼 엉엉 울어대면서 어머니에게 빌었다.

"모두가 제 잘못이에요. 제 잘못이에요. 용서해줘요."

서분이 아줌마는 가락지를 훔친 것을 숨기려고도 하지 않고 첫마디로 자기가 한 짓이라고 말했다.

"처음이야 그런 생각이 있었겠어요. 그 사람이 내가 모아 뒀던 돈을 다 갖다가 투전에 없애구두 부족해서 주인집 송아지까지 팔아다 없이하구선 그제야 미친 사람처럼 나한테 달려와 하는 소리가 나는

여기 있다가는 감옥에 갈 수밖에 없으니 달아나야 한다는 것이 아니겠어요. 그러니 전 어떡해요. 이미 그땐 그 사람의 아이가 배 속에 있었답니다. 그것만 생기지 않았어도 그 사람을 그렇게 따라가고 싶은 마음이 없었을지도 모르지요. 배 속의 것을 생각하니 그 사람을 놓아 줘서는 안 된다는 생각뿐이었어요. 그래서 전 그 사람에게 매달렸지요. 나두 같이 데리구 가 달라구 그러니까 그 사람 하는 소리가 돈두 한 푼 없이 어디 가서 살 수 있겠느냐는 거예요. 그 말에 고만 나도 모를 소리를 한 것이랍니다. 내게 아직도 가락지가 하나 있다는 말을……"

그러자 잠자코 듣고만 있던 어머니가 처음으로 입을 열었다.

"그래 그 가락지도 투전해서 없이하지 않았니?"

그 말에 서분이 아줌마는 한숨을 쉬었다.

"자기 버릇 개 주겠어요. 그러니 어떡해요. 저한테 태운 사나이가 그런 사람이니."

"그럼 지금은 어떻게 살구 있어?"

교지기 영감이 물었다.

"이제야 자기두 별 수 없으니 금광판 버력치는 일에 나가고 있지요. 그 곳에서 어떻게 여비나 생기면 이민대에 끼워서 호땅(北間島)에 나가 살 생각이랍니다."

어머니는 언짢은 얼굴로서 돌아 앉으며 의농문을 열었다. 그리고는 그 속에서 무명 한필을 꺼내 그녀 앞에 던져 줬다.

"몸 풀거던 애 포대기나 해 줘라."

그러자 서분이 아줌마의 흐느끼던 소리가 갑자기 더 커졌다. 교지기 영감도 언짢은 얼굴이었다. 나는 어린 마음이면서도 어머니가 아주 훌륭한 것만 같았다. 그러면서도 걱정되는 것은 서분이 아줌마가 있는 곳을 알게 되어서 칠덕이가 잡혀 갈 것만 같아 걱정이었다. 그러나 그 후에도 칠덕이가 잡혀 갔다는 소문은 나지 않았다. 그것을 보면 영덕이 아버지는 그들이 있는 곳을 모른 모양이다. 아니 알고서도 모른 척했는지 모른다.

그 해 가을이었다. 영덕이와 나와 그리고 아직 학교도 다니지 않는 백남이 셋이서 뒷산에 대추를 따러 갔다가 길을 잃게 되었다. 실상 처음에는 우리가 일부러 길을 잃은 것이었다. 말하자면 길 잃은 놀이를 한 것이었다. 앞선 아이만 눈을 뜨고, 뒤의 아이들은 눈을 감고서 앞의 아이의 어깨만 짚고 따라가면 뒤의 아이가

"머니."

하고 물어본다. 앞에 아이는

"가깝다."

하고 대답한다. 이렇게 자꾸만 반복하면서 한참 가다가 눈을 뜨면 어딘지 모르게 아주 먼 곳에 온 것만 같다. 그러면 눈에 보이는 것이 모두 신기한 것 같으면서 약간 불안스럽기도 한 이상스러운 기분이다. 그러나 그런 기분으로 잠시 앉아 있으면 눈에 익은 곳이 띄며 어딘지 알게 된다. 그러면 우리는 다시금

"머니, 가깝다. 머니, 가깝다."

하면서 한참이나 오다가 다시 눈을 뜬다.

그날도 우리는 제일 어린 백남이를 앞에 세우고 이런 놀이를 하다가 결국은 길을 잃게 된 것이다. 우리가 눈을 감고 따라 올라간 산언덕은 그렇게 가파롭지는 않았으나 다 올라 갈 때까지는 몹시 숨이 찼던 것을 생각해보면 꽤 긴 언덕이었던 모양이다. 그 언덕을 올라가서 눈을 떴을 때 주위가 이상한 채 그만 방향을 잃어버리고 말게 됐다. 우리는 겁에 밀리운 채 숲속을 마구 헤매었다. 그러다가 겨우 수수밭 고랑이로 나오게 되었다. 그곳은 숲 속보다도 더 조용한 것

만 같았다. 수수밭을 지나자 다시금 콩밭이 나섰다. 그러나 그곳에서
도 사람은 하나 보이지 않았고 어디선가 멧새의 울음소리만 들려 올
뿐이었다. 우리는 거기서 서성거리고만 있을 수도 없어서 또 걸었다.
춥기도 하고 배가 고프기도 했다. 가을날은 저물기도 쉬운 것이므로
머리 위에 쳐다보이던 해가 어느덧 서쪽으로 기울어져 자꾸만 어둠
이 몰려들었다. 우리가 벗어난 뒷 숲은 벌써 완전히 어둠에 싸여 있
었다. 나는 이윽고 아주 캄캄해진 어둠 속에서 길을 헤매이고 있을
우리들을 상상하고서 지금보다도 몇 곱절이나 무서움이 느껴졌다.
그러나 나는 그런 말을 입밖에 낼 수가 없었지만 다른 아이들도 그
것을 느낀 모양으로 겁에 질린 얼굴로 잠자코 걸었다. 처음엔 얼마큼
간격을 두고 걸었지만 이제는 서로 떨어지지 않으려고 꼭 붙어서 걸
었다. 나중엔 옆의 아이 때문에 발부리가 채일 정도였다. 여섯살 난
백남이는 내 바른손을 꼭 잡고서 따라왔다. 우리가 말 없이 한참 동
안 걷는 동안에 그만 백남이는 쿨쩍쿨쩍 울기 시작했다. 그렇지 않
아도 눈물이 글썽했던 나는 백남이의 울음소리를 듣게 되자 나도 그
만 눈물을 흘려 놓고야 말았다. 눈물이 번진 눈 위에 아버지와 어머
니의 얼굴과 우리 집의 남폿불과 알사탕이 이상스러운 무늬와 함께
빙빙 돌며 떠올랐다. 우리가 우는 것을 보고 영덕이가
　"울지 말아요. 울면 어떻게 하니."
　하고 말했다. 그러나 자기도 울면서 말했다. 나는 울고 싶은 울음
을 겨우 거둘 수가 있었으나 백남이는 그대로 계속해서 울고 있었다.
그때는 이미 해는 완전히 저물었던 것이며 우리들은 어디로 가는지
도 모르고 어둠속으로 그저 길만 따라가고 있었다. 이제는 슬픔도
무서움도 지나쳐 절망과 같은 허심상태에 빠진 것이나 마찬가지였다.
　바로 그때였다. 우리들이 문득 걸음을 멈추지 않을 수 없었던 것
은—앞에서 어떤 괴물 같은 것이 달려 온다고 생각했기 때문이었다.

우리들은 어쩔 수 없는 듯이 내던진 물건처럼 그 자리에 멍하니 서 있었다. 그 동안에 점점 가까이 오는 것을 보니 대여섯 명의 여인들이 무엇을 이고 오는 것이었다. 우리들은 그들에게 달려가서 길을 잃은 것을 알리려고 하자

"수남이 아니야, 영덕이랑 너희들 어떻게 여까지 왔니?"

그들 중의 여인 하나가 불쑥 나서면서 소리쳤다. 놀랍게도 그것이 서분이 아줌마가 아닌가. 서분이 아줌마를 알아보게 되자 셋이서는 모두가 울음이 터지고 말았다. 엥 엥—기뻐서 울었는지 안심할 수 있어서 울었는지 하여튼 마음놓고 울었다.

"엄마들이 얼마나 걱정하겠니."

서분이 아줌마는 자기가 이고 오던 것을 누구에게 맡기고서 우리를 데려다 주려고 앞섰다. 우리들이 얼마나 걸어왔던지 모르지만 아무리 걸어도 우리 동네는 나서지를 않았다. 한참 걸으니까 옆의 산에서 이지러진 달이 뜨기 시작했다. 그리고도 한참 걸었다. 아니 밤새도록 걸었던 것만 같다. 산 모퉁이를 돌아 나오자 달빛에 드러난 강이 보이며 검정다리가 나섰다. 우리가 그곳까지 늘 놀러 오는 곳이었다. 이제는 집을 찾아 가겠으니 서분이 아줌마 보고 돌아가라고 했다. 그러나 서분이 아줌마는 여까지 데려다 주고서도 안심이 되지 않는지 다리 건너 회나무 있는 데까지 데려다 준다고 했다. 그러나 그까지 데려다 주고 나선 다시 앞 비석 있는 데까지 데려다 준다고 했다. 아무리 돌아가라고 해도 그곳까지 데려다 준다고 우기는 것이었다. 나는 서분이 아줌마가 또 다시 동네 사람에게 잡힐 것이 겁이 나서

"아줌마, 아줌마 정말 돌아가요. 또 동네 사람들에게 잡히면 어떡할라는 거야."

하고 발을 구르면서 울어댔다. 아줌마는 하는 수 없는 듯이

"그래 그래 돌아가마."

하고 말했다. 그리고도 돌아갈 생각이 없는 듯이 회나무 아래에
서서 우리들을 한참이나 멍하니 지켜 보고 있었다.

그리고 나서는 다시 서분이 아줌마를 만난 일이 없었다. 그러나
그때의 그 서글픈 얼굴만은 지금도 내 기억에 그대로 생생하니 남아
있다.

달과 더불어

　소설가 허규가 기숙하고 있는 방은 육조라 해도 육조의 넓이를 쓰지 못하는 셈이다. 침대가 방안을 거의 절반이나 차지하고 있으며 뒤쪽에는 주인 집의 제사상이 들어와 있고 앞 들창을 향하여는 그가 쓰고 있는 책상이 놓여 있다.

　그러니 그것들로 이미 방안은 꽉 차 있는 셈이지만 그래도 이것들은 언제나 고정되어 있는 물건이니 좀 나은 편이다. 이밖에도 책이니 쓰다 버린 원고지니, '커피 세트'니, '파이프'니, '재털이'니 '휴지통'이니, '달걀꾸러미'니 '맥주병'이니 가지각색의 것이 어수선스럽게 널려 있다.

　그러니 허규가 그 속에 앉아 있을 수 있다는 것만 해도 기적과 같은 일이었다.

　어느 날 그는 언제부터 방을 치워야겠다고 별러 오기만 하던 일을, 대 영단을 내어 단행했다. 어지럽던 방안이 얼마큼 정돈되자 갑자기 방안도 넓어진 듯싶어지며 기분도 싫지 않은대로 오늘은 글도 슬슬 써질 것만 같았다.

　그러나 막상 책상에 마주 앉고나니 공연히 담배만 피워가며, 잡지 책만 뒤지게 되고, 좀처럼 마음이 진정되질 않았다.

　처음엔 방안의 기분이 새로워진 때문에 그런 모양이라고도 생각하고 마음이 안정되기를 기다려 보았으나, 역시 마찬가지였다.

　그는 그렇게도 부질없이 한나절을 보내는 동안에— '아 그 때문이었구나' 하고 문득 무릎을 쳤다. 그렇다면 방안이 달라진 것과는 별반 관계가 없는성싶은, 그 때문이라는 것은 도대체 무엇인가.

그것은 오늘 아침 어느 잡지사에서 가져온 원고료가 그 원인이 되는 것이었다. 지금까지 경험으로 보아서 그는 돈이 생긴 날은 그것이 불안(?)스러워 아무리 머리를 싸매고 책상에 마주앉는다해도 글문이 터지는 일이 없었다. 그러니 부랴부랴 옷을 주워 입고 거리로 나서는 수밖에 없는 일이었다.

바깥은 완전히 가을이다. 바람에 살랑거리는 가로수의 잎들과 함께, 여자들의 '스커트'가 한껏 산듯한 대로 그의 마음도 가벼웠다. 그렇다 해도 내일까지 써주기로 약속한 원고가 마음에 걸리지 않는 것도 아니었다. 그러나 그것은 하루쯤은 연기할 수도 있는 것이 아닌가.

위선 그는 저녁을 먹어야 할 것을 생각하고, 그가 잘 가는 시청 뒤의 설렁탕집으로 발을 옮기었다.

그러나 오늘은 이상스럽게도 설렁탕의 누린내가 얼굴을 찡그러지게 한다. 실상 설렁탕 값에서 백환 한 장 더 붙인다면 소댕 같은 '비후스테키'를 먹여주는 집도 있지 않은가?

그는 분주히 방향을 고쳐, 그 집을 찾기로 생각했다. 그러나 얼마를 가지 못해서 다시금 발을 멈추었다.

그는 송이버섯의 향기를 생각해 낸 것이었다. 계절의 미각(味覺)을 생각할 때면, 그는 이북에 두고 온 아내의 미운 점은 없어지고, 조촐한 음식의 솜씨만이 생각나는 것이었다.

그럴수록 송이버섯의 향취가 더욱 왕성하게 구미에 당기었다. 그러자면 술도 한잔 해야지 않는가. 술을 혼자 한다는 것은 너무나도 쓸쓸한 일이다. 하여튼 명동거리로 나가서 동무를 한둘 만나는 것도 즐거운 일이 아닌가.

그는 명동을 향해 걸어가다가 문득 M백화점 앞에서 다시금 걸음을 멈추었다. 그리고는 저고리 안주머니에 넣고 나온 원고료를 다시 살펴가며 '넥타이' 하나쯤 살 여유는 충분하다고 생각했다.

그는 '넥타이'를 묶을 때마다 때가 진득 낀, 그것도 단 하나 밖에 없는 그것에 신경을 써 왔던 것이다. 양품부에 사치품들이 산처럼 쌓여 있는 이층에는 곳곳마다 여자들이 수없이 들어붙어서 물건을 고르기에 눈이 북새 있었다. 그들의 눈은 모두가 광채가 난다고 하리만큼 달뜬 눈이었다.

허규는 그곳에 잠시 서서, 여자들의 그 모양을 물끄러미 바라보고 있었다. 그렇게도 물건을 탐낼 수 있다는 그것만으로도 행복한 듯한 여인들이 몹시 부러운듯이.

바로 그때였다. 그는 문득 이상스러운 여자 하나를 발견했다. 눈이 부시게 성장한 삼십 미만의 여자가 한 손으로, 치마자락을 감싸 쥔 채 주위의 여인들 틈에서 비어나오며 약간 당황한 걸음으로 바로 가까운 화장실로 사라지었다.

허규는 불시에 가슴이 설레지며, 그 여자의 뒤를 따라 시선을 던지었다. 여자의 민첩한 동작이며, 질린 얼굴이 아무래도 예사로운 것이 아니었다. 그 순간에 그는 무엇이 가슴에 짚여졌다. 분명히 무엇을 훔쳤음이 틀림없다고 생각한 것이었다.

그러자 그는 무엇이 그렇게도 좋은지 자기도 모를 웃음을 혼자서 벌죽벌죽 웃어가며 그 여자가 들어간 화장실을 지키고 있었다.

허규는 언제나 남이 대담스러운 짓을 하는 것을 보면 공연히 흥분되며 자기도 한번 그렇게 해 보고 싶은 마음에 끌려드는 것이었다. 그러면서도 그는 근 사십년동안이나 살아오면서 지금까지 이렇다고 할만한 대담한 일이라곤 한번도 해 본 일이 없었다.

허규는 그러한 자기의 평범한 생활이 싫어지다 못해 부끄러워지는 한편 그 여자에 대한 어떤 호기심이 부질없게도 느껴지는 것이었다.

그 여자가 다시 나왔을 때에는 이미 태연한 얼굴이었다. 여자는 물건을 훔친 쪽으로 잠깐 눈을 돌렸다가 유유히 층층다리를 내려가기 시작했다. 그러자 허규도 불시에 그의 뒤를 따랐다.

그 여자는 '빠'의 여자랄지, '댄서―'랄지 어딘지 모르게 교태가 흐르는 그런 차림이었다. 그러면서도 점잖은 부녀다웁게 앞으로 발을 내 짚을 때에는 치마폭이 헤어지며 속치마가 약간 드러나곤 했다. 그 걸음걸이를 보면 양장의 걸음이었다.

이층에서 일층으로 내려온 여자는 화장품부 앞에서 무엇을 살듯이 걸음을 멈추고 잠시 물건을 살피다가 아주 자연스럽게 동쪽 문으로 나와 버렸다. 그리고는 전찻길을 건너 명동입구로 들어서서 얼마쯤 걸어가다가 어느 다방 이층에 자리를 잡고 앉았다.

그제야 그는 한숨을 쉴 수 있다는 듯이 얼굴의 긴장을 풀어치며 아이에게 '레몬쥬스'를 청하고서는 '콤박'을 꺼내 가볍게 화장을 고치고 나서 노랗게 물든 손끝으로 '핸드백'에서 '카멜'을 꺼내 물었다. 그리고는 피곤해 견딜 수가 없듯이 창가에 몸을 기대고 담배 연기만 부드럽게 뿜다가 슬며시 눈을 감았다.

그 얼굴에는 그의 생활이 그려지듯, 검고도 긴 눈썹이 어떤 체념을 말하여 주는 것 같기도 했다.

이윽고 주문한 '레몬쥬스'가 왔다. 그는 '스트로'도 대지 않고 단숨에 반나마 마시고 나서 다시금 눈을 감으려다가 문득 그의 맞은 편에 앉은 허규의 눈과 마주쳤다. 그는 아까부터 성글거리고 있는 이 사나이가 어떤 놈팡이냐는 듯이 멸시의 눈을 던진 채, 얼굴을 돌리다가 급기야 놀란 얼굴이 되며, 다시금 허규를 살피었다.

허규는 더욱 눈에 드러나게끔 벌죽하니 웃음을 내대었다. 그러자 여자는 그 웃음에 더욱 놀라며 당황스럽게 시선을 들창밖으로 돌리고서는 길가에 오고 가는 사람들을 물끄러미 바라보고 있을 뿐이었다. 그러면서도 등뒤에서 던지고 있는 그 시선을 잊을 수는 없는 모양이었다.

그렇게 한참이나 있다가 드디어 여자는 불유쾌해 견딜 수가 없다는 듯이 훌떡 일어나 셈을 치르고는 분주히 구름다리를 내려갔다. 허규도 급기야 일어나 그의 뒤를 또다시 따랐다.

여자는 뒤에서 지질스럽게 따라오고 있는 허규의 구두굽소리에 확실히 질린 얼굴이었다. 조급스럽게도 몇 번인가 뒤를 살펴가며 걷던 여자는 허규를 슬쩍 지나칠 셈으로 어느 양품점 '쇼윈도' 앞에 서서 '숄'을 바라보는 척했다.

그러기를 한참이나 있다가 슬그머니 얼굴을 돌려보다 가로수 아래서 넌지시 기다리고 서 있는 허규의 눈과 부딪치고서는 당황스럽게 그곳을 떠났다. 허규는 여전히 조롱치는 웃음을 성글성글 웃어대며 그의 뒤를 따랐다.

대여섯 걸음이나 앞서서 활활 걸어가던 여자는 얼만큼 가다가 갑자기 돌아서면서

"제게 무슨 일이 있어요?"

하고 파래진 입술을 발발 떨며 허규에게 대들었다. 너무나도 돌발적인 동작에 허규는 어쩔줄 몰라 그저 히죽하니 웃었을 뿐이었다.

여자는 어이가 없다는 웃음으로 휙 돌아서서는 다시금 활개를 돋쳐 땅을 차며 걸었다. 그러자 그제야 허규는 마음의 여유가 생기는 대로 걸음을 빨리하여 익숙스럽게 어깨를 겨누었다. 여자는 옆눈으로 그를 흘기고서는

"참 비위도 좋은 양반이군요."

하고 멸시의 웃음을 웃다 말고 입술을 깨물었다. 허규는 그 입술

이 귀엽다고 생각했다.

"그래요. 내가 그렇게도 비위가⋯⋯."

하고 그는 더욱 여자 옆으로 다가가 붙으며 일부러 배포를 부렸다. 여자는 힐끔하고 새파랗게 질린 흰 눈자위를 걷어 떠, 허규를 훑어 보고서는

"원⋯⋯."

하고 분명히 비웃는 웃음을 웃어댔다. 그리고는 더 상대할 필요가 없다는 듯, 재빠른 걸음을 치었다. 그러나 허규의 긴 발자국을 당할 수는 없는 것이고, 몇 번인가 치마자락을 걷어차다 못해 점점 발목의 맥이 풀어지고 말았다.

"어디가 차나 먹을까?"

이윽고 허규는 혼잣말처럼 중얼거려 여자의 마음을 등떠 보았다. 그러나 여자는 그런 소리는 들은 척도 않고 여전히 앞을 향해 걸었다. 그러면서도 동작 전체에는 어딘지 모르게 초조한 기색이 드러나 있었다.

그들은 어깨로 겨눈 채로 한참이나 걸었다. 허규는 농담이라도 해볼까하고 생각했지만 여자가 너무나도 심각한 얼굴이므로 그것이 어색하기도 하고 또한 불쌍한 마음도 들어 그만두기로 했다.

마침내 여자는 참다 못해 배앝듯이

"세상에 치근 치근 해두⋯⋯."

하고 뛰는 가슴을 억제하는 듯이 마른 침을 두어 번 삼키고 나서

"그래서 나를 어떻게 할 작정이에요. 보았으면 보았다고 이야기하고 얼마가 필요하다고 솔직히 이야기하세요. 나도 그만한 것은 지불할 각오가 있으니까요?"

하고 허규를 치떠봤다.

"참 대단한 각오시군요."

"흥 대단한 각오라구요."

"그만한 것을 다 아는 사람이 왜 그런 짓을 하느냐 말이요."

"그것은 당신이 알 바가 아니에요. 어서 얼마가 필요하다는 것이나 말해 봐요."

"이런 땐 얼마를 요구해야 하는지 내가 알 수가 있어야지요."

"능청맞기도 하네."

"아니 실상 난 그런 위인으로 밖에 보이지 않나 말요."

허규는 일부러 얼굴을 내대 보이었다. 여자는 의외란 듯이 눈을 크게 떠가며 허규를 잠시 살펴보다가 불시에 외면해 버리며

"그렇다면 이런 일을 갖고서 사람을 조롱한다는 것은 더욱 비겁해요."

하고 쏘아댔다.

"글쎄 난 별로 비겁한 일이라고는 생각지 못하였는데."

"비겁하지 않고요."

"그런가요."

"남의 약점을 갖고서 조롱하는 것처럼 비겁한 일이 어디 있겠어요."

"그렇다면, 이건 정말 죄는 누가 졌는지 알 수 없게 되지 않았어?"

"그래서 선생은 마음상 편하다는 말이지요."

하고 여자는 알지 못하는 사이에 허규를 선생이라고 불렀다.

"그렇다고 내가 마음이 편할 리가 뭐 있겠어요."

"물론 그렇겠지요. 선량하신 양반이 좋지 못한 계집년을 볼 때에는 아마 그럴 거예요."

여자는 자기 말만 옳다고 외우고 나서도 몹시 분한 모양이었다. 입을 어떻게 다물지 몰라서 쫑긋거리다 못해 울상이 됐다. 그러면서도 그들은 어깨를 나란히 한 그대로 얼마큼 더 걸었다.

그러자 여자는 자기의 그런 태도가 불리하다는 것을 느낀 모양인지 이번엔 자기 편에서 허규 옆으로 더욱 가까이가 붙으며, 변명하듯 다시 입을 열었다.

"그래도 나는 내 나쁜 짓은 알고 있는 걸요. 그렇지만 선생은 자기의 비겁한 짓을 모른다는 것은 아주 둔한 사람이 아니라면 그건 정말 염체가 없는 짓인걸요."

"그러나 나는 당신의 그런 행동을 조롱하기 보다는 오히려 부럽게 생각하기 때문에 여기까지 기신기신 따라온지도 모르지요."

"그건 무슨 핀잔이에요."

"결코 핀잔의 의미가 아닙니다."

"어머나? 참 고맙기도 해라. 그렇다면 언제까지나 절 부러워 해 줘요."

여자는 조롱과 증오가 뒤섞인 시선을 던지면서 몸을 휘돌리어 큰길에서 골목길로 잡아끌었다.

"그렇게까지 달아날 것까진 없지않아."

허규는 우스꽝스럽게도 당황한 걸음으로 분주히 뒤따랐다.

그곳은 중국 영사관으로 들어가는 비교적 한적한 골목이었다. 허규는 그까지 따라 온 자신이 그제야 싫어짐을 느끼면서도 그대로 헤어지고 싶은 마음은 아니었다.

"하여튼 어디 들어가 앉아서 차라도 들면서 이야기나 합시다."

"저와 할 이야기가 무슨 이야기가 있다고요."

"그저 실없는 이야기를 하고 서로 헤어지는 것도 좋지 않겠소."

"서로 이름도 모르고 말이지요."

하고 여자는 비아냥치면서 웃고서는 역시 말을 이었다.

"그리고서 남에게 이야기 못한 가슴의 상처를 서로 풀어 보고서는, 아무 일도 없은 듯이 헤어지자는 것이겠지요. 그 얼마나 낭만적이에요. 그러나 그것은 벌써 낡고 고전에 속하는 낭만인걸요."

허규는 낭만이란 말에 웃었다. 그러면서도 그 말에 약간 흥미가 느껴지지 않는 바도 아니었다.

"우연히 만났다가 그저 헤어지기 섭섭하여 차나 한잔 먹고 헤어지자는데 그렇게 야단스럽게 생각할 것까지야 없지요."

그러자 여자는 갑자기 말이 아주 부드러워지며,

"제가 뭐 야단스럽게 생각하는 것은 아니지요. 실상 저같은 사람에게 그런 친절을 베풀어 주신다니 고맙지 뭐에요. 그렇지만 미안스러운대로 지금에 그럴 시간이 제겐 없는걸요."

하고 시침을 뗐다.

"보기엔 그렇게도 시간이 없을상 싶지도 않은데."

"무슨 실례의 말씀이에요. 이래뵈도 어엿한 직장을 갖고 있어요."

"직장이라면?"

"그걸 제가 일일이 외워바칠 이유는 없겠지요."

"그거야 물론 그렇지요. 그렇지만 그런 곳이라면 좀 늦는다 해도 과히……."

"전 늦을 이유가 없다고 생각해요."

"그럼 제가 직장까지 모셔다 드릴 영광은 가질 순 있겠지요?"

허규는 부지중에 이런 말이 튀어나온 것이 약간 열없기도 했다. 그러나 흘려 놓은 말을 담을 수는 없는 것이었다.

"전 그런 친절은 받고 싶지 않아요. 그러나 그건 당신의 자유겠지요."

"그럼 제가 모셔다 드리도록 하지요."

"좋도록 하시라니까요."

"차로 모셔다 드릴까요."

"전 걷는 것이 좋습니다."

여자는 일부러 거만한 표정을 지어가며 총총히 걸었다. 허규는 중국대사관의 담을 끼고 돌아 충무로로 따라 나오다가 그 여자를 너무나도 지나치게 조롱했다는 미안스러운 마음과 함께 혹시라도 아는 사람을 만날 것이 겁이 나 그만 돌아갈까 하고 생각했다. 그때에 앞서 걷던 여자가 무슨 생각인지 불현듯 돌아서며

"그러지 말구 어디가서 정말 좀 앉아 볼까요."

하고 처음으로 직업적인 교태가 흐르는 웃음을 허규에게 던지었다.

"그럽시다."

허규는 잠시 서서 찻집을 생각하고 있을 때

"난 찻집은 싫어요. 어디가 앉아서 맥주도 좀 먹을 수 있는, 참 선생님 그런 용의가 있는지요?"

하고 허규를 놀려대는 시늉으로 빤히 쳐다보는 것이었다.

허규는 자기의 옷차림에서 자기의 내심을 엿보인듯 싶어, 어이가 없어 먹먹해 있자, 여자는 그 얼굴이 더욱 재미난 듯이 밉살스러운 웃음까지 웃어대며

"안심하고 따라 오세요. 저에게 맥주쯤은 살 돈이 있으니."

하고 앞섰다. 이렇게 되고 보니 허규는 자기의 자존심을 생각해서라도 그대로 돌아갈 수 없는 일이었다.

"하여튼 서울서 당신이 제일 훌륭하다는 곳을 안내해 봐요."

하고 허규의 말이 약간 뚝하게 나오자

"대단한 허세."

하고 여자는 머리에 손가락을 얹어 뿔을 지어 웃었다. 밉지 않은 재롱이었다.

그들은 잠시 후에 비교적 깨끗한 어느 중국집 이층에 자리를 잡

고 앉았다. 푸른 하늘이 바껴진 들창에는 공중에서 한가스럽게 졸고 있는 듯한 '애드벌룬'이 멀리 바라 보이었다. 여자는 처음부터 조롱대는 웃음이 비여질 듯한 얼굴로 허규가 맥주를 부어주는대로 사양하는 일도 별로 없이 들이키었다. 그러면서도 좀처럼 취한 기색은 보이지 않았다.

그저 눈시울이 약간 붉어졌을 뿐이고, 그 때문에 피어오른 얼굴은 푸른 계통의 고즈넉한 치마 빛깔에 반사되어 더욱 부드럽게 보이며, 그의 교양도 어느 정도로 짐작하게 하였다.

"술도 곧잘 하시는군요. 언제부터 그렇게 잘 하십니까?"

"글쎄요, 선생은 아마 자기가 하는 일을 일일이 기억하고 계신 모양인가 봐. 그러시다면 참 편리하겠군요."

여자는 얇은 잿빛의 눈알을 치떠뵈며 기어이 조롱치는 웃음을 흘려 놓았다.

"그렇지 않다 해도 당신 같이 총명한 사람은 기억할 상도 싶은데."

"제가 총명하다구요. 오늘은 선생에게 과분한 치사를 너무나도 많이 받는군요."

하고 웃고 나서

"실상은 선생은 내가 이런 것을 어째서 훔치냐고 알고 싶단 말이지요."

하고 저고리 앞자락 속에서 부인용 팔목시계를 꺼내어 손끝으로 쳐들어 보이었다.

"하여튼 난 당신이 이상해 견딜 수가 없소. 내가 보기엔 그 시계도 별로 탐나는 물건 같지도 아닌상 싶은데……."

하고 허규는 미심스럽다는 얼굴을 들었다. 여자는 힐끔하니 허규를 치떠보고 나서는 별로 답할 생각도 않고 시계를 아무렇게나 '핸드백' 속에 집어넣었다.

"당신 같은 사람이 어떻게 그런 일을 태연히 할 수 있느냐 말예요."

하고 허규는 거듭 물었다.

"안타까이 알 필요도 없지 않아요."

"그렇지만 당신을 안 이상에야 알고 싶어지는 것이 사람의 마음인 걸요."

"그렇게까지도 알고 싶다면 혼자서 아무렇게나 좋도록 생각해 봐요."

"하여튼 당신은 생활 때문에 그런 것도 아닐 테고……."

"글쎄요, 그럴는지도 모르지요."

"그러니까 더욱 이상하지 않아요?"

"그래요. 참 이상해요."

하고 비양조로 말을 받고서는

"사람이 살아가며 어떻게 자기가 하는 일을 하나 하나 의식할 수 있어요."

하고 반문했다.

"그렇다 해도 그런 일을 아무 의식 없이 행동할 수는 없겠지요."

하고 허규는 그의 빈 잔에 맥주를 부어주며 말했다.

여자는 잠시 입술을 깨문 채 무엇을 생각하듯이 창밖을 바라보고 있다가

"전 그렇게도 생각하지 않아요. 남자를 모르지만 여자들이란 대개가 무의식 속에서 움직이는 걸요."

하고 허규를 정시했다. 지금까지 어느 정도로 독기가 서리어 있던 눈에 갑자기 애잔한 빛이 흐르는데, 그것이 이상스럽게도 아름다웠다.

"그래요? 그렇다면 참 무의식이란 건 아주 편리한 것이군요."

하고 허규는 일부러 핀잔의 얼굴을 드러내 보이며 자기 잔에 맥주

를 부었다.

"그러기에 아무렇게나 생각하라는 것이에요."

하고 여자는 귀찮다는 듯이 얼굴을 돌리고서는 혼잣말처럼

"실상 그렇게도 쉽게 알아 준다면 화가 날 일이지요. 발악을 치다 못해 생각해 낸 생활인 걸……."

하고 의미 모를 증오의 눈으로 허규가 자기 잔에 맥주를 부어주는 것을 물끄러미 바라보고 있었다.

"말하자면 그것이 당신의 비극의 실마리란 말이지요? 그렇다면 나도 당신 일을 알만도 하지요."

하고 허규가 싱글 싱글 웃어가며 앞을 질리보자 여자는 눈을 올려 떠 허규를 슬쩍 보고서는 코웃음을 치고 나서

"무엇이 알만도 해요. 참 남자란 모두가 그렇다니까요. 남의 일을 알지도 못하면서 아는 척 하구서……그것이 정말 우습지 않아요."

하고 조롱하는 눈으로 허규를 다시 바라보았다.

허규는 자기의 내심이 찔린 것이 열적은 대로

"핀잔이 대단하신데……."

하고 역시 싱글거리는 웃음을 계속해서 웃어댔다.

"그만 둬요. 세상 일은 혼자 다 아는 척 하는 그런 웃음……."

하고 약간 노여운 눈세로 허규를 흘기었다. 그렇다고 안색이 나빠진 기색은 아니었다. 오히려 그 눈매는 허규의 마음을 달뜨게 하는 그 무엇이 서려 있었다.

그럴수록 허규는 그 여자의 정체가 더욱 알 수 없어지며 흥미가 느껴졌다.

"그러나 당신은 교양도 대단한 모양인데……. 실상 난 아까부터 감심하고 있었지만……."

하고 허규는 아까보다도 한걸음 더 다가들어 그의 내심을 찾으려

고 했다.

"하긴 그럴는지도 모르지요. 물건이나 훔치는 계집치고선."

하고 어깨를 추며 웃음으로 구겨버렸다. 그리고는

"참 우습지 않아요. 내가 그런 계집이라면 선생은 안되는 일이라도 있는가봐."

하고 식탁 위에 팔굽을 올려 논 양손으로 얼굴을 싸매고서 자기가 무엇인가를 알아보라는 듯이 허규를 빤히 쳐다보았다.

"돈은 있고 할 것은 없고 갑갑은 하고……."

갑자기 허규는 여자의 눈을 쏘아보았다. 그 순간에 여자의 눈에서는 불깃하고 인광이 이는 체 허규를 마주 쳐다보았다. 그리고는 눈을 피하는 대신에 섬북 감았다가 다시 뜨며 천천히 입을 열었다.

"그래요, 유한 '마담'이 아니라면 술집 '마담'도 좋고요. 기생, 양갈보, '댄서'……아무 것도 좋아요. 선생 마음대로 생각하세요."

하고 자기 잔에 맥주를 부으려다 맥주가 떨어진 것을 보고는 손뼉을 쳐 '뽀이'를 불렀다.

허규는 어느 정도로 취기가 돌므로

"술은 이전 그만 합시다."

하고 맥주를 더 청하려는 것을 말리었다. 그래도 여자는 자기 마음대로 맥주를 청하고 난 후, 새로 들어 온 맥주를 그에게 부어주며

"오늘은 선생이 내 손님인 걸요. 조금도 사양할 것 없어요. 힘껏 마셔 줘요."

하고 이제는 여자도 취기가 도는 듯 풀어진 눈으로 말했다.

"공것이라면 나도 별로 싫어하는 편은 아니지만 그래도 무턱대고 마시다가……."

하고 그는 말끝을 흐리치자 여자는 재빠르게 말을 받아

"참 그렇구만요. 그렇지만 남자란 여자를 위해서 그런 선심도 쓰

자구 있는 것 아니에요."

하고 아주 재미난 듯이 웃어댔다.

"그러나 실상 그런 건 아니에요. 절대로 선생을 폐 끼치거나 그런 일은 없을테니 안심하고……."

하고 말을 잠시 끊고서는 식탁 위에 흘린 물방울로 글씨를 쓰고 있다가 문득 얼굴을 들어

"선생은 소설을 쓰지요."

하고 전보다 정색한 얼굴로 물었다. 허규는 너무나도 도발적인 질문에 당황해서 고개부터 흔들었다. 여자는 그 모양이 우습다는 듯이 생글생글 웃으며,

"이제아 잘 알겠는 걸요."

했다. 허규는 다시 머리를 내저어

"아니라니까."

"그러면 선생의 이름을 밝혀 볼까요?"

하고 협박조로 나왔다. 그러자, 허규는 자기를 숨기는 것보다도 그가 자기를 어떻게 아는지를 알고 싶어졌다.

"나를 어떻게 알아요."

"독자가 작가를 안다는 것쯤 이상한 것 조금도 없지 않아요."

허규는 흥이 꺼지는 대로

"나도 대단한 독자가 있었는데."

"그렇지요. 대단한 독자지요."

하고 여자는 원망스럽다는 듯이 토라지게 입을 다물었다가 이어

"내 아주 훌륭한 소설 재료를 하나 이야기해 드리지요."

하고 아까처럼 생글 생글 웃으면서도 얼마큼 진정된 수줍은 태도를 지었다.

"그것이 내 직업이니 들어야지요."

허규는 어느덧 자기가 놀림을 받는 입장으로 바뀌었다는 것을 느끼며 눈이 가늘어졌다.

　"어떤 여자가 하나 있지요. 그 여자는 6·25전까지는 꽤 잘 산 모양이에요. 대학교에도 다닐 수 있었으니까요. 그러나 6·25사변이 나고 피난생활을 하게 되면서부터 그의 생활이 말이 안되게 된 모양이에요. 그래서 그도 하는 수 없이 어느 찻집의 '레지'로 있게 되었다나요. 그러면서 그는 무역을 한다는 아주 돈 많은 영감을 하나 꾀어냈지요."

　하고 눈을 크게 떠, 어른이 어린애에게 이야기하는 것처럼 어이없는 표정을 지었다.

　"그러나 그때까지도 얌전하던 그 여자가 처음부터 그 영감을 꾀어냈다면 말이 되지 않지 않아요. 사실 말하자면 그 영감이 주책없게도 그 여자를 따라다니며 찻집을 내준다고 하니까 그 여자는 그것에 응했을 뿐이지요. 그러니 결국은 그 여자가 그 영감을 꾀어낸 것과 같은 것이 아니고 뭐에요."

　하고 제풀에 혼자 웃고 나서

　"글쎄 말이에요. 그러니까 그 여자가 그 영감을 잘 공대하고 살면 아무 일도 없을 것이 아니에요. 그러나 그 여자라는 사람이 약간 욕심이 많았던 모양이에요. 영감의 눈을 피해가며 어떤 젊은 친구와 죽자 살자 사랑을 속삭이었다나요. 그러다가 결국 영감에게 발각되게 되자, 그는 오히려, 사랑의 개가를 부르 듯이 그곳을 뛰쳐나와 버리고 말았지요. 그러자 그 여자가 믿었던 젊은 친구는 그날부터 싸늘해지고 말았다는 것이 아니에요.

　아마 그 젊은 친구는 그 영감과 연애를 하던 셈인 가봐요. 그러니 그 여자는 세상이 아주 귀찮아지어 자기가 갖고 있던 장식품을 모두 팔아 질탕하게 써 버리고 죽으려 할 때 그때 말입니다. 아주 홀

룽한 신사가 하나 나타나 그를 힘껏 껴안아준 걸요. 어때요. 좀 신파 같지만 꽤 쓸만하지 않아요."

하고 여자는 역시 웃는 눈으로 허규를 쳐다보았다.

허규도 그제는 자기도 한마디 할 차례라고 생각하며

"그래도 그 이야기엔 아주 중대한 장면이 빠졌군요. 물건을 훔치는……."

하고 궁색하게 입을 열었다.

"그렇다면 그 여자가 너무 불쌍하지 않아요. 그렇지만……그건 하여간에, 지금 내가 돈을 좀 갖고 있다는 것은 알 수 있겠지요?"

"조롱대는 일은 이전 그만 하기로 하고 일어서기로 합시다."

하고 허규는 팔목시계를 보며 말했다. 열한 시 십오 분 전이다.

"시간은 보아서 무엇해요. 밤은 긴 걸요."

"그래도 통행시간이 십오 분밖에 남지 않은 걸요."

"그러기에 그건 아무래도 좋다는 것이 아니에요."

하고 여자는 '핸드백'을 들어 보이며

"여기 들어 있는 돈을 오늘 밤으로 둘이서 써 버려요. 그 대신 선생은 내 상대자가 돼야 해요. 그래도 머리가 너무 벗어져서……."

"하하……."

허규는 불시에 웃음이 터져 나왔다. 여자도 따라 웃다가

"어디든지 가요. 산에고 온천에고……."

하고 의외에도 진심을 드러낸 얼굴이었다. 허규는 이러다가는 정말 난처하게 될는지도 모른다고 생각하며

"지금에 어딜 간다고, 마지막 고동이 불기 전에 어서 집에나 갑시다."

하고 일어섰다.

"차를 잡아타고 아무데나 가요."

"그래도 난 써야 할 원고가 있어서 오늘은 집에 돌아가야겠소."

허규는 궁색하게 말을 돌려 마치며 모자를 집어들자 여자도 불시에 따라 일어섰다.

"그러면 내일 일곱 시가 좋아요. 일곱 시에 이곳에서 다시 만난다고 약속을 해 줘요."

하고 여자는 손가락을 걸어 약속하자고 손을 내밀었다.

순간에 허규는 분 냄새에 마비된 정욕을 더 참지 못해 여자를 와락 끌어 안았다. 부드러운 촉감 속에서 전등불이 핑 도는 순간이 지나갔다.

혀규는 여자와 헤어지어 차를 타고 돌아오면서도 그 입술의 기억이 생생했다. 그럴수록 분명히 알 수 없는 그 여자의 정체가 안타깝게도 알고 싶었다.

순진한 면을 보면 남자를 잘 모르는 여자 같기도 했고, 대담한 면을 보면 남자를 너무나 알기 때문에 그런 것 같기도 했고, 그렇지도 않으면 책에서나 상상으로만 남자를 잘 알고 있는 여자 같기도 했다.

그는 이렇게도 그 여자의 정체를 종잡지 못하고 있을 때, 차는 어느 듯 그가 내릴 곳을 지나쳐 서대문 로타리를 돌고 있었다.

허규는 분주히 차를 멈추고 내려서 차값을 주려고 하였을때, 주머니에 있어야 할 돈이 없었다. 그는 약간 당황해서 주머니를 두루 살펴 보았으나 있어야 할 돈은 간데가 없었다.

저고리 웃주머니까지 뒤져 보았으나 역시 마찬가지였다. 그는 그제야 비로소 자기는 그 여자에게 '키스'의 대가를 지불한 것을 알게 되었다. 그리고는 그 여자를 모르는 것도 아니면서도 지금까지 달리 생각하려던 자기가 알 수 없어졌다. 그는 그만 운전수에게 만년필을 뽑아 주고 돌아섰다.

언덕길 위에는 환한 달이 떠 있었다. 그는 어이가 없는대로 달을 향하여 웃었다. 달도 역시 싱글 싱글 웃는 것만 같았다. 그는 다시 달을 쳐다보았다. 그것은 분명 자기를 조롱대는 웃음이었다.

이튿날 허규는 어제의 그 약속 같은 것은 잊어버리고, 동무들과 술을 마시고 돌아오던 길에 문득 그 중국집을 찾을 생각이 났다. 그렇다고 여자에 대한 미련이 있기 때문이 아니라, 그저 어제 저녁에 먹은 '기스멘'이 생각 난 때문이었다.

그러나 허규는 그 중국집에 들어서서 약간 당황했다. '뽀이'가 반기며 그 여자가 아까부터 와서 이층에서 기다리고 있다는 것이었다. 그는 기대에 어그러진 호기심을 느껴가며 분주히 이층으로 올라가 방문을 열었다.

불이 꺼진 어두운 방안에서 그를 찾던 순간에 문득 달빛에 파랗게 질리운 그의 얼굴을 보고 뒤로 움치었다. 전신이 와들와들 떨리었다. 그는 아직도 숨소리가 들릴 것 같은 얼굴이면서도 이미 산 사람이 아니었다. 그의 앞에는 종잇조각 한 장이 놓여 있었다.

허규는 성냥을 그어 읽었다.

"선생을 기다려 보다 먼저 갑니다. 어제 장난을 너무 노여워하지 말 것."

마치도 찻집에서 써 놓듯한 어이없는 글이었다. 허규는 이상스럽게도 마음이 가라앉음을 느껴가며 들창의 달을 쳐다보았다.

달은 어제나 마찬가지로 역시 자기를 조롱대는 웃음을 웃고 있었다.

동면(冬眠)

　1·4후퇴로 대구에 피난 내려가서 우리들이 묵고 있던 집은 화장터 굴뚝이 바라보이는 대신동 한끝 쪽에 있는 목제 바라크였다. 그것은 본시 직물 공장 같은 것을 하기 위해서 지었던 모양이다. 판자 울타리가 반쯤이나 없어진 뜰 앞으로는 눈에 덮인 밀밭이 환히 내다보였고, 뒤로는 높은 돌각담 안으로 수목이 무성한 절간 뒤뜰이 잇닿아 있었다.

　그 절간에서는 매일 다섯 시만 되면 종소리가 울려졌다. 겨울의 새벽 다섯 시라면 아직도 캄캄한 밤이었다. 모든 것이 잠들고 있을 때에 그 종소리만이 우렁차게 뗑 뗑 울려졌다. 그 종소리는 모름지기 대구 시내 어디서나 들렸을 것이다. 우리들은 그 시간이 되면 어쩔 수 없이 그 소리에 눈을 떠야 했다. 그 종소리는 교회당에서 울려지는 야단스럽고도 요란스러운 그런 소리와도 달리, 간격을 두고 은은히 여음이 흘러지는 소리였다. 그것은 바로 우리 방의 뒤 들창으로 쳐다보이는 전나무 밑에서 치는 소리였다. 담 하나를 사이에 둔 불과 대여섯 간밖에 되지 않는 가까운 거리였다. 그러므로 우리들에겐 너무나도 크게 들리기 때문인지, 그 종소리가 도시 종소리같이 들리지를 않았고 그저 무슨 울음소리처럼 들리었다. 아니, 그것은 확실히 울음소리였다. 우리들의 가슴속에 사무쳐 있는 설움을 쏟아주는 듯한 울음소리였다.

　우리들은 모두가 너무나도 많은 슬픔과 설움을 갖고 있었다. 고향을 잃은 슬픔, 가족을 잃은 설움, 배고픈 슬픔, 추위에 떨고 있는 설움, 앓는 친구를 멍청하니 보고만 있는 슬픔—생각하면 생각할수록 우리들의 가슴속에는 슬픔과 설움뿐이었고, 가슴속에 가득 찬 그 슬픔과 설움은 자꾸만 부풀어 오르는 것만 같았다.

그 슬픔과 설움을 우리들이 목을 놓아 우는 대신에 그 종소리가 울어주는 셈이었다. 아니, 확실히 울어주는 것이었다.

우리들은 그 종소리가 그쳐도 누구 하나 입을 열려고 하지를 않았다. 모두가 죽은 듯이 잠잠할 뿐이었다. 그것은 한참 울고 나서 울음을 머금느라고 말이 없는 것과 같은 것이었다. 하기는 추워서 입을 열 기력이 없는 노릇이기도 했다. 흰종일 북쪽에서 불어오는 바람은 벌판 한가운데 서 있는 바라크가 귀찮거나 한 듯, 판자담을 쓰러치고 함석지붕을 날려 버릴 듯이 야단치며 우리들의 방으로 마구 몰려들었다. 우리들은 그 바람을 막기 위해서 몇 번인가 모르게 종이를 발랐다. 그러나 바람은 그것을 바른 뒤도 없게 떨어지고 우리 방으로 사정없이 몰려들었다. 그렇다고 바람은 그곳에서만 들어오는 것이 아니었다. 틈이 날 대로 난 마루 밑바닥에서도 올라왔다. 그 바람은 싸늘하면서도 습기가 있었다. 우리들은 그 바람도 막기 위해서 가마니를 뜯어 깔아보았지만 베잠방이로 방귀 막는 짓보다도 못한 노릇이었다. 그 바람은 밑구멍으로 곧장 들어가서 밸을 꼿꼿하니 얼려놓는 것만 같았다. 그 때문에 말을 조금이라도 하면 밸이 곤아 들어오게 아팠다. 그러므로 우리들은 눈을 뜨고 있으면서도 입이 얼어붙은 듯이 되도록 입을 열지를 않았다. 그것이 조금이라도 편하기 때문이었다. 그러나 병직이는 그런 '특권'도 가질 수가 없었다. 며칠 전부터 열이 오르기 시작한 그는 악을 써가며 연방 기침을 기쳐냈기 때문이었다. 그 기침 소리는 폐부를 찢어내는 듯한 소리였다. 뿐만 아니라, 우리들의 폐부까지 젖어들어 우리들의 가슴을 몹시 아프게 하는 소리였다. 그렇다고 우리들로서는 어떻게 해줄 수가 없었다. 그저 슬프고 안타까운 대로 날이 밝지 않았기 때문에 그의 괴로워하는 얼굴을 보지 않을 수 있는 것만이 다행이라고 생각할 뿐이었다. 그럴수록 더욱 마음은 자꾸만 울먹해지며 가슴속에 가득 찬 슬픔과 설움이 북받쳐 올라와 가슴이 쓰라리며, 쓰라리다 못해 견딜 수 없게 되면 배 속에 아무 것도 든 것이 없는 탓이라고 그것을 새삼스럽게나 생각하듯 생각해보는 것이었다. 그러면 어느덧 눈앞엔 허연 비계가 둥둥 뜬 돼짓국이 떠올랐지만, 그러나 목구멍에 실제로 넘어가는 것이란 빈 침뿐이었다. 그리고 넘어가는 것은 찬바람밖에 있을 것이 없었다. 바람도 먹지 않으면 확실히 살 수 없는 모양이지만, 이렇게도 많이 먹다가는 목숨마저 얼어붙을 것만 같아서 겁이 났다. 실상 간밤에도 목숨이 얼어붙지 않은 것이 신기스러운 일이라고 생각하며.

그러고 보면 여태까지 우리들의 목숨이 그 추위에도 얼어붙지 않고 견딜 수 있은 것은 완전히 여섯 사람의 체온의 덕이라고 생각할 수밖에 없었다. 그것이 아니었다면 기침을 쿨럭쿨럭 기쳐대는 병직이도, 우스운 말로 우리들을 곧잘 웃겨 배를 더 고프게 하는 필수도, 그리고 제아무리 혼자서 오버를 덮고 있는 허성 영감도, 연극에 대해선 모르는 것이 없는 현웅이도, 길룡이도, 나도 벌써 끝장이 났을 일이다. 그러나 우리들은 서로서로 통하는 체온이 있기 때문에—서로서로 믿고 있는 우정과 비슷한 따뜻한 체온이 통해졌기 때문에, 여섯이서 군대 요 두 장으로 북빙양 같은 찬방에서도 아직까지 피가 순환되고 있는 셈이었다. 실상 우리들은 북에서 넘어올 때 제각기 오버 하나씩은 입고 있었다. 그러므로 그것이 처음엔 훌륭한 이불 노릇을 해주었던 것이다. 그러나 그 오버들은 우리들이 밥을 먹는 집에 하나하나 맡기게 되어버리고 말았다. 그리하여 결국 지금은 허성 영감의 오버 하나만이 남게 되었지만, 그러나 그것을 남겨놓게 된 데는 그만한 이유가 있었다. 말하자면 그것은 교제용으로 내어놓은 것이었다. 앞으로 우리들도 찾아 봬야 할 사람이 생기게 되는지도 모르니 그땐 너무 초라한 꼴을 하고 갈 수도 없는 일이므로 그때를 생각해서 자기 오버 하나만은 남겨놓자는 허성 영감의 제의에 우리들도 그럴싸하여 찬동한 것이었다. 그러므로 그 오버는 누구나가 입을 수 있는, 어디까지나 공동용으로 되어 있는 물건이었다.

그러나 허성 영감은 약속이 그렇다 해도 자기 해는 역시 자기 해라는 듯 잘 때면 으레 혼자서 덮었다. 그렇다고 우리는 그것에 불평을 가지려는 것은 아니었다. 그리면서도 생각하게 되는 것은 병직이의 기침소리는 우리들과 마찬가지로 허성 영감에게도 들릴 터인데 그에게 오버를 덮어줄 생각을 왜 못 할까, 하고 오히려 허성 영감을 민망히 여길 뿐이었다. 그러면서 우리들은 그에 대한 지금까지의 존경심이 점점 엷어지는 것도 어쩔 수 없는 일이라고 생각했고, 그를 존대해서 허 선생이라고 부르던 것도 어느덧 허성 영감이라고 부르게 되었다. 그렇다고 우리들은 그것을 조금도 미안스럽게 생각해 본 일도 없었다.

우리들이 이렇게 집단생활을 하는 것은 앞으로 연극을 하기 위한 목적이 있기 때문이라고 모두가 말했다. 물론 우리들은 그것이 불가능한 일이라는 것을 잘 알고 있으면서도 그렇게 갈 곳이 없어서 이런 곳에서 이 고생을 하며 있다고는 누구나가 말하고 싶지가 않았기 때문이다. 그보다는 친구가 그리워서라고는 말하고 싶었지만 연극을 하기 위해서라는 것보다는 역시 우리들의 자존심을 만족시켜 주지를 못하였다.

사실 우리들은 연극을 하기 위하여 극단 전원이 집단적으로 월남하였던 것이다. 그러므로 처음 이곳에 올 때는 인원수도 더 많았고, 그중엔 여배우들도 셋이나 있었다. 그러나 연극을 할 가망도 없고 살길도 없다는 것을 알게 되자, 어떤 사람은 친척을 찾아 나가기도 했고 혹은 직장을 얻어 나가는 사람도 있어, 결국은 갈 곳이 없는 우리 여섯 명만이 남게 되었다. 말하자면 어찌할 수 없는 무능한 인간들만이 남은 셈이었다. 우리들은 그것을 감추기 위해서도 연극을 하기 위해서라고 뻗치며 자위를 얻는 수밖에 없는 일이었다.

우리들의 극단은 국군과 유엔군의 진격으로 평양이 해방됨과 아울러 조직되었던 것이다. 공산 치하에 자유를 잃고 있던 우리 연극인들은 무엇보다도 급한 것은 우리가 하고 싶던 연극을 하는 일이라고 그 어지러운 통에서도 재빨리 극단을 조직했던 것이다. 거기에는 젊은 연출가도 있었고 우수한 장치가도 있었고 충분한 연기력을 갖고 있는 남녀 배우도 있었다. 또한 허성 씨와 같은 아직 작품을 발표하진 않았다 해도 대단한 실력을 갖고 있다는 극작가도 맞아들여, 연기진으로나 제작진으로나 조금도 손색이 없는 극단을 가질 수 있게 되었다. 그리하여 우리들은 처음으로 민주적인 투표를 하여 허성 씨를 단장으로 선출하였다. 그는 우리들보다도 십 년이나 위였고, 또한 지금까지 작품 활동을 하지 않고 그만큼 청렴하게 살아왔다는 점에서도 우리들은 그를 단장으로 내세우는 데 조금도 인색하지를 않았다.

이렇게 극단이 발족하게 되자, 우리들은 '오늘'의 〈지평선을 넘어〉를 갖고서 곧 첫 공연 준비에 착수했다. 그때부터 우리들의 모든 정열을 여기에 기울였다는 것은 더 말할 필요도 없는 일이다. 그러나 막을 올릴 날도 앞으로 며칠 남지 않았을 때에 그만 뜻하지 않은 후퇴 바람이 나게 되었다. 그러나 우리들은 그때까지만 해도 그렇게 큰 실망은 하지 않았던 것이다. 후퇴라 해도 기껏 한 달이면 다시 돌아올 수 있으리라고 믿었고, 또한 서울까지 후퇴한다 하더라도 그곳에 있는 연극 단체들은 우리들을 반드시 도와주리라고 생각했다. 따라서 서울서 첫 공연을 가질 수 있게 된다면 그것이 우리 극단으로선 더욱 의의 있는 일이라고 생각했던 것이다. 그러므로 우리 단원들은 피란민의 긴 행렬을 따라 뚜벅뚜벅 남쪽을 향하여 걸어가면서도 오히려 가슴엔 어떤 희망에 차 있었던 것이다. 그러나 막상 서울에 이르러놓고 보니 공연 같은 것을 생각해 볼 그런 한가한 판이 아니었다.

우리들은 서울에 주저앉아 볼 겨를도 없이 다시금 기차 지붕에서 사흘 동안이나 찬 바람을 맞아가며 대구까지 내려왔다. 많은 식구로 된 우리 일행은 여관에 들 만한 여비를 갖고 있을 리도 없는 일이었으므로 학교로 교회로 우리들이 잘 수 있을 곳을 몇 곳 찾아보았으나, 결국은 역 대합실에서 밝히는 수밖에 없었다. 다음 날은 좀더 계획적으로 대를 나누어서 우리들을 받아줄 만한 곳을 돌아보았으나 그날도 역시 전날과 마찬가지로 역 대합실에서 자야 했다. 이렇게 일주일을 지나다가 지금에 우리가 있는 이 빈집을 겨우 발견하게 된 것이었다.

우리가 있는 이 집은 공장이었던 만큼 함석을 넣은 건평이 삼십 평은 되었고 뜰도 넉넉히 잡아 오십 평은 되었다. 그렇다 해도 사람이 들 수 있을 만한 곳이란 사무실로 쓰던 모양인 방 하나뿐이었다. 그곳엔 그래도 유리가 부서져 나간 문도 달려 있었고 칠푼 널마루도 깔려 있었다.

우리들은 당장 급한 대로 우선 이곳에다가 거처를 잡아놓고서 차차로 좋은 곳을 얻어가지고 옮길 생각을 했다. 그러나 차차로 옮긴다는 것은 그때뿐의 생각이고 여기나마 쫓겨날 것이 두렵게 되고 말았다. 우리들이 들어 있다는 것을 집주인이 알게 되자, 그는 매일같이 와서 나가라고 야단을 쳤기 때문이다. 그는 판자 울타리가 절반이나 없어진 것도, 들창에 유리가 부서진 것도 모두 우리가 한 짓이라고 말했다. 그래도 우리들은 뻐젓하니 대꾸 한마디도 못 했다. 판자 울타리를 매일 한두 장 뜯어 때는 것도 사실이지만 그보다도 우리들이 이곳으로 올 때 주인의 승낙을 얻고 온 것이 아니므로 주인으로선 그런 말이 응당 나올 법도 한 일이라고 생각했기 때문이다. 그것을 모르리만큼 우리가 몰경우한 것도 아니었고, 또한 이곳에서 겪고 있는 추위를 생각하면 당장이라도 내어주고 싶은 마음이었다. 그러면서도 우리들은 어쩔 수가 없었다. 어쩔 수가 없기 때문에 주인에겐 미안하다고 생각하면서도 무턱대고 모르는 체하는 수 밖에 없었다.

사실 이 집도 집주인이 야단치지만 않고 우리들을 괴롭히는 추위를 어떻게 해결할 수만 있다면 그렇게까지 살기 나쁜 곳은 아니었다. 시내에 들어가긴 좀 멀다 하더라도 동산 시장은 그리 먼 편도 아니었고, 또한 화장터의 굴뚝만이 보이지 않는다면 대구 주변 치고서도 이만큼 주위의 환경이 좋은 곳도 없었다. 이제 봄만 되면 뜰 앞으로 활짝 벌려진 밀밭에서는 아지랑이가 피어오를 것도 눈앞에 벌려졌고, 절간 뒤뜰에는 가지각색의 꽃이 피고 새소리가 들려오리라는 것도 생각했다.

그러나 그것은 아직도 먼 일이었다. 그때가 오기 전에 당장 얼어 죽을 것만 같은 지독한 추위가 우리들에겐 급할 뿐이었다. 그 추위도 제대로 끼니나마 찾아 먹으며 겪을 땐 그렇게까지도 급하지는 않았다. 우리들은 벌써 며칠 전부터 밥도 제대로 먹지 못하고 지내는 판이었다. 우리들의 재산—말하자면 오버니 시계니 만년필이니 그런 것들을 갖다 맡기고 지금까지 밥을 달고 먹던 집에서 이 이상 더 줄 수 없다고 거절을 당했기 때문이다. 그렇다고 우리들은 그 집을 나무랄 수는 없는 일이었다. 그 판잣집 음식점 주인인 텁석부리 영감도 우리들과 마찬가지로 북에서 피란 나와 여섯 식구를 먹여 살려야 한다는 것을 잘 알고 있기 때문이었다. 그러므로 우리를 대할 때마다,

"고향에 가긴 다 틀렸지."

하고 한숨을 쉬어가며 한탄을 하는 그 텁석부리 영감에게 은밀한 친절감을 가져온 것이었고, 또한 지금까지는 그가 우리를 과분히 대해주었다는 것도 잘 알고 있었다. 그러나 우리들은 역시 텁석부리 영감이 나쁘다고 화를 내어 욕을 하고 있었다.

우리들은 굶다 못해, 어제저녁에 다시금 그 텁석부리 영감네 집을 찾아갔던 것이다. 영감은 우리가 밀려오는 것을 보고 나서, 불시에 쓴 오이 본 듯한 그런 얼굴이 되지 않으면 안 되겠다는 표정이 되며 잔뜩 팔짱을 낀 채,

"내가 무슨 쌀을 창고에다가 쌓아두고서 밥장수를 하는 줄 아나, 님자네들두 내 사정을 잘 알만 하면서두……."

하고 우리들로서 정말 듣기 거북한 이야기를 꺼내놓았다. 그래도 우리들 중에 누가 입을 열어,

"영감님, 염려 말아요. 이제 며칠만 있으면 군의 원조를 받아 연극을 하게 됐으니까. 그땐 돈이 마구 쏟아져 나올 것입니다."

하고 말했다. 그러나 그런 말에 벌써 몇 번이나 속아본 영감은 조금도 귀를 솔깃해 볼 리도 없었다.

"그러니까 그때 와서 밥을 먹으라는 것 아니야."

하고 한마디를 퉁기고서는 아까보다도 더 인정미가 없는 얼굴을 했다. 우리들은 할 말이 없는 채 멍청하니 손님들이 먹고 나간 밥그릇을 바라봤다. 밥그릇엔 밥이 절반이나 남아 있었고, 콩나물은 젓가락도 대지 않은 채로였다. 영감의 딸인 순희가 얼어터진 손으로 그것을 간직하고 있었다. 이북에서 고등학교 이학년에 다니다가 나

왔다는 그녀는 아버지와는 비슷도 하지 않게 예쁜 얼굴이었다. 우리들은 이 집에 올 때마다 순희를 곧잘 놀려댔고, 순희도 우리를 오빠처럼 대했다. 아버지와 어머니가 안 볼 때면 밥도 꾹꾹 눌러 퍼줬다. 그러나 지금은 순희도 아주 사람이 달라진 듯이 새침을 뗐다.

"글쎄, 당신네들두 체면이 있지, 그 장한 누더기 같은 것을 갖다놓고서 언제까지 밥을 먹겠다니……."

이번에는 몸도 작지 않은 영감의 아내가 어두운 안쪽에서 아이를 안은 채 불쑥 나타나며 소리쳤다. 그러고는 찐듯이 서서 우리들을 흘겨보는 것이었다.

"안 된다면 갑세나. 있을 필요도 없는 일이지."

우리 일행 반쯤은 벌써 일어나서 나가려고 했다. 그때에 텁석부리 영감이,

"다른 사람들은 지게를 지구파서 지는 줄 아는가. 막다른 골목에 이르면 별 수가 없어서 모두가……."

하고 뇌까리었다.

사실 우리들은 그 말만 듣지 않았어도 그렇게 화가 나지 않았을는지도 몰랐다. 그렇다고 그 말이 지당하지 않다는 것이 아니었다. 너무나도 지당하다고 생각했기 때문에 화가 난 것이었다. 우리들은 그만 저녁을 단념하고 어슬렁어슬렁 집으로 돌아오는 수밖에 없었다. 큰길에는 해가 저물면서부터 바람이 더 세차졌다. 가끔 지나가는 한길의 사람들이 이상한 눈으로 풀이 죽은 우리 일행을 쳐다봤다. 골목 안의 쌀가게 주인도 구멍가게 할머니도 역시 이상한 눈으로 보았다. 우리들 중에 오버를 입은 것은 물론 허 선생, 아니 허성 영감뿐이었다. 그 외는 저고리도 바지도 변변한 것을 입은 사람이 없었다. 구두 뒤축이 무너진 것은 보통이었고 앞창이 떨어져 너불거리는 신도 있었다. 그러나 그런 것은 지금에 문제 되는 것이 아니었다.

지금에 문제 되는 것은 배가 고픈 것뿐이었다. 그럴수록 지게를 지라는 그 말을 듣기 위해서 시장까지 터불터불 걸어 내려갔던 것이 분했다. 그러나 누구 하나 입을 여는 사람이 없었다. 그것이 지당한 말이라고 생각했기 때문이다. 이렇게도 우리들은 입을 다물고 집으로 거의 왔을 때에 허성 영감이 문득 입을 열어,

"텁석부리 영감, 우리들을 보구 지게를 지라구—우리가 누군지들도 모르구—"

하고 그래도 단장이라는 체면을 내세우듯이 말했다. 그러나 우리들은 아무도 대답이 없었다. 허성 영감의 그런 말을 할 수 있는 것은 아직도 오버를 입고 있는 덕택이라고 생각했기 때문이다. 그렇게 생각될수록 그에 대한 불평은 더욱 부풀어오르며,

—단장이면 왜 단장 구실을 못 하고 우리에게 그런 소릴 듣게 하는가, 하고 대들고 싶은 마음만이 일어났다. 실상 그도 어쩔 수 없다는 것을 잘 알고 있으면서도 대들고 싶어지는 것이었다. 그도 우리처럼 오버를 입지 않았다면 우리들도 그의 편이 되었을는지도 모른다. 그러나 그가 오버를 입고 있는 이상 우리들은 예술가란 자만심을 버리면서라도 단연코 그의 편이 되고 싶지가 않았다.

'텁석부리 영감이 뭐 잘못이란 말인가, 지게를 져서라도 밥을 먹으라는데, 아니 그보다도 자기 오버를 벗어 주었더라면 오늘도 밥을 주었을 것이 아닌가.'

우리들은 방으로 들어가서 꺼져가는 화롯불을 둘러앉고서도 말이 없었다. 저녁을 먹고 들어왔다면 우스운 이야기로 꽃이 피었을 터인데 초상난 집처럼 쓸쓸했다. 재담을 잘하는 필수도 묵묵히 앉아서 부젓가락으로 화로만 뒤채고 있었다. 화로 속에서 꽁초를 찾는 모양이었지만 그것이 있을 리가 만무한 일이었다. 그는 그만 입을 썩 다시고 나서는,

"이렇게도 사람이 산다는 것이 기적 아니야."

하고 바람벽에 기대인 채 한숨을 지었다. 그러자 허성 영감이,

"한때에 이런 고생도 해보면 보람이 있을 때가 있다네."

하고 연장 구실을 하듯이 말했다. 우리들은 그 말에도 공연히 비위가 거슬리었다. 그러므로 핀잔을 잘 주는 필수의 입에서 허성 영감을 면구스럽게 하는 말이 터져나오기를 바라며 그를 쳐다봤다. 그러나 필수도 오늘은 그럴 기력도 없는 듯이 혼자 무엇을 생각하는 모양으로 멍하니 천장만 바라보고 있었다. 이북에 있는 처자라도 생각하고 있는 모양인지, 아니 그보다도 이런 때에 경림이가 빵이라도 한 보자기 싸안고서 들어왔으면 하고 생각하고 있는지도 몰랐다. 사실 그것은 누구나도 마찬가지의 생각이었다. 우리 극단에 장치를 맡아보고 있던 그는 기술이 있는 만큼 당당한 화가로서 양키 부대에 취직을 했다. 그곳에서 받는 대우도 괜찮은 모양이었고 우리들을 위해서 한 달에 한두 번씩은 빵과 통조림을 한 아름 안고 왔다. 그런 날이면 우리들은 무슨 명절날이나 되는 것처럼 야단을 치며 뛰놀았다. 사실로도 그날을 우리들은 크리스마스라고, 그를 산타클로스 영감이라고 했다.

'오늘 밤에 그 산타클로스 영감은 오지 않는가?'

우리들은 멍하니 앉아서 그것을 생각하고 있을 때 촛불마저 꺼져 버리고 말았다. 이제는 자는 수밖에 없었다. 잔다는 것은 휴식이라고 하지만, 그러나 우리에겐 그것도 휴식이 되지를 못하였다. 춥고 배가 고파서 잠을 이룰 수가 없었기 때문이다. 우리들은 잠을 이룰 수 없는 안타까움에 신음소리인지 잠꼬대인지 알 수 없는 군소리를 하여가며 몸만 뒤채다가 간신히 잠이 들게 되면 벌써 다섯 시가 되어 절간 종소리는 한사코 우리를 깨워놓고야 말았다. 그러면 우리들은 캄캄한 어둠 속에서 눈을 뜬 채 그날의 하루의 괴로움을 또다시

시작하는 것이었다.

오늘 아침은 정말 어찌할 수 없어 우리들은 화로를 둘러앉고서 허성 영감의 얼굴만 쳐다보고 있었다. 오버를 갖다 맡기고서 밥을 먹으러 가자는 말이 떨어지기를 기다려서였다. 물론 허성 영감도 우리들의 그런 심정을 눈치채지 못할 리가 없었다. 자기도 배가 고픈 것은 우리들과 마찬가지일 것이므로. 그러나 그는 그것을 되도록 모른 체하고 책을 들여다보고 있었다. 그 책은 피란 나올 때 갖고 나온 '크스타프 그라이그'의 《극작론》이었다. 그의 말에 의하면 그 책이 연극을 하는 사람에겐 성서와 같은 책이라고 했다. 사실로도 신구약 성서를 합한 만큼 두꺼웠다. 그러나 우리들에겐 그 책을 내다 팔아서 빵과 바꾸면 몇 개가 된다는 계산에 더 관심이 있었고 구미가 당기는 일이었다. 우리들은 그를 쳐다보다 못해 성훈이가 종시 입을 열고야 말았다.

"사람은 진리로만 살 수 없는 것이고 오직 빵으로 살 수 있나니라."

그 말에 무대 감독인 필수가 불시에 항의나 히듯,

"천만에, 사람이란 진리로만 사는 사람도 있지, 우리 방에두 있는 걸."

허성 영감을 힐끗 쳐다보고 나서,

"그러나 나에게 다이야 반지가 있다면 지금엔 빵 한 조각하고도 바꾸련만, 아하……."

하고 영탄조로 말했다. 그러자 무대 장치 조수를 하면서 소도구를 맡아보던 길룡이가 불평인 듯 입을 열어,

"그래두 다이야 반질 빵하구 막 바꾼다면 너무나 억울하지. 불고 기쁨이라면 또 모를 일이지만."

하고 자기도 모르게 군침을 꿀꺽 삼키었다.

"그렇다면 버터를 잘 발라서 구운 토스토에 모닝 코피나 하지. 그

러면 그렇게 억울할 것두 없겠지?"

"난 불고기를 먹을 테야."

"하긴 길룡인 아직 아침에 코피와 빵을 먹는 맛을 모르니까 그렇게두 말하겠지."

필수는 우월감을 느껴가며,

"난 단연 코피와 빵이야."

하고 강조하자,

"난 빵이 없어두 좋아. 코피 한 잔으로두 만족하겠으니."

하고 성훈이가 그들의 말을 가로채듯이 말했다. 그는 대학을 나온 만큼 멋있는 말을 잘했다. 나와 마찬가지로 소학교밖에 다니지 못한 길룡이는 그 말에 그만 기가 눌리는 것 같은 기분이면서도 가만히 있을 수가 없었다.

"그래 그것이 정말루 하는 소린가? 여기 코피하구 불고기가 있다구 함세. 불고기두 내심에다가 참기름을 듬뿍 쳐서 재운 것일세. 그둘 중에서 어떤 걸 먹어?"

"그래두 역시 코피야."

"그래두 코필 마셔?"

길룡이는 어이가 없는 대로 놀란 얼굴이 되었다.

"밥을 먹고 싶은 때, 코피를 먹는 기분, 누구나가 알 수 있는 일이 아니지."

필수가 다시 입을 열어 성훈이 편을 들었다. 그때에 바람벽을 지고 묵묵히 앉아 있던 현웅이가,

"코피두 곰탕두 다 싫구, 난 탁배기나 한잔 쭉 들이키구 싶네."

하고 말했다.

물론 우리들은 이러한 먹는 타령이 어이없는 공론이라는 것을 모를 리가 없었다. 그러면서도 자기의 주장이 옳다고 고집을 부려가면

서 허성 영감이 책을 읽는 동안까지는 계속했다. 그가 우리 이야기
엔 전혀 관심이 없는 듯한 얼굴이면서도 역시 기분을 상하고 있다
는 것을 우리는 잘 알고 있기 때문이었다.

그는 마침내 책을 덮고서 일어나 벽에 걸린 오버를 벗겨 껴입었다.
그가 아낄 만도 한 아직도 털이 덜 빠진 낙타 오버였다.

"허 선생, 어디 가세요? 실상 내가 오늘 그 오발 좀 입을까 했댔는
데."

필수가 재빨리 의미 있는 눈짓으로 우리를 돌려보며 조롱대었다.
우리들은 일시에 웃음을 죽여가며 웃었다. 그러나 허성 영감은 역시
무관심한 얼굴로써 나가버렸다.

"어디 갈까?"

"조반을 먹을 수 있는 데로 찾아가겠지."

"텁석부리 영감네 집?"

"설마 거기야 가겠나, 그래두 그만한 것쯤은 생각할 사람인데."

"언젠가는 개장집에서 이를 쑤시며 혼자 나오더라면서?"

누구의 말이라고 할 수 없게 여기저기서 이런 말이 튀어나오자,

"그런 쓸데없는 소리 그만들 하게. 아무런들 허성 영감이 그러기
야 하겠나."

하고 현웅이가 우리들을 나무라듯이 말했다. 그는 우리들과 같이
이런 곳에서 썩기에는 정말 아까운 연출가였다. 그는 일상생활에 있
어서도 우리들의 본이 되는 데가 많았다. 그러므로 우리들은 허성
영감과는 달리 그를 존경했다. 우리들은 모두 입을 다물고 말았다.
사실 허성 영감이 없으므로 먹는 타령도 신이 나지를 않았다. 그가
있을 때에는 오버에 기대를 가져보는 약간의 흥미도 있었지만 이제
는 그런 기대도 없어졌기 때문이다.

"우울한데 초원에나 가보세. 언제처럼 군인 친구나 만나서 비프스

테이크가 생길지 알겠나."

하고 필수가 성훈에게 말했다. 그러나 성훈이는 별로 흥미가 없는 듯 대답도 하질 않았다. 실상은 흥미가 없어서가 아니라 그보다도 더 가슴 아픈 일이 있었기 때문이다.

초원 다방에는 우리 극단의 스타 격인 혜란이가 있었다.

혜란이는 정말 그런 다방에나 있기엔 억울한, 아름답고도 영리한 여자였다. 나도 필수도 길룡이도, 그리고 지금 앓아누워 있는 병직이까지라도 그녀를 좋아했다. 그러나 혜란이는 성훈이와 이미 약속이 있는 사이였다. 성훈이는 우리들보다 확실히 여자들이 좋아할 점을 갖추고 있었다. 그는 대학도 나왔거니와 키가 훤칠한 것이 인물도 미끈하게 잘났다. 또한 희곡도 쓰는 문학청년이었다. 문학청년이 사회에선 대수로운 것이 아니지만 혜란이에겐 중요한 것이었다. 그러므로 우리들은 그와 도저히 경쟁이 될 수 없다는 것을 잘 알고 있기 때문에 질투하는 마음도 생기지를 않았다. 그저 혜란이가 행복하면 우리도 행복하다고 생각했고, 성훈이가 찻값이 없을 때면 우리가 돈을 모아서까지 주었다. 그것이 혜란이를 조금이라도 즐겁게 하는 일이라고 생각했기 때문이다.

우리들은 혜란이가 처음 그 다방에 취직했을 때에는 우리가 하는 다방처럼 매일 욱하니 밀려가서 스토브를 독차지한 채 벽에 걸린 그림이 어쩌니 커튼이 어쩌니 하고 그런 참견까지 했다. 그곳은 물론 우리 방에 비할 바가 아니었다. 레코드가 그치지 않았고 예쁜 아가씨들이 드나들었고, 또한 차를 나르는 혜란이도 무슨 춤을 추듯 우리들의 눈을 즐겁게 했다. 우리 방에 비한다면 마치 천국과 지옥의 차이였다. 그러므로 우리들은 하루 종일 앉아 있어도 물리는 일이 없었다. 그렇다 해도 차를 한 잔도 팔아주지 않고 그렇게 앉아 있는 우리들을 주인이 좋아할 리는 없는 일이었다. 그는 가끔 나와서 싫은 얼굴을 노골스럽게 드러내곤 했다. 그래도 우리들은 별로 기분을 상하지를 않았다. 혜란이가 그런 얼굴을 한다면 물론 우리들은 기분을 상했을 것이다. 그러나 혜란이는 우리가 있는 것을 좋아했다. 그런 곳에서는 처음 일해보므로 우리가 있는 것이 마음 든든해서 좋은 모양이었다. 그러나 결국은 그 다방도 우리들은 마음대로 갈 수가 없게 되었다.

몹시 춥던 어느 날 밤, 우리들은 그 다방에서 꺼져가는 스토브를 둘러앉아 잡담을 하고 있었다. 그때에 어깨가 쭉 버그러진 두 청년이 나타나 우리와 넌지시 마주 앉고 나서,

"보매 점잖은 분들이 거 무슨 짓이오? 남의 영업을 아주 망쳐놓을 심보들이니……."

하고 의젓하니 이야기를 했다. 물론 그 순간에 우리들은 그들이 어떤 자라는 것을 알았다. 또한 그런 때엔 우리들도 의젓하니 입을 열어,

"충고는 고맙습니다만, 그러나 우린 남의 영업을 망칠 생각은 털끝만큼도 없으니 그런 걱정은 그만하시고 돌아가시지요."

하고 응수하는 것이 사나이답다는 것도 알고 있었다. 그러나 우리들은 굶은 몸이었다. 바람이라도 세차게 불면 날아갈 판이었다. 분한 마음이면서도 잠자코 일어나는 것이 상책이라고 생각하는 수밖에 없었다.

그 후로 우리들은 찻값을 넣지 않고서는 그곳에 발을 들여놓기를 꺼리었다.

다방 주인의 그런 책략은 우리들을 못 오게 하는 단순히 그런 일만도 아니었다. 혜란이를 어떻게 해보겠다는 어기뚱한 마음도 포함되어 있었던 것이다.

그곳에서 자고 있는 혜란이는 목욕이나 미장원에 왔던 길에 가끔

우리가 있는 데까지 찾아왔다. 그런 때엔 늘 우울한 얼굴로,

"정말 거긴 못 있겠어요. 어젯밤에도 내 참……."

하고 말끝을 흐리며 얼굴을 붉혔다. 우리들은 모두가 격분했다.

"그 자식을 가만 둘 수야 없지 않아."

"그런 자식이야 모가지를 비틀어놔야지."

혜란이는 다시 입을 열어,

"여기라도 와 있을까 봐."

하고 성훈이를 흘끔 보고서는 가만히 눈을 내리떴다. 성훈이는 그것을 반대하는 모양이었다. 물론 우리들은 혜란이가 이곳에 와서 있으면 심심치 않고 좋으리라고 생각했다. 그러면서도 그런 말은 차마 떨어지지가 않았다. 그보다는 그들에게 마땅한 방을 하나 얻어주고 싶었다. 그러나 끼니도 해결하지 못하는 우리들로서는 어찌할 수 없는, 그저 마음뿐이었다.

"하여튼 며칠만 더 견뎌봐. 삼촌에게서 무슨 소식이 있을는지 모르니까."

성훈이는 침울한 얼굴로 입을 열었다. 그의 삼촌은 동경에서 '바'를 경영하고 있으므로, 둘이 그곳에 가기만 하면 잘 살 수도 있고, 또한 하고 싶은 영화 공부도 할 수 있다는 것이다. 그 삼촌에게 그는 두 번이나 편지를 냈다. 그러나 깜깜소식이었다. 그는 이곳의 주소가 분명치 않기 때문에 필시 편지가 배달되지 않은 모양이라고 했다. 그래서 초원 다방의 주소로도 내보았지만 역시 마찬가지였다.

필수가 성훈에게 다방 가자는 말을 공연히 꺼냈다고 생각하고 있을 때,

"우린 시장이나 한 바퀴 돌아오지."

하고 불고기파인 나는 길룡이에게 말했다.

"시장 가면 뭐 생겨?"

"바람이라두 이 집 바람보다는 찝찔한 맛이 있겠지."

우리 둘이서는 정말 바람이라도 먹으려고 나선 듯이 북풍을 안고서 동산 시장까지 내려왔다. 동산 시장은 날로날로 번창해갔다. 우리들이 올 땐 공지였던 곳도 모두 장판이 들어앉아 왁작거리었다. 우리들은 주머니에 백 원짜리 한 장도 없으면서 물건을 팔고사는 것을 기웃거렸다. 길룡이와 나와는 시장에 올 때마다 유엔잠바 하나씩 사는 것이 소원이었다.

"먹어야 사니 하는 수 없지. 또 거기나 가보는 수밖에……."

나는 집에서 마음먹고 나온 말을 길룡이에게 말했다. 그러나 길룡이는 그런 말이 으레 나올 줄 알고 기다리고 있던 얼굴이었다. 전에도 이런 일이 있었기 때문이다.

시장에는 내 처형네가 밀가루 장사를 하고 있었다. 아내를 이북에 두고 와서 그 집에 가서 돈을 얻는다는 것은 정말 입이 떨어지지 않는 일이었지만, 막다른 골목에 이르렀을 때에는 하는 수가 없었다.

넝마전 앞에 서서 한참이나 떨며 기다리고 있던 길룡이가 나를 보고 힐쭉 웃었다. 미안하다는 웃음이었다.

"뭘 먹을까?"

"뭘 먹긴. 그 집에 가서 그거나 또 먹지."

둘이 선짓국집으로 찾아갔다. 그것이 무엇보다도 값이 쌌고, 또한 영양가도 있으리라고 생각했기 때문이다. 사실 나는 뭐라 뭐라 해도 그때처럼 영양가를 생각하며 살아본 일은 없었다.

우리들은 선짓국을 한 그릇씩 먹고 나서 그제야 제정신으로 돌아오는 것 같았다. 그때까지 잊고 있던 담배 생각도 났다. 둘이서만 나와서 밥을 먹은 미안한 생각도 났다. 심부름하는 아이에게 진짜보다도 더 좋다는 가짜 '공작'을 사 오래서 피워 물고 우리는 오늘 하루를 어떻게 보낼까를 생각했다.

"찻값 남았으면 오래간만에 초원에나 가보세나."

"오지도 말라는 다방 뭣하러 가??

"그럼 어딜 간다?"

정말 우린 갈 데가 없었다. 아니 갈 데가 없는 것이 아니라 돈이 없었다. 돈이 있다면 영화를 볼 수도 있는 것이고 그보다 더 좋은 데도 있을 것이다.

"경림이가 요즘에 왜 통 나타나지 않는지 모르겠어. 앓지나 않는지?"

"거기나 가볼까?"

"그래, 가서 통조림두 좀 얻어 올 겸."

길룡이는 집에 남아 있는 친구들을 생각해서 그런 말을 했다. 우리들은 도중에서 몇 번인가 길을 물어 그가 있는 미군 부대까지 찾아갔다. 우리들은 '가드'로 서 있는 미군한테 가서 그림을 그리는 김경림이란 사람을 좀 찾아달라고 했다. 영어를 모르는 우리이므로 물론 손짓으로 하는 수밖에 없었다. '가드'는 우리를 멍하니 보고 있다가 귀찮다는 듯이

"까라 까라."

하고 밀어버리었다. 우리는 물러서서 이런 때에 영어를 아는 성훈이와 못 온 것이 분했다. 얼마 후에 부대로 들어가는 노동자 두 명이 왔다. 우리는 불시에 그들을 붙잡고서 그 이야기를 했다. 그러나 그들은 부대 안의 일은 아무 것도 모른다면서 그대로 들어갔다. 다시금 한국 통역관이 지프차를 타고 왔다. 우리는 또 분주히 달려갔다. 그 통역관은 이 부대에 있지 않다면서 그도 역시 그대로 들어갔다. 이렇게 우리는 두 시간이나 서 있다가 겨우 부대의 통역관을 만나 경림이가 있던 부대는 일주일 전에 안동으로 이동했다는 것을 알게 되었다. 우리들의 실망은 대단했다. 통조림도 이제는 영영 맛을 보지

못할 것만 같은 생각이었다.

"그곳으로 가면서 어떻게 알리지도 않고 갔을까?"

"군대의 이동이란 언제나 갑자기 하는 법야."

길룡이는 군대 일을 잘 알기나 하듯이 자신 있게 말했다. 우리들은 부대 뒤를 돌아서 제방이 있는 쪽으로 나왔다. 그곳에는 쓰레기 장수며 넝마장수며 꿀꿀이 장수로 조그마한 시장을 이루고 있었다. 거기의 물건은 대개가 부대에서 나오는 것이었다.

그곳에서 우리는 꿀꿀이죽으로 배를 채운 후 시장을 한 바퀴 돌았다.

돈 없이 심심을 끄기에는 시장 구경도 귀찮은 노릇이었다. 우리는 사지도 않을 물건을 뒤적거려 보기도 하고 값도 물어가며 기웃거리다가 지저분한 고물들을 벌여놓은 장판에서 부러져 나간 사슴뿔 하나를 발견했다. 우리는 그 값을 묻고 나서 불시에 가슴이 뛰기 시작했다. 우리가 꿀꿀이 죽만 먹지 않았더라면 그것을 살 수 있었던 일이기 때문이었다. 우리는 사슴뿔이 녹용이라는 것쯤은 알았고, 그것이 또한 몸에 좋은 비싼 물건이라는 것도 알고 있었다. 그런 것이 꿀꿀이죽값이라니—그것을 병직에게 달여 먹일 생각을 하자 체면 같은 것은 문제도 되지 않는대로 부랴부랴 내 처형네 집으로 다시금 달려가서 돈을 얻어다가 샀다. 큰 보물이나 사서 횡재나 한 듯한 기분이었다. 우리는 그것을 한약국으로 갖고 가서 약으로 쓰는 방법을 물었다. 그러나 약국 주인은 우리가 생각한 것과는 너무나도 어긋나게,

"이런 부러진 뿔이 무슨 약이 되겠소. 아무 쓸데가 없는 거죠."

하고 한마디 해줄 뿐이었다. 그 말을 듣고 나니 어이없기도 했고 한편 열 적기도 했다. 우리는 그것을 갖고 오다가 눈 덮인 밭에 힘껏 내던져 버리고 말았다.

집에 와보니 혜란이가 풍로에 부채질을 하며 밥을 짓고 있었다. 어떻게 된 영문인지 몰라, 눈이 둥그레지자 혜란이는 웃고만 있었다.

혜란이는 역시 찻집 주인의 흉측스러운 생각을 견디다 못해 그곳을 나와버리고 만 것이었다. 우리들은 혜란이가 온 것이 찻집 주인에게 무슨 개선이나 한 것처럼 갑자기 흥성흥성해진 명랑한 기분이 되었다.

물론 이날부터 혜란이는 완전히 성훈이의 아내가 된 셈이었다. 그러나 동시에 우리들의 애인도 되는 것 같은 생각이었다. 그것은 그녀가 사 온 쌀로 그녀가 지은 밥을 성훈이나 우리들이 마찬가지로 미안스럽다고 생각하면서 먹었으며, 또한 편지를 기다리던 성훈이도 요즘엔 취직 운동을 하기 위해서 늘 나가 있었으므로 혜란이의 상대는 실제로 우리가 하고 있기 때문이었다.

아침에도 우리는 전보다 일찍 일어났다. 밥을 짓는 그녀에게 물을 길어다 주고서 부부처럼 그녀와 마주앉아서 풍로에 부채질을 하는 것이 무엇보다도 즐거웠기 때문이다. 그러나 혜란이는 그 부채도 좀처럼 우리에게 쥐지 못하게 했다.

"이건 남자가 하는 일 아니에요. 들어가요, 어서 들어가요."

엉덩이를 떼밀어 쫓아버리었다. 우리들은 하는 수 없이 혼자서 밥을 짓고 있는 그녀를 바라만 보고 있는 수밖에 없었다. 그러면서 우리는 정말 어쩔 수 없는 기생충이라는 것을 가슴 아프게 느끼지 않을 수 없었다.

조반을 먹고 나면 성훈이는 분주히 나가고 혜란이도 우리 틈에 끼어 화롯불에 손을 내밀며 완전히 우리들의 애인이 되어주었다. 우리들은 여왕을 모셔 온 것처럼 즐거웠다. 이야기가 싫증나면 팔뚝맞기 화투도 했고, 편을 갈라 윷놀이도 했다. 깜짝깜짝 놀라는 혜란이의 하얀 팔뚝을 때리는 맛이란, 아니 그보다도 혜란이의 길고 가는 손가락이 찰싹하면 따끔하니 팔뚝에 안겨지는 촉감이란—우리들은 고향 가서 물어준다는 외상 화투도 혜란이에게 되도록 많이 지기를 원했다. 혜란이에게 아무 것도 해주지 못하는 우리들은 그런 것으로써나마 마음을 써보는 수밖에 없기 때문이었다. 화롯불이 꺼져가면 그것을 피워오는 사람을 정하는데도 건곤이건으로 택한 때가 많았다. 그것은 다리 사이에 다리를 마구 섞어 넣게 되므로 물론 혜란이의 다리 사이에도 우리들의 다리가 들어갔다. 그래도 혜란이는 아무렇지도 않았고 또한 성훈이가 본다 해도 역시 마찬가지였다. 그들은 어디까지나 자기들이 부부란 관계를 보이지 않음으로써 우리들에게 미안한 점을 덜려고 했다. 그러나 그늘은 우리들에게 미안하다고 생각할 것은 조금도 없는 일이었다. 부부라면 누구나가 잠자리 속에 들어가면 으레 그렇게 되는 노릇이다. 그러므로 우리들은 이불이 높아지거나 숨소리가 가빠져도 모른 체했다. 그래도 견딜 수가 없을 때면 억지로 코를 골아 그들을 더욱 안심 주려고 애썼다.

허성 영감은 물론 우리들의 놀음에 한 번도 끼여본 일이 없었다. 우리가 그런 놀음을 할 때에는 책을 펴놓은 채 눈을 피하고 있거나 어디로 나가버리었다. 우리들은 그런 태도가 차라리 편해서 좋았다. 사실 그는 혜란이가 사 온 쌀을 갖고 지은 밥을 얻어먹는 이상 우리에게 뭐라고 말할 권리도 없었지만.

그러나 혜란이가 갖고 온 돈도 언제까지나 계속될 수는 없는 일이었다. 그동안에 현웅이가 국악단에 조연출을 해줘 벌어 온 돈도 보탰지만, 2월 달에 들어서며 우리들은 다시금 무엇 때문에 사는지 모르겠다고 한탄을 하는 수밖에 없게 되었다. 사실 우리들은 배고픔을 참기 위해서 산다고 생각할 도리밖에 없었다. 그러기 위해서 우리들은 바람 속에 촛불처럼 간들거리는 목숨을 어떻게 하면 꺼지지 않게 할 수 있느냐 하는 참혹한 생각이 잠시도 우리들의 머리에서 떠나지를 않았다. 따라서 우리들의 옷이 남루해지고 얼굴이 앙상해진 것도 죽음과 직결된 때문이라고 생각했다. 이러한 생활 속에서 혜란이는 참으로 우리들의 태양이었다. 어쩐 일인지 알 수 없게도 그녀는 우리들이 갖고 있지 못하는 무엇인가 아름답고도 마음을 활짝 열어주는 것 같은 즐거움을 갖고 있었다.

그녀는 집주인 영감을 쫓아내는데도 우리들 중에선 제일 선수였다. 우리들은 집주인이 오면 겁부터 냈지만, 이와 반대로 혜란이는 생글생글 웃기부터 했다. 그렇게 야단치던 영감도 혜란이만 나가면 어찌된 셈인지 고분고분 돌아가게 마련이었다. 우리들은 정말 신기한 노릇이라고 웃으면 눈을 껌뻑하는 버릇의 웃음으로 혜란이도 웃곤 했다.

구정 초가 지나자 지독한 추위는 물러간 모양이었다. 며칠째 따스한 날이 계속되어 눈 덮인 밀밭에는 군데군데 검은 등을 드러내게 되었다. 부산까지 밀리는 것만 같던 전쟁도 본격적으로 진격하기 시작하여 신문을 대하는 맛도 있었다. 병직이도 요즘엔 몸을 조금씩 움직여 햇빛을 즐기었다.

그러나 성훈의 취직은 여전히 되지 않았고 그의 삼촌에게서도 소식이 없었다. 그는 미군부대의 통역으로 들어갈 생각이었으나 이북에서 나왔다고 해서 모두 고개를 슬슬 돌린다는 것이었다.

그날도 그는 취직 때문에 나갔다가 풀이 죽어서 들어왔다. 그때 우리들은 뜰에서 말타기를 하고 있었다. 물론 혜란이도 같이 했다.

"어떻게 되었어요?"

그를 보자 혜란이가 이어 달려가서 물었다. 그 얼굴을 보면 묻지 않아도 알 수 있는 일이었다. 그래도 물었다. 성훈이는 문턱에 걸터앉고도 대답이 없었다.

"점심은 어떻게 했어요?"

하고 또다시 물었다. 그것도 물론 먹었을 리가 없다는 것을 알면서도 물었다. 성훈이는 역시 대답이 없었다. 그러자 혜란이의 얼굴엔 갑자기 웃음이 피어지며,

"난 당신 점심 사주려고 내일부터 어디 나가기로 했어요."

하고 말했다. 그 말에 문득 얼굴을 쳐든 성훈이와 마찬가지로 우리들도 놀래었다.

"나간다니 어딜?"

"나이트클럽에."

"나이트클럽이라니?"

"미군들 춤추는 데 말이예요."

그 순간에 성훈이는 대뜸 일어나며 그의 손길이 혜란이의 얼굴에 날아들었다.

"이년아, 예까지 와서 양갈보가 되겠단 말인가?"

부들부들 떨고 있던 손이 다시금 날아들려고 하자, 급기야 우리들은 붙잡았다. 그러나 혜란이는 그만한 것은 미리 각오하고 있던 모양이었다. 몸을 피해 방문 앞으로 가서 소곳이 앉아 있었다. 그럴수록 격분한 성훈이는 더욱 우리의 손을 뿌리치고 달려들려고 날뛰면서,

"기껏 생각한다는 것이 양갈보야? 양갈보가 되겠다구!"

마구 배알듯 소리쳤다.

"댄서가 양갈보인가요?"

돌처럼 앉아 있던 혜란의 눈에는 불같은 것이 휙 안겨졌다. 그러나 말만은 극히 침착했다.

"그래요. 당신이 싫다면 그만두겠으니 그렇게 흥분할 건 없어요. 허나 아무도 취직은 되지 않고 이 많은 식구가 어떻게 살아요?"

그 말은 성훈이보다도 우리의 가슴을 더 찌르는 말이었다. 물론 고마운 말이라 하겠지만 그러나 견딜 수 없는 말이었다.

"혜란이, 우리 걱정은 말어. 그건 너무 혜란이가 지나친 생각이야. 우리는 굶든 먹든 내버려두는 거야."

필수가 비통하게 입을 열었다. 그러나 그 말은 듣지도 않고,

"당신은 너무해요. 아니 모두가 너무해요. 내가 댄서가 된다는 것이 뭣이 못 미더워요. 나이트클럽이면 어쩌구, 그보다 더한 데면 어쩐단 말이예요? 모두가 나를 믿어주면 그만 아니예요? 그만인 걸 나를 왜 못 믿는다는 거예요? 물론 나두 그런 곳 나가고 싶은 마음은 아니예요. 무슨 허영두 아닌 걸요. 허나 우린 살아야 하지 않겠어요. 정말 예까지 온 우리는 무슨 짓을 해서라도 살아야 할 것 아니예요. 우리는 지금 굶는 것을 넘어서서 어떻게 목숨을 잇는다는 것이 문제인 걸요. 병직 씨의 기침 소리를 들으면서도 끼니때마다 미음도 제대로 쑤어드리지 못하는 이런 생활 아니예요. 만일 여기서 우리들의 목숨이 끊어진다면 어떻게 되는 거예요. 당신의 문학도, 우리들의 연극도, 모두가 끝나버리고 마는 것이겠지요. 그래도 좋아요? 좋다면 물론 저도 나가지를 않겠어요. 당신의 말이라면 무엇이나 복종할 생각인 걸요."

성훈이는 물론 대답이 없이 혜란이를 잠시 보고 있었다. 그러자 혜란이는 그의 앞으로 갔다. 그러고는 그의 가슴을 파고들면서,

"우리는 삽시다. 살아야 하지 않아요. 살기 위해서 나를 믿어줘요."

하고 흐느꼈다. 성훈이도 눈물어린 얼굴로 혜란이를 안았다.

사실 우리들은 이런 심각한 장면은 영화나 극에서만 보아왔을 뿐이었다. 그러나 우리의 생활이 그만큼 심각했기 때문에 그러한 장면도 사실로 가질 수가 있었던 모양이다.

하여튼 그날부터 우리의 생활이 달라진 것만은 사실이었다. 우리들은 그때까지 무엇을 하긴 해야겠다고 막연히 생각하고 있었을 뿐이었다. 그러나 그때부터 우리들은 무엇이고 손에 닥치는 대로 하는

것이 중요하다는 것을 알게 되었다. 말하자면 언젠가 텁석부리 영감이 지게라도 지란 말을 비로소 참으로 깨달은 셈이었다.

물론 혜란이는 이튿날부터 나이트클럽에 나가기 시작했다. 우리들도 매일 아침 직업소개소로 찾아가서 일을 얻었다. 때로는 미군부대 잡부로도 뽑혀갔고, 또한 도로 보수 공사에도 뽑혀갔다. 우리에게 너무 힘이 부치는 일이면 그대로 돌아오는 날도 없지 않아 있었지만, 그러면서 차차로 일에 이력도 났다.

그러나 허성 영감은 이런데도 나갈 생각을 하지 않았다. 자기의 나이를 자랑하는 셈인지, 또는 체면을 생각하는지 몰랐지만, 그는 겨우 사십이므로 누워서 먹겠다고만은 할 수 없는 일이었다. 하기는 자기 말로는 배에 탈이 있어 나갈 수 없다면서 변소에를 수시로 다니기도 했지만, 대변을 눈 것을 보면 남보다 무른 편도 아니었다. 그러므로 우리들은 그것도 건병으로밖에 생각할 수 없었다. 그는 완전히 우리의 군식구가 된 셈이었다.

우리들은 작업을 끝내고 돌아오는 길에 혜란이가 나가는 나이트클럽 앞을 지날 때가 많았다. 그런 때에 우리들은 무엇을 훔치거나 하듯 들창에 쳐 있는 커튼 사이로 가끔 홀 안을 들여다보곤 했다. 성훈이는 물론 그것을 좋아하지 않았지만, 재즈가 울려지는 홀 안에는 언제나 빙빙 돌고 있는 어지러운 불빛을 따라 댄서를 안은 군인들이 뒤섞이어 춤을 추고 있었다. 가지각색의 호화찬란한 댄서의 이브닝드레스, 마치도 무슨 고기 떼가 달빛 속에서 꼬리를 저으며 흘러가는 그런 정경이었다. 그중엔 색동저고리로 곱게 차린 댄서도 눈에 띄었다. 홀 안을 열심으로 들여다보던 길룡이가 무엇에 놀란 듯이 문득 우리를 돌아다보며 말했다.

"혜란이 있어, 있다니까."

"있어?"

우리들은 그쪽으로 밀려가 제만큼 보겠다고 싸웠다. 그러나 양주병이 진열된 카운터 앞에서 무엇이 좋은지 싱글싱글 웃는 군인과 그 옆에서 캐들거리는 댄서만이 보일 뿐이었다. 그래도 우리들은 흡족했다. 그 안에 으레 혜란이가 있으리라고 생각했고, 아무리 계집을 좋아하는 대단한 장교라 해도 혜란이를 함락시킬 수는 절대로 없다는 자부심에서 오는 일종의 우월감을 느끼기 때문이었다.

우리들은 집에 돌아오는 길에서는 반드시 무슨 논쟁이 있었다. 예를 들어 그날 비이르를 날랐다면 깡통 비이르가 좋다는 패와 이북에서 먹던 비이르가 좋다는 패와 갈라지어 서로 옳다고 기를 쓰는 것이었다. 물론 그것은 우리에겐 아무래도 좋은 일이었지만 그래도 대단한 문제가 되는 것처럼 때로는 핏대까지 올리는 일이 있었다.

그날은 '루테난트'가 소위라니 중위라니 그런 말을 가지고서 저마다 우기며 동산 시장을 지나고 있었다. 그때에 어디서 불쑥 튀어나듯 필수가 나타나며,

"텁석부리네 집 가서 한잔들 해요. 나두 이제 니어 갈겐."

하고 말했다.

"먹을 수 있나?"

라고 술 좋아하는 현웅이가 불시에 얼굴이 환해졌다.

"염려 말구 가서 먹어. 내가 다 이야기해 놨으니까."

하고 자신있게 말하고서 바쁜 듯이 총총히 지나쳤다.

본시 취미로 사진을 하던 그는 며칠 전부터 시장에서 증명사진을 시작했다. 그렇다 해도 그 쓴 얼굴을 하던 텁석부리 영감을 삶아놓았다는 것은 참으로 감탄할 노릇이었다. 우리들은 필수를 칭찬해가며 텁석부리 네 집으로 부랴부랴 가서 기운차게 문을 열었다. 전과는 달리 평양옥이란 간판도 붙여졌고 앉을 자리가 없을 만큼 손님이 가득 차 있었다. 우리들은 자리를 못 잡고서 선 채,

"된다지요?"

하고 물었다. 손님들 주문에 미처 정신 못 차리던 텁석부리 영감이 불시에 우리를 보고,

"모두 왔구먼, 어서 앉아. 가만 있자, 안방으로 들어가지. 순희야, 선생들 안방에 모셔."

하고 대단한 손님이나 받듯 소리쳤다. 상 심부름에 야단이 난 순희도 우리를 보고 오래간만이라고 반기었다. 우리들은 어떻게 된 영문인지 몰라 서로 얼굴만 쳐다봤다. 그러나 곧 온다던 필수는 우리가 술 한 되를 다 먹고 다시 청할 때까지도 오지 않았다. 어떻게 된지 모르겠다고 이상하게 생각했지만 술이 높아지면서 그것도 잊어버리고 말았다. 우리들은 고향의 음식 이야기로 모란봉의 경치 이야기로 헤어진 친구들의 이야기로 연극 이야기로, 이야기는 이야기의 꼬리를 물고 계속되어 끝날 줄을 몰랐다. 그때에 문득 길룡이가 정색한 얼굴이 되며,

"이건 벌써 너희들에게 이야기했어야 할 말이었지만……."

하고 입을 열었다.

"난 며칠 전에 우연히두 길에서 내 사춘 형을 만났는데, 지금 위생병을 양성하는 동래군의학교에 있다는 거야. 그가 본시 의사니까. 그래서 난 거길 갈 생각을 했어. 거길 가기만 하면 어떻게 그 학교 들어갈 수 있는 모양이니까."

"그러면 군인이 되는 셈이구나."

"그렇지, 삼개월 동안 공부를 받고서는 일선에 나간다니까."

우리는 갑자기 말이 끊어졌다. 그가 떠난다고 하니 이상한 마음이었다. 더군다나 나와는 네가 옳으니 내가 옳으니 하고 매일같이 싸우면서 정도 굳어질 대로 굳어진 사이였다. 쓸쓸한 바람이 가슴에 풍겨지는 것 같은 마음으로,

"거긴 언제쯤 갈 생각이야?"

하고 내가 물었다.

"내달 초에 신입생을 받는다니까, 아직도 일주일쯤 있다가 떠나두 되겠지."

"굶기만 하다가 겨우 밥을 먹으니 떠나는구나."

"그러니 여기 있으면 뭣해. 연극두 못할 바엔 차라리 군인이나 되었다가 고향에나 먼저 들어갈 생각을 하는 것이 좋지 않아?"

하고 쓸쓸히 웃고 나서,

"그래두 난 거기 가서두 연극만은 해보련다. 거긴 배우들두 많을 게구, 관객들두 많을 게 아니야."

하고 길룡이는 앞으로 자기가 나갈 방향을 더듬듯이 잠시 눈에 힘을 주고 있었다.

이튿날 아침이었다. 변소를 갔던 허성 영감은 실신한 사람처럼 입술을 벌벌 떨며 들어오면서,

"누가 알구서 장난했어? 내놔요, 빨리 내노라니까!"

하고 말했다. 우리는 무슨 영문인지 몰랐다.

"뭐 말이예요?"

하고 성훈이가 성가시다는 듯이 물었다.

"비녀 말이야. 거기 있는 걸 누가 알구서 꺼냈어?"

우리들은 비녀라는 소리에 모두 웃었다. 비녀와 허성 영감과는 어울리지 않기 때문이었다.

"허 선생, 몰랐더니 대단한 것을 갖고 있었군요. 어느 여인에게서 얻은 것인데?"

하고 평시에 별로 말이 없는 현웅이도 싱글싱글 웃으면서 조롱댔다. 그러나 허성 영감은 점점 더욱 검어지다못해 울먹해진 얼굴이 되어,

"변소에 감춰둔 걸 어떻게 알구서, 그건 어제저녁에두 분명히 있었는데……"

"변소에 감추다니요?"

하고 길룡이가 고개를 들며 물었다.

"변소 마루 밑에다가 못을 죽 쳐 붙여놔서, 그건 정말 아무도 모를 일이었는데……"

"하여튼 우린 아무도 변소 갔던 사람두 없어요."

하고 길룡이가 우리는 그런 것 모른다는 듯이 다시 누우면서 말했다. 그러자 허성 영감은 입에 침방울을 퉁겨가며,

"그래 모른단 말야? 정말 모른다는 소리야? 그럼 누가 가져갔어? 여기 있는 사람이 아니구서 그걸 누가? 그걸 어떻게 알구서 가져갔단 말야?"

하고 펄펄 뛰었다.

"그거 무슨 대단한 비녀이길래 아침부터 수선을 떨면서 야단이시우?"

하고 이번엔 또다시 성훈이가 시뜩하니 말했다.

"무슨 비녀라니…… 금비녀야, 정말 금이라니까."

"금이라니요?"

우리들은 금이란 소리에 놀래어 일제히 몸을 일으켰다. 사실 우리들은 그때까지도 그것이 금비녀라는 것은 전혀 생각지도 못했던 일이다.

"뭐, 금비녀를 잃었다구요?"

부엌으로 쓰는 헛간에서 밥을 짓고 있던 혜란이도 놀란 얼굴로 문을 열었다.

"장난으로 감췄으면 내놔요. 정말 그건 장난할 물건이 아니야."

"그런 더러운 데 감춘 걸, 누가 어떻게 알구 꺼내요?"

하고 병직이도 한마디 말하자, 혜란이가 뒤이어,

"정말 그렇게 귀한 물건을 왜 그런 데 둬요. 우리가 못 미더웠어요?"

하고 못마땅한 얼굴을 했다. 허성 영감은 대답은 못 하고 더듬거리고만 있다가,

"근데 필순 어디 갔어?"

하고 뚱해진 눈으로 우리를 둘러봤다.

"글쎄요, 어느 친구네 집에 가 자겠지요."

나는 대수롭지 않게 대답했다.

"아니야, 필수가 그걸 갖고 달아난 것 같애. 그래 그렇다니까. 어제 내가 찾아왔던 친구와 같이 나갈 때 필수가 들어오는 걸 봤어. 옳아, 그때야, 분명히 그때 없어졌어!"

우리들은 말이 없었다. 어제저녁에 필수를 만났을 때 알 수 없이 설레대던 것 같기도 했고, 평양집엔 자기가 가라고 하고서도 종시 오지 않은 것이 이상했기 때문이다.

"필순 어딜 가면 찾을 수 있어? 빨리 나가서들 좀 찾아줘요."

그러나 우리들은 누구 하나 일어나려고 하지 않았다.

"정말 난 그걸 잃게 되면 죽는 거나 마찬가지야. 빨리 잡아야겠다는데 왜들 이러구 잠자쿠 있어?"

허성 영감은 안타까운 채 잠시 허수아비처럼 멍청하니 서 있다가,

"알겠다, 알겠어. 너희들의 심보를······."

하고 중얼거리며 분주히 나가버리었다.

"어딜 가는 거야?"

길룡이가 말했다.

"기껏 파출소겠지."

성훈이는 벌써 안다는 얼굴이었다.

"금비녀는 정말 있었던 모양인가?"

"그것두 알 수 없는 일이지."

성훈이가 다시 대답을 하며 더 생각할 필요도 없다는 듯이,

"밥 됐으면 빨리 가져와요. 우린 또 나가봐야 되니."

하고 혜란이에게 얼굴을 돌리었다.

"그래, 밥 빨리 가져와요."

우리들도 되도록 그 일을 잊으려고 했다. 필수라면 그런 일도 했을 만한 일이라고 생각했다. 또한 잘했다고 생각했기 때문이다.

그날 아침 우리가 나간 후에 파출소 순사가 와서 잠깐 돌아다보고는 도난계를 내라고 한마디 하고서는 갔다고 한다. 그리고서 다음날 저녁 우리가 돌아왔을 때에 형사 한 사람이 찾아왔다. 그는 허성 영감에게 자세한 것을 물은 후,

"비녈 거기다 붙여놨다니, 그럼 그게 없어지지 않았나 하고 매일 변소 갈 때마다 그 밑을 손으로 긁어보군 했겠구먼요?"

하고 웃어가며 놀리고 나서는 필수의 사진이 없느냐고 물었다. 그가 두고 간 보따리를 뒤져보았으나, 시장에서 명함 사진을 찍기 시작한 그이면서도 자기 사진은 보이지가 않았다. 우리들은 그것이 다행이라고 생각했다.

"우리들도 물론 범인을 찾아보겠습니다만 당신도 찾아봐요."

하고 형사는 별로 흥미 있는 사건이 아니라는 듯한 얼굴로 돌아갔다.

허성 영감은 그것을 잃고 나서 미칠 것 같았다. 밥도 먹지 않고, 이제는 책도 펴는 일 없이 멍하니 앉아서 한숨만 푹푹 내쉬었다. 어떤 때는 울기도 했다. 그러나 우리들은 털끝만큼도 측은하다고는 생각지를 않았다. 오히려 그의 불행이 고소하다고 생각했다. 그러므로 우리들은 그가 좋아하건 말건 금비녀값이라면 쌀이 몇 말이라는 말

부터 시작해서, 냉면이 몇 그릇이니, 막걸리가 몇 말이니, 깡통 비이르가 몇 상자니, 요릿집엔 몇 번 갈 수 있다니 하고 이야기가 벌어지다가, 나중에는 거긴 몇 번 갈 수 있다는 문제까지 나와 의논이 분분해지는 것이었다. 그러나 우리들은 이런 공론을 하면서도 전과는 달랐다. 우리들은 서로 논란을 하면서도 곧잘 웃었다. 어째서냐 하면 우리들의 눈앞에는 히죽히죽 웃고 있을 필수의 흡족한 웃음이 보였기 때문이다.

드디어 길룡이가 떠나는 날이 왔다. 그 전날 저녁에 혜란이는 나이트클럽도 쉬고 그를 위한 송별회로 어느 중국집에 가서 한턱내었다. 그러나 허성 영감은 그 자리도 싫다고 고개를 흔들었다. 그래도 그럴 수 없는 일이므로 우리는 억지로 끌어보았으나 종시 듣지를 않았다. 나중엔 우리도 화가 나서 따라오는 것보다 기분 잡치지 않고 잘됐다고 생각하고 말았다.

우리들에겐 물론 중국집이 과람했지만, 그렇다고 혜란이의 호의를 반대하고 싶지는 않았다. 사실 우리들의 행색에 비하여 혜란이는 짚신에 국화를 그려놓은 격이었다. 그래도 혜란이는 태연했다. 길 복판을 걸으면서 즐거운 듯이 웃어댔다. 그리하여 우리들은 대홍루(大鴻樓)라는 이름만 요란스러운 집으로 가서 배갈을 마시었다. 우리들은 허성 영감이 없는 자리에서 흉내를 내어 마음껏 웃어도 보고, 지금 어딜 가 있을까 하고 필수에게 경탄도 해보았다. 별로 술을 좋아하지 않는 길룡이도 그날은 얼굴이 벌게져서,

"우리가 헤어졌다가두 다시 만나 연극을 히는 날이 있겠지. 나는 그 날이 있기를 바래."

하고 그 이야기를 몇 번인가 반복했다. 우리들은 연극 이야기가 나오면 모두 심각한 얼굴이 되었다. 혜란이는 길룡이에게 쇼팽의 〈이별의 노래〉를 불러줬다. 그때는 모두가 쓸쓸한 얼굴이었다.

그날 밤, 집에 와보니 허성 영감이 보이지를 않았다. 우리가 갖고 온 탕수육을 입에 넣으면서 병직이가 하는 말이, 필수가 남겨놓고 간 사진 기계와 암실함(暗室函)을 지고 말없이 나가버렸다는 것이다.

　"그러면 금비녀로 그걸 바꾼 셈이구먼?"

하고 누가 말하자,

　"그랬으면 잘한 셈이지, 그것만 지고 나가면 일생 살 수 있는데."

　현웅이가 웃으면서 말했다.

　길룡이가 떠난 지도 십여 일이 지나 절간 뒤뜰의 나무들도 물이 들기 시작한 어느 날 오전이었다. 현웅이는 국악단의 연극 일로 나가고, 성훈이와 나는 그날 일을 못 얻고 들어와서 장기를 두고 있었다. 그때 우리 집에 처음인 우체부가 찾아왔다. 성훈이는 일본에 있는 숙부에게서 온 편지인 줄 알고 분주히 나가 받았다. 그러나 거기서 온 것이 아니고, 안동 가 있는 경림에게서 온 것이었다. 그는 분명히 실망한 얼굴인 채 나와 같이 뜯어 읽어보니 대체로 아래와 같은 사연이 씌어 있었다.

　우리가 피란 나온 지도 벌써 사 개월이나 되어, 이제는 어디나 봄빛이 완연합니다.

　그동안 형들의 고생은 얼마나 많았습니까? 어제 신문에 서울 탈환도 이제는 시간문제라 하니, 머지않아 고향에 돌아가는 날도 있을 것 같군요.

　하고 허두를 이렇게 꺼내놓고서는, 그동안에 소식을 알리지 못한 것을 비롯해 여러 가지로 자기 잘못이 많은 것을 이야기하고 친구들의 문안을 묻고 나서,

사실 형께 이야기하려는 것은 이곳에 와서 중학 선생을 하여 저와 같이 지낼 생각이 없느냐는 것입니다. 이곳은 전란의 피해가 어디보다도 심한 곳으로, 지금은 학생들도 많지 못하고 수업도 천막 속에서 하는 형편입니다. 그러나 교장 선생이 아주 훌륭하고도 정열이 있는 분으로, 복구 사업에 활약을 하는 것을 보면 참으로 감탄하지 않을 수가 없습니다. 저도 시간으로 미술을 맡고 있지만, 형의 이야기를 하였더니 교장 선생도 몹시 기뻐했습니다. 오실 생각이 있으면 곧 연락을 해주십시오. 아니, 그 보다도 편지를 읽는 대로 짐을 싸가지고 곧 오십시오. 대구에서 이곳까지는 세 시간밖에 걸리지 않는답니다.

그러고는 〈그리운 친구들의 얼굴〉하고서 우리들의 얼굴을 만화로 그려 보냈다. 그 만화에 성훈이와 혜란이는 서로 팔을 끼고 웃고 있었다.

성훈이는 그 편지를 다 읽고 나서 혜란에게 주었다.

혜란이는 편지를 읽다가 그 만화를 보고는,

"어머나!"

하고 갑자기 캐들거려 웃어댔다. 그러고는,

"당신 어떻게 할래요?"

하고 물었다. 성훈이는 대답이 없이 병직이를 돌아다보았다. 병직이는 자고 있는지 눈을 감고 있었다.

다음 날 아침, 현웅이와 나는 안동으로 떠나는 그들을 버스 차부까지 바래다주었다. 그들이 떠난 후 현웅이는 극장으로 가고, 혼자서 오던 길에 나는 시장에 들러서 닭을 샀다. 혜란이가 떠나가면서 병직에게 뭣 좀 맛나는 것을 해주라는 돈으로 산 것이었다. 나는 집으로 돌아와서 닭부터 잡을 생각을 하고 부엌으로 쓰는 헛간 문을 열었다. 그 순간 나는 "악!" 하고 소리를 쳤다. 거기에는 자기 먹을 닭보다도 먼저 죽은 병직이가 매달려 있었기 때문이다.

수속 때문에 이튿날 오후 두 시쯤 해서야 병직의 관(棺)은 그의 유언대로 화장터에 옮겨졌다. 호상꾼은 현웅이와 나밖에 없는 너무나도 조용하고 쓸쓸한 장례였다. 우리는 울 줄도 몰랐다. 그때는 정말 눈물도 나오지를 않았다. 우리는 병직의 유골을 안고 나오다가 언덕 중턱에 있는 절간에다가 맡기었다. 그러고는 바로 그 옆인 구멍가게에서 소주를 한 병 달랬다. 우리 둘이서는 말없이 술만 마시었다. 그곳에서도 앞이 환히 터진 밀밭은 보이었다. 우리가 기다리던 봄도 온 모양이었다. 저 밀밭 언덕 위로 자줏빛 아지랑이가 아물거리는 것도 보이었다.

술잔을 받아놓은 채 멍하니 그것을 보고 있던 현웅이가 처음으로 입을 열어 무슨 시를 읊듯 읊조렸다.

"저두 갈 차례가 돼서 간답니다. 저는 저 화장터의 굴뚝을 내다보며 그날을 얼마나 기다린 줄 아세요. 조금도 슬퍼하지 마세요. 이제는 가벼운 몸이 되어 훨훨 아지랑이를 타고 방랑의 길을 떠날 수가 있으니까요. 산 저쪽이 얼마나 아름답겠습니까? 귀에 익은 목소리도 들리는군요. 이번에야말로 정말 가는 것이지요. 그러나 마지막을 의미하는 것이 아니랍니다. 첫출발이지요. 즐겁고도 자유로운 여정의 첫출발이지요. 기뻐해줘요……저를 위해서 정말……기뻐해줘요."

현웅이는 그만 흐느끼는 소리가 되고 말았다. 물론 나도 따라 울었다. 그것은 〈지평선을 넘어〉의 '로버드' 역의 마지막 대사가 아니었던가? 아니, 그것은 병직이의 마지막 말이었기 때문에 우리는 울었다.

이윽고 현웅이가 받았던 술을 쭉 들이키었다. 그러고는 나에게 잔을 주며,

"넌 어떻게 할 생각인가?"

하고 힘없는 웃음으로 물었다.

"글쎄—"

하고 나도 힘없이 웃고 나서,

"당분간 처형네 집에나 가 있을 생각이야. 그 집에서 우동 기계를 한 대 들여왔다니 그거나 도와주면서."

하고 말했다.

"그러면 잘됐다. 나두 당분간 국악단이나 따라다니며 밥을 얻어먹을 생각이네."

우리들은 그만 일어나 언덕길을 내려왔다. 밀밭 위에서는 종달새 소리도 울려지었다. 우리들은 밀밭을 한참이나 지나서 우리가 있던 집 앞으로 왔으나, 모르는 체하니 그대로 지나쳐버리고 말았다.

밀주(密酒)

이북에서 장사니 농사니 그런 무난한 직업으로 산 사람들이야 그럴 리 없겠지만, 대체로 직장에 얽매여 산 사람들이라면 그곳서 하던 일을 밝히려고 하지 않는다. 이력서를 쓴 것을 봐도 어물어물해서 적당히 넘겨 버린 것이 대부분이다.

그야 물론 그곳에서 하던 일이 자랑할 만한 것이 못되기 때문도 있겠지만 이곳 사람들이 이북의 사정을 너무나도 몰라 주기 때문이기도 하다. 하여튼 이곳 사람들은 그곳에서 장사나 했다면 무조건 믿는 모양이지만, 무슨 기관의 수위라도 했다면,

"저 녀석 빨갱이가 아닌가."

하고 으레 한 번은 의심한다. 저쪽에서 밤낮 반동분자로 몰리던 사람이 이곳에 와서 빨갱이로 의심받는다면 그건 정말 억울한 노릇이다. 그러므로 애써 거기서 하던 직업을 밝힐 필요가 무엇인가 하는 이런 생각을 하게 되는 것도 사실이다.

더군다나 나같이 내무서원을 한 사람으로서는 그것이 절실히 느껴진다.

그러므로 나는 이곳에 와서도 이력서를 써야 하는 취직 같은 것은 애당초에 할 생각도 하지 않았다. 해봤댔자 허다한 대학 졸업생들이 밀리는 판에 나 같은 것을 써 줄 리가 없기 때문이다.

그러나 없는 놈도 먹고는 살아야 하므로 어떻게 간신히 리어카 하나를 장만하여 행상을 시작했다.

요즘 같은 여름에는 밭에서 참외 수박 감자 그런 것들을 이 동네 저 동네로 돌아다니며 파는 장사다. 그런 장사니만큼 언제나 그날이 그날이지만 그 리어카 하나로 여태까지 다섯 식구가 밥을 굶지 않고 살아 왔으니 별다른 불평이 있을 리는 없다.

그러면서도 가끔 교통순경에 욕을 당할 때에는 화도 나고 마음이 서러워지는 것도 솔직한 내 심정이다.

교통순경에 욕을 보는 것은 말할 것도 없이 한길에 리어카를 세우고 물건을 팔기 때문이다. 그것은 내 잘못이다. 나도 리어카 장사는 해먹을망정 중학교는 나왔으니 그만 것 모를 리가 없다. 그러면서도 그런 장사니만큼 어쩔 수 없이 교통위법을 하게 된다. 그것을 취체(단속)하는 교통순경들에게 미안하다고는 생각하면서도 어쩔 수 없이 그렇게 된다. 정말 교통순경들은 골치 아픈 노릇일 거다.

그것을 모르는 것은 아니면서도 간혹 도가 지나치는 순경을 만날 때는,

"없는 놈이 벌어먹구 살겠다는데, 누군 가게 잡고서 버젓이 앉아 장사하면 편안한 줄 모르구 이 지랄 하는 줄 알아, 그거 다 그거 하나 없는 것이 원수가 돼서 그런 거지."

이런 말이 자연 입 안에서 중얼거리게 된다. 뺨이라도 맞은 날은 정말 견딜 수가 없어,

"에잇 이 노릇 다시 해먹다니!"

하고 당장에 리어카를 부셔놓고 싶은 생각에 애매한 바퀴만 두서너 번 차보기도 한다.

뺨을 맞았다고 해도 내 잘못이니 예상사다. 오죽이나 말을 듣지 않으면 뺨을 맞으랴 하고 생각하면 순경의 화가 나는 심정도 알 수 있는 일이다. 나도 이북에서는 내무서원 노릇을 한 만큼 남보다는 더 잘 알 수가 있다. 그러면서도 너무 하다는 생각이 앞서며,

"나도 내무서원 노릇을 해먹었을망정 저렇게까지 지독스럽게 굴지는 않았는데."

하는 생각이 걸핏 머리에 떠오른다. 그러면서 꼬리를 이어 그 생각도 으레 떠오르는 것이다.

나는 본시 남에게 싫은 소리를 못하는 성격이다. 그런 성격으로 내무서원이 맞을 리도 없거니와, 사실 나도 그런 직업은 전혀 생각해 본 일도 없었다. 그것이 어쩌다가 나도 모르게 그렇게 된 것이다.

좀더 분명히 이야기한다면, 처음엔 축구선수로 들어갔던 것이 결국 그렇게 된 것이다.

그래도 그때는 별로 힘든 일을 하는 것도 없이 볼만 차면 되었고, 배급도 다른 서원에 비하면 괜찮았다. 그러나 독보회 같은 델 나가 앉아도 졸기만 하고 일 년 가야 토론 한 번 해보지 못하는 나 같은 사람을 그들이 좋아할 리는 없었다.

결국 나는 과오를 범했다는 이유로 좌천을 당하게 됐다.

그것은 별다른 일이 아니라, 공민증에 보증을 서 줬던 어떤 친구가 월남을 했기 때문에 그 책임을 지고 내가 과오를 범한 것으로 된 것이다. 지금 생각하면 웃을 일이지만 하여튼 그 때문에 두메산골로 가서 분주소를 지키게 되었다.

내가 가 있던 그 두메산골은 강계에서도 더 들어가 있는 새성골이란 읍이었다. 읍이라고 해도 집 수는 백여 채 되나마나 했으나 장날이면 산속에 흩어져 있는 산골 사람들이 모여들므로 양쪽에는 건재 약국, 음식점, 육고, 초물전 그리고 새로 지은 소비조합 같은 것이 눈에 띄었다.

분주소 앞에서는 계곡을 타고 흐르는 물소리가 밤낮으로 그치지 않았으며, 좀더 내려가면 기암 절벽의 절승이 결코 금강산에 못지않았다.

어떻게 생각하면 도원경 속에서 사는 것 같은 기분이기도 했지만, 그러나 그곳에서 내가 하던 일은 그렇게 한가한 것은 아니었다.

두메산골의 분주소의 일은 대체로 비슷한 그대로 그곳서도 주로 하는 일은 농가의 현물세 독촉, 벌목 취체, 밀주 취체, 이런 것들이었다. 그 중에서도 제일 골치아픈 것은 밀주다.

나는 언젠가 분주소에서 약 십 리쯤 떨어져 있는 검바위골에 밀주 취체를 나갔다가 큰 봉변을 당한 일이 있었다.

내가 어느 농가에 밀주 조사를 하기 위해서 들어갔을 때 그 집 아주머니가 시퍼런 낫을 들고 나를 향해 마구 덤벼들었기 때문이다.

그까짓 여편네 하나쯤 낫 아니라 그보다도 더 무서운 총을 들었다고 해도 뭐 무서우랴 하고 생각할지도 모르지만, 그것은 산골 부녀들을 모르고 하는 소리다. 닷말들이 쌀가마를 능큼능큼 머리에 올려놓고 뛰는 것을 보면 그런 소리는 쑥 들어가고 입부터 뻥하니 벌려질 노릇이다. 산골 부녀들을, 치마 감싸쥐고 엉덩이를 둘러 가며 아장아장 걷는 도시 부녀들처럼 만만히 볼 수는 없는 일이다.

8·15 직후만 해도 밀주 취체를 나가면 산골 농민들의 반항이 대단했던 모양이다.

"해방된 덕에 내 쌀 가지고 내 마음대로 술 지어 파는데 무슨 간참이냐."

낫부림이 아니라 몇 사람씩 패거리가 되어 밀주 조사를 나온 내무서원이나 세무서원을 몽둥이찜 해 보낸 일도 있는 모양이었다. 그러나 그런 행패를 부리다가는 온데간데없이 없어지는 것을 보고서는 농민들도 그런 만행을 애써 할 생각을 못하게 된 모양이었다.

사실 나도 그 산골에 가서 일 년 동안이나 매일 같이 밀주 조사를 다녔으나 그런 일은 한 번도 당해 본 일이 없었다.

그러한 내가 처음으로 낫을 휘두르는 여편네를 만났으니, 그것도 보통이 아니라 무당이 작두를 하는 그 무서운 심각한 얼굴로 입에 거품을 문 채 달려드니 나로서도 질겁을 하지 않을 수 없는 일이었다.

그러나 일은 그렇게 뭐 대단스럽게 벌어지지는 않았다.

그야 물론 내가 팔을 걷고 맞서기라도 했더라면 어떤 사태가 벌어졌을는지도 모른다. 그러나 나는 남들에게 미움을 받을 그런 서툰 짓은 하지 않았다. 나는 그들이 밀주라도 하지 않고서는 살 수 없다는 그 답답한 심정을 누구보다도 잘 알기 때문에 악을 써가며 밀주를 적발할 생각이 없었다. 그것으로써 그 집 아주머니도 휘두르던 낫을 버린 것이다.

그 때문에 나는 이 년 남짓이 개천 탄광에 끌려가서 석탄을 캐야 했지만, 그렇다고 그때 내가 취한 행동을 조금도 후회해 본 일은 없었다. 아니 그 때문에 여태까지 목숨이 붙어 있는지도 모른다고 생각한다. 사실 그 두메산골에나 그대로 묻혀 있었으면 이곳으로 올 기회도 없었을는지 모르기 때문이다.

그날도 물론 그 밀주 취체에 나 혼자만 나갔더라면 그런 일 저런 일 아무 일도 없이 무사했을 일이지만 저쪽의 세상은 그렇게 어수룩한 것이 아니다.

갑은 을을 감시하고 을은 갑을 감시하게끔, 으레 그런 일엔 두 사람 이상을 동반시키는 것이다.

그날 나는 나보다도 대여섯 살이나 아래인 땅개라는 별명을 가진 정서원과 같이 검바위골로 나갔다.

그는 강계서에서 나온 서원이었다. 검바위골에서 매일 몇 말씩의 술이 강계로 내려간다는 소문을 듣고 왔다는 것이다. 그러므로 나는 그의 안내인 격이 되었던 것이지만, 사실 검바위골에 사는 사람들은 당원 아닌 사람이 하나도 없었다. 그렇다면 대단한 동네라고 생각할지도 모르지만, 실상 그들이 당원이 됐다는 것은 왜정 때에 애국반에 든 거나 별반 차이가 없다. 그저 들라니 든 것뿐이다. 그러니만큼, 밀주를 해서는 안 된다는 당의 지시를 고분고분 들을 리가 없었다. 아니 그보다도 마이동풍이다.

그들이 그럴 수밖에 없는 것은 산간지대는 논 고장 하고도 달라서 농사만으로써는 도저히 살 수가 없으므로 다른 변통을 대야 했다. 예를 들면 약재나 산나물을 캔다든지, 베를 짜고 풍석을 친다든지, 사냥을 한다든지 그런 변통을 대야 했다.

밀주도 그들은 살아가기 위한 하나의 변통이라고 생각했다. 그것을 그만 두면 당장에 굶는 판인데 당이 아니라 그보다도 더 무서운 데서 호령을 쳐도 들을 리가 없는 일이었다.

그러므로 당에서도 골치를 앓다못해 결국은 강계에서까지 사람을 내보내게 된 것이다. 우리들이 그 검바위골에 이르렀을 때는 너덧 시쯤 되었을까, 하여튼 둘이서는 뒷산턱을 넘어 그 동네로 들어갔다. 되도록 동네 사람들의 눈에 띄지 않게 하기 위해서였다.

우리가 밀주 취체를 하러 나갈 때는 물론 사복으로 바꿔 입고 가는 것이고, 그것도 내무서원이라는 것을 알아볼 수 없게 변장까지 하고 가는 것이지만, 그들은 어떻게서든지 귀신처럼 알아내는 것이고, 알아 내기만 하면 그 연락은 번개같이 빠르다.

동구 앞에서 미역을 감던 애들은 애들대로, 밭에서 김을 매던 젊은이는 젊은이대로, 우물에서 물을 긷던 색시는 색시대로, 심지어는 송아지를 받던 영감까지도 하던 일을 집어치고 동네로 달려가 집집에 알리기 때문에 우리가 동네 안으로 들어갈 때는 술 찌꺼기 냄새조차 나지 않게 깨끗이 치워 버리고 기다리고 있는 판이다.

그러나 그 날은 우리들의 작전과 변장이 아주 그럴 듯했던 모양으로 동구 앞에 이르렀을 때까지도 우리들을 서원으로 알아보지를 못했던 것이다.

커다란 느티나무 밑의 연자매가 있는 앞에서 우리들은 헤어졌다. 정서원은 아랫마을로 가서 조사하기로 하고 나는 웃마을로 가서 조사하기로 했기 때문이다. 나는 되도록 천천히 걸어 올라가면서 마음으로는 몹시 불안했다. 그들이 그렇게도 내가 분주소 서원이라는 것을 눈치채지 못한다면 밀주자를 적발하게 될지도 모른다고 생각했기 때문이다. 나로서도 증거물을 안 봤으면 몰라도 보고서는 어쩔 수 없는 일이 아닌가.

그날은 며칠째 계속되던 장마 끝에 첫 날이라 개울물이 붙어 신발을 벗지 않고 건널 곳을 찾고 있는데 문득 저편 개울 위쪽에서 마구 물을 차며 뛰어 건너 가는 여인이 보이었다. 그러자 뒤이어 소년 하나가 뛰어가는 것도 보이었다.

그제야 동네서는 내통이 된 모양이었다. 나는 그 개울을 건너 몇 집을 기웃거려 보다가 어느 한 집의 싸릿문을 열고 들어갔다.

그 순간에 나도 놀랐지만, 그 집 아주머니는 그야말로 뒤로 나자빠질 듯이 놀라는 얼굴이었다.

내가 놀란 것은 그 여인이 좀전에 질겁을 해서 달아나던 바로 그 여인이었기 때문이다. 그러니 그 여인이 놀라지 않을 수 있으랴. 우리 둘이서는 이미 모든 것을 안 것이다. 그녀는 내가 밀주 조사를 나온 것을 알았고, 나 역시 그녀의 표정으로써 모든 것을 알았다.

농민들이 우리를 알아차리는 것은 그들의 본능에서 오는 것이랄까, 아니 그보다도 생활의 위협이 어느덧 그런 본능으로 나타나게 됐는지도 모른다.

그들은 왜정 때부터 지금까지 밥도 제대로 먹지 못하고 살아온 것이다. 그러한 그들이 밀주 취체에 걸려 몇 말의 술을 때우고 벌금까지 물게 된다면 못 살게 되는 것이나 마찬가지다. 그러니만큼 그들이 우리들을 미워할 것은 사실이고, 그만큼 무서워하는 것도 사실이다.

그들은 우리들을 좋게 불러서 호랑이라고 하고 나쁘게 불러 낮도깨비라고 한다. 그 심정도 너무나 잘 알 수 있는 일로 그것은 단순히 무서운 데서 오는 이름보다도 생활의 위협을 그대로 표시한 말이라고 해야 옳을 것이다.

그러니만큼 밀주자가 나를 보면 대번에 낯색이 변해지는 것이다. 그것은 생활의 위험을 그대로 얼굴에 나타낸 것이나 마찬가지다. 그것은 누구나가 한두 번의 경험으로써도 능히 알아낼 수 있는 일이다.

그러나 내무서에서는 일 년에 한두 번씩 밀주자 적발에 대한 강습회를 갖는다.

말하자면 상대방이 어떤 경우에는 밀주자로 보는 것이 옳다는 예비지식을 가르쳐 주는 것이지만, 왜정 때의 방공 연습 같은 것으로 정말 필요 없는 일이다. 거기서 가르쳐 준다는 이야기가 밀주자의 무릎을 보면 벌벌 떤다든가, 손맥을 짚어 보면 맥이 몹시 빠르다는 기껏 그런 소리를 무슨 과학적인 수사방법이나 되는 것처럼 지껄이는 것을 보면 어이가 없을 뿐이다. 배고픈 사람을 먹게 해 줄 생각보다도 때릴 생각을 먼저 하고 있으니 말이다.

겉늙어서도 기껏 삼십이라고 보이는 그 아주머니는 내 시선을 피한 채 공포의 눈을 두룩거릴 뿐으로 앉은 자리에서 꼼짝하지를 않았다. 뭐라고 말을 하고 싶어도 입술이 벌벌 떨려 뗄 수가 없는 모양이었다.

나는 침착한 눈길로 그 아주머니가 앉아 있는 마루 널 쪽을 봤다. 못이 쳐 있지 않은 곳은 그 곳뿐이다. 못이 쳐 있지 않을 뿐만 아니라 이도 맞지를 않았다. 그것을 보면 그 밑에는 광이 되어 있다는 것을 알 수가 있었다.

나는 싱긋이 웃었다. 사람이란 이상한 동물로서 남의 비밀을 알게 되면 공연히 기뻐지는 모양이다. 내가 웃는 것도 역시 그런 심정이었다. 그 눈으로 아주머니를 다시 보자, 그녀는 내 눈을 피해가며 자기가 앉아 있는 밑을 자꾸만 보곤 했다. 밀주라면 자기도 모르게 술이 있는 곳에 자연 눈길이 가게 마련이다. 그것으로써 그 밑에 술독이 묻혀 있는 것을 알 수가 있었다.

나는 되도록 온순한 말로 그 자리를 좀 비켜 보라고 했다. 그러나 그 아주머니가 선뜻 비킬 리가 없었다. 이렇게 되면 이미 적발한 거나 마찬가지다. 그 때문에 나는 가슴이 뛰었다. 이것을 적발해야 하느냐, 말아야 하느냐, 만일에 정서원이 이것을 알게 되면⋯⋯.

그 순간에 나는 나도 모르게 비키라고 소리쳤다. 그와 거의 동시에 그 아주머니는 반사적으로 일어나며 어느덧 낫을 들고 달려왔다.

아마 그 아주머니는 꼴을 베러 나갔다가 밀주 조사가 왔다는 소리에 막 달려왔던 모양이다. 낫이 바로 그녀 옆에 놓여 있은 것은 그 때문인 모양이다.

아주머니는 미친 사람의 그 눈으로 마구 낫을 휘두르며 내게로 달려 왔다. 그러니 나로서는 분주히 뒤로 움칠 수밖에 없었다. 그렇다고 무턱대고 움칠 수도 없는 일이다. 나도 한때는 축구선수였던 만큼 남보다는 몸이 빠른 편으로 아무 짓을 해서라도 그 아주머니가 휘두르는 낫쯤은 빼앗을 수도 있었지만, 여인 상대로 칼쌈 같은 노릇을 하고 싶지는 않았다. 그러므로 순순히 움치는 수밖에 없었지만 그럴수록 그 아주머니는 더욱 득세하여 자꾸만 따라 왔다. 이렇게 되면 사나이의 체면도 있으니 그저 뒷걸음만도 칠 수가 없어 옆에 빨래 줄을 받친 장대를 들어 우선 낫은 빼앗아야겠다고 생각했다.

바로 그 순간에—사실 지금 생각하자면 그 때문에 그 아주머니와의 대결이 끝났지만—하여튼 뒷걸음치던 나는 헛짚고서 풍덩하고 도랑에 빠져버리고 말았다.

물론 그 도랑은 그리 깊은 도랑은 아니었다. 그러나 장맛비로 물이 불었기 때문에 내 옷은 흠뻑 젖어 물에 빠진 생쥐격이 되었다.

그 집 아주머니는 그제야 자기 정신이 번쩍 들었는지 급기야 낫을 던지고 방으로 뛰어 들어갔다.

이렇게 되면 밀주죄에다 공무원 폭행죄가 겹치고 살인미수죄까지도 될 수 있으니 어떤 중벌을 받게 될지 모른다. 그것은 내가 꾸미는 조서 하나로써 그녀의 운명, 아니 그 집의 운명은 좌우되게 됐다.

나는 물이 줄줄 흐르는 옷 그대로 그 집 마루 앞까지 갔다. 그 아주머니는 이미 모든 것을 각오한 모양으로 멍하니 그저 뜬 하늘만 쳐다보고 있었다.

그 소동을 치는 동안에 이웃집 부인들이 달려와서 어쩔 줄을 모르고 있다가 그 중에서 제일 나이 먹은 노파가,

"선생님, 저 계집년이 갑자기 환장을 했어요."

뒤이어 다른 여인들도,

"제발 한 번만 용서해 줘요. 평소엔 얌전한 여인이에요."

눈물을 흘려 가며 손이 발이 되라 필사적으로 빌었다. 그것을 보고 있던 나는 그저 뜨거운 무엇이 가슴에서 솟구쳐 오름을 느껴가

며 멍청하니 서 있다가 나도 눈물을 머금은 소리로,

"빨리 가서 망치와 못을 가져와요."

하고 소리쳤다.

그러나 그들은 내가 그것으로 무엇을 하려는지 몰라 어리둥절해서 서 있을 뿐이었다.

나는 그것으로 정서원이 나타나기 전에 못을 쳤다. 못을 박지 않은 그 마루에—그 밑에는 분명 술독이 묻혀 있으리라는 그 마루에 못을 꽝꽝 쳤다. 그때의 흥분과 설레던 마음이란—아니 통쾌하던 그 맛이란. 내가 못을 다 치고 장도리까지 깨끗이 치우고 나자, 그제사 정서원은 아랫동네서는 적발을 못한 채 화가 난 얼굴로 올라왔다.

그는 내 옷이 흠뻑 젖은 것을 보고 놀라며,

"무슨 일이 있었어요?"

하고 물었다.

나는 아무 일도 없었다고 고개를 돌리면서 싱긋이 웃고 나서 내가 잘못해서 도랑에 빠졌다고 했다.

그러나 정서원은 이런 일은 냄새를 잘 맡는다고 땅개라는 별명을 갖고 있는 만큼 그 곳의 이상한 공기를 눈치채지 못할 리가 없었다.

그는 나의 말을 무시하듯이 집안을 두루 살펴봤다. 그러나 못을 친 마루 밑에 술독이 있다는 것은 제 아무리 땅개라는 별명을 가졌다고 해도 알 리가 없었다. 그러나 그 일은 결국 얼마 후에 정서원 귀에 들어가고야 말았다.

검바위골 사람들은 물론 내가 한 일이 고마와서 이 사람에서 저 사람으로 그런 말이 옮겨졌겠지만 두메산골 순박한 산골 사람들이 사는 그 곳이라고 해도 성미가 못된 사람이 한두 명 없을 리가 없었다. 결국 나는 밀주 방조자라는 정서원의 보고로써 탄광으로 끌려

가게 되었다. 그러나 나는 처음에서도 이야기한 그대로 나는 그때의 일을 한 번도 후회해 본 일은 없었다. 그저 가난과 겁에 눌리어 살던 그들이 가끔 보고 싶을 뿐이다. 정말 그때의 검바위골 사람들은 지금 다 어떻게나 하고 사는지, 그 아주머니도 이제는 퍽으나 늙었겠다.

분별(分別)

6·25사변으로 덕을 입은 사람도 없지않아 많은 모양이다. 그렇다면 응섭이도 응당 그 중의 한 사람이라 하겠다. 그렇다고 그가 무역이니 뭐니 그따위로 갑자기 수억만의 갑부가 되었다는 것은 아니다. 그저 교원생활을 하던 전보다는 장사치가 된 지금이 그래도 친구만나 탁배기 한 잔이라도 마음놓고 살 수 있게 되었다는 것이다. 그러니 이것도 말하면 사변의 덕이라고 볼 수밖에 없는 것이 아닌가.

하긴 응섭이가 요즘 같이 돈을 벌어 들인다면 수천만의 돈도 잠깐 벌어 들일 성싶기도 한 일이었다. 그제는 어느 무역상에 금을 사주어 몇 만환이 떨어졌고 어제는 인천서 들어온 시계에 몇 '구찌' 들어 놨으니 그것도 팔기만 하면 몇 만환은 틀림없이 남을 것이다. 그동안 이럭저럭 이백만 환이나 남직히 앞세워 놨으니 이제는 그것을 굴리기만 하면 묻어 들어오는 판이다. 돈을 굴리는 것은 응섭이 혼자뿐만이 아니라 그의 아내도 한몫하였다.

그의 아내는 돈 장사, 즉 딸라 장사로 나선 것이다. 그 장사란 언제나 현금을 현금대로 쥐고 있으니 갑자기 돈을 돌려 물건을 살 때도 조금도 지장 되는 일이 없었다. 그러면서도 하루에 몇 천원씩은 떨어지니 그것만으로서도 그의 식구가 먹고 쓰고 그러고도 남는 편이었다. 그러니 응섭이가 버는 것은 통으로 남았을 것은 말할 필요도 없는 일이 아닌가.

이러고 보니 응섭이 자신으로서도 자기가 이렇게까지 장사에 수단이 있었던가고 놀래보지 않을 수가 없는 일이었다. 허나 그는 수단이 아무리 훌륭하다 해도 돈이 사람을 따라야지, 사람이 돈을 따라서는 별 수가 없다고 생각했다. 말하자면 사람이란 언제나 한 번은 운이 트일 때가 있다는 것이다. 그 운이 사십이 넘은 지금에야 자기에게 돌아왔다고 생각했다. 그는 그 운을 놓치지 않고 돈을 잡아 기어이 남처럼 질탕하게 살아 본다고 마음을 단단히 먹은 것이었다.

오늘은 바로 응섭이 셋째놈의 첫돌맞이 생일이었다. 그가 교원생활 할 때에는 아들의 생일 같은 것은 염두에도 두지 못하던 살림이었다. 그때는 물론 그러할 여유도 없었거니와 더군다나 엉덩이 하나 마음놓고 돌릴 수 없는 단칸방에 어쩔려고 손님을 청해 놓고…… 그런 생각부터 아예 가질 수조차 없었던 것이다.

그러나 지금은 아무리 헤픈 돈이라 해도 전세를 삼십만 환이나 들여놓고 얻은 사랑방까지 있는 온채집이다. 손님을 청한대도 조금도 꿀릴 바가 없었다. 응섭이는 아이의 생일을 채리자는 아내의 소원을 들어 주는대로 자기는 자기로서의 또한 딴 궁리가 없지 않아 있었다. 이런 기회를 이용해서 장사 친구들에게 한잔 내는 것도 결코 해로운 일이 아니라고 생각한 것이다. 이를테면 그도 그만큼 장사에 눈이 뜬 셈이었다.

집을 나선 응섭이는 골목 언덕길을 내려오면서 우선 강영감을 찾기로 했다. 서울 종로에서 삼십여 년이나 전당포로 살아온 이 영감은 구렝이라는 별명을 갖고 있는 그대로 흉하고 능글스럽기가 끝이 없었다. 그는 환도하자, 남처럼 큰 거리에 점포를 잡는 법도 없이 계동 막바지에 집을 잡고 앉아서 귀금속을 사들였다. 큰 거리에 나가서 장사한다고 떠들어댔자 세금이나 크게 물었지 하등 잇속 있는 것이 없다는 것이다. 그 대신 물건값만 후하게 주면 물건을 살 사람은 계동 아니라 북악산 꼭대기라도 찾아온다는 것이다. 이것이 즉 그의 상법이었다. 사실로도 그는 아침 저녁의 찬값에는 한두 푼에 떨면서도 물건값만은 남보다 덜 놓는 법은 없었다. 물건만 탐나면 몇 십만 환도 아무 것도 아니란 듯이.

응섭이는 강영감이 그렇게도 귀금속을 사들여 어디다 처분하는가 고 처음엔 의심스럽기도 했다. 그러나 지금은 대략 짐작하지 못하는 바도 아니었다, 어느 무역상이 아니면 외국인 밀수꾼이라는 것을. 그 러면서도 그는 지금엔 그것을 새삼스럽게 아랑곳할 필요는 없다고 생각했다. 하여튼 자기는 돈만 벌면 그뿐 아니냐고 귀금속이 손에 들어오게 되면 거의 그 영감에게 넘기었다.

응섭이가 강영감을 찾아가자 강영감은

"어서 오게나." 하고 반겨주었다

이렇게도 아침에 찾는 품이 무슨 훌륭한 물건이라도 갖고 온 줄 아는 모양이었다.

응섭이는 툇마루에 걸터 앉으며

"영감님 오늘저녁 별 일 없지요." 하고 입을 열었다.

"나야 언제나 이 모양이지. 박선생두 늘 보아 알겠지만 언제라구 바쁜 일이 있는 사람이던가."

"그러시다면 잘 됐습니다. 실상 영감님한텐 늘 신세를 져 가면서두 지금까지 저녁 한번 대접하지 못한 것이 미안스러워 오늘은 영감님 모시고 집에서 약주라도 한잔 할까 하고서요."

이 소리에 강영감은 의외에도 안색이 흐려지며

"그래, 오늘이 박선생의 무슨 날이야?" 하고 응섭의 얼굴을 살피었 다. 그것이 부조 때문이라는 것을 모를 리 없는 응섭이는 영감이 치 껍다고 생각하면서도

"무슨 날이긴요. 그저 한잔 먹자는 거지요." 하고 어이없는 웃음을 돌려 미소를 띠었다. 그래도 강영감은 의심쩍은 듯이

"그저 한잔 하자는 거야?" 하고 꼬집어 물었다.

"그럼요. 그저 한잔. 그래야 영감님두 우리 집엘 와 보지 않겠어요."

그제야 강영감은 화색이 되며

"그저 한잔……이 사람이 돈을 벌더니 쓸 줄두 알구 이젠 제법이라니까" 하고 구렁이 얼굴에 능청스러운 웃음을 헤쳐 놓았다.

응섭이는 그 웃음소리가 처음엔 말할 수 없이 무섭고 불쾌스럽기 짝이 없었다. 그러나 지금은 그렇지도 않았다. 오히려 자기도 그런 웃음을 한번 웃어보고 싶은 것이었다.

응섭이는 강영감 집을 나와 그 길로 종로에 있는 경필이 은장방을 찾아갔다.

경필이는 이번 사변통에 죽은 응섭이의 옛친구의 동생이다. 그는 형을 잃고나서 깨달은 바가 있었던지 응섭이를 전보다도 더욱 각별나게 대해 주었다. 응섭이는 부산에 피난 갔을 때에도 그에게 폐를 끼친 것이 한두 번이 아니었다. 또한 지금에 이렇게도 장사물계를 열어주어 살게 해 준 것도 그의 힘이었다. 그러면서도 응섭이는 지금까지 그에게 답례할 기회를 한 번도 가져보질 못했다. 하기야 경필이와 저녁을 같이 먹는 기회가 없지 않아 종종 있기는 했다. 그런 기회에 응섭이가 먼저 일어나 돈을 꺼내려고 하면 경필이는 큰 일이나 난 것처럼 분주히 일어나

"형님 왜 이러십니까. 그래두 제가 좀 나으니 내버려둬요." 하고 한 사코 붙잡았다.

"이 사람아, 나두 한번 내 봄세나."

"다음 기회 내시구려."

그 소리에 응섭이는 그러면 다음 기회 하고 약간 마음이 풀리며 움츠러들고 말곤 했다. 그러나 다음 기회가 되면 역시 마찬가지였다.

"오늘 저녁 무슨 약속이 없나?" 하고 응섭이는 채림이 양갈보 같

은 여자에게 금가락지를 사고 나서 경필에게 입을 열었다.

"별로 없습니다? 왜 그러세요?"

"별일 아니구 저녁에 집에 가서 약주나 한잔 하자구."

"약준 무슨 약줄요."

"그러지 말구 실상 난 집을 옮기구서두 자네에게 저녁 한번 대접 못한 것이 늘 마음에 걸려서 말야."

"원, 별 말씀을."

"글세, 그렇지 않다니까."

"하긴 저두 아주머니 뵌지두 오래서 한번 가 보아야 하겠다고 하면서두 그저 바빠서……."

"그렇기 집두 구경할겸 오라니까."

"네, 가지요."

"꼭 와야 하네." 하고 응섭이는 다짐을 주고 나오다 다시 돌아서며

"참, 강영감두 임자네 가게루 오랬으니 같이 데리구 오게나." 하고 잊었던 말을 덧붙치었다.

"강영감두 오랬어요? 그러면 훌륭히 차리는가 보군요."

"우리가 차린대야 뭐 훌륭하겠나."

응섭이는 가게를 나와 언제나 버릇처럼 경필이네 진열장을 힐끔 살피었다. 언제 보나 그곳에 진열한 금붙이만 해도 오백만 환어치가 넘었다. 응섭이는 자긴 언제쯤이나 돼야 경필이를 따라갈 수 있을까 하고 무료한 감을 느끼다가 그래도 경필이는 아이의 생일인줄 알면 몇 천환쯤은 놓고 갈 것이 아닌가 하고 다시 생각하고, 이런 때에 강영감의 그 웃음을 헤쳐 놓을 때라고 생각했다. 그러면서도 그는 낯을 붉혔다.

그는 어제 사놓은 시계 시세를 알아보려고 시장 안으로 들어섰다. 언제나 비좁은 시장에서도 선뜻 눈에 띄는 것은 키가 길쭉한 키다리

(응섭이도 그의 이름은 모른다) 였다. 그는 귀금속 브로커로 유명했거니와 술 잘 먹기로도 유명했다. 벌면 버는대로 먹어 치우는 그에게 응섭이도 몇 번인가 술을 얻어먹은 일이 있었다. 그것이 늘 미안스럽던 판이라 이번 기회에 그에게도 가품을 해치울 셈이었다.

"님자 잘 만났네. 오늘 저녁 우리집에서 한잔 합세."

"한잔 하자는 건 반갑습니다만 나같은 놈 가두 괜찮은 좌석이요?" 하고 키다리는 조롱조로 어떤 좌석인가를 떠보았다.

"이 사람 왜 또 이러는가?" 하고 응섭이는 조롱을 받아 넘기며

"구렝이 영감두 오랬으니 한잔 먹여놓고 어떻게 노나 구경이나 합세." 하고 의미있게 웃었다.

이것으로서 응섭이는 오늘 청하려는 손님은 다 청한 셈이었다. 그러나 그의 마음 한편 구석에 아직도 청하고 싶은 손님이 하나 남아 있었다. 그것은 십여 년 동안이나 같이 교원생활을 해 온 허선생이었다. 그를 청하지 않는다는 것은 자기 자신으로서도 쓸쓸했고 허선생에게도 미안스럽기가 짝이 없었다. 그러면서도 그는 오늘은 허선생을 청하지 않기로 작정하고 말았다. 오늘 같은 좌석에 그가 섞인대야 흥도 나지 않을 것이니 후일 따로 만나 한잔 나누는 것이 오붓할 것이라고 생각하면서.

응섭이는 시계 시세를 알아보고 나서 그것은 며칠 더 묵혀서 팔기로 생각했다. 그리고는 구두 부속품이 들어온다는 어느 무역회사에 들렀다가 일찌감치 집으로 향하였다. 어서 집으로 가서 방을 치우고 나서 시원스럽게 목욕이나 한탕 한 후 한가스럽게 손님을 기다릴 생각이었다.

뜨거운 햇빛 아래 아스팔트가 질질 녹아내리는 거리에는 신문파는 애들이 터져 나왔다. 그들이 외치는 그 소리가 응섭이는 눈물이 나리만치 답답하다고 느껴지던 소리였다. 그러나 지금은 아무런 감

동도 없었다. 아니 오히려 살겠다고 날뛰는 소리와도 같이 즐겁기만 했다.

이날 저녁 술 좌석에서 벌어진 이야기는 역시 장사 이야기였다. 누가 어떻게 돈을 벌었다는 둥 외국 어느 회사에 염료(染料)가 들어온다는 둥 이렇게 모두들 술이 엔간히 취했을 때였다. 응섭이 아내가 들어와서 통행금지 시간도 거의 되었는데 진지를 들어오라냐고 물었다. 처음부터 실속을 차려 고기만 불근불근 깨물고 있던 강영감이 이제는 술값을 해야겠다는 듯이

"이거 너무 과분한 대접을 받아서……." 하고 한마디 뇌었다. 이때 이 집을 누구보다도 생각하는 경필이가 문득 응섭이 아내를 쳐다보며

"오늘이 애 생일이 아니요. 그렇지요, 아주머니." 하고 대들었다. 입고 들어온 아이의 색동저고리를 보고 알아 챈 모양이다. 손님들이 아이의 생일인 줄도 모르고 그대로 갈것만 같아서 섭섭해 있던 응섭이 아내는 말로는 아니라고 하면서도 웃는 품으로 그것을 드러내고야 말았다.

"형님두 아이의 생일이면 생일이라고 알려 줄 법이지, 아주머니한테 무슨 망신을 시키는 거요."

하며 경필이는 주머니에서 뭉칫돈을 꺼내 놓았다. 술잔을 들었던 키다리도 그 소리에 정신이 든 듯

"이집에 누가 복을 싣고 왔나 했더니 이놈이구만." 하고 분주히 주머니를 뒤져 붉은 천환짜리 한 장을 꺼냈다. 그러자 응섭이는 이 사람들이 취했지 돈은 무슨 돈이냐고 야단을 치며 벌떡 일어섰다. 그러나 견딜 수 없이 돈을 받아 쥔 응섭이 아내는 낯을 붉힌 채 아무것도 채린 것도 없이 미안스럽다는 말을 몇 번이나 외었다.

이때 천장만 바라보며 아랫수염만 슬슬 만지고 있던 강영감은 그래도 그냥 있기는 민망한지 백환짜리 한 장을 꺼내 아이에게 쥐어주었다.

그것을 보고 있던 키다리가 욕감태기로 돌려버리 듯

"영감두 그래 남의 귀한 아이의 생일을 얻어먹구 백환짜리 한 장이 뭐요?" 하고 이편까지 무안하다는 얼굴을 지었다. 그렇지 않아도 약간 열적어 있던 강영감은 술의 기세를 얻어

"임자, 그래 풋돈이나 버는 걸 가지고 펑펑 써버리는 걸 누가 장하다는 줄 알아?" 하고 키다리에게 눈총을 주며 꾸짖었다.

"남이야 아무러면 나 좋았으면 그만이지."

"글세, 그런 거이 아니야. 임자두 저 경필 씨나 박선생의 본을 좀 따게나, 돈은 언제나 그렇게 벌릴 줄만 알구, 흥!" 하고 이번엔 콧방귀까지 쳤다. 그 소리에 키다리는 화가 벌떡 났다.

"하여간에 난 영감같이 인색해 가지구서 돈을 모으고 싶지는 않습니다. 그래두 난, 이런 것쯤은 가지고 있으니까요."

하고 키다리는 주머니에서 종이에 싼 다이야 반지를 꺼내 펼쳐 놓았다. 콩알만한 다이야가 불빛에 번쩍이었다. 그제는 강영감도 다이야에 압도된 듯 먹먹하니 찬란한 그것만 바라보고 있었다. 먼저 경필이가 다이야를 집었다.

"이런 다이야가 어디 있었어. 정말 이런 건 처음인데." 하고 다시 눈을 닦는 품이 탐나는 모양이었다.

"이걸 어디서 구해가지구 사람을 놀래게 하는 거야."

응섭이도 한걸음 나앉으며 경필이가 쥔 다이야를 들여다보며 눈이 뚱그레졌다.

"그거야 아무데서 구했건 박선생은 흥정이나 잘 할 생각이나 하시구려!"

하고 키다리는 다시 강영감에게

"어때요 영감, 가져볼 마음 없소?" 하고 비양치는 웃음을 싱글싱글 웃어대었다. 그러나 강영감은 아무 말도 없이 경필이 손에서 다이야를 받아 쥐고서는 학선을 꺼내 낀 후 한참 동안이나 눈을 떼지 못했다.

"웬걸 이게 님자 해겠나, 누가 팔아달라는 물건이겠지."

"하여튼 영감은 얼마나 놓겠소."

"그래, 얼마야?"

"얼마래야 그렇지요. 카랏트야 뻔하니까."

"글세, 얼마야?"

"석 장은 받아야지요. 그래야 나도 돈 이자나 붙이는 셈 되니."

"에이, 미친 사람."

말이 떨어지기 전에 강영감은 다이야를 방바닥에 내던지었다. 다이야는 아까보다도 더 찬란하게 번쩍이었다.

이튿날은 아침부터 비가 내리었다. 응섭이는 어젯밤 지나치게 먹은 술에 골치가 띵한대로 열두 시를 치는 괘종소리를 듣고서도 머리를 못들고 자리에 누워 있을 때 경필이가 비를 맞으며 찾아왔다. 그리고는 어제 그 다이야에 작자가 생겼다면서

"내 소견으로 그것이 두 장엔 으레 떨어질 것입니다." 하며 빨리 키다리를 찾아가보라고 했다.

"두 장이라니?" 하고 응섭이는 어리둥절한대로 반문했다. 실상 응섭이는 두 장이라 해도 그것이 이만 환인지 이십만 환인지 분간할 수 없었던 것이다.

"그럼 그것이 이십만 환이야 되겠소. 이백만 환이지요." 하고 경필이가 웃었다.

그 소리에 정신이 팔딱 든 웅섭이는 그것이 그렇게도 값나가는 것인가고 내심으로 놀라며

"하여튼 떼 봄세나. 같은 값이면 내 어떻게서든지 떼 오지." 하고 오늘도 쉽게 몇 만환이 떨어질지 모른다고 생각했다.

경필이가 다녀가자 웅섭이는 키다리를 찾아가려고 옷을 주워입고 있었다. 그때에 문득 키다리가 빨쥐우산을 받고 들어섰다. 웅섭이는 그가 반갑다 못해 가슴이 뛰었다. 그러면서도

"웬일이야? 비가 쭈룩 쭈룩 오는데 우리집엘 찾아오니." 하고 그의 기색을 살피었다.

"그거야 오늘 같이 날이 구진 날 박선생한테 찾아오는 거야 물론 부탁이 있어 온 거이지요."

하고 키다리는 부리부리한 눈에 겸손하게도 웃음을 지었다.

"내게 갑자기 무슨 부탁을?"

"박선생도 아다시피 제게 무슨 돈이 그렇게 많아요. 어제 그 다이야를 하나 사고 나니까 장사할 밑천이 있어야지요. 그래서 박선생이 그걸 맡으시고 얼마 좀 돌려 주십사 하고요."

하고 키다리는 다이야를 꺼내 놓았다. 웅섭이는 일은 잘 됐다고 생각하며 다이야에게 눈을 걸핏 돌리고 나서

"내니 무슨 취해 줄 돈이 있나?" 했다.

"그래두 박선생이야 돈 백만 환쯤 돌리긴 아쉬울 걸요."

"백만 환을 내가 어디 가서," 하고 웅섭이는 일부러 놀라는 얼굴을 하고서는

"뭐 그럴 것 없이 얼마 남으면 날려 버리고 말게나. 갖고 있대야……" 하고 엄부려치었다.

"그러니 당장에 팔자면 강영감 밖에 없는데 어젠 그렇게 큰 소리 치고서 이제 가서 어떻게 빌붙을 수 있어요?"

"그래 얼마나 팔겠나?"

응섭이는 더 군소리할 필요가 없다고 생각했다.

"두 장은 꼭 받아야지요."

"그러면 난 뭘 먹구?"

그 말에 키다리는 현금만 받아 준다면 자기편에서 구전은 잘 생각해서 주겠다고 했다. 응섭이는 그럴 것 없이 백구십만 환에 하자고 떼를 써서 결국 흥정을 맺었다.

비가 와서 아내가 시장에 나가지 않았기 때문에 마침 집에 현금이 있었다. 응섭이는 돈을 치러주고 나서 키다리를 보내 놓고는 저절로 터져나오는 흡족한 웃음을 웃어가며 마치도 어린애가 구슬알을 갖고 놀듯이 다이야를 튀쳐도 보고 쓸어도 보며 좋아했다. 그때에 아내가 옆으로 와 앉으며

"그거 나두 한 번 껴나 봅시다." 하고 자기 손에 꼈다. 응섭이는 어서 돈을 벌어 아내에게도 저런 반지를 사주게끔 되어야겠다고 생각하다가 문득 그는 무슨 공포 속에 휩쓸려 들듯 앞이 아득해졌다. 그는 분주히 아내의 손에서 반지를 뽑아 눈을 닦아가며 살피었다. 어딘지 모르게 어제 보던 것처럼 좋아 보이지가 않았다. 순간 그의 가슴이 술렁술렁 끓었다.

그러나 니어 그것은 자기의 경망스러운 착각이라고 생각했다.

—다이야엔 귀신 같이 눈이 밝은 경필이와 강영감이 보고난 물건에 틀림이 있을 린 만무한 것이 아닌가.

그러면서도 응섭이는 분주히 반지를 싸 들고 경필이네 은장방으로 나갔다.

"억지루 두 장에 떼 내었네."

응섭이는 경필에게 반지를 내주며 십만 환을 더 불렀다. 그래도 만족한 모양인 경필이는 "수고하셨군요." 하고 반지를 풀었다. 그러자

그는 이상스럽게도 얼굴이 점점 흐려지다 못해

"아니, 이것이 우리가 어제 본 반지란 말요?" 하고 너무나 허무해서 어이가 없는 대로 응섭이 얼굴을 쳐다보았다.

"……."

응섭이는 대답을 못차린 채 대번에 낯빛이 질리었다.

"돈은 치렀소?"

이 말에도 응섭이는 고개만 끄덕이었다. 경필이는 기가 막힌 얼굴로

"그 놈이 바꿔 먹었어요. 어서 키다리를 잡아 내야겠소." 하고 우의를 껴 입으며 뛰쳐 나갔다. 응섭이도 뒤따라 시장으로 달려갔다. 비 내리는 시장은 한산할 뿐 그곳에서 언제나 선뜻 눈에 띄던 키다리도 지금에 보일 리가 없었다. 아는 사람마다 붙잡고 그의 집을 물었으나 안다는 사람은 신통하게 하나도 없었다.

시장을 돌아나온 경필이는 비에 젖은 머리를 수건을 꺼내 씻고 나서

"이제야 별 수 있소. 난 정거장이나 가 볼께 형님은 빨리 고소장이나 내 봐요." 하고 굿 뒤에 날장구 친다는 격이란 듯 앞서서 걸어가다 택시를 잡아타고 사라졌다. 그것을 뒤에서 우산도 없이 비를 맞아가며 멍하니 보고 서 있던 응섭이는 그제야 어정어정 걷기 시작했다. 대서방을 찾아도 그것도 니어 눈에 띄지 않았다. 그의 앞으로 "신문이요.""신문이요." 하고 신문파는 애들이 물방울을 뿌려주며 달리었다. 어제는 즐겁게만 들었던 그 소리도 지금은 그렇지가 못했다. 아니, 자기를 조롱치는 것만 같았다. 그는 이제 고소장을 내면 내일 아침신문엔 자기 이름이 커다랗게 날 것을 생각했다. 그 순간에 자기가 가르친 수천의 학생들이 웃어대는 얼굴이 그의 눈앞에 달려들었다. 그는 불시에 겁을 집어먹듯 걸음을 멈추고서 아직도 자기에

겐 이런 자존심이 남아 있었던가고 놀래보는 것이었다. 그리고는 설레는 가슴을 어떻게 수습할지 모르고 우두커니 서 있었다.

"왜 미친 사람처럼 우두커니 비를 맞으며……" 하고 누가 어깨를 짚었다. 돌아다보니 어제 생일에 마음에 걸리던 허선생이었다. 응섭이는 반가운 마음이 왈칵 솟는대로 그의 손을 꽉 잡고 "어디 가서 한잔 합세." 했다. 독한 술에 취해가며 그에게 하소연이라도 하면 자기의 답답한 마음이 얼마큼 풀어질상 싶기도 했기 때문이었다.

"오래간만에 만나 나두 한잔 하곤 싶은데……"

"비도 오는데……"

"글쎄 말야, 그래두 난 오늘 일찍 들어가 써야 할 원고가 있기 때문에……" 하고는 버스가 온다고 달아나 버리었다. 응섭이는 가로수 아래로 흘러 내리는 빗물을 밟으며 우정마저 잃어버린 듯한 서러운 감이 북바쳐짐을 느끼었다.

그날 저녁 응섭이는 혼자서 몇 잔의 술을 들이켜고 들어왔으나 그것으로는 잠을 들 수가 없었다. 그렇다고 아내에게 가분가분 이야기도 할 수 없는 일이었다. 그럴수록 더욱 그의 눈은 말동말동 해지며 어두운 천장에 자꾸만 그 키다리의 얼굴이 떠올랐다. 그는 이 녀석을 그저 잡기만 하면, 하고 이를 부득부득 갈았다. 그러나 지금와서 그런 생각을 하고 있는 자신이 미련하다고만 생각되었다. 그는 몸을 뒤채다 못해 일어나 담배도 붙여 물어 보았다. 그의 허전한 마음은 마찬가지였다. 그는 다시금 자리에 누워서 밤이 깊어가는 줄도 모르고 한숨만 길게 내쉬었다. 문득 그것은 키다리와 강영감이 한 장난이 아닌가고 생각했다. 그렇게 생각하면 어제 저녁의 일을 미루어 그럴 성싶은 일이 한 두 가지가 아니었다. 키다리가 강영감에게 그런 언사를 했다는 것부터며 또한 강영감이 그 반지를 내던지던 것이 모두가 짜구한 연극만 같았다. 그렇다면 내일 강영감의 기색을 떠보면 알 수 있는 일이라고 생각했다. 그러자 지금까지 악몽에서만 허덕이던 그에게 한 줄기의 희망이 비쳐지며 새로운 용기조차 생겨지는 듯싶었다.

이튿날 웅섭이는 골목을 나오다 양담배를 한 곽 사 넣고 강영감집을 찾아갔다. 늦은 조반상을 물려놓던 강영감은 언제나 마찬가지로 능글스럽게 웃으며

"뭐 가지고 왔나?" 하고 첫마디로 물었다. 웅섭이는 우물쭈물할 필요가 없다고 생각했다.

"그저께 집에서 본 반지 말입니다. 그걸 내가 키다리한테서 빼냈지요."

"얼마에?"

"그건 영감님이 알아서 뭣 하겠소."

"그럼 날보고 사라는 건가?"

"사셔도 좋지만," 하고 웅섭이는 말을 떼었다가 키다리가 자기에게 하던 말을 외듯

"우선 이걸 맡으시고 얼마쯤 돌려 달라고…… 바튼 밑천에 이걸 사니 어디……." 하고 반지를 꺼내 놓았다.

"어디 훌륭하다는 것 좀 더 보기나 합세." 하고 강영감은 한 손으로는 반지를 집어다 놓고 한 손으로는 책상 위의 학선을 집어다 긴 후 다시 주머니끈을 끌어 확대경을 꺼냈다.

"다이야야 그만이지요. 하여튼 경필이도 그런 다이야는 처음이라지 않습데까?" 하고 웅섭이는 다이야를 살피는 강영감의 얼굴을 슬쩍 쳐다보았다.

"그래 얼마나 쓰겠나?"

"무엇 좀 급히 살려는데 백팔십만 환만."

응섭이는 입술이 말려들어 더 말을 못하였다. 강영감은 말없이 벼룻집을 내려 놓았다. 그리고는 다시 한번 더 다이야를 살피고 나서

"기한은 보름인데 일할 오부 변일세."

"보름이면 너무나 짧은 걸요."

"싫으면 그만 두게나." 하고 강영감은 들었던 붓을 놓았다. 응섭이는 당황해서

"좋습니다, 좋아요. 아무래두 그 동안 작자 구해서 팔아야겠으니까요."

응섭이는 채용증서와 돈을 받아가지고 나왔다. 그제야 그는 담배를 꺼내 피워물고 한숨을 내쉬듯 후 하니, 어제 비에 씻기운 푸른 하늘을 향하여 내뿜으며 세상은 이래서 재미나는 것이라고 생각했다.

그는 그 길로 경필에게 달려가서

"여보게 나도 이만 했으면 수단이 무던하지." 하고 강영감의 구렝이같은 웃음을 처음으로 웃어 보았다.

응섭이는 강영감이 수일내로 자기를 찾아 올 것을 물론 얘기하고 있었다. 눈을 뒤집어쓰고 입에 거품을 물고 야단을 칠 강영감의 꼴이 눈앞에 떠오르기까지 했다. 그러나 그 물건을 키다리에게 산 것만은 확실한 이상, 자기는 겁날 것이 없다고 생각했다. 그러므로 그는 하루래도 빨리 와서 그 결판을 지어주는 것이 도리어 밑을 깨끗이 씻는 듯싶어 시원한 듯했다. 그러나 강영감은 열흘이 지나서도 나타나지 않았다. 그것이 응섭에겐 오히려 불안했다. 그리고도 며칠이 지나 바로 지불일을 하루 앞둔 아침에 강영감이 아닌 경필이가 벌죽벌죽 웃으며 찾아와서

"형님 정말 운이 텄습데다." 하고 첫마디부터 영문 모를 소리를 꺼내 놓았다.

"그건 무슨 소리야?"

"이번엔 정말 형님이 한턱 잘 해야겠소."

"글쎄 그게 무슨 소리야?"

"강영감이 다이야를 쓰리 맞았대요."

"쓰릴 맞다니?"

"거야 알겠소. 그 영감두 다이야가 이상하니까 알아보려 들구 나 갔다가 쓰리를 당한지도 모르지요." 하고 경필이는 더욱 희색이 되며 말을 계속했다.

"바루 어제 점포를 닫는데 그 영감이 어디가서 술을 한잔 하자는 것이 아니겠어요. 그래 이 영감이 찾아온 것은 필시 그 다이야 때문이란 것을 짐작하면서도 하여튼 무슨 소리를 하는가 들어보자고 따라갔지요. 그랬더니 나를 중국집으로 데리고 가서 음식을 청해 놓고서는 우는 소리로 그 다이야를 잃은 이야기를 하지 않겠어요. 그리고는 날보고 어떻게 본전이나 변상하도록 형님에게 잘 말해 달라는 것이지요." 하고는 좋아라고 웃던 웃음을 끊고서 "그러니까 이제는 형님이 돈만 가지고 가서 으르기만 하면 본전 아니라 더 받아 낼 수 있는 것이 아닙니까." 했다.

이야기를 듣고나니 응섭이는 정말 자기가 운이 트인 것이라고 생각지 않을 수 없는대로 강영감에게 돈을 받아가지고 나올 때보다도 더욱 흡족한 기쁨이 느껴졌다. 그는 부랴부랴 아내가 돈장사하는 밑천까지 모두 모아다가 본전과 이자를 해가지고 그날 낮으로 강영감의 집을 찾았다. 다시는 발을 들여놓지 못할 줄만 알았던 이 집을 이렇게도 버젓하게 들어설 줄은 꿈에도 생각지 못했던 일이었다. 강영감은 응섭이를 반가운 사돈이나 대하듯 맞아들였다. 전에는 볼 수 없던 비단 방석을 꺼내 권하며 화채를 타오라고 소리쳤다. 그러나 응섭에겐 그렇게 수선을 피는 것이 무섭기만 했다.

응섭이는 아주 침착하게 돈가방을 열었다.

"참 그동안 돈을 요긴히 썼습니다." 하고 채용증서와 함께 돈을 꺼내 놓았다. 전 같으면 돈에부터 눈을 둘 강영감이 바람벽을 향한 채 "이자두 해 왔나?" 하고 한숨을 내쉬었다.

"물론이지요. 돈을 쓰고 이자를 안하겠소."

강영감은 그제야 돈에 눈을 흘깃 던지었다. 그리고는 주머니 끈을 끌렀다. 확대경을 꺼내는 줄만 알았던 그 주머니 속에서 다이야 반지를 꺼내 놓기가 무섭게 돈을 끌어 안았다.

"아 이 자식아, 교원질이나 해 먹던 네가 나를 속여 하하……."

터져나오는 웃음소리가 응섭이 얼굴에 배앝아지는 그 순간에 미닫이가 벌컥 열려지며 젊은이의 구둣발이 그의 앞가슴을 걷어찼다. 응섭이는 "악!" 하고 소리도 칠 사이없이 다시금 구둣발이 면상에 달려들며 불이 번쩍 일었다. 그 서슬에 응섭이는 분함과 부끄러움에 악이 받치는 대로 매라도 실컨 맞으면 시원할 것만 같았다.

"때려라 때려라 나를 실컷 때려다고……." 응섭이는 미친듯이 소리치며 대들었다.

비풍(悲風)

K은행의 사원인 인규가 광주로 전근 온 지도 십여 일이 되었다. 오는대로 은희를 이어 유치원에 넣어줄 생각이면서도 이사 온 직후라, 이것저것 생각지 않았던 일로 바빴기 때문에 여태까지 넣지를 못하였다. 그러면서 어느 정도로 안정이 되자 아내인 정옥이가 갑자기 눕게 되었다. 그동안의 과로가 원인이 된 모양이었다. 어머니까지 앓게 되니 은희는 몹시 쓸쓸해했다. 낯선 곳이라 나가 놀 동무도 없으니 자연 그럴 수밖에 없었다. 아내도 혼자 놀고 있는 은희를 보기가 민망하여 그날 저녁 은행에서 돌아온 남편에게,

"내일 아침 당신이 은희를 데리구 가서 유치원에 넣어주도록 해요."

하고 말했다. 아내는 자기가 난 아이가 아니므로 은희에 대해서 유달리 신경을 쓰는 것도 사실이었다.

다음 날 아침 인규는 출근하는 길에 은희를 유치원에 데리고 갔다. 그러나 유치원은 은행의 출근시간보다도 한 시간이 늦었다. 인규는 은행에 전화를 걸어 좀 늦겠다고 알리고 나서 은희와 함께 그곳에서 기다리고 있었다. 잠시 후에 회색 원피스를 입은 젊은 여자가 들어왔다. 인규는 그분이 이곳의 보모인 모양이라고 생각하며 인사를 하려던 그 서슬에 문득 그 여자의 눈과 부딪치고 나서 놀라지 않을 수가 없었다.

'주엽이가 아닌가, 은희를 낳은 은희의 어머니인……'

그 여자도 급기야 당황한 얼굴이었다. 그러나 그것은 극히 짧은

순간이었다.

"제가 바로 이곳의 보모입니다. 아이 때문에 오셨어요? 전 아무것두 모릅니다만 미치는 데까지는 힘써보겠습니다."

태연한 얼굴로 형식적인 인사를 했다.

은희는 이상스러운 듯 눈을 반짝거리며 주엽이를 쳐다보고 있었지만 인규는 망치로 한 대 얻어맞은 것만 같이 머리가 띵한 채 멍하니 그를 바라만 보고 있었다.

"참 착한 애로구먼. 여섯 살이지?"

"네."

"아버지와 같이 와서 참 좋겠구먼."

인규의 입술이 벌벌 떨리다 못해 새파랗게 질린 것을 냉랭한 눈으로 주엽이는 힐끔 치떠보고 나서,

"집에서 밥두 잘 먹는 모양이구먼. 이렇게 아주 몸이 튼튼한 것을 보니. 어머니가 왜 안 왔어?"

"아파서 누워 계세요. 그래서 아빠하구 왔어요."

"그래."

"내일은 엄마하구 와요."

"저런, 모르는 것 없구먼. 은흰 전엔 서울서 살았지?"

"네."

"그러면 이곳엔 어떻게 오게 됐나?"

"아버지가 전근되어 왔어요."

"옳지 옳지. 그래서 오늘 아버지가 출근하시는 길에 데려다 주었구먼."

"네. 그리구 이따 언년이가 데리러 온다구 했어요."

"그래, 그럼 아버지 늦어 안 되니까 어서 보내기로 합시다."

아이들을 다루는 것이 익숙한 때문인지 상냥하다는 말로밖에 표

현할 수 없는 어조로,

"오신 김에 교실이라도 보고 가실까요."

하고 인규에게 눈을 돌렸다.

태도나 말짓으로나 처음 대하는 사람과 조금도 다름이 없었다. 내가 사람을 잘못 본 것은 아닌가고 그렇게까지 생각하게끔 차가운 얼굴이었다.

"그건 다음 기회 있는대로 보기로 하지요. 그러면 부탁하겠습니다."

인규도 면난쩍은 인사를 하고 나서,

"은희, 선생의 말을 잘 들어야 한다."

"네."

"그러면 아버지 간다."

그러자 주엽이는 아버지를 쳐다보고 있는 은희에게,

"아버지 잘 다녀오세요, 하고 인사해야지."

"잘 다녀오세요."

"그래 다녀오게."

인규는 분주히 몸을 돌려 유치원을 나왔다. 그는 얼마큼 걸어가다가 아카시아 울타리 안으로 주엽이를 다시 한 번 바라봤다. 주엽이는 벌써 인규와의 대면 같은 것은 잊은 듯이 아이들과 뛰어놀기에 바빴다.

'그렇게도 태연할 수 있을까.'

그렇다 해도 그가 사랑하던 주엽인 것만은 틀림없었다. 헤어진 지가 육 년이지만 얼굴 모습도 옛날 그대로 아름다웠다.

그때 인규는 주엽이 앞에 사랑을 맹세했고 주엽이 역시 그를 사랑하여 자기의 몸까지 맡기었던 것이다. 그러면서도 그들이 결혼을 못 하게 된 것은 어지러운 혼란을 일으켰던 6.25동란이라고밖에 할 수 없는 일이었다. 그 때문에 그들은 서로 생사조차 알 수 없게 되었다. 인규는 주엽이를 찾지 못해 초조한 날을 보내고 있던 그때 그가 있는 은행의 은행장으로부터 자기 딸과 결혼을 하라는 권고를 받게 되었다. 인규는 주엽에 대한 연정을 잊을 수는 없으면서도 출세의 기회를 놓치고 싶지가 않았다. 그리하여 결국 인규는 정옥이와 결혼을 하게 되었다.

그들의 즐겁다고만 할 수 없는 결혼생활이 시작된 지 얼마 되지 않아 정옥이는 어느 동무에게 남편의 연인이었던 주엽의 소식을 알게 되었다. 주엽이가 남편의 아이까지 낳아가지고 지금 말할 수 없는 고생을 하고 있다는 말을 듣고 그는 혼자서 주엽이를 찾아가 만났다.

그러고는 그 남편의 아이를 받아가지고 왔다. 총명하고 관용한 아내의 그 행동에 놀란 인규는 다음 날로 주엽이를 찾아갔다.

그러나 그때는 주엽이가 몸을 감추어 다시금 그의 행방을 알 길이 없었다.

그러한 주엽이를 지금에 이곳에서 다시금 만나게 된 것이었다. 그러나 그가 생각지도 않았던 광주에 와 있던 것이나 또한 보모가 되었다는 것은 조금도 이상스러운 일이 아니었다. 은희가 다녀야 할 유치원의 보모라는 것이 너무나도 펀찬*1 같은 우연스러운 일이었다. 그렇게 생각될수록 오늘 정옥이가 앓게 되어 자기가 대신 가게 된 것도 무슨 인연 같기도 했다.

'오늘 만나지 못했다 해도 내일은 만날 것이 아닌가. 그렇게 되면 주엽이와 정옥이는 서로 어떠한 얼굴들을 할 것인가.'

그는 고개를 숙이고 뚜벅뚜벅 걸으면서 생각했다.

---

*1 '판잔'의 오식으로 보임.

아내의 병이란 가벼운 감기이므로 해열제나 먹으면 넉넉히 거뜬해질 수 있는 것으로 내일부터라도 은희를 데리고 유치원에 가겠다고 할는지 모른다. 식모아이인 언년에게 아이를 맡기고 태평할 정옥이가 아니다.

그는 은행에 가 책상을 마주하고 앉아서도 마음을 안정할 수가 없었다.

유치원의 보모로서 자기가 난 딸을 선생과 생도라는 명목 밑에 매일 얼굴을 대하게 된다면 그것이 오래 계속되는 사이에 결국 어떻게 될 것인가. 자기의 피가 통해진 아이를 언제까지나 남의 아이로 보고만 있을 수는 없는 것이 아닌가.

복잡하고도 어지러운 생각이 꼬리를 물고 일어나 점점 더욱 불안이 느껴질 뿐이었다. 책상에 앉아 있어도 손에 일이 붙지 않고 유치원의 교실에서 눈을 말똥거리며 앉아 있을 은희의 모습이 눈앞에 떠올랐다.

─집에 가게 되면 정옥에게 이야기해야 하는가. 그대로 모른 체하고 있는 것이 좋은가. 그런 일까지 걱정하게 되자 인규는 점심을 먹으러 나갔던 길에 다시금 유치원으로 찾아갔다.

유치원은 오전 공부만 하는 모양으로 그리 넓지도 않은 유치원 뜰은 텅 비어 있었다.

은희도 집의 언년이가 와서 데리고 간 모양이었다.

인규는 은희가 없는 곳에서 주엽이를 만날 수 있다는 것에 먼저 안심을 느꼈다. 그는 주엽이와 본심을 털어놓고 이야기하여 부질없는 불안을 털어버릴 생각이었다.

유치원 안에서는 풍금소리가 들려왔다.

그것은 주엽이가 타고 있는 모양이었다.

'주엽이는 음악과를 다녔으니까 풍금도 잘 탈 것이다. 하여튼 여기

서 그가 나올 때까지 기다리자.'

인규는 큰 느티나무 옆으로 가 앉아서 무슨 곡인지 알 수 없는 그 풍금소리를 들어가며 주엽이가 나오기를 기다리고 있었다.

"주엽 씨."

그 소리에 주엽이는 문득 놀래어 고개를 돌렸다.

"접니다."

현관 옆의 꽃밭에는 대낮의 햇빛을 한껏 받아 가득 핀 국화꽃이 눈을 부시게 했다.

"여기서 나오는 것을 기다리고 있었습니다."

인규는 뒤따라가는 걸음걸이를 쳐가며,

"아까는 너무나도 뜻밖의 일이므로 어떻게 말을 꺼내야 할지도 몰랐습니다. 직장에 가서 여러 가지로 생각하다 다시금 찾아왔지요."

"별로 이야기도 없을 성싶은데요. 그러나 제가 부탁하고 싶은 것은 어떤 보모나 마찬가지인 보모에게 아이를 맡겼다고 생각해주기 바랍니다."

"물론 저도 그렇게 생각하고 이야기하려는 것입니다."

"보모에 대하여 상의할 이야기라면 내일 다시 와서 이야기하도록 해요. 지금부턴 제 자유스런 시간인 걸요. 내 시간까지 쪼개서 그런 이야기 하고 싶지 않아요."

주엽이는 걸음을 멈추는 일도 없이 표연스럽게 대답했다.

"실상 난 주엽 씨가 보모이라고는 생각도 못 했던 것이고 거기에 은희가 다니게 되었다는 것도 너무나도 우연스러운 일이므로 저는 어떻게 해야 좋을지 모르고 있습니다."

"저는 별다른 보모가 아닙니다. 어떠한 집의 아이라두 똑같은 마음으로 맡고 있습니다. 필요 이상의 생각은 되도록 피해주기 바랍니다."

"당신은 그래 자기의 아이가 들어왔대도 태연할 수가 있다는 것입니까."

인규의 말은 흥분에 떨리었다.

"은횐 당신이 난 아이입니다. 바로 그 애가 당신이……."

"인규씨."

주엽이는 불시에 입을 열어 인규의 말을 막았다.

"옛날이야긴 그만두세요. 제가 듣는대도 아무 용처가 없는 일이니까요. 은희는 댁의 딸이라고밖에 아무도 생각하는 이가 없지 않아요. 전 공사를 분별 못 하고 제 직책에 자기 사사로운 감정에 휩쓸려 드는 그런 주착없는 여잔 아니니까요. 그 점만은 안심하세요."

"그러나……."

"그 이상 더 듣고 싶지도 않습니다. 버스가 왔으니 빨리 가봐야겠어요."

배알듯이 한마디 던지고서는 분주히 달아나 버스에 올라타 버리고 말았다.

육 년 전의 주엽이를 생각하면 대단한 변화였다. 꿈과 같은 일이었다. 댁의 딸이라고 밖엔 아무도 생각하지 않는다. 자기 직업에 감정을 뒤섞고 싶지는 않다. 그 말을 뒤집어 본다면 내가 난 아이라도 지금은 입장이 다르다. 옛일을 생각하고서 쿨적쿨적 울 그런 바보는 아니란다. 하고 분명히 말하는 것과 같은 것이었다.

인규의 머리는 완전히 혼란으로 마비되어 버리고 말았다. 옛일을 생각지 않고 현재의 직책에 충실하겠다는 주엽이를 정옥이는 이해할 수 있을까.

'자기는 그것으로써도 좋다고 할 수 있다. 주엽의 태도는 훌륭하다고 생각하기에 조금도 주저할 바가 없지만, 내일이구 언제구 간에 정

옥이가 유치원에 가게 된다면 아내가 무엇이라고 할 것인가.'

그런 것을 생각할수록 가슴에 느껴지는 불안은 자꾸만 부풀어 오를 뿐이었다.

주엽이가 타고 간 버스를 멍청하니 바라보고 서 있다가 시계를 보니 점심시간도 훨씬 넘었다.

흐린 기분으로 직장으로 가자 지점장이,

"박 형, 어딜 갔던 거요?"

"친구를 오래간만에 만나 점심을 먹느라구 좀 늦었습니다."

"집에서 전화가 왔습데다."

"그래요."

"부인이 앓는다구 하지 않아요. 곧 집에 와달라는 전화가 두 번이나 온 걸 보면 대단히 나쁜 모양이던데요."

"그렇게 대단할 리도 없겠는데."

"하여튼 빨리 가보세요. 전화에 나온 사람이 몹시 당황해하는 모양이던데."

울적한 그의 가슴속에는 전화의 이야기로 또 하나의 불안이 겹쳐졌다.

대수롭지 않은 감기라고만 생각하고 별로 걱정도 하지 않았던 것이 의외에 악성이었기 때문에 오후부터 열이 올라 환자는 몹시 괴로워했다.

집 근처의 의사를 데려오자 대단한 병은 아니라면서, 흔히 감기에 쓰는 주사를 놔주고 갔다.

그러나 삼십구 도가 이틀이나 계속해서 떨어질 줄을 모르므로 인규는 걱정을 하다 못해 대학병원의 내과 부장에게 청을 대어 진찰을 받게 되었다.

"곧 입원을 해야겠습니다. 지금도 좀 늦은 감이 없지 않아 있는데요."

하고 내과 부장은 얼굴을 찌푸려가며 뇌막염의 증상이 보인다고 했다. 그 소리에 인규는 당황해서 그날 저녁으로 대학병원에 입원을 시켰다. 인규는 입원한 사람 때문으로 아침에 출근하고서도 은행에 두세 시간밖에 못 있었지만, 지점장은,

"여기 일은 어떻게 치겠으니까 부인을 잘 간병해요."

하고 호의를 베풀어줬다.

"내가 괜찮다고 할 때까지 아이를 병원에 보내지 않도록 해요."

의사의 주의로 은희는 집에 남아서 언년이와 유치원을 다녔다.

생각지 않은 정옥이의 병으로 그들이 서로 대면하게 되리라고 생각했던 것도 당분간 연기가 된 셈이 되었다.

주엽이도 그걸 예기하고 있었던 모양으로,

"어머닌 어떻게 한 번도 못 오시니."

하고 사오일이 지난 어느 날 아무 일도 아닌 것처럼 은희에게 물었다.

"엄마 아직두 낫지 않았어요."

은희는 얼굴이 흐려지며,

"대학병원에 입원했답니다."

"그래, 그렇게도 몹시 앓으시나."

"그래서 언년이하구 집을 보구 있어요."

"저런, 은희가 아주 훌륭하구먼."

입원했다면 유치원에 얼마 동안은 못 올 것도 사실이다. 주엽이는 무서운 일을 앞으로 좀 더 미룰 수 있다는 것에 마음이 놓였다.

시실 주엽이는 정옥이를 만난다 해도 인규에게 말한 것 같은 대답으로 대할 수 있다는 자신을 갖기 때문에 그렇게까지 마음의 동요

를 느끼지는 않았다.

은희를 인규에게 내어줄 때부터 주엽이는 운명이라고 단념해버리고 유치원의 보모가 되어 다른 사람의 아이들을 시중해주며 자기 아이를 잃어버린 쓰라린 마음을 잊으려고 했던 것이다.

그것이 보모가 된 동기였다.

헤어져 육 년 만에 만나리라 생각지도 않았던 자기가 난 은희를 보고서도 무서운 동요를 억제할 수 있었던 것도 운명으로 단념할 수 있은 결과라고도 하겠다.

"어머니가 입원했다면 아버지두 집에 못 계시겠구면."

"아버지두 늘 병원에 가 계셔요."

"그럼 집엔 은희와 밥하는 언니하구 둘이 있어?"

"네."

"쓸쓸하겠구면."

"정말 쓸쓸해요."

"그렇다면 좀 더 놀다가 가. 다른 애들이 다 가두 선생이 동무가 돼주께."

"그래두 가겠어요."

"가서 집을 봐야 하나."

"네."

"참 훌륭하구면."

시리뭉둥해서 자기를 쳐다보고 있는 것이 한없이 애처로웠다. 둘이만이 이야기하게 되자 뜨거운 것이 가슴속에서 스며 올랐다. 아이들이 많은 곳에서는 그렇게까지도 느끼지 않던 감정이 이렇게 혼자 떼어놓고 보면 피가 통해진 애정은 역시 견딜 수가 없는 것이었다.

"선생님."

은희는 무슨 생각을 갑자기 했는지 주엽이를 말똥말똥 쳐다보며 입을 열었다.

"선생님은 우리 집 가면 안 되나요."

무심중 그 소리에 주엽이는 놀란 얼굴을 급기야 감춰보며,

"안 될 것도 없지만 오늘 선생은 몹시 바쁜걸."

하고 당황스럽게 말을 주워대자,

"그럼 내일은 가줄래요."

"글쎄 내일두 봐야 알지, 선생은 이런 일 저런 일루 늘 바쁜걸."

"그러면 모레."

주엽이는 그만 견딜 수 없이 눈물이 핑해져 은희를 껴안듯이 쳐들어 주고서는,

"은희두 선생을 좋아하나."

"네."

"그래두 엄마가 더 좋지."

"엄마두 선생두 똑같이 좋지 뭐."

"그래, 그런데 엄마가 지금 앓구 있는데 선생이 놀러 간다면 안 된다는 거 그건 은희가 영리하니까 알 수 있겠지."

"……."

은희는 고개만 끄덕이어 뵈었다.

"은흰 모르는 것 없다니까."

"엄마가 나면 꼭 집에 놀러 와야 해요."

"물론 가지."

주엽이는 안았던 은희를 내려놓았다.

"선생님, 안녕."

"안녕, 조심히 가요."

"안녕."

현관엔 언년이가 와서 기다리고 있었다.

어머니도 아버지도 없는 집으로 아장아장 걸어가는 은희의 뒷모양을 바라보니 은희를 안았던 체온이 그대로 뜨거운 것으로 번져지며 눈에선 그만이야 눈물이 흘려지고야 말았다.

사십 도의 열이 좀처럼 내릴 줄 몰라 주치의도 고개만 꼬면서,

"증상이 그렇게 좋지를 못하군요."

하고 흐린 얼굴을 보이던 것이 오늘부터 열이 조금씩 떨어지기 시작했다.

혼수상태에 빠져 있던 정옥이도 제정신으로 돌아왔다.

"여보—"

눈을 감고 있어도 잠이 오지 않는 모양이었다.

"은흰 어떻게 하구 있어요."

"유치원에 다니구 있어."

"오늘 밤은 집에 가서 자고 내일은 은희를 좀 봐줘요."

"은흰 잘 놀구 있어. 언니랑 옆집 아주머니가 봐주니까 걱정할 것 없어."

"그래두 좀 가 봐줘요. 그리구 올 땐 은희 사진두 한 장 갖구 와요."

"은희두 데리고 올까."

"안 돼요. 아인 위험하니까요."

고개를 흔드는 정옥의 입술은 빠득빠득 말랐다.

"당신두 손을 잘 씻구 가요. 그 애 있는 방엔 옷두 갈아입구 들어가구요. 균이 옮아가면 어떻게 해요."

밤이 깊었는데 돌아가서 은희를 자꾸만 봐주라는 것을 우기기만 하는 것도 좋을 것 같지 않아 환자를 간호부에게 부탁하고 밤안개에 젖어 있는 거리로 나왔다.

택시를 잡아 집에 돌아와 보니 은희는 아무 것도 모르고 쌕쌕 자

고 있었다.

 그날 밤은 은희 옆에서 그동안에 밀려온 잠이 몰려드는대로 자버리고 말았다.

 이튿날 아침 인규는 은희의 목소리를 들으며 눈을 떴다.

 "엄마는 어떻게 됐어요?"

 "아직 병원에 있다."

 "아빠 혼자만 왔어요?"

 "은희 네가 걱정돼서 어젯밤 늦게 집에 왔어. 은희가 잘 놀구 있으니까 엄마두 아주 좋아졌다."

 "그럼 엄만 이어 집에 오나요?"

 "아직두 며칠 더 치료해야지. 엄만 대단한 병을 앓았으니까 은희가 며칠만 더 참아. 그러면 엄마가 아주 다 나서 올 테니까."

 "은흰 아무렇지도 않아요. 잘 놀구 있다구 엄마에게 말해줘요."

 "은희가 그랬다면 엄마가 기뻐할 게다."

 은희까지가 마음을 쓰고 있는 것만 같아 말할 수 없이 쓸쓸했다.

 "유치원엔 잘 다니구 있지."

 "응, 오늘은 우리 산보 가요. 그래서 언년이 언니가 김밥 해준다구 했어."

 "그래 그걸 아버진 모르구 있었지. 참 좋겠구나."

 "그래두 난 좋지 않아."

 "왜?"

 "주 선생이 그만두구 어제부터 다른 선생이 온걸. 산보 가두 재미 없지 뭐."

 "주선생이?"

 순간에 인규는 가슴이 뭉클해짐을 느꼈다.

 "접때 아빠하구 같이 가서 만난 선생 말야."

"그 선생이 그만뒀어?"

인규는 거의 허심상태에서 말했다.

"아주 친절한 선생이었어."

"그래······."

"그래두 난 그 선생이 왜 그만둔지 알아. 그렇지 않아. 우리 엄마가 가지 않기 때문이었지. 유치원엔 엄마가 오지 않는 애는 나뿐인 걸. 다른 애들은 모두 오지 않아. 그러니까 나를 보기가 불쌍하니까 그만두었지 뭐."

"······."

"난 그 선생힌테 미안헤."

"정말 미안하구나."

인규는 얼빠진 사람처럼 딸의 쓸쓸해하는 말을 귀에 스쳐 들었다.

그러면서 그것을 스쳐만 들을 수 없게 하는 또 다른 것으로 설레는 가슴을 찢어놓는 듯한 아픔을 느꼈다.

뻐꾸기

서울서 H까지는 사백 리나 되는 길이다. 버스가 잘 달린다고 해도 여덟 시간은 실히 걸린다고 한다. 나는 한종일 버스에 시달리며 그곳까지 갈 생각을 하니 버스를 타기도 전에 먼저 한숨부터 지어졌다. 그것도 보고 싶은 다정한 친구나 만나러 가는 길이라면 그렇지 않을는지도 모르는 일이지만 그런 일과는 전혀 달리 일자리를 구하러 가는 노릇이었다. 그렇다고 그곳에 가면 일자리가 꼭 있어서 나를 기다리고 있는 것도 아니었다. 그저 요행을 바라며 미심결로 가보는 것밖에 못 되는 일이었다. 그러면서도 나는 그곳이라도 가보지 않을 수 없는 것은 내가 실직한 지 거의 일 년이나 가까워왔기 때문이다.

내가 실직하기 전까지는 미국 어느 군수품 용달 회사의 사원으로 꽤 무던한 대우를 받고 있었다. 그것이 미군 축소와 아울러 그 회사가 본국으로 철수하자 따라서 나도 실직하게 된 것이다. 그러나 처음엔 회사에서 받은 퇴직금도 있어 앞으로 얼마 동안 지내기는 별로 걱정이 되지 않았다. 그러므로 나는 그동안 천천히 마땅한 직업을 고를 생각이었다. 그러나 그 마땅한 곳이 두 달이 지나고 석 달이 지나도 좀처럼 나서질 않았다.

실상 나같이 사십이 넘은 놈은 취직하기가 대단히 힘든 노릇이었다. 젊은 사람보다는 낫살이 대우도 해줘야겠으니 봉급도 많이 줘야겠고 더군다나 부려먹기가 귀찮은 노릇이다. 그러므로 고용주들이 사십이 넘었다면 대면도 하기 전에 얼굴을 돌릴 일도 사실이었다.

그렇다 해도 나는 여기저기 친구들의 주선으로 이야기가 없는 것도 아니었다. 그러나 그것이 될 듯 될 듯 하기만 하면서 하나같이 되는 일이 없었다. 그러면서 나는 일 년이나 살아왔으니 생활 형편이 말이 아니었을 것은 물론이었다.

그렇던 어느 날, 나는 우연히도 어느 찻집에서 중학시절의 옛 친구를 만나게 되어,

"그렇다면 내 소개 편지를 써줄게 곧 H로 가보게나. 그곳은 지금 '댐' 공사루 대단한 공사판이 있는데, 거기에 인사 책임자로 있는 이가 바루 내가 잘 아는 M이라는 미국 사람이야. 하여튼 내 편지만 가지고 가면 십중팔구는 틀림없다니까."

하고 그는 자신 있게 말하며 분주히 만년필을 꺼내어 소개 편지를 써주었다. 그러나 나는 그것을 받고 나서도 그 십중팔구라는 말이, 된다는 소리로 들리느니보다도 그와 반대로, 될 리가 없다는 소리로밖에 들리지가 않았다. 말하자면 나는 그만큼 속아온 셈이었다. 그러면서도 한편 그곳은 서울과도 달라 벽촌이니 혹시 자리가 있을는지도 모르겠다는 기대가 가져지는 것도 어쩔 수 없는 일이었다. 나는 그러한 기대를 은연히 가져보며 삼사일을 망설이다가 드디어 H행 버스를 타게 된 것이었다.

그러나 내가 막상 버스를 타고 떠나놓고 보니 떠나기 전의 생각과는 아주 딴판으로 하여튼 서울을 떠나볼 수 있은 일만 해도 잘했다고 생각되었다.

버스가 달릴수록 한껏 풍겨지는 바람을 받아가며 나는 금시에 바깥 풍경에 황홀해지고 말았다. 4월의 바람은 아직도 차가운 맛이었지만, 그럴수록 서울 거리에 지쳤던 나의 머리를 일층 산뜻하게 해줄 수가 있는 것이었다. 소를 몰아 밭갈이를 하는 농부를 보아도 나

는 갑자기 생활의 어떤 약동을 보는 것 같았다. 금방 갈아놓은 검은 흙에서는 흙냄새가 코 밑으로 풍겨지는 것 같기도 했다. 동구 앞에 꽃이 활짝 핀 살구나무가 눈 둘 사이 없이 휙 지나가자 생기가 도는 긴 '포플러'들이 앞에서 춤을 추듯 우쭐대며 달려오는 것도 신기스러웠다. 버스가 산모퉁이를 돌아 갑자기 물소리가 요란스러운 계곡을 끼고 달리자 소란스럽게 바위에 부딪치는 물이랑을 보아도 지금까지 가슴에 무엇이 막혔던 것이 탁 풀어지는 것 같기도 했다.

먼 산에는 아직도 눈이 희뜩희뜩 보이었다. 나는 눈을 보면 언제나 고향 생각을 하게 된다. 나의 고향은 철로에서 삼십 리나 떨어진, 고개를 몇 개나 넘어야 하는 깊은 산골이었다. 겨울 방학으로 집에 돌아가던 때 눈이 펑펑 쏟아져도 나는 그 길을 걸어야 했다. 나는 그 길에서 마을 사람이 얼어죽은 것을 본 일도 있다. 그 사나이의 수염에는 고드름이 허옇게 달린 채 구리처럼 거멓게 굳어져 있었다. 이렇게도 무서운 기억이 남아 있으면서도 역시 고향은 그리운 것이었다. 나는 잠시 눈을 감고 고향을 그려보았다. 눈으로 묻혀버렸던 세계가 생각지도 않았던 곳에서 김이 솟아오르며 흙 잔등이 드러날 정경이 눈앞에 벌어졌다. 마을 사람들의 얼굴도 하나하나씩 떠올랐다. 그들은 모두 봄이 오면 기뻐했다.—그들이 기뻐하는 것은 눈 속에 괴롭던 생활이 끝나서가 아니고 다시금 자기들의 새로운 생활을 찾기 위해서가 아니었던가. 이러한 생각을 하다가 나는 문득 봄을 맞아 고향을 찾아가는 듯한 착각을 느껴가며 나에게도 무슨 행운이 터질 것 같은 기분이었다.—실상 어지러운 서울에서 복대기는 것 보다는 이런 산골에 와서 낚싯대라도 드리우고 살 수 있다면 얼마나 즐거운 것인가. 이렇게도 생각이 자꾸만 앞질러지며 여기까지 생각한 나는 지금 찾아가는 일자리가 별로 당기지도 않던 일자리라고 생각했던 것이 그와 반대로 나에겐 그 이상 더 좋은 자리가 없는 것같이 생각되었다. 그럴수록 더욱 초조하고 궁금했다.—정말 일자리나 있을는지 그것은 마치 입학시험을 치고 나서 합격 발표를 보는 마음과도 같은 것이었다.

깊은 산속으로 점점 들어갈수록 차 안의 사람들도 점점 줄어지며 굵은 나무들도 많아지어 파룻파룻하니 잎이 트이기 시작한 노목들도 버스 위로 쳐다보이었다.

둘이서 앉는 자리를 혼자서 차지하듯이 앉아서 아까부터 졸고 있던 바로 나의 옆의 비대한 중년 신사가 문득 깨어서 몇 시나 되었냐고 나에게 물었다. 나는 시계가 없다기도 귀찮아,

"글쎄요, 서너 시쯤 되었을까요."

하고 해를 쳐다보아 대중으로 대답하여 버리고 말았다. 그 중년 신사는 나의 대답이 못 미덥다고, 맞은편 양장한 여자에게 다시금 시간을 물었다. 대중잡지를 무릎 위에 놓고 보는 듯 마는 듯 무료하니 앉아 있던 그 여자도 시계가 없다고 고개를 흔들어 보이고는 다시금 잡지에 눈을 두었다. 첫눈에 보통 여자는 아니었다. 그렇다면 나와 마찬가지로 양키들이 많다는 그 공사판을 찾아가는지도 모르는 일이었다. 그 여자는 다시금 잡지에서 눈을 떼어 바깥 풍경을 바라보고 있었다.

운전수가 가르쳐주는대로 내가 H발전소로 통하는 인도교 앞에서 내렸을 때에는 해가 거의 질 무렵이었다. H발전소 '댐'의 거대한 배수관이 바라보이는 험한 산비탈에는 먹물을 뿌린 듯이 어둠이 젖어드는 그 속에도 봄빛은 완연했고 그 밑으로 북한강이 유유히 흘러가고 있었다.

인도교를 거의 다 건너자 사방은 더욱 어둠 속에 묻히든 채 찬 바람이 솔솔 옷깃으로 스며들었다. 이 다리에서 백 미터쯤 떨어져 있

는 산비탈 아래에 '헬멧'을 쓴 젊은 사내가 강물을 물끄러미 굽어보고 서 있는 것이 그곳에서 겨우 보이었다. 나는 그 사내가 있는 곳을 향하여 걸음을 옮기었다.

뻐꾸기 우는 소리가 들려왔다. 나는 문득 발걸음을 멈추고 산비탈을 올려다 보았다. 뻐꾹새는 보이지 않았고 어둠 속에 묻힌 수풀의 적막만이 흐를 뿐, 사방은 지극히 아늑하고 고요했다.

그 젊은 사나이는 미군 잠바를 입고 S·G라고 씌어 있는 황색 '헬멧'을 쓰고 있었다. 그것으로 보아 틀림없이 그는 X미인(美人) 청부회사 H발전소 '댐' 건설 현장 경비원이라는 것을 알 수가 있었다.

나는 그의 앞으로 가 인사를 하고 나서,

"여기가 X 미인 청부회사 현장입니까?"

하고 물었다.

"그렇습니다. 어떻게 오셨습니까?"

그도 공손히 입을 열어 내가 온 용무를 물었다.

"실상 전 서울서 이곳에 있는 미인 M씨를 좀 만나러 왔습니다. 그를 만나려면 어떻게 해야 하겠습니까?"

"M씨를요? 그러나 오늘은 시간이 넘어서 면회하기가 좀 힘들 것 같군요. 그이는 현장 사무실에 있는데 그곳은 이 산비탈을 따라 한 오 리 가량 좀 들어가야 합니다. 그네들의 숙소도 물론 거기에 있지요. 어떤 일로 오신지 모르겠지만, 역시 내일 아침 다시 오는 것이 좋을 것 같습니다."

"알겠습니다."

나도 그동안 미인에게 붙어먹은 덕으로 그들이 직무시간 이외의 면회를 좋아하지 않는다는 것쯤은 알고 있었기 때문에 그대로 돌아갈 생각을 하면서도 숙소가 걱정되어,

"오늘 밤은 여기서 묵어야 되겠는데, 초면에 대단히 미안한 청입니

다만 숙소를 좀 소개해줄 수 없을까요."

하고 그것을 좀 가르쳐달라고 했다.

"숙소요, 숙소라야 이곳은 서울과 같이 깨끗한 여관이란 없습니다. 발전소 아랫동네에 손님을 받는 판잣집이 몇 있지요. 그런데 그나마 서울 본사 사장이 와서 이 현장 안에서 동거생활을 하는 양갈보들을 모조리 내쫓는 바람에 그년들이 그리로 몰려들 갔답니다. 그러니 그년들 때문에 쉬실 방을 얻기가 힘들지도 모르겠군요. 하여튼 그년들이 쫓겨나니 얼마나 속이 시원한지 모르겠어요. 정말 꼴불견이었으니까요."

하고 나의 숙소 걱정 같은 것은 딴 문제란 듯 흥분한 채 침을 탁 뱉었다.

그렇다면 한데서 자는 판국이 아닌가 하고 나는 그의 말에 약간 불안해지며 걸음을 돌리려고 하자,

"참 선생님, 한 십 분쯤 있으면 경비원 교대차가 나올 것입니다. 그때 미인도 한 사람 나오겠으니까 그에게 물어봐요."

하고 그가 미처 생각지 못했던 것을 말해줬다.

그렇다면 나는 그 차가 나올 때까지 이 경비원에게 현장 내막이나 물어보면서 기다릴 생각으로,

"서울서 듣기엔 여기 경기가 아주 대단하구 그리구 한국 사람들의 대우두 좋다는 이야기를 들었는데 어떻습니까."

하고 담배를 꺼내 그에게도 권하며 물었다.

"그렇다면 선생님두 여기 취직하러 오셨군요. 통역 자리를 구하시지요?"

벌써부터 짐작하고 있었다는 듯이 싱긋 웃고 나서,

"글쎄요. 통역은 대우가 좀 낫다고 할 수 있을까요. 그러나 일반 노무자의 대우야 말두 아니지요. 여기에 매일같이 일자리를 구하러 몰

려드는 사람들을 보면 경기가 대단하다는 소문이 굉장히 난 모양입니다만 다 어이없는 생각들이지 지금 미인 관계 직장에 좋은 곳이 어디 있겠어요. 아주 개판입니다. 나두 부대에 있다가 나와 이 사람네를 따라다니는 지가 벌써 사 년입니다만 이 꼬락서닌걸요. 이자네들두 한국서 굴어먹을대로 굴어먹어서 이제는 깍정이를 보려두 이만저만한 것이 아니지요. 그래두 이전엔 그런대루 식사도 괜찮고 대우도 좋았지만 지금이야 글쎄 말인들 돼요. 식사와 숙소를 거저 준다는 소문에 노무자들이 각처에서 모여드는 모양입니다만 거저가 어디 있어요, 자기 품삯에서 제하는 것인 줄도 모르고. 하긴 농토 없는 농군들이야 하는 수 없으니 와볼 만도 하다구 할 수 있겠지요.”

그는 자기의 한탄처럼 이야기하고 나서 어조를 고쳐,

“여기 통역 일이란 부대와는 다르답니다. 현장 ‘훠맨(반장)’을 겸하게 되니까 현장 일을 좀 알아야지요. 그네들은 일을 잘못하면 노무자를 욕하지 않고 ‘훠맨’을 타박하니까요.”

그러고 나서 그는 그것을 내가 걱정할 듯해서인지,

“그러나 현장의 일이란 실상 알고 보면 우스운 일이지요. 한 주일쯤 있으면 누구나 알 수 있는 일이니까요. 처음 들어갈 때 현장의 경험이 있느냐고 물으면 있다고만 대답하면 그뿐입니다. 염려할 것 없어요.”

하고 나에게 안심을 주다가 불시에,

“저기 오는 저 사람두 선생과 마찬가지로 서울서 일자리를 구하러 온 사람입니다.”

하고 고개를 드러내*¹ 뒤를 가리키었다. 그곳에는 낡은 ‘백’ 하나를 든 키가 크고 몸이 홀쭉한 삼십 미만으로 보이는 사나이가 어둠

---

*1 ‘들어내’의 오식으로 보임.

속에서 튀어나듯 걸어오고 있었다. 그는 우리 앞으로 와서,

"이거 큰일 났소. 내 친구가 출장을 가서 만날 수 없으니, 까뗌."

하고 '까뗌'이란 소리를 멋지게 외고 나서,

"여까지만 오면 만사 오케라기에 하바하바 버스값만 갖고 달려왔는데 일이 이렇게 되고 보니 참 싸나바베치 아냐. 경비원 선생, 이전허는 수가 없군요. 선생과 같이 여기서 밤을 밝힐 수밖에, 지이저스 크라이스트."

하고 경비원에게 팔을 벌려 힘없는 '제스처'를 보이고 나서 서글퍼진 얼굴로 쪼그라치고 앉았다.

"그렇다면 참 난처한 일이시군요. 여기는 서울과도 달라 밤이면 몹시 춥습니다. 도저히……."

하고 말을 이으려다가 문득 저편 산 밑에서 비쳐진 '헤드라이트'를 보고는 분주히,

"선생님, 경비원 교대차가 옵니다. 이야기하여 보시지요."

하고 한 걸음 나서서 차렷의 자세로 차를 기다리다가 거수경례를 했다.

나는 운전대에 앉은 미인에게 내가 온 사유를 말하자 그도 역시 경비원의 말과 마찬가지로 내일 아침 일찍 와서 만나는 것이 좋을 것이라고 말해줬다. 그러고는 우리와 이야기하던 경비원을 다른 경비원과 교대시킨 후 돌아가 버리었다.

쪼그리고 앉아 있던 그 친구는 자기를 동정해주던 경비원까지 사라져버리니 더욱 불안스러운 모양이었다. 서울서 예까지 친구를 의지하고 무일푼으로 일자리를 구하러 왔다는 그의 딱한 사정을 나로서도 모를 수는 없는 일이었다. 생각해 보면 남의 일 같지도 않았다. 나는 그를 혼자 두고 나만이 잘 곳을 찾으러 갈 수도 없는 노릇이므로,

"서울서 오신 선생, 나와 같이 내려가서 잠자리를 구해봅시다. 여기선 추워서 새울 순들 있겠어요."

하고 말을 건네자 그는 기다리고나 있었던 듯이 껑충 일어나며,

"네, 그렇습니까. 그래요, 참, 고맙습니다. 고마워요."

하고 고개를 몇 번인가 숙이었다.

"실상 나도 여비는 넉넉지 못하지만, 하여튼 같이 가봅시다. 죽을 수가 있으면 살 수도 있겠지요."

"글쎄 말입니다. 여기 있는 친구가 일자리가 있다고 급히 오라기에 부랴부랴 왔더니 이 모양이 됐구료."

하고 미안스러움을 변명하고 나서,

"그 친구만 만나면 다 해결될 터인데, 까뗌."

하고 혼잣말처럼 중얼거리다가 문득 생각한 듯이,

"이거 노상에서 실례이지만……."

하고 그는 내 옆으로 한 걸음 더 다가서며 자기는 왕십리에 사는 최 아무개라 하며 통성을 청하였다.

그리하여 우리들은 어두운 산비탈 길을 따라 잘 곳을 찾아 H 발전소를 향하여 걸어가기 시작했다. 밤은 완전히 어두워 하늘엔 별이 보이기 시작했다.

"참 선생님, 어디서 많이 뵌 듯싶은데요."

하고 그는 문득 입을 열어 어둠 속에서 나의 얼굴을 찾았다. 그가 무슨 생각으로 이런 말을 꺼내는지 모르면서도 나는 그것이 약간 우스운대로,

"글쎄요. 서울서 살았으니까 혹시 보았을는지도 모르지요."

하고 평범한 대답을 했다. 그러자 그는 다시 입을 열었다.

"명동에 자주 나오지 않습니까?"

"어쩌다가 간혹 나가는 수도 있지요."

"그러시다면 어느 다방에 자주 나가세요?"

"정해두고 다니는 다방이라곤 별로 없습니다."

"그래두! 혹시 진달래란 다방에 들른 일이 없습니까?"

그 다방이라면 한두 번 들렀던 기억이 있는대로 그렇다고 하자, 그는 큰 발견이나 한 듯이,

"알겠습니다. 알겠어요. 그곳에서 뵈었군요. 그렇다면 선생님과 저와 초면이 아니고 구면이구면요. 그저 인사만 늦었지."

하고는 자기가 결코 불량 청년이 아니라는 것을 강조나 하듯이,

"선생님도 저와 같은 처지이실 터인데 폐를 끼칠 수는 없는 일이지요. 내일 아침 그 친구만 만나면 틀림없어요."

하고 그의 친구를 내세워 그는 이곳의 한국인 책임자라면서 부도 좋은 모양이라는 설명을 붙이었다. 그러고는,

"선생님, 담배 가진 것 없어요?"

하고 아까부터 속으로 망설이던 모양인 말을 꺼내었다. 나는 그에게 담배를 주고 나서 나도 한 대 붙여 물려고 하자 그는 분주히 라이터를 켜 나에게 붙여주었다.

"담배마저 떨어진 신세가 됐으니, 까뗌. 그런데 선생님두 여기 취직하러 오셨지요? 이런 산골이래두 우리 한번 둘이 다 같이 있어봅시다. 저도 막상 사귀어보면 그리 나쁜 놈은 아니랍니다."

하고 웃음을 히쭉하니 웃어 보이었다. 그러나 내가 아무런 대꾸도 없으므로 흥이 죽는 모양이었다. 그는 피우던 담배를 몇 모금 더 빨다가 길게 두어 모금 들이켜고 나서 불을 꺼 주머니에 넣었다.

"선생님, 선생님은 이런 양키 판에 전에두 있은 경험이 계신가요?"

하고 물었다. 그러나, 나는 그에게 나의 지난 일을 일일이 외어 바칠 필요는 없다고 생각하여,

"없습니다."

하고 간단히 대답했다.

"아, 그러면 제 추측대로 역시 선생님은 대학에 계셨구면요."

"그런 곳은 나와 인연이 먼 곳입니다."

그는 기대에 어그러지는 듯 고개를 두어 번 비틀고 나서 내가 무엇이나 해먹던 놈인지 궁금한대로 그것을 생각하는 모양인 듯 얼마 동안 묵묵히 걸었다. 그러나 그 이상 더 묻는다는 것도 실례라고 생각한 모양이었다.

화제를 돌려서 점잖게 입을 열어,

"하여튼 양키 판에서 일을 하려면 무엇보다도 요령이 있어야 합니다. 처음에 들어갈 때도 그렇습니다. 좋은 자리를 뚫고 들어가야지, 그리고 월급 같은 것도 분명히 정하고요. 그렇지 않았단 큰 낭패를 보기가 일쑤이지요. 그자네들한테 어수룩하게 보였단 큰 결딴이지요. 우리 한국 사람들은 겸손을 무슨 미덕으로 생각하지만, 그 애들이야 누가 그것을 알아줘요, 까뗌이지. 그저 양키 판에선 그 애네들과 사바사바해서 수지 맞추는 것이 제일이지요."

하고 양키 판의 무엇이나 안다는 듯이 말했다.

"최 형은 양키 판에 오래 있은 모양이군요. 얼마나 됐어요?"

나는 그의 말을 가만히 듣고만 있기도 미안스러워 묻지 않아도 좋은 말을 한마디 물었다.

"6·25 전부터지요. 그러니까 거의 십 년이나 되는 셈이지요. 십 년에 된 것이 요 모양입니다. 그래두 놀긴 좋았어요. 선생님, 참 말씀 낮춰요, 저를 친동생같이 생각하시구, 전 이런 산골에서 형님 같은 좋은 선생을 알게 돼서 정말 기쁩니다. 그런데 선생님, 전쟁이 없으면 양키 판이 아주 개판입니다. 첫째루 그때처럼 물자가 안 들어오니까요. 그때는 정말 좋았습니다. 식사두 좋았거니와 '오바 타임'도 많이 받았지요. 부대 물건 내다 수지 맞추는 일두 어수룩했으니까요. 그것이 전쟁이 끝난 후부터는 까뗌, 국물도 없으니."

하고 그는 손가락을 비틀어 딱 하고 소리를 내었다.

"부대에선 뭐 통역 일을 했습니까?"

"처음에야 잡부루 들어갔으니까 그 애네들 시키는 대루 다 했어요. 그러다가 말을 좀 알아가지구 '인타'루 나섰지만. 말하자면 '인타'란 건 요령입니다. 제아무리 영어를 벼락같이 잘한다 해도 첫째로 미인한테 잘 보이지 않으면 까뗌입니다. 내가 무엇이라고 영어로 지껄이는지 영어 모르는 사람은 알 리가 없는 것은 물론이고 또한 양키들도 내가 한국말로 무어라고 하는지 알 도리가 없는 것이 아닙니까. 여기에 '인타'로서의 요령이 필요한 것이지요. 요령껏 양편의 기분만을 좋게 해주면 만사는 오케니까요. 혀를 슬슬 굴리며 멋들어지게 어깨나 춰올리며 재빨리 중얼거리면야 그 '인타' 잘한다 하고 소문이 대번에 나는 것이지요. 그리구 그자들이 묻는 말엔 알든 모르든 간에 하여튼 반문하면 까뗌입니다. 그런 땐 어쨌든 아는 척하고 '예스' '오라이'루 슬쩍 그 고비를 넘겨야 한답니다. 하하…… 너무 웃지 마시오. 세상만사는 다 요령이니까요."

"참 요령이 대단하군요."

"너무 그러지 마세요. 하긴 지금껏 그 요령으루 살아온 셈이지요. 참 내 우스운 이야기 한마디 할까요. 바로 내가 일선 후방 어느 '디비죤(사단)'에서 '인타' 노릇 할 때의 일입니다. 그곳의 '멧싸젠트(취사반장)'가 개를 한 마리 길렀는데 그놈의 개가 갑자기 없어졌어요. 그 '싸젠트'는 동네 사람들이 자기 개를 잡아먹었다며 나하구 같이 동네로 조사를 나가자는 것이 아녜요. 그래서 난 우리 한국 사람은 절대로 개를 잡아먹는 법이 없다고 했지요. 그래두 그자는 내 말을 곧이듣지 않고 하여튼 나가자 하므로 하는 수 없이 따라 나갔는데, 재수가 없을 때라 어느 집에 들어가니까 때마침 젊은 친구 칠팔 명이 둘러앉아서 손을 걷고 김이 문문 나는 개고기를 뜯어 먹고들 있지 않아요. 그 '싸젠트'는 그것을 보기가 무섭게 성이 벼락같이 나서 '저 것이 바루 내 개다' 하고 주먹을 부르쥔 채 부들부들 떠는 것이 아 니겠어요. 그러자, 그 젊은 친구들은 상대편이 양키라, 그에겐 대들 지 못하고 입장 거북하게도 나한테 대들어 '이 개가 아이를 물었기 에 잡아먹는데 무슨 야단이오. 여보 통역 양반, 저이가 바루 개 임자 요? 그러면 마침 잘됐소. 약값이나 듬뿍 받아내야겠소' 이런 판국이 라, 그것을 그대루 '싸젠트'에게 이야기했단 어떻게 될 노릇이오. 그 러니 별 수가 있소. 요령을 썼지요. 우선 그 젊은 친구들에게 엄숙하 니 타이르는 말로 '이분은 멧홀(식당)의 책임자로 우리 한국 사람을 데리고 있는 아주 좋은 사람이오. 그런데 저 개가 자기의 개인 줄 알 것 같으면 큰일 날 것입니다. 미국선 남의 개를 죽이면 징역살이 를 한다니까요. 하여튼 당신들은 잠자코 있어요. 내 적당히 처리해 드릴겐' 하고 슬그머니 위협을 주고 나서 그 '싸젠트'에겐 '저것이 개 고기인 줄 알은 건 당신의 잘못 생각이오. 저 사람들은 당신이 개고 기를 먹는 야만인이라 한 줄 알고 사람을 모욕해두 분수가 있지 하 고 야단을 치는 것입니다' 하자, '저것이 개고기가 아니구 그럼 뭐야' 하고 고함을 치는 것이 아니겠습니까. 그러니 갑자기 어떻게 하겠습 니까. 그저 나오는 대로 '미트 오브 노루(노루고기다)' 하고 씨부려댔 지요. 그러자 그는 대번에 눈을 커다랗게 뜨며 '홧 이즈 노루(노루가 뭐냐)' 하는 바람에 갑자기 영어로 노루가 무엇인지 생각이 나야지 요. 그렇다구 우물쭈물해서 되겠어요. '스몰 타이거(작은 범)'라고 까 뗌 해치우고 말았지요. 그 말에 그는 그만 눈이 둥그레져서 '스몰 타 이거 까뗌 빅파티 이즈 완다풀(굉장하구나)' 하고 머리를 흔들며 까 뗌을 몇 번인가 소리치지 않겠어요. 그때두 요령껏 해치웠기 말이지 '코리안 떡(개)'했을 것 아니에요. 참 그때는 멋들어지게 풀 스피이드로 해치웠다니까요."

하고 벌쭉 웃었다.

"참 재미난 이야기군요."

"뭐 그런 이야기나 하자면 끝이 없지요."

하고서는 역시 망설이다가 나에게 담배를 또 한 대 달랬다.

H발전소 앞을 지나다가 우리들은 순경에게 검문을 당하였다. 시민증을 제시한 후 우리들이 여기 온 사유를 이야기하자,

"이곳은 지역이 지역이니만큼 경비가 심합니다. 직책상 검문한 것이니 달리 생각지 마십시오."

하고 친절히 대해주었다. 우리가 묻는 숙소에 대해서도,

"보시다시피 여기는 별달리 여관이란 것이 없습니다. 이 아래로 좀 더 내려가면 음식점들이 있는데 그 집에 가서 이야기하면 하루쯤 쉴 수 있을 것입니다."

하고 가르쳐 주었다.

우리들은 그에게 치사를 하고 불빛이 반짝거리는 판잣집 동네로 향하여 산비탈 언덕길을 내려갔다.

"그 포리스맨 참 나이스인데 우리나라 순경이 모두 그렇다면 데모크라시 넘버원이 되겠는데 모두가 싸나바베치니. 선생은 물론 야당이겠지요. 야당도 좋은데 어디 부가 있어야 말이지요. 지이저스크라이스트."

우리가 판잣집 동네로 들어서자, 그는 나에게 가만 있으라고 손짓을 하고 나서 헛기침을 두어 번 한 후 점잖게 음식점 주인을 찾았다. 그 집 주인인 듯싶은 사십에 가까운 사나이가 방문을 열고 나왔다.

"우린 공사판에 물건을 넣으러 서울서 온 사람들입니다. 오늘 하룻밤 만 댁에서 신세를 집시다. 실상 우린 발전소 앞 순경과는 잘 아는

사이로 이리로 안내해줘서 찾아온 것입니다. 아마 그이도 이제 이곳으로 곧 놀러 올 것입니다."

최는 낯색 하나 구기는 일 없이 태연스럽게 주워대자, 주인은 오히려 송구스러운 듯이,

"방이라 해두 너무 누추해서 손님을 모실 방이 못 됩니다만, 들어와 보시고서……."

하고 남폿불을 밝혀주었다.

"우리가 여기 와서 일등 호텔을 찾아 든 것은 아니니까 하여튼 고맙습니다."

하고 방을 한 번 휘돌아보고서는 나를 돌아다보며,

"선생님, 방이 누추하지만 어떻게 하겠소. 강원도 산골짜기라 할 수 없지 않습니까. 하룻밤 고생을 하시는 수밖에……."

하고 나를 점잖게 추켰다. 그리하여 나는 그와 하룻밤을 지내게 된 음식점 뒷방으로 들어가 앉게 되었다.

"선생님, 우리들을 대하는 품이 좀 다르지요. 시골 놈들이란 별수 없습니다. 이렇게 관리를 빙자하여 엎눌러 대야지, 하하……."

그는 자기의 수단을 웃음으로 자랑하며 무료하니 앉아 있는 나의 기분을 돋워주려는 모양이었지만 나는 그의 웃음을 따라 웃고 싶지도 않았다. 나는 그저 피곤한대로 눕고만 싶었다. 그러나 누워도 좀처럼 잠이 올 성싶지 않아 술이나 한잔 먹고 푹 잠을 들어볼 생각으로 저녁상과 함께 술을 한 되 청하였다. 최는 저녁상을 갖고 온 주인에게 숙박료는 얼마며 밥값은 얼마며 술 한 되는 얼마냐고 매 마디에 까뗌과 싸나바베치를 붙여가며 일일이 따지었다. 그러고는,

"선생님, 이거 참 뭐라고…… 하여튼 그 친구만 만나면 됩니다. 꼭 돼요."

하고 술상 앞에 꿇어앉아 그 말을 또 꺼내었다. 나는 거북하니 앉

아 있는 그가 보기에 민망해서 편안히 앉게 한 후 먼저 술을 한 잔 듬뿍 부어 주었다.

"아니, 아니 제가 먼저 선생을 부어드려지, 실상 전 술도 그렇게 많이 못합니다."

그는 두 손으로 공손히 술잔을 받아 들고서 단숨에 쭉 들이켰다.

"공연히 그러지, 술두 곧잘 하는구면."

"실상 술두 부대에 들어가서 배웠어요. 그전엔 한 잔두 못했지요. 부대 들어가서 비루두, 참 그때는 썩어나는 것이 비루였으니까요. 비루뿐이었나요. 코카콜라, 레몬주스, 좋았지요. 그 애네들은 우리들하고 체질이 달라요. 하여튼 오동짓달두 비루를 얼음에 채워서 먹으니까요."

그는 두 잔째의 술도 역시 단숨에 들이키었다.

"코리아 막걸리 베리 나이슨데. 이건 틀림없이 밀주입니다. 서울선 이런 술 좀처럼 만나기 힘들지요. 이건 정말 그 애네들이 좋다는 캐나디안보다 못하지 않구면요."

벌써 이제는 사양이 필요 없게 된 그는 안주를 한 젓가락 입에 넣고 나서,

"위스키 이야기가 났으니 말이지. 그 애네들한테 한국 위스키 가지구 캐나디안으루 숱해 곯려먹었지요. 피엑스에 위스키가 떨어지면 우리 보고 위스키를 사다 달래는걸요. 그러면 누가 진짜를 꼬박꼬박 사다 줘요. 가짜루 먹이지. 하여튼 캐나디안 한 병이면 열 병은 만들 수 있었으니까요. 그래두 그 애네들이 뭐 알아요. 정말 그 애네들 술 맛 알구 먹는 애가 몇 안 돼요. 그걸 생각하면 참 우스운 일이지요. 한국 술이라면 죽는다고 벌벌 떠는 애들이 캐나디안 위스키 병에만 넣으면 넘버원이 된단 말요. 그러면서두 한국 술은 하여튼 넘버 텐이라니, 까뗌."

그는 술기운이 높아질수록 어세도 더욱 높아졌다. 나는 그의 까뗌이란 소리도 이제는 싫증이 날대로 나 술은 그만할 생각으로 밥을 뜨기 시작했다.

"밥은 왜 벌써 들어요. 우리 술 한 되만 더 합시다."

그때에 이 지방에서 보기엔 이상스럽다 해야 할 양장한 여인이 옆방으로 들어가는 것이 보였다. 그는 갑자기 긴장해서 눈을 반짝이며,

"야하 나이스 까뗌."

하고 물팍을 탁 쳤다. 그러고는 분주히 주인을 불러 고개로 의미심장하게 웃방을 가리키며 누구냐고 물었다. 주인이 미인과 현장에서 살림하다가 어제 쫓겨나온 여자라고 알려주자 나이스 까뗌을 다시금 연발했다. 주인도 그 친구의 마음을 알겠다는 듯이 벌쭉벌쭉 웃고 섰다가 술이라도 한 되 더 팔자는 셈으로,

"술 좀 더 가져올까요."

하고 물었다.

"까뗌, 술을 먹고 안 먹는 건 우리의 자유야, 왜 이리 간참*²이야?"

"여보, 술을 가져오라느냐고 물어보는 것도 내 자유가 아니요. 야단칠 것 없지 않소."

"오, 화니 가이, 오브코스 프리돔 이즈 프리돔 까뗌(재미난 친구다. 물론 자유는 자유지)."

최는 기분이 나는대로 손가락을 딱 치며 빨리 술을 가져오라고 소리 치고 나서는 나에게 눈짓을 찡긋이 하여 보였다.

"웃방에 꽃을 두고 그냥 놀 수 있어요. 이왕이면 웃방 휘메일(여성)을 부릅시다."

그리고는 나의 말을 기다릴 필요도 없는 듯이,

---

*2 참견의 방언.

"굳 이브닝 레디, 위 해부 넘버원 파티 오케, 컴 히어."

하고 크게 소리를 질렀다. 그러나 웃방에서는 무슨 대답이 있을 리가 없었다. 최는 까뗌 소리를 연발하다가 제풀에 벌쭉 웃었다.

나는 너무도 어이가 없어,

"젊은 사람이 왜 그렇게 주책없이 야단이요, 이전 술도 그만했으면 됐으니 잡시다."

하고 피곤한대로 바람벽에 몸을 기대었다.

"형님, 걱정 말구 가만만 앉아계셔요."

선생이 어느덧 형님으로 변해지며 그는 벌떡 일어섰다.

"알지도 못하는 여자한테 가서 어쩔라구 그래요."

나는 당황해서 약간 노기를 띠었다. 그러나 나의 말 같은 것은 문제도 되지 않는다는 듯,

"내게 맡겨요."

하고 한마디 던지고서는 옆방으로 가서 노크를 했다.

나는 저 사람이 술이 취해가지고 실수나 할 것 같아 별로 걱정하지 않아도 좋은 일이면서도 공연히 가슴이 설레었다. 그러나 내가 생각했던 것과는 달리 웃방에서는 소곤거리는 소리가 들려왔다. 그러면 일이 되는가 하고 나도 약간 흥미를 가져보고 있을 때 그는 희색이 된 얼굴로 돌아와 오케 하고 나에게 윙크를 던지었다. 그러고는 불시에 목소리를 죽이어,

"형님은 미인 관계의 굉장한 청부업자로 되어 있으니 그리 알아요. 여자란 돈 냄새만 풍겨주면 그만입니다. 대학을 나왔건 무식한 갈보 년이건, 돈 앞에는 모두가 쎄임 쎄임 올 쎄임(다같다)이니까, 형님. 오늘 저녁 요령껏 해봐요. 잘만 하면 그 여자와 따뜻한 잠도 잘 수 있습니다."

하고 좋아서 어쩔 줄을 몰라 몸을 흔들어댄다. 이렇게까지 나오

고 보면 그가 귀엽다고 볼 수밖에 없는 노릇이었다. 그래도 말만은,

"여보, 장난을 해두 분수가 있지 그게 무슨 노릇이오."

"글쎄 형님은 걱정 말구 굿이나 보다가 떡이나 잡숴요. 하여튼 형님은 이 '댐' 현장에 하청을 맡게 되었는데 미인과 타협하러 오늘 저녁 서울서 왔다고 해두었습니다. 물론 앞으로의 미인 관계와의 교제는 그 여자보구 맡아달라고 했지요. 저 친구 약간 구미가 도는 모양이예요. 형님한테 곱게 뵈겠다구 지금 이러구 있습니다."

얼굴에 분첩을 치는 시늉을 해 보이었다.

조금 후에 "실례합니다." 하고 젖가슴이 툭 튀어나온, 녹색 원피스를 입은 문제의 주인공이 방문을 열었다. 첫눈에 못생긴 얼굴은 아니었다.

최가 분주히 일어서서,

"웰컴 웰컴."

하고 맞아들이자, 그 여자는 그럴듯하니 고개를 한 번 끄떡여,

"땡큐."

하고 조금도 서슴지 않고 술상 앞으로 와 앉았다.

"먼저 우리 인사나 하고 놉시다. 제 이름은 토니 최라고 합니다. 이 형님은 아까 말씀드린대로 제가 늘 신세를 지는 형님과 다름없는 분입니다."

"저는 쩍키라고 부릅니다. 앞으로 많이 사랑해줘요."

"미쓰 쩍키, 사랑은 내가 해드릴 터이니 안심해요."

"그런 사랑은 싫어요."

'쩍키'가 최에게 밉지 않은 눈총을 쏘았다.

"미쓰 쩍키, 정말 오늘 저녁 우리 형님한테 교제를 잘 해둬요. 앞으로 파티가 많을 터이니. 그리구 형님에게도 부탁합니다. 물론 미쓰 쩍키는 영어도 능란하니까 모든 일에 오케."

하고 최는 '쩩키'에게 술잔을 주었다.

"서울서 오셨다지요?"

'쩩키'는 나에게 이러한 인사가 없을 수 없다는 듯이 숙녀답게 입을 열었다.

"오시기에 몹시 고단했겠어요. 그런데다 이곳엔 여관도 없어 이런 곳에서 주무시게 되니."

이런 고마운 말에도 나는 무엇이라 대답할 말이 없어 그녀에게 술을 한 잔 권했을 뿐이었다. 그녀가 술을 사양은 하면서도 꽤 마시는 편이었다.

술잔이 오고 가는 사이에 '쩩키'도 이지간히 취한 모양이었다. 최와 둘이서는 "유 노", "아이 노" 하고 서로 다투다시피 미인부대 이야기를 끄집어내었다.

"뭐니뭐니 그래두 역시 군대가 제일 좋았어요. 더욱이 마린(해병대) 애들은 기막히게 좋았으니까요. 그런데 이 씨비리안(민간인) 애들이란, 말두 말아요. 담배 한 갑 가지고도 벌벌 떠는 애들이랍니다. 미스터 토니, 난 공연히 기분만 찾다가 쫄딱 망해버리고 말지 않았어요. 마산에 있을 때 재니란 메이좌하고 참 재미나게 살았는데 그이도 결국 '꼬 홈' 했으니, 미스터 토니, 나는 지금두 그이를 잊을 수가 없어요."

"참 그때는 호화판이었지."

"말해 무엇해요. 매일 파티가 없는 날이 없었는데 요즘이란, 아이 기가막혀."

"용산 '에이트 아미(팔군)'에는 아직 경기가 좀 있는 모양이던데."

"아이구 말씀 마세요. 일본서 나온 애들인데, 나두 그 애네들하구 두어 달 살아봤지만 생각만 해두 진저리가 나요."

"그래두 그건 사람 나름이지, 지금이래두 좋은 애만 만나게 되면 수지맞지 않아. 유 노 뿌랙 마케팅?"

"글쎄, 그것두 다 옛날의 일이예요. 그땐 담배도 한 추럭씩 실어다 주는 애들도 있었건만 그 좋은 세월 다 놓쳐버리고……."

"까뗌, 술이나 먹읍세다. 그런 것 다 잊어버리고."

"그래요. 오늘 밤 하닌지 뭔지 그 새끼나 오면 좋겠다. 술이나 실컨 먹었다가 술주정이나 실컨 해주구 서울루나 달아나구 말게. 그러구 선 홧스꼬나두(어쩌면 좋아)."

"나하구 달아나."

"미스터 토니, 정말 가줄래?"

"미쓰 쨋키가 가는 곳이라면 어디든지."

"그런 농담 그만하고 어서 술이나 비워요."

"오케."

최는 술을 비우려다가 빈 주전자를 들어보고는 나를 힐끔 쳐다보며 술을 한 되 더 청하였다. 그러고는 뒤이어 이왕이면 안주도 하나 더 가져 오라고 한 후 정신을 차려 같이 술을 먹자며 내 어깨를 툭 치고 나서 귀엣말로,

"내게 시계도 하나 있으니 걱정 말아요. 하여튼 내일 아침 그 친구만 만나면 만사 오케입니다."

하고 중얼거렸다. 나는 그의 말을 듣다가는 내일 갈 차비까지 들 창날 것도 걱정이려니와 또한 몸이 고단해 견딜 수가 없었다.

"난 좀 자야겠는데 여자가 앉아 있으니 누울 수도 없고."

하고 최에게 난처한 얼굴을 하자, 그는 홍이 죽는 듯이 있다가 '쨋키'에게 가서 귀엣말로 수군거렸다. 둘이서 웃방에 가서 새로운 기분으로 한 잔 더 하자는 모양이었다. '쨋키'가 고개를 끄덕이자 최는 오케 하는 소리를 질러, 그러면 자기는 '쨋키'와 좀 더 놀다 오겠으니 먼저 자라며 웃방으로 술상을 옮기었다.

나는 주인을 불러 군대 요를 한 장 얻어덮고 누웠으나 술을 설먹었기 때문인지 으슥으슥 춥기만 하고 잠이 오지를 않았다. 웃방에서는 여전히 "유 노" "아이 노" 하며 지껄이는 소리가 들려왔다. 밤도 어지간히 깊은 모양이다. 그들은 몹시 취한 모양으로 말소리도 혀가 꼬부라져 분명치가 않았다. 드디어 최의 '재즈 송'이 시작됐다. '쩍키'는 젓가락 장단을 맞춰가며 이따금씩 기성을 지른다.

　'쩍키'가 '비유티 보이스'라는데 최는 더욱 신이 난 모양이었다. 노랫소리가 변하여 퀴퀵 슬로슬로 하고 소리치는 품이 그제는 서로 얼싸안고 비틀거리며 춤을 추는 모양이었다. 나는 고함이라도 치고 싶은 것을 억시로 잠아가며 요를 둘러쓰고 벽올 향해 돌아누워 보았으나 역시 잠은 오지 않았다.

　웃방에서 갑자기 퀴퀵 소리가 뚝 그치고 조용해졌다. 모름지기 키스라도 붙은 모양인지 알 수 없는 일이었다.

　나는 최를 데리고 온 것을 후회하면서 최는 역시 요령이 있는 놈이라고 생각하는 수밖에 없었다.

　그러면서 간신히 잠이 들었던 나는 문득 바람벽이 무너지는 듯한 요란스러운 소리에 다시금 눈을 뜨고 말았다.

　웃방에서는 싸움이 벌어진 모양이었다. 다시금 무엇이 부서지는 소리가 났다. "하니 하니" 하고 '쩍키'가 외치는 소리와 뒤섞이어 금시에 숨이 넘어가는 듯한 최의 킥킥거리는 소리가 들려왔다. 나는 그 순간 '쩍키'의 '하니'가 나타나 싸움이 벌어졌다는 것을 알 수가 있었다. 그러나 싸움은 일방적인 모양이었다. 다시금 바람벽에 머리를 쪼아대는 소리가 연달아 울려졌다. '쩍키'의 '하니'가 최의 먹살을 그러잡고 바람벽에 다구치는*³ 모양이었다. '쩍키'의 울음소리와 함께 킥

---

*3 다구치다. '족치다', '족대기다'의 방언.

킥거리는 최의 소리가 더욱 세차게 들려왔다. 최가 죽는 것만 같았다. 나는 나도 모르게 흥분한 채 불시에 일어나 어둠 속에 혼자 앉아서 가슴을 울렁거리고 있었다. 그 서슬에 내 머리맡에는 초를 꽂아놓았던 비루병이 있다는 것을 생각해낼 수가 있었다. 그 서슬에 나는 그것을 쥐고 웃방으로 달려가야 한다는 생각이면서도 망설이고 있었다. 동족이 하나 죽어가는데도 하고 여기까지 생각하면서도 나는 가쁜 숨만 내쉬고 있을 뿐이었다. 최는 이제는 더 견딜 수가 없는 듯 킥킥하다 못해 기성으로 변해졌다. 그 순간에 싸나바베치 하고 고함치는 소리와 함께 쾅 하고 집이 무너지는 듯한 요란스러운 소리가 울려왔다. 멱살을 그러잡았던 최를 뒤로 밀어 던진 모양이었다.

"돈 츄 원아 고우(안 가겠니?)"

뒤이어 거칠고도 노기띤 미인의 굵은 소리가 흘러졌다.

'쩩키'에게 묻는 모양이었다.

"아 엠 쏘리."

눈물이 그렁한 '쩩키'의 소리였다. 그러자 미인이 구둣발로 방문을 차는 소리가 들리었고 그 뒤로 '쩩키'가 따라나가는 소리가 들리었다. 이윽고 집 문밖에서 자동차의 엔진소리가 났다. 점점 멀어지던 그 소리가 아직도 사라지지 않은 그때에 죽은 듯이 조용하던 웃방에서 갑자기 울음소리가 아닌 코고는 소리가 들려왔다. 코고는 소리는 점점 더욱 높아졌다. 나는 그 코고는 소리에 다시금 잠을 못 이루면서 지금까지 흥분해서 앉아 있던 내가 다시금 어이없어지고 말았다.

날이 밝은지도 벌써 오랜 모양이었다. 나는 자리에서 일어나 창문을 활짝 열고 앞을 막고 있는 험한 산비탈을 쳐다보았다. 산마루턱에는 무거운 구름장이 잔뜩 끼여 있었다. 비가 내릴 것 같은 흐린 날씨였다. 그러나 잎이 트기 시작한 초목들은 볼수록 정신이 들었다.

나는 그것을 한참이나 보고 서 있다가 웃방의 최를 불렀다. 아무 대답이 없기에 아직 자는 줄로 알고 웃방에 가서 문을 열어보자, 어젯밤의 어지러운 풍경이 그대로 벌어진 채 최는 보이지가 않았다. 아래로 다시 내려와 그의 가방을 찾아보았으나 그것도 보이지가 않았다.

나는 주인을 불러 최가 어디를 갔느냐고 물었더니 셈은 내게 맡기면서 벌써 나갔다는 것이었다. 셈은 내가 생각한 것보다는 배나 되었다. 어째서 그렇게도 많으냐고 물었더니 어젯밤 싸우면서 깨친 그릇값을 얹었기 때문이라고 했다. 나는 어이가 없었다. 어이가 없었다기보다도 그것을 다 주고 보면 서울에 돌아갈 차비가 없어지고 마는 것이었다. 나는 그것은 내가 낼 것이 아니라고 떼를 써보았다. 그러나 주인이 들을 턱이 없었다.

"그렇지 않아도 당신들 때문에 잠을 한잠 못 잤는데 나중에 와선 실없는 소리까지 하자는 거요?"

그의 성풀이는 나도 마찬가지이면서도 나로서는 변명할 도리가 없었다. 결국 나는 주머니를 털고 나서, 이제는 최를 만나 그에게 매달리는 수밖에 없다고 생각했다. 그렇지 않고는 서울로 돌아갈 수 없는 노릇이었다. 나는 그 집을 나와 어젯밤에 온 산비탈 길을 다시 돌아 '댐' 건설 현장을 찾아 들어갔다. 나는 무엇보다도 현장에서 최를 만날 수가 없을 것만 같은 불안스러운 마음이 잠시도 떠나지를 않았다. 그럴수록 마음은 더욱 울렁거리며 어쩌면 사람이 그렇게도 못났느냐고 자신이 미워지기까지 했다.

내가 현장 사무실에 거의 이르렀을 때 내 등 뒤에서 "선생님 선생님" 하고 부르는 소리가 들리었다. 돌아다보니 최가 '백'을 흔들며 따라오는 것이었다.

"선생님, 어젯밤은 대단히 실례했습니다. 어제 확실히 술이 너무 지나쳤어요. 나는 완전히 노크아웃이었으니까요. 싸나바베치."

그는 어젯밤 미인에게 얻어맞아 눈자국이 시퍼렇게 멍이 든 것을 별로 감추려고도 하지 않았다.

"하숙집에선 먼저 나와 어딜 갔다오는 길이오?"

"선생님두, 그걸 뭘 물어요, 다 아시면서."

하고 열적은 웃음을 헤헤하고 헤쳐놓았다. 그러나 나는 그의 말뜻을 못 알아차리고 있자,

"미쓰 쩩키가 마음이 나쁜 애가 아니예요. 어제 자기 '하니'를 따라 이곳으로 들어왔지만, 실상 좋아서 들어온 것은 아니지요. 떨어질 바에는 서울 갈 여비라도 떼내자는 것이지요."

나는 그 말에 부풀어 오른 그의 얼굴을 한 번 더 쳐다보고,

"그래서 미쓰 쩩킨 만났소?"

하고 물었다.

"그 자식이 아직 자빠져 있는 모양입니다. 그러니 만날 수가 있어요? 그렇지만 친구의 숙소는 알구 왔어요. 그런데 까뗌, 글쎄 우리 친구가 어젯밤에두 들어오질 않았군요. 그러나 선생님, 걱정 마시오. 오늘 오전 중으론 꼭 들어오게 되어 있다니까요. 셈은 얼마나 했어요?"

"하여튼 난 주머니를 털었습니다. 당신네들 그릇 깨친 것까지 다 물었으니까요."

나는 약간 화가 난 얼굴을 지어 보이었다.

"그것까지 다 물었어요? 그거야 내가 깨친 것인가요. 싸나바베치. 그런데 선생은 오늘 취직이 되더라도 일단 서울엔 돌아가셨다 와야겠지요."

"되건 안 되건 하여튼 난 오늘 열 시 버스로 떠나야 합니다. 최 형이 그 버스값만은 꼭 책임을 져줘야 하겠소."

"물론 그거야 책임지지요. 그 친구만 오면 염려 없으니까요."

현장사무실 앞에는 삼사십 명의 농군들이 일자리를 얻으려고 우

두커니 기다리고 있었다. 모두가 핏기 없는 얼굴들이었다.

나는 M씨를 만나, 친구가 써준 소개장을 꺼내 주었다. 그는 그 친구를 잘 아는가고 한마디 묻고는 지금은 자리가 없으니 언제든지 자리가 나는대로 통지를 해주겠다며 주소를 적어두고 가라고 종이를 한 장 내주었다.

나는 그 한마디를 듣고자 여기까지 왔던가고 생각하니 어처구니가 없었다. 그러면서도 혹시라도 하는 요행을 바라며 주소를 써놓고 사무실을 나왔다. 밖에서 기다리고 있던 최가 달려와 나의 취직 여부를 물었다.

"글렀습니다."

하고 고개를 돌리자 그도 흐린 얼굴이 되며,

"그러면 역시 버스로 떠나야겠구먼요."

하고 묻지 않아도 잘 알고 있을 말을 물었다. 내가 아무런 대답이 없자 그는 더욱 미안한 모양이었다.

"난 하여간에 친구를 만나 오늘 당장에 취직이 안 되더라도 될 때까지 있을 생각이예요. 그런데 선생님, 차비두 차비려니와 점심값두 가지구 가셔야지 않겠어요. 참 선생님두 조반 식사를 안 했지요?"

나는 그가 그러한 걱정을 하여주는 것도 귀찮았다. 그러면서도 이제는 별수 없이 그에게 매달려 그의 친구가 오기를 기다릴 수밖에 없는 노릇이었다.

우리는 경비원이 서 있는 그곳으로 가서 그의 친구를 기다리기로 했다. 그의 친구가 차를 타고 들어와도 그곳에서는 일단 섰다가야 들어가므로 그를 만날 수 있기 때문이었다.

그는 그곳까지 나오면서도 차가 들어오면 헤이 하고 손을 들어 보이면서 차 안을 살피곤 했다. 자기의 친구가 타지 않았는가를 보는 것이었다. 그러고는 실망하면서도 나에게는,

"하여튼 열두 시 전으로 들어온다니까 틀림없을 것입니다."

하고 그 말을 몇 번인가 되풀이했다.

경비원은 어제저녁 우리가 만났던 그 사람이었다. 그는 우리를 보자 반기며,

"어떻게 되었소?"

하고 취직 여부를 물었다.

"자리가 없대서 난 서울로 돌아가는 길입니다. H읍까지 나가는 편 승차나 좀 부탁합시다."

내가 풀이 죽어 말하자, 그는 우리를 동정하는 얼굴로 나가는 차는 많으니 여기에서 기다려보라고 했다. 우리는 어제저녁 최가 쪼그리고 앉았던 그 자리로 가서 앉았다. 나가야 할 사람이 들어가는 차를 기다리고 있는 것도 생각할수록 우스운 노릇이었다.

"그가 오늘두 안 들어오면 최 형은 어떻게 할 작정요?"

내 일도 일이려니와 그도 한심한대로 물었다.

"어떻게 할 작정이 뭐 있겠어요. 하여튼 그 친구가 들어와야 되겠는 데, 꼭 들어올 겁니다."

그는 초조한 얼굴로 막연히 자문자답할 뿐이었다. 그동안 차도 여러 대 드나들었다. 차가 들어오면 최는 분주히 뛰어가서 살펴보고는,

"참 이상하지, 오전 중으로 들어온다는 사람이."

하고 그 잘하던 까뗌이란 소리도 못 치고 혼잣말처럼 중얼거렸다. 경비원도 H읍으로 나가는 차가 있을 때면 잊지 않고 우리에게 알려주었다. 그럴 때면 최는,

"들어오는 사람을 잠깐 만나구야 떠나겠어요."

하고 내 대신으로 일일이 대답해주었다.

나는 경비원이 차를 알려줄 때마다 최에게 시간을 묻곤 했다. 그는 내가 시간을 물을 때마다 몹시 무안한 얼굴을 했다. 여비가 떨어

지면 자기의 시계를 풀어 주겠다던 어젯밤 취중의 이야기가 가슴에 걸리는 모양이었다. 그러나 나는 이곳서 한 시까지 떠나지 않으면 H 읍에서 서울 가는 막차에 미치지 못하기 때문에 시간을 묻지 않을 수가 없었다.

마침내 산비탈의 안개가 자욱하니 내려앉으며 보슬비가 내리기 시작했다. 배도 고파왔다. 나는 강물 위에 떨어지는 빗방울을 지루한 대로 하나하나 세고 있었다.

그때에 경비원이 다시금 H읍으로 나가는 차를 알려주는 소리에 나는 불시에 최에게 시간을 물었다. 최는 역시 무안스러운 얼굴로,

"벌써 한 시예요."

했다. 나는 오늘은 좋든 싫든 간에 떠나는 것은 단념하는 수밖에 없다고 생각했다. 그러면서 지금껏 그의 말을 믿고 있던 내가 얼마나 어리석은가고 생각하던 그 서슬에 내게도 만년필이 하나 있다는 것을 생각했다. 그것을 H읍에 나가서 팔면 서울까지 갈 차비는 되리라는 생각이 번개친 것이었다.

나는 다급히 굴기 시작한 트럭으로 달려가 올라탔다. 그러자 최도 불시에 따라오며,

"어떻게 가요, 어떻게. 이것을 갖고 가요, 이것을."

하고 손목시계를 풀어 들고 소리쳤다. 그러나 차와 그와의 거리는 점점 멀어졌다. 그래도 그는 팔목시계를 쥔 손을 흔들면서 한사코 따라왔다. 그러면서 차가 산모퉁이를 돌자 그는 그만 보이지 않으며 갑자기 뻐꾸기의 울음소리가 들려왔다. 어디서 우는지 알 수가 없으면서도 나는 안개가 자욱한 산중턱을 쳐다보았다. 그러면서 뻐꾸기 소리도 점점 멀어졌다. 나는 그 멀어지는 뻐꾸기소리에 귀를 기울여가며 내가 예까지 왔던 것은 혹시 저 뻐꾸기의 울음소리를 들으러 왔던지도 모른다고 생각했다.

소녀태숙(少女台淑)의 이야기

　이북에 처자를 두고 혼자 몸을 빠져나와 지금에 홀로 계신 형부의 고독한 심정을 제가 어떻게 짐작인들 할 수 있겠어요. 제가 그 심정을 안다면 정말 주제넘은 생각일 것입니다. 그러면서도 요즘엔 형부의 그 심정을 꼭 알 것만 같은 것은 어쩐 일일까요. 그것도 단순히 제 생활에 갑자기 시간이 많아진 때문일까요.

　저는 올 봄에 여학교를 나왔어도 웃학교는 그만 두었답니다. 동무들은 그것이 몹시 이상한 모양이었지요. 그렇기도 했겠지요. 그래도 우리나라에서는 손꼽히는 제약회사 사장의 막내딸인 걸요. 동무들뿐만 아니라 실상 선생들까지도 너 같은 애가 왜 학교는 안 가느냐고 묻는 이가 많았으니까요. 그러나 그것에 대해서는 제 생각이 없는 것도 아니었답니다. 말하자면 계집애가 대학에 다녀서 뭐 훌륭해질 것이 무엇이냐고, 난 여학교 졸업하고도 영어로 '패숀뿍'쯤은 읽을 수 있으니, 그랬으면 그뿐 아니냐는 하찮은 자존심에서 오는 것이었지요.

　그것에 대해서는 어머니와 아버지도 별로 반대를 하지 않았습니다. 아니 오히려 기뻐하는 편이었지요. 그것도 그럴 것이 아닙니까. 어서 마참한 곳을 골라, 시집을 보내는 것이 부모로서는 가장 마음 편한 일이니까요.

　그러나 나는 학교를 그만두고 나서 집구석에서 빈둥빈둥 노는 일도 결코 쉬운 일이 아니란 것을 비로소 알게 되었답니다. 물론 처음

엔 저도 독서의 취미를 붙여본다고 책을 사다놓고 이것저것 골라가
며 읽어도 보았고, 어머니의 말을 들어 자수도 놓아 보았지만, 모두
가 갑갑만한 대로 집어 치우고, 그저 거리에 나가고만 싶어지는 걸
요. 그렇다고 막상 거리에 나간다야 어디라고 갈 곳이 있는 것도 아
니지요. 상사에 가는 곳이 영화구경이지만, 그것도 학생시대에 선생
의 눈을 피해가며 다니던 그때보다는 신이 나지도 않거니와, 또한
혼자란 싱거운 걸요. 그보다는 차라리 동무들을 불러내어 과자집으
로 찻집으로 돌아다니며 시시덕거리는 것이 한결 재미난다고 하겠
지만, 그러나, 그것도 저편에서는 찾아오지도 않는 동무들을 매일처
럼 불러내는 일도 쑥스러운 일이 아니에요. 그러므로 살 곳이 없으
면 자연 형부의 아파트를 찾아가 심심을 풀기가 일쑤였지요.

　섬유화학(纖維化學)을 전공한 형부는 K방직회사의 기사로서 그
회사의 꽤 중요한 자리를 차지하고 있었답니다. 그러므로 '그릴'이나
양품점을 끌고가서 형부의 주머니를 털게하고서도 미안스러운 마음
은 별로 들지 않는 걸요. 그렇다해도 형부와 나의 연령의 차이는 이
십 년이나 되는 걸요. 형부와 같이 식사를 하느라면, 앞의 손님들이
이상한 눈으로 힐끔힐끔 쳐다보는 일쯤은 가끔 있는 일이었지요. 그
런 땐 정말 말할 수 없이 불유쾌하기가 짝이 없었지만 그것이 또한
형부를 내 동무와 같이 생각케하는 방종한 마음을 갖게하기도 하
는 것이었지요.

　그러므로 형부와 같이 길을 가다 혹 동무들을 만나, "저이 누구
가?" 하고 물으면, "그건 약간 비밀에 속하는 걸." 하고 의미 있는 듯
웃으면, 저편에서는 벌써 짐작해 알아차리고 "언제?" 하고 놀라운 눈
으로 형부를 다시 살펴가며 "넌 취미가 좀 이상하다니까 왜 이왕이
면……" 하고 어지러운 얼굴이 되는 것이 아니겠어요. 그제야 나는 "
어머나 그럼 내 '퓌앙세'인줄 알고." 하고 오독갑스러운 얼굴이 되어

"그런 실례의 말이 어디 있니?" 하고 상대방 면낯적게 만드는 걸요.

제가 동무들에게 이런 조롱을 치는 것도 이를테면 형부와 다니는 것이 무슨 손해나 보는 것 같은 심사에서 오는 것은 분명하지요. 그렇다면 왜 저는 형부를 좋아라고 따라다니며 야단일까요. 제 손 위에는 공대(工大)에 다니는 오빠도 있는 걸요. 실상 그 오빠와 다니는 것이 남 보기에는 어울릴지 모르지만, 그러나 전 오빠하고 다니기란 쑥스럽기만 하고 차라리 저를 어린애 취급밖에 해 주지 않는 형부가 난 걸요.

정말이지 형부가 저를 어린애 취급하는 데는 질색이랍니다. 형부와 같이 영화를 보고 나오다가 제가 비평같은 이야기를 해도 옳다 글렀다 그런 말은 전혀 없이, 언제나 그저 싱글싱글 웃기만 하지 않겠어요. 네가 뭘 안다고 야단이냐는 바로 그 웃음이지요. 하기는 형부와 언니가 결혼할 때, 전 아직도 유치원이었으니까, 언제까지나 제가 어린애로 보이는 것도 무리는 아니겠지만, 그렇다해도 이제는 저도 여학교를 나온 걸요. 영화가 나쁘다 좋다 그 한마디가 무엇이 그렇게 우스워요.

이런 예는 사실 제가 잘못 들었는지 모르겠습니다만, 하여튼 자기가 좋아하는 여자한테까지 저를 데리고 가는 걸요. 그것을 보면 저를 얼마나 어린애로 취급하는지 알 수 있는 일이 아니에요.

그것은 벌써 전에 일입니다만, 형부가 숭어찜을 잘하는 집이 있다기에 따라갔더니, 한강 건너편에 있는 아담한 요정(料亭)으로 데리고 가던 걸요. 형부는 그 집의 단골손님인 모양이에요. 그거야 접대하는 품을 보면 알 수 있는 일이지요.

저는 그때 그집에서 춘몽이라는 기생을 알았답니다. 나이는 스물 일여덟 되었을까요. 그러면서도 웃을 때에는 탐스러운 볼에 우물이 패워지며 실눈이 되는 참으로 예쁜 분이었어요. 형부가 조롱을 치면 "앙이랍니다. 그건 정말 앙이랍니다." 하고, 당황스럽게 사투리가 튀어나오다 못해 슬퍼지는 듯싶은 얼굴이 될 땐 더욱 귀엽던 걸요. 그분이 저를 벌써 전부터 알고 있었다고 해요. 형부와 같이 영화구경을 온 것을 혼자 몰래 보았다나요. 그래서 나같은 걸 그렇게 몰래 볼 필요가 어디 있었느냐고 물었더니 가뜩이나 수줍음 타는 그의 얼굴이 복사꽃처럼 막 붉어지며 "그래도 난 그때부터 안 것이 있답니다. 이선생이 혼자 계신 비밀을 그때부터 꼭 알은 걸요." 하고는 가만히 얼굴을 돌려 화병에 꽂힌 난초를 고치지 않겠어요. 그 모양이 몹시 쓸쓸했지만, 그건 하여간에 그 한마디의 태도로서도 형부와 어떤 사이라는 것을 짐작할 수가 있는 일이었지요.

돌아오는 찻간에서도 형부는 어지간히 취한 얼굴에 미소를 띠워 "그 기생 어때, 언니 삼고 싶은 마음 없니?" 하고 슬그머니 내 마음을 들떠 보던 걸요.

그때, 나는 성이 독같이 나서 "그래 형분 그이와 결혼할 생각이에요. 그래요. 어서 말해요." 하고 대들자 "네가 좋다면." "난 싫어요." "그럼 나두 싫다." 하고 껄껄 웃다말고 무엇을 생각하듯 눈만 섬벅거리며 잠잠하니 있지 않겠어요. 그러다가 우리 집이 거의 가까이 오게 되자 무심중 혼잣말처럼 "오늘은 어쩐지 네 언니와 함께 술을 먹은 것 같구나." 하지 않겠어요. 그 말을 듣고 저는 그만 눈물이 글썽해지고 말았답니다. 무섭도록 허무스러운 형부의 얼굴도 슬펐거니와, 이북에서 아이들을 데리고 고생하실 언니가 불쌍해 견딜 수가 없었던 걸요. 실상 그날 밤은 언니 생각으로 한잠도 자지를 못하였답니다.

제가 언니를 본 것은 아득하게도 십년이 넘는답니다. 그럴 것이 아닙니까. 해방 후에는 통 만날 기회가 없었으니까요.

언니는 결혼한 후에 시댁인 평양으로 가서 살게 되었답니다. 그리고는 몇 번인가 서울에 온 일은 있었지만, 해방이 되며 삼팔선이 막히기 때문에 어떻게 내왕할 수가 있었겠어요. 그저 전문으로 형부는 남보다도 특별한 감시를 받아가며 그곳 어느 방직공장에서 일을 하고 있다는 이야기를 들었을 뿐이었지요.

그러니 지금에 언니의 얼굴인들 분명히 기억할 수 있겠어요? 그저 아련할뿐, 그것도 집에 남겨둔 '앨범'이 있으니 말이지요. 그래도 지금까지 잊어지지 않는 기억은 제가 매일 아침 유치원에 갈 때마다 앞자락에 수건을 채워주던 일인 걸요. 그것을 생각해 보아도 저와는 성격이 아주 딴판으로 차근차근하고 얌전하신 분인가봐요. 어머니도 간혹 저를 꾸짖으실 때는 "제 언니는 그렇지도 않았건만 젠 누굴 닮았는지." 하지 않겠어요. 그러니 언니야 물론 남편 공대도 훌륭했겠지요. 그거야 형부가 지금까지도 언니를 잊지 못하는 것을 보면 알 수 있는 일이지요.

형부는 말하자면, 여자들이 좋아하는 '타입'의 사람이랍니다. 별로 용모가 대단해서 그런 것도 아니지만, 어딘지 사람이 좋은 듯싶은 부드러운 웃음이 그렇고, 정색하면 약간 무서워지며, 눈을 치켜올리는 표정에는 어떻다 말할 수 없는 허무감이 쓸쓸하게 그려지는 것이 오히려 좋은 인상을 주는 걸요. 그 얼굴이 다시금 웃을 때에는 갑자기 눈에 광채가 띠워지며 정력적인 흰 이가 어스레한 살색과 어울리어 더욱 매력을 느끼게 하는 걸요. 더군다나 늘씬한 키가 그렇고요,.

그러므로 홀몸으로 있는 여자들이 그편에서 열을 내어가지고 형부에게 눈을 주지 않는 바도 아닌 모양이에요. 그렇지만 지금까지 모르긴 해도 제가 보기엔 재취할 기색은 없는 걸요. 언젠가 일요일, 형부가 집에 왔을 때 아버지가 오래간만에 만난 사위를 대하고 "님잔 언제까지나 그렇게만 살겠나, 그만 수절했으면 어서 아내를 맞아야지." 하고 조롱섞은 진정의 말로 "우리 회사에 예쁜 '타이피스트'가 있는데 중매할까?" 하자, 옆에 앉아 계시던 어머니가 "남의 걱정 그만하고 그 나이에 자기 체신이나 지켜요." 하고 눈을 흘겨 침을 놓아주었지만, 그때도 형부는 그저 웃고만 있다가 "그렇지 않아도 모두가 시끄러운데 이제 또 아내까지 얻어가지고……." 하고 어무러치고 말지 않겠어요. 이를테면 귀치않은 것이 여자라는 것이지요. 그러면서도 그 귀치않은 것의 하나인 언니만은 왜 잊지 못하고 그러겠소? 아마 그것이 정인가봐요. 제가 언니를 생각하는 것과 같은 그렇지요?

그렇다해도 때때로 형부의 심정을 저로서는 이해할 수 없는 일이 있는 걸요. 그것은 모름지기 연령의 차이에서 오는가봐요.

지난 언니의 생일날의 일도 그렇지요. 그날은 형부와 저와 단 둘이서 먼 곳에 계신 언니를 축하하기로 약속하였던 것입니다. 그리하여 저는 학교에서 가사시간에 배운 가진 재간을 다 피워 음식을 만들어 놓고 기다리고 있지 않았겠어요. 그러나 다섯 시까지 아파트로 꼭 돌아온다던 형부가 어디 와야지요. 저는 기다리다 못해 회사에 전화를 걸었더니 퇴근한지가 벌써 오랬다는 걸요. 그래도 전 어디 들려 물건을 사느라고 늦는가 보다고 참고 기다렸지요. 그러나 한 시간도 그만, 두 시간도 마찬가지인 걸요. 그러면서 언니가 형부와 같이 살면서, 매일처럼 그 지경을 당했을 생각을 하니 언니가 말할 수 없이 가련한 채, 형부를 죽어라 두들겨 줘도 시원치 않을 것만 같은 걸요. 저는 골이 날대로 지엉 나, 어쩔 줄 모르다 형부의 '와이샤스의 '에리'를 모조리 짤라줄 셈으로 양복장문을 활짝 열어 제끼고 옷을 들쳐냈지요. 그러던 중에 사진이 한 장 떨어지지 않겠어요. 보니 언젠가의 그 요정의 기생인 걸요. 그 순간에 문득 머리에 오는 것이 옳지 형부가 그곳엘 갔구나 하는 생각인 걸요. 그러자 눈앞이 아득한 채 전신이 와들와들 떨리기만 하던 걸요. 아마 그것이 질투인 모양인가봐요. 하여튼 그날 저는 분해서 울다못해 침대 위에 쓰러져 잠이 들고 말은 걸요.

그리고는 얼마나 되어서인지 코를 잡아 흔들기에 깨어보니 형부가 술이 곤드레 만드레 되어 가지고 와서 평시에는 별로 쓰지도 않던 영어를 떠벌이는 것이 아니겠어요. 뜯어 먹던 '케키'를 갖고와서 너도 먹으라고 야단치며 입에 넣어주는 것이겠지요. 나는 성이 독 같이 난 채, 형부의 손을 뿌리치고 콩콩 걸음으로 구름다리를 뛰어 내려온 걸요. 그때는 형부도 따라나와 구름다리 위에서 나를 찾는 모양입디다만 뒤를 돌아다 볼 리도 없었지요.

길가에 나서자, 그제는 가슴에 뭉쳤던 설움이 막 쏟아져 나오는 걸요. 그러니 차를 잡을 생각인들 있었겠어요. 그저 서러운대로 엉엉 울며 돌아왔다니까요.

그러나 집에 와서 자리에 누워 느슨하게 다시 생각해 보니 제가 몹시 경솔했다고 생각되던 걸요. 왜냐면요? 그렇지 않아요. 하구 많은 날 중에 부디 언니의 생일날, 더군다나 저와의 약속까지 어기고 형부가 그 기생을 찾아갔을 리는 만무한 것 아니에요. 그러니까, 약속을 어긴 것은 필시 피치 못할 회사의 일 때문이었다는 것이 분명한 걸요. 그걸 가지고 혼자서 마음대로 억측해 가지고 야단친 생각을 하면 제 자신이 미워질 정도로 형부에게 미안스럽기가 끝이 없던 걸요. 그리하여 저는 이튿날 아침 분주히 전화를 걸었지요. 형부는 아직 기침 전이었던 모양으로, 한참이나 있다가야 전화통으로 나와 받으며 "왜 새벽부터 남 잠도 못자게 불러내며 야단이가!" 하고 첫 마디가 귀치않다는 소리가 아니에요. 그래도 전 한껏 부드러운 소리로 "어제 일은 정말 미안해요. 제가 잘못한 걸요." 하고 사과를 했지요. "미안하긴 뭐가? 그래서 전화를 걸은 건가?" 역시 볼멘 소리가 아니에요. 어쩌면 그럴 수가 있겠어요. 이편에서 사과를 하면, 저편에서도 으레히 어제 어떻게 되었다는 것을 한마디쯤은 설명이 있어야 할 것이 아니에요. 남을 눈이 감게 기다리게 해 놓고서도 무엇이 잘했다고. 저는 약이 발딱 오르는대로 전화를 끊어버리고 말았지요. 그러자 뒤이어 '벨'이 울려지더군요. 형부가 다시금 건 모양이었지요. 저는 저렁 저렁 울리는 그 '벨' 소리가 얄미운대로 수화기를 빼 놓고, 내 방으로 돌아가 이불을 둘러쓰고서 다시는 형부를 만나지 않을 결심을 하였답니다.

그러나 그 결심은 저로서도 어이가 없다고 하리만큼, 사흘도 못가 속설없이 풀어지고 말던 걸요. 실상 저는 동무와 싸우고 일년이 지나도록 이야기하지 않은 일도 있답니다. 그러면서도 형부와 싸운 것은 어째서 그렇게도 부난없이 봄날의 눈 녹듯이 사라질까요.

그래도 제가 먼저 형부에게 전화를 걸고 싶지는 않던 걸요. 행여나 저편에서 전화를 걸어 줄까하고, 그것에만 정신이 팔려 있었지만, 형부두 얄궂지 어디 걸어 줘요. 그럴수록 형부에 대한 반발심이 무럭무럭 더욱 강해지던 걸요. 그리하여 저는 되도록 형부를 만나지 않는다고 '타이프라이터'를 배우기 시작하였답니다.

'타이프라이터'도 말이 쉽지, 어디 처음에야 손이 마음대로 들어주던가요. 그저 안타깝고 갑갑스럽기만 한 것이. 그러면서도 억지로 참아가며, 얼마큼 지나니까, 차차로 재미가 붙드군요. 그때는 만장구석에 구겨박아두었던 헌 '타이프'를 찾아 수선을 해다놓고 집에 와서까지 연습을 하였지요. 그걸 한달쯤 지나니까 그제는 제법 남같이 손도 놀릴 수가 있어, 아버지의 서류를 쳐주고, 비싼 요금을 받아내기도 하였답니다.

그러자 저로서는 그것이 무슨 장한 기술이나 배운 것처럼, 그것을 써먹고 싶은 생각이 일어난 걸요. 다시 말하면 취직을 하고 싶어졌단 말입니다. 제가 그런 생각을 했다는 것이 아니꼽달지 모르겠습니다만, 그러나 저는 진심이었답니다.

그렇다고 해도 제어머니와 아버지가 들어줄 리는 없는 걸요. 그러므로 형부를 통해, 제 부모를 설득하는 전술을 취하여 위선 형부에게 이야기했지요. 그랬더니 형부부터가 첫마디로 퉁겨버리는 것이 아니겠어요.

"그러면 저는 어떻게 살라는 것이에요. 매일매일 어머니와 마주 앉아서 수(繡)만 놓고 있어야 하니, 정말 미칠 것 같다니까요."

"그러면 이제라도 학교 다니렴. 누가 다니지 말라는 학교가?"

"학교보다도 제겐 사회 경험이 더 중요한 걸요. 자기 손으로 돈도 벌어보고, 그렇지 않고서는 참으로 세상을 알 수 없다는 걸요." "건방진 수작 그만 둬. 계집이 세상 일은 알아서 무엇하니, 시집가서 아이나 잘 키우면 그만이지." "어머나 놀래겠다. 형부가 그렇게도 봉건적이었어! 난 그래두 무엇 좀 아는 사람인 줄 알았더니, 좋아요, 좋다니까요. 나두 생각이 있는 걸요." 저는 제 계획이 부난없이 꺾여버린 것이 하두 분해 견딜 수가 없었답니다.

그래도 형부는 저를 동정해서인지, 그렇지 않으면 제가 무리한 짓이라도 할 것 같은 것이 걱정돼서인지 전보다도 자주 전화를 걸어줘 영화구경을 같이 가자기도 하고, 저녁도 같이 먹자고 하더군요.

저는 처음에도 말씀 드렸거니와 늙은 부모의 막내딸로 마음대로 길러났기 때문에 좋게 해주면 줄수록 더욱 어리광을 피우고 싶어지는 못된 성질을 갖고 있답니다. 그러므로 형부가 그렇게도 제 비위를 맞춰주니까, 장해진 것 같아서 취직을 방해한 복수로 힘껏 애를 태워주리라고 생각했답니다. 그리하여 이번엔 회사가 끝날 시간을 기다려 이편에서 먼저 전화를 걸고, 카메라를 사달라는 등 옷을 해달라는 등 졸라대곤 했지요.

그러니 아무리 고급 월급쟁이라 해도 삼사만 환의 돈은 좀 무리스러운 모양인 걸요. 형부도 어느 정도로 시끄러워진 모양으로 교환에게 그렇게 일렀는지, 제가 전화를 걸면 으레 자리에 없다기가 일쑤인 걸요. 저는 아주 자존심이 꺾어진 채 체면도 없이 회사를 찾아가곤 했지요. 그것만은 정말 싫은 모양이에요. 아무리 자기 처제라 해도, 그렇게만 믿지 않는 사람들도 있는 모양이고, 그보다도 내 체면이 안 된 모양이에요. 그리하여 결국 나로서도 지는 척하는 수밖에 없었으므로, 차후를 약속하고 그것은 낙착지었지요.

이렇게도 형부를 조롱하기 시작하자, 더욱 자꾸만 난제(難題)를 찾아내어 화를 내게 하는 것이 재미가 나던 걸요. 하기야 형부도 제 억지가 자기를 못살게 굴려는 장난이라는 것쯤을 모르고 있는 것도 아니지요. 그러면서도 쉽게 끌려드는 것은 제가 다른 남자에게 흥미를 느끼느니보다는 자기를 상대로 어리광을 피우는 것이 안전하다고 생각하는 모양인가봐요.

어느 날, 저는 이러한 문제를 꺼내 놓았답니다. 그것은 둘이서 몰래 춤을 배우자는 것이었습니다. 그것은 결코 형부를 곤란케 할 목적으로 꺼내 놓은 것이 아니고 실상 제가 배우고 싶었던 걸요. 남들은 다 추는 춤을 아직도 못배웠으니 부끄러운 일이 아니에요. 그러나 형부는 취직을 거절해버리던 그 식으로 대번에 거절해 버리지 않겠어요. "그러면 취직을 시켜 줘요. 난 정말 갑갑해 죽겠어요." 하고 조르자 그것도 안된다는 것이지요. "그러면 난 어떻게 살라는 것이에요. 매일매일 채바퀴 같은 생활인 걸요." 하고 뾰로통해 보았지만 그것만은 들어 줄 기색이 없던 걸요.

저는 그날, 저녁을 같이 먹자는 것도 듣지 않고, 혼자서 돌아와 그후로는 일체 전화도 걸지 않았답니다.

그리고 십여일이 지나, 아침부터 날씨가 아주 좋은 일요일이었습니다. 책상 앞에 앉아서 소설을 읽고 있을 때 어머니의 방에서 갑자기 남자의 목소리가 들리지 않겠어요. 불시에 나는 가슴이 설레지며 귀를 기울여보니 역시 형부의 목소리인 걸요. 그러자 형부가 금시에 내 방문을 열고 그 늘씬한 허리를 구비며 들어설 것만 같아, 책을 읽을 정신이 없어지고 말았지요. 그러나 언제까지 있어도 오지 않고 그곳에서 어머니와 무슨 이야기인지 웃어가며 이야기를 하고 있지 않겠어요. 저는 초조하다 못해 왜 그런지 칵 슬퍼지는 걸요. 그때야 방문 여는 소리가 나며 "태숙아 형부 오셨다." 하고 어머니가 저를 부르지 않겠어요. 나는 못들은 척 하며 부르면 누가 갈줄 알고서 하고 혼자 중얼거리고 있자 뒤이어 어머니가 "태숙이 없니?" 하고 또 부르지 않겠어요. 그래도 난 대답 없이 잠자코 있자 형부가 "가만 계셔요. 제가 가 볼께니." 하고 발을 쿵쿵 굴리며 와서 문을 제끼며 "우리 아가씨 아직도 화가 풀리지 않은 모양이지." 하고 비양치자 저는 그 순간에 얼굴을 획 돌려 돌아앉은 채, 죽어라 들창만 바라보고 있었지요. "오늘같이 좋은 날 집에 있을 법이 어디 있어, 어서 정릉이나 가자." 하고 내 얼굴을 슬쩍 살피고서 "으응 울고 있지않아, 가련하게두." 하고 말을 끊었다가 "뭐 하찮은 일 가지고 바보처럼, 어서 옷이나 갈아 입어요." 하고 제 어깨를 잡아일으킬 때 어머니가 들어오시다 놀래시며 "재가 왜 저런가 못나게두, 놀러가자고 우진 찾아오셨는데." 하지 않겠어요. 저는 그 소리에 더욱 화가 나며 울긴 누가, 소설보다 울은 걸 가지고 괜히들……." 하고는 저고리를 벗어 집어던지고 양복장으로 가서 옷을 활활 갈아 입었지요.

잠시 후에 저는 눈물자국까지 고치고 나서자, 집을 나서며 형부가 어머니에게 인사 대신으로 "그럼 잠깐 빌리겠습니다." 하던 걸요. 아직도 채 성이 깔아지지 않았던 저는 "누군 물건인 줄 아는가부지." 하고 톡 쏘아 주었지요. 어머니가 분주히 "저건 저 귀엽다는 소린 줄도 모르고." 하고 웃음을 지어 나물자, 형부는 또 익살을 부려가며 "아씨에게 참 실례했군요. 용서하세요." 하고 절을 굽신굽신 하지 않겠어요. "그런다고 누가 웃을 줄 알고." 하고 나는 웃지 않는다는 것이 그만 웃고 말았지요. 그 때문에 제 마음도 풀리기 시작하여 차에 올라 타 둘이 되자 전의 기분으로 완전히 와해되고 말았답니다.

정릉을 간다기에 그런 줄만 알고 있었더니, 차는 을지로를 지나 장충단 쪽으로 돌지 않겠어요. 저는 이상해서 "어디로 가요?" 하고 물었더니 "이제 있으면 알게지." 하고 형부는 웃고만 있는 걸요. "전처럼 또 술집 가는 것 아니에요. 난 그런 곳 싫어요." 하고 일껀 풀어졌던 성이 다시금 부풀어지자, 형부는 더욱이나 좋다는듯 키들키들 소리까지 내어 그 밉살스러운 웃음을 웃어대는 걸요.

그러는 사이에 차는 장충단 언덕길을 왼편으로 휘돌아 아담한 주택들이 줄을 이은 그 어느 조그마한 집앞에 멈춰지겠지요.

형부가 안내를 청하는 동안에, 저는 그집 문패를 보고, 저로서도 기억이 되는 어느 무용가의 집이라는 것을 알았답니다.

우리가 안내된 방은 꽤 넓은 방이었습니다. 한편 구석으로 세트가 놓여 있으며 그 옆에 축음기도 보였습니다. 우리들은 주인이 나오기를 잠시 기다리는 동안에 문득 서로 눈이 부딪혔지요. 형부는 역시 전과 같이 싱글싱글 웃는 그 웃음이었지만 그래도 그때는 저를 무척 귀여워해 주는 웃음만 같던 걸요.

그리하여 우리들은 춤을 배우기 시작하였답니다.

저는 학교에서 배워 이미 '스텝'쯤은 밟을 줄 알았고, 박자도 구별할 줄 알았으므로 곧 출 수 있게 되었지만, 형부야 어디 그래요. 몸이 제가끔 놀며, 남의 발만 짚어주는 걸요. 그러면서도 이럭저럭 쉬운 '왈츠'나 '트롯트'는 어지간히 출 수 있게 되었으므로 이번엔 '홀'을 찾아 본격적으로 추게 되었답니다.

그러나 처음부터 우리 둘이서는 손가락을 걸어 약속하기를 제가 결혼하기까지 둘이서만 춤을 추기로 한 것입니다.

저는 실상 형부의 춤이 부끄러울 정도로 서툴기 때문에 '스텝'이 부드러운 분과 추어보고 싶었지만, 그래도 저를 그만큼이나 생각해 준 형부인 걸요. 그 약속만은 꼭 지키려고 생각했답니다.

형부는 처음엔 "참 너 때문에 별놀음 다해 본다." 하고 많은 사람 앞에서 춤을 추길 몹시 어색해했지만, 차차로 '리듬'에 따라 발이 가벼워지자 그때는 춤의 맛을 알게 된 모양으로, 길에 서서 차를 기다리다가도 전에 없던 콧노래도 불러보며, 제가 불러내지 않아도 자기 편에서 전화를 거는 것이 아니겠어요. 그쯤 되니까 자연 옷맵시도 달라지며 절 보고 '넥타이'를 골라달라기도 하겠지요.

저는 형부의 그런 짓을 혼자 좋아라고 웃다못해 다시금 장난칠 생각이 났답니다. 장난이라면 좀 우습지만, 하여간에 형부와 나의 위치를 바꿔 볼 셈이었지요. 다시 말하면 이편에서 먼저 불러내던 형부를 저편에서 먼저 저를 불러내도록 하자는 것이었지요. 그러자 제 계획대로 저편에서 먼저 전화를 걸어 "춤을 추러 가고 싶거든 같이 가 줄까?" 하고 웃는 기색이 아니겠어요. 저는 시치미를 떼고 "난 그런 생색 받고 싶지 않은 걸요. 빚되는 걸요." 하고 뒷말이 약간 조마조마하자 "아이구 참 놀랄 일이로구나. 그래, 같이 가 주십사 하란 말이지. 우리 아씨 공대하기가 그렇게 힘들어서야…… . 그럼 같이 가 주십시오." "싫어요. 그런 조롱 형분 능청스럽기가 짝이 없다니까, 자기가 가고 싶어 죽어가면서도 바투 남을 생각하듯이……." "그래 그래 그렇다구 하자."

그리하여 그날은 결국 같이 가서 춤을 추었지만 이상스럽게도 그 후부터는 저를 불러내는 도수가 점점 떠지던 걸요. 형부가 벌써 춤이 물렸을 리도 없는 것이고, 그렇다고 설마 그일로써 성을 냈을 리도 없다고 생각하면 더욱이나 불안스러워, 계획했던 '장난' 같은 것은 생각할 여념도 없이 이편에서 먼저 전화를 걸지 않고는 견딜 수가 없던 걸요. 그러나 제가 전화를 건다 해도 두 번에 한 번은 반드시 반갑지 않은 대답인 걸요. 그러므로 자연 도수도 떠지게 되었지요. 그럴수록 춤이란 참 이상한 것으로 더욱 달뜨게 형부가 아닌, 좀 더 날씬한 젊은 측들과 추고 싶은 마음이 간절한 걸요. 그러자면 형부와의 약속을 혼자서 몰래 어기는 수 밖에 없었지만, 그러자면 형부에게 미안하고……

그러면서 저는 아주 우연한 기회에 형부와의 약속을 그만 어기고 말았답니다.

그날도, 저는 형부와 늘 만나는 다방에서 전화를 걸었더니, 회사 손님을 만나기로 되어 못가겠다는 것이 아니겠어요. 저는 하는 수 없이 돌아오던 길에 제가 다니던 '영어회화반'에서 알게된 친구들을 만나, 좋은 곳 간다면서 저를 끌겠지요. 실상 저도 집에 일찍 들어가야 할 것도 없었으므로 따라갔더니 '댄스홀'이겠지요. 그러니 그곳까지 따라갔다 혼자 온다는 것도 우습고 실인즉 저도 싫지가 않았던 걸요.

그리하여 그들과 같이 몇번인가 추고 나서 약간 지친대로 소다물을 빨아가며 쉬고 있을 때, 문득 저는 놀라운 광경을 발견하였답니다. 바투 입구에는 형부가 언젠가 요정에서 본 그 기생과 함께 들어서며 앉을자리를 찾느라고 눈을 두리번거리고 있지 않겠어요. 그 순간에 저는 가슴이 벌컥 내려앉으며, 어쩔 줄 몰라 급기야 화장실로 뛰쳐들어가 숨었지요. 그리고는 그곳에서 잠시동안 '홀'에서 들려오는 음악소리를 듣고 있자니 그저 무엇을 잃은 것만 같이 슬퍼지던 걸요. 그때에 맞은 벽에 걸린 거울속에 울먹해진 제 얼굴이 문득 띠워지던 걸요. 그렇게도 초라스럽게도 보인 것은 처음이었이요. 그 얼굴을 멍하니 들여다 보고 있자니까 이상스럽게도 가슴이 수물거리며 어떤 반발심이 피어오르던 걸요. 말하자면 자기도 약속을 어겼는데 나만이 왜 벌벌 떨 것이 무엇이냐는 생각이 번개친 것이지요. 그러자 저는 대담스럽게도 문을 차고 나가서 이번엔 제가 먼저 형부에게 일부러 시선을 맞추려고 애쓰게 되던 걸요.

그러나 형부는 그 기생과 이야기에만 정신이 팔려, 이쪽은 통 보지도 않던 걸요. 그러는 사이에 곡이 끝나고 잠시 쉬었다 다시금 새로운 곡이 시작되었지요. 그 곡은 '리듬'이 아주 간단하였답니다. 그러므로 그 곡이라면 형부도 반드시 춤을 추리라고 생각하였더니, 정말 제 추측대로 그 기생과 겨누고 나서지 않겠어요. 저도 분주히 같이 온 어느 동무에게 눈짓을 하여 나섰지요. 저는 자신만만하게 오히려 남자를 '리드'해가며 형부 옆으로 다가갔답니다. 그러나 형부는 좀처럼 저를 보지 못하던 걸요. 춤이 아직도 서투니까 그것만 생각하기에 바빠서 옆에 있는 나도 못본다고 생각하니 웃음이 나던 걸요.

그러면서 '턴'을 했을 때 문득 춤을 멈추고 멍하니 저를 쳐다보고 있는 형부와 눈이 마주쳤지요. 그러나 그들은 다시 이어 춤을 계속하였습니다만 형부는 얼굴이 벌개가지고 스텝도 제대로 못집고 남의 발을 두 번이나 밟아주던 걸요. 그때의 일을 지금에 생각해 보면 제가 그렇게도 대담했던 것과 형부가 그렇게 흥분했던 것도 모두가 '홀' 안의 혼란된 기분이었던 때문인가봐요.

하여튼 형부는 곡이 끝나기가 무섭게 흩어지는 사람들을 헤치고 달려와서 저를 막 끌고 나간 걸요. 물론 '홀'의 사람들은 무슨 영문인지도 모르고 놀랍다는 듯이 모두 쳐다보았지만, 그런 것쯤은 아무렇지도 않다는 듯 저를 끌고 나간 걸요. 밖에 나가서도 형부는 제 손목을 놓을 줄 모르고 자꾸 끌고 갔답니다. 그러니 저는 강아지처럼 줄줄 끌려갔지요.

가로수가 우거진 그 길은 넓은 '아스팔트'의 길이면서도 밤이면 몹시 한적한 채, 때때로 '헤드라이트'의 불빛만이 흘러지었답니다. 나는 형부가 저를 꾸짖어대리라고 생각하고, 그런 때면 저도 지지않고 대든다고 긴장해 있었지만, 일체 말은 없이, 그저 부푼 얼굴로 구두굽 소리만 요란스럽게 울리는 걸요.

그렇게 한 사오백 미터쯤 갔을까요. 문득 제 구두가 무엇에 걸려 벗겨지자, 그때야 제 손목을 놓아주고 우뚝 서서 가쁜 숨을 쉬고 있다가 마침 지나가는 차를 멈추고, "어서 타고 가라." 하고 아주 위엄 있게 말하지 않겠어요. "싫어요." 하고 저는 머리를 절레 흔들어 "그냥 가세요." 하고 운전수에게 말하자 형부는 다급히 제 손목을 끌어잡고, 억지로 저를 차 안으로 끌어넣으려고 하지 않겠어요. 저는 다른 한 팔로 가로수를 쓸어안고서 죽어라 악을 썼지요. 그제는 형부도 하는 수가 없는 듯 제 손목을 놓고 "그럼 걸어가자." 하겠지요. 둘이서 다시 걷기 시작하자 차도 굴기 시작하며 "좋구나." 하고 운전수가 비양치며 가더군요.

얼마큼 걸어가다 형부가 다시 문득 서며 "정말 가지 않겠?" 하고 타이르다 못해 눈을 흘기는 소리인 걸요. "그래요. 가지 못하겠어요." 저는 형부가 약간 무서운 채 고개를 떨어치고 땅을 훑어보았지요. 그러자 지금까지의 분한 마음이 한꺼번에 폭발되며 "죽어두 못 가겠어요. 또 속을 줄 알고, 두고 보세요. 매일매일 밤을 새워 춤을 추어 보일 테니." 하고 흥분에 싸여 어쩔 줄 모르던 그 서슬에 급기야 눈시울이 뜨거워지며 걷잡을 수 없이 눈물이 쭈르륵 흘러지더군요.

"너무해요. 형부도 너무하다니까요. 자기가 그렇게 약속을 해 놓고 사람을 속이고까지." 저는 어깨를 들먹거리며 쿨적쿨적 울어댔지요. 그러자 형부도 그때는 별 수 없이 꺾어지며 부드럽게 나오더군요.

"물론 너를 속인 것은 내가 나쁘지만, 그러나 너와 나와는 다른 걸. 넌 아직도 결혼 전이 아니가. 너두 생각해 보렴. 젊은 처녀가 이 놈팽이 저 놈팽이한테 안겨가지구 될 일이가?" "그렇게 생각하는 형부가 오히려 불결한 마음을 갖기 때문인 걸요. '댄스'는 유쾌하구두 신성한 것이에요" "뭐 '댄스'가 신성하다구? 그건 다 너 같은 철없는 애들이나 곧이 들을 소리지…… 하여튼 어린애들은 어른의 말을 듣기만 하면 되는 거야." "어린애 어린애 언제나 그 소리뿐이라니까, 저도 이전 어린애가 아닌 걸요. 형부가 딴 여자하고 춤을 추면 저도 그럴 테에요." "글쎄 너하고 나하곤 다르다니까." "다르긴 뭐가 달라요." "하여튼 오늘밤은 먼저 가." "그러면 이제가서 다시 그 여자와 춤을 추려는 것이지요." "바보 같은 소리 또 한다." "그래요. 저야 바본 걸요. 그래도 난 누구처럼 정직한 체 하면서 거짓말만 하고, 아는 척하면서도 봉건적이구 남의 말은 전혀 들어주지 않는 고집쟁이구 얌전한 체하면서 계집만 따라다니는 바람쟁이, 변덕쟁이, 능구랭이 위선자 그런 사람 된 것보다 바보 된 것이 얼마나 다행인지 모르는 걸요."

형부는 어이가 없어 웃고만 있던 걸요. 실상 저도 형부에게 그런 악담은 퍼부어 줄 생각이 전혀 없었던 것이랍니다. 그것이 흥분 끝에 저도 모르게 튀어 나왔지요. 그것이 형부에게 약간 미안했지만, 품었던 불평을 모두 배앝아버린 때문인지 울음도 뚝 끊어지고 행결 마음이 가벼워지던 걸요.

형부는 잠시 잠자코 걷다가 "하여튼 오늘 밤만은 내 말을 들어다고." 하고 차를 멈추려고, 손을 들려 하겠지요. 저는 분주히 가서 형부의 손을 잡아내리우고 "아직 시간이 멀은 걸요. 이제 다시 가서 춤을 추어요." 하고 어리광을 피워가며 달려붙어 팔을 끼고 끌었지요. "글쎄 오늘은 얌전하게 돌아가고 훗날 다시……." 나는 됐다 하고 어깨에 매달리듯 "가요 응 가 어서." 하고 몸을 흔들어대며 졸라댄

걸요. "글쎄 오늘은……." 하고 형부가 손을 들자 차가 우리 앞으로
와 닿았답니다. 나는 재빠르게 형부의 엉덩이를 떠밀어 먼저 태우고
서는 나도 따라타며 아까의 그 '홀'의 이름을 불러댔지요.

　차가 굴자 형부는 "오늘도 또 내가 졌다." 하고 쓸쓸한 미소를 제
게 돌리더군요. 저는 형부의 '넥타이'를 고쳐주며 "그리기 난 형부가
좋다는 것 아니에요. 따금으로 다시 둘이서만 춤을 춘다고 걸어요."
하고 손을 내밀자 멍하니 잠시동안 앞만 보던 형부는 그대로 제 무
릎 위에 손을 내매끼지 않겠어요. 문득 보니 침울한 얼굴에 눈시울
엔 눈물방울이 번듯하든 걸요. 서슬에, 나는 이어 수건을 꺼내 닦아
주려다 말고, 형부의 손을 쳐들어 내 손과 대어보며 "참 형부는 나
보단 정말 어른이라니까. 나처럼 울지도 않고, 손도 이렇게 크고." 하
고 자긋이 새끼손가락을 걸어, 둘이서만 춤을 추자던 언젠가의 걸었
던 약속을 풀어 주었답니다.

속정(俗情)

　처음으로 보는 선이라, 은주는 얼굴이 오를 대로 올라 사실 상대방을 잘 보았다고 할 수 없었지만, 그러면서도 느낀 인상으로서는 인물이 빠지거나 마음이 나쁘리라고는 생각되지 않았다. 그저 의지가 굳지 못할 것 같은 점이 약간 마음에 걸릴 뿐이었다. 그럴수록 은주는 자기와 일생을 같이 할 반려자를 좀더 신중히 생각해야겠다는 마음이 앞섰다.

　집으로 돌아오기 무섭게 중신으로 나선 고모가 뒤따라 오다시피 와서,

　"저편에선 아주 흡족해서 곧 이야기를 맺자는데 어쩌니 네 마음은……."

　하고 설레거렸다.

　은주의 어머니도 나무랄 데가 없는 모양이었다. 그것을 은주가 좀더 생각해 보겠다고 했다. 저녁에 시장에서 포목상을 하는 백부가 궁금한 듯 찾아왔다.

　"어떻게 됐니."

　그는 은주의 아버지가 납치되어 간 이후로 은주네 살림을 도맡아 돌봐주었다.

　"아주 좋다니까요. 신랑이 얌전도 하고 점잖기도 하고."

　"그거야 은주 어머니 생각이고 은주 마음은 어떠냐 말이다."

　"저도 별로 나쁜 사람 같지는 않아요."

"그래 그러면 됐구나."

"그렇지만 좀더 생각해 보겠어요."

"그렇지, 일생에 가장 중요한 일인데 신중히 생각해야지."

"우리가 좋다면 저편에선 곧 하겠다는 것인데, 그러다가 저편의 기분이나 상케 하면 어떻게 되겠어요. 쇠뿔은 단김에 뽑으라고, 좋다고 생각되면 어서 서둘러 해야지."

어머니는 몹시 초조한 모양이었다. 그러나 은주는 태연스러운 얼굴이었다. 별달리 상대자인 동화가 싫은 때문이 아니었다. 그저 어머니가 그렇게도 들떠서 야단치는 것을 모르는 척해 주고 싶은 마음이었다.

백부님이 돌아가고 둘이 되자,

"싫지도 않다면서 왜 대답을 망설인 건."

하고 그 말을 또 꺼냈다.

"어머니도 그렇게 서둘지 않아도 될 일이야 어련히 안 될라고요."

"그래도 이런 일이란 그렇지 않단다. 아버지 없는 집이라고 집안에서 이렇게 서둘러 줄 때 해야지, 그래서 너 좋아하는 사람 따로 있는 것 아닌가."

어머니는 갑자기 그런 말까지 파고들었다.

"어머니도 참."

"숨길 것 없이 있으면 있다고 말해라."

"그런 사람 없어요."

동화는 청량리에서 양주업을 하는 집의 둘째 아들이었다. 작년 봄에 대학을 나와 집의 일을 돕네 하고 놀다시피 하는 청년이었다. 그래도 그와 결혼을 하게 되면 그 집의 재산으로 비교적 여유 있는 생활은 할 수가 있었다. 그것에 무엇보다도 어머니의 마음이 끌리게 되는 것도 어쩔 수 없는 사실이었다. 선을 본 지 이삼 일이 지난 어느 날 저녁, 은주는 그로부터 두터운 편지를 받았다. 뜯어보니 그것은 마치 열렬한 연애편지와도 같은 것이었다.

'—우스운 사람도 있지 않아. 나를 한 번 보고 이렇게 좋아질 수가 있어. 아무래도 이 사람은 좀 이상한 데가 있는 것 같다니까.'

은주는 편지를 읽고 나서 불안해졌다. 그것을 그 사람의 순수한 정열로 생각하게 되는 것보다는 생각이 모자라는 데서 오는 것만 같이 느껴졌기 때문이었다.

어느 날 은주는 생각다못해 인애를 찾았다. 인애는 은주와 같이 이 년 전의 사범대학 국문과를 나와 여학교 선생을 하고 있었다.

"너 결혼하게 되었다구나."

인애의 첫 마디가 그런 말임에 놀랐다.

"그런 소리 누구한테 들었니?"

"일전에 종로에서 너의 어머님을 만났는데 그때 그러더라."

"우리 엄마도 참 망령이야."

"왜 딸 살리게 됐다고 기뻐하던데."

"뭐 내가 죽었다고 살려, 아무래도 좀 돌았다니까."

은주는 동화에게 받은 편지에 대하여 의논하려던 마음도 쑥 들어가 버리고 말았다.

은주는 인애와 헤어져 역시 국문과의 동창인 선옥이를 찾았다. 그러자 선옥이까지도 그 일을 알고 있었다.

"참 좋은 분이래구나, 요즘은 정말 재미가 무던하겠구나."

역시 이곳에도 어머니가 이야기를 한 것이었다. 은주는 어이가 없어 멍멍해지고 말았다.

어머니는 어째서 그렇게도 벙벙 이야기를 하며 돌아다닐까. 조금이라도 빨리 이 이야기를 진척시키기 위해서인가, 그렇지도 않다면 너무나도 기뻐서 어쩔 줄 몰라 덤벼대는 것인가. 은주는 정말 어머니의 그 심정을 알 수 없다고 생각했다.

은주는 마땅치 않은 대로 결국 약혼은 승낙했다. 어느 날 은주가 동무와 영화를 보고 좀 늦게 들어가자 동화가 기다리다 갔다 하며,

"계집애가 어딜 그렇게 싸다니니, 지금까지와도 달라, 이제는 약혼한 사람도 있는데 그래서야 되겠니."

하고 어머니가 꾸짖었다. 은주는 그 말을 반항하고 싶은 마음이 불끈거렸다. 그러나 입을 다물고 참았다. 무슨 말을 해도 어머니가 이해할 리가 없는 것이다. 어머니는 그저 동화가 누구보다도 은주의 좋은 배우자라고 생각하는 것이다. 그것은 미신과도 같은 것이다. 그러므로 아무 이야기를 한대도 필요없는 것이다.

다음 날 다시금 동화가 찾아왔을 때 처음에는 어머니와 셋이서 이야기를 하던 것이 어느 사이에 어머니가 자리를 비켜 주었으므로 그들은 처음으로 둘이서 이야기를 하게 되었다.

은주는 별로 말을 하지 않았다. 간간 동화의 말을 받는 간단한 대답을 할 뿐이었다. 동화는 이야기를 찾으려고 애쓰는 것이 역연히 보이었다.

"은주 씨가 다닌 학교는 공학이었지요."

"그래요."

"그러면 남자 친구들도 많겠군요."

"글쎄요. 많다고도 할 수 있겠지요."

이런 이야기엔 은주는 입을 다물고만 있을 수 없었다. 그러면서 동화의 그런 것을 묻는 것이 한편 불쾌하기도 했다. 이 사람은 이상한 데 신경을 쓰고 있는지도 몰라. 문득 그런 생각도 들었다.

"그런데 저와는 언제 결혼해 줄 생각입니까?"

갑자기 이런 질문을 꺼내 놓았다.

"……."

"난 무엇보다도 그것이 제일 알고 싶어요."

"……."

"말해 줘요."

"어머니는 뭐라고 해요."

하고 은주는 자기의 대답 대신에 반문했다.

"어머니는 은주 씨가 결정할 일이라고 하지 않아요. 참 어머니는 딸에 대해서 아주 이해가 깊은 훌륭한 분이에요."

"그럴까요."

"그럴까라니, 그렇게도 이해가 깊은 어머니는 좀처럼 그리 많은 것이 아닙니다. 그 점에서도 은주씬 참 행복한 분이지요."

"저는 가을까지 기다려 주었으면 해요."

"뭐 가을까지, 그때까지 어떻게 기다려요."

"그 동안 전 여러 가지 배워 가지고 가정 부인으로서 자신을 가진 후에 결혼생활에 들어가고 싶어요."

"그거야 말이 됩니까. 첫째로 나는 전번에 편지에도 썼지만 은주 씨가 좋아서 견딜 수가 없는 걸요. 지금 내 기분으로서는 열렬한 연애를 하는 마음과 꼭 같습니다. 가을까지 어떻게 기다릴 수가 있어요. 만일 은주 씨가 정말 그때까지 기다리라면 그 동안 나는 분명 병에 걸릴 것입니다."

"그렇지만 짧은 시일에 진정한 애정이 생길 수 있을까요. 나는 정말 동화 씨가 좋아지려면 역시 그만한 기간은 필요하다고 생각해요."

"첫 눈에 마음이 쏠린다는 이야기가 있지 않습니까."

동화의 눈은 열에 단 듯이 타 보이었다.

"전 그런 말은 믿을 수 없어요. 그렇게 쉽게 좋아진다는 사람은 싫어질 때는 역시 마찬가지일 걸요."

은주는 자기의 말이 좀 지나쳤다고 생각했으나 동화는 별로 그렇게 느끼는 기색도 없었다.

동화는 그 후로도 계속해서 은주를 찾아와서 영화 구경을 가자고 끌고 나가곤 했다. 그러나 은주에게 결혼을 재촉하지는 않았다. 영화를 보고 나오면 저녁을 먹는 것이 정해 둔 일이었고, 밤이 깊기 전에 차로 은주를 바래다 주었다. 은주가 차에서 내릴 때면,

"내일이고 모레고 또 들를께요."

하고 약속을 한 마디 남기고는 순순히 돌아나가는 것이었다. 그럴수록 은주는 이상스럽게도 마음이 비는 듯 싶어.

"여까지 오셨는데 잠시나마 들렀다 가요."

하고 인사가 섞인 진정의 말을 꺼내게 되었다.

"그러나 오늘은 늦은 걸요. 다시 또 올께."

그는 사양한다니보다도 뿌리치기나 하듯이 돌아가 버리고 마는 것이었다.

그런 일이 거듭되는 사이에 은주는 동화가 점점 좋아지기 시작했다. 은주는 애정의 난숙이라는 것이 이런 것인지도 모른다고 혼자서 생각해 보게끔 되었다. 그러면서 봄도 지났다.

아침부터 비가 내리는 어느 일요일. 어머니는 친구 아들의 결혼식에 간다고 나가 은주 혼자서 집을 보게 되었다. 은주는 심심을 끈다고 소설책을 꺼내놓고 하품을 켜다못해 그것도 싫증이 난 채, 이런 때 동화라도 찾아 주었으면 하는 생각이 간절해졌다. 그 때에 문득 동화가 우장을 걸으며 들어섰다. 은주는 기쁨을 감추지 못한 채,

"오늘은 아무도 없어요. 둘이에요."

하고 평시에 볼 수 없던 상냥한 웃음으로 반겼다.

"점심 전이지요. 내 오무라이스 해 드릴께."

말소리도 명랑스럽게 굴러나왔다. 동화는 오무라이스를 먹으며,

"이런 오무라이스는 처음이야. 솜씨가 대단한데 대단해."

하고 칭찬이 대단했다.

식사가 끝나자 동화는 안락의자로 가서 몸을 눕다시피 앉았다. 은주는 과일을 깎아 가지고,

"쪼개 드릴까요?"

하고 물었다.

"그대로 좋아."

하고 동화는 손을 내밀었다. 그러나 사과를 받으려는 줄만 알았던 그 손이 은주의 손목을 끌어당겼다. 그 순간에 은주의 몸은 어쩔 사이도 없이 동화의 몸 위에 묻혀졌다. 은주는 불시에 앞이 아찔해진 채 있는 힘을 다하여 거기에 반항했다. 전혀 모르는 사람에게 수치를 당할 때처럼 대항하여 그의 손아귀를 겨우 뿌리쳐 뽑아냈다.

"왜 그러세요."

은주는 두어 발자국 물러나서 간신히 입을 열었다. 그러나 동화는 다시금 은주에게 달려들고 의자에서 일어섰다. 단순히 짐승과 같은 눈길이 번개쳤다.

"소리칠 테예요."

무서움에 밀려 싸늘해진 소리를 뱉는 순간 은주는 불시에 방을 뛰쳐나왔다.

—역시 그런 사람이었다니까—

은주는 겨우 마음이 쏠려지기 시작하던 그에 대한 환영이 한꺼번에 무너짐을 느끼었다. 그것이 급기야 눈물이 되어 자기 방으로 들어가서 울기 시작했다.

결국 동화가 요구하는 것은 어떻게든지 빨리 은주를 점령하려는 것이었다. 그러한 태도가 이미 선을 보던 그 자리에서부터 느껴졌다.

뒤이어 받은 편지에서도 느꼈다. 동화의 경박한 태도는 언제나 보여진 것이었다. 그것을 동화가 태도를 달리했을 때 은주는 자기도 모르게 방심해 버리고 말았던 것이다.

얼마쯤 지나자 동화가 돌아가는 모양이었다. 돌아간다는 인사 한마디도 없이 가버리는 그가 불쾌했지만 이런 때에 그의 얼굴을 대하지 않을 수 있는 것이 오히려 다행이라고 생각했다.

큰방으로 건너가 마음을 진정시키려고 읽던 소설을 다시 펴려고 할 때, 문득 종이를 접은 편지가 눈에 띄었다.

'용서해요, 오늘 제가 좀 지나친 모양입니다. 그러나 저는 난폭하지 않을 수 없을 만큼 참을 수 없는 것도 사실이었습니다.'

비는 아직 그치지 않았다. 나뭇잎들을 파랗게 물들여 주는 듯한 빗소리는 은주의 마음을 더욱 산란케 했다. 은주는 그 편지를 다시 읽어보며 역시 그는 의지가 약한 사나이라고 생각했다. 좀더 이상적인 세계에서 이제부터의 아름다운 애정을 키워야 할 것이 아닌가. 동화의 마음도 알 수 있는 것이고, 사나이로서의 난폭한 행동도 모르는 것은 아니지만 그러한 가볍고도 얕은 애정에 끌려들 수는 없다고 생각했다.

방바닥에는 동화가 받다 떨어진 껍질 벗긴 사과가 그대로 있었다. 은주는 약간 저버리는 마음으로 그가 먹던 그릇에 사과를 담아 버렸다.

사흘이 멀다하고 찾아오던 동화가 그 후부터 나타나질 않았다.

"동화가 요즘은 왜 집에 안 오나."

어머니는 그것이 몹시 걱정되는 모양이었다. 그 때마다 은주는 아무런 대답이 없었다. 그러면서도 좋지 못한 심사가 불끈 솟곤 했다.

"너 그에게 잘못이라도 한 일이 없니."

어머니의 그 말엔 은주는 코웃음이 느껴졌다. 그러면서도 입을 다물고 있을 뿐이었다.

"요즘 아이들은 제 약혼자라면 죽을지 살지 모르고 야단치는데 넌 어째서 그 모양이가. 너도 남들처럼 그이와 춤이나 좀 추러 다녀 보렴."

"춤이요?"

"남들 다하는 노릇 너희라고 왜 못하겠니."

은주는 요즘 어머니를 대하는 것이 괴로왔다. 어머니를 대하면 으레 그런 말을 꺼내놓기 때문이었다.

자기가 지금까지 지켜온 순결을 버리기 위해서는 거기에 대가 되는 애정이 난숙돼야만 된다고 은주는 생각하는 것이다. 그러므로 동화의 성급한 애정의 표현에 응하지 않은 것이다. 그러나 어머니는 현실적 문제에만 지배되어 눈이 어두워지고 만 것이었다. 지금까지 은주에 대하여 누구보다도 엄격한 어머니였으며, 일반 남자에 대하여는 필요 이상으로 경계하던 것이 한 번 내약된 동화에 대해서는 너무나도 비굴스럽게 방심해 버리고 마는 것이었다. 은주는 몇 번인지 모르게 입안에서 말이 굴러졌다.

'―어머니 그래서 날보고 그에게 없는 아양을 부려 보라는 것이지요. 그런 비굴한 짓을 어떻게 할 수 있어요.'

어떤 인습에 얽매어진 감정에 잡혀 있는 어머니, 그 어머니의 약점을 이용하여 성급스럽게도 애정을 요구하는 동화, 은주는 그것을 보자 자기만은 그러한 그릇된 방향으로 끌려들 수 없다고 생각하는 것이었다.

동화가 은주의 집에 오지 않는 지도 십여 일이 지난 어느 날이었다. 은주는 동화가 하도 소식이 없는 것이 궁금한 대로 그가 잘 들른다는 찻집으로 찾아가서 같이 점심이라도 먹을 생각으로 경대 앞에서 화장을 하고 있었다.

"은주 있니."

어머니가 새까맣게질린 얼굴로 들어왔다. 왜 그럴까 하고 은주는 불길한 예감이 스쳐졌다.

"동화가 파혼하자는 편지를 보냈다."

하고 조용히 말했다.

은주는 드디어 올 것이 왔다고 생각되며 이상스럽게도 마음이 가라앉는 것만 같은 기분이었다.

"은주야 그래도 파혼된 건 네 체임이 아니다. 나는 네 태도가 안됐다고 꾸짖어 왔지만 동화가 파혼한 이유는 내게 있는 걸, 나 때문이야."

하고 어머니는 울음을 터쳐 놓았다.

"어머니가 어쨌다고요."

"내가 전신이 기생이래서……."

그 순간 은주는 어이가 없는 대로 놀랐다. 어머니가 기생이었다고 ─그런 것을 이유로 삼는 동화의 태도가 말할 수 없이 불쾌한 것이었다.

"그것이 무슨 이유가 돼요."

은주는 분하여 가슴이 찢어지는 듯했지만 입을 열면 더러운 욕설만이 나올 것 같아 입을 다물고 말았다. 어머니의 울음소리가 더욱 커졌다.

"어머니 울긴 왜 울어요. 어머니가 나쁜 것이 뭐에요. 나를 이렇게도 키워 주고서, 동화가 못났기 때문이에요. 내가 처음부터 뭐래요. 줏대가 없을 사람이라고 하지 않았어요."

은주는 어머니의 양팔을 움켜잡고 힘을 주듯 소리쳤다.

"그런 일로써 마음이 변해지는 사나이를 믿고 결혼을 했으면 어떻게 됐겠어요. 지금에 이렇게 되기가 다행이지."

은주는 어머니가 불쌍한 만큼 지금까지 어머니의 비굴한 태도를 비난해 온 것이 미안하다고 생각했다. 어머니는 어디까지나 선량한 분이었다. 선량하면서도 약하기 때문에 방향을 잘못 돌리었던 것이다.

지금 은주는 어머니의 진정의 마음을 본 것 같은 기분이었다. 그러나 이제부터의 여자는 그래서는 살 수가 없는 것이다. 그 약한 것을 이기고 나아가야 한다고 은주는 생각했다.

"어머니 어머니, 난 내일부터라도 일자리를 구하러 나가겠어요."

은주는 그 대답을 재촉이나 하듯 어머니의 어깨를 힘껏 흔들어 댔다.

실비명(失碑銘)

　　평양 모란봉 기슭인 진위대 마당에서 연년이 시민 대운동회를 열
던 일도 생각해보면 이미 삼십여 년 전의 옛일이다. 그때 경기 중에
선 장애물 경기가 제일 볼만했지만, 역시 인기의 초점은 마라톤이었
다. 오색기가 하늘 높이 펼쳐지는 매화포 소리가 쾅 하고 울려지면,
그 소리를 따라 백여 명의 건아들이 서로 앞을 다투어서 평양역을
향하여 달리었다. 시가 곳곳에서는 군악이 울려났고, 시민들의 환호
소리는 하늘을 진동했다. 참으로 장관이었다.

　　그때 어느 행가 권번(券番)의 인력거꾼이 '마라톤'에 삼등을 했다.
그것이 바로 덕구였다. 그는 상장과 부상으로 광목 세 통을 탔다. 상
장보다도 그실 실속 있는 광목을 짊어지고 그의 집에 들어갔을 때,
그의 아내는 딸의 예장이나 받은 것처럼 기뻐했다. 그렇게 기뻐하던
그의 아내가 그해 겨울에 급성 폐렴으로 가스랑거리는 가래와 함께
숨이 넘어가고 말았다. 스물여덟이란 너무나 아까운 나이에 일곱 살
난 딸 하나를 남겨놓았을 뿐이었다. 덕구는 '마라톤'에서 탄 광목을
의롱에서 꺼내어 아내의 시체를 감아야 했다. 정말 그럴 줄은 꿈에
도 생각지 못하였던 일이었다.

　　그는 꽁꽁 얼은 땅에 아내를 묻고 돌아서면서 눈물 대신 일생을
딸과 함께 독신으로 살겠다고, 손가락을 깨물어 피를 내었다. 그의
딸인 도화는 그때부터 쌀을 조석으로 일어야 했다. 이를테면 도화
는 글보다도 부엌일을 먼저 배운 것이다. 뿐만 아니라 집의 일이라면

무엇이나 아버지의 상대역이 돼야 했다. 아버지의 말이라면, 웃음부터 웃는 도화는 귀엽다기보다도 제법 모두가 어른 같은 짓이었다.

덕구는 추석이면 으레 도화를 데리고 아내의 무덤을 찾았다. 그리고는 들고 간 '도꾸리'*1 한 병의 소주를 벌컥벌컥 혼자서 다 마시었다. 올 때면, 언제나 도화는 한 손에 빈 '도꾸리'를 들고 또 한 손엔 취한 아버지를 끌고와야 했다. 어머니의 생각보다도 술 취한 아버지가 더 걱정되고 슬펐다.

이렇게도 추석을 해마다 보내면서, 덕구는 날마다 하루에도 몇 차례씩 기생 아씨들을 싣고 대동강 강변길을 달리는 동안에, 날이 가고 또 날이 가 어느덧 도화도 소학교 졸업반이 되었다. 허나 남보다도 이태나 학교를 늦게 다닌 도화는 그실 나이로 보아서도 그랬거니와 티로 보아서도 여학생이라 해야 했다. 더욱이 그의 조숙하고도 탐스러운 얼굴은 풋된 중학생 놈들의 가슴을 울렁거리게 하기에도 충분했다. 덕구는 밤마다 여드름투성이들이 집 담 밑에서 휘파람을 휘휘 부는 줄도 모르고 기생 아씨들을 막차까지 실어다주기에 언제나 자정이 넘어서야 집에 들어왔다. 어느 날 밤, 덕구는 술이 약간 취해서 들어오다 이불을 걷어차고 자는 딸의 젖가슴을 보고 "망할 놈의 계집애" 하고 못 볼 것을 본 듯 낯을 붉혀가며 이불을 끌어 덮어주었다. 그리고는 무심코 토실토실한 딸의 얼굴을 들여다 보다 문득 죽은 아내의 얼굴이 번개처럼 솟구침을 느끼었다. 순간에 딸의 입술을 물어뜯고 싶은, 단순히 순결이랄 수만 없는 욕심이 전신을 노곤케 했다. "그저 어린 것인 줄만 알았더니." 불을 끄고 자리에 누운 그는, 그제는 부질없는 숨결이 지나가고 쌔근거리는 딸의 숨소리를 따라 지금까지 눈앞에 그려만 보던 행복이 벅차게 닥쳐진 것만

*1 일본어로 '목이 가는 호리병'을 뜻함.

같이 느껴졌다.

그가 딸에게 바라는 것은 의사였다. 그것은 그가 오래전부터 그의 가슴속에 간직해둔 결심이었다. 자기가 인력거를 끄는 것도, 독신으로 사는 것도, 그렇게 먹고 싶은 술을 절주하는 것도, 그리고 다달이 저금해 나가는 것도 그 때문이라고, 하여튼 자기의 소원은 전부가 그것만이라 생각했다. 그가 밤마다 자리에 눕기가 무섭게 생각하는 것도 그것뿐이었다. 그 생각만 하면 피곤도 잊어버리고 그저 즐겁기만 했다. 그렇다고 그는 딸을 의사 공부를 시켜 호강을 사겠다는 그런 마음에서 그런 것도 아니었다. 그저 지금 기생의 인력거를 끄는 대신, 의사가 된 딸의 인력거를 끌어보겠다는 단순한 그 마음이었다. 그는 때때로 혼자서 잠꼬대를 하듯 "원장님, 어서 올라타시오" 익살을 부려 중얼거려 보기까지 했다. 그리고는 자기 딸이 탄 인력거를 끌고 신이 나게 달아나는 자기의 모양을 그려보곤 어쩔 수 없는 듯이 미소를 흘려놓고야 마는 것이었다.

요정에서 돌아오는 기생을 싣고 밤늦게 청루벽 아래 같은 호젓한 길을 지나올 때면, "아주바닌 정말 혼자서 무슨 재미루 살아요. 내 고운 과부나 하나 중매하라우." 하고 기생들이 심심파적으로 이런 조롱도 곧잘 끄집어냈다. 그럴 때면 그는 으레 "사는 거야 다 제 맛인걸. 혼자 사는 것두 한 재미지." 그러면서도 정말 도화년이 없었더라면 자기는 외로워서 어떻게 살 수 있었겠느냐고 딸의 얼굴 같은 달을 쳐다보는 것이었다. 달이 없으면 별을 쳐다보고 그 많은 별 중에서 도화의 눈처럼 총총한 별을 찾기도 했다.

때로서 덕구는 술에 취한 기생들의 푸념도 들어야 했다. "아주바니, 난 무슨 팔자를 타구나서 되는 게 해필 사나이의 조롱감이오?" 하고 팔자타령의 한숨을 풀어놓기도 했다. 그럴 때면, "난 무슨 팔자루 인력거꾼이 됐겠나, 사람 사는 게 다 그렇지." 하고 자기의 신세타령으로 기생의 입을 막아주기도 했다. 이런 때도 덕구는 도화가 없었더라면 달빛에 출렁거려 야단치는 저 백은탄(白銀灘)의 물소리도 그저만 자기의 한숨 소리로 들릴 것이라고 생각했다.

술은 또한 기생들의 마음을 헐떡하게 하기도 했다. 마음이 커지면 손님들의 흉내도 피워보고 싶은 모양인지, "정말 욕하지 말구 밤참이라두 가 잡수라요." 하고 인력거에서 내리기가 바쁘게 '핸드백'을 열어 오십 전 한 닢을 끄집어내기도 했다. 그러나 덕구는 이런 때면 언제나 선뜻 손이 나가지를 못하고 인력거 채부터 잡았다. "그러면 아주바닌 날 욕하는 거얘요. 난 정말 그렇게 생각하겠수다." 하고 기생은 기어코 따라오며 돈을 쥐여주었다. 덕구는 하는 수 없이 기생의 손목도 쥐어야 하고 돈도 받아야 했다. 그리고는 이것도 결국 도화의 앞날을 위해서라고 낯을 붉히며 생각했다.

도화가 다니는 학교는 학교 이사(理事)들도 자기 딸을 보내지 않는 장로교 계통의 인가도 없는 학교였다. 물론 운동회니 학예회니 그런 것은 생각지도 못하는 학교였다. 그래도 학생들은 자기네끼리 연년이 '크리스마스'의 축하회를 지내왔다. 말하자면 자기들의 재롱을 '크리스마스'를 이용해서 학부형들 앞에 보여주는 셈이었다. 졸업하던 해, 도화는 한동네 사는 연실이와 함께 춘향이와 몽룡이가 이별하는 춤을 추었다. 제법 소리판에 맞추어 홍치마를 잘잘 끄는 춘향이와 전복을 떨쳐 입은 몽룡이가 애타고도 안타까운 눈길을 서로 주고받는 꼴이란, 보는 사람마다 간지러운 미소를 저절로 흘려놓게 하였다. 더군다나 인력거를 쉬고 딸을 보러 갔던 덕구는 어떠했으랴. 그저 입을 반만큼 펑 벌린 채 몽룡이로 분장한 딸을 바라보며 저것이 정말 내 딸인가, 내 딸이라면 달에 아까울 것이 무엇이냐고 평시에 서분턴 생각도 잊어지고 황홀경에 취했을 뿐이었다.

도화는 공부도 우등이었다. 천자(千字)를 떼려다 기어코 못 뗀 덕구는 도화의 통신부를 받을 때마다 자기를 닮지 않은 것이 얼마나 다행인가고 생각하곤 했다. 그렇기에 도화는 졸업하던 그해에 남과도 달리 다섯 가지의 시험을 봐야 하는 소위 검정시험이라는 것도 모르는 체하고 여학교에 입학할 수 있었다.

　도화가 입학되자 덕구는 학부형회를 참석하려면 으레 양복을 입어야 하겠다고 신시가 '아라사' 양복점을 찾았다. 그러기 위하여 그는 지금까지의 저금에서 처음으로 십 원을 찾아야 했다. 그러나 아깝지가 않았다. 그저 딸에게 '넥타이'를 매달라는 것이 귀치않다고 생각했다. 그날 밤 덕구는 양복을 입고 딸의 인력거를 끄는 꿈을 꾸고 나서, 혼자서 벙실벙실 웃었다.

　도화는 여학교 간 첫날로, 생각지도 않았던 언니가 하나 나섰다. 백 미터 선수라는 얼굴이 말같이 생긴 상급반 학생이었다. 그의 집은 큰 정미소라고도 했다. 도화는 백 미터 선수도, 부잣집 딸이라는 것도 귀치않고, 태운다는 언니가 어째서 그런가고, 그를 어째서 언니라고 해야 하는 가고 생각할수록 슬프고 답답했다. 이튿날 언니라는 사람으로부터 꽃종이로 싼 예물이 왔다. 집에 가서 펼쳐보니 찻종지가 차곡히 들어 있는 곽이었다. 도화는 언니라는 사람이 찻종지만큼 예뻤으면 하고 생각하다 못해, 다음 날 찻종지 곽을 언니라는 그의 교실에 갖다 놓았다. 그날부터 도화는 백 미터 선수처럼 대번에 유명해졌다. 유명해졌대야 인력거꾼 딸이라는 것밖에 드러날 것이 없었다. 어느덧 도화의 별명은 '찌링'이 되고 말았다. '찌링'이라는 그의 별명은 짓궂게 남학생에까지 알려졌다. 학교 가는 길에서 조석으로 만나는 그들은 "찌링 찌링 비껴나시오, 빨리빨리 장춘관으로 헤이." 마치 무슨 응원가처럼 곡조를 붙여 지근거렸다. 도화는 그 소리를 들을 때면 울고 싶게 골이 났고 울고 싶은 눈으로 그들을 흘겨 주었다. 그러나 그것도 한두 번일 수밖에 없었다. 도화는 학교에서 돌아와 책보를 던지고 빈방에서 혼자서 우는 날이 많았다. 아버지를 원망하는 것도 아니었다. 오히려 아버지가 미안하고 불쌍하다고 생각했다. 그럴수록 눈물은 더욱 북받쳐 나왔다. 이런 때에 연실이가 찾아주는 것처럼 또한 고마운 일은 없었다.

"울긴 또 왜 우니." 기생 학교에 다니는 연실이는 하루하루 다르게 예뻐만 갔다. 도화는 연실이 저고리가 오늘도 또 다른 저고리라는 것을 알아내고 "난 학교가 칵 싫어졌다. 나두 기생이나 될까 봐." 그러나 연실이는 도화의 심정은 알아줄 생각도 않고 "날 놀리는 셈이가." 하고 샐쭉했다. 도화는 그것이 더욱 슬퍼지며 "그건 내 속 모르고 하는 소리야, 정말이야." 하고 흐느끼면 연실이도 불시에 자기의 설움이 느껴지며 "누군 기생이 되구파서 되는 줄 알구." 하고 옷고름으로 눈물을 짜내고야 말았다. 그러면 도화는 또한 미안스러운 생각이 들며, 나두 기생 학교나 다녔으면 마음 편했을 것이 아닌가고 생각했다. 그럴수록 그런 마음은 더욱 간절해지며, "나두 꼭 기생이 되고 말 테야, 그땐 너두 내 진정을 알아줄 테지." 하고 연실이 목을 쓸어안고 한참이나 울어댔다. 그리고는 누가 먼저 "이젠 씨원하지?" "응, 그래." 하고 그들은 벌써 우는 얼굴이 아니고 웃는 얼굴이었다. 그들의 우는 얼굴보다는 역시 웃는 얼굴이 더 귀엽다고 해야 했다.

그들은 밤거리를 잘 싸다녔다. 음산한 방구석에서 키들거리기보다는 물론 그것이 신선하고 즐거웠다. 그들은 불이 환한 시장에 가서 비좁은 틈을 비비대며 눅거리 '구리무'*² 를 고르는 재미도 알았다. 이애리수(李愛利秀)의 노래는 꼭 들어야 했고, 때때로 나운규의 영화

---

*2 일본어로 '크림(화장품)'을 뜻함.

도 봐야 하는 그들은 극장의 마지막 나팔소리도 분간하게 되었다. 그러자니 약간의 돈도 필요했다. 언니가 기생인 연실이는 그것이 어떻게 되는 모양이었다. 그러나 도화는 사지도 않는 공책을 사야 한다고 아버지를 속이는 수밖에 없었다. 그런 땐 정말 자기는 못된 년이라고 생각하면서도 하는 수가 없었다.

어느 날, 그들은 연극을 보고 오던 길에 빙수 가게에서 여배우를 모집하는 광고를 보고, 가슴을 울렁거렸다. 열여섯 살 이상이라야 한다는 연령 제한이 걱정돼서 그런 것도 아니었다. 이튿날 그들은 '아마추어 협회'라는 곳을 찾았다. 설마 그런 창고인 줄은 몰랐다. 그러나 저렁저렁 울리는 '단보링'*3 소리를 들었을 때, 그들은 다른 것을 더 생각할 여유도 필요도 없었다. 돌아오는 길에 그들은 배우가 되기가 그렇게도 쉬우냐고 서로 웃었다.

그날부터 도화와 연실이는 그 창고를 찾곤 했다. 그러는 사이에 어느덧 그들도 제법 '단보링'을 울릴 줄 알게 되었고, 그러는 사이에 또한 도화는 연실에게도 숨겨야 할 비밀이 생기었다. 비밀의 상대자는 협회에서 늘 같이 '콤빽'*4을 추는 길고 가늘게 생긴 허신이라는 중학생이었다. 그는 어느 날 학교에서 돌아오는 도화를 담 모퉁이에 지켜 섰다가 부드러운 눈웃음으로 잡아내어 제일관 뒷골목에 있는 양식당으로 끌고 갔다. 그곳에서 도화는 처음으로 달콤한 잼을 입에 대면서 키스 맛도 알았다. 도화는 쓰지도 않고 달지도 않은 생생한 그 기억이 입술에 남은 채, 눈에 보이는 것은 모두가 행복스럽기만 했다. 그러면서도 연실에겐 어쩐지 미안스럽고 그럴수록 허신이가 더욱 간절히 그리워지는 것도 어쩌는 수가 없었다. 그들이 손을 쥐고 어두운 강변길을 걷는 사이에 어느덧 여름 방학도 지났다.

---

*3 탬버린.
*4 춤의 하나로 추정됨.

9월이 잡히자 '아마추어 협회'에서는 첫 공연의 준비로 부산하였다. 그레고리 부인의 〈달 뜨는 무렵〉과 춤을 올리는, 말하자면 평양서는 처음 보는 '보드빌'로서, 토요일과 일요일의 이틀 동안을 '긴찌요자'에서 '동라(銅鑼)'를 울리게 되었다.

그날 도화와 허신이는 '콤빡'을 추었다. 막이 오르자, 그들은 음악 소리를 따라 푸른빛 붉은빛이 흘러지는 무대로 뛰어나갔다. 휘젓는 '단보링' 소리가 한껏 즐거운 대로 그들의 즐거운 눈길이 몇 번인가 서로 부딪쳤다. '집시'의 춤을 처음 보는 관중들은 미친 듯이 박수를 퍼부었다. 재청—재청 그때마다 그들은 무대를 뛰쳐 오르내리기에 숨 채우기가 가빴다.

그러나 그렇던 흥분도 결국 첫날뿐이었다. 이튿날 '아마추어 협회'의 남자들은 연극의 내용이 불온하다는 이유로 고스란히 잡혀갔다. 또한 도화는 도화대로 이튿날 밥알수염이라는 담임 선생에게 창가 교실로 끌려 들어가서 "너 같은 불량소녀는 우리 학교에 둘 수가 없다." 하고 단 한마디의 선언을 받아야 했다. 순간에 도화는 전신에 뜨거운 것이 한꺼번에 치밀어 올라 목구멍이 메어짐을 느끼었다. 학교에 미련이 있어 그런 것도 아니었다. 아버지가 미안스럽고 한편 무섭기까지 한 때문이었다.

다음 날도 아버지 앞에서 여전히 책보만은 싸가지고 나와야 하는 도화는 하릴없이 거리의 상점 진열장을 기웃거리다 허신이가 갇혀 있는 붉은 벽돌집인 경찰서 앞까지 와서는 그곳을 몇 번인가 빙빙 돌기만 했다. 그러나 그것뿐으로 자기로서는 어떻게 할 수 없는 일이었다. 도화는 가슴이 아프고 쓰리고 또한 안타까운 대로 그와 같이 걷던 길을 혼자 더듬어보며, 울적한 마음을 풀어본다고 쓸쓸하게 노래도 불러보았다.

이렇게 며칠을 보내는 동안에 잡혀갔던 중의 몇 사람은 먼저 나왔다는 기사가 신문에 났다. 그곳에 허신이도 끼여 있었다. 도화는 물론 허신이가 나오는 길로 자기부터 찾으리라고 믿고 있었다. 허나 그에게서는 아무런 소식도 없었다. 도화는 오늘이나 내일이나 가슴을 태워가며 그의 여윈 얼굴을 기다리고 있던 자기가 미련하다고 생각하게 되었다.

그렇던 어느 날 허신에게서 짧은 편지가 왔다.

"이 편지를 도화 씨가 받을 때에는 이미 저는 북국 나라로 정처 없이 떠났을 때입니다. 떠나기 전 뵈옵고 싶은 마음 간절하였사오나 즐거운 추억마저 구태여 이별의 눈물로……운운."

도화는 읽던 편지를 집어 던지고 말았다. 눈물은 안 나면서도 하늘이 무너지듯 허전한 그 무엇이 가슴에 느껴졌다. 도화는 다시 찢어진 편지를 붙여보았다. 그러나 역시 허전한 마음은 마찬가지였다.

덕구는 도화가 퇴학을 당한 이야기를 처음으로 연실이 언니에게 들었다. 바로 연실이 언니를 태우고 그의 집을 바래다주는 길에서였다. "그럼 그것도 여태 모르구 있었수다레. 도화가 '긴찌요자'서 춤을 추구 그렇게 된 걸……." 덕구는 초롱불의 어두운 불빛 속에서 인력거 채를 돌려 쥔 채 멍하니 연실이 언니의 얼굴만 쳐다보고 있어야 했다. "글쎄 우리 연실이 년이랑…… 그것들이 정말 그러구 밀려다니는 줄야 누가 알았겠수." 연실이 언니는 언니다운 한숨을 지었다. 허나 덕구의 아픈 가슴에 비할 바는 아니었다.

덕구는 그날 밤 아직도 몇 차례 더 끌어야 할 인력거를 그만두고 주차소(駐車所)를 나왔다. 몸이 떨려서 그대로 집에 들어갈 수가 없었다. 그는 계물전에 들러서 '고뿌'*5 술을 두 잔이나 단숨에 들이키

---

*5 일본어로 '컵'을 뜻함.

었다. 마음을 진정하려는 술이 급기야 격분으로 터져, 눈에는 불이 벌깃벌깃했다. "그저 그년을 그년을⋯⋯." 입술을 깨물다 못해, 석 잔째의 술을 벌컥 들이켜고 난 그는, 단걸음으로 집으로 달려가 대문을 차고 미닫이를 젖혔다. 그러나 방 안에는 텅 빈 채 십 촉 등불만이 홀로 졸고 있었다. 참으로 다행한 일이라고 해야 했다. 덕구는 숨이 넘어갈 듯 허덕이다 그만 자리에 쓰러지고 말았다. 전신이 노곤해지며, 뺨 위에는 걷잡을 수 없는 눈물이 쭈르륵 흘러지었다.

그날도 연실이와 같이 구경을 갔던 도화는 열두 시가 거의 가까워서 들어오다 문득 아버지가 드러누운 것을 보고 가슴이 털썩했다. 학교가 그렇게 된 후부터는 아버지의 얼굴만 대해도 놀라는 버릇이 생긴 도화는 떨리는 손으로 전등부터 끄고 나서 자리에 누웠다. 그리고는 가늘게 한숨을 섞어가며, "아버지도 그 일을 끝내 알고야 말겠지. 그럼 아버진⋯⋯." 그러자 무서운 공기가 방 안에 가득 차지며 옆집에서 들려오는 다듬이 소리가 자기 가슴속에 울려지는 것만 같았다. 그때에 자는 줄만 알았던 아버지가, "어디 갔댄?" 하고 얼굴을 벽에 댄 채 물었다. 도화는 급작스럽게 가슴이 울렁거리며 대답이 선뜻 나오지 않았다. "저 연⋯⋯연실네 집에서 놀다가⋯⋯." 덕구는 뒤이어 "연실의 집에⋯⋯." 하고 반문하고는 잠깐 공간을 두었다가 "난 그래두 널 의사 공불 시킨다구 술두 안 먹었단다." 하고 이제는 더 나올 한숨도 없는 듯이 담배를 찾아 물었다. 아버지의 담배가 절반도 타기 전에 도화는 어둠 속에서 어깨를 들먹여 꿀쩍꿀쩍 울기 시작했다. "듣기 싫구나." 역시 비통한 소리였다. 그날 밤 덕구는 담배로 밤을 새우고 도화는 눈물에 분 눈으로 밤을 밝혔다.

다음 날 아침 덕구는 양복을 꺼내 입고 혼자서 넥타이를 매다 못해, 종시 도화에게 목을 내밀었다. 도화는 아버지가 학교를 찾아가려는 것을 알았다. 가야 쓸데없는 것도 알고 있었다. 그러면서도 그것을 말릴 수 없는 것이 자기라고 생각했다. 학교를 찾아간 덕구는 언제인지 학부형회에서 본 도화의 담임 선생인 밥알수염 앞에 가서 머리부터 굽실굽실 숙이었다. 밥알수염은, "기생만 다리구 다니는 양반이 돼서 자기 딸 같은 것은 잊구 다니니까 그렇지요." 첫마디가 이런 투의 조롱이었다. 그래도 덕구는 딸의 복교를 애원해보았다. 종이 울리자, 밥알수염은 더 말할 필요가 없다는 듯이 분필갑을 들고 나가버렸다. 그래도 덕구는 주저앉아서 기다렸다. 시간을 끝내고 다시 들어오던 그는 화를 발칵 내며, "이 영감이 미쳤나, 어서 가 인력거나 끌지 않고⋯⋯." 덕구는 그제야 뱃이 꾸불거리는 것을 느끼고 일어섰다. '포플러' 잎이 휘날리는 교문을 나서면서 그의 마음은 한없이 허전했다.

덕구는 그날부터 매일 밤 술이었다. 주차소는 밤 두 시가 거의 가까워서야 문을 닫았다. 그제야 동료들은 명태 대가리 놓고 둘러앉아서 대포 술을 마시었다. 술이 시원치 않으면 그들은 '고뿌'를 둘러 엎고 실수당골 색주가 집으로 가자고 소리치곤 했다. 전엔 전혀 없던 덕구도 먼저 고함치는 날이 많았다.

덕구는 술에 취하면 더욱 마음이 허전해지었다. 이제는 별을 보아도 도화의 눈을 찾는 버릇도 없어지고 자동적으로 꺼져 나오는 한숨을 따라 "간밤에 부던 눈서리 치단 말까." 하고 노랫가락을 외면서 비뚝거리며 집을 찾아오곤 했다.

어느 날 덕구는 자기와 같이 권번에 있던 친구를 만나 술을 마시다가, 시험을 쳐서 의사가 되는 이야기를 들었다. 그는 일본인 산부인과 병원에서 인력거를 끌기 때문에 그런 일을 좀 알았다. 그의 말에 의하면 간호부로 들어가 이삼 년 공부하다 의사시험을 치고 나면 대번에 의사가 될 수 있다는 것이었다. 덕구는 한꺼번에 마음이 밝아졌다. "의사시험이 아무리 힘들단들 네 재간 가지고 못할 것이 뭐냐." 딸을 대하고서 그는 오래간만에 화기를 띠었다. 도화는 실상 남의 피고름을 짜내야 하는 간호부가 마음에 당기는 일은 아니었다. 차라리 기생이 되면 되었지, 그의 본심은 그러면서도 아버지의 기뻐하는 얼굴을 거역할 수는 없었다.

도화는 아버지의 친구라는 사람을 따라가 간호부가 되었다. 간호부 생활도 당해놓고 보니 생각보다는 몇 곱절 고된 일이었다. 이십여 명이나 되는 환자의 체온을 재야 했고, 밤 시중을 해야 했고, 때로는 조산(助産)도 해야 했고, 그리고도 병원 소제까지 해야 했고, 그것도 단 셋이서 해야 했다. 도화는 한종일 이 방에서 저 방으로 뛰어다니다 밤이 되면 솜처럼 풀어진 채 옷도 벗지 못하고 쓰러져 자는 날이 많았다. 의사시험은 고사하고 책을 한번 들어볼 짬도 어림없었다. 이렇게 석 달을 지내는 동안 도화의 탐스럽던 얼굴은 다 어디로 가고 해말쑥한 얼굴이 되고 말았다.

함박눈이 펑펑 쏟아지는 어느 날 밤, 덕구는 신시가 일본 요정(料亭)에 기생을 태워다 주고 오던 길에, 오랫동안 보지 못한 도화가 그 날만은 자꾸 보고 싶어졌다. 그는 길을 돌아 병원을 찾았다. 바로 그 때 도화는 병원 앞에서 눈을 쓸고 있었다. 덕구는 도화의 여윈 얼굴을 보고 눈을 섬뻑거려가며 놀래었다. 아버지를 대하자 눈물부터 터지려는 도화의 얼굴은 병원에서 흘러지는 불빛에 반사되어 더한층 창백하게 보이었다. 덕구는 애처로운 마음이 뭉클하고 치밀어 오르는 대로 당장에 들어가서 짐을 싸라고 하여 끌고 나왔다.

어두운 순 눈길을 한참이나 말없이 걸어 나오다 문득 덕구는 뒤돌아서며, "그렇게도 맹추가, 제 몸 생각할 줄도 모르고." 하고 처음으로 입을 열었다. 인력거 뒤에서 잠잠히 따라오던 도화의 눈에서는 수정 같은 방울이 힐끔 띄웠다. 덕구는 못 본 체하고 다시금 인력거를 끌었다. 눈 위로 굴러가는 바퀴 소리만 한참 계속되었다. 덕구는 얼마큼 가다가 서서 도화에게 고개를 돌려 "타간" 하고 물었다. 도화는 말없이 고개만 흔들었다. 좀 더 가다가 덕구는 불이 환한 계물전 앞에 다시 서서 "눈도 오는 데 타려무나." 했다. 도화는 싫다고 좀 전보다 고개를 더 흔들었다. 얼마 안 가서 큰 거리로 나서자 이번에는 인도 옆으로 인력거를 대놓으며 "어서 올라타구 빨리 가자꾸나." 했다. 도화는 "싫다는데두." 하고 울상을 지었다. 덕구는 다시 인력거 채를 쥐고 묵묵히 걸었다. 얼마 동안 가서 남문 거리로 들어서자 갑자기 인력거를 놓고 나서 "정말 못 타간" 하고 씨근거리던 숨소리가 벌컥 소리를 질렀다. 도화는 더욱 울상이 되어 움츠러들자, 덕구의 손은 와락 달려들어 도화의 머리채를 그러잡고 인력거에 올려놓았다. 도화는 무서워선지 어째선지 손에 얼굴을 묻고 흐느끼기 시작했다. 행길의 사람들이 모두들 이상스럽게 힐끔힐끔 쳐다보고 지나갔다. 그러나 덕구는 태연스럽게 종을 한 번 '찌링' 하고 울리고 나서 달리기 시작했다. 눈과 마찰되는 바퀴 소리가 점점 더욱 요란스럽게 요동침을 따라 인력거의 속도는 가속도로 빨라졌다. 어느덧 그의 이마에는 땀방울이 떨어지고 입에서는 입김이 퍽퍽 쏟아졌다. 왕년에 '마라톤'을 뛰던 그 기세랄까, 걸핏걸핏 순식간에 서문 거리를 지나고 대동문 앞을 지나고, 다시금 신창리 팔각집 모퉁이를 돌아들던 바로 그때였다. 달려드는 '헤드라이트'에 악 소리도 칠 사이 없이 자동차에 깔린 덕구는 네 활개를 벌리고 피를 물었고, 공중에 튀어난 도화는 눈 위에 떨어진 채 정신을 잃었다. 참으로 눈 깜짝할 동안의 일이었다.

병원 침대에서 정신이 깨어난 도화는, 순간부터 전신이 쑤셔 들어오는 아픔을 느끼었다. 좌골(坐骨)이 부러진 아픔이었다. 이튿날 도화는 '깁스'를 하고 나서 아버지의 죽음을 알았다. 그때 자기도 따라 죽고만 싶은 심정이었다. 허나 침대에 들러붙어, 몸도 마음대로 뒤챌 수조차 없었다. 하는 수 없이 아버지의 장례도 친구들에게 맡기고 자기는 침대에서 울고만 있어야 했다.

이듬해 한식(寒食)을 맞이하여 도화는 아버지의 성분(成墳)을 하고 나서 뒤이어 남 보기에도 졸하지 않게 오석으로 비를 해 세웠다. 비문에 딸의 이름은 밝히지 않는 것이 도화로서는 슬펐다. 도화는 그날 아버지의 친구들을 청하여 술대접하는 일도 잊지 않았다. 아버지의 친구들은 도화의 칭찬이 많았고, 또한 도화는 연실의 수고가 고마웠다.

그리고도 아버지가 놓고 간 저금통장엔 오백 원 남직이 남아 있었다. 그것으로 도화는 더 생각하지 않고 평상 연실이와의 약속대로 기생 학교에 들어갔다. 여학교에 다녔다는 덕분에 도화도 연실이와 같은 반인 졸업반에 편입되었다. 도화는 일 년 동안 가무(歌舞)에 열중했다. 소리는 본시 성대를 타고나지 못하였지만, 그래도 제법 장구를 끼고서 흉내는 피웠다. 역시 그의 장기는 춤이었다. 춤이라면 검무로 승무로 모두가 뛰어나 언제나 선생의 고(鼓) 채를 흥분케 했다. 도화가 즐겨 추는 춤은 승무였다. 승무에는 역시 북 치는 것이 중요했기 때문에 그는 늘 그 연습을 게을리 하지 않았다. 마음이 울적할 때도 고 채를 들고 가서 북을 꽝꽝 울리었다. 북소리에 열중하면 때로서는 '단보링'의 방울 소리가 뒤따르며 가슴 속에 스며 있던 첫정이 그리워지기도 했다.

그해 추석날, 도화는 아버지의 뫼를 보러, 연실의 집에서 보낸 떡과 그리고 술을 한 병 사서 들고 나섰다. 외롭기가 한이 없었다. 그저, 아버지와 같이 어머니의 무덤을 찾던 것이 즐겁던 일만 같이 생각되었다.

무척 맑은 날씨였다. 그러면서도 상복의 치맛자락을 날리는 바람은 벌써 산드러운 맛이었다. 벼가 누렇게 익은 논둑길에는 음식을 짙어지고 뫼를 보러가는 사람으로 줄을 지어 연달렸다. 도화는 문득 어렸을 때에 어머니에게 들은 타박네의 이야기가 떠올랐다. 정말 아버지의 뫼가 험한 산이 있고 깊은 물이 있어, 차라리 못 갈 곳이나 되었으면 하고 생각도 해보았다. 그러나 멀리 벌판 건너 바라보이는 산모통이를 돌면 아버지의 무덤이 보이리라고 생각하니 마음이 느신했다.

아버지의 뫼를 찾아 올라간 도화는 먼저 무덤의 잡초를 뽑아주고 나서 떡과 술을 부어놓았다. 언제나 아버지는 어머니의 무덤 앞에서 한 되 되는 이 술을 다 마시었거니 하고 생각하니 설움은 더욱 북받쳐 나왔다. 비(碑)를 쓸어보아도 자식의 이름 하나 없는 아버지의 비가 허전하기만 했다. 낮닭의 긴 울음소리가 서로서로 어울리듯이 바람을 타고 들려왔다. 멀리 바라보이는 마을의 지붕마다 널어놓은 빨간 고추들이 눈부시게 빛나면서 가을의 짙은 햇빛은 어쩐지 애타고 야속한 것만 같았다. 도화는 무심히 앉아서 아버지의 무덤을 지켜주는 듯이 무덤 앞에 홀로 서 있는 소나무를 바라보고 있었다. 바람이 획 하고 스쳐 갈 때마다 솔가지들은 나부끼며 흡사 춤을 추는 것 같았다. '저 늘어진 소나무 가지 아래 북이라도 매어달렸다면.' 문득 도화는 이런 생각을 하다 당황히 일어나, 술병을 들어 아버지 무덤에 쭉 뿌려주었다. 그러고는 잠시 동안 푸른 하늘을 향하여 옷깃을 고치었다. 다시금 솔잎을 치는 바람 소리가 울리자, 불시에 그는 그 소리를 따르듯 활개를 벌려 허공에 던지었다. 순간에 그의 얼굴에는 인(燐) 같은 불빛과 함께 엄숙한 긴장이 흘러들며 허공에 놓인 비조(飛鳥)처럼 허망한 공간을 찾아 몸은 움직이었다. 무덤과 소나무의 잔디밭을 헤매이던 그는 다시 들었던 팔을 하늘 위로 매지를 접으며 전신이 부드럽게 휘돌면서 소나무 아래로 달려갔다. 산을 타고 넘어가는 바람 소리가 다시금 획 하고 지나가자, 그의 눈에는 더한층 무서운 광채가 번뜩이며 가슴속에서 울려 나오는 북소리를 따라 소나무를 북으로 삼고 부리나케 뚜드리기 시작했다. 고채도 없이 쥐었다 폈다 맨손으로 치는 그 북소리가 점점 더 커지고 빨라지자, 불현듯 그의 가슴속엔 눈 위를 달리는 인력거의 바퀴소리가 또 하나의 북처럼 울려지었다. 그럴수록 그는 그 소리를 잊으려는 듯이 주먹을 힘껏 쥐고 때리었다. 그의 이마에서는 땀이 빗발치고 가쁜 숨이 터져 나왔다. 그래도 그는 손이 터져 찢어져라고 소나무 북을 두드리며, 이대로 그만 쓰러졌으면…… 문득 이런 생각을 하고서는 다시 무엇을 잡을 것이 없어 허공에 손을 벌리고 돌아가다 아버지의 무덤 앞에 그대로 쓰러진 채 급기야 울음이 터지었다. 뭉쳤던 설움이 터지면서 어리광도 부려보고 싶은 울음이었다.

이듬해 봄에 기생이 된 도화는 인력거를 타지 않기로 결심했다. 비가 악스럽게 퍼붓는 밤에도 그는 옷을 적시면서 혼자 걸어왔다. 때때로 동무들이 그럴 것이 무엇이냐고 하면 더욱 매섭게 고집을 부렸다.

도화는 달도 없는 강변길을 혼자 돌아올 때면 호젓한 대로 아버지는 이 길을 몇 번이나 오르내렸을까 하고 생각해보다가는 강 건너편 어둠 속에 그어진 반월도(半月島)의 윤곽이 갑자기 무서워지기도 했다. 그럴 때면 아버지가 잘 부르던 〈수심가〉를 중얼거려 보기도 하며 내년 한식에는 어머니와 아버지의 무덤을 합장하리라고 생각했다.

악수(握手)

　손이 제아무리 큰들 망짝만이야 하랴만 어쨌던 덕보의 별명이 망
짝손이었으니 그의 손이 얼마나 크다는 것쯤은 능히 짐작될 일이다.
손이 크고서야 으레이 발이 큰 법이요 수족이 남보다 크고서야 신
장이 길지 않을 수 없다. 그 커다란 키를 휘저으며 술집장폭을 들칠
땐 언제나 그 뒤에는 성칠이가 붙어 있었다. 성칠이 역시 다부진 사
나이었다. 신장은 비록 덕보와는 비할 바가 아니라 남보기에도 숭하
리 만큼 작은 키였지만, 그러나 미륵처럼 목덜미로부터 민민하게 깎
아 내린 그의 몸집은 그저 몽둥스러운 그대로 못판에 굴려댄대도
어디서 피 한 방울 꿰져 나올상 싶지 않았다. 그렇기에 그의 별명도
그답게 장도리가 아니었던가.
　이 덕보와 성칠이가 밤낮으로 밀려다니는 곳도 뻔한 것이었다. 싸
움판이 아니면 투전판 그리고 나서는 갈 곳이 색주가집 밖에 또 어
디 있었던가. 그러니 날마다 먹구 치구 때리구 타구 누르는 것이 그
들의 생활의 전부요 그것이 또한 그들의 자랑이기도 하였다.
　그들이 이렇게 지나며 평양거리를 좁다하고 활보하던 것도 생각
하자면 8·15해방 전후의 일이었으니 지금으로부터 이럭 저럭 사오년
전의 일이었다.
　그 때 그렇게도 가깝게 지내던 그들의 우정이 어느 날, 아주 어이
없는 일로 덕보와 성칠이는 아주 어이없게도 서로 헤어지게 되었다.
　헤어지게 된 것이 별다른 일이 아니라, 그것이 어느 계집 때문에,

그 부질없는 계집 때문에 대장부답지 못하게도 서로 상판에 피칠까지 하게 되었으니, 그것이 아무리 취중에 된 일이라 해도 일인즉 창피스러운 일이었다. 그러니 덕보는 다시금 성칠이 앞에 낯짝을 들 수가 없다는 듯이 그 이튿날로 훌쩍 서울로 달아나 버리고 말았다. 성칠이 또한 무슨 생각이었던지 저대로 어느 공장에 들어가 직공이 되었던 것이다. 그러므로 그들의 호기 있던 자태는 그때부터 다시금 평양거리에서 찾아볼 수가 없었던 것이요, 따라서 그 저주의 삼팔선이 무너지지 않는 이상 그들이 서로 만날 수가 없었던 것도 사실이었다.

그것이 이번 국군과 유엔군의 진격으로 삼팔선이 무너지고 삼수갑산을 지나 국경에 인접한 혜산진까지 쳐 나갔다가 철수하는 통에 성칠이도 수많은 피난민들과 함께 서울까지 밀려오게 되었다. 그렇게 바라고 바라던 해방을 그렇게도 부난없게 내어놓게 되는가고 생각할 때 성칠이 가슴은 설레지 않을 수가 없었다. 더군다나 해방을 맞이한 기쁨을 풀어 놓을 겨를도 없이 괴뢰군이 파괴하고 간 공장을 복구하려고 사십여일 동안이나 하루같이 밤잠을 자지 못한 생각을 하면 더욱 가슴이 아팠다.

그러나 역시 최후의 승리는 우리의 것이라고 마음에 힘을 주어가며 피난의 긴 행렬을 따라 서울까지 찾아온 것이었다. 그러나 찾아온 서울은 어떠한가. 소개짐을 산더미처럼 실은 트럭이 줄을 이어 남으로 달리는 것이 눈 앞에 띠울 뿐, 이 구석 저 구석에서 수군거리는 것은 어서 피난을 가야 한다는 공론뿐이 아니었던가.

우리의 서울까지 오랑캐놈들에게 내어주게 된다면…… 그것이 승리를 위한 작전상의 불가피한 일이라 해도 성칠의 마음은 메어질듯 끓어오르는 격분을 억제할 수 없었다.

성칠이는 당장에 오늘밤부터 누구를 찾아 어디 가서 자야할지도 모르는 채 불타다 남은 벽돌담 위로 넘어가는 저녁해를 길가에 서서, 멍하니 바라보고 있었다.

바로 그때였다.

"성칠아 이 녀석 살았구나."

집채가 떠나갈 듯한 소리와 함께 갑자기 목덜미를 잡아당기는 바람에 성칠이는 깜짝 놀래어 바라보니 키가 구척같은 덕보였다.

"이놈아 덕보."

성칠이는 기뻐 어쩔 줄을 몰라 덕보의 망짝손을 덥석 쥐었다.

우연히도 덕보를 만나고 보니 성칠의 기쁨은 어떻다 말할 수 없는 것으로 옛정은 그대로 어제도 그제도 늘 만나던 것만 같았다. 하기야 그 어이없는 일만 없었던들 이렇게도 오래간만에 만날 리야 없었던지도 모르는 일이 아니었던가.

역시 덕보의 손은 옛날과 다름없는 망짝손이었다. 그러나 털외투에 칠피구두에 마카오 냄새를 풍풍 풍기는 그것이 어쩐지 자기와는 사이가 먼 것 같기도 하였다.

"네 녀석이 평양서 공장엘 단긴다는 소리는 듣구 있었다."

"누구에게?"

"그거야 다 알구 있지, 아무런들 내가 네 녀석을 잊을 법이야 있겠니."

그리고 나서는

"자우간 잘 됐다. 오늘두 한밥 줬으니 가세."

하고 성칠의 말을 기다릴 필요도 없다는 듯이 덕보는 앞장을 섰다.

그들은 조금 후에 종로 뒷골목에 있는 어느 아담한 술집에 자리를 잡았다.

성칠이는 오랫동안 잊었던 우정과 함께 덕보가 부어주는 술을 받아 마시며 그 동안 먼길에 밀렸던 피곤이 전신에 녹아내림을 느끼었다. 덕보도 역시 취기가 도는지 안주를 집을 생각도 잊고 옛날과 다름없는 호담스러운 웃음을 웃어 대었다. 이야기는 자연히 옛날 같이 밀려 다니던 축들에게 옮아가며

"코맹맹이 말이다. 그녀석두 서울로 올라와 그 동안 뿌로카 장수로 집칸두 매른하구 친구 만나 술 한잔 사기에 그리 궁하지 않게 되었지. 그리구 참 키다리 왁새말야, 그 녀석이 진고개에선 어깨루 쩡쩡하다니까……"

하고 한바탕 통쾌스럽게 웃고 나서 그리고는 다시 정색하여

"글쎄 넌 무슨 지랄루 여지껏 평양 구석에 구겨박혀 입에 풀칠할 것이 없다구 공산당 그 자식들의 수모를 받다 못해 이제야 허덕이며 서울을 찾아 왔단 말인가, 이 못난 녀석아."

하고 꾸짖듯 나무래가며

"글쎄 네놈이야 남보다 기력이 없는 놈인가 수단이 없는 놈인가. 네놈이 벌써 왔으면야 한미천 크게 잡았을 것 아닌가. 하기야 지금 두 돈이나 잡을 구멍은 버리둥지처럼 맨 구멍인 걸. 더군다나 요즘 같이 피난이니 소개니 어즈러운 통에 오죽 좋은 판인가."

덕보는 흥이 날대로 흥이 나다 못해 너털웃음까지 웃어 대었다. 그럴수록 성칠이는 어떻다 말할 수 없는 우울 속에 잡히어 덕보가 부어주는 술을 잠잠히 받아 마실 뿐이었다.

이에 따라 덕보도 흥이 꺼지는지

"어째 기분이 나쁜가?"

하고 성칠의 얼굴을 살피다 문득 무엇을 생각하였는지

"옳지 이제야 알았다. 네녀석이 아직두 그 계집을 갈피에 두고……"

말이 떨어지기가 무섭게 술잔이 획하고 성칠이 얼굴에 달려들었다. 순간 성칠의 두 눈에서 불꽃이 번쩍 튀었다. 그러나 그것은 극히

짧은 순간이었다. 성칠이는 흩어진 머리카락을 태연스럽게 쓰다듬으며

"네가 미쳤니, 지금에 어느 때라구 계집이 뭣까."

그리고는 저으기 낮은 소리로, 그러나 어딘지 모르게 힘찬 소리로

"지금이 어느 때라구 계집을 찾고 있냐 말이다. 온 겨레가 나서서 밀려오는 오랑캐를 막아야 할 지금에 너는 아직도 정신을 못 차리고……이제라도 정말 네가 나라를 사랑할 줄 아는 내 진정한 친구가 되어 주겠다면"

하고 불쑥 손을 내밀어 덕보에게 악수를 청했다.

연습곡(練習曲)

　다달이 주기적으로 오는 명애의 우울증은 이제는 보기만 해도 역정이 나다시피하는 피아노 때문인지 그렇지도 않다면 역시 '올드미스'들이 흔히 있는 그런 증세인지 딱이 알 수 없는 일이지만 하여간에 그런 우울증이 피아노 월부의 지불기일을 앞두고 일어나는 것만은 사실이었다.

　명애는 환도하는 해에, 어느 동무의 소개로 낡은 피아노를 삼년 동안의 월부로 갚기로 하고 물려받았다. 그는 그것으로 피아노 개인교수를 시작했다. 그리하여 다달이 적지 않은 월부를 갚아가며 지금까지 용하게 살아왔다. 그러나 그 피아노가 완전히 자기의 것이 되자면 아직도 일년은 더 물어야 했다. 실상 그때까지 쓸 수나 있을지 모를……아니 벌써 버렸어야 할 피아노이면서도.

　지금 명애는 피아노를 치고 있는 소녀의 옆에 앉아 있으면서도 이번 달은 또 어떻게 월부를 갚아야 하는가고 그것만 걱정하고 있는 것이었다.

　아무리 생각해 보아도 이번 달이라고 별로 돈을 드러나게 쓴 것도 아니었다. 기껏해서 어머니와 자기의 여름살이를 한 벌씩 한 것밖에 없었다. 그 때문에 이렇게까지도 돈이 물리는가고 생각하니 산다는 것이 모두가 귀치않아지고 말았다. 그러면서도 그 돈을 변통할 생각을 하지 않을 수가 없는 일이었다.

　명애는 피아노의 단조로운 소리를 따라가며 그래도 자기에게 돈을 돌려줄 만한 사람을 하나 하나 생각해 보았다. 그리고는 결국 자기의 이런 곤경을 그나마 생각해 줄 사람은 음악학교 때부터 동무인 치숙이 밖에 없다고 생각했다. 그럴수록 그의 마음은 더욱 울적해지고 말았다.

이러한 생각에 젖어 있던 명애는 문득 건반을 치던 손을 멈추고, 멍청하니 자기를 쳐다보고 있는 소녀의 눈과 부딪쳤다.

"왜 계속하지 않고 멈춰요."

그러나 소녀는 귀밑이 빨개진 채 자기 손만 들여다보고 있다. 명애는 갑자기 안정을 잃은 마음이 되면서도 소녀의 어깨를 가만히 밀고 나서

"내 손 움직이는 것을 좀 봐요, 어떻게 움직이나."

하고 자기가 대신으로 쳤다. 자기도 알 수 없게끔 손의 힘이 뻗쳐지며 자연 '터치'가 거칠어지자, 소녀는 더욱 불안스럽게 눈을 대룩거리고 있었다. 소녀는 명애의 손을 바라보고 있으나, 그실 보고 있지 않다는 것은 누구보다도 명애 자신이 잘 알고 있는 일이었다.

"알겠지. 그러면 천천히…… 너무 덤비지 말고 자 쳐 봐요."

명애는 될수록 말을 부드럽게 해 가며 소녀에게 자리를 내주었다. 소녀가 치지 못할 것을 뻔히 알면서도 하여튼 한번 치워 보는 것이다. 손도 고쳐 줘 본다. 그리고는 터치가 됐건 말건, 템포가 빠르건 말건 간에 아랑곳하지 않고 다시금 자기의 생각에 젖어버리고 말았다. 그러나 생각한대야 소리를 내서 울고만 싶은 마음이 앞설 뿐이었다.

사실 자기는 이러자고 그렇게까지 악을 써가며 피아노를 해온 것은 아니었다. 이렇게도 둔한 계집애들의 피아노 선생이 되자고서…… 정말 그런 것은 꿈에도 생각지 못했던 일이다. 그들은 음악을 하기 위해서의 음악이 아니고 허영을 채우기 위해서의 음악이다. 그것도

그들 자신보다도 부모의 허영에서 오는 경우가 많다. 그렇다면 이 소녀들도 불쌍한 것이 아닌가. 무슨 필요가 있어서 이 고역을 해야 하나 말이다. 이제 시집가서 아이나 낳게 되면 건반 위에 올려놓고 손뼉을 치며 좋아라고 웃기 위해서인가, 이런 생각을 할수록 명애의 가슴은 더욱 활랑 뛰며 치숙이를 찾아가서 그런 군색한 이야기를 꺼내기가 싫어졌다.

친한 사일수록 서로 경쟁심이 심한 경우가 많다. 그것이 여자들간엔 더욱 그런 법이다. 학생시대의 치숙이와 명애의 사이가 말하자면 그런 사이였다. 치숙이가 '소나타'를 가볍게 쳐내면 명애는 '콘체르토'를 쳐 보겠다고 억지를 부렸다. 그러나 치숙이는 학교를 졸업하자 '피아노' 같은 것은 아무래도 좋다는 얼굴로 S대학의 병리학 교실에 있던 지금의 남편과 결혼해 버리었다. 명애는 그의 그런 태도가 못마땅하다고 생각하는 한편 그때까지의 경쟁에서 이겼다는 우월감에 약간 우쭐해지기도 했다. 그러면서 그는 교편생활을 하여가며 '피아노'를 계속하는 사이에 어느덧 자기도 모르게 결혼 적령기를 놓쳐 버리고 만 것이었다.

명애는 요즘에 와서 그러한 자기와 치숙이를 비교해 보는 버릇이 생기었다. 치숙이 남편은 지방에 있는 해군병원의 원장으로 그의 수입으로도 어떻게 생활은 되었지만 치숙이가 심심삼아 소공동에서 다방까지 경영하여 비교적 여유있는 생활을 하고 있었다. 그렇다해도 물론 그것이 대단한 생활은 아니었지만 그러나 혼자서 낡은 '피아노'의 월부도 물지 못해 쩔쩔 매고 있는 명애의 생활에 비하면, 마치 토끼와 거북의 경주를 보고 있는 셈과 같은 것이었다.

그렇다고 옛날의 동화처럼 토끼가 잠을 잔다는 기적이 있는 것도 아니었다. 오히려 그와는 반대로 거북이가 잠을 자고 있는 셈이었다. 그렇게 생각할수록 명애는 연령에서 오는 초조감을 더욱 느끼지 않을 수 없는 일이었다. 서른 다섯살이라면 꿈처럼 안개 속에 싸인, 지난 날의 추억보다도 사 십의 고개가 더 무섭게 내다보이는 것이었다.

명애는 어쩌다가 오래간만에 '쇼팽'의 곡을 즐겨보다가도 문득 손을 멈추고 자기는 언제까지나 이러다가 마는가고 자기 일을 남의 일처럼 어이없게도 생각하다가 몸부림칠 때가 많았다. 그런 때에는 울화가 치미는 대로 건반을 마구 두들겨 보기도 하지만 그렇다고 심란한 마음이 풀릴 리는 없는 것이었다. 차라리 거리에 나가서 차를 한잔 마시고 들어오는 편보다도 못한 일이었다.

"터치가 아주 좋아졌어요. 그런데 '스타카토'할 때 너무 힘을 주지 말아요. 가볍게스리……그럼 오늘은 이만할까."

명애는 기회를 엿보다가 부드럽게 웃음을 띤다. 생도를 하나라도 잃어서는 안된다는 불안스러운 마음이 언제나 그를 그렇게 하는 것이었다. 소녀는 그제야 무엇에서 풀려나듯 의자에서 일어나며 악보를 끼고 인사를 한다. 그때까지 웃음을 구기지 않고 있던 명애는

"오늘두 수고했어요, 정자가."

하고 반드시 그의 이름을 외어 주다가

"가만 가만 나좀봐."

하고는 분주히 자기의 머리핀을 뽑아서 소녀에게 꽂아주기도 한다.

그것이 국민학교 다니는 어린애일 때는

"전차나 자동차를 잘 보고 가요."

하고 그런 말도 잊지 않는다. 그리고 나선

"다음엔 누구였던가?"

하고 옆방에서 기다리고 있는 소녀들에게 눈을 돌린다. 시선으로 다음 차례의 아이를 찾는 것이다. 그러면 명애의 시선과 마주치는

아이가 가볍게 웃으면서 일어나 '피아노' 앞에 가서 앉게 되는 것이다. 그러나 오늘은 이상스럽게도 명애의 시선이 던져진 선희가 머리를 설레 흔들며

"너 먼저 해, 난 천천이 할테야."

하고 옆의 아이에게 자기 차례를 사양했다.

"그래두 차례가 있지 않아, 왜 먼저 하지 않고."

명애는 약간 놀라운 얼굴로 선희를 치떠보았다.

"전 나중에……그게 좋아요."

하고 선희는 의미나 있는듯 얼굴을 구겨 웃었다.

명애는 다시 피아노 옆으로 와서 선희가 자기 차례를 바꾼 것은 모름지기 오늘은 연습을 못해 온 모양이라고 생각했다.

그러나 선희는 지금까지 한 번도 연습을 게을러 본 적은 없었다. 이번 사변에 북에서 피란와 아버지와 같이 둘이 있다는 그는 아침마다 학교에 가서 연습을 한다고 하면서도 다른 애들보다는 늘 잘 해오는 편이었다. 그렇다고 명애는 그에게 별다른 관심을 갖거나 동정을 갖고 싶은 마음은 전혀 없었다. 잠을 잘 자지 못한 때문인지 그의 찜부럭한 얼굴이 별로 좋은 인상이 아니라고 생각하였을 뿐이고 더군다나 오늘 같은 흘미주근한 태도가 좋다고 할 수가 없었다.

명애는 하염없이 그런 생각을 하여가며 금년 아홉 살이라는 난수를 바라보고 있었다.

피아노에 앉고나서 불과 오분을 못참아 "나 물." "나 오줌." 하고 소리치는 난수에게 정이 가는 것은 자기로서도 알 수 없는 일이었다. 명애는 파란 '원피스'를 입고 온 난수가 오늘은 더욱 귀엽다고 생각했다. 그러면서 난수가 집에 오는지도 벌써 반년이 넘는다는 것을 생각하고 언제까지나 '바이엘'만 치고 있다면 필경 선생을 타박하겠으니 그대로 내버려둘 수만도 없다고 생각했다.

"난순 어제두 연습을 안했지?"

명애는 난수에게 어리광의 웃음으로 눈을 흘겼다.

"어머니가 숙젤 하랬어."

"그래서 피아노 공분 하지 말랬어?"

난수는 대답을 못하겠으면 언제나 눈을 크게 뜨고 웃는 것이다.

"아이스케키만 사달라고 조를래기에……."

"난 그런거 안 먹어요. 어머니가 사다주는 크림만 먹지."

명애는 어이가 없으면서도 생활의 간격이 드러난 듯싶어 낯을 붉혔다.

명애는 이미 피곤할대로 피곤해진 셈이었다. 이것으로 열명이나 상대했으므로 머리가 지끈거린 것도 사실이었다. 사실 피아노를 남에게 배워주는 일은 정신노동뿐만 아니라 육체노동도 겹치는 일이었다. 아이들의 월사금으로 가까스로 살아가고 있는 그는 피곤하면 피곤해 질수록 자연 타산적으로 나가게 되어 월사금에 적당하리만큼 배워주면 그뿐이라고 생각했다. 한종일 애들에게 부대끼고 나서 몸이 솜처럼 풀어지고서도 생활도 변변히 할 수 없다면 누구나가 열심을 낼 리도 없는 일이었다.

명애는 졸리듯 눈을 감고서 허기증이 나다시피하는 단조로운 난수의 피아노소리를 들어가며 요즘에 자기가 음악에 대한 정열이 더욱 식어가는 것도 이 때문이 아닌가고 생각했다. 사실 그 소리를 듣고 있자면 견딜 수가 없게끔 신경질이 나는 것이었다. 그러나 그것을 지금에 명애가 새삼스럽게 느끼는 것은 아니었다. 벌써 전에 어찌는 수 없는 일이라고 생각한 것이었다. 그러면서도 그것을 또다시 생각하는 것이었다. 아무리 생각해야 필요없다는 것을 알면서도 아무리 생각지 않겠다고 생각하면서도 생각하고 생각하고 또 생각하게 되는 것이었다. 명애는 난수를 보내고 들어오면서 이것으로 오늘 하

루일도 끝난다고 생각하며

"오늘은 왜 나중에 할라고 했니?" 하고 선희에게 웃음을 띠어 물었다.

무료하니 앉아 있던 선희는 대답 대신에 어색한 웃음을 보이고는 피아노 앞으로 가 앉았다. '모차르트'의 '소나티네'를 치고 있는 그의 손가락은 정확하니 보표를 따라 거칠매 없이 움직였다. 명애는 기대에 어그러진 듯한 감을 느꼈다. 그러면서도 그의 연습을 손쉽게 끝내 주는 것이 고마웠다.

"너처럼 모두가 열심히 해 준다면 정말 나두 신이 나겠다."

명애는 오늘 처음으로 수선을 피우지 않고 이야길 했다고 생각하며 선희를 보낼 셈으로 먼저 앞서서 마루로 나섰다. 그러나 선희는 책보에 악보를 싸 넣고서도 그대로 피아노를 어루만지며 진득스럽게 서 있었다. 명애는 지금까지의 선희에 대한 호의가 갑자기 싫어지며

"왜 그러고 서 있어?"

하고 힐끔거리는 눈으로 선희를 바라보았다. 선희는 명애의 시선을 피하듯 분주히 얼굴을 숙였다.

"내게 무슨 할 이야기라두 있어?"

명애는 그의 옆으로 다시 와 서며 물었다.

"저······."

이 순간에 선희는 무엇을 결심한 듯한 얼굴을 번쩍 들었다.

"제게 음악의 소질이 있는 것 같에요?"

"음악의 소질?"

명애는 너무나도 돌발적인 질문에 당황했다. 그것은 자기의 약점을 찌르는 것 같기도 했기 때문이었다.

"그거야 앞으로 더 해 봐야 알 일이지만 그건 왜 갑자기······."

잠시 후에 미소를 띠울 수 있는 여유를 찾고나서 명애는 되물었

다. 그러나 선희의 심정을 몰라서 묻는 것은 아니었다.

"글세, 어떨까요."

"그래, 선희는 앞으루 음악가가 될 생각으로……"

선희는 대답 대신에 가만히 고개를 끄덕이었다.

"집에선 어떻게 말하기에……"

"아버진 마음대루 하란 걸요. 이제부터 열심히 해서 들어갈 수 있을까요? 음악학교에."

"선희가 언젠 열심히 안했다구……"

명애는 공연히 핀잔을 주고 싶은 대로 재빠르게 말을 받고나서

"그거야 들어갈 수도 있겠지만, 그러나 정말 음악가가 된다는 건 그건 정말 쉬운 일이 아니란다."

하고 음악이라는 것은 더군다나 피아노라는 것은 처음엔 쉽지만 깊이 들어갈수록 힘들다는 것을 설명해 주었다. 선희는 우울한 기색으로 눈을 내리뜬 채 잠잠히 듣고 서 있었다. 명애는 그렇게도 한참이나 갑갑스럽게 서 있는 선희를 보기가 민망하다 못해 각 귀찮아지고 말았다. 그 낫세쯤 되면 누구나가 꿈꿔 보는 풍선같은 이야기에 속절없이 끌려든 자기가 어이없기 때문이었다.

명애는 약간 신경질을 드러내어 간집히지 않아도 좋을 악보를 간집히기 시작했다. 그래도 선희는 무슨 말을 더 하고 싶은 듯, 어지빠르게 서 있다가 불안스러운 얼굴로 돌아갔다.

명애는 피곤에 지친대로 들창가로 가서 그곳에 놓여 있는 군대 침대에 아무렇게나 몸을 던지었다. 저녁해를 가리워주는 뒷집의 커다란 버드나무가 지붕을 넘어 눈에 들어왔다.

그러나 명애는 그것을 바라보는 것도 아니었다. 무엇을 보는 것 같은 눈이면서도 실상 아무것도 보는 것이 없이 그저 허심상태에 있는 것이었다.

"다 끝났으면 어서 저녁이나 먹자꾸나."

어머니가 풀을 먹인 빨래를 걷어다가 대청마루에 풀어치며 넘겨다 보았다.

"응."

명애는 눈하나 까딱없이 대답했다. 그러면서도 지금에 화풀이 할 수 있을 사람은 어머니 하나밖에 없다고 생각하니 불시에 미안스러운 감이 들었다.

바람이 불 때마다 싱싱한 버드나무 잎 사이로 저녁 노을이 가끔 꿰뚫려 보였다.

명애는 지금에 마음이 더욱 울적해진 것은 선희 때문이라고 생각했다. 그러면서도 그에 대하여 마음을 더 쓸려고는 생각지 않았다. 열일곱 살 때의 처녀들이 흔히 가질 수 있는 일이라고 간단히 해석해버리고 말았다. 그러면서도 어쩐지 마음이 안절부절해 견딜 수가 없었다. 그는 힘없이, 감고 있던 눈을 떠, 어둠 속에 젖기 시작한 버드나무를 멍하니 바라보다가 자기도 선희와 같던 여학생 시절을 더듬어 보았다. 기독교로 유명한 선천에서 자라난 명애는 처음부터 화려한 꿈을 생각하며 '피아노'를 시작한 것은 아니었다. 음악선생이 해 보란대로 그저 시작한 것이었다. 그것이 의외에도 다른 학생들보다 진전이 빨랐다. 그러면서 그는 학교 학예회 때나 '크리스마스' 때엔 도맡아서 연주를 하게 되었고 그때마다 관중들의 갈채를 받아왔다. 그것으로써 자기는 피아노의 재간이 있는 것이라고 생각하게 되었다. 그리하여 그는 희망에 불타는 가슴을 안고 상경하여 N음악과에 입학하였다. 즐거우리라고만 생각했던 학교생활…… 그러나 그에겐 처음부터 고난의 길이었다. 그는 시골 선생에게 정규적(正規的)으로 배우지 못하였기 때문에 처음부터 다시 해야 했다. 몸에 붙은 버룻을 고친다는 것은 처음으로 시작하는 것보다 오히려 힘든 일이었다. 그러면서도 그는 필사적으로 노력하여 우등으로 졸업하기는 하였지만 연구과에 남아서 더 계속할 수는 없게 되었다. 고향에서 교회 일을 맡아보시던 아버지가 돌아가셨기 때문이었다. 그는 어머니와 남동생을 서울로 데려다가 그들의 생활을 짊어지고서 여학교의 음악선생으로 주저앉는 수 밖에 없었다.

그리하여 그는 이 세계에서도 돈이 중대한 역할을 하고 있다는 것을 절실히 깨닫게 되었다. 그러면서도 그는 동창들이 하나하나 꽃다발에 싸이어 외국으로 유학가는 것을 볼 때면 마치도 그들에게 도전이나 하듯 '피아노'에 대한 성열이 더욱 끓어오르곤 했다. 그는 이 집 저집으로 셋집에서 쫓겨다니면서도 악을 부려가며 연습을 쉬지 않았다. 그리하여 '라벨'의 곡을 겨우 짚을 수 있게 되었을 때 도리어 명애는 자기에 대하여 실망하기 시작했다. 자기의 재간이라는 것이 어떻다는 것을 비로소 짐작할 수 있었기 때문이었다. 그러면서 그는 생활의 긴장을 점점 잃기 시작하여 고독 속으로 끌려들었다. '피아노' 앞에 앉아 있는 것 보다는 누워서 소설책이나 뒤적이고 있는 것이 편했고 하잘것도 없이 빈 거리를 싸다니다 뒤떨어진 영화에 값싼 눈물을 흘리는 것이 어쩐지 자기만 같았다.

그러한 심정은 이번 사변에 남동생을 잃은 후로 더욱 그랬다. 하나 밖에 없던 동생을 잃고 나서 그는 자기의 희망이 완전히 상실되었다는 것을 분명히 알게 된 것이었다.

그는 지금에 물고 있는 '피아노'의 월부를 다 물고 나서 약간의 생활의 여유가 생긴다 하더라도 이 덧없이 허전한 자기의 기분은 어떻게 할 수 없다고 생각했다. 말하자면 자기는 출발의 길을 잘못 든 하나의 불행한 전형이라고 생각했다. 자기가 밟고 온 이 불행의 길을 지금에 선희가 다시금 밟으려는 것을 보는 것만 같아 명애는 불안해 견딜 수가 없었다. 그는 이제 선희가 밟아야 할 가지가지의 고난이 너무나도 선하게 떠오르는 대로 눈앞에 그려보다가 문득 선희의 그림자 속에서 자기를 발견하는 것이었다. 선희의 침울한 성격에 비하여 자기의 무앙스러운 성격이 다를 뿐으로 그 외에는 모두가 비슷한 것만 같았다. 실상 자기도 남에게 얼마나 미움을 받았는지 모를 일이다. 필요 이상으로 자존심이 강해가지고 남에게 지지않겠다고 억지를 부려온 자기……그것은 어쩌면 선희가 자기보다도 더 사막스러울는지도 모를 일이다. 이렇게 생각할수록 선희 일이 남의 일 같지가 않았다.

　일요일은 '피아노'를 쉬기로 되어 있으므로 명애는 한종일 한가했다. 그러나 별로 갈 곳이 없는 그는 고작 치숙이네 가게나 찾아가서 잡담이나 하다가 영화 구경이나 가는 것이 일쑤였다.
　오늘은 치숙에게 돈을 돌려달라는 이야기도 있고 해서 명애는 좀 일찍 그의 가게로 찾아갔다.
　'레지'가 반기자
　"낭이 어머니 계시니?"
　하고 물었다. 명애는 치숙이를 '마담'이라고 부르기 싫어 언제나 아이 이름을 부르는 것이었다.
　"미용원에…… 곧 오실 것입니다."
　명애는 구석 자리에 가 앉아서 '커피'를 달래 마시며 조간을 뒤적이었다.
　'천재적 피아니스트'란 제목 밑에 열두 살의 소녀가 도미(渡美)한다는 기사가 눈에 띄었다. 사진을 보니 바루 두어 달 전 국민학교 음악 '콩쿨'에 일등했다는 어느 고관의 딸이었다. 명애는 그런 기사에 별로 흥미를 느끼는 것도 아니면서도 열두 살부터 어머니의 품을 떠나서 살아야 하는 그 어린애가 자꾸만 가련해 견딜 수가 없었다. 그런 공연스런 생각에 취해 있는 사이에 치숙이가 들어왔다.

"대단하구나. 화장은 미용원에 가서 하고……."

명애는 조롱치다가 언제 잘랐는지 문득 치숙의 '헵번'형 머리를 보고 눈을 힘껏 뻗치었다. 그것이 징그럽긴 하면서도 어떻게 보면 어울리는 것 같기도 했다. 아직도 그런 애티가 보이는 치숙이가 명애는 약간 부럽기도 하다고 생각하며

"난 웬 처녀가 들어오나 했지."

하고 일부러 더욱 놀라는 얼굴을 했다.

"놀리지 마라 야, 더워서 짜른 걸."

"꼭 열 일곱살 이라니까."

"망할 계집애……."

하고 치숙이는 말을 흘려버리다가

"네가 정말 오늘은 무슨 좋은 일이 생긴가 보구나."

하고 수상하다는 듯이 시치미를 떼고 명애의 옷을 훑어보았다.

"좋은 일이야 집구석에서 썩는 일이지."

"그래두 그 '샥스킹'의 옷이……."

치숙이는 눈이 부시다는 듯이 이마에 손을 대고 이번엔 자기 편에서 명애를 조롱대기 시작했다. 명애는 실상 치숙이에게 그런 조롱이라도 받고 있는 것이 즐거웠다. 언제나 부르면 응해 주는 사람, 그런 사람을 비록 찾지는 못하였다 해도 어딘지 있을 것만 같은 생각이었다. 하기는 요즈음에도 그의 혼담 이야기가 없는 것은 아니었다. 애가 다섯이라는 목사의 상처 자리, 오십에 자식을 못 봐서 재취하겠다는 '메리야스' 공장 주인, 북에다 처자를 놓고 나온 한지의사…… 물론 명애는 자기의 나이가 결코 버젓한 나이가 아니란 것을 잘 알고 있으면서도 아직도 그런 곳엔 마음이 내켜지지가 않았다. 그럴수

록 하루하루 부질없이 날을 보내야 하는 운명적인 것만 같은 관념의 세계가 말할 수 없이 안타까운 것이었다.

둘이서는 영화를 보러 수도극장까지 걷기로 했다.

"낭이 아버지도 또 올라오시게 됐구나."

명애는 치숙이가 오늘 돈을 돌려준 호의를 치사하는 셈으로 말했다.

"올라온 지가 벌써 사흘이나 된단다. 무슨 연구 발표회 때문이라나."

문득 그 말에 명애는 자기와 영화구경을 나서게 된 불평인듯 싶어 명애는 시무룩하자기도 별해서 치숙의 팔을 꼬집어 주었다.

치숙의 남편은 한달에 한번씩은 대체로 상경했다. 그런 때면 명애는 치숙이를 찾기도 면구스러운 일이므로 더욱 갈 곳이 없어지는 것이었다.

영화장에는 일요일인 때문인지 별로 좋은 영화 같지도 않은데 줄을 섰다. 앞으로 얼마나 기다려야 할는지도 모르면서 땀을 흘려가며 모두가 태연한 얼굴들이었다. 어떻게 할까 하고 명애와 치숙이는 망설이는 사이에 벌써 그들의 뒤에는 이십여 명이나 섰다. 앞에도 뒤에도 모두가 젊은 남녀들 뿐이었다. 영화는 역시 그들의 허영을 만족시켜 주는 무엇이 있는 모양이었다.

이윽고 첫회가 끝나고 사람들이 몰려나오자 줄은 움직이기 시작했다. 그때에 행렬 앞에 지프차가 멈춰지며 장교 하나가 분주히 내렸다. 명애가 문득 보니 치숙의 남편이었다.

"너이 주인이야."

명애가 치숙의 옆구리를 찔러주기 전에 저편에서 벌써 알아차리고 목례를 했다. 그리고는 눈짓으로 치숙이를 불렀다. 그에게로 갔던 치숙이는 난처한 얼굴을 들고 왔다.

"어떻게 하니, 무슨 '파티'가 있어서 같이 가야 한다니."

명애는 어차피 자기는 물러나야 할 것을 생각하고 있었으면서도 갑자기 텅 빈 것 같은 기분이었다.

"그런 걱정 말고 어서 가요."

"같이 가도 좋겠지만……."

"미친 소리 한다."

명애는 눈웃음으로 치숙이를 흘겨 자기의 쓸쓸한 마음을 감춰버렸다. 뒤에 섰던 치숙의 남편이 다시금 미안하다는 목례를 했다.

차는 치숙이가 오르기가 바쁘게 뿡하고 달리었다. 명애는 그 뒤를 멍하니 마치 닭쫓던 개처럼 바라보고 있다가 혼자서 극장에 들어갈 마음도 없어지고 말았다. 그는 치숙이 몫까지 샀던 표를 찢어 버리고 나서 생각도 없이 걸음이 내치는 대로 걸었다. 그렇게 한참이나 걸어가다가 자기는 어디를 가야할지 몰라, 문득 걸음을 멈추었다. 그리고는 가로수 아래에 가 서서 그것을 잠시 생각하고 있을 때에 택시가 그의 앞으로 와 닿으며 문을 열어 주었다. 명애는 생각지도 않은 일이면서도 차에 올랐다.

"어디로 갈까요?"

운전수가 물었다. 그 소리에 명애는 잠깐 당황했다가

"명동 쪽으로 가요."

하고는 일부러 몸을 '소파'에 묻히었다. 그리고도 그는 어디를 가야 할지 모르는 불안스러운 마음을 끄지 못하고 덧없이 흘러지는 바깥 풍경만 바라보고 있었다. 차는 가로수가 우거진 해군본부 앞을 지나서 D백화점 앞을 돌고 있을 때 명애는 다급히 차를 멈추어 달라고 소리를 쳤다. 그곳 4층에 음악당이 있다는 것을 불현듯 생각한 것이었다.

명애는 교향악이라도 듣고 앉아 있을 곳을 찾아낸 것이 다행이라고 생각하며 그곳까지 올라갔다. 그러나 그곳도 역시 만원으로 들어갈 수가 없었다. 그것이 오늘따라 자기를 조롱하자는 우연한 일 같기도 하여 어이가 없어진 채 돌아서서 내려오다가 바루 밑에 있는 화랑에서 어느 화가의 전람회가 있는 것을 보고 그곳으로 들어갔다. 그곳에는 그림을 구경하는 사람이 대여섯 있을 뿐으로 한산했다. 명애는 어쩐지 미안한 감이 들었다. 그는 그림에 대한 교양이 별로 있는 것도 아니면서도 강렬한 선과 색채가 어떤 의욕에 끓고 있는 이 화가의 그림이 확실히 마음을 즐겁게 하여 준다는 것을 알 수가 있었다.

그는 벌판의 소가 이글이글 타는 듯한 하늘을 향하여 뛰어올라 울부짖는 그림 앞에 서서 이렇게도 한껏 공간을 지배할 수 있는 화가들은 얼마나 즐거울 것인가 하고 생각해 보았다. 그러면서 그는 다음 그림으로 눈을 돌렸다. 그것은 빨간 '스웨타'를 입은 소녀가 '첼로'를 안은 채 활을 내리우고 쉬고 있는 그림이었다. 소녀는 몹시 피곤한 얼굴이면서도 즐거움이 넘쳐흘렀다. 이제라도 활을 올리기만 하면 그의 눈에서는 광채가 돌며 맑은 음악소리가 흘러질 것만 같았다. 명애는 자기가 '피아노'를 해오면서 이러한 순간을 가져본 일이 있는가고 생각해 보았다.

그러나 자기는 '피아노' 앞에 앉을 때면 그저 곡을 쳐 내기에 급급하여 그런 즐거움을 생각해 볼 여유가 없었던 것이었다.

명애는 그 그림의 소녀가 한갓 부러운 듯이 한걸음 더 그림 앞으로 다가서며 눈을 가다듬었다. 그때에 문득 그 그림의 소녀에서 선희의 얼굴이 선듯 보여졌다.

얼굴의 윤곽은 비록 다르다 해도 피곤이 서려 있는 눈이며 미소를 담고 있는 입술이 정녕 선희였다. 명애는 한참 동안이나 그 그림에서 눈을 떼지 못하고 바라보면서 지금까지의 선희에 대한 자기의 태도를 생각해 보았다. 그것은 너무나도 냉담했고 상식적이었다고 생각되었다. 실상 자기는 그의 음악에 대하여 정열에 좀더 성의를 갖고 이해하려고 노력했어야 할 것이 아니었던가. 어떻게 나는 그에게 재능이 없다고 단정할 수 있었던 것인가. 그것은 나 자신을 미루어 보고 하는 소리에 지나지 않는 것이다. 내게 재능이 없었다고 어째서 선희가 나와 같으리라고 생각할 수 있느냐 말이다.

그가 해 보아서 설사 나처럼 재간이 없다 하더래도 나와같은 불행한 길을 밟지 않기 위해서도 나는 그에 대하여 좋은 원조자가 되어주어야 할 의무가 있는 것이 아닌가.

전람회장을 나온 명애는 선희의 집이 국방부 뒤라고 어렴풋이 들어두었던 기억을 더듬어 그의 집을 찾아 보리라 하고 나섰다. 그는 남산 언덕길을 넘어 그의 집이 있다는 국방부 뒤로 가서 알지 못하는 골목길을 한참이나 싸다녀 보았으나 그러나 번지도 모르고 뜬금으로 찾겠다는 것이 도대체가 허황스러운 일이었다. 그는 그대로 돌아가려고 생각하던 참에 어느 집에서 새어 나오는 '레코드' 소리에 문득 발을 멈추었다. 그것은 십여 일 전부터 선희가 연습하기 시작한 '모차르트'의 '소나티네'였다. 명애는 불시에 마음이 짚어지는 대로 그 집 앞에 가 서서 잠시 주저하다가 현관문을 열었다. 어두운 복도를 사이에 문 왼쪽 방에서 늙은 할머니가 얼굴을 내밀었다. 명애는 목례를 하고 나서

"혹시 이 집에 선희란 여학생이 있지 않아요?" 하고 물었다.

늙은이는 말쑥하게 차린 여자 손님이 이상하다는 모양으로 명애를 살펴보다가 뒷방을 향하여 "선희야, 너희 손님이다." 하고 불러주었다. 명애는 기어이 찾아 냈다는 만족감에 가벼운 한숨을 내리쉬며 이 주인에게 선희네가 방을 빌리고 있는 모양이라고 생각했다.

그러나 '레코드' 소리에 찾는 소리가 들리지 않았던 모양인지 다

시 부르는 소리에야 "네……." 하고 장난치듯 길게 뽑으며 선희가 뛰쳐 나왔다. 순간에 문득 명애와 부닥치고서는 "어머나, 선생님이!" 하고 우뚝 서서 속소리로 놀래었다. 그리고는 뒤이어 "선생님이야, 선생님 선생님!" 하고 기쁨을 드러낸 채 다시 방으로 뛰쳐 들어갔다.

방에서는 '레코드' 소리가 뚝 끊어지고 나서 방을 치우는 모양인지 한참이나 있다가야 머리가 약간 벗어진 사십난 사나이가 와이셔츠의 단추를 채우며 나왔다. 명애는 방에 들어가서 비로서 그와 인사를 교환하고 나서

"동무의 집에 갔다 오던 길에 선희가 이곳에 있다기에……."

하고 말끝을 흐려가며 이런 변명부터 꺼내놓았다.

선희 아버지인 문섭이는 방을 분주히 치운다면서도 책상 위에 쓰던 원고를 그대로 버려둔 것이 마음이 씌어지는 듯 몇 번 눈을 두다가 대강 간집혀 놓았다.

명애는 할 이야기가 많은 것 같으면서도 무슨 이야기부터 해야 할지 모르고 있다가 그것을 보고 참 선희 아버지가 소설을 쓴다지 하고 언젠가 들은 상 싶기도 한 기억이 생각되는 대로

"좋은 글을 많이 쓰시더군요." 하고 다시 인사겸 입을 열었다. 그 말에 문섭이는 겸손하다기 보다도 당황한 태도로 "제가 무슨 글을 썼다구요. 그저 하잘것없어 이러구 있는 것이지요." 하고 머리를 쓱쓱 긁어가며 수줍은 듯한 웃음을 흘렸다. 그 얼굴엔 몹시 선량해 보이면서도 고독이 굳어진 듯한 심각한 그림자가 서리어 있었다.

"아버지는 문학을 하시고, 따님은 음악을 하시고, 참 재미나겠어요."

명애는 웃음을 피워 비로소 방문의 목적을 이야기하기 시작했다. 문섭이는 긴 목을 반쯤 수그리고 앉아서 평시보다는 약간 굳어진 얼굴로 잠잠히 듣고 있었다. 선희가 커피를 끓여가지고 들어왔다. 그

리고는 자기 이야기를 하고 있다는 것을 눈치 채고는 꽁무니를 빼어 구석으로 움츠려 들었다.

"저것두 제 어머니와 헤어져서 지금에 저 고생을 하고 있지요."

문섭이는 턱주가리로 선희를 가리키고 나서는 의외로 자조적인 어조가 되며

"원체 저라는 사람이 모자라지요. 가족들을 끌고 오다가 어쩌다가 잃어버리고 저것 하나를 끌고 왔으니 말입니다. 그러니 저것 하나야 저 하고 싶다는 대로 해주고 싶은 마음이지요. 다행히도 선생 같은 좋은 분을 만나 자기도 피아노엔 열심인 모양이지만 그렇다고 실상 피아노가 쉬운 일입니까?"

하고 얼굴을 들어 잠시 명애를 살피었다. 그리고는 다시 계속하여

"저도 그걸 모르는 건 아니지만 제가 할 생각이라면 그대로 내버려 둘 생각이랍니다. 선생은 어떻게 생각하십니까?"

하고 명애의 대답을 기다렸다.

명애는 무엇보다도 그가 피아노가 힘들다는 것을 알아주는 것이 기뻤다. 그러면서 그의 말과 태도에는 다른 사람에게서 들을 수 없는 준렬한 무엇이 들어 있는 듯했다.

"실상 선희 같이 재간이 있는 애가 드물어요. 그런데다가 자기가 그렇게 열심인데 안될라구요. 또 아버지가 좋으신데."

명애는 지나친 자기 말이 부끄러워 문섭이를 슬쩍 쳐다본 채 눈을 아래로 내리떴다. 문섭이는 무슨 말을 대꾸하려다 말고 웃어보이기만 했다. 명애는 아까보다도 좀더 엄숙해진 얼굴을 들었다.

"그래서 선생에게 특별히 말씀드리고 싶은 것은 앞으로 선희는 음악학교에 갈 생각을 하는 모양인데 전 그것엔 반대에요."

하고 말을 다짐어 떼었다.

문섭이는 그 말이 무슨 뜻인지 몰라 곤궁한 빛을 드러내며

"어떤 의미에서요?"

하고 고개를 반쯤 돌려 조용히 물었다.

"학교에서 우등했다고 반드시 훌륭한 피아니스트가 될 수가 없다는 데서에요."

하고 명애는 한숨에 말하고 나서 자기의 경우를 예로 들어가며 결국 학교라는 곳은 필요없는 경쟁심이나 길러주게 되는 곳으로 개성을 발휘하기가 곤란하다는 것을 이야기했다. 그리고 나서는 결론을 짓듯이

"저는 메렌콥스키 선생에게 배우는 것이 좋으리라고 생각해요. 그분은 제자에게 친절도 하거니와 열심히랍니다."

하고 약간 목소리를 돋우어 말했다. 그러면서도 그는 하나의 생도를 잃게 된다는 것을 생각하지 않을 수가 없었다. 그러나 자기는 옳다고 생각하는 길로 나아가야 한다고 생각한 것이었다. 자기는 이미 선희에게 배워줄 것은 아무것도 없다는 것을 잘 알고 있는 것이었다. 이 이상 더 끼구 있다면 자기의 결점을 옮겨줄 뿐으로 그에겐 해가 되는 것 밖에 없는 것이었다. 명애의 말에 감격하여 간간 고개를 끄덕이고 있던 문섭이는

"요즘의 코대는 비싸겠지요. 얼마나 받습니까?"

하고 무엇보다도 그것이 걱정이 된다는 듯 물었다. 명애는 코대라는 말에 웃었다. 그것은 옛날 자기 할아버지가 쓰던 말이었다.

"그렇게 비싸지도 않지요. 만 오천환 정도랍니다. 다른 외국사람들은 그 배도 받는 사람이 있는 모양입니다……."

하고 자기의 월사금에 비하면 얼마나 싼 것인가고 생각했다. 그러나 문섭이는 자기의 수입으로서는 적지 않은 돈인 모양이다.

"만 오천환이요. 그러자면 백장을 더 써야겠군요."

하고 원고료로 따지며 웃었다. 명애도 그 웃음에 말려들며

"좋은 글을 더 많이 쓰니 좋지 않아요."

하고 따라 웃었다. 명애는 그의 솔직한 태도가 호감을 사게 하는 것이었다.

"어차피간에 그건 해야 할 일이고, 앞으로도 선생님이 힘을 많이 써 주어야겠습니다."

하고 문섭이는 명애를 정시했다. 명애는 그 시선이 어색하여 찻잔을 들어 얼굴을 감추었다.

그 후부터 명애는 선희에게 자연 관심이 가게 되며 전보다 일층 친밀감을 느끼게 되었다. 그런 때문인지 '피아노'도 눈에 드러나리만큼 느는 것 같아서 배워주는 재미도 있었다.

언제나 침울하게 앉아 있는 그에게 있을 성싶지도 않은 섬세한 감정을 불현듯 느낄 때에는 의외란 듯이 놀라며 선희를 고쳐보게 되는 일도 많았다.

선희는 이북에 있는 어머니의 이야기를 곧잘 하였다. 어머니는 그림도 잘 그리거니와 인형도 잘 만들어 자기가 그곳에서 소학교 다닐 때에는 커다란 인형이 세개씩이나 있었다고 했다. 그는 또한 자기가 다니는 학교에 대한 이야기도 잘했다. 자기 학교는 대개가 이북 아이들로, 선생이나 학생이나 모두가 사투리를 그대로 쓴다고 하며 비가 오는 날이면 교실 안에서 우산을 받고 공부해야 한다고 했다. 선희가 그런 이야기를 할 때에는 언제나 양 손가락을 마주짚고 손가락을 넓히는 연습을 하여가며 쓸쓸히 웃는 것이었다.

명애는 고독을 잊지 못하는 이 소녀를 어떻게 해서든지 명랑하고도 쾌활한 소녀로 만들어 주고 싶은 마음이었다. 그리하여 그는 자기편에서 일부러 친절해 보이려고 애써가며 별로 흥미도 없는 이야기에도 웃음으로 대하였다.

선희는 집의 일상생활의 이야기를 하다가는 물론 아버지의 이야기도 끄집어내었다. 아버지는 요즘엔 날이 더워서 아침 세시에 일어나 글을 쓴다는 이야기며 '돈가스'를 잘 만든다는 이야기도 했다. 명애는 그의 아버지의 이야기를 듣고 있으면 알 수 없게스리 가슴이 설레어지며 아버지의 애정으로 담뿍 차서 반짝이는 선희의 눈을 정시할 수조차 없게 되는 것이었다. 그러면서도 명애는 그런 이야기가 별로 흥미가 없는 듯 일부러 건성으로 듣는 척했지만 그러나 선희가 돌아가면 돌아가기가 바쁘게 골목 어구로 뒤쫓아 나가서 그의 소설이 실렸다는 잡지를 사다가 읽어가며 부질없는 공상에 젖어버리는 것이었다.

그렇다고 명애는 자기가 그에게 별다른 생각을 갖고 있는 것은 아니라고 생각했다. 그저 그의 솔직한 태도가 잊혀지지 않으며 그의 고독한 생활이 누구보다도 자기를 이해해 줄 것만 같은 생각이었다. 그러면서 자기의 부족한 것도 그는 모두 갖춰갖고 있을 것만 같았다. 며칠 전에 선희의 일로 찾아갔던 '메렌콥스키'로부터 비는 시간이 생겼으니 아이를 보내라는 통지가 왔다. 그것이 공교롭게도 일요일이므로 명애는 그것을 핑계삼아 선희의 집을 찾았다.

빨래를 하던 선희가 손에 비누칠을 한 채 나왔다. 명애는 현관에서부터 서둘러대며 그 이야기를 꺼냈다. 선희에게 끌리어 방안에 들어갔을 때에는 이미 그 이야기는 끝나고 말았다.

그날 선희 아버지는 어느 잡지사의 초대로 낚시질 놀이를 가고 없었다. 명애는 그가 없는 것이 마음이 놓이면서도 허전한 감이었다. 그러면서도 그가 살고 있는 방에서 마음대로 발을 뻗고 앉아 있을 수 있다는 것이 신기스럽기만 한 채 방안에 널려 있는 물건들이 모두가 우스워 견딜 수가 없었다. 명애는 바람벽에 걸려 있는 옷으로 그의 양복이 몇 벌이라는 것도 알 수가 있었고 한쪽이 찢어져 나간

'모나리자'의 그림이 책상 위에 붙어 있는 것을 보아도 그의 마음이 꿰뚫려 보이는 것 같았다. 책상 아래에 그득 차 있는 재떨이를 보고

"넌 아버지의 이런 것이나 좀 쏟아 드리지 않고."

하고 선희를 꾸짖어 보기도 했다. 그리고는 새 책상보를 꺼내래서 갈아주고는 꽃이라도 사왔더라면…… 하는 생각을 하다가 문득 진한 자줏빛의 장미꽃이 마루 앞에 피어 있는 것을 보고

"아버지가 장미를 좋아하시니?"

하고 그에 대한 새로운 지식이 또 한가지 늘었다는 생각에 가슴이 설레었다.

명애는 선희가 하자는 대로 화투도 쳐 보고 '다이아몬드 게임'도 하다가 저녁으로 '라이스카레'를 만들어 먹었다. 그리고도 아직 해가 이른 대로 앉아 있다가 그를 기다리고 있는 것만 같은 자기 마음이 보이는 듯 싶어 선희가 잡는 것도 뿌리치고 불시에 일어났다.

명애는 돌아오는 길에서 '케이키' 한 갑을 샀다. 그것이 어머니의 꾸지람이나 받을 것이라는 것을 알면서도 오늘은 그런 낭비도 해보고 싶은 마음이었다.

'메렌콥스키'는 '하얼빈교향악단'에서 '피아노'를 치던 분으로 해방 직전에 서울에 초빙되었다가 돌아가지 못하고 '피아노' 개인교수를 하여가며 독신으로 고독하니 살고 있었다.

그의 집은 북아현동 언덕 중턱에 있었다.

'코난도일'의 소설에나 나옴직한 회색 '페인트'가 퇴색된 목조의 낡은 집이 바로 그의 집이었다.

명애와 선희는 서대문에서 '버스'를 내리어 그곳까지 걸으면서 별로이 말이 없었다. 그저 명애의 양산끝이 지게의 이삿짐에 걸렸을 때 서로 눈을 마주치고 웃었을 뿐이었다.

명애가 안내를 청하자 잠시 후에 몸이 짧으면서 비대한 '메렌콥스키'가 나왔다. 그는 그들을 음침한 방으로 안내한 후 이 방이 자기집에선 제일 서늘하다 하며 이번 여름에 어디 놀러가지 않느냐고 명애에게 물었다. 명애는 자긴 그런 팔자가 못 된다고 웃고 나서 선희에게 인사를 시켰다. 선희는 몹시 굳어진 얼굴로 있다가 머리를 굽신 숙였다.

이윽고 그는 선희를 '피아노'가 있는 방으로 데리고 갔다. 명애는 그의 뒤를 따라가고 있는 선희의 뒷모양을 바라보면서 불안스러운 한편 쓸쓸하기가 짝이 없었다. 선희는 지금 출발의 길로 나서는 것이다. 그러나 나의 항로는 이미 끝난 것이다. 내가 다다른 문은 절벽으로 가로막힌 황량한 곳이 아닌가. 명애는 덧없이 한숨을 쉬고 있을 때 '피아노' 소리가 들려왔다. 명애는 홀연히 정신을 차리고 귀를 기울였다. 곡은 '바하'의 '소나티네'의 일부였다.

명애는 가슴이 두근거리며 숨결이 높아졌다. 자꾸만 선희의 '터치'가 걱정되며 이제라도 거칠어질 것만 같았다. 그러나 선희는 다행히도 무난히 쳐 주었다. 다음엔 '스케일' 연습을 시켰다. 그것도 가볍게스리 쳐 내자 마지막으로 느린 곡을 쳐 보이었다. 그것도 그만하면 무난히 쳐 내는 듯싶어 명애는 겨우 한숨이 쉬어지려할 때 같은 '피아니시모'의 부분을 몇 번인지 모르게 반복시켰다. 명애는 다시금 가슴이 활랑 뛰었다. '메렌콥스키'의 짧은 목을 비꼬는 모양이 눈에 보이는 것 같아 견딜 수가 없었다. 그것은 언젠가 '메렌콥스키'가 자기에게 지적해 준 것이 아닌가. 명애는 불시에 무릎 위에다 손을 짚어보았다. 역시 나쁜 버릇이 드러나는 것이었다.

그러나 '메렌콥스키'는 선희를 데리고 나와서 기특하다고 머리를 쓰다듬어 줄 뿐으로 오래간만이니 집에서 같이 점심이라도 먹자고 했다. 명애는 그것을 굳이 사양하고 나왔다. 처음부터 불안해 있던

선희는 대문을 나서자 그제야 얼굴이 밝아지며

"선생님, 굉장히 큰 '피아노'에요. '페달'을 짚으니까 왕왕 울려서 막 무서워 지던 걸요" 하고 우정 눈을 크게 지어 놀래뵈이는 것이었다.

명애는 그러한 선희를 보면서 선희도 이제 얼마 안 있어서 자기의 존재를 잊어버릴 것이고 자기는 이대로 모래알을 씹는 듯한 생활이 남을 뿐이라고 생각했다. 전차길로 나오자 명애는 선희가 싫다는 것도 억지로 찻집으로 끌고 들어갔다. 어쩐지 선희와 같이 그런 자리에서 차를 한잔 나누고 싶은 마음이었다. 선희는 잠시 눈을 대룩거리며 방안을 두루 살펴보다가 이어 방안의 분위기에 조화되며 '스토로'를 손가락에 감아 빵하고 터치며 좋아했다. 그러다가 문득 명애를 쳐다보며

"예술을 하는 사람은 왜 모두가 고독해야 하는가요?"

하고 물었다. 명애는 애가 또 무슨 소리하려는가고 먹먹하니 쳐다보자

"'메렌콥스키' 선생두 그렇구."

하고 잠시 떼었다가

"아버지도 그렇지요. 그리구 선생님두……."

하고는 급기야 명애의 기색을 살펴가며 눈을 내리었다. 순간에 명애는 얼굴이 확 달아오며 눈 둘 곳을 못 찾고 있을 때

"선생님, 선생님, '라벨'의 협주곡이에요."

하고 축음기에서 새로 흘러나오는 곡에 선희는 손뼉을 치는 시늉으로 눈을 반짝 열었다.

─그것은 자기가 지금껏 친다고 억지를 부려온 곡이 아닌가. 명애는 난처한 기분에서 벗어나는 대로

"선희가 어떻게 그 곡을 알아?"

하고 놀랍다는 듯이 물었다.

"아버지가 제일 좋아하는 곡인 걸요."

"아버지가⋯⋯."

걷잡을 수 없게 기쁨에서 굴러나오는 소리에 명애는 급기야 낯이 붉어지며 선희의 기색부터 살펴었다.

그러나 선희는 그때는 벌써 눈을 감고 음악소리에 잠겨 있을 뿐으로 마치도 호수 같이 잔잔한 얼굴이었다. 그 얼굴을 물끄러미 바라보고 있던 명애는 불시에 화가 치밀어 오르는 대로

"네가 뭐 안다고⋯⋯."

하고 이런 계집애의 어머니가 되려고 생각해 봤던 자기가 칵 싫어졌다. 그러면서 앞으로도 연습곡을 쳐야할 자기의 신세가 덧없이 가련했다.

외뿔소

물론 화덕이도 같은 값이라면, 외뿔소를 골랐을 리가 만무하다. 외뿔소라고 그만큼 값이 헐하기 때문이었다.

그러나 소값을 치르고 나서 막상 소고삐를 잡고 보니 아무래도 외뿔이 가슴에 걸리었다. 그는 소를 끌고 우전 마당을 나오면서도 자꾸 뿔에만 눈이 갔다. 그럴수록 서운한 생각이 없어지질 않고 일을 저지른 것만 같은 이상스러운 기분이었다. 그는 우전을 빠져나와 신작로를 얼마큼 가다가 문득 소를 멈추고 나서 이제라도 도로 가 소를 무를 생각을 해보았다. 그러나 춘분이 내일모레인데 이제 언제 또 소를 사다가 두엄은 언제 내고 밭은 언제 또, 하고서는 뿔에서 힘이 생기길 하는 것인가 외뿔이면 어쨌단 말이야 하고 아까 우전에서 중개인이 지껄이던 소리를 이제는 자기 소리처럼 중얼거리며, '이랴' 하고 그대로 소고삐를 당겼다.

파장 무렵이라, 큰길에는 장에 왔던 사람들과 소달구지가 끊치지 않았다. 화덕이는 길 한가운데로 소를 몰고 가면서 네다섯 명씩 뭉쳐 길을 막고 가는 사람들에게 길을 비키라고 소리치곤 했다. 분주히 길을 비키던 사람들이 문득 뿔을 쳐다보고는 이상스럽다고 모두들 웃어대었다. 어린 놈들은 외뿔소 보라고 소리까지 치며 따라왔다. 그럴 때마다 화덕이는 자기 얼굴에 무슨 흉한 것이나 묻은 것처럼 얼굴이 뜨끈뜨끈해지는 채, 뿔이 아무러면 무슨 상관이냐고 그들의 얼굴을 치켜 봐주기도 했다. 그러나 그것도 한두 번일 수밖에 없는 것이고 그저 남들이 쳐다보면 쳐다볼수록 자꾸만 마음이 송구스러웠다. 더군다나 소 방울을 왈랑절랑 울리며 지나가는 소달구지 꾼들이 흘금흘금 쳐다볼 땐 그만 기가 누그러지곤 했다.

큰길을 버리고 적적한 골짝길로 들어서자, 그의 마음은 더욱 허전했다. 산 넘어 들려오는 멧새 소리도 길을 따라 흘러가는 개울물 소리도 모두가 이상스럽게 처량하게 들리는 것만 같았다. 얼마쯤 가다 그는 소를 갯가에 몰아넣어 목을 축이게 하고 개 둑에 앉아서 담뱃대를 꺼냈다. 그리고는 또 소뿔을 쳐다보았다. 밑둥까지 부러져 나간 뿔 자리에는 거멓게 더껑이가 앉은 채 남은 뿔마저 멋없이 길게 꾸부러져 정 볼썽이 없었다. 그는 남은 뿔마저 가위로 쌍둥 잘라 없애주고 싶은 생각이 무럭무럭 일어나는 대로 눈을 돌려 담배 연기만 푹푹 날리었다. 저런 외뿔소나 사자고 겨우내 그 찬바람을 맞으며 다닌 것인가고 생각하니 정말 입이 썼다. 그러면서도 또 한편 외뿔소가 아니면 저것이 내게 태울 리가 없는 것이 아닌가고도 생각해 보았다. 그래도 역시 마음은 풀리지 않고 공연히 없는 돈에 큰 소를 사겠다고 욕심을 부린 것이 잘못이라고만 생각되었다. 그럴수록 더욱 울화가 치밀어 올라 화덕이는 벌떡 일어나며 "가자" 하고 다 타지도 않은 담뱃대로 소 엉덩이를 후려갈겼다. 소는 깜짝 놀라 껑충껑충 몇 걸음 뛰다가 목을 축여 승기가 나는지 "음마" 하고 한바탕 길게 울어대었다. 그 울음소리에 더욱 화가 난 화덕이는 "이놈의 소, 뭐이 좋다고 주제넘게……." 하고 또다시 등을 쥐어박았다.

범바위를 돌아서면서부터 벌판이 벌려지며 석양을 받아들인 그의 마을이 멀리 바라보이었다. 그는 장에 갔다오는 길에 예까지 오면 언제나 걸음이 빨라지곤 했다. 그러나 오늘은 소를 빨리 몰 생각도 없었다. 그저 먼 동네가 점점 가까워질수록 외뿔소를 사 온다고 온 동네가 떨쳐 나와 웃어댈 것만 같아, 가슴이 활랑거리었다. 그렇다고 이제 와서 가던 길을 돌릴 수도 없는 일이고, 그러니 분풀이할 곳은 애매한 소밖에 없었다. 소가 곁눈질을 친다고도 툭 치고, 길섶으로 간다고도 툭 치고, 멋들게 머리를 저으면서 가도 까분다고 툭 치고, 서서 오줌 눈다고도 툭 쳤다. 그래도 그의 허수한 마음은 어쩔 수 없이 마을 뒤 솔재까지 와서는 또다시 담뱃대를 꺼냈다. 담배가 다 타자 다시 담배를 담았다. 그리고는 먼 서산에 넘어가는 해만 보고 앉아 있다가 종시 어두워서야 마을로 내려왔다. 그러나 화덕이가 외뿔소 사 왔다는 소문은 그날 저녁으로 온 동네에 쫙 퍼지었다.

그날 밤 화덕이는 외뿔소 생각으로 잠도 변변히 자지 못하고 날이 밝기가 무섭게 외양간으로 나갔다. 그러나 막상 소를 대하고 보니, 밤사이에 소가 변했을 리도 없는데 어쩐 셈인지 어제처럼 그렇게 밉살스럽게만 보이지는 않았다. 그러고 보면 외뿔도 그렇게까지 눈에 거슬리는 것도 아니고, 눈을 섬벅거리며 의젓하게 앉아 있는 품이 어쩌면 자기 성미를 닮은 성싶기도 했다.

머리를 긁어주어도 낯가림 하나 하지 않고, 똥을 치려고 밀어도 덤비는 일 없이 순순히 비키었다. 먹성이 어떠냐고 앞마당에 가서 콩짚을 갔다 풀어주자 소는 두어 번 주둥이로 비비적거리다가, 와삭와삭 먹어대기 시작했다. 그만했으면 먹성도 좋은 편이고 나무랄 것은 하나도 없는 소를 가지고 어제는 공연히 걱정을 하지 않았느냐고 생각하니 우습기만 했다. 그렇다면 몇천 원은 얻은 셈이 아닌가고 더욱 뜨북한 생각이 스며 웃음이 자꾸 저절로 터져나왔다. 화덕이가 소 콩 먹는 것을 무슨 신기한 것이나 보는 것처럼 히죽히죽 웃어가며 들여다보고 있을 때 그의 아내가 그제야 눈을 비비며 물을 길러 나왔다. 화덕이는 혼자서 웃던 웃음을 그대로 돌리어 "어서 좀 와 보라구." 하고 이번엔 벌쭉 웃었다. 어제 소를 끌고 들어올 때부터 사람이 어쩌면 외뿔소를 사 오느냐고 변죽 치던 아내는 "그럼 소라구 생겨서 콩짚두 안 먹을까?" 하고 한마디 퉁기고서는 쳐다보지도 않고 그대로 나가버리었다. 그래도 소의 칭찬이 한마디쯤은 있으리라고 생각했던 그는 그것이 몹시 못마땅한 듯이 아내의 등 뒤를 흘기었다. 일그러진 그 눈살을 그대로 찌푸리고 있는데 옆집 강 영감이 "소를 사 왔다지?" 하며 들어섰다. 강 영감은 일찍 부친을 여읜 화덕이가 어렸을 때부터 부친처럼 모시는 어른이라, 소를 잘못 사 왔다고 또 꾸지람을 들을 성싶어 속이 조마조마하여 머리에 손부터 올라갔다. 그러나 강 영감은 외양간 앞으로 와서 뒷짐을 진 채 잠시 동안 소만 살피다가 뿔이 어쩌느니 그런 소린 전혀 없이 "요즘 소값이 무던하다지, 얼마나 얹었나?" 하고 소값부터 물었다. 그것이 무슨 영문으로 히는 말인지 몰라, 화덕이는 더욱 마음이 졸여지며 "많이 얹을 돈이 어디 있었어요, 그저 쌀 한 가마니 푼수루……." 하고 다시 머리를 긁자, 강 영감은 의외란 듯 눈을 크게 뜨며 "그랬으면 아주 헐값이 아닌가?" 하고 뒤이어 "외뿔소는 기운을 쓴다네." 했다. 그 소리에 화덕이는 정신이 번쩍 들리만큼 기뻐서 입이 막 헤작해지는 걸, 그래도 말만은 "외뿔소라구 기운 더 쓸 리야 어디 있겠우?" 하고, 곧이들리지 않는다는 듯 픽 웃자, "글쎄, 그래두 옛날 어른들이 알고 헌 소리겠지." 하고 이번엔 소 발밑을 들여다보고 나서 "걸음도 재게 생겼는 걸." 했다. 화덕이는 더욱 신이 나서 소 코아리를 잡아 쥐고 "왕왕" 하고 소리쳐 입을 벌려 뵈고서는 "전 소보다는 늙지두 않고 내 생각에두 못한 것 같진 않아요." 하고 지금까지 생각지도 못했던 말을 태연스럽게 꺼내었다.

화덕이가 작년까지 부리던 소는 좀 늙기는 했으나 그렇다고 육고에 넣을 그런 정도의 것은 아니었고, 앞으로도 삼사 년은 넉넉히 부릴 수 있는 소였다. 그것이 지난 초겨울 뒷산에서 원목을 끌고 내려오다 눈 위에서 달구지가 번채는 바람에 소는 끽 하고 큰 소리도 못

치고 주저앉고 말았다. 그때 화덕이는 앞이 막 캄캄한 채 세상 밑 천을 하늘로 날리는 줄만 알았던 것이 그래도 다행히 소는 죽지 않고 눈을 번득거리고 있었다. 그러나 그때부터 소는 통 힘을 못 쓰고 웬만한 짐에도 숨은 가빠 쉬며, 조금 먼 길에도 뒤 바른 다리가 눈에 보이게 절룩거리었다. 아무리 생각해도 올봄에 그대로 연장을 메웠다가는 농사를 다 짓지도 못한 채 소가 넘어갈 것만 같았다. 그는 생각다 못해 바꾼다면 소값을 나가는 대로 없으려니 생각하고 겨울이 소값은 제일 나쁘다는 것을 알면서도 팔아버리고 말았다. 그러나 막상 소를 팔아놓고 보니 팔기보다도 사기는 그렇게 쉬운 일이 아니었다. 더더군다나 겨울에 나오는 소라는 것은 도대체가 눈알 하나 변변히 굴리지 못하는 비루먹은 소가 아니면, 자기 일가끼리 팔기로 벌써 다 약속이 되어가지고 값이나 맞히려 나온 것들뿐이고, 그밖에 간혹가다 눈에 드는 소를 만나면 이건 또 팔면 팔고 안 팔면 안 판다는 배부른 흥정만 하자는 것들이었다. 그러므로 아무리 우전 마당을 찾아다녀야 이 겨울 안으로는 소를 사볼 성싶지 않았다. 그러니 봄에 가서 소를 사자면 소값은 응당 뛸 것이 뻔한 일이고—그러던 참에 재 너머 안골 동네에 팔 소가 있다는 소문을 듣자, 그는 부랴부랴 달려가서 첫눈에 드는 대로 흥정을 맺고 끌고 왔다. 그러나 그놈의 소가 받는 버릇이 있는 뜸베소인 줄은 십 리 길을 끌고 오면서도 몰랐던 것이, 다음날 여물을 주던 그의 처가 버주기*¹를 둘러엎고 나자빠지는 것을 보고서야 비로소 알게 되었다. 그러나 처음엔 낯이 설어서 그런가보다고 대수롭게 여기지도 않았지만, 사흘이 가고 나흘이 지날수록 그 버릇은 더욱 분명히 나쁘게 나타날 뿐이었다. 화덕이는 뜸베소라는 것을 모를 리가 없으면서도 그런 척도

---

*1 자배기보다 조금 깊고 아가리가 벌어진 큰 그릇인 '버치'를 구어적으로 이르는 말.

없이 판 것이 괘씸한 대로 안골 동네로 다시 소를 끌고갔다. 소판 안골 친구는 한잔했다는 듯 홍무가 된 얼굴을 내밀어 첫마디부터 얼토당치도 않는 소리 한다고 모른 척했다. 화덕이는 젖 먹은 밸까지 기어 올라오는 것도 억지로 참아가며, 하여튼 소는 물어줘야겠다고 처음부터 말만은 온순하게 했다. 그러나 그 친구는 만사태평으로 "이 양반이 소판 돈을 궤 속에 넣어두자구 판 줄 아는가 부지. 소 팔아 빚두 채 못 갚아 원통한데 이제 어디 가서 소값을 가져오란 거요?" 하고는 바지 속에 손을 넣고 그것만 슬슬 만지면서 먼 산을 쳐다보고 있었다. 그러니 목청을 돋우어 싸운대야 목청만 아팠지 쓸데없다는 것은 이편에서 더 잘 알 수 있는 일이었다.

화덕이는 하는 수 없이 소를 도로 끌고 와서 되는대로 장에 내다 팔아치우고 말았다. 그러고 보니 금년에 풍년을 만나 마음이 흐뭇해서 윗간에 쌓아놓았던 쌀가마니도 이제 다시 소를 사놓고 본다면 얼마 남을 성싶지도 않았다. 그렇다고 자기 소 팔아놓고 남의 소로 농사지을 생각은 꿈에도 없었다. 그는 또다시 구제품으로 얻어입은 외투 자락을 날리며 매일처럼 우시장을 찾았다. 그러나 안골 소에 쓴맛을 본 그는 무턱대고 손이 나가질 않았다. 이번만은 틀림없는 소를 산다고 앞을 보고 뒤를 보고 살피고는 또 바장이다가 기어이 어느 한구석에서 흠을 찾아내고서는 고개를 돌리곤 했다. 그러는 사이에 소값은 나날이 뛰어 어느덧 우수가 지나고 경칩이 지나자 이제는 그가 생각하는 소값으론 큰 소 사겠다는 마음부터 내지 못하게 어그러졌다. 그래도 그의 욕심은 분수없게 암소까지 사겠다는 것이었으니, 우전 마당을 찾아다녀야 그저 마음만 답답하고 먹먹했을 것도 사실이었다. 그러던 참에 뜻하지 않은 외뿔소를 만나 안골 소를 판 값에서 얼마 더 주지를 않고 그의 소원대로 암소까지 살 수 있게 되었으니 뿔이 아무려면 어쩌랴, 그저 횡재라고 생각하지 않을 수가 없었다. 게다가 외뿔소는 힘까지 쓴다니.

화덕이는 동네 사람들이 소뿔 타령을 하면 으레 외뿔소가 기운을 쓴다는 강 영감의 이야기를 꺼내놓곤 했다. 그러나 동네에는 외뿔소를 집에 들이면 그 집 부처가 헤어진다는 누구의 입에서 나온지 도시 알 수 없는 그 소문이 먼저 퍼지었다. 동네 사람들에겐 외뿔소가 기운을 쓴다는 이야기보다는 그 소리가 더욱 흥미 있었기 때문이다. 그러므로 화덕이가 소만 끌고 나가면 영감들은 영감들대로 "이 사람아, 예쁜 아내가 도망치면 어쩔 셈이야?" 하고 점잖게 조롱치고, 젊은 축들은 "무정코나 무정코나 내 서방아……." 하고 목청을 돋워 노랫가락으로 빈정대고, 우물가에 모인 여인들은 "봐둔 색시가 있대요." 하고 캐들캐들 웃어대고, 애놈들은 "꼭꼭 찔러라 화덕이네 외뿔로……." 하고, 따라오며 놀려댔다. 그래도 화덕이는 남이야 아무런들 내 실속만 있으면 그만 아닌가고 그런 소리에는 처음부터 귀도 기울이지 않았다. 그러나 그의 아내는 그렇게 느슨할 수 없는 듯 화덕이가 밭에서 들어오기만 하면 이제는 부끄러워 물도 길러 나가지 못하겠다는 둥, 외뿔소와 상사병이라도 난 모양이라는 둥, 어서 소를 바꿔 오라고 앙탈을 부렸다. 아무리 의젓한 화덕이라 해도 이렇게 매일같이 앙탈을 부리면 마음이 편할 리는 없었다. 듣다 듣다 못해 "귀가 나발만 해두 푼수가 있지." 하고 화를 벌컥 열어놓기도 했다. 그런 땐 그의 아내가 그저 숙어졌으면 아무 일도 없을 것을 "에구 에구 저 같은 것하고 못 살아 겁날 줄 알구, 못 살아두 좋다, 좋아." 물불을 못 가리고 화덕에게 대들다 못해 나중에는 으레 미쳐 우물에 빠져 죽는다고 뛰쳐나가는 것이었다. 그러면 화덕이는 화덕이대로 어디 정말 죽나 보자고 그대로 내버려 두면 아무 일도 없을 것도 막상, 정말 죽을지 모른다고 겁이 나서 불시에 뒤따라 나가고야 마는 것이었다. 그래놓고 보면 또 동네 사람들의 웃음거리가 되는 것이고, 따라서 외뿔소에 대한 흥미는 더욱더욱 커지게 마련이었다.

그러나 이런 부부싸움도 한두 번에 그쳤다면 무슨 상관 있었으랴. 화덕이 생각으로는 그제와 어제처럼 오늘도 내일도 모레도 자꾸 계속될 것만 같았고, 그렇게 계속되다가는 결국 헤어지는 수밖에 없는 것이 아닌가고, 헤어진다면 필시 저 외뿔소 때문이 아닌가고, 집에 불화가 생긴 것도 분명 저 외뿔소가 온 때부터가 아닌가고—생각하면 생각할수록 외뿔소가 마음에 걸리며 꺼림하지 않은 바가 아니었다.

화덕이는 생각다 못해 동구 앞에 사는 떡편 영감을 찾아갔다. 어렸을 때부터 우전에서 살아왔다는 그에게 우선 외뿔소에 대한 소문의 사실 여부를 알아보리라고 생각했기 때문이었다.

떡편 영감네 외양간에는 보지 못하던 소 두 마리가 매여 있었다. 늦은 점심상을 물려놓던 떡편 영감은 어제 산골에 소를 사러 갔다가 방금 온 참이라면서 "저 소가 어때?" 하고 마루에 나앉으며 이를 쑤시다가 "마음에 들면 임자 소하구 바꿉세나." 하고 화덕이로서는 생각지도 못했던 말을 먼저 꺼내었다. 바꾸자는 소가 대뜸 보아도 자기의 외뿔소보다는 몹시 마른 것을 알 수 있었다. 그래도 그거야 콩 말이나 풀어놓고 먹이면 될 것이 아닌가고 생각하니 그에게 물어보려던 말은 온데간데 없어지고 갑자기 가슴이 두근거리는 대로, 소에다 고개를 돌리었다. 그렇다면 떡편 영감은 외뿔소가 어떻다는 것을 아직 모르는 모양이 아닌가. 그러나 소 얼굴만 보아도 소 버릇을 훤히 안다는 그 영감이 아닌가고 다시 생각하니 그런 엉뚱한 마음을 먹어본 자기가 오히려 실없이 열적어졌다. 그러면서도 화덕이는 밑져야 본전 셈 치고 "그럼 우리 외뿔소도 한번 보아야 하지 않아요?" 하고 자기 속을 드러내었다. 그러나 떡편 영감은 뿔에 대해서는 전혀 개의치 않는듯 "요전에 사온 그 암소 말이지? 그 소라면 언제나 좋아." 하고 너무나도 선뜻한 대답이었다. 그것이 도리어 면구스럽게도 주저케 하여 화덕이는 망설이다 못해 그날은 그대로 돌아왔다. 그리고서도 그의 마음은 자꾸만 떡편 영감네 소에 끌리는 대로 다음날 다시 가서 보고 보고 또 보았다. 그럴수록 안심이 안되어 어떻게 해야 좋을지 결정을 못 짓고 있을 때 "그래 그 소가 아무려면 외뿔소에 비하겠나. 임자 싫다면 내일 장에 내다 팔겠네." 하고 떡편 영감이 배짱을 내미는 판에 그만 기가 누그러지어 성사를 맺고 말았다.

화덕이가 양 뿔 달린 소를 끌고 들어오자, 빨래를 널던 아내가 해죽 해죽 웃다 못해, 약간 면난쩍은 낯으로 "그래 얼마나 더 줬어요?" 하고 으레 몇 천환은 더 줬으리라는 얼굴이었다. 화덕이는 아내의 아니꼬운 얼굴을 쥐어박고 싶은 대로 "무엇이 싸서 더 줄까?", 얼굴을 찌푸린 채 소를 외양간에 넣고 썰어두었던 콩짚을 한 움큼 쥐어다 던져주었다. 그러나 소는 먹을 생각이 별로 없는 듯 냄새를 한번 맡아보고서는 슬그머니 목을 돌려 주저앉고 말았다.
"이놈의 소가 낯이 설어 그러는가, 먹어 먹어 어서 먹어." 화덕이는 콩짚을 쥐어 입에까지 대주었다. 그래도 소는 싫다고 고개를 돌리곤 했다. 그렇다면 오기 전에 많이 먹은 모양이라고 화덕이는 별다른 생각 없이 밭에 나갔다가 저녁이 되어 다시 돌아와 보니, 역시 마찬가지로 먹은 기색이 전연 없었다. 그제야 화덕이도 이건 이상스럽다고 슬그머니 속으로 겁이 나기 시작했다. 콩짚을 가리는 것이 아닌가고 여물을 쑤어 먹여도 보았으나, 역시 마찬가지로 흠흠 냄새만 맡다가는 주저앉고서 꼬리를 늘어치었다. 그렇다면 이건 또 떡편 영감에게 속은 것이 아닌가고, 가슴이 활랑활랑 물결치어 그날 밤은 눈을 뜨다시피 밤을 밝히고 부랴부랴 외양간에 나가보았으나 구유에 든 여물은 거의 어제저녁 그대로 남아 있었다. 눈도 첩첩한 것이 사람의 그림자가 어른거려야 할 눈에는 눈곱이 잔뜩 끼어 있었다. 그래도 소는 중낮이 되며부터 여물에 조금씩 입을 대었다. 그렇다면 공연히 걱정한 셈이 아닌가, 아무런들 떡편 영감이 나를 속이랴 하고 화덕이도 약간 마음이 풀어지었다. 그러나 낮이 기울자 소는 또 눈에 정기가 풀어지며 먹을 생각을 하지 않았다.

화덕이는 문득 떡편 영감의 너무나도 시원하던 대답이 떠오르며, 이건 필시 무슨 곡절이 있는 소에 틀림없다고 생각되었다. 그리고 보면 세상에 믿지 못할 것이 소장수라는 것을 뻔히 알면서도 그런 영감에게 덕을 보겠다던 것이 애당초 당치도 않은 생각이었다고 후회막심이었다. 그러나 그보다도 이러다가 소가 아주 넘어가는 판이면, 그때는 정말 맨손 털고 일어나는 판국이라고, 다음 날 새벽에 화덕이는 소를 끌고 떡편 영감네 집으로 갔다.

소 장사뿐만 아니라 요즘은 또 토지 중개로 한몫 잘 보고 있는 그라, 벌써 어디론지 나가고 없었다. 화덕이는 기다리다 못해 소를 끌고 왔다가 저녁에 다시 갔다. 떡편 영감은 그때도 아직 돌아오질 않았다.

소를 끌고 오고 가는 도중에 넘어질 것만 같이 겁이 앞서는 화덕이는 떡편 영감이 들어올 때까지 기다릴 셈으로 토방에 주저앉았다. 앞집 지붕 위로 보름달이 솟아오르고도 한참 있다가야 떡편 영감이 터불터불 들어오다 문득 소를 보고 "이 사람아 손 왜 끌고 왔어?" 하고 의외란 듯 눈을 크게 떴다. 그러나 화덕이는 선뜻 주변을 못 차리고 서멋거리다가 "소가 먹지 않는 품이 무슨 탈이라도 있는 성싶어서요." 하고 겨우 입을 열었다. 그 소리에 떡편 영감은 더욱 눈을 크게 뜨며, "뭐 저 소가 먹성이 없다고?" 한마디 던지고는 분주히 헛간으로 들어가서 녹말가루를 한 바가지 퍼가지고 나왔다. 그리고 는 구유에 들어 있는 여물에 쏟아주며 "먹어라!" 하고 고함치는 소 리와 함께 소머리를 잡아끌어 구유에 박아주었다. 소는 기다리기나 한 듯 구유에 입을 대고서는 뗄 줄을 모르고 흑흑 먹기 시작했다.

화덕이는 너무도 신기스럽고 이상스러워 먹먹하니 보고만 있었다. 떡편 영감은 가루가 묻은 손을 툭툭 털고 나서 궐련을 꺼내어 먼저 화덕에게 한대 뽑아주고, 그리고는 불까지 그어주고 나서 하는 말 이 "이 사람아 내 눈으로 보고 사온 소에 틀림이 왜 있겠나, 이놈의 소가 산골놈이 돼서 감자 생각이 갑자기 난 모양이지." 하고는, "사 람두 그렇지. 산골놈에게 갑자기 이밥 먹으라면 그 맛 알겠나?" 하 고 수염 속에 웃음을 한바탕 털어놓았다. 듣고 보면 그럴 성싶기도 했다.

외양간에는 같이 사 왔던 소 한 마리는 어디다 팔았는지 벌써 없 어지고 외뿔소만 혼자 남아서 원망스럽다는 듯 눈을 츠벅거리며 화 덕이를 쳐다보고 있었다. 화덕이는 그것을 보기가 몹시 민망스러웠 다. 그러나 지금에 와서 또다시 바꿔 가겠다고는 자기가 아무리 소 견머리 없다고 해도 혀가 놀려지질 않았다. 그는 고개가 무거운 대 로 소고삐를 다시 잡고 그대로 돌아서는 수밖에 없었다.

그러나 화덕이는 다음 날 또다시 소를 끌고 떡편 영감네 집을 갔 다. 집에 끌고 온 소는 어제나 그제나 역시 마찬가지로 먹지를 않았 기 때문이었다. 유달리 짚이 나쁠 리도 없는 것이고 떡편 영감이 하 는 대로 감자 녹말가루도 뿌려주어 보았다. 그래도 소는 흠흠하고 먹을 생각이 없을 뿐만 아니라 눈을 그느실하게 뜨고 그저 눕고 싶 어만 했다. 무슨 병이 있다는 것은 이제는 더 의심할 여지조차 없 었다.

그러나 떡편 영감은 이번엔 끌고 간 소를 한번 쳐다보는 일도 없이 대번에 그 떡판 같은 얼굴이 벌겋게 피어오르며 "그 소가 그렇게 잘 먹는 걸 어제두 네 눈으로 멀진멀진 보고 나서 지금에 또 무슨 수작이야!" 동네가 떠나갈 듯 고함쳐, 외뿔소는 벌써 돈까지 다 받고 팔기로 했다며, 흔드렁도 하지 않았다. 그래도 화덕이는 큰소리 한마디 못 하고 그대로 쑤꺽쑤꺽 소를 끌고 왔다. 그리고는 생각다 못해 그날 저녁에 강 영감을 찾아가서 울상을 지었다. 강 영감은 화덕이 이야기를 듣고 나자, 입이 써서 욕도 못하고 "요즘 같은 세상에 임자처럼 사람이 용해서야 어떻게 살겠나?" 하고는 어디 간다는 소리도 없이 일어서 나갔다. 그리고는 한참 있다 다시 들어와서 "제 에미가 와두 쌀 한 가마니 갖다 놓기 전엔 막무가내라네." 하고 목침을 찾아 윗목에 돌아누웠다.

화덕이는 하는 수 없이 밀보리 때까지의 양식으로 남겨놓았던 쌀을 다음 날 짊어지고 가서 외뿔소를 도로 바꿔왔다.

그리고 이삼일이 지나서였다. 화덕이는 이른 새벽에 읍내로 두엄을 내려가다가, 마을 앞 구붓한 솔밭을 등지고 앉아 있는 성황당 앞에서 떡편 영감을 만났다.

그의 뒤에는 외뿔소를 가지고 제일 많이 조롱치던 홍서방과 영칠이가 달려 있었다. 그들은 지게에다 가마니를 얹어 지고 솔밭 속에서 나오다가 화덕이를 보고 문득 놀라며 발을 멈추었다. 가마니 속에 무엇이 들어 있다는 것은 가마니 밑이 벌겋게 피가 배인 것을 보아 첫눈으로 알 수 있었다. 그래도 떡편 영감만은 전날의 일은 벌써 잊은 듯이 "읍에 덤 내려 가나. 참 화덕이는 부즈런도 하이." 점잖게 체면을 차렸다. 그러나 다른 축들은 얼굴을 돌리기가 거북한 듯 외면했다. 화덕이는 솔재를 넘으며 그들을 다시 한 번 돌아다보았다. 그렇다면 전날 떡편 영감에게 빼앗긴 쌀을 도로 찾을 궁리도 생길 성싶은데, 화덕이는 아예 그런 생각은 마음부터 없는 듯 이제는 누가 무어래도 다시는 소를 바꾸지 않는다고만 생각했다. 그리고는 "이눔의 소야, 넌 나까타니 살은 줄만 알어라." 하고 소 궁둥이를 툭 쳤다. 소는 급기야 목을 뽑고 씨걱거리며 언덕을 올라갔다.

이 세상에서

S동 거리도 이제는 제법 도시의 면목을 갖춘 셈이다. 이발소, 약방, 양품점, 미장원, 양복점, 구둣방, 찻집, 바, 계물전, 극장, 빌리어드……들이 줄을 지어 있으며 밤이면 집집에서 휘영청한 불빛이 흘렀다.

중앙 출판사의 고문이란 직위를 갖고 있는 박경호 씨는 오늘 밤도 버스가 쏟아놓는대로 그 불빛들을 받으며 걸었다. 어깨가 축 늘어진 그의 걸음걸이는 몹시도 피곤해 보였다. 그러나 그의 얼굴을 더 한 층 창백하니 보이게 하는 것은 머리 위에 걸려 있는 네온사인들이었다. 비어홀 지붕에서 밤새껏 껌벅이는 불빛, 양품점의 파란 불빛, 피가 흐르는 것 같은 약방의 빨간 불빛……그의 바른 손에는 이십년 동안이나 들고 다닌 낡은 가방이 들려 있었다. 그 가방 속에는 틀림없이 빈 도시락 하나밖에 없을 터인데도 그것이 몹시 무겁기나 한 듯이 그 쪽으로 몸이 약간 쏠려지고 있었다. 하기는 오랜 습성이 그렇게 자연히 몸에 배게 된지도 모르는 일이었다. 그가 생선가게 앞을 왔을 때 고등어가 싸다고 소리치던 생선가게 주인이 비늘 묻은 손으로 그의 옷자락을 잡았다.

"떨이판인데 선생님 들여가시오."

박경호 씨는 불쾌한 듯 눈쌀을 찌푸리면서도 잠시 걸음을 멈춰 생선자판을 봤다. 그리고는 다시 걸었다.

"사람을 어떻게 보고서, 아무리 싸다면 밸이 터진 고등어를 사라구……."

그러나 그는 그 가게에 사람이 십여 명이나 들어갈 수 있는 냉장고가 비치되어 있는 것을 보고 놀래었다. 그것은 며칠 전만 해도 볼 수 없던 물건이었다. 그는 고개를 숙이고 걸으면서 생각했다. 생선가게는 일 년도 못 되어서 그 커다란 냉장고를 사게 되었는데, 이십 년 동안이나 월급생활로 살아 온 내겐 남은 것이 무엇인가. 그리고는 새삼스럽게도 자기가 입은 옷을 훑어보았다.

"사원들은 이 초라한 나의 옷을 보고 웃을 터이지."

그는 자기도 모를 어이없는 웃음을 웃고 나서는 다시금 오늘 출판사에서 한 일을 생각해 봤다. 한종일 남의 번역한 문장을 고쳐준 일이었다.

"도대체 그 글은 무슨 뜻을 번역한 것인가, 그것이 대학교수의 번역이란 말인가, 아무리 서툰 번역이라 해도 남이 읽어서 문맥이나 통하게 번역해야 할 것이 아닌가?"

그는 몇 번인지 모르게 원고를 집어던지고 싶은 마음이면서도 이 출판사의 고문이라는 자기의 직책이 그런 일을 해야 한다고 정해진 이상, 어쩔 수 없는 일이라고 생각했다. 바로 그 때에 옆에 앉은 편집국장인 재섭이가 읽던 신문에서 눈을 돌려,

"참 박선생은 이번 신보안법을 어떻게 생각합니까?"

아닌 밤중에 홍두깨 내밀듯이 물었다. 그 순간에 박경호 씨는 자기를 공연히 조롱대기 위해서 묻는다는 것을 잘 알고 있었다. 그럴수록 화가 치밀어오르며 고함이라도 쳐주고 싶었다. 그러나 그의 어조는 극히 온순했다.

"보안법이 국회에서 통과된 게 언젠데 지금 와서 새삼스럽게……."

그리고는 혼자서 생각했다. '카이사'의 것은 '카이사'에게로 돌려주라는 대답처럼 가슴이 후련해지는 대답은 못 된다고.

박경호 씨는 문득 걸음을 멈추고서 기계적으로 '쇼윈도'를 바라봤

다. 그대로 지나칠 수 없는 물건이 그곳에 있는 것 같았다. 그는 약간의 미소를 지으면서 그 앞으로 갔다. 형광등의 불빛 속에 가지가지의 양복 천이 진열되어 있었다. 그는 그 양복 천 속에 새로 지은 양복을 입은 자기의 모습이 떠올랐다. 확실히 젊어진 것 같았다. 그러나 그는 아내에게 미안한 생각이 들었다. 그는 불시에 아내의 치마감도 하나 골랐다. 다시금 여학교 다니는 딸년의 물낡은 교복이 생각되었다. 딸의 교복지도 하나 더 골랐다. 그리고는 남학생들은 무명옷을입는 것이 다행이라고 생각했다. 그는 점포 안으로 들어가서, 그것이모두 얼마냐고 가격을 물으려다가, 그만 걸음을 멈추고 말았다. 사지도 않을 물건값을 묻는다는 것은 쑥스러운 일이라고 생각했기 때문이었다. 그렇다고 그는 단순한 공상처럼 전혀 예산이 없이 그런 생각을 해보는 것은 아니었다. 며칠 후이면 인세로서 얼마간의 멩이 돈이들어오게 되어 있었다. 그가 쓴 《농민독본》이라는 것이 그가 나가는출판사의 발행으로 지금 인쇄중에 있었다. 책의 인세를 갖고서 물론양복이나 하자면 문제 없는 일이다. 그러나 그는 그 돈으로 양복보다더 중요한 다른 계획이 있었다. 그가 지금 살고 있는 뒷산에다 짓는다는 후생주택을 한 채 얻을 생각을 한 것이다. 그가 지금 살고 있는집은 판자집과 다름 없는 함석집이었다. 비가 오면 소란스럽기가 짝이 없었고 해가 내려쪼이면 한증탕 같이 무더운 집이었다. 뿐만 아니라 궁둥이 하나도 마음대로 돌릴 수 없는 좁은 집이었다. 그런 좁은방에서 여섯이나 되는 식구가 복닥일 때면 정말 숨이 막히는 것 같았다. 그러므로 그는 우울한 일이 있거나 가슴이 답답한 일이 있을때는 뒷산으로 올라갔다. 거기에는 시원한 바람도 불어왔으며, 연막이 뽀얗게 피어오르는 듯한 먼 서울의 거리도 바라보였다. 그 거리를바라보면서 그 속에서 날뛰는 제아무리 잘났다는 사람도 지금엔 내눈 아래 있다는 것을 생각하면 얼마큼 마음이 트이는 것 같기도 했으며, 더군다나 밤이면 별을 쳐다보는 것이 즐거웠다. 목이 아픈 줄도 모르고 하늘의 별을 쳐다보고 있으면, 한없이 신비스러우면서 자연의 실감을 비로소 처음 느껴보는 것만 같았다.

박경호 씨에게 이 산에 후생주택을 짓는다는 말을 처음으로 알려준 사람은 버스 정류소 앞에서 책방을 하고 있는 주인이다.

그날도 박경호 씨는 회사에서 돌아와 셔츠바람으로 뒷산에 올라갔다가 뜻하지도 않은 그를 만났던 것이다.

"책방 주인이 오늘은 웬 일이시오?"

"저두 여기서 살아볼 생각이 있었어요."

"여기서 살다니요?"

"이번 한미재단의 원조로 이곳에 짓는다는 주택을 하나 얻기로 했지요."

"그런 뭣이 있오?"

"그럼 선생님 이 동네에 살면서 아직 그것을 모르고 있었어요?"

박경호 씨는 그래도 한땐 큰 신문사의 편집국장까지 지낸 자기가 그런 일을 모르고 있었다는 것에 얼굴이 붉어지려고 했다. 그러나 그보다도 그에게 더욱 충격을 준 것은 이제부터는 그 산에서 별을 쳐다보는 자유조차도 박탈되는 것만 같은 생각이었다. 그는 주위에 덤덤이 서 있는 소나무를 돌아다보며 이 산과 함께 살아 온 일을 생각해 보았다. 왜정 때에 방공연습으로 대끼던 곳도 이곳이었고, 공산당들이 인민재판을 하던 곳도 이곳이었다. 공산군을 쳐부수는 장병들을 보낸 곳도 이곳이었고, 동네 아이들의 놀이터도 이곳이었고, 동네 색시들이 오월 단오의 그네 뛰던 곳도 이곳이었다. 정말 이 산은 자기와 그리고 자기의 가족들과 같이 고난도 겪어 왔고, 기쁨도 맞이한 것이다. 그러한 땅에 이제는 마음대로 발도 들여놓게 될 수 없다니—그렇다고 그는 거기에 아주 실망하고 싶지는 않았다. 그 곳에 집이 선다면 그만한 집은 자기도 어떻게 얻을 수 있는 능력과 지위는 아직도 남아 있다고 생각했기 때문이다.

그는 자기가 쓰고 있는 집을 팔기로 하고 나머지의 부족되는 돈은 출판사 사장에게 말해보기로 했다. 사장은 의외에도 호의를 보이어

"박선생 그럴 것 없이 책을 하나 쓰시오. 인세는 남보다 좀 후하게 드리겠으니."

이 말에 박경호 씨는 감격했다. 사장은 역시 사람을 알아보는 훌륭한 분이라고. 그가 양복점을 지나서 얼마큼 더 걸어가는 동안에 불이 밝은 상점거리는 끝나고 어두운 주택지가 나섰다. 거기에는 아직 군데군데 공지가 남아 있었다. 옥수수를 심은 곳도 있었고, 그대로 내버려 둔 곳도 있었다. 가로등이 달린 전선주 밑에서 동네 개들이 서로 물어뜯으며 희롱하고 있는 것이 보이었다. 낯이 익은 박경호 씨에게 짖을 필요가 없는 모양이었다. 그의 집은 바로 그 전선주 옆에 있었다. 그러나 그는 자기 집 대문부터 먼저 열지를 않고 뒷산으로 올라갔다. 며칠 전부터 산 허리를 무너쳐 닦기 시작한 집터가 얼마큼이나 되었는가를 보기 위해서였다. 그는 집터를 돌아보고 나서 그가 늘 올라가서 앉은 바위에 가 앉았다. 서울의 거리는 어두운 안개 속에 잠긴 채 수많은 등불들이 벌써 조는 듯이 깜박이었다. 때로는 자동차의 불빛이 그 속을 헤엄쳐 나가듯 달리는 것도 보이었다. 그는 그러한 풍경에 취해 있다가 지금 자기가 살고 있는 쪽으로 눈을 돌렸다. 게딱지 같은 집에서도 모두가 불빛은 흘렀다. 그러나 그것은 너무나도 호젓했다. 비굴과 인내가 마르다 못해 기운이 없이 타면서 흐르는 불빛 같기도 했다. 그는 그것을 보면서 자기도 이제는 그러한 생활에서는 면하게 된 모양이라고 생각했다. 그러자 약간 흡족해진 마음으로 언덕을 내려와 자기 집 대문을 열었다. 그 순간에 꽁치 굽는 냄새가 풍기며 그런 생각도 없어지고 말았다. 국민학교 다

니는 막내딸이

"아버지 와요."

하고 분주히 달려나와서 가방을 받아 들었다. 그러나 그도 실망한 얼굴이었다. 혹시나 과자라도 사 갖고 들어오지 않나 하는 기대가 오늘도 어그러졌기 때문이었다.

그는 얼굴을 씻고 방안으로 들어갔다. 검은 대가리 셋이 둥근 책상에 둘러앉아서 공부를 하고 있었다.

"나는 이것들 때문에 자유가 박탈된 것이다. 이것들 때문에……."

그러나 그들도 아버지에게 불평을 이야기하기 위해서 무슨 의논을 하고 있는 것만 같았다.

"어서 저녁을 먹자."

하고 아내가 부엌에서 소리쳤다.

둥근 책상은 식탁으로 변하여 아랫목으로 위치가 약간 바뀌졌을 뿐으로 검은 머리들은 아까나 마찬가지로 둘러앉았다. 꽁치에 멸치를 우려낸듯 만듯한 무국. 그래도 전에는 이보다는 좀더 풍부한 찬이 있었다는 것을 생각하며 무국물을 두어 숟갈을 입에 떠 넣었다. 그리고는 무심결에 찬장 위에 있는 '라디오'를 쳐다보고서는 안 볼 것을 본듯이 눈을 돌렸다. 역시 이 식탁에 한몫 끼어서 앉아 있어야 할 그의 장남인 성덕이가 나간 그날, 소리가 끊어진 채 두달이 지난 지금까지도 고치지 않은 그대로 있었다. 그는 그 다음날부터 밥상을 마주앉고서는 자기도 모르게 '라디오'를 쳐다보는 버릇이 생겼다. 그때마다 그는 몹시 마음이 괴로웠다. 그러므로 그는 눈에 보이지 않는 어디다가 틀어막아 둬야겠다는 생각도 했지만 그러면서도 그것엔 손을 대기조차 싫었다. 다른 가족들도 그의 그날의 기분이 아직도 풀리지 않은 것을 두려워하여 그 후로는 일체 '라디오'에 대해서는 잊은 듯이 입을 열려고 하지 않았다.

그날 밤 그는 권투 연습을 늦게 끝내고서 돌아온 아들에게

"이 자식아, 하라는 공부는 안하구 사람 치는 공부만 하러 다니구 있니?"

하고 권투 '글로브'를 뺏아들어 면상을 갈겼던 것이다. 그렇다고 그는 자기 아들에게 무엇이 되어 달라고 강요하는 마음에서 그런 것은 아니었다. 평범한 장사꾼이 되어도 좋고 보잘 것 없는 월급쟁이가 되어도 하는 수 없다고 생각했다. 그러면서도 아들이 권투선수가 된다는 데는 내버려 둘 수가 없었다. 그러나 그의 아들의 생각은 전혀 다른 것이었다. 성덕이가 권투를 하는 것은 남처럼 이름을 날리기 위한 허영에서 하는 것도 아니었고, 사람을 친다는 그런 분별없는 생각에서 하는 것도 아니었다. 권투는 어디까지나 신성한 '스포츠'라고 생각하는 그는 자기의 수양을 위해서 하는 것이었고, 그 수양을 쌓고 나면 국제 시합에 나가서 싸워 우리나라의 위신도 높일 수 있는 것이고, 또한 '프로'로 전향하여 돈도 벌 수 있다고 생각했다. 물론 그때가 되면 지금의 고생하고 있는 아버지도 편하게 해 줄 수 있으리라고 생각했다. 말하자면 이것이 그의 희망이었다. 그러나 아버지는 그런 것을 바라지도 않는다는 듯이 자기의 권투를 전혀 이해해 주려고도 하지 않았다. 그것이 그에겐 무엇보다도 섭섭했고 한편, 답답하기도 했다. 그는 서글퍼지는 듯한 마음이면서 얼굴을 돌려 '라디오'의 스위치를 넣었다. '다이얼'을 돌리자, 군중들의 소란스러운 소리에 뒤섞여서 권투시합의 중계방송이 튀어 나왔다.

"이 자식아, 네 애비가 뭐라고 하는 소리 들리지 않니?"

다시금 커다란 소리와 함께 권투 '글로브'가 날아들었다. 그통에 라디오가 찬장에서 떨어지며 소리가 뚝 그쳤다. 성덕이는 왈칵 골이 난 눈으로 아버지를 잠시 지켜보고 있었다. 그리고는 벗어 걸었던 '바바리'를 다시 껴 입었다.

"나가서는 다시 들어오지 말아."

어머니와 동생들이 울어대도 돌아보지도 않고 나가버리는 아들의 등에 대고 박경호 씨는 소리를 질렀다. 맨손으로 나가버린 아들은 아버지의 말대로 아주 나가버리고 만 것이었다.

저녁이 끝나자, 식탁은 다시금 책상으로 변했다. 박경호 씨는 그 옆에 누워서 석간을 펼쳤다. 그리고는 먼저 신문 체제부터 죽 훑어 봤다. 뒤집고서도 역시 마찬가지였다. 그것이 끝난 다음에야 그는 중요한 기사를 읽기 시작했다. 그가 신문사에서 이십여 년 동안이나 생활해 온 습성에서 오는 것이었다. 그는 이때처럼 눈에 활기를 띠는 때가 없었다. 그는 신문을 덮고 잠시 명상에 젖는다.

"으음."

경탄이랄지 개탄이랄지 분간할 수 없는 소리가 나온다. 그것은 세상에서 일어난 일에 대한 관심에서 나오는 소리가 아니고, 신문이 잘 됐는가 못 됐는가, 거기에서 나오는 소리였다. 때로는 한 번 더 신문을 펼쳐보는 일도 있지만, 그러나 요즘에 와서는 명상에 사로잡힌 그대로 잠이 들어버리고 마는 것이다.

박경호 씨는 두어달 전부터 친구의 소개로 주로 농촌 계몽을 위한 책을 발간하는 출판사에 나가고 있었다. 그의 친구가 곤궁한 그의 생활을 보다 못해 그런 곳으로 구원해 준 것이었다. 그러나 박경호 씨는 그런 자리를 만족해서 들어간 것은 아니었다. 아니 수치스러운 일이라고 생각했다. 그러면서도 당장에 생활이 급하니 임시로 그런 곳에라도 들어가 있는 수 밖에 없다고 생각한 것이다.

그는 이적기사를 쓴 부하의 인책으로 C신문사를 나오게 된 것이다. 그리고는 이년간 어디서고 맞으러 오리라는 혼자의 생각으로 직업을 구하려고 하지도 않았다. 우리나라에서 손꼽히는 신문인 C사의 편집국장이었다는 경력이 그를 그렇게 한 것이었다. 또한 그를 맞이하고 싶은 곳에서도 그러한 경력이 방해가 되었던 것이다. 그는 여기 저기 잡지에 쓰는 잡문의 원고료로써 어떻게 겨우 살아왔다. 그러나 날이 갈수록 그것만의 수입으로써는 도저히 살아나갈 수가 없게 되었다. 아이들의 학기금을 어떻게 마련해 놓으면 아내가 맹장염 수술을 하게 되고……이렇게 곤란한 일이 자꾸만 덮치게 됨에 따라 그는 친구를 찾아다니며, 지금까지 입을 열어보지 못한 싫은 이야기를 해야 했다. 친구들은 그를 어떻게 도와주고 싶은 마음이면서도

"사람을 어떻게 보고 하는 소린가."

하고 화를 낼 것만 같아서 그런 말을 꺼내기도 꺼렸다. 그러나 결국은 어느 용기 있는 친구가

"그 출판사에 협력을 좀 해 주게나."

그런 말로 그를 겨우 설득시킬 수 있게 되었다. 고문이란 이름도 물론 편집국장이었다는 그의 경력을 만족시키기 위해서 만들어낸 것이었다.

다음날 아침은 비라도 내릴 듯이 찌뿌듯하게 흐린 날씨였다. 박경호 씨는 여느날과 마찬가지로 아침 일곱 시에 일어났다. 오늘도 무더울 모양이다. 그는 바깥 기둥에 걸린 한란계를 보았다. 파리들이 다닥다닥 붙어서 도수표를 잘 알아볼 수가 없었지만, 그래도 그는 이십이도 오부라는 것을 용케 알아봤다. 아내는 벌써 조반을 지어놓고 있었다. 그는 아내의 얼굴을 슬쩍 쳐다보고서는 어쩌면 사람이 저렇게도 변할 수 있는가고 생각했다.—그녀도 한때는 영문학을 한다던 여자가 아닌가. 그렇던 여자가 어쩌면 저렇게도 기계처럼 생각은 전혀 없이 움직일 수만 있게 되었는가! 물론 이런 생각은 오늘 처음의 일은 아니었다. 그러면서도 또 오늘도 생각해 보는 것이었다. 자기가 감격한 일은 이제는 그런 일 밖에 없다는 듯이 그는 얼굴을 씻으러

우물로 나갔다. 함석 함지에 빨랫감이 그득 담겨 있었다. 그는 이를 닦으면서 아무 생각없이 그것을 보았다. 그의 때문은 속옷이 물에 떠 있는 것을 보고 문득 아내와 관계가 없는 것이 한 달도 넘었다는 것을 생각했다. 그러면서도 자기와 아내는 그것이 조금도 이상스러운 일이라고 생각하지 않았다.

"나는 아직도 오십 이전이 아닌가. 그것도 결국 방이 좁은 때문에."

그때에 방안에서는 아이들의 소란스러운 소리가 들렸다. 또 싸우는 모양이었다. 아내가 꾸짖어댔다.

"집이 이렇게 좁고서야 싸우지 않을 수도 없는 것이지."

그는 이를 닦던 것도 잠시 잊어버리고 뒷산을 쳐다봤다. 인부들이 벌써부터 와서 터를 닦고 있었다. 그것을 보며 이런 지옥 같은 살림도 며칠 아니라고 생각했다.

박경호 씨는 버스 정류장에서 오늘도 인수를 만났다. 전에 같은 사에 있던 젊은 기자였다. 인수가 옷을 너무나도 사치하게 입고 다니는 것이 박경호 씨로서는 마음에 들지 않았지만, 그러나 자기 글을 누구보다도 알아주는 데는 호감을 갖지 않을 수가 없었다.

"참 이번 S잡지에 실은 선생의 글에 전 아주 감격했습니다."

이런 말을 박경호 씨는 그 청년한테 몇번이나 들은 일이 있었다.

"선생님 오늘은 좀 늦구만요."

인수는 박경호 씨 옆으로 와 웃으면서 인사를 했다.

"그런가."

박경호 씨의 입에서도 미소가 흘렀다.

버스가 왔다. 사람들이 욱 달려들어서 서로 타겠다고 밀치고 닥치고 야단이었다. 인수가 밀려드는 사람들의 압력에서 박경호 씨를 지켜 주려고 받치고 있었다. 박경호 씨는 민망스러웠다. 그렇다고 또한

그것이 싫은 기분도 아니었다. 버스를 놓치고 나자

"선생님 합승으로 갑시다."

인수가 끌었다. 박경호 씨는 이번엔 자기가 합승값을 낼 차례라는 것을 생각하고는

"한번 더 기다려 봅세나."

하고 자기도 알 수 없게 웃었다.

"참 선생님 뒷산에 짓는 집 얻기로 했다지요?"

인수는 문득 생각한 듯이 입을 열었다.

"그래 지금 있는 집이 너무 좁아서."

"잘했어요. 저두 하나 얻기로 했어요."

"그러면 인수군과는 역시 한 동네서 살게 됐구만."

"그럼요. 저는 언제나 선생님 따라다니며 살 생각입니다."

박경호 씨는 흡족한 기분이었다.

버스가 다시 왔다. 박경호 씨는 육체와 육체가 맞부딪는 압력에 밀리었다. 차 속에서는 국민학교 어린애들의 울음소리가 터졌다. 박경호 씨는 벗어지려는 모자를 한 손으로 붙잡으면서 버스에 오르려고 악을 썼다. 그러나 도저히 탈 수가 없었다. 누가 뒤에서 엉덩이를 들어주는 사람이 있었다. 인수군이었다. 박경호 씨가 겨우 올라타자, 인수군이 마구 비벼대고 탔다. 둘이서는 문을 닫은 어귀에 겨우 끼워 설 수가 있었다.

"매일 이렇게 부대끼면서야 어떻게 살 수 있어요?"

둘이서는 잠시 동안 말이 없었다. 이렇게 빼꼭 찬 데서는 가슴이 눌리워서 말도 할래야 할 수가 없었다. 인수 뒤에서는 노동자 비슷한 남자가 밀어댔다. 땀에 글은 때 냄새가 체온과 함께 느껴졌다. 인수는 생리적인 염오가 느껴지는 양으로 등을 흔들어대며 떠밀었다.

"우리라고 이렇게 좁은 데서 끼워서만 살라는 이유야 없겠지요."

그는 다시금 뒤를 떠밀어댔다. 아이들이 넘어지며 울어대는 소리—그 울음소리에서 박경호 씨는 아침에 집에서 싸우던 자기 아이들의 울음소리를 생각했다.

"정말 나는 어째서 이렇게 좁은 데 끼워서만 살아 왔던가!"

그는 주위의 사람들을 둘러봤다. 그럴수록 그런 마음이 통절하게 느껴지는 것도 사실이었다. 박경호 씨는 인수에게 끌리어 커피를 한 잔 얻어먹었기 때문에 출근시간보다도 약 십분쯤 늦어서 들어갔다.

"오늘 어떻게 되었오, 박선생이 늦는 날이 있으니."

옆 책상의 편집국장인 재섭이가 조롱대듯 얼굴을 돌렸다. 박경호 씨는 그를 별로 좋아하지 않았다. 연령으로도 오륙년이나 아래인 그의 말버릇이 비위에 맞지 않기 때문이었다. 그도 명분이 편집국장이라고 C신문사의 편집국장과 동격으로 생각하는지.

그것을 생각하니 자연 불쾌한 얼굴이 되었다. 그 얼굴을 감추기 위해서 그는 담배를 꺼내 물었다. 그러나 성냥이 없었다. 그것을 보고 있던 재섭이가 집어던져줬다. 그는 잠자코 성냥을 그었다. 담배의 연기가 그의 불쾌감을 대신해서 피어올렸다.

"박선생 쓴다는 그것 어떻게 되었오?"

하고 재섭이가 원고를 재촉했다. 그가 쓴 《농민독본》의 서문을 말하는 것이었다.

"아직 되지 않았지만 이제 이어 쓰지요."

박경호 씨는 재섭이를 무시하듯이 말하고서 교정 보는 여사무원을 불렀다.

"미스 김, 내 구술할 테니 받아 써."

그는 자기 책상 앞에 의자를 갖고와서 여사무원을 앉게 하고 말을 한마디 한마디 떼어서 외기 시작했다. 그는 내심으로 자못 만족했다. 원고를 구술한다는 것은 누구나가 쉽게 할 수 있는 일이 아니기 때문이었다. 그의 거치른 금속성에 가까운 목소리는 방안에 울려졌다. 그는 과연 명문이라고 생각하여 그 어조에 도취해버리고 말았다. 며칠 전부터 몇번인가 써보고 고친 문장이었다. 오늘 아침 일부러 구술하려는 생각은 아니었고, 집에서 원고를 잊어버리고 두고 온 것이지만, 그것이 오히려 잘됐다고 생각했다. 그의 낭랑한 어조는 더욱 높아졌다. 그는 눈을 감고서 자기의 편집국장 시대를 회상해가며 지금이나 그때나 자기의 필력만은 변함이 없다고 생각했다. 그러면서 그때나 마찬가지로 자기에게는 반드시 행복이 찾아 올 거라고 생각했다. 그리고는 실직한 생활이란 진저리 나는 것으로 이런 곳에서나마 떠나고 싶지 않은 생각이 강하게 느껴졌다.

실직했을 때 아내를 입원시키고 그 입원료를 얻기 위해서 거리를 헤매던 생각이 문득 떠올랐다. 추운 밤길을 혼자 돌아오면서,

"이런 곳에 돈이라도 떨어졌으면."

하고 그것을 진정으로 생각하고 바람에 굴러가는 종이봉지를 주워 보던 생각―. 그리고 자신이 가엾어져 눈물을 흘린 기억―. 정말 그것은 못할 일이었다. 다시는 그런 생각도 하고 싶지가 않았다. 박경호 씨는 원고의 구술을 누구보다도 재섭에게 들려주고 싶었다. 그것으로 자기를 보는 눈이 달라지리라고 생각했다. 그러나 그는 그런 일엔 전혀 무관심인 듯이 무슨 원고인지 그것만 열심히 읽고 있었다.

그날도 여느날의 아침과 다름이 없었다. 일곱 시에 눈을 뜨자 자리에서 신문을 펼쳤다.

"……불이 붙다니."

박경호 씨는 소리를 치며 벌떡 일어났다. 그의 얼굴은 보는 사이에 거멓게 변해졌다.

"불이 어디 붙었기에 그렇게 놀라는 거요?"

아내가 부엌에서 물었다.

"회사가 모두 붙어서!"

"네! 그러면 어떡해요!"

박경호 씨는 어쩔 줄 모르고 입술만 깨물고 있다가 조반도 안 먹은 채 양복을 주워입고 나갔다. 삼년 동안이나 겪어 온 그 고생을 이제 겨우 면했다고 생각하자, 그것이 석달도 못 되어서⋯⋯ 그 생활이 다시금 시작된다고 생각하니 치가 떨리었다.

박경호 씨는 회사로 나갔다. 버스에서 내려 회사 편으로 가자 사람들이 서서 보고 있는 불탄 자리에는 아직도 김이 문문 나고 있었다. 남은 것은 인쇄 기계뿐이었다.

그도 지나가던 사람처럼 서서 그것을 보고 있었다. 대여섯 젊은 사원들이 타다 남은 종이를 창고에서 꺼내고 있었다. 자기의 직장이 불타버렸다는 그런 감정은 전혀 보이지가 않았다. 자기도 사원이므로 그곳에 들어가지 않으면 안 되겠다고 생각하면서도 그 곳에 서 있었다. 제본실로 되어 있던 곳에는 단을 지어서 재가 쌓여 있었다. 그것은 그가 쓴 《농민독본》이 어제 제본되어 쌓아 놓았던 것이다. 그 속엔 자기가 뒷산에 짓는 집을 얻겠다던 꿈도 쌓여 있는 것만 같았다. 누가 뒤에서 어깨를 짚으므로 돌아다 보니 재섭이었다.

"농민독본도 승천하시다."

그의 웃는 말에 옆의 사람들이 모두 쳐다봤다.

"흥."

박경호 씨는 무엇이라 대답할 수 없는 대로 코웃음을 쳤다.

"하루만 참아 주었더라도 농민독본은 구원을 받는 것을."

그리고는 목소리를 낮추어 박경호 씨에게 소근거리는 말로

"이것으로서 회사는 파이야."

하고 말했다.

박경호 씨는 말없이 그의 얼굴을 보았다. 어쩌면 그는 이런 말을 이렇게도 태연스레 할 수 있는가.

"원인이 뭐야?"

"누전인 모양이지."

"누전?"

그러나 박경호 씨는 자기의 바른 정신이 있어서 그 말을 받는 것이 아니었다.

"그런 것 생각할 것 없이 우린 어디 가 술이나 먹읍시다."

하고 재섭이가 앞섰다. 박경호 씨는 잠자코 따라갔다. 그들 사이엔 술잔이 몇번이나 오고 갔다. 둘이서는 어지간히 취기도 높아졌다. 그럴수록 말이 많던 재섭이는 점점 얼굴이 굳어지며 말이 없어지고 말았다. 말이 없는 대로 둘이서는 서로 고개를 숙이고 술만 마시었다. 그러다가 재섭이는 드디어 견딜 수가 없는 듯이

"박선생, 제겐 누워 있는 늙은 어머니까지 있는 걸요. 이젠 어떻게 살아야 합니까?"

테이블 위에 머리를 대고 흐느꼈다.

"어떻게 되겠지."

박경호 씨는 그런 말을 하고서는 얼마나 맹랑스러운 말인가고 생각했다. 그 순간에 그는 자기 손이 재섭이의 어깨를 짚고 있는 것을 보고………분주히 손을 떼며 눈을 돌리다가 벽에 걸린 권투 포스터에서 아들의 이름을 보고 계속해서 흠칫 놀랐다. 그는 눈을 닦고 다시 봤다. ─프로로 전향한 챔피언 박성덕……그것은 틀림없는 자기 아들의 이름이었다.

'─그래 그래 너나 힘껏 이겨다오.'

그는 술에 취한 어렴풋한 눈으로 포스터를 멍청하니 쳐다보면서 중얼거렸다.

장대현 시절

만세 만세 만세 만세
우리 주일학교는
이천만의 생명을
구원하는 집이다
만세 만세 만세 만만세

이것은 내가 어렸을 때 평양에서 다닌 주일학교 교가의 후렴이다.
그때는 3·1운동 만세 사건이 있은 직후라, 민족 사상이 극도로 팽창
되어 어린 우리들의 가슴에도 만세를 부르고 싶은 마음으로 꽉 차
있었다. 그러나 우리 코흘리개도 만세 소리만 입 밖에 내면 당장에
잡혀가는 판이라 결국 우리들은 이런 노래로 가슴에 뭉친 울분을
터는 수밖에 없었다.

주일학교에서는 봄, 가을철로 소풍을 갔고 또한 해마다 평양성 내
주일학교 연합으로 운동회도 있었다. 그런 때면 우리들은 시가를 활
보하며 목청이 찢어져라 이 노래를 불렀다. 그러면 대한독립 만세를
부른거나 못지않게 신이 나는 것도 사실이었다.

내가 다닌 그 주일학교는 평양성에서 제일 높은 장댓재의 잿등에
있었다. 말하자면 장로교의 본산이라고 할 수 있는 장대현 교회(章
台峴 敎會)가 바로 우리 주일학교였다.

장대현 교회는 기억자로 꺾여진 순 한와식의 이층 건물로 이천 명
이나 수용할 수 있었다. 모름지기 한와로서는 우리나라에서 제일 큰

건물이었으리라. 또한 뜰이 삼만여 평이나 됐으며 돌각담으로 둘러친 그 안에는 포플러, 아카시아를 비롯하여 백양나무, 느티나무, 은행나무, 잣나무, 등나무, 살구나무 들이 울창하여 우리들의 놀음터로서 그만이었다.

종소리도 다른 교회에 비하여 제일 요란했다. 그 종은 3·1만세 때 너무 쳐서 깨어졌다고 하나, 그래도 십 리 밖에서 들렸다.

우리들은 학교에서 소풍을 갔을 때 그 소리를 듣고는 공연히 우쭐했다. 어렸을 때는 무엇이나 제일을 자랑하고 싶은 심정 때문이었으리라.

우리 집에서는 이 예배당의 창설 교인이었다. 이를테면 나는 택함을 받은 백성으로 태어난 것이다.

물론 젖세례*¹도 이 예배당에서 받았고, 이 예배당에 달린 유치원도 다녔고, 이 예배당과는 길 하나 사이인 장로교에서 경영하는 숭덕소학교(崇德小學校)도 다녔고, 또한 주일이면 이 예배당의 착실한 주일학교 학생이기도 했다. 뿐만 아니라 우리 집에서 예배당은 이백 미터밖에 되지 않는 가까운 거리였다. 그러므로 학교에서 돌아오면 책보를 던지기가 무섭게 그곳으로 뛰어가서 놀게 마련이었다.

물론 나는 주일학교에도 열심이었다. 그 주일의 요절(가난한 자는 복이 있나니 따위)을 어머니에게 외워 바치지 않으면 종아리를 맞게 돼 있으므로 열심일 수밖에 없었다.

그러나 학교에 비한다면 그렇게 싫은 곳도 아니었다. 학교처럼 숙제가 있는 것도 아니었고 잘못하는 일이 있어도 야단스럽게 꾸짖는 일도 없었다. 더욱이 우리 주일학교 반 선생은 기생집도 다닐 줄 아는 개명한 예수꾼이었다. 가끔 생각나면 우리들을 양식당으로 데리

---

*1 유아세례

고 가서 면보(麵麭)며 진당과(眞糖菓)를 사줬다. 돈이 부자유스럽지 않은 큰 지주의 아들인 그는 그것으로써 한주일 동안에 진 죄를 속죄하는 모양이었다.

주일학교에서는 그 주일에 생일이 있은 학생과 신입생을 인도하는 학생에게는 오색판으로 인쇄한 성화(聖畵) 카드를 한 장씩 줬다. 예수님의 여러 가지 행적을 그린 카드였다. 그런 카드가 지금엔 대단한 것이 아니지만 그때는 아주 귀한 것이었다.

나는 그 카드를 열심히 모으고 있었다. 그러나 성화 카드를 한 장씩 타는 생일은 일 년에 한 번밖에 없으므로 그것을 많이 모으자면 천생 아이들을 많이 인도하는 수밖에 없었다. 그렇지만 나는 아이들을 인도할 재주가 없었다. 그러자면 주먹이 세야 했기 때문이다.

아이들을 인도한다는 것은 일종의 폭력적인 행동과 같은 것이었다. 그것은 우리 주변에 인도할 아이가 늘 있을 리가 없으므로 주일날 아침엔 관악 네거리 같은 큰 거리로 나가 서서 오가는 아이들을 억지로 끌고 오는 수밖에 없었다. 그러자면 주먹이 세야 할 것은 말할 것도 없다. 주먹이 세도 혼자서 두서너 명은 건사할 자신이 있어야 했다. 그러니 나 같은 약골은 아이들을 인도한다는 그런 생각은 도저히 엄두도 내지 못할 일이었다. 그런 것을 하다가는 먼저 코통이 터질 노릇이었다.

주일학교에는 그런 일을 직업적으로 하는 애들이 대여섯 명 있었다. 예배당 앞의 서재(書齋)에 다니는 우리보다 두세 살 위인 물론 쌈도 잘하는 애들이다.

그들은 성화 카드를 타갖고서는 한 장에 오 전이라는 엄청난 값으로 팔았다. 그때는 쌀 한 말에 삼사십 전 하던 때라 우리 어린이들에게는 그것이 대단한 돈이 아닐 수가 없었다. 그러나 갖고 싶은 카드를 갖자면 그들에게 사는 수밖에 없었다. 나는 언제나 그 돈을 마련하는 일이 고통스러웠다. 집에서 용돈으로 주는 것은 기껏 이전이었다. 어쩌다가 손님이나 와야 오 전짜리 한 닢을 손에 쥐어봤다. 그러므로 그 성화 카드를 사기 위해서는 사지도 않는 공책도 사야 한다고 했고 때로는 아버지의 지갑도 몰래 열어야 했다. 그러면서 내가 모았던 성화 카드는 사오십 매 되었다.

나는 그것을 동무들에게 자랑하기도 했지만 아무도 없는 방에서 꺼내 보는 것이 즐거웠다. 그것을 보고 있으면 예수님의 여러 가지 행적이 눈앞에 선히 보이는 것만 같았다.

그중에서도 내가 가장 좋아한 카드는 예수님이 성전에서 장사치들을 몰아내는 것이었다. 나는 그 그림을 보면서 나도 채찍 하나로 왜놈들을 우리나라에서 모두 내쫓을 수 있다면 얼마나 통쾌할까 하고 생각하곤 했다.

그러나 실질 면에서 더 흥미를 느끼게 한 것은 예수님이 물 위를 걸어 제자들을 놀라게 하는 것과, 떡 다섯 개와 생선 두 마리로 수천 명을 먹이고서도 열두 광주리나 남았다는 기적을 행하는 그림이었다.

이런 어이없는 노릇을 우리 부모들은 의심한 일도 없이 믿었으니만큼 어린 나로서는 물론 의심해 본 일이 없었다. 그저 입을 벌려 감탄했을 뿐, 나도 그런 기적을 행할 수 있다면 얼마나 좋을까 하고 부러워했다.

나도 물 위를 걸을 수 있다면 무엇보다도 미역 감으러 다니기가 편하겠다고 생각했다.

평양에는 미역 감기 좋은 대동강이 있어 여름이면 모두 그리로 나가 놀았다. 그러나 미역은 강 건너 쪽에서만 감을 수 있었다. 시가 쪽에서 감으면 순경들이 옷을 걷어 갔다. 부인들이 빨래를 하는 옆에서 거웃이 시컴한 그걸 덜렁 내어놓고 미역을 감으니 취체할 만도 한 일이었다. 그 때문에 우리들도 미역을 감자면 강을 건너야 했다. 그러나 가까운 대동문 나루로 건너자면 왕복 사 전이라는 선가를 내야 했다. 그런 돈이 우리에게 있을 리도 없었고 있다고 해도 그런 선가로 쓰고 싶은 생각은 전혀 없었다. 거기다 일 전만 더 붙이면 성화 카드를 살 수 있었기 때문이다. 그러므로 우리들은 미역을 감으러 가자면 왕복 십 리 길이나 되는 인도교로 돌아 다녀야 했다. 그 먼 길을 걸어오고 나면 미역은 감으나 마나였다.

이럴 때마다 예수님의 그 기적을 생각지 않을 수가 없었다. 나도 예수님처럼 물 위를 걸을 수 있다면—겨울에 스케이트를 타듯 물 위를 쭉쭉 뻗어 나갈 수 있다면 얼마나 통쾌할까.

우리가 미역을 감고 올 땐 언제나 일본 거리인 신시가로 돌아왔다. 진열장의 물건들을 보는 것이 즐거웠고 또한 극장의 간판도 볼 수가 있었기 때문이다. 칼을 뽑아 들고 입을 찌그린 '마찌노 스께'를 보면 공연히 신이 났다. 그래도 우리들의 걸음을 오래 멈추게 하는 곳은 장난감을 파는 '모모다로'네 집과 기꾸다라는 과자점이었으리라.

'모모다로'네 집에는 우리가 가지고 싶은 장난감이 언제나 산더미처럼 쌓여 있었지만 그러나 미역을 감고 지쳐서 돌아올 땐 역시 기꾸다 과자점에 관심이 더 컸다.

그 집은 평양에서 제일 큰 과자점이었다. 윗거리에서 파는 오가리니 쳇다리 같은 막과자는 보이지도 않았다. 모두가 입에 넣기만 하면 슬슬 녹을 것만 같은 고급 과자들뿐이었다. 수백 종이나 되는 그런 과자가 점포에 꽉 차 있었다. 그러나 우리들 중엔 누구 하나 그 과자를 먹어본 애는 없었다. 그저 그림의 떡처럼 보기만 하면서 침을 흘렸을 뿐이다. 그것이 공복일 경우는 더욱 맹렬했다. 이럴 땐 으레 누구 하나가,

"너희들 저 중에서 마음대로 먹으라면 어느 것 먹겠니?"

이런 문제를 꺼내봤다. 그러면 우리들은 무슨 약속이나 한 것처럼 이구동성으로,

"붕어과자."

하고 소리쳤다.

붕어과자는 한 자쯤 되는 붕어 모양으로 된 과자였다. 무엇으로 만들었는지 알 수 없었으나 분홍색의 뽀얀 기루로 된 것이 보기만 해도 침이 꼴깍 넘어갔다.

이런 때도 나는 예수님이 떡 다섯 개와 생선 두 마리로 수천 명을 먹였다는 그 성화 카드를 생각하지 않을 수가 없었다. 나도 그런 요술을 부릴 수 있다면 동무들의 소원쯤 풀어주기는 문제가 없었기 때문이다. 이렇게도 나는 성화에서 느껴지는 꿈을 더 좋아한 셈이다.

여름방학이 지나 9월에 들어서면 놀이터를 장대현 예배당 안으로 옮겨 주로 서부활극 놀이를 하며 놀았다.

우리가 그런 놀음을 하게 된 것은 그때 활동사진으로 대단한 인기였던 '로로'의 〈명금(名金)〉이며 에데보르의 〈미(迷)의 기수(騎手)〉에서 받은 영향이었다. 물론 우리 어린이들은 좀처럼 영화를 볼 기회는 없었으나 그래도 일 년에 한두 번은 보았다. 정월 명절 같은 때는 우리도 세뱃돈을 얻어 돈 푼이나 생겼기 때문이다. 그런 기회에 얻은 지식으로써도 우리가 서부활극 놀이하기는 충분했다. 서부활극이란 별것이 아니라, 선한과 악한이 격투해서 애인을 구원한다는 이야기에 지나지 않았다. 그런 이야기쯤 우리들도 못 꾸며 댈 리가 없었다. 아니 그보다도 더 아슬아슬하고 흥미진진한 이야기를 실제로 얼마나 많이 꾸며댄지 모른다.

예배당 안은 그런 놀이를 하기에는 아주 좋은 곳이었다. 넓은 뜰에는 무성한 나무가 많아 숨기가 좋았고 모험하기 좋은 낭떠러지와

악한의 소굴로 쓸 수 있는 컴컴한 지하실도 있었다.

이 서부활극 놀음에 있어서 우리가 언제나 골치를 앓는 일은 여주인공격인 애인(愛人)을 정하는 일이었다. 누구나가 애인 되기를 싫어했기 때문이다.

물론 우리들은 애인을 위해서 때로는 코통도 터지며 격투를 했고, 애인을 구원하기 위해서 두 길 세 길이나 되는 낭떠러지를 내려 뛰는 모험도 했지만 계집애 노릇 하긴 누구나가 싫어했다. 또한 그런 일이 학교 반 애들에게 알려지면 큰일이기도 했다. 소학교 이학년이었던 우리들 반에는 장가를 든 아이 애비들이 많았다.

'애인'이 됐던 아이라면 그들은 한사코 따라다니며 입을 맞추고 똥구멍을 쑤셔댔다. 뒤로 슬그머니 와서 "쌤통" 하고 손을 모아 밑구멍을 쏘아대기도 했다. 정말 견딜 수 없는 노릇이었다. 그런 노릇을 당하면서 누가 '애인'이 되겠다고 하랴. 그러므로 우리는 애인을 뽑기 위해서는 제비를 뽑거나 가위바위보로 정했다.

어느 날, 나는 그 반갑지 않은 '애인'으로 뽑히게 됐다. 애인이 되면 우리가 보물로 정한 물건을 갖고서 어디 가 숨어 있어야 했다.

나는 여기저기 숨을 곳을 찾다가 예배당 뒤에 달린 골방에 들어가서 숨게 되었다. 그곳은 예배당에서 쓰는 서류와 비품 같은 것을 보관해 두는 방이므로 자물쇠가 늘 채워 있었다. 그것이 그날은 어떻게 된 일인지 방싯 열려 있었다. 모름지기 교지기가 쇠를 채우는 것을 잊은 모양이었다.

그러한 곳에 내가 들어가서 문을 걸고 있었으므로 좀처럼 찾아낼 리가 없었다. 나는 처음엔 찾기 힘든 그런 곳에 숨어 있는 것이 장하기도 했으나 나중엔 갑갑증이 나고 말았다. 나는 그 안에 있는 물건들을 하나 하나 살펴보기 시작했다.

그곳에는 주일학교 축구 대회에서 탄 우승기도 있었고 운동회에서 탄 크고 작은 은컵들도 있었다. 클라리넷이며 트럼펫 같은 악기를 넣어 둔 장도 있었다. 또한 성찬(聖餐) 때 쓰는 술잔들을 넣어둔 장도 있었다. 그런 장에는 자물쇠가 잠겨 있으므로 꺼내볼 수는 없었지만 그래도 흥미의 대상은 되었다. 그것을 물리도록 보고 나서는 책상 서랍을 뽑아보기 시작했다. 예배당에서 쓰는 문방구가 가득 든 서랍도 있었고, 찬송가책이 하나 들어 있는 서랍도 있었다. 그러던 중에 나는 어느 서랍을 하나 뽑아보고 나서 깜짝 놀랐다. 가슴도 두근거렸다. 그 서랍 속에는 내가 모으고 있는 성화 카드가 기득 차 있었기 때문이다. 나는 분주히 방 안을 둘러봤다. 이 방엔 나밖에 없다는 것을 알면서도 방 안을 둘러봤다. 그러고는 재빨리 성화 카드를 수십 장 집어 주머니에 넣었다. 그러나 그 순간에 어떤 생각이 문득 머리에 떠올랐다. 하나님이 뒤에서 보고 있다는 생각이 떠오른 것이다. 하나님이 무소부재(無所不在)하다는 말은 주일학교에서 몇 번인지 모르게 들은 말이다. 내 머리카락까지도 몇인지 아는 것이 하나님이라고 했다. 그러한 하나님이 예배당을 지키지 않을 리가 만무하다고 생각된 것이다. 나는 그 생각을 하고서는 전신이 와들와들 떨렸다. 떨리는 손으로 주머니에 넣었던 성화 카드를 꺼내어 다시 제자리에 넣고 서랍을 닫았다. 그래도 몸은 여전히 떨렸다. 이제라도 누가 "요놈." 하고 귓바퀴를 잡아당길 것만 같았다.

나는 그 방을 나와 종각 옆으로 갔다. 나를 찾던 애들이 달려왔으나 나는 뛸 생각도 하지 않았다. 서부활극 놀이에는 이미 흥미를 잃었기 때문이다. 아니 그보다는 성화 카드에 손을 댔으므로 무슨 재앙을 받을지도 모른다는 겁에 질렸기 때문이다.

그러나 다음 날 그 다음 날도 나의 신변에는 아무런 이상이 없었다. 손가락 하나쯤 없어질지도 모른다는 생각이었으나 그런 것은 공연한 걱정이었다. 그럴수록 나는 성화 카드를 손쉽게 얻을 수 있는 기회를 놓친 것이 분했다. 분할 뿐만 아니라, 내가 바보 같기만 했다.

그 후로 나는 매일 예배당 뒷방으로 가서 남몰래 문을 열어봤다. 그러나 열려 있는 날은 없었다. 그러면서 문을 열어보는 버릇도 자연 잊어버리게 되고 말았다.

어느 날, 우리와 같이 서부활극 놀이를 하던 문찬이가,

"너 예수 그림 또 사지 않겠니?"

하고 물었다. 혼자 사는 그의 어머니는 우리 예배당의 권사였다. 그런 관계로였는지 전에도 나에게 판 일이 있었다. 그에게 사면 서재 아이들한테 사는 것의 반값으로 살 수가 있었으므로,

"좋은 것 있니?"

하고 물었다.

"너 없는 것두 많으니 사요."

그는 주머니에서 백여 장이나 되는 성화 카드를 꺼냈다. 나는 급기야 눈이 둥그러지며 가슴이 두근거렸다. 그것이 어디서 난 것인지를 대번에 알아챘기 때문이다.

"너 이것 어디서 났니?"

나는 잠시 동안 멍청하니 보고만 있다가 겨우 입을 열어 물었다.

"이거?"

문찬이는 얼굴이 빨개진 채 말을 못 하고 있다가,

"우리 엄마가 서양 집에서 얻어다 준 거야."

"이렇게두 많이?"

"응."

"그래두 이렇게 많이?"

"서양 집에선 이런 것 막 버린대요."

"그래?"

내가 믿을 수 없다는 듯이 고개를 끼웃하자,

"사지 않겠으면 몇 장 거저 줄껜 가져."

그는 여남은 장이나 내 주머니에 넣어주려고 했다. 그래도 나는 받지를 않았다. 거저 준다는 것이 더욱 수상했기 때문이다. 받았다가 그 일이 방 목사 귀에 들어가게 되면 큰일이라고 생각했다.

그 교회에는 삼십삼 인의 한 사람인 길(吉) 목사가 정목사였다. 우리들이 요리문답(要理問答)을 잘 외면 주머니를 끌러 돈도 꺼내 주는 인자한 분이었으나 칠십이 넘은 노인이었다. 그러므로 교회 일은 거의 방 목사가 맡아봤다.

그는 작달막한 키에 어깨가 버그러진 권투 선수와 같은 사나이였다. 입술도 심술궂게 두꺼웠다. 아무리 봐도 목사 같은 인자한 데는 없었다.

그는 우리들을 보면 공연히 야단쳤다. 왜 그런지 알 수 없게 야단쳤다. 그러므로 우리들은 그를 학교 선생보다도 더 무서워했다.

그러한 방 목사이므로 성화 카드를 훔친 것을 알게 되면 가만 있을 리가 없었다.

그때 순안(順安)에서는 서양 선교사가 자기 집 뜰의 사과를 따 먹은 아이를 잡아 얼굴에 초산으로 도둑이라고 쓴 일도 있었다. 문명한 서양인도 그런 짓을 했거늘 험상궂은 방 목사는 그보다도 더 무서운 짓을 할는지 모른다고도 생각됐다. 그런 생각을 하면 무서워 견딜 수가 없었다. 나는 아무 관계가 없다고 생각하면서도 역시 무서웠다.

그러나 다음 날, 문찬이가 동네 아이들에게 성화 카드를 태연스럽게 팔고 있는 것을 보고 나는 더욱 놀라지 않을 수가 없었다.

"너 어쩔려구 그걸 마구 파니?"

나는 보다 못해 아이들이 없는 곳으로 그를 끌고 가서 말했다.

"팔면 어때."

"방 목사가 알게 되두 무섭지 않니?"

그러자 그는 눈을 말똥거려 나를 쳐다보다가,

"너두 꺼내 오고서 뭘 그래."

전혀 생각지도 못했던 말을 했다. 나는 가슴이 덜컥 내려앉으면서,

"내가 언제?"

하고 되물었다.

"그렇지 않으면 예배당 뒷방의 문은 뭣하러 매일 열어보는 거야."

나는 대답에 궁한 채, 내 얼굴이 빨개지는 것을 느꼈다.

"그것 봐. 왜 말 못해."

"……."

"넌 아마 나보다 더 많이 꺼냈을 거야, 그렇지?"

그러나 나는 그의 말을 들을 수 없게 귀가 왕왕 울어댔다. 극도로 흥분됐기 때문이다. 그 순간 나는 와락 달려들어 그의 멱살을 잡고 주먹으로 윽박았다. 불의의 습격을 받은 그는 비틀거리다 넘어졌다. 나는 그를 타고 앉았다.

"내가 꺼냈어, 다시 말해봐."

"꺼내지 않구."

둘이서는 서로 주먹질을 하면서 한 둥구리가 되어 뒹굴었다. 아이들이 어느덧 둘러서서 구경을 했다.

"분명히 말해봐."

"봤다 봤다."

일대일로 싸울 때는 한편이 울거나 코통이 터지기 전에는 말리지 않는 법이었다.

엎쳤다 덮쳤다 몇 번이나 반복되다 결국 내가 올라타고 마구 문찬이의 얼굴을 내려쳤다. 나는 울면서 내려쳤다. 내 주먹에 문찬이는

코퉁이 터져 피를 흘렸다. 샘솟듯 흘렸다. 결국 나는 울었고, 문찬이는 코퉁이 터졌으므로 싸움은 무승부로 된 셈이었다. 그러나 나는 알고 있었다. 문찬이의 코퉁이 터진 것은 내 힘을 당할 수 없기 때문이었고 내가 운 것은 방 목사가 무섭기 때문이었다는 것을—

싸움을 하고 난 후에도 문찬이는 여전히 성화 카드를 내다 파는 모양이었다. 그 돈으로 활동사진 구경도 가고 우리가 보기만 하면서 목의 침만 넘기던 '기꾸다'의 붕어과자를 사서 동무들과 나눠 먹었다는 소문도 들리었다. 그를 따라다니는 아이들도 많아졌다. 맛나는 것을 늘 사주는 모양이니 그럴 만도 한 일이었다.

그럴수록 나는 예배당 뜰에서 서부활극 놀음하는 것도 싫어졌고 성화 카드를 모으던 일도 전처럼 재미나지가 않았다. 아니 나도 그 것을 모두 팔아서 붕어과자를 사 먹고 싶은 생각도 났다. 그러나 팔자면 한 장에 일 전밖에 받을 수가 없었다. 문찬이가 마구 내다 팔았기 때문이다. 한 장에 오 전씩이나 꼬박꼬박 주고 산 것을 그런 헐값으로 팔 수는 없었다. 그러면서 나는 일요일 예배당에 가도 그들과는 별로 이야기하지 않게 되었다. 기분적으로 완전히 외톨이 된 거나 다름이 없었다.

그러한 어느 일요일, 주일학교가 필하면서 방 목사가 나를 불렀다. 나는 무슨 일인가 하고 눈이 똥해졌다. 방 목사는 나를 뒷방으로 데리고 갔다. 내가 성화 카드를 훔치려던 그 방이다. 나는 그곳에서 비로소 문찬이가 성화 카드를 훔치다 들킨 것을 알았다. 뿐만 아니라, 나도 훔친 듯이 말했다는 것을 알았다. 나는 훔치지 않았다고 악을 썼다. 그러나 방 목사는 내 말을 믿지를 않았다.

"다 아는 일을 숨길 수야 없지."

"숨기는 것이 아닙니다."

"그럼 오십여 장이나 되는 카드는 다 어디서 생긴 거야?"

나는 대답할 수가 없었다. 아버지의 지갑에서 꺼낸 돈으로 샀다고는 말할 수가 없었기 때문이다. 그러나 방 목사는 내가 대답하지 못하는 것으로 나보고 훔쳤다고 생각하는 모양이었다.

"집에 있는 것 다 가져와. 그렇지 않으면 아버지와 어머니에게 알릴 테다."

나는 억울했다. 훔치지도 않은 내가 성화 카드를 고스란히 갖다 바쳐야 하게 됐으니 억울하지 않을 수가 없었다. 그렇지만 집에서 알게 될 생각을 하면 그런 것쯤 아까울 것이 없었다. 그까짓 성화 카드, 하고 나는 아깝지 않게 갖다 주었다. 그것으로써 나는 성화 카드를 훔친 셈이 되고 말았다. 그러니 정말 억울하지 않을 수가 없었다.

이러한 억울한 마음으로 전보다도 더 방 목사를 증오하기 마련이었고, 그 역시 나를 못된 아이라고 미워했을 것도 사실이었다.

"너는 또 기도를 하지 않고 종이 뭉치를 던졌지. 아무래도 너의 아버지에게 일러야겠다."

그는 무엇이나 잘못하는 일이 있으면 내게만 돌리려고 했다. 나는 공연한 누명을 자꾸만 쓰게 되었다. 그럴수록 주일학교에 다니는 재미도 점점 줄어지기 시작했다.

나는 찬송가를 부를 때도 군병 같으니를 굼벵이 같으니라고도 하고, 성경을 읽으면서도 '예수가 마귀에 시험받다'를 '예수 까마귀에 시험받다'로 읽어서 남을 웃기기도 했다. 그러면서 그 한 시간이 지루해갔다.

일 년에 한 번씩은 누구나가 생일 주일을 맞는 대로 나도 생일 주일을 맞게 되었다.

그날 아침 어머니는 십 전짜리 은전 한 닢을 주머니에 넣어줬다. 생일 연보를 하라는 돈이었다. 나는 그 은전을 갖고 나오면서 귀를 긁어봤다. 바뜨득 소리가 났다. 꽈리를 울리는 듯한 소리였다. 나는 그 돈으로 생일 연보를 내고 매력도 없는 성화 카드 한 장을 받을 생각을 하니 억울해 견딜 수가 없었다.

그 돈이면 붕어과자도 살 수 있을 터인데—

더욱이나 생일 축하를 받는 일은 귀찮고 쑥스럽기만 한 일이었다. 연단에 올라가 멍청하니 서서 계집애들이 불러주는 생일 축하 노래를 들어야 했고, 방 목사가 울부짖는 축복 기도 '오! 주여, 이 가련한 아이에게 복을 주소서 따위'도 받아야 했다. 그는 열을 올려 기도할수록 침방울을 퉁기므로 견뎌낼 도리가 없었다.

그런 맹랑한 일로써 십 전짜리 은전을 아깝지도 않은 듯이 내던져야 하니 정말 억울한 노릇이었다.

그리하여 나는 십 전짜리 은전은 그대로 두고 못 쓰는 이전 오 푼짜리 백동전(白銅錢)을 넣을 생각을 했다. 그것은 구한국 시대에 쓰던 돈으로 어쩌다가 생기면 쓰지는 못하면서도 공연히 횡재한 것 같은 마음으로 버리지 않게 되던 돈이다. 그런 돈을 넣는다고 해도 각자가 연보함에 연보 돈을 넣으므로 누가 넣었는지 알 리는 없었다. 하기는 넣는 체만 해도 되는 일이었지만 그러나 그때 나는 그렇게까지 교활하지는 못했다. 그런 일을 생각할 수만 있었더라면 시실 그날도 아무 일이 없었으련만—

주일학교에서는 성경 공부가 끝나면 그날의 경과보고가 있었다.

출석과 결석, 신입생의 수, 연보의 금액 같은 것을 보고하는 일이다. 그날, 생일 연보를 보고하는 차례에 이르자 방 목사는 갑자기 쓴 얼굴이 되며

"오늘 생일 연보는 육십 오 전입니다만 그중엔……."

하고 잠시 망설이듯이 말을 떼었다가,

"오늘 생일 연보 중엔 매우 섭섭한 일이 있습니다. 이런 이 전 오푼 짜리의 백동전이 들어 있었습니다."

하고 그것을 집어들어 보여줬다.

아이들이 "와—"하고 웃어댔다. 물론 그들은 백동화가 보일 리 없었지만 방 목사의 그 말만으로써도 충분히 웃을 수가 있었다.

방 목사는 아주 위신이 꺾인 얼굴로 이맛살을 짚고 좌중을 둘러봤다. 그 시선이 벌깃하고 나한테 멈춰졌다. 나를 찾고 있던 것이다.

물론 그 백동화는 내가 넣은 것이었다. 그러나 나도 웃고 있었다. 우는 얼굴이었을지는 몰라도 하여튼 억지로 웃고 있었다. 그러나 그는 나를 보고 있는 시선을 돌리지 않았다. 모르는 것이 없다는 하나님이나 다름없는 눈으로 보고 있었다.

결국 나는 그 뒷방으로 다시 끌려갔다.

"이 전 오 푼짜릴 넌 건 너지?"

방 목사는 두꺼운 입술을 벌벌 떨어대면서 소리쳤다.

"너밖엔 그런 짓을 할 애가 없어. 하나님을 속이려는 이 가증한 녀석."

나는 잠자코 있었다. 잠자코 있으면서 주머니에 손을 넣어, 십 전짜리 은전을 만지고 있었다. 그것을 만지작거리면서 알사탕을 산다면 얼마큼 살 수 있다는 것을 계산하고 있었다. 그보다도 붕어과자를 살 수 있다는 즐거움으로 울지도 않고 방 목사의 욕을 견뎌낼 수가 있었다.

그 순간, 방 목사는 갑자기 마루에 꿇어앉으며 "오, 주여!" 하고 고함 쳤기 때문에 나는 깜짝 놀랐다. 그는 양손을 높이 들고 천장에 얼굴을 둔 채 울부짖기 시작했다. 나를 위해 기도를 하는 것이었다. 그 기도는 마귀의 꾐을 받은 이 가련하고도 불쌍한 아이를 용서해

달라는 그런 뜻이었다. 그런 뜻의 말을 울부짖을 때마다 마구 침방울이 내 얼굴에 튕겨졌다.

나는 그 침이 싫어서 한 걸음 움쳤다. 그래도 침방울이 튕겨졌다. 다시 한 걸음 움쳤다. 움쳐서면서 나를 위해 울부짖고 있다는 그가 가증하다고만 생각됐다. 나를 진정으로 생각한다면 이 전 오 푼짜리 보고 하지 않아도 좋은 일이 아닌가. 오해라는 죄를 범한 너 때문에, 네가 먼저 죄를 짓고서 뭐 야단야, 그것을 일일이 밝혀갖구서 그것도 목사는 허위 보고를 할 수 없기 때문인가. 아, 우습다. 다음 생일엔 상평통보(常平通寶)라 쓴 커다란 엽전을 넣을 테다.

그러나 다음 생일날이 오자면 일 년을 기다려야 했다. 그것은 너무나 멀고 갑갑한 일이다.

응, 그렇게까지 기다릴 필요도 없는 거야. 주일마다 하는 연보에 그걸 넣으면 되잖아—

그러나 나는 다음 주일도 그다음 주일도 엽전을 넣는 그 일을 실행하지 못했다. 용기가 없는 때문인가, 엽전을 구하기 힘든 때문인가, 그렇지도 않으면 역시 젖세례를 받은 택한 백성이었던 때문인가.

재회(再會)

환도 직후 나는 서강에서 방을 하나 얻어갖고 자취도 아니고 매식도 아닌 그런 생활을 하고 있었다. 그 집은 비바람이나 겨우 막을 수 있는 형편없는 집이었다. 버스 종점서도 이십 분이나 걸리는 불편한 곳이었다. 그러나 나는 이런 방이나마 얻을 수 있는 것을 다행이라고 생각하고 아침 다섯 시면 일어나 사과 상자를 책상으로 삼고 쓰기도 하고 읽기도 했다. 환도 후의 출판물이 성해진 덕으로 나 같은 둔필(鈍筆)도 혼자서는 어떻게 살아나갈 수가 있었다. 북에서 피난 나와 부두 노동으로 등짐까지 진 일도 있는지라 쓰고 싶을 때 쓰고 읽고 싶을 때 읽고 또한 자고 싶을 때 잘 수도 있는 이런 생활에 불만이 있을 리는 없었다.

입는 옷에도 별로 신경을 쓰는 일 없이 시장에서 구제품을 사 입었고 신발도 대개 그런 곳에서 골라 신었다.

아침은 구질스럽게 밥을 짓기도 귀찮아 빵과 치즈에 맹물로 굶땠고 저녁은 영양 보충을 위해서만 아니라, 운동도 겸하여 매식을 했다. 한종일 앉아 있어야 하는 나에게는 운동이 무엇보다도 필요했던 것이다. 나는 오후 네 시나 다섯 시에는 대체로 일을 끝내고 집을 나섰다. 때로서는 논두렁이나 강변을 걷는 날도 있었지만 거리를 걷는 날이 더 많았다. 이때는 나의 식도락 행각도 되는 셈이었다. 도수장 근처를 찾아가서 선짓국을 먹는 날도 있었고 시장 뒷골목의 비지집을 찾는 날도 있었다. 원고료나 받아 넣어 주머니가 두툼할 땐 해진 오버에 구멍이 뚫린 소프트*¹를 쓴 나로서는 어울리지 않는 레스토랑을 찾아 한구석에서 비프스테이크를 베는 날도 있었다.

바로 이 시간은 한잔 걸치기 좋은 시간이라, 친구들과 어깨를 같이하고 대폿집 장폭을 들치는 날도 많았다. 술버릇은 결코 자랑할 만한 일이 못 되어 길바닥에 넘어진 일도 있고 깡패에게 맞아 이마가 깨어진 일도 있다. 이런 날이면 다시는 술을 입에 대지 않는다는 결심도 해보는 것이었지만 그러나 이런 결심은 비단 나뿐만 아니라, 누구나가 한나절도 못 가는 모양으로 다음 날 저녁에는 다시 대폿집을 찾게 마련이었다. 하루의 시간 중에서 이때가 제일 사는 보람을 느끼는 것 같았으니 나로서도 어쩔 수가 없던 일이었다.

하기는 그렇게도 거리를 싸다니며 술을 처먹은 것도 고독을 끄기 위한 하나의 방책이었다고도 할 수 있었다. 그러나 때로서는 그런 산책이나 술로써는 주체할 수 없는 일종의 허무감 같은 우울증이 느껴질 때도 있었다. 이런 땐 뇌세포의 기능이 정지되어 버리는지 아무것도 생각하고 싶지가 않았다. 아니 할 수가 없었다. 그러므로 며칠이곤 누워서 멍청하니 천장이나 보고 있는 수밖에 없었다.

선옥이에게서 뜻하지 않은 편지가 온 것도 그런 날이었다. 선옥이는 십 칠팔 년 전에 사직동에서 일 년쯤 동서*²한 여자였다. 이미 내 머릿속에서는 사라진 지 오랜 여자였다. 그 선옥이로부터 편지가 날아올 줄은 정말 생각지 못했던 일이었다.

내가 그녀를 처음 안 것은—아니 처음 본 것은 명동에 있던 도로이카라는 조그마한 스탠드바였다. 러시아 술을 싼값으로 팔던 어느 연극인이 경영하던 술집이었다.

나는 주머니에 돈만 생기면 이 술집을 찾아가 높은 의자에 앉아

---

*1 중절모자
*2 '동서(同棲)'로 추측됨. '동거(同居)'의 뜻.

서 워커를 마시었다. 목구멍이 타는 듯한 센 술이었다.

그때 나는 학교를 집어치우고 집에 내려갈 생각도 없이 서울서 굴고 있었다. 소설을 쓴다는 핑계였다. 이러한 나에게 집에서는 꼬박꼬박 학비를 부쳐줄 리는 없었다. 내려와서 집의 일이나 도우라는 엽서가 이따만큼씩 올 뿐이었다.

그러나 나는 어떻게 서울서 버티고 살 수는 있었다. 레코드 회사에 유행가 가사를 파는 길이 터져 있었기 때문이었다. 그때 우리나라의 원고료는 국판 박아서 일 원이었다. 알 수 있게 말하면 인쇄된 국판 한 페이지에 일 원이란 뜻이다. 시는 크게 후대해야 일 원, 그렇지 않으면 귀가 깔깔한 오십 전 은전 한 닢이었고 그것도 내기 싫은 곳에서는 "뭐 시 같은 것에 무슨 고료야, 실어주는 것만 해도 고마워해야 할 일이지." 이 한마디로 쓱싹해버렸다. 그런 판에 유행가 가사 한 편의 고료는 일금 오 원이었다. '아이고나 망측해.' '강짜를 마세요.' 이런 따위의 글을 몇 줄 쓰는 것으로써 일금 오 원을 받는다는 것은 길에서 돈을 줍는 일이나 다름이 없었다. 그렇지만 이런 가사가 쓰는 대로 팔리는 것은 아니었다. 잘 팔려야 한 달에 대여섯 편 정도였다. 그러니 그때도 지금이나 다름없는 구차스러운 생활이었지만, 그러면서도 저녁이면 곧잘 도로이카를 찾았다. 그 집만은 밥을 굶으면서도 찾았다.

그 집의 마담은 얼굴이 갸름하고 허리가 가는 촛대 같은 인상의 동경서 온 여자였다. 옷 입는 것도 세련되었고 목소리도 구슬이 구는 것처럼 맑은 소리였다. 그녀는 동경에서 동서생활을 하던 어느 작가와 헤어져 서울까지 굴러왔다는 이야기였다. 그러니만큼 손님의 말을 한마디 받아도 교양을 풍겼다.

선옥이는 이 마담 밑에서 일하는 스물한두 살 난 여자였다. 손님의 눈에는 전혀 띄지 않는 존재였다. 주근깨가 많은데다 눈만이 큰 그녀의 얼굴은 별로 사나이의 눈을 끌만한 얼굴도 못 되었지만 간혹 손님이 농담을 해도 웃을 줄을 몰랐다. 손님이 오면 잔과 안주를 내놓는 것만이 자기의 일처럼 분주스럽게 움직였다.

그러나 나는 그녀를 좋아했다. 그녀의 긴 살눈썹*³ 속에 가리워 있는 유달리 큰 동자를 보고 있으면 그녀의 무서운 정열을 보고 있는 것만 같았기 때문이었다.

어느 날, 그녀가 내 앞에 와서 술을 부어줄 때 나는 가만히,

"이름이나 압시다. 뭐라고 합니까?"

하고 물었다. 그녀는 깜짝 놀란 듯이 나를 쳐다봤다. 그 큰 눈이 더욱 커 보였다. 주근깨가 많은 얼굴이 타는 것처럼 빨개지기도 했다. 그래도 "쥬리예요." 하고 대답만은 했다.

나는 무슨 잘못이나 한 것처럼 분주히 술값을 놓고 뛰어나왔다.

다음 날도 나는 그곳을 찾았다. 그녀는 나를 보자 이름을 묻던 어제처럼 얼굴을 붉혔다. 그러고는 되도록 나를 보지 않으려고만 했다. 그러면서도 나를 보지 않고서는 견딜 수가 없는 모양이었다. 그런 눈결이 몇 번인가 부딪쳤다.

석 잔째 술을 부어줄 때,

"쥬리라는 이름은 진짜 이름 아니지?"

하고 물었다. 그녀는 대답은 안 하고 웃기만 했다. 처음 보는 미소였다.

"진짜 이름은 뭐야?"

"선옥이예요."

말하고는 도망치듯이 술병을 들고 딴 손님한테로 갔다. 그래도 나는 기분이 좋았다. 선옥이의 웃음을 처음 봤기 때문이었다. 그것은

---

*3 '속눈썹'의 방언.

나에게만 가만히 웃어준 부드러운 웃음이었다. 그 웃음을 생각하면 실없이 싱글벙글 웃음이 웃어졌다. 나는 기분이 좋은 김에 그만 취해버리고 말았다. 취하면 못하는 말이 없게 된다.

"나는 매일 여기 오면 뭐를 보고 있는지 알어? 선옥이의 눈만 보고 있었어. 그 눈을 보고 있으면 이상스럽게도 일을 하고 싶은 의욕이 생기는 걸."

"무슨 일을 하시는 데요?"

"난 소설을 쓰고 있어."

"소설을요?"

"응, 여기서 돌아가 밤을 새워가며 말야. 도스토엡스키보다 더 훌륭한 소설 말야."

내가 그런 소설을 쓰다니 어림도 없는 소리, 그저 술의 힘으로 지껄여본 것뿐이었다. 그녀는 이 말에 아주 감격한 모양이었다. 아무 말은 없었지만 섬벅이고 있는 그 눈으로 충분히 알 수가 있었다.

다음 날 아침 나는 자리에서 일어나다 얼굴에 모닥불이 끼얹는 것 같은 부끄러움을 느꼈다. 어젯밤에 선옥이에게 한 이야기가 문득 생각됐기 때문이었다.

'내 입으로 어쩌면 그렇게도 싱거운 소리를 지껄였을까. 옆 사람이 듣고서 얼마나 웃었을까. 아니 선옥인들 그만한 거야 모를라구.'

그 후로 나는 며칠 동안 도로이카를 가지 못했다. 그 생각을 하면 얼굴이 확확 달아 갈 수가 없었다. 그저 그 앞을 지나다니며 그 안에는 선옥이가 있거니 하고만 생각했다.

그러나 결국 선옥이와 나는 영화도 같이 보러 다니게 되었고 조용한 다방에서 만나 차도 마시게 되었다. 가게에서는 별로 이야기가 없던 선옥이도 둘이 되면 자기 집의 이야기도 곧잘 했다.

"아버진 종로에 있는 백합원(百合園)의 쿡이었답니다. 이상한 직업이었지요? 서양 요린 인천 영국 영사관에 사환으로 있으면서 중국 사람에게 배운 모양이예요. 난 서울서 자랐지만 우린 본시 인천서 살았다는 걸요. 그땐 인천이라고 하지 않고 제물포라고 했다나 봐요. 그러나 아버지는 지금 중풍으로 오금을 제대로 못 쓰고 누워 있어요. 술 때문이지요. 아버지는 참 이상한 사람이예요. 술을 입에 대면 며칠씩 계속해서 먹어야 시원해하는 사람이랍니다. 직장도 나가지 않고 말예요. 그 때문에 우린 늘 고생으로 살았지요."

"지금은 어떻게 살어?"

"오빠가 버는 것으로 겨우 살아요. 오빠두 쿡이랍니다. 그러나 아버지와는 딴판으로 술도 담배도 입에 대지 않는 사람이예요. 이제 돈이 좀 생기면 조그마한 레스토랑을 하나 낸다는 거예요. 그렇지만 지금 같은 우리 살림에 언제요. 실상 나두 그래서 지금 같은 술집에 있는 것이랍니다. 손님을 접대하는 법을 배우기 위해서 말예요."

그리고서는 눈을 몇 번 깜박거리다가,

"선생님은 그런 데 있는 여잘 아주 천하게 보지요?"

"아니."

"뭐가 아니예요. 전 그런 줄 다 알고 있어요."

"내가 그런 생각이라면 이렇게 선옥이를 만날 리가 없지 않어."

"그럼 정말 천하게 보지 않아요?"

"절대루, 난 선옥이의 눈을 보고 있으면 무엇이나 할 수 있다는 자신이 생겨."

"난 선생님 소설 읽어봤답니다."

"어디서?"

"잡지에서지요."

"재미나?"

"제가 뭐 알아야지요."

그날, 선옥이를 내 하숙으로 끌었다. 선옥이는 잠자코 따라왔다. 그리고서 얼마 후에 우리는 결혼한 것이나 꼭 같은 생활을 하게 되었다. 선옥이가 트렁크 하나를 들고서 내 하숙으로 찾아왔기 때문이었다. 그날 원고를 쓰고 있던 나는 놀래어,

"어떻게 된 일이야?"

하고 물었다. 선옥이는 말없이 웃고만 있었다. 그 웃음으로 금시 튀어나려는 울음을 감추고 있는 것을 알 수가 있었다.

"집에서 싸움이라도 했나?"

그러나 선옥이는 이 물음에도 대답치 않고,

"환민 씨와 같이 있을 생각으로 왔어요. 안 되나요?"

"안 될 것도 없지만—"

"정말 되지요?"

"하여튼 어떻게 된 일인지나 알아야 할 것 아닌가."

"그건 묻지 말아요. 환민 씨가 싫다면 난 죽을 각오로 온 걸요."

"죽을 각오로?"

나는 웃었다.

"왜 웃어요? 남 진정으로 말하는데."

"죽으려던 사람이 죽지 않게 됐으니 우습지 않어."

다음 날 우리는 사직동 막바지에 사글세 한 방을 얻어 옮겼다. 책상을 하나 놓고 둘이서 겨우 누울 수 있는 문간방이었다. 길가에 난 들창으로 아침에 해가 잠깐 들 뿐, 그리고는 햇빛이라고는 볼 수 없는 어둠침침한 방이었다.

그러나 둘이서는 이곳이 지상 천국이나 되는 것처럼 생각하고 아침에서 저녁까지 별로 떨어지는 일이 없이 살았다. 지금 생각하면 지루한 것도 모르고 용케도 살았다고 생각되지만 돈이 떨어져 영화를 보러 갈 수도 없고 거리를 나가도 재미가 없는 우리들에게는 안된

말로 그것만이 유일의 오락이랄 수가 있었다.

그러나 이러한 타성적인 생활도 언제까지나 계속할 수는 없게 되었다. 중일 전쟁이 커지면서 그나마 유행가 가사도 전처럼 팔리지가 않았기 때문이었다. 나는 여기저기 취직자리도 알아봤으나, 사립전문학교 중퇴의 학력 갖고서는 좀처럼 취직이 될 것 같지도 않았다. 그렇다고 전당포에 신세 질 만한 물건 하나 없는 처지이므로 당장 먹고 살자면 선옥이가 다시 직장을 나가는 길밖에 없었다. 선옥이도 그것을 싫다고 하지 않았다. 아니 원하는 편이었다.

"내가 일하면 되잖아요. 당신은 쓰고 싶은 소설이나 쓰고 있어요."

도로이카에 같이 있던 마담의 소개로 선옥이는 명동에 있는 비인이란 조그마한 바에 나가게 되었다. 그날 선옥이는 그 집에서 플란넬 원피스를 한 벌 빌려갖고 와서,

"실상 난 집에서 나온 것도 이 옷 때문이었어요. 당신을 놀라게 할 옷을 입고 싶었던 걸요. 그러나 집에서는 야단이 아니예요. 그것도 내가 번 월급으로 한다는데."

하고 서글픈 얼굴을 했다. 나는 아무 말 없이 보던 책에만 눈을 두고 있었다.

선옥이가 바에 나간 후로 먹는 것만은 해결할 수가 있었다.

빨리 나가는 날은 오후 두 시, 늦게 나가는 날은 오후 네 시, 돌아오는 것은 대체로 밤 열두 시가 넘었으므로 공부할 내 시간을 갖자면 충분히 가질 수가 있었다. 그러나 나는 선옥이가 바에 나가게 된 후로도 별로 책상을 대해 본 일이 없었다. 선옥이가 집을 나가면 나도 따라 나가야 하는 것처럼 따라 나갔다. 그러고는 찻집에나 멍청하니 앉아 있다가는 친구나 만나 선술집을 찾기가 일쑤였다. 그러므로 둘이서 집에 돌아오는 시간도 거의 비슷했다. 때로서는 선옥이가 빠른 날도 있고 때로서는 내가 빠른 날도 있고―언젠가는 정신없이

취하여 전선주를 붙잡고 있는데 뒤에서 선옥이가 오다가 "누군가 했더니 당신이군요." 하고 부축해서 데리고 온 일도 있었다. 밤이 늦으므로 일어나는 시간은 자연 늦게 마련이었다. 우리는 대체로 열두 시가 돼야 일어났다. 그 덕으로 조반 한 끼는 얻는 셈이었다. 그렇다고 그것으로 절약되는 일은 아니었다. 열두 시에 일어나선 밥을 짓기도 귀찮은 일이므로 둘이서는 어깨를 같이하고 백화점 식당을 찾는 날이 많았기 때문이었다. 뿐만 아니라, 백화점에 들르면 칫솔 하나라도 사갖고 나오기 마련이었다. 선옥이는 돈이 있을 땐 쓰지 않고 못 견디는 성미였다. 그 점은 선옥이가 나무라는 자기 아버지의 성격을 그대로 물려받은 모양이었다. 사지 않아도 될 핸드백을 사기도 했고 팔굽 나간 내 양복에 어울리지 않는 넥타이도 사주었다. 선옥이의 팁은 많은 날이라면 삼사 원, 적은 날도 이 원 밑으로 떨어지는 날이 없었으므로 그때의 월급쟁이에 비해도 적은 편은 아니었으나 그렇게 쓰고 보면 별로 남는 것이 없었다.

선옥이는 집에 돌아올 땐 거의 매일같이 생과자며 바나나 같은 것을 안고 왔다. 때로서는 손님이 사주는 걸 갖고 오는 날도 있는 모양이었다. 나는 이불 속에서 그것을 먹어가며 선옥이가 이야기하는 그날의 보고를 듣는 것이 일과처럼 되었다. 그 이야기는 듣잘 것 없는 이야기였다.

"나와 좋아하는 미짱하구 가네보(鐘紡) 갔더니 스쯔 한 벌에 백 원이 아니예요. 입을 딱 벌리고 나왔지 뭐예요."라든가, "오늘부터 메이지야(明治屋)에서 아이스크림 팔아요. 우리두 내일 가서 먹어요."라든가, "오늘 향수 한 병 샀어요. 당신두 냄새 좀 맡아봐요. 아주 좋은 냄새지요. 우비강이라구 제일 좋은 향수래요."라든가, "손님에게서 억지루 진을 석 잔이나 받아 마시구 혼났어요. 천장이 막 빙빙 돌지 않아요. 당신두 그 맛에 술을 마셔요?" 이런 따위의 이야기를 늘어놓다가 내가 코를 고는 것을 알게 되면 내 코를 쥐고 흔들기도 하고 겨드랑이를 간지럽게 해줘 잠을 깨워놓고 불꽃 튀는 그 일을 기어이 하고야 잠이 드는 것이었다.

그러나 날이 갈수록 선옥이의 보고문도 그대로 듣고만 있을 수 없는 내용으로 바뀌기 시작했다.

"오늘 삐루 한 병 마시고 깜짝 놀라게 팁을 이 원이나 놓고 간 학생이 있어요. 깃에 엘 자를 단 것이 문과 학생이지요? 문학을 하는 사람은 그렇게 모두 사람이 좋은 모양이예요. 당신두 그렇지 않아요. 그 학생 키가 후리후리한 것이 로버트 테일러와 비슷하니 생겼어요."라든가, "어제 이야기하던 로버트 테일러 오늘도 또 오지 않았겠어요. 지드의 『좁은 문』 읽었냐고 물어요. 그게 무슨 책이예요. 알아야 말이지요. 난 얼굴이 빨개져서 고개를 흔들은 걸요. 그곳엔 인테리들이 많이 오기 때문에 망신하지 않으려면 책두 좀 읽어야 되겠어요."라든가, "오늘 첫 손님이었어요. 명함을 주면서 용돈이 필요할 땐 언제든지 전화를 걸라지 않아요. 배가 뚱뚱하게 나온 걸 보니 사장인 것만은 틀림없어 봬요." 하고 내 앞에 명함을 꺼내놓기도 했다. 어느 제강회사 사장의 명함이었다. 그리고 한 달쯤 지난 어느 날이었다.

"오늘 테일러가 친구와 둘이서 오지 않았겠어요. 이번 일요일에 한강 보트 타러 가자고 하기에 첫마디로 약속했어요. 가고 싶었던 걸요. 그렇지만 입고 갈 옷이 걱정이예요. 파라솔두 없구."

그러고는 갑자기 밝은 얼굴이 되어,

"제강회사의 사장에게 전화 걸어볼까. 옷 한 벌쯤은 해줄지도 몰라요."

분주히 책상 서랍을 뒤지며 그때의 명함을 찾았다.

나는 그 후로 선옥이를 의심하기 시작했다. 무엇보다도 헤프게 쓰는 돈이 이상했던 것이다.

　나는 그녀에게 얻어먹는 신세이므로 큰소리는 할 수가 없었지만 그렇다고 선옥이의 비밀을 모르는 체할 수도 없었다. 때로서는 핸드백을 뒤지고 그녀의 편지까지 훔쳐 읽었다.

　미리 주의를 하는 때문인지 이렇다 할 증거는 나오는 일이 없었다. 그래도 그 핸드백 속에는 이삼십 원의 지폐가 들어 있었다. 단순히 팁으로서의 수입이라기엔 너무나 많은 돈이었다. 그것을 물으면,

　"옷을 해 입기 위해서 꾼 돈이예요. 그런 데서 일하려면 옷이 밑천인 걸요."

　태연스럽게 말했다.

　언젠가는 이런 일도 있었다. 휴일을 이용해 바의 종업원들이 배천 호텔에 가서 하룻밤 놀고 온 일이 있었다. 그러나 며칠 후 명동에서 우연히 만난 바텐더에게 물었더니 그런 일은 없었다는 것이었다.

　나는 전신이 화끈거리는 대로 그날 밤 선옥이가 돌아오기를 기다려 그 말을 꺼냈다. 그러나 선옥이는 내가 흥분한 것이 우습기나 한 듯,

　"그 사람이 알게 뭐예요. 마담이 한턱 내어 미쨩하구 나와 셋이서 갔던 일인데."

　그런 일은 물론 마담한테 전화를 걸어보면 사실인지 아닌지를 알 수 있지만, 그러나 그렇게까지 해서 선옥이의 추한 면을 들춰내고 싶지는 않았다. 선옥이라는 여자는 그런 곳에 두고 바라보는 것이 제일 어울리는 여자라고 생각됐기 때문이었다. 응당 그런 곳에 이르게 될 여자가 지금까지 공연히 돌음길*4을 걸은 것만 같은 생각도 들었다.

_____

*4 도면에서 매개 모서리를 꼭 한 번씩만 빠짐없이 지나는 길. 여기서는 '우회로', '멀리 돌거나 에돌아서 가는 길'을 뜻함.

어느 눈 오는 날, 결국 나는 입은 옷 채로 아무런 미련도 없이 일 년이나 산 그 집을 나와버리고 말았던 것이다.

그 후로 그녀는 어느 유행가 가수와 동서생활을 한다는 이야기도 있었고 어느 실업가의 첩 노릇을 한다는 이야기도 있었다. 그러나 그것은 해방 전의 일이었다. 해방 후에는 그녀의 소식은 전혀 모르고 있었다. 삼팔선 때문에 북에서 살던 나로서는 남에서 사는 그녀의 소식을 알 기회도 적었거니와 또한 안타까이 알려고도 하지 않았다. 그렇다고 아주 잊었던 것도 아니었다. 길을 가다가 그녀와 비슷한 여인을 보고 놀래본 일도 있었고 어쩌다가 바 같은 데를 가도 그녀는 어떻게 지내는가 하고 생각해 본 일도 한두 번 있었다.

그러한 선옥이로부터 갑자기 편지를 받게 됐으니 반갑다면 반갑다고도 할 수 있는 일이었다.

그녀는 어느 잡지에서 내 주소를 안 모양으로 우연히 잡지에서 내 이름 석자를 발견하고 몹시 기뻤다고 했다. 자기는 지금 마산서 양조업을 하는 영감과 산다 하며, 지나기엔 비교적 유복하다는 사연이었다. 나는 편지를 받고 모른 체할 수도 없어 회답을 냈으며 이것이 계기가 되어 서신이 몇 번 내왕한 지 삼사 개월이 지난 어느 날, 갑자기 전보가 날아왔다. 내일 열 시에 덕수궁 앞에서 만나자는 전보였다. 그녀의 하는 일은 매사가 이런 식이었으므로 나는 별로 놀라지는 않았지만, 지금 와서 새삼스럽게 만날 필요가 있을까 하는 생각만은 한번 해보지 않을 수가 없었다. 나는 결국 만나기로 생각했다. 만나자는 것을 굳이 피할 이유가 없는 대로 옛 친구를 만난 기분으로 한나절을 즐길 수도 있지 않은가 하는 생각에서였다.

그녀는 먼저 와 있었다. 오버의 깃을 세우고 눈 오는 하늘을 무심히 쳐다보고 있었다. 중류 가정 부인 같은 수수한 차림이었다. 그러나 얼굴은 옛날이나 조금도 달라진 데가 없었다. 달라졌다면 그때보다 좀 부해진 것뿐이었다. 그 때문에 오히려 더 젊어 보이는 것 같기도 했다. 그녀는 나보다 네 살 아래였으므로 분명 서른일곱이었다. 그 나이에 비하면 조금도 늙은 편이 아니었다.

"선옥이."

나는 뒤로 가서 그녀의 어깨를 쳤다.

"어마."

놀래며 고개를 돌린 선옥이는 미소를 짓던 서슬에 눈살을 집었다. 내가 너무 늙었다는 표시였다. 그녀의 입에서 그런 말이 나오기 전에 나는 먼저,

"몹시 늙었지?"

하고 싱긋 웃었다.

"정말 왜 이렇게도 늙었어요?"

눈살을 집은 얼굴에 서글퍼진 눈을 굴렸다.

"늙을 나이도 되지 않았어?"

그러나 그때만 해도 내 나이는 아직 사십이었다. 결코 늙을 나이라고는 할 수가 없었다. 요즘은 사람의 명도 길어져, 육십이나 돼야 늙는 나이라고 할 수 있는 일이다.

나는 1·4후퇴로 피란 나온 일 년 동안에 아주 늙어버리고 만 것이다.

그때는 누구나가 고생이었으므로 늙게 마련이었지만 그래도 나처럼 분한없이 늙은 사람도 드물 것이다.

북에 가족을 두고 나온 나는 심적 고통으로 남보다 더 늙게 마련이었지만, 설상가상으로 티푸스를 앓게 되어 머리까지 빠져 더 늙은 것처럼 보였다. 이러한 나의 얼굴을 대했으므로 선옥이가 놀랄 만도 한 일이었다.

"어디로 갈까?"

"어디로 가면 좋아요. 서울 사람이 안내해야 할 것 아니예요."

"하여튼 걸어."

우리는 어깨를 같이하고 눈 나리는 시청 광장을 건너섰다. 선옥이의 나들이 차림에 비하면 내가 걸친 오버는 너무나 초라했지만 그러나 나는 이런 데는 별로 신경을 쓰지 않았다.

"참 당신 조반 먹었어요?"

"먹은 셈이야."

"먹은 셈이라니?"

"빵을 좀 먹었어."

"그걸로써 어떻게 조반이 돼요. 나두 못 먹었어요. 지금 막 차에서 내린 걸요."

"그래—."

나는 이런 대답을 하면서 그녀의 바른편 손에 슈트케이스가 들려 있는 것을 그제야 알았다.

"기차가 연착된 걸요, 두 시간이나. 약속 시간을 어기는 줄만 알고 차 속에서 얼마나 애탔다구요."

"뭐 그렇게 애탈 약속이라구."

"어마, 저런 소리 하는 것 보지, 마산서 서울이 몇백 리나 되는지 아세요. 그 먼 길을 머다 않고 찾아온 사람에게 한다는 소리."

"그렇다면 그 짐이나 들어주기로 하지."

"들어줄 생각이었다면 처음부터 들어줄 일이지."

"손에 든 걸 보지 못했어. 선옥이 얼굴에 너무 흥분했기 때문에."

이런 농담으로 웃으며 그녀의 슈트케이스를 받아 들었다.

"당신은 조금도 흥분한 기색이 아니예요. 흥분한 건 나 혼자지."

"그건 서울이 너무나도 파괴된 때문이겠지."

"저런 소리."

"하여튼 조반 전이라니 어디 가서 뭘 먹기로 하지."

이삼일 전에 받아 넣은 고료가 아직도 반쯤은 남아 있었으므로 나는 이런 말쯤은 쉽게 할 수가 있었다.

"맛나는 것 먹어요."

"뭣이건 먹고 싶은 것으로."

거리에는 어디나 타다 남은 집들이 눈에 띄었다. 불에 탄 괴물이 뼈다귀만 남은 채 넘어져 있는 것 같은 느낌이었다.

"서울의 파괴가 대단하다는 말은 들었어두 난 이렇게까지 된 줄은 몰랐어요."

"여긴 그래두 좀 나은 편이지. 명동 같은 덴 옛날의 자취도 없게 깨끗이 쓸어버린 걸."

"그럼 우리가 잘 가던 기꾸야도 없어지고 말았겠네요."

기꾸야는 선옥이가 바를 나가던 시절에 둘이서 잘 가던 레스토랑이었다.

"남았을 리가 없지. 선옥이가 나가던 바가 뭐였던가?"

"비인."

"참, 비인이었지. 언젠가 그 앞을 지나면서 보니 벽돌담만 우뚝 서 있더군."

"반도 호텔도 저렇게 파괴되었는데."

선옥이는 파괴된 그 건물을 쳐다보고 있다가 불시에 고개를 돌려,

"지금두 서울엔 포즈(包子) 파는 집이 있겠지요?"

"포즈?"

"먹고 싶어요. 우리가 잘 먹던 포즈 말예요."

"찾으면 있겠지."

"우리가 잘 가던 집의 이름이 뭐였던가, 이 부근에 있지 않았어

요?"

"그 집을 가볼까?"

우리는 다시 길을 되돌아 중국 거리로 들어섰다. 그곳도 몹시 파괴되었으나 그래도 옛날 집대로 남아 있는 집이 몇 채 되었다. 그중에 우리가 잘 가던 동승루(東昇樓)라는 집도 남아 있었다.

"바로 저 집이 아니예요."

선옥이는 자기 집이 남아 있는 것처럼 기뻐했다.

선옥이가 바를 나가던 그때, 파하는 시간을 기다려 둘이서 같이 돌아 온 일이 많았다. 무섭다고 떼를 썼기 때문이었다. 우리가 살던 집은 사직공원 옆인 외딴길이었으므로 사실 여자 혼자 걷자면 무섭기도 했다. 그러나 밤늦은 거리에서 그녀가 나오기를 기다리고 있는 노릇도 결코 즐거운 일은 아니었다. 더욱이 추운 겨울엔 견디기 힘든 노릇이었다.

그때 돌아오던 길에 우리는 이 포즈 집에 잘 들렀던 것이다. 선옥이가 갑자기 포즈를 먹고 싶다는 것도 물론 그때 일을 생각한 때문이었다.

우리는 문을 열고 들어섰다. 파 냄새가 코를 찔렀다. 그 냄새는 옛날이나 조금도 다름없었으나, 우리를 맞는 사람은 옛날 그 사람들이 아니었다. 칸칸이 막아놓은 방도 옛날과는 달리 음침했다.

"이 집엔 종달새를 좋아하는 영감이 있었지요?"

"나처럼 삐삐 말랐던—"

"당신두 그땐 그렇게 마르진 않았어요."

"그랬던가."

둘이서는 웃었다.

보이가 주문을 받으러 오자, 선옥이가 두어 가지 요리와 삐루를 시켰다.

"포즈를 먹으러 온 사람이 왜 그런 것만 시켜?"

"막상 오고 보니 먹고 싶은 생각이 없어졌어요."

"그 대신 삐루를 마시고 싶어진 모양이지."

"어때요, 눈도 오는데—우리 마산엔 좀처럼 눈이 오지 않아요."

"그렇다면 눈도 몇 년 만이겠구면."

"그렇지요."

둘이서는 잠시 창밖에 시선을 두고 눈 오는 것을 보고 있는데 음식이 왔다.

"들어요."

선옥이는 내 잔에 삐루를 부어주고 나서 자기 잔에도 따랐다. 그러고는 새삼스럽게도 감개무량한 얼굴이 되어,

"이렇게 마주 앉고 보니 십 칠팔 년 만이란 생각이 조금도 나지 않아요."

"정말 그런 생각이야, 그게 엊그제 같은데."

"그렇기 말이예요. 사는 것이 허무하다고 생각돼요."

"그렇지만 그동안에 일어난 일이야 많지. 큰 전쟁이 일어나구 해방이 되구 6·25동란이 일어나구."

"우리가 헤어진 것두 있잖아요."

"그건 선옥이에겐 잘된 일 아냐."

"그래 봬요?"

"늘어진 팔자가 된 모양인데."

"남들은 다 그러지요. 우린 이십여 년이나 차인 걸요, 무슨 재미가 있겠어요."

하고 시무룩한 얼굴이 되어,

"물론 돈의 부자유는 없어요. 서울 오면서 십만 환을 타갖고 왔어요. 당신 오버 하나쯤은 해줄 수 있어요."

하고 웃었다.

"내 오버가 어때서?"

"자랑할 것 못 되지 않아요."

"하여튼 오번 필요없으니 어서 삐루나 들어."

나는 절반쯤 내려간 선옥이 잔에 삐루를 부어줬다. 선옥이 말에 약간 불쾌해진 감정을 감추기 위해서였다.

"입지 않는다는 오버를 부득부득 해줄 선심은 없으니 안심해요. 그래서 지금은 글쓰는 것으로 어떻게 살 수는 있나요?"

"그럭저럭. 그래두 오급 관리만큼두 못 살지."

"하여튼 먹을 순 있지요?"

"혼자니까. 이 정도의 음식값은 나도 낼 수 있으니 어서 마셔."

"허세 부릴 것 없어요. 당신 술 사주러 온 셈이니."

"그렇다면 열심히 마셔야지."

나는 쭉 마시고 선옥이에게 잔을 주었다. 그러나 선옥이는 잔을 들 생각도 없이 나를 잠시 보고 있다가,

"헤어진 후로 나를 한번 생각해 본 일이 있어요?"

하고 그의 커다란 눈을 섬벅거리며 물었다.

"없을라구."

"몇 번이나?"

"글세, 몇 번이나 될까."

"난 하루도 잊어본 날이 없어요."

"무슨 필요가 있어서?"

"가슴에 받은 상처 때문이죠. 그때 나는 당신을 얼마나 원망한지 몰라요. 간다 온다 말도 없이 바람처럼 사라졌으니. 그때 그 상처는 아물지 못한 셈이에요."

"술을 사주러 왔다더니 실상은 원한을 풀러 온 것 아냐."

농담처럼 말하자,

"그런 건 아니지만 나를 버린 사나이는 당신뿐인 걸요. 그 밖에 사나이는 모두 싫어서 헤어진 사람들이예요."

"나도 그런 말이야 할 수 있겠지. 선옥이가 방종만 하지 않았다면—"

"그것도 내 책임만은 아니예요. 나도 바에 나가기 전에는 순진했어요. 그건 당신도 알지 않아요."

"그렇다고 바에 나간다고 반드시 그래야 한다는 이유도 없었겠지."

"그건 나두 잘 알아요. 그래두 그때 우린 너무나 가난했어요. 파라솔 하나두 마음대로 살 수 없게끔."

"정말 너무나 가난했지."

그러나 나는 그때나 지금이나 가난한 건 마찬가지라고 생각하며,

"가난의 소치로 돌리고 삐루나 마셔."

나는 다시 선옥의 잔에 삐루를 채워줬다. 나도 삐루를 마시고 안주를 집으며,

"참 서울의 가족들은 다 어떻게 됐어?"

별로 알고 싶지도 않은 말을 꺼냈다.

"아버지와 어머닌 벌써 돌아가시구 혈육이란 오빠 한 분이예요."

"그 오빤 레스토랑 주인 되는 것이 소원이었다더니 어떻게 됐어?"

"레스토랑 주인 정도가 아니예요."

"잘된 모양이구면."

"그걸 보면 사람의 운이란 참 알 수가 없어요. 부산 피란 내려왔을 땐 가게 얻을 돈두 없어 내가 대주지 않았겠어요. 그런데 지금은 남산 밑에 대지를 오백 평이나 사놓구 호텔을 짓는대요."

"피란통에 덕을 봤구면."

"그렇지요. 당신과는 반대예요."

웃는 말이면서도 이런 말이 좀 안된 듯 들창에다 눈을 돌렸다. 눈은 아직도 내리고 있었다. 솜 같은 눈이었다.

"이렇게 눈 오는 걸 보니 어렸을 때 일이 생각나요. 언젠가는 아버지가 눈 위에 넘어져 있지 않아요. 학교서 돌아오는데 말예요. 술이 취해갖고서. 아버진 그런 사람이었어요."

"그분두 살아 계셨다면 늘그막엔 팔자가 좋았을 일인데."

빈정대는 뜻으로 말한 것은 아니었으나 선옥이에겐 그렇게 들린 모양이었다. 뻬루에 약간 풀어진 눈으로 나를 흘기고서,

"당신 그 집 가보구 싶지 않아요?"

"그 집이라니?"

"그 집 말예요. 우리가 살던 사직골 집—"

"그 집은 왜 갑자기 생각났어?"

"난 요즘두 가끔 그 집에서 살던 꿈을 꿔요. 언젠가는 당신에게 막 매를 맞는 꿈을 꿨어요."

"그럴만한 일이 있는 모양이지."

"그런 말은 말구 어서 일어나 그 집 가봐요."

우리는 거리로 나와 차를 잡아타고 사직공원 문 앞에서 내렸다. 머리에 눈을 받으며 우리가 살던 집을 찾아 언덕길로 들어섰다. 개천 건너 사단(社壇)에 달린 행랑들은 옛날 그대로였지만 길 왼쪽에는 모두가 날아가는 집으로 변했다.

"이 동네두 아주 깨끗해졌네요."

선옥이는 미끄럽다고 내 어깨를 잡으며 말했다.

"정말 딴 세계가 됐어."

"이만하면 다시 와서 살고도 싶어요."

"그렇다면 와서 살아보지."

"누구하구?"

"그거야 내가 알 수 있어."

"당신은 외투두 싫다는 사람이니 집 사준다면 더욱 싫다겠지요?"

"글쎄, 그건 모르지. 집이라면 마음이 달라질지?"

우리가 살던 집까지 올라가 보니 집은 없이 빈터만 남아 있었다.

"이렇게두 좁았어요. 그래두 뜰은 좀 있는 편이었는데."

집이 헐리고 보니 손바닥 같은 땅이었다.

"이걸 보니 우리가 살던 방이 얼마나 좁았다는 것두 알 수 있는 노릇이야."

"정말 둘이서 발 펴구 누울 수도 없었지요."

"그래두 그 때문에 편리야 하지 않았어. 떨어질래야 떨어질 수도 없었으니."

"그만둬요."

선옥이는 얼굴을 붉히며 외면했다. 그러면서도 낮이건 밤이건 구별 없이 황홀감에 취하여 살던 그 시절이 그립기도 한 모양이었다. 그런 얼굴로 잠시 눈이 쌓인 서울 거리를 굽어보고 있다가,

"이젠 어디로 간다—"

"어떻게 했으면 좋을까. 눈도 그쳤으니 거리에 나가 영화나 보구 헤어지기루 하지."

"영화는 싫어요."

"그럼?"

"당신 사는 집에나 가요. 그 슈트케이스 속엔 양주두 한 병 있어요. 닭이나 한 마리 사갖고서. 요리 솜씨두 옛날 같진 않아요."

"그랬으면 좋긴 하겠지만 그런 곳이 못 돼. 부엌두 없구 그릇두 없구."

"그럼 자취하는 건 아냐요?"

"어쩌다가 한 번씩 밥을 지어 먹는 것뿐야."

368 실비명

"찬은 어떻게 하구?"

"달걀이나 삶아서 소금에 찍어 먹지."

"근처 아주머니들의 눈을 꺼려 날 데리구 가기가 싫다는 거죠?"

"그런 건 아니지만—거리에 나가 술이나 더 마셔."

"그럼 잠자코 나를 따라오겠어요?"

"그러기로 하지."

오늘은 처음부터 그럴 생각으로 나온 만큼 싫다고 대답할 필요는 없었다.

언덕길을 내려와 선옥이는 다시 차를 잡으려고 했다.

"어딜 가려는 거야. 먼 데가 아니면 거리도 구경할겸 걷지."

"내가 하자는 대로 잠자코 하겠다지 않았어요."

"그래그래."

차는 광화문 네거리를 지나 소공동으로 빠져 다시 퇴계로로 돌았다. 동화백화점 앞에는 양키 상대의 장사꾼들이 우글거렸다.

"웬 사람들이 이렇게 많아요?"

"동화백화점이 피엑스가 됐어. 거기 나오는 미군들의 상대로 장사하는 사람들이지."

하고 설명해주자,

"요즘은 미군 상대가 아니면 되는 장사가 없는 모양이지요?"

"그렇겠지."

선옥이는 거기서부터 허허벌판이 된 거리를 보고 놀라는 얼굴이었다. 김이 서린 유리창을 연방 수건으로 닦으며 내다봤다.

"전쟁이란 참 무서운 거예요."

"무서운 거지."

"이렇게 무서운 걸 사람들이 모를 리 없는데 왜 전쟁을 해요?"

"나도 모를 일이야."

선옥이는 다시 한 번 창밖을 내다보고서,

"어떻게 할까요?"

"응?"

"남산에 올라가서 부서진 서울을 볼 생각이었어요. 그러나 이렇게 부서진 거리를 보니 올라가 보고 싶은 생각이 없어졌어요."

"그럼 여기서 그만 내리지."

"내릴 것 없이 어디 가 춤이나 춰요. 이 부근에 댄스홀 없어요?"

"댄스홀?"

"잠자코 하자는 대로 하기로 하지 않았어요."

우리는 어느 댄스홀 앞에서 내렸다.

크리스마스를 앞둔 홀 안은 그런 장식으로 요란스러웠으나 아직 시간이 이르므로 춤추는 패거리는 몇 되지 않았다.

우리는 막상 홀에 왔지만 춤출 생각은 별로 없이 구석 자리에서 삐루를 마시었다.

"이런 데 들어와 보면 옛날 우리가 같이 살 때와는 세상이 달라진 것을 알 수가 있어요. 춤을 추면 무슨 죄나 진 것처럼 잡혀갔으니 우습잖아요."

"선옥이가 사는 데두 이런 데가 있나?"

"있지 않고요."

"그럼 춤을 추겠구면."

"같이 다닐 사람이 있어야 말이지요."

"품행이 아주 단정한 모양인데."

"그럴 수밖에 없는 걸요. 마산은 손바닥만 한 곳인 걸요."

"그럴 이유가 있겠지."

내가 웃자,

"그렇다구 반드시 그런 것두 아니예요. 지금이니 이야기할 수도 있지만 당신하구 살면서두 꼭 한 번인걸요. 비인 마담과 배천 갔다구 속인 것—"

얼굴이 빨개지며 웃었다.

"그건 믿어지지 않는데."

"정말이예요. 그것두 너무 가난했기 때문이었어요. 어렸을 때니 옷도 해 입고 싶었던 걸요."

"어쨌든 듣고 싶은 이야기 아니야."

나는 미안한 생각의 반발로 이런 말이 튀어나왔다.

"그래요, 우리두 춤이나 춰요."

"난 자신이 없어, 피란 나온 후로 이런 데 처음이야."

"그래두 옛날 잘 추지 않았어요."

새 곡이 시작되자, 우리도 겨누고 나섰다. 역시 스텝이 생각처럼 짚어지지 않았다.

"춤이 서툴러 재미없지?"

"의무적으로 리드하니까 그런 거예요."

"춤이 서툴러진 때문이야."

"그것이 아니구 옛날처럼 나를 대해주지 않기 때문이예요."

나는 타언을 하며 웃었다. 그것이 사실이라고 생각됐기 때문이었다.

"오늘이 무슨 날인지 아세요?"

웃는 내가 싫어지는 얼굴로 물었다.

"글쎄?"

"당신이 날 버리고 집을 나간 날이예요. 그날도 오늘처럼 눈이 왔지요?"

"그랬던가……."

"그때 나는 얼마나 울었는지 몰라요. 그렇다고 나는 당신을 원망하진 않았어요. 내 잘못이란 걸 안걸요.”

선옥이는 내 어깨에 얼굴을 대고 비볐다. 비어 나오려는 눈물을 닦는 모양이었다. 그러나 나는 아무 감정이 없는 목석처럼 움직였다.

“아까두 사직동 그 집엘 갔을 때 하마터면 당신을 보고 울 뻔했어요. 바보처럼 말예요.”

선옥이가 이번엔 웃었다. 나는 그 웃음이 반가워 나도 따라 웃었다.

“어제 차를 타고서 말예요—”

선옥이가 다시 무슨 말을 하려는데 곡이 끊어졌다. 우리는 손을 놓고 테이블로 와 앉았다. 그러나 우리는 처음 만난 사람처럼 아무 말 없이 어색하니 앉아 있었다.

다시 곡이 시작되자, 우리는 또 일어나 춤을 췄다. 선옥이도 아까 이야기하려던 말을 계속했다.

“차를 타고 무엇을 생각한지 아세요. 서울을 가면 다시 마산엔 내려가지 못하게 될지도 모른다고요.”

“그런데 나를 대하고 보니, 그런 환상이 지워지고 말았다는 거야?”

“당신두 아시는군요.”

“하는 수 없지. 나두 그렇게 되구 싶은 건 아니지만 세월이 그렇게 만든걸.”

“또 영감 같은 소리.”

그러고는 다시,

“당신은 아직두 사십이예요. 여자를 위해서 몸을 망친다는 자신을 가져두 좋지 않아요. 오늘 하루만이라도 나하구 밤을 밝혀요.”

열띤 이 말에 나는 이상스럽게도 선옥이를 안은 팔에 힘이 빠지는 것 같음을 느끼면서도 억지로 용기를 내어,

“알았어, 다음 플랜은 뭐야?”

"따라오겠어요?"

"오늘은 선옥이 말에 절대 복종하기로 하지 않았어."

"정말 자신 있어요?"

"잠자코 따라갈게."

우리는 중도에 춤을 그만두고 밖으로 나왔다. 그동안 눈 내린 거리는 아주 어두워졌다. 그 거리를 둘이서는 옛날처럼 어깨를 같이하고 천천히 걸었다.

적중(的中)

옛날엔 산부인과 전문의라면 밥 먹기도 힘들었던 것이 요즘에 와 선 그와는 아주 반대가 된 셈이었다. 그리하여 겸자(鉗子) 한 번도 쥐어 본 일이 없는 의사들까지도 지마다 산부인과 간판을 내걸게 되 었지만 하여튼 그 덕으로 나같이 주변 없는 산부인과 의사도 어떻 게 밥만은 먹을 수 있게 되었다.

사실 알고 보면 다른 개업의에 비하여 산부인과 의사는 월등 해 먹기도 쉽다고 할 수 있는 것이다. 무엇보다도 환자들이 병원을 찾는 진찰 시간도 대체로 일정하기 때문이다. 산부인과 환자는 오전 열 시부터 옆 두 시까지 그 어간에 오는 것이 대다수고 오후에 오는 환 자란 거의 없다시피 하다. 그것은 내가 실제로 근 이십 년 동안이나 지내온 경험으로 보아서도 그랬거니와 또한 거기에는 그럴 만한 이 유가 없는 것도 아니었다.

산부인과라면 글자 그대로 부인네들이 찾는 병원이다. (물론 요즘 엔 풀이 죽은 처녀들도 많이 찾아오게 됐지만.) 그 부인네들도 다른 병원하고는 달라서 대개 며칠은 벼르게 되는 것이고, 내일 아침엔 기 어이 병원에 가야겠다고 결심을 하고 나서도 그들이 행동할 수 있 는 아침이란 그리 빠를 수가 없는 일이다. 주인과 아이들을 내보내 고 나서 부엌 일을 식모에게 맡긴다 해도 화장을 한다 옷을 갈아 입 는다 그리고 나면 자연 열 시가 넘게 마련이다. 그러니 이때부터가 산부인과 환자들이 모여드는 시간이 될 수밖에 없는 일이다. 따라서 열 두 시까지는 환자의 진찰도 끝나게 되고, 오후엔 수술이나 한둘 해치우고 나면 그 날의 일은 끝나게 되는 셈이다. 한종일 병원을 지키고 앉아서 언제 올지 모르는 환자를 기다리고 있어야 하는 다른 개업의에 비한다면 정말 수월한 일이라고 하지 않을 수가 없다.

사실 내가 의전(醫專)을 나와 산부인과를 택했던 것도 이 때문이었다. 저 녀석은 그것을 바치니까 과(科)를 택해도 그런 과를 택하느니 어쩌느니 하고, 친구들에게 명예스럽지 못한 조롱도 숱하게 받았지만, 그래도 그만한 것은 나로서도 생각했던 것이다. 나같이 게으른 녀석으론 산부인과가 제일 알맞을 것이라고. 그날도 나는 오후에 수술을 둘이나 끝내고서 바둑이나 두려 오는 친구를 기다리고 있었다. 그 때에 간호원이,

"이런 분이 찾아왔어요."

하고 명함을 받아 갖고 들어왔다.

유달리도 큰 그 명함에는 민의원 박문승이라고 찍혀 있었다. 그러나 나로서는 전혀 알지 못하는 이름이었다. 알지도 못하는 국회의원이 나를 무엇하러 찾아 왔느냐고 나는 고개를 비틀면서 간호원에게 들어오게 하라고 했다. 그러자 문이 열리며 체구가 당당한 국회의원이라는 그 사나이가 들어섰다.

그는 나를 보기가 무섭게,

"오 이거 오래간만일세."

하고 요란스러운 소리로 손을 내민 채 내게로 달려왔다. 그렇다고 알지도 못하는 그의 손을 덥석 쥘 수도 없는 노릇이므로 나는 어리둥절한 대로 앉았던 의자에서 엉덩이를 약간 떼었을 뿐이었다. 그 순간에 그는,

"하하하……."

하고 호탕스러운 웃음을 한바탕 웃고 나서,

"그래 날 모르겠단 말야, 날 모르겠어, 국회의원 아니 민의원 박문승일, 내가 바루 박문승이야, 그래두 몰라? 나를……나를……나를……모르겠어?"

그는 앞가슴을 퉁퉁 치면서 접근해올 대로 접근해 왔다.

그래도 나는 도시 생각이 나지를 않았다.

"혹시 병원을 잘못 찾아 들어온 것이 아닌가요? 이 위두 산부인과 병원은 있는데요."

그러자 그는 급작스럽게 화가 난 얼굴로,

"나야, 나……나라는데두."

하고 먼저보다도 더 세게 앞가슴을 두드려댔다. 그 바람에 나도 약간 화가 난 반발로서 고개를 받쳐 들었다.

"도대체 누구를 찾는 것입니까?"

"누구를 찾긴, 자네를 찾아왔지."

"나를요?"

나는 내 얼굴빛이 확실히 달라졌음을 느꼈으나 그는 그런 것보다도 자기를 몰라 주는 것이 원통한 듯이,

"이 사람이 정말로 나를 못 알아보는 셈인가, 그래, 옛날 중학 동창인 잠 잘 자던 소대성이 박문승이를 모르겠어?"

하고 얼굴을 내대었다. 나는 그제서야 중학 시절의 잠 잘 자던 그의 얼굴을 생각해 낼 수가 있었다. 그 순간에 나는 놀랍기도 하고 미안도 하고 반갑기도 한 이상한 기분인 채,

"자네가 바루 그 소대성이……."

하고 웃음을 헤쳐 놓아 분주히 그의 손을 잡았다. 그리고 나서도 나는 그를 다시 한 번 유심히 쳐다보지 않을 수가 없었다. 이십여 년 전인 그 때의 인상과는 너무나도 판이하기 때문이었다.

사실 그 때도 몸은 작은 편이 아니었지만 언제 보나 흐리멍덩한

얼굴로 공부 시간엔 잠만 자던 학생이었다. 물론 공부도 잘 할 리가 없는 것으로 선생의 꾸지람을 혼자 맡아 두고 받았다. 그렇던 그가 이렇게도 풍채가 당당한 국회의원이 되어가지고 나타날 줄이야……. 그렇다고 그는 자기를 첫눈으로 몰라 준 나를 그리 나무라는 기색도 아니었다. 아니 오히려 그것은 응당 그럴 수밖에 없다는 듯이,

"하긴 내가 이렇게 국회의원으로 출세하리라곤 자넨 생각지도 못했을 일이겠으니까."

하고 점잖게 말했다. 그 점잖고도 든든한 태도를 보아도 국회의원다왔지만, 머리가 약간 벗어진 것이며 배가 나온 것이며, 그리고 깃에 단 '배지'를 보나 하나도 나무랄 데가 없는 훌륭한 국회의원이었다.

그는 담배를 꺼내 붙여 물다가 문득 내 책상 위에 '바어스로리'가 있는 것을 보고서도,

"자넨 아직두 그걸 피우고 있구면."

하고 낯빛을 달리하여 점잖게 타일렀다. 그것을 보아도 그는 누구보다도 못지않게 나라를 사랑하는 국회의원이었다.

마침 집에 '스카치'가 한 병 있길래 그와 회구(懷舊)를 풀기 위하여 내가 서재로 쓰는 이층으로 끌었다. 실상 그는 들어오면서부터 나를 어디로 끌고 나갈 생각이었던 모양이었지만 술이 있다면 하고 순순히 따라 올라왔다.

체구가 장대한 만큼 그의 술은 대단한 것이었다. 그는 술잔을 받을 때마다 혈압이 높다는 말을 연방 하면서도 그것은 말뿐이었고 그 센 술을 맹물 마시듯이 쭉쭉 들이켰다. 그것을 보면 술에 대해선 담배처럼 그렇게 국산이야만 한다는 생각은 없는 모양이었다.

그는 이야기도 국회의원답게 호담한 데가 있었다. 취기가 높아짐에 따라 감회 깊은 중학시절의 회고담이며 헤어진 동창들의 이야

기로 우리들의 취담은 방향없이 벌어졌다. 그러면서 그가 오늘의 명사가 된 것은 군정시절에 동해안에 있는 큰 통조림 공장을 대부 맡게 된 데서부터 시작되었다는 것도 그의 입을 통하여 나는 알게 되었다. 그리고 나니 술병의 술도 삼분의 이쯤은 내려가게 되었다. 그때에 그는 문득 무엇을 생각한 듯이 지금까지의 호담스러운 웃음을 뚝 끊고 몸을 바로 잡으면서 단정히 앉았다. 그리고는 놀라리만큼 심각한 얼굴이 되어,

"사실 내가 오늘 자네를 찾아 온 것은 간곡한 부탁이 있어서 온 것일세."

하고 말했다.

나는 그 말이 또 놀라운 채 다음 이야기를 기다리고 있자,

"자네완 아무리 친한 동창이라두 이런 말을 꺼내긴 좀 부끄럽네만……."

하고 얼굴이 붉어지면서 어느 여대생에게 임신을 시켰다는 것이다. 그것도 그의 표현에 의하면 단발치기가 들어맞았다는 것이다. 그 소리에 나는 갑자기 술맛이 나는 것 같았다.

"중년 바람이 났단 말이지?"

"실상은 그런 것두 아니야, 사람이 실수하려니까 그저 그렇게 된 것이지."

"하여튼 여대생과 그렇게 됐다는 것만도 무섭네, 그래서?"

나는 웃으면서 다음 말을 재촉했다.

"그러니 어떡하겠나, 자네가 어떻게 해 줘야지."

"내가 어떻게 하다니?"

"제발 그러지 말구."

"글쎄 그렇지 않은가, 국회의원이라면 그런 것쯤은 잘 알 사람이……."

"잘 알지, 잘 아니까 이렇게도 동창이 좋다고 찾아 온 게 아닌가, 사실 자넬 찾느라구 얼마나 애썼는 줄 알아."

〈수호지〉에 나오는 괴한처럼 그의 얼굴은 점점 더욱 검어졌다. 그 것이 나로서는 더욱 재미날 수밖에 없는 대로,

"그건 내가 알 바가 아니구, 하여튼 그만한 재미를 보았으면 그만 한 고통쯤은 그 댓가로 받아야 할 것 아닌가."

하고 조롱을 계속했다. 그러나 그는 내 조롱을 조롱대로 들을 마 음의 여유도 없는 모양이었다.

"이 사람아 제발 그런 소린 말구, 우리 두 사람을 살려 주는 셈으 로 정말 어떻게 해 주게나, 그 학생의 꽃같은 청춘을 그대로 망치랄 수두 없는 일이구 그러구 또 그 소문이 세상에 알려지게 되면 난 어 떻게 되겠나, 지금까지 쌓아 온 내 위신이……."

하고 그는 손으로 빌기까지 하면서 애걸했다.

"그런데 그건 어떻게 자네 아인 줄 아는가? 그것도 확실하다고는 할 수 없지 않은가?"

나는 너무나도 심각한 그의 태도에 웃음 조롱만 칠 수도 없어서 그런 말을 꺼내었다. 그러나 그는 그런 것을 조금도 의심할 여지가 없다는 듯이,

"뭣 말이야, 그 아이 말인가? 응 그거야 분명 내 아이지, 그건 확 실한 거야."

하고 풀이 죽었던 그가 갑자기 기운이 나서 말했다.

"그렇지만 단 한 번이라면서?"

"그렇기 말이지, 내 연장은 언제나 너무나두 정확한 게 탈이야."

하고 그는 싱그레 웃었다. 대단한 것을 자랑하는 듯한 웃음이었다. 그것이 정치가가 되고 나서 배운 웃음인지도 모르겠다. 아니 그런 웃음과는 비슷해 보이면서도 순박한 데가 있어 보이는 웃음이었다.

나는 그 웃음에서 옛날 학생 때의 기억이 떠오르는 것이 있었다. 어느 시간인가, 그는 잠을 자다가 선생에게 귀쪽을 잡혀 일어난 일이 있었다. 그때 어젯밤엔 무엇했느냐고 묻는 선생의 말에,

"처가 집에 갔댔어요."

하고 싱그레 웃었다. 그 소리에 학생들은 교실이 떠나가리만큼 웃어댔다. 그 웃음에 꾸짖으려던 선생도 그만 어이가 없어져서 웃고 말았다. 그러고 보면 확실히 그 웃음은 단순한 웃음이 아니고 어떤 전술적인 것을 내포한 능청스러운 웃음이었다. 그 웃음으로 그는 돈을 벌고 기반을 닦아서 국회의원이 되었는지도 모르는 일이었다.

나는 그의 그 웃음에 이번엔 내가 걸려드는 판이라고 생각하니 정말 웃고만 있을 일도 아니었다. 그러므로 나는 되도록이면 그 일에 간섭을 하지 않을 생각으로,

"요즘엔 여학생이라면 그걸 전문으로 하는 여자들도 있다는데, 자네 그런데 걸려들구서 공연히 애쓰는 것 아닌가?"

하고 다른 친구들에게 들었던 이야기를 꺼내어 뚱구쳐 물었다. 그러자 그는 즉시로 고개를 흔들었다.

"그렇지 않어, 그건 분명 공부두 우등으로 잘하는 진짜 처녀학생이야, 그러니까 골치두 아푸구 양심의 가책두 받는다는 거야."

"양심이구 뭐구, 처음으로 한 번 갔다는 사람이 어떻게 그걸 다 알 수 있냐 말야, 안다는 것이 우습지 않은가. 그러니 다시 한 번 그 학생이라는 여자를 잘 알아보란 말야, 그래서 내가 말하는 그런 종류의 여자라면 돈이나 얼마 집어 주게나, 그러면 간단히 해결될 일을 가지구서."

나는 내가 생각되는 선후책까지 말해 주었다. 그는 내가 한 말을 갖고서 다시 생각해 보는 듯 잠시 머리를 숙이고 있다가,

"그러면 아이는 어떻게 한단 말인가?"

하고 고개를 들어 물었다.

"어떻게 하긴, 돈만 주면 그것도 해결되는 것이지, 그것을 처리해 주는 병원도 있는 모양이니까, 돈을 주면 자기가 어떻게 할 것 아닌가."

"물론 그랬으면야 간단하겠지만, 그럴 수만 없으니 말야."

"어째서?"

"어쨌다니 보다도……."

입술을 깨물면서 그는 대답에 궁한 얼굴을 했다. 그리고는 한참이나 씨뿌듯하니 앉아 있다가 무엇을 결심한 듯이 갑자기 입을 열었다.

"실상 그 여학생은 다른 애가 아니구 내가 공부시켜 주던 애야."

나는 그 말에 또 놀라지 않을 수가 없었다. 너무나도 뜻밖인 말이기 때문이었다.

"그래두 이것만은 비밀을 지켜 줘야 하네."

그는 다짐을 주고 나서 말을 계속했다.

"그 학생네두 6·25 전까지는 꽤 살았는데 그녀의 아버지가 납치되어 간 바람에 아주 못 살게 되었단 말야. 그래서 사실은 공부도 못할 형편이었는데 자기가 억지로 공부를 해서 고등학교까지는 간신히 나오게 되었어. 그것두 최우등으로, 그렇게 남달리 뛰어난 재간이 있는 애인데, 재간 뿐만이 아니라 성미도 온순했고 또한 인물이 전교에서 뛰어나게 예뻤거든, 그렇게도 재간과 인물이 겸비한 애가 쉬운가, 그런 애를 그대로 시골서 썩일 수 있나 말야, 그래서 내가 그 애 다니던 학교의 사친회 회장인 관계로 이 애 학비를 대주기로 했지."

하고 그는 남을 도와 주는 그러한 면도 자기에겐 있다는 것을 자랑이나 하듯이 나를 보고 싱그레 웃었다. 나도 뒤따라 웃어 줘야 할 것만 같아서 웃었다. 그러자 그제는 지금까지의 겸연쩍어하던 기색도 없어진 모양으로 그대로 말을 계속했다.

"그런데 지금도 마시고 있지만 이놈의 술이 참 고약한 거야, 이 술 때문에 그날두 내가 실수를 하게 되었으니 말야. 그 술두 그렇게 많이나 먹었나, 어느 친구와 저녁을 먹으면서 몇 잔 한 술이니 얼근한 정도였지. 그리구서 그 친구와 헤어져 내가 묵고 있는 호텔로 돌아오는 길에 무슨 생각이었던지 그 애 하숙엘 한 번 들러볼 생각이 났단 말야. 하긴 그 애에게 용처돈이나 좀 주고 오려던 생각이었던지도 모르지. 그게 그만 거기 가서 잠이 들어 버렸으니 말야, 자네두 그건 잘 알다시피 내 잠이란 중학 때부터 유명한 것 아닌가."

하고 이제는 숨길 것도 없는 듯이 열적은 웃음을 그대로 웃어 보이었다.

"이 사람아 그렇다면 단 한 번일 린 없지 않아, 다 아는 일인데 뭘 또 어물어물 숨기는 거야?"

"아니야, 정말 단 한 번이야, 난 그 이튿날 아침 차로 시골에 내려갔으니 그러려야 그럴 수도 없는 일이지. 그리구서 이번에 올라와 보니 그 애가 날 찾아와서 눈물을 똑똑 떨어치지 않는가. 전 달의 그것이 없었다면서."

"눈물을 똑똑 떨어친다구?"

"그건 말야 질색이야."

"그렇지만 그것만 가지곤 반드시 그렇다구만 할 수 없겠지."

"글쎄 그건 의심할 것이 없어, 자기두 분명하기에 그런 소리 할 것 아니야."

"그래서 날 보구 어떻게 그걸 처리해 달란 말이지?"

"내 체면으로 다른 데 가서야 어떻게 이런 이야기를 꺼내겠나? 그러니 말야, 자네가 어떻게 해 줘야지."

"그래두 그건 너무 자기만의 생각이지, 재민 자기 혼자 보구서 귀치 않은 일은 내게 떠맡길 생각이니."

"그러니 어쩌겠나, 자네에게 매달리는 수밖에 없게 된 일이니."

"만일에 그런 일이 발각이라도 되어서 형무소 신세라두 지게 되면 난 어디 가서 호소하란 말야?"

"이 사람 그땐 내가 있지 않아 내가…… 난 무엇하자고 국회의원인 줄 아는가. 아무런들 자넬 그렇게야 만들겠나."

"그 때 가서 자네 신세 질 것 없이 난 지금 모른다고 했으면 그만인데, 그걸 괜히 맡아 가지고 그럴 필요가……."

내 말이 떨어지기도 전에 그는 후닥닥 뛰어 오르듯이 내 앞에 엎디었다.

"이 사람아 제발 그런 소리 말구 살려 주게나 살려 주게."

보기에도 우스꽝스럽게 절을 겁신겁신 하며 손을 비벼 빌어 대는 것이었다. 나는 그것이 공연한 장난으로 그런 줄만 알았더니 실상은 그런 것만도 아니었다. 그것은 이마 위로 벗어진 머리칼 사이에 땀방울이 송글송글 돋아 김이 물물 오르고 있는 것을 보아도 알 수가 있었다.

나는 그만 그 땀방울에 완전히 감동한 셈이 되어 버리고 말았다.

'이 친구는 정말 자기의 잘못을 진심으로 참회하는 것이 아닌가?'

나는 두꺼비처럼 엎디어 머리를 들 줄 모르는 그를 바라보며 계속해서 생각했다.

'그가 처음부터 그런 야심으로 그 학생에게 학비를 대어 주었을 리는 없는 것이고, 또한 그날 저녁두 그런 뜻으로 찾아갔던 것은 아닐 거야. 그러고 보면 그의 말대로 결국 술이 나쁘다고 할 수밖에 없는 일이고 또한 그런 경우를 당하게 되면 누구나가 저지르기 쉬운 노릇인 걸, 그렇기에 여자란 음식과 같아 보여서 먹지 않을 수가 없다는 것 아닌가. 만일에 그가 비양심적이라면야 처녀 하나쯤 떼먹은 것이 뭐 그렇게 대단한 일이라구 그렇게까지 걱정할 리도 없는 일이지, 돈이나 얼마 집어 줘서 이걸로 요령껏 해결하면 그뿐일 텐데, 그는 자기가 자진해서 그 책임을 맡겠다는 것 아닌가, 그것도 단 한번 있었다면서 그 여학생을 의심하지도 않고 그건 으레 자기 아이라고 하니 요즘 같은 세상에 이렇게도 선량한 사람이 있을라구, 만일에 국회의원이 모두가 그와 같이 선량하다면야 국회에서 싸움이 벌어질 리도 없는 것이고 오직 국민들의 복리만을 위해서 힘쓸 것이 아닌가, 그렇게도 선량한 친구를 돕기를 왜 나는 주저하고 있는가, 법이 무서워서? 그렇다면 그건 비겁한 생각이다. 친구의 명예를 지켜주고 그 여학생에겐 길을 열어 주는 일인데 무슨 잘못이 있다구—그것은 양심적으로나 도의적으로나 더군다나 조금도 부끄러운 일이 아니다. 그 여학생에겐 확실한 임신인지 진단도 해보기 전에 그걸 거절부터 한다는 건 또 뭔가, 하여튼 진단이나 해 보고서—'

예까지 생각한 나는 드디어 입을 열었다.

"어서 일어나 앉게나, 몸집이 작지두 않은 사람이 무슨 수선인가, 하여튼 그 여학생을 데리고 같이 한 번 오게."

그 소리에 그는 휙하니 고개를 쳐들었다.

"들어 주겠단 말이지?"

"그때 가서 좋은 생각을 해 보세나."

그런 대답이 실상은 확답이 아니었으나 그는 그것으로써 나에게 확답을 얻은 것으로 생각하는 모양으로 갑자기 환해진 얼굴로 연거푸 절을 했다. 그리고 나서는 약간 난처한 표정으로 잠시 눈을 껌벅거리고 있다가 입을 열었다.

"그런데 내일 나두 따라와야 할 필욘 없겠지?"

"거야 그렇지만, 왜 같이 오기가 좀 거북한가?"

"그것두 그렇지만 실상 난 오늘 밤 차루 시골엘 내려가야 해, 공장에서 급히 내려와야겠다는 전보가 왔기 때문에……. 그러니 말야 내일 오후이구 되도록 빨리 그 애만을 보내기로 하지. 쇠뿔은 단김에 빼라구 서둘러야 할 것 아닌가, 그러면 난 만살 자네에게 맡기구 안심하고 내려가겠네."

하고서는 그는 극히 만족한 듯이 싱그레 웃었다.

그 순간에 나는,

'그만 넘어갔구나.'

하는 생각이 불시에 느껴졌다. 그 웃음은 분명히 능청스러운 정치가의 웃음이었다. 이것이 바로 그들이 상투수단으로 쓰는 권모술수인 모양이었다. 짐스러운 여자는 내게 떠맡기고서 자기는 가벼운 몸으로 피해 버리는— 나는 한 대 얻어맞은 것처럼 머리가 뗑 했다. 그러나 그는 나의 그런 기분은 아랑곳하려고도 하지 않고 승부는 이미 결정했다는 듯이 극히 대범하게 입을 열었다.

"얼마나 놓구 가면 되겠나?"

"놓구 가다니 뭘 말인가?"

그제야 내 정신으로 돌아온 나는 그를 힘껏 멸시해 주듯이 말했다. 그러나 그는 오히려 그것이 나의 호의의 말로 생각하는 모양이었다.

"그래두 그런 것이 아니야, 이런 일일수록 회곈 분명히 해야 한다네."

그는 조끼 단추를 풀어 헤치고 와이샤쓰의 가운데 단추를 하나 끌어 내의 안주머니에서 천 환짜리 뭉치를 꺼내었다. 은행에서 갓 나온 빨칵빨칵하는 지폐였다.

"우리같은 시골 놈은 이렇게라도 건사하지 않으면……."

웃으려던 얼굴이 구겨지면서 손 끝에 침을 묻혀 지폐를 세기 시작했다.

"이만 환만 놓구 가겠네, 적지 않은가?"

"이건 어떻게 하란 돈인가, 그 여학생 주라는 돈인가?"

나는 일부러 그렇게 말했다.

"아니, 그건 자네 수고해 주는 값으로……."

"그런 돈이라면 받지 않아도 좋으니 도로 넣게나."

"그렇다면 후에 다른 것으로 사례하기로 하지."

하고 그는 돈을 도로 넣으려고 했다. 그것을 분주히,

"그래 그 돈은 내가 맡았다가 그 여학생을 주기로 하지."

하고 말하자,

"여학생을 주겠어?"

"줘서 안 될 거야 없지 않아."

"그야 그렇지만 그래두 자네가 그럴 필욘 없는 거야, 그 애에 대해선 나두 달리 생각이 있으니."

나의 말을 반기는 얼굴이 아니었다.

"설상 나두 그런 여학생이라니 동정이 가서 하는 말일세. 내게 준다는 보수로나마."

"물론 그거야 자네 자유지, 그러면 이 돈을 놓구 갈게."

하고 이제는 일이 다 끝났다는 듯이 벽에 걸었던 오바를 입기 시작했다. 그리고는 만사를 부탁한다는 그 말을 한 번 더 외고서는 국회의원 풍채 그대로 유유히 돌아가 버렸다.

다음 날 오후 나는 수술을 끝내고서 하잘것없이 환자들을 위해 사다 놓은 부인 잡지를 들춰보고 있을 때 그 여학생이 찾아왔다. 그의 말처럼 뛰어나게 아름다운 얼굴이라고는 할 수 없었으나 조금도 싫은 인상을 주지 않는 귀여운 얼굴이었고, 입은 오바를 보아도 남에게 학비나 얻어서 공부하는 여학생 같지가 않았다.

나는 가르테를 꺼내 놓고 그녀의 이름을 물었다. 물론 본 이름을 댈 리가 없었겠지만 김성자라고 했다. 연령은 스물두 살, 여대생이라면서도 오바 깃에 배지가 없는 것을 보니 그것만은 떼고 온 모양이었다.

나는 청진기를 목에 걸면서,

"어제 박선생에게 대체로 이야기는 들었습니다. 그러면."

하고 진찰을 하기 위해 옷을 벗으라는 눈짓을 했다. 그러나 그녀는 옷을 벗을 생각은 하지 않고,

"전 선생님을 전부터 잘 알고 있답니다. 부인 잡지나 신문에서 선생의 글을 늘 대해온 걸요."

하고 빨죽 웃었다. 수줍은 기색은 고사하고 오히려 나를 조롱대는 듯한 웃음이었다.

"뭐 쓰긴 내가."

나는 얼굴을 붉힌 채 대답을 어물어물 넘기는 수밖에 없었다. 실상 나는 돈들이는 광고 대신으로 산부인과에 관한 원고 청탁이 올 때마다 쓴 일이 있기 때문이었다. 그녀가 그것을 들추는 것은 나에게 호의를 보이기 위한 것인 모양이었지만 나로선 반갑지 않은 이야기였다. 그러므로,

"어서 옷을 벗고 진찰을 합시다."

하고 재촉을 했다. 그러나 그녀는 그래도 그 말만을 계속했다.

"정말 우리 여성들에겐 필요한 글이었어요. 저는 선생의 수필을 읽을 때마다 선생님이 어떤 분인가 하고 생각했는데 막상 대하고 보니 생각대로 아주 부드러우신 분이에요."

그러나 나는 수필 같은 것을 쓴 기억도 없으므로 귀치 않아진 채,

"그런 쓸데 없는 소린 그만하고 어서 옷을 벗어요."

하고 약간 화가 난 어조로 말했다.

그러자 빨쪽하니 애교 있는 웃음을 또 웃고 나서,

"선생님 노하신가 봐, 그래두 선생님은 나의 이런 경우를 잘 이해해 주시리라고 믿어요. 실상 전 진찰을 받을 필요는 없답니다. 임신을 했다는 건 거짓말이에요."

그 말에 나도 속은 것만 같은 기분인 채 어이가 없는 대로 그녀의 얼굴을 쳐다봤다.

"저도 이런 거짓말은 하고 싶지가 않았답니다."

"그런데 왜?"

"그러니 어떻게 해요. 그런 거짓말이라도 하지 않고선······."

"그럼 돈이 필요했던가?"

"그런 것만도 아니지요. 박선생은 지금까지 제 학비도 대 줬지만 제가 요구하는 용돈에도 그렇게 인색하지 않은 걸요."

"그러면 박선생에게 그런 거짓말을 했다는 건 더욱 모를 일 아닌가."

"모르긴 왜 모르세요. 선생님은 다 아시면서두 공연히······."

하고 나를 능청맞게 보고 나서,

"정말 박선생은 그렇게도 제가 잊을 수 없는 은인이지요. 그런 분인데 어떻게 해요. 주기만 하다가 자기도 한 번 받아 보고 싶어졌다는데 거절할 수 있어요. 오히려 전 기뻤어요. 받기만 하다가 갚게도 되었으니 기쁘지 않고 뭣 하겠어요. 그러나 그것이 한 두 번이라면 제가 뭐라겠어요. 서울에 올라오실 때마다 자꾸만 그러니 어떻게 해요. 그러니 그만 저두 싫어지고 말았지요. 아니 싫어졌다느니보다도 그것두 박선생을 위해서지요. 그렇지 않아요? 만일에 그런 일을 남들이 알게나 된다면 어떻게 되나 말예요. 전 하여간 박선생의 명예가······그래서 이번 기회에 그런 관계를 아주 끊어 버리려고 박선생에게 그런 거짓말을 한 거에요."

"하긴 때에 따라선 거짓말이 좋은 효과를 가질 때도 있으니까."

"그렇기 말에요. 선생님, 저의 거짓말을 이해하시고 이걸 비밀로 해 주시겠지요?"

하고 약간 불안스러운 눈으로 나를 쳐다봤다. 그 순간에 단발치기가 들어가 맞았다고 시침을 떼던 박문승이의 얼굴이 떠올라 나는 그만 웃음이 터져 버리고 말았다. 내가 웃는 것을 보고 그녀는 자기 말을 들어 주겠다고 생각하는 모양이었다.

"정말 선생님 고마워요, 고마와요. 이제는 안심하고 박선생과 약속한 학비도 한꺼번에 받아 낼 수가 있게 되었어요."

기쁨을 감추지 못하는 얼굴이었다.

"아 그렇던가."

나는 혼잣말처럼 말했다. 너무나도 쉽게 넘어간 국회의원 박문승이가 어이없었기 때문이었다.

그러자 그녀는 나의 말꼬리를 잇다시피 틈을 주지 않고,

"참 선생님, 수술비는 박선생에게 먼저 받았다지요?"

그 소리에 역시 돈엔 무서운 여자로구나 하고 생각했다. 그러면서도 나는 태연스럽게 대답했다.

"딱히 수술비로 받은 건 아니지만, 하여튼 지금엔 내가 받을 돈이 아니니까 그건 도로 내 주기로 하지."

하고 나는 서랍에서 만 환 뭉치 두 개를 꺼내 놓았다. 그러자 그녀는 당황해서,

"실상 그건 제가 도로 받겠다는 것이 아니구 선생에게 드리겠다는 거에요."

"난 돈을 받아야 할 일도 없는데 그걸 왜 내가?"

"그 비밀을 지켜 준다는 약속의 사례로 드리겠다는 거에요."

"그 사례루? 그런 것이라면 그 돈을 받지 않아두 약속은 지켜 줄 테니 안심하구 자기나 갖구 가서 학비로 써요."

하고 나는 웃으면서 말했다. 그래도 그녀는 내 말이 믿어지지가 않는지 그 돈을 받아 넣을 생각을 하지 않고 잠시 무엇을 생각하듯이 있다가,

"그러면 이렇게 해요. 참 선생님, 오늘 그렇게 바쁜 일 없지요?"

"별로 바쁜 일은 없지만 왜?"

"그러면 잘 됐어요. 이 돈으로 선생님 어디구 절 좋은 델 데리구 가요."

"어딜?"

"어디라두 좋아요. 선생님 좋은 데라면."

하고 나를 쳐다봤다.

나는 어쩐 일인지 그런 유혹도 한 번 당해 보고 싶은 채,

"그럴까."

하고 나도 모르게 말해 버리고 말았다.

"그래요. 그래요. 그러면 어서 오바를 입어요."

벽에 걸린 오바를 갖다가 입혀 주며 야단을 떤다. 그 바람에 간호원이 문을 열고 들여다보았으나 조금도 꺼리는 기색이 아니었다. 난처한 것은 나뿐이었다.

우리는 거리로 나와서 차를 잡았다.

"선생님, 어디로 갈까요?"

"글쎄."

"그러면 오늘은 제가 파일러트 노릇을 하지요."

하고는 운전수에게,

"정릉으로 가요."

하고 차를 돌리라고 했다. 그리고는,

"정릉에 참 아늑한 집이 있어요."

그녀에겐 너무나도 대단한 이야기므로,

"그런 곳은 다 어떻게 알어? 박선생과 같이 갔나?"

"웬걸요. 박선생이 그런 분이라면 흥미의 대상이나 되지요."

나는 그 말에 더욱 놀라며 그녀의 얼굴을 들여다보지 않을 수가 없었다.

그러면서 나는—박군도 결국 이런 방법에 걸려들었던 거야, 그건 틀림없는 일이야, 하고 속으로 중얼거렸다.

그러자 나도 박군이 빙그레 웃는 그 웃음을 한 번 웃고 싶어지는 대로 엉덩이를 들어 그녀 옆으로 좀더 바싹 다가앉았다.

지게부대

무엇 무엇 그래야 세상에서 제일 무서운 것은 무지와 폭력일 것이다. 그러한 무서운 세계에서 나는 거의 반년 동안이나 산 일이 있었다.

그것은 내가 1.4후퇴 때, 부산까지 밀려가서 우물거리다가 지게부대에 끌려갔던 그때의 일이다. 나는 그때처럼, 내가 아무 데도 쓸데가 없는 하나의 무능력한 인간이라는 것을 절실히 느껴본 적은 없었다. 물론 내가 전문으로 공부한 것이 조각이라는 특수한 부류인만큼, 책상의 일을 시킨다 해도 그렇게 능숙하게 할 리는 없었다. 그러면서도 그것은 어떻게 해나갈 것 같은 자신이 있었다. 그러나 지게부대에서는 나를 짐을 퍼 나르는 데로 돌리었다. 그 짐들은 내 힘으로 겨우 쳐들 수나 있는 것이었다. 잔등에 올려놓고서 발을 떼려면, 발이 떼지기 전에 몸이 앞으로 콱 쏠리며 고꾸라질 것만 같았다. 그래도 그것이 레이션 상자나 비누 상자일 때는 괜찮다. 그것이 탄약 상자나 되어, 정작 고꾸라지기나 하여 폭발이라도 되는 날이면—하기는 그것으로써 견디어낼 수 없는 그 괴로움도 끝나버리고 마는 것이었지만.

탄약을 운반하는 괴로움은 그것만으로 끝나는 것이 아니었다. 그 무거운 것을 짊어지고 포탄이 쏟아지는 고지까지 기어 올라가야 하는 일이었다. 그렇다고 포탄에 기겁을 해서 괴롭다는 것은 아니었다. 그보다도 고지까지 올라가 내 눈으로 적을 멀진멀진 보면서도 내 손으로 시원스럽게 총을 한번 쏴보지도 못하고 미군 군대들에게 탄약만 내려놓고 내려와야 하는 일이었다. 그들보다는 내가 몇 곱절 더 적개심에 불타고 있는 것도 사실이고, 총을 하나 다루지 못할 내가 아니면서도 그저 미물처럼 그들만 보고 총을 쏴달라고 탄약 상자를 내려놓고 와야 했다. 그것은 정말 견딜 수 없게 낯이 뜨거워지는 노릇이었다.

이렇게도 그 벅찬 중노동과 정신적 타격으로 매일매일 살아야 했던 나는 그 괴로움과 서글픔을 어찌할 줄을 몰라, 하루도 나의 부모를 원망하지 않은 날이 없었다. 어째서 나의 부모들은 남의 비위를 살살 맞춰줄 줄 아는 그런 인간으로 태어나지 못하게 하였는가고, 그러면서 나는 아침저녁으로 중대장이나 소대장의 잔등을 두드려주고서 한종일 낮잠이나 자지 않으면 화투나 치고 있는 그런 자들이 부럽기가 끝이 없었다.

그러나 십 년이나 흘러간 지금에 와서 그때의 일을 생각하면 폭력과 무지 앞에서 허덕이던 공포와 전율의 기억보다는 오히려 그 생활이 즐겁기나 했던 듯이 어이없던 가지가지의 일이 머리에 떠오르며, 나도 모르게 미소가 흘러진다. 그중에서도 잊어지지 않는 것은 미륵 영감이었다. 사실 나는 그 미륵 영감 때문에 간첩으로 몰리어, 죽을 고비를 겪은 일도 있었다. 그러면서도 그의 얼굴은 지금도 보고 싶어지는 얼굴이다. 그 망짝 같은 얼굴에 한 눈을 찡긋거려 웃어대는 그 웃음도—

지게부대에서는 매일 밤 노름판이었다. 한 달에 얼마씩 타는 월급과 이따만큼 나오는 레이션을 팔아갖고서 노는 노름이었다. 그러나 그 밑천만 갖고서는 그렇게 노름판이 흥성할 리는 없었다. 트럭에서 짐을 부려내는 도중에서 어떻게 짐짝을 감춰뒀다가 파는 돈이 있기 때문이었다. 그곳은 최전선이므로 민간인은 얼씬도 못하게 되어 있었지만 그래도 장사꾼들은 무슨 수단을 써서라도 들어와서 물건을 사내갔다. 따라서 그런 밤일수록 노름판이 커지는 것도 물론이었다.

　노름판에는 으레 싸움이 따른다는 말이 있는 그대로 싸움은 거의 매일 밤이었다. 그것도 코피나 나고, 할퀴는 정도가 아니었다. 머리가 터져 골사발이 깨지고, 귀쪽이 떨어져 나가는, 옆에서 보기에도 끔찍한 싸움이었다. 그러므로 이곳에서는 웬만한 일은 사고로 생각지도 않았다.

　그런데, 내가 이곳에 온 지 겨우 일주일이나 되나 했을 어느 날, 이곳에서 큰 사고가 일어나게 되었다. 그것은 노무원 셋이 레이션 속에 들어 있는 '퓨얼 타브'를 무슨 알코올로 생각한 모양으로 그것을 물에 타 먹고 중독되어 죽은 일이었다. 물론 그 포장에는 절대로 입에 대지 말라는 것은 물론, 그것이 불탈 때에 냄새도 멀리하라는 주의사항이 밝혀져 있었다. 그러나 그것은 영문으로 적혀 있었다. 국문도 제대로 읽지 못하는 그들에게는 그런 것이 적혀 있으나 마나였다. 그러면서도 불이 붙는 것을 보니 틀림없는 알코올이라고 생각한 것이다. 알코올이 술이라는 말은 그들도 들은 말이다. 그러므로 그들은 소금에 물을 타면 짠물이 되듯, 그것에 물을 타면 술이 되리라는 생각은 그리 힘들지 않게 생각할 수가 있었다. 술은 그들이 늘 마시고 싶으면서도 없어서 못 마시는 것이었다. 더욱이 레이션 통조림이나 나왔을 때는 그 술 생각이 간절한 것이다. 그 술을 이렇게 간단히 만들어 마실 수 있는 것을. 그런 생각으로 그들은 '퓨얼 타브'에다 물을 타서 술이라고 마시고 뻗고 만 것이다.

　그 사고로 우리 책임자인 대대장은 노무사단에 불려가서 기합을 톡톡히 받고 온 모양이었다. 그러나 그 여파가 내게 직접 미칠 줄은 꿈에도 생각지 못했던 일이다. 대대장이 사단에서 돌아오는 길로 나를 불러내어,

"이 자식아, 너 때문이야. 너 때문에 그 사고가 발생돼서 애매한 내가 매를 맞고 왔어."

주먹이 마구 내 얼굴에 날아들었다. 그 바람에 내가 꼈던 안경다리가 부러져 나가며 떨어졌다. 나는 그것을 분주히 집으려고 엉거주춤하자, 옆에 섰던 부관이 내 허리를 걷어찼다. 나는 책상 다리 밑으로 굴러 넘어졌다. 그러나 나는 그때까지도 내가 왜 매를 맞아야 하는지 그 이유도 모르고 있었다. 이유도 모르고 매를 맞는 억울함이란—나는 터진 입을 감싸 쥔 채 일어나며,

"맞아두 이유나 좀 알구 맞읍시다."

하고 그를 쳐다봤다. 그러나 나의 말이 떨어지기도 전에,

"이 자식, 뭐 어때? 사람을 셋씩이나 죽이고서……."

하고 벼락같이 소리를 질렀다. 나는 그 소리에 깜짝 놀랐다.

"내가 사람을 셋 죽이다니요?"

"이 자식아, 그래두 몰라. 나후따링에 불을 붙이기 시작한 것은 네가 아니구 누구야?"

'퓨얼 타브'를 나프탈렌이라고 하는 그 말에 그제야 내가 매를 맞는 이유를 겨우 알 수가 있게 되었다.

사실 그 '퓨얼 타브'에 불을 붙이기 시작한 것은 나였다. 그 전까지는 대대장까지도 그것이 무엇에 쓰는지를 몰라서 내버렸던 것이다. 그것을 내가 주워다가 커피도 끓였고 통조림도 데워 먹었다. 그것을 보고 나서는 그들도 그것이 버릴 물건이 아니라는 것을 알게 된 것이다. 그러므로 전처럼 무엇에 쓰는지 모르고 그대로 버렸더라면 이런 사고가 일어날 리가 없었다는 것이 대대장의 생각인 모양이었다. 그러나 그것은 너무나도 이치에 맞지 않는 억지의 논리이다. 그런 논리에 내가 매를 맞아야 한다는 것은 너무나도 억울한 일이었다. 억울한 대로,

"아니 그거야……."

하고 내 잘못이 아닌 것을 밝히려고 했다. 그러나, 독이 찬 그는 나에게 말할 틈도 주지 않고,

"이 자식, 뭐라구 또 주데미를 여는 거야?"

하고 주먹이 날아들었다. 아니 주먹이 아니고 곤봉이었다. 곤봉으로 내 전신을 후려갈겼다. 곁따라 부관의 발길이 내 가슴 위에서 빗발쳤다. 나는 몸을 도사리고 쓰러진 채 그 곤봉과 구둣발이 자동적으로 멎어지기만 기다리고 있을 뿐이었다.

"이 사람들 생사람을 또 하나 잡을 생각인가?"

그들의 목소리가 아닌 굵은 목소리가 들린 듯싶었다.

"맞는 사람의 입장두 좀 생각해야 하는 거야."

"그래두 이런 새낀 때려 죽여놔야해요."

"뭐 잘못했기에."

"바루 이 새끼예요. 나후따링에 불을 붙이기 시작한 게."

"그건 저 사람 잘못이 아니야."

그러고는 나를 향해,

"자넨 두꺼비처럼 엎대서 매만 맞구 있지 말구 어서 일어나 나가게."

나는 그 소리에 비틀거리면서 대대장의 천막을 나왔다. 뒤에서는 대대장이 뭐라고 불평을 이야기하는 모양이었다.

뙤약볕이 내려쬐이는 바깥은 한껏 밝아 눈이 핑 돌았다. 나는 힘없이 몇 걸음 걸어가다가 문득 안경을 떨어치고 나온 것을 생각했다. 그러나 다시 들어가서 찾아갖고 나올 생각이 없는 대로 둑 위의 포플러 밑으로 가서 풀썩 주저앉았다. 수건을 꺼내서 얼굴을 씻으니 피가 흠뻑 젖어졌다. 나는 그것을 물끄러미 보면서 그저 울고만 싶었다. 울고만 싶은 대로 나는 눈을 감고서 가만히 생각해보았다.

사실 나도 지게부대에 끌려온 것은 오고 싶어서 온 것은 아니다. 그러나 국가의 지시만은 어기지 않고 살겠다는 생각이 있기 때문이다. 그 때문에 노무원 징용장을 받고서 내 발로 꺼벅꺼벅 동회까지 찾아갔고 예까지 오는 도중에도 딴생각 없이 따라온 것이다. 그러나 와보니 이곳은 무지와 폭력밖에 없는 무법천지가 아닌가. 그 잘난 대대장은 대원들이 찍 해도 주먹이고 찍 해도 발길질이다. 어쩌면 그렇게도 사람을 개만도 못 여길 수가 있을까. 도대체 내가 '퓨얼 타브'로 커피를 끓여 먹은 것이 무슨 죄라고…… 이런 생각을 하는 한편 아까 나를 구원해 준 사람은 도대체 누구인지 모르겠다고 생각했다. 그 사나운 대대장도 그의 앞에서는 큰소리 못 치고 수그러지는 것을 보면 대단한 사람이라는 것은 알 수가 있었다. 하여튼 그 사람이 때마침 나타났기 말이지 그렇지 않았다면 나는 어떻게 되었을지도 모르는 일이었다. 참으로 고마운 사람이었다.

그때에 누가 내 옆으로 오는 듯싶어 문득 눈을 떠보니, 나를 구원해 준, 키가 작달막한 사십쯤 난 그 사나이가 내 앞으로 오고 있었다. 나는 분주히 일어나서 차렷의 자세를 취했다.

"아깐 참으로 고마웠습니다."

그는 싱글싱글 웃으면서,

"나한테 그렇게 차렷할 필요는 없는 거야. 나도 자네와 같이 노무자로 끌려온 미륵이라는 사람이니까."

하고 말했다. 그러나 나는 그가 분명히 자기의 계급을 숨기고 있다고 생각했다. 단순한 노무자로서는 그렇게 여유 있는 태도를 취할 수가 없다고 생각됐기 때문이다.

"이거 자네 안경이지? 다리가 부러졌지만 어떻게 하겠나, 실로 매서라도 쓰게나."

하고 내가 떨어친 안경을 주머니에서 꺼내 주었다. 사실 나는 그 안경이 없으면 앞으로 이만저만한 곤란을 겪어야 할 일이 아니었다. 무엇보다도 잘 볼 수가 없으니, 어차피 바보의 짓을 하는 수밖에 없는 것도 사실이었다.

"고맙습니다."

나는 여전히 차렷한 자세를 하고서 두 손으로 안경을 받았다. 그러자 그는 다시 입을 열어,

"그렇게 거북하게 서 있을 필요 없이 앉게나. 같은 노무자끼리 그럴 것 없지 않나."

하고 나를 앉게 하고 나서는 여긴 언제 왔으며 전에는 어디 있었느냐를 물었다. 내가 1.4후퇴로 평양에서 나왔다고 하자,

"나두 자네 말씨를 듣고서 그런 모양이라고 짐작은 하고 있었네마는, 하여튼 그 몸 가지고서는 여기서 견뎌나기가 좀 힘들겠네."

하고 나를 동정하는 투로 말했다. 나는 그 말에 끌려서,

"이럴 법이 어디 있습니까. 이치에 닿지도 않는 일을 갖고서 내가 정말 사람이라도 죽인 것처럼 때려대니."

"글쎄 여기선 다 그런 거라니까."

그때 우리 앞으로 스물대여섯이나 났을 젊은 소위가 지나갔다. 나는 분주히 일어나서 경례를 했다. 그러나 미륵이라는 그 사나이는 못 본 체하고 고개를 돌렸다. 소위는 만만치 않은 얼굴로 우리 앞으로 다가왔다.

"이 영감은 도대체 뭐야. 상관이 지나가두 경례할 줄도 모르고……."

그러나 그는 덤비는 일 없이 천천히 일어나 아무렇게나 얼굴에 손을 붙여 경례라고 하고서는,

"이만하면 됐습니까?"

하고 소위를 쳐다봤다. 익살을 부려대는 그 대담한 태도에 소위는

약간 질린 표정으로 그를 마주 쳐다봤다.

"제 얼굴을 쳐다봐야 별다른 얼굴이 아닙니다. 이 부대에서는 미륵 영감이라고 불리우는 얼굴이지요."

"미륵 영감?"

"미륵 영감을 모르신다면 사령부에 들리는 길에 어떤 사나인가 물어봐요."

하고 어리칙칙한 얼굴이 되자, 소위는 그 얼굴을 힐끗하고 한 번 더 쳐다보고서는 지나가고 말았다.

나는 그것을 보고 나서 더욱 놀라지 않을 수 없는 채 역시 그는 보통 계급이 아니라는 것을 다시 생각했다. 사실 보매도 그는 어깨가 쩍 버그러진 것이 그의 이름대로 돌로 깎은 미륵처럼 다부진 사나이였다. 눈에는 화광도 돌았다. 그러면서도 어딘지 모르게 구수한 맛이 풍겨지는 데도 있었다.

소위가 지나가고 나자 그는 담배를 꺼내 나도 한 대 뽑아주고 나서는,

"자네 일은 나두 좀 생각해 보겠으니 얼마 동안은 그대로 고생을 하게나."

하고 말하고서는 둑 아래로 어슬렁어슬렁 내려갔다.

그 후로 미륵이라는 그 사나이를 알고 보니 삼소대에 있는, 그의 말대로 나와 별다름 없는 노무자였다. 다만 나와 다른 것은 왕년에 황을수며 서정권이와 같은 사람들과 날리던 권투선수였다는 것이다. 그렇다 해도 여기의 규율을 따른다고 하면, 제아무리 날리던 권투 선수라 해도 어린 중사가 비위가 틀린다고 때리면 맞는 수밖에 없는 일이었다. 그러나, 그에 한해서는 대대장까지도 뭐라고 입을 열지를 못했다. 뿐만 아니라 이 지게부대가 예속되어 있는 미군 연대

장이 그에게 가끔 캐나디안 위스키며 얼음에 얼군 닭고기 같은 것도 보내준다고 했다. 도대체 어떻게 된 일인지 알 수가 없었다. 그러나 그것도 후에 알고 보니 역시 그럴만한 이유가 있었다.

한마디로 말하자면 그는 방역사업으로 공을 세워 지금의 지위를 얻은 것이다.

내가 이 지게부대에 오기 얼마 전에 이곳에서는 장질부사 환자가 두 명인가 발생되었다. 이 지게부대와 불과 오륙백 미터밖에 떨어져 있지 않는 미군부대에서는 질겁을 하여 전염병을 매개시키는 파리를 전멸시키기에 힘썼다. 그러나 디디티를 뿌리고 별 지랄을 다 해도 파리는 좀처럼 없어지지를 않았다. 그것은 이삼백 명이나 되는 노무자들이 한곳에 뒤를 보지 않고 아무 데나 함부로 보기 때문이었다. 이곳 규칙으로서는 삽을 갖고 나가서 뒤를 보고 묻게 되어 있었으나 실제로 그것을 실행하는 사람은 백에 한두 명이나 있을 뿐이었다. 미군부대와 사단본부에서는 매일같이 그것을 실행하도록 엄중히 단속하라는 지시가 있었지만 워낙 무식한 사람들이 모인 곳이라, 하루에도 몇 사람씩 잡아다 때려보는 것으로써는 그것을 시정할 수는 없었다.

그때까지는 미륵 영감이 별로 눈에 뜨이는 존재가 아니었던 모양이다. 나처럼 탄약 상자도 지고, 아침에 점호에도 나와 서서 매일 똑같은 소대장의 그 훈화도 들어야 했던 모양이다.

어느 날, 미군부대의 의무관이 통역을 대동하고 그 현장을 시찰하러 나왔던 길에 노무자 전원을 모아놓고 대원의 뒤를 보는 것을 시정할 자신이 있는 사람은 나오라고 했다. 그때 미륵 영감이 손을 번쩍 들며 나섰다.

"제가 하겠습니다."

"좋은 방법이 있소?"

"하여튼 내가 한다면 하는 줄만 아시구료."

물론 이것은 통역관의 이야기였다. 통역이 미군 의무관에게 그 말을 알리자 의무관은 벌쭉 웃으면서 "오우케이" 했다. 그러자 미륵이는,

"이 일을 하기 위해선 때로서는 대대장도 무시할 때가 있을지 모르니, 그런 특권을 제게 줄 수 있습니까?"

하고 물었다. 그 말에도 의무관은 벌쭉 웃고 나서는 대대장과 의논을 하여 그러리라고 승낙을 했다.

그리고 이삼일이 못 되어서 모두가 뒤를 보고는 반드시 삽으로 묻게 되었다. 그러나 그 방법은 별다르게 묘한 방법도 아니었다. 감시원을 내세워 대변을 보고 묻지 않는 사람은 가위로 머리카락을 잘라주기로 하고 그런 사람은 노름도 못 하게 한 것이다. 아무리 생각 없는 그들이라 해도 머리카락을 잘리우면 창피하다는 것은 알았다. 더욱이 노름을 못 하게 된다는 것은 그들에겐 그처럼 심한 타격이 없었다. 결국 그는 미군부대에서 감사장도 받게 되었고, 이따만큼씩 술도 받아먹게 되었다. 그것을 보고 나서는 노무사단에서도 가만 있을 수가 없어서 상장을 줬다. 그렇게 되고 보니 그의 존재가 눈에 뜨이지 않을 수 없게 되었고, 미군부대에서 보내주는 술을 얻어먹기 위해서도 장교들은 그의 비위를 맞춰주지 않을 수가 없었다. 또 그는 술을 마시면서도 잘 지껄였지만 그러면서도 어딘지 모르게 호인다운 데가 있었다. 그가 술을 마시면서 곧잘 꺼내는 이야기는 이북에 있을 때 겪은 '로스케'에 대한 이야기였다. 그것은 여자 로스케 군인에게 권총을 사려고 따라갔다가 결국 속아서 밤새껏 기운을 뽑히우고서는 나중엔 광목 한 통 주는 것도 들고 나올 힘이 없어서 입에 물고 질질 끌면서 겨 나왔다는 이야기가 아니면, 물건을 훔치러 뒷집에 들어온 로스케 군인 세 명을 굴뚝 뒤에 숨어 있다가 달려들어

따발총을 빼앗아서 다락 하고 쏴 죽였다는 이야기다. 그런 이야기를 신이 나서 하는 것을 보면 사실로도 그럴 수도 있을 사나이라고 생각됐다. 말하자면 왁 할 땐 무서운 사나이지만 그렇지 않을 땐 아주 재미난 사나이었다. 그러면서도 한 가지 알 수 없는 것은 그가 노름에는 손도 대지 않는 일이었다. 그의 말에 의하면 자관계한 자는 여천도 넘는다는[1] 것이다. 그렇게도 놀아났다면 으레 투전 몫을 도사리는 솜씨도 있을 성싶었다. 그러나 그는 그런 것에는 전혀 관심이 없는 모양으로 남이 얼마를 땄거나 떼웠거나 간참하는 일 없이 그저 옆에서 미군 연대장이 보내 준 그 캐나디안을 혼자서 즐기고 있는 것이었다. 그러나 그 노름판에는 적지 않은 돈이 움직이고 있었다. 하룻밤에 떨어지는 개평도 적은 액수가 아니었고 그것은 중사나 상사의 손을 거쳐 장교의 주머니로 들어가는 것이었지만 그의 지위로서는 그것에도 한몫 끼려면 낄 수가 있었다. 그러나 그것에도 손을 내미는 일이 없었다. 그것을 보면 역시, 그는 물욕엔 청렴한 데가 있었다.

언제인가 노름판에서 개평을 떼고 있던 대대장의 부관이,

"남들이 평양기생의 그건 맛이 별다르다는데, 사실 그렇습니까?"

하고 물었다.

"사실루 다르지."

미륵이는 시침을 뚝 떼고 말했다.

"어떻게 달라요?"

그거야 깊기가 한량이 없으니 다를 것 아닌가.

라요가 한량이 없다니요?[2]

"하여튼 수상선에 솔을 싣고 왔던 어떤 산골 녀석이 그 구멍이 어

---

*1 '의하면 관계한 여자는 천도 넘는다'는의 오식으로 보임.
*2 "그거야 깊기가 한량이 없으니 다를 것 아닌가." "한량이 없다니요?"의 오식으로 보임.

찌나 깊은지 수상선 한 척이 다 들어가고서도 배 돛대 끝두 보이지 않더라고 한탄했다니 말일세."

하고 웃고서는 자기도 젊었을 때 한 달 길이의 논밭을 물려받아 그 구멍에 다 넣었으니 얼마나 깊은지를 알 수가 있는 일 아닌가고 말했다. 그 말을 흥미 있게 듣고 있던 부관이,

"그렇다면 이 미군 부대를 따라다니는 양갈보들의 깊이는 몇 자가 되는가요?"

하고 물었다.

"그것들이야 접시에 물 담아놓은 격이지."

하고 그는 한마디로 퉁기고 나서 그 구멍은 사실 깊두새 흥미진진한 것이라고 설명했다. 그러나 그 말을 젊은 부관이 알아들을 도리가 없는 것이었다. 그렇다고 미륵 영감은 언제나 그런 실없는 이야기만 벙벙 지껄이고 있는 것은 아니었다. 앞에서도 말한 대로 그가 한번 성나면 무서운 데가 있었다. 매일 밤 있는 노름판의 싸움도 그가 한번 소리치면 대체로 잠잠해졌다. 언젠가 우리들이 참호를 파고 있을 때였다. 우리들의 동작이 느리다고 소대장이 막 화를 내면서 몰아쳤다. 전에 미륵 영감이 경례를 안 한다고 야단을 치던 그 소위였다. 때마침 미륵 영감이 그 앞을 지나다가 그것을 보고서 낯빛이 확 변했다.

"이 사람들, 삽을 놓고서 다 나오게나."

우리들은 모두가 일을 멈추었다.

"알랑미*³에 소금국을 먹으면서 그만큼 일하면 됐지, 왜 거위처럼 소리는 끽끽 치며 야단인가. 그럴 기운 있으면 구뎅이에 내려가서 삽을 쥐고 파보게나, 십 분도 못 가서 혀를 뽑을 자식이."

---

*3 안남미. 인도차이나반도의 안남 지방에서 생산하는 쌀.

그 살기 띠운 얼굴은 그가 취하면 곧잘 이야기하는 따발총을 빼앗아서 로스케를 쏴 죽이던 그때를 그대로 보여주는 것과도 같은 것이었다. 우리들은 멍청하니 그들을 쳐다만 보고 있었다. 그러나 마음으로는 그렇게 고소한 일이 없었다.

이렇게도 미륵 영감의 지위는 날이 갈수록 계급을 초월하여 안하무인격이 되었다고도 할 수 있었다. 아침 점호에는 한 번도 얼굴을 내미는 일이 없었고, 남들은 짐을 나르기에 땀을 흘려도 그늘 아래 앉아서 장기를 두거나 술을 마셔도 누구 하나 뭐라는 사람이 없었다. 거나하게 취하면 마음 놓고 노랫가락도 불러댔고, 장교가 지나가면 일부러 따라가서 차렷하고 경례도 했다. 그래도 장교들은 그저 씩 웃고서는 지나가 버렸다. 차가 오면 손을 들어 세우고서 목적도 없이 올라탔고, 때로서는 서울도 옆집 마을 가듯이 다녀왔다. 미군 부대에서는 술도 보내줬고 통조림도 나왔다. 그러니 나에겐 견딜 수 없는 지옥의 세계인 이곳도 그로서는 즐거운 천국의 세계일 수밖에 없는 것이다.

내가 이 지게부대에 온 지 삼 개월쯤 되면서 나는 나도 모르는 사이에 통역이 된 셈이었다. 그것은 이 지게부대에 있는 통역이란 자가 너무나도 엉망이기 때문이었다. 그가 미국 군인에게 통역을 하는 것을 보면 말을 하는 것이 아니라, 손짓으로 표시하는 것뿐이었다. 그러면서도 한마디 한다는 소리를 들어보면 쌀이 떨어졌다는 말을 "코리안 빵 해부 노"식이다. 아무리 한국식 영어를 잘 알아듣는 미군이라 해도 이 말은 알아 들을 수가 없는 노릇이었다. 미국 군인이 "홧? 홧?" 하고 연발하는 것을 옆에 서 보기가 하도 딱해서 내가 그것을 몇 번 설명해준 일이 있었다. 그러자 미국 군인들이 오게 되면 통역을 제쳐놓고 나를 찾게 되었다. 물론 나의 영어도 그 통역의 영어에 별로 나을 것도 없었지만, 그래도 내 영어는 알아들을 수가 있는 모양이었다. 그 덕으로 나는 탄약을 짊어지고 고지에 올라가지 않아도 되었고, 참호를 파는 곡괭이질도 하지 않게 되었다. 그것만으로도 나는 지옥에서 갑자기 천국으로 올라온 것 같았다.

어느 날 내가 미국 군인과 말을 하고 있는 것을 미륵 영감이 저만치서 벌쭉벌쭉 웃으며 보고 있었다. 이윽고 미국 군인이 돌아가자,

"이 사람아, 영얼 그렇게 잘하면서 여지껏 왜 써먹질 않았나?"

하고 말했다. 나는 약간 얼굴이 붉어지며,

"사실 알고 보면 엉터리 영어랍니다. 뭐 된 영어를 가지고 떠벌이는 줄 아세요."

하고 사실대로 이야기를 했다. 그러자 그는 천만이라는 얼굴이 되며,

"그만큼 영어를 했으면 되는 것이지, 그 이상 더 잘해서 뭣하겠나. 자네만큼만 영어를 한다면 정말 마음 턱 놓고 살겠네."

하고 정말 내가 부러운 듯이 말했다.

"이 부대 안에선 그렇게 마음대로 살면서두 뭐 부족해서 그 말이예요?"

"이 사람아, 그런 소리 말게나. 내가 이렇게 사는 건 모두가 그 탄약을 나르기 싫어서 하는 연극이야."

"연극이라니요?"

"사실 나는 자네가 이곳에선 제일 사람 같기도 하고 또한 같은 동고향에서 나온 처지니 말하지만, 내가 지금까지 말한 것은 모두가 거짓말야. 내가 권투 선수라고 했지만 난 권투 장갑은 한번 껴본 일도 없고, 따르래기 총을 빼앗기커녕 들어본 일두 없어, 그리구 내 별명을 미륵이라고 진 것두 여기 와서 내가 진 것이야. 왜 그런 거짓말을 했나하면, 그렇지 않고서는 이 무서운 판에서 나를 건드리는 것

이 불리하다는 인상을 줄 수가 없기 때문이었지. 사실 이런 판에선 저 녀석은 되도록 건드리지 않는 게 좋다는 인상을 주면서 사는 것 처럼 편리한 노릇은 없거든. 그래서 내가 그 대변 문제로 약간 세도를 쓰게 되면서부터 그것을 최대한도 이용을 한 것이지. 사실 나는 이북에서 장돌배기나 해먹던 녀석인데 무슨 재주로 기생 외도를 그렇게 많이 했겠나. 모두가 줏어들은 이야기지. 그리구 내가 노름을 안 논 것두 놀 줄 몰라서 안 논 것이 아니라 노름을 놀게 되면 제아무리 잘난 녀석이라고 해도 체신이 없어지게 되거든. 이 사람아, 그렇지 않은가. 그자들하구 같이 앉아서 투전장을 친다면 누가 나를 우러러볼 생각을 하겠나. 모두가 다 살기 위한 연극이야."

하고 한 눈을 찡긋해서 웃고 나서는 다시금,

"그러나 자네는 나 같은 이런 연극은 못 하지. 그러나 자네는 영어 실력이 있거든. 이 판에서는 그것만 잘 이용하면 무서울 것 없는 거야. 잘만 하면 한밑천 잡아가지구두 나갈 수 있단 말야. 그러니 이제 부터는 우린 서로 전보다도 좀더 가깝게 지나보세."

하고 내 손을 잡았다. 악수를 청하는 모양이었다. 나는 그의 손에 잡혀서 악수를 하며 그가 꾸민 연극에 끌려드는 것만 같은 기분이 었다.

그러고서 십여 일이 지나서였다. 미군 연대 시아이시*4에서 어마 어마한 무장을 하고 나를 잡으러 왔다. 나는 무슨 영문인지 전혀 모르면서 그들이 타고 온 지프차에 올랐다. 그러나 그곳엘 가보니 정말 기절할 만큼 놀랄 일이 일어나고 있었다. 내가 스파이의 혐의를 받고 있는 것이었다. 그것은 빨라고 내준 양복저고리 주머니에서 CP

---

*4 CIC(Counter Intelligence Corps). 8·15광복 이후 남한 주둔 미군의 전투부대인 24군단에 소
속되어 첩보활동 등을 담당한 정보기관.

가 사령부니 G4가 수송대니 그러한 군사용어를 적어두었던 카드가 나왔기 때문이다. 내가 그것을 카드에 적은 것은 통역을 하기 시작하면서 가끔 그런 용어들이 필요하기 때문에 적어두었던 것밖에 아무 이유가 없는 것이었다. 그러나 그들은 알아주려고도 하지 않고, 나를 스파이라고 단정하려고만 했다. 더욱이 내가 1·4후퇴 때, 북에서 나왔다고 하니 틀림없이 스파이라고 생각하는 모양이었다. 나는 물론 그렇지 않다는 것을 밝히려고 무척 애썼다. 그럴수록 너 같은 인텔리가 스파이도 아니면 이런 지게부대에 들어올 리가 없다는 데는 사실 나도 할 말이 없었다. 그러나 내가 그런 어이없는 일로써 스파이로 몰렸다 해도 그곳은 누구 하나 나를 입증해 줄 사람도 없었다.

이튿날 그들은 나를 타이프를 친 서류와 함께 사단 CP로 압송했다. 지프차로 가는 도중에서 나는 문득 내 안주머니에 부산에 있는 친구에게 보내려던 편지가 있다는 것을 생각했다. 그것은 내가 지금 어떻게 지내고 있다는 것을 쓴 극히 평범한 편지에 지나지 않는 것이었지만 만일 그 편지가 그들의 눈에 뜨이게 된다면 그 친구까지 피해를 받게 될지도 모른다는 생각을 하게 된 것이다. 나는 그때 그만큼 절망상태에 빠져 있었던 것이다.

나는 그 편지를 길에 버릴 생각을 했다. 그러면서 내 옆에서 나를 감시하고 있는 눈을 살펴가며 그 기회를 찾고 있다가 다리를 건너면서 그 편지를 재빨리 꺼내 물 위에다 던졌다. 그 순간에 지프차가 멈춰졌다. 나는 옆의 군인만 경계하고 있었으나 운전대 옆에 탔던 군인이 그것을 백미러로 본 것이었다. 그 군인은 분주히 내리려다가 편지가 물 위에 떠서 흘러 내려가는 것을 보고서 고개를 내게 돌려 싱긋 웃었다. 뭐 이제두 숨길 것이 있느냐는 그런 웃음이었다. 그러니 나는 완전히 절망의 구덩이 속으로 끌려 들어간 셈이 되고 말았던 것이다.

　그러나 나는 그때 다행히도 스파이는 면할 수가 있게 되었다. 만일 그때 내가 스파이라는 억울한 누명을 쓰게 되었더라면 지금에 이런 이야기도 쓰고 있지 못할 것은 더 말할 필요 없다. 하여튼 그때 내가 나올 수 있은 것은 미륵 영감 덕택이었다. 그 영감이 대원들의 연판장과 함께 진정서를 미군사단에 제출하였기 때문에 나는 간신히 그 누명을 벗을 수가 있었다. 역시 그는 나를 처음 만났을 때에 약속한 그대로 돌봐 준 것이었다. 그러나 나는 그곳을 나오면서도 그를 작별하고 나올 수도 없게 되었다. 미군 부대에서는 어쩐 일인지 나를 서울까지 후송시켜서 놔줬기 때문이다.

　그 후로 지금까지 나는 그 미륵 영감을 한 번도 만난 일이 없었다. 아니 그때 같이 지낸 대원들도 이상스럽게 한 명도 만날 수가 없었다. 미륵 영감은 지금 살아 있는지, 살아 있다면 역시 지금도 연극을 꾸미면서 살고 있는지, 그리고 그 대원들은—역시 지금도 그때나 마찬가지로 코통이 터지며 노름을 하고 있는지—

추운(秋雲)

　저녁이 되면 술꾼들이 들끓어대던 '스탠드빠 아라스카'도 그날은 비가 오는 때문이었던지, 어느 상사회사의 젊은 친구들이 지꺼리다 가고 나서는 아직 아홉 시도 되기 전에 텅 비고 말았다.

　마담 영옥이는 간혹 가다 이런 일도 있어야 사람이 살 수 있다는 듯, 오히려 그것이 잘 됐다는 셈으로, 문을 닫으려고 데리고 있는 애와 그릇을 간집히고 있을 때 중년신사 하나가 우장을 걷으며 들어왔다. 우산에서 물이 줄줄 흘러지는 것을 보니, 바깥은 아직도 비가 몹시 내리는 모양이었다.

　영옥이는 젖은 손을 분주히 문지르고 주문을 받았다. 중년신사는 약간 전작이 있는 얼굴을 들어 비루를 청했다. 사십은 훨신 넘어 보이는 그 중년신사는 어느 회사나 은행의 중역쯤은 되는 듯 윤기 있는 얼굴이면서도 어딘지 모르게 호인답게 보이는 데도 있었다.

　그곳은 '스텐드 빠'라 해도 값싼 한국 위스키를 파는 곳이었으므로, 소위 저라고 얼굴을 쳐들고 다니는 패들은 좀처럼 들리는 일이 없었다. 대개가 글을 쓰느니, 그림을 그리느니 그런 부류에 속하는 가난한 선비였고, 그렇지 않으면 '타임'을 옆에 끼고 다니는 젊은 회사 사원들이었다. 그런 홀가분한 손님들만 대해 오던 영옥이는 그 중년신사가 어쩐지 자기 집에 잘못 온 것만 같은 기분이었다.

　그 중년신사는 별로 말도 없이 비루를 한 병 다 기울이고 나서는 다시 비루를 청했다. 영옥이가 부어주는 첫잔을 받고 나자, 그는 무

심중 얼굴을 들어

"난 이 집엔 처음이지만, 마담의 이야긴 벌써 들은지 오랬지요."

하고 약간 어색한 얼굴로 비죽이 웃음을 띠웠다. 손님들의 이런 인사는 흔히 있는 일이므로 영옥이는 그저 직업적인 웃음으로

"그래요?"

하고 따라 웃었다. 그러자 그는 다시

"마담의 이름도 알고 있지요. 박영옥이지요."

하고 다짐듯이 영옥이를 쳐다보았다. 영옥이는 자기의 이름까지 아는 네는 약간 놀라지 않을 수가 없었다.

"저를 어떻게 아세요?"

"알다 뿐만 아니라, 난 마담에게 꼭 해야 할 이야기까지 있는 걸요."

영옥이는 더욱 놀랄 일이었다.

"제게 할 이야기가 있다고요?"

"이야기도 대단히 중요한 이야기지요. 하여튼 한 잔 받으시오."

하고 그는 이야기는 이제부터 시작이라는듯, 영옥에게 잔을 내밀었다.

"전 술은 한 잔도 못한답니다."

영옥이는 잔을 도루 밀어놓고 비루를 부어 주었다.

"술을 파는 마담이 술을 못한다니 그야 말이 됩니까?"

"그래두 못 하는 걸 어떻게 해요."

"조금만 해요."

"정말 못해요."

"그렇다면 참 놀라운 일이군요."

"놀랍다고 생각하니 보다 기특하다고도 생각할 수 있지 않아요?"

"그 기특한 것이 놀랍단 말이지요."

그는 아까보다도 좀 더 여유 있는 웃음을 헤쳐 놓으며 슬금슬금 영옥의 얼굴을 쳐다보았다. 그럴수록 영옥이는 참 이상한 사람이라고 생각했다. 도대체 자기의 이름은 어떻게 알며, 자기에게 무슨 이야기가 있다는지 알 수 없는 일이었다. 그렇다고 처음 온 손님에게 그것을 캐어 묻기도 난처한 일이므로 영옥이는 그저 시선을 내려깔고 그의 말을 기다렸다. 그는 무슨 말을 꺼내려면서도 술술이 나오질 않는 모양으로 방안을 한번 돌아 보고서는

"참 홀이 아담하군요."

하고 정면 술 선반을 바라보며 혼자서 또다시 싱긋 웃었다. 그 웃음이 영옥에겐 면난스러웠다.

"무엇이 웃스워 자꾸만 웃고 계세요."

"뭣이 아니라 내 친구가 이곳에 와서 술을 먹고 있을 꼴을 생각하고서."

"우리 집엘 잘 오는 친구가 있어요?"

"잘이 아니라, 매일처럼이지요."

"누구인데요."

"그건 지금엔 간단히 이야기 할 수가 없어요."

"왜요?"

"왜가 아니라……."

"그럼 그 사람이 우리 집에 와서 단단히 잘못한 일이라두 있는가 보군요."

하고 조롱조로 눈웃음을 치자

"그런 것도 아니고……."

"그럼 왜요?"

하고 영옥이는 흥미가 있다는 듯 그를 쳐다보았다. 그러자 그는 알 수 없게 당황한 빛을 드러내며, 좀전보다 변성된 목소리로

"실상 내가 이곳에 찾아온 것도 그 친구 일루 찾아 온 거랍니다."

하고 그답지도 않게 어색한 얼굴을 지었다.

"그 친구라니, 그게 누구에요."

"그 친구가 말하자면 내 친구지요."

"선생님은 조롱만 하시니……."

"조롱이 아니라 사실이라니까."

"수수께끼 같은 말 그만합시다."

"수수께끼 같다구, 하긴 그렇기도 하군요."

하고 그는 또다시 한바탕 웃고 나서

"하여튼 그 친구의 이름만은 당분간 비밀로 해 둡시다. 그런데 이 이야기는 그 친구의 부탁을 받고 나선 것은 아니니 그 점은 미리 알아 두십시오."

하고 갑자기 정색한 얼굴을 들었다.

영옥이는 그 말을 듣고 있으면서도 무슨 말인지 알 수가 없었다. 그러면서도 무슨 뜻이 있는상 싶기도 했다. 그 뜻이 드러나면 어쩐지 어색할 것만 같은 기분이었다. 그때에 그는 무엇을 갑자기 결심이나 한듯이

"하긴 그렇게 복잡하게 이야기할 것도 없지요. 간단히 이야기해 버리고 맙시다. 당신 결혼할 의사가 없나 말입니다."

"결혼이라니?"

"결혼을 모르세요. 남자하고 여자하고 사는 것 말이지요."

하고 장난쳐 말하면서도 그는 영옥에게서 시선을 떼지 않았다.

"누가 말에요?"

"누구긴 당신 말이지요."

"어머나 선생님두, 못난 것 가지구 너무 조롱하지 마세요."

"그래두 못났다는 그 사람을 꼭 필요하다는 사람이 있는 걸요."

영옥이는 얼마큼 짐작은 했던 일이면서도 듣고 나니 어이가 없어
졌다.

"하여튼 고맙습니다. 이렇게도 늙은걸, 설사 그것이 조롱하는 말이
라 해도 고맙지 뭐에요."

"그렇게 말을 슬금슬금 빼지만 말고 이편은 어디까지나 진정인걸
요. 그래서 난 오늘같이 구진 날을 일부러 택해서 찾아온 거랍니다."

"그렇다면 위선 선생에게 고맙다는 인사부터 드려야겠군요."

하고 허리를 굽혀 조롱했다. 영옥이는 그의 말을 그저 조롱으로
흘려버릴 셈이었다. 그러나 저편에선 그런 태도일수록 더욱 진정으
로 달려들었다.

"물론 그 사람은 당신의 남편이 납치되어 갔다는 것도 알고 중학
교에 다니는 아이가 있다는 것도 잘 알고서 하는 이야기랍니다. 그
렇다고 당신의 뒤를 돌봐 준다는 그런 실없는 뜻에서 하는 이야긴
아니고, 정당하니 정식으로 결혼한 후 물론 당신의 아이에 대한 모
든 책임도 지겠다는 것이지요. 그러니까 웃기만 하지 말고 정말 진정
으로 한번 생각해 봐요."

자기의 가정 형편까지 샅샅이 아는 사람이라면 영옥이도 그저 웃
음으로만 돌려 버릴 수만도 없는 것 같았다. 그렇다고 갑자기 정색
하기도 어색한 일이므로 역시 웃는 말로

"그것이 도대체 누구예요?"

하고 약간 낯을 붉히며 다시금 따집어 물었다.

"글쎄 그건 아직 밝힐 수 없다니까요."

"그렇다면 그건 처음부터 이야기가 될 수 없지 않아요. 아무리 못
난 저같은 거라 해도 자기의 주인이 된다는 사람이 어떻게 생긴지도
모르고 생각해 보라니 어떻게 생각인들 해 볼 수 있어요."

"그러니까 위선 당신이 결혼할 의사가 있는가 없는가 그것부터 알

고 싶다는 것이지요. 적당한 사람만 있다면 결혼할 의사라면 그땐 나도 털어놓고 이야기할 수 있다니까요.”

“그렇다고 해도 그것은 저편만 생각하고 하는 말이지요. 마음이 움직이는 것은 상대편에 따라서 움직이고 안 움직일 수 있는 것이 아니예요.”

영옥이는 상대편을 알게 되면 더욱 당황할 자기라는 것을 알면서도 눈시울에 웃음을 피웠다.

“하긴 그렇기도 하군요.”

하고 영옥이의 말이 옳다고 머리를 끄덕거려 보이었다. 그리고는 무엇을 생각하는지 잠시동안 심각한 얼굴이 되어 있다가

“하여튼 당신이 잘 아는 사람이라니까요.”

하고 거듭 자기의 진심을 보이려는 듯이 얼굴을 들었다.

“그래두 그건 너무 막연한 말인 걸요.”

“그렇지만 내가 그의 이름을 알렸다가 후에 서로 어색한 사이가 된다면 처음부터 이런 일이 없는 것보다도 못하게 되겠으니까.”

하고 그는 어린애처럼 난처한 얼굴이 되었다. 그러나 영옥이는 그런 심각한 대답을 지금에 피할 수 있는 것이 다행이라고 생각했다.

손님은 그렇게 한참이나 더 앉아 있다가 별로 좋은 생각이 없는 듯

“하여튼 당신도 신중히 생각해 봐요. 나도 다시 며칠 후에 좀더 구체적인 생각을 갖고 오겠으니.” 하는 말을 남기고서 돌아갔다.

영옥이는 어쩐지 무엇을 잃은 것 같이 허수한 마음이었다. 그는 아이에게 먼저 방에 들어가 자라 하고 혼자 홀에 앉아서 무심중 벽에 걸린 거울속의 자기 얼굴을 들여다 보고 있었다. 언제나 거울을 보면 이미 자기는 청춘을 잃었다는 듯이, 일에 지쳐 피곤한 기색만이 서리어 있던 얼굴이면서도 오늘밤은 이상스럽게도 불그스레 타

오른 자기 얼굴에, 가슴이 설레지며 나도 아직 젊었는 걸, 이제라도 얼마든지 즐거움을 찾으려면 차지할 수도 있는 것이 아닌가고, 소리치고도 싶어지는 것이었다. 어째서 오늘따라 이런 생각이 불쑥 일어나게 되는 것인가. 물론 영옥이 자신으로서 그것을 모르는 것은 아니다. 그것은 분명히 지금에 알 수 없는 손님이 던지고 간 변화이다. 그것을 잘 알고 있으면서도 영옥이는 모르는 척 해보려는 얼굴이다. 그러면서 그는 미친년 같이 무슨 생각을 하고 있냐고 쓸쓸히 머리를 저어 보는 것이었다. 그러나 활활 타오르는 얼굴은 그것을 그저만 꾸겨버릴 수는 없는 듯이 그는 하나 하나 자기 집에 잘 오는 손님들을 머리속에 그려 보았다. 자기에게 그런 이야기를 꺼낼만 한 연령까지도 생각해 가며—그렇게도 생각해 보니 실상 마음에 짚히는 사나이도 한 둘이 아니었다. 술값을 치를 때에는 언제나 천환짜리를 꺼내놓는 어느 무역회사의 점원, 아는 신문에 신문소설을 쓴다면서 매일처럼 와서 자기 소설을 읽었느냐고 성가시게 구는 소설가, 상처를 한 것을 자랑삼는 신문기자, 이북에 처자를 두고 왔다면서 쓸쓸한 웃음으로 한몫 보려는 어느 대학 조교수, 밤낮 고독하다고 소리치고 다니는 어느 시인의 얼굴까지가 눈앞에 떠오르는 것이었다. 그는 그만 어이가 없어지고 말았다. 미친년 같은 것 잘도 기억해 두었다고 그만 자기자신이 싫어지고 마는 것이었다.

　—그렇다면 아까 손님이 왔을 때에 조롱만 피우지 말고, 분명히 자기 의사를 밝혀, 좀더 적극적으로 대했더라면 지금쯤은 또 다른 흥분 속에서, 가슴이 뛰놀고 있을는지도 모르는 것이 아닌가.

　영옥이는 가쁜 숨에 밀리우듯 그만 몸부림을 쳤다. 그리고는 그러한 자기를 비웃어 보려다가 그것이 그대로 눈물이 되어버리고 말았다. 앞이 아찔하리만큼 안타까운 자기의 본심을 언제나 잠시라도 모른 척 할 수는 없는 것이었다.

—그는 언제든지 올 것이 아닌가. 영옥이는 가슴속에 크게 울려지는대로 외어가며 자기도 모르게 손가락을 물어뜯었다.—오고야 말고. 그리하여 항백이란 셋이서 즐겁게 사는 날이 있을 거야. 그날이 있기를 위해서 지금의 자기는 술을 팔아 살아가면서도 오히려 자랑을 삼고 살아가는 것이 아닌가. 그는 납치되어 간 남편의 얼굴을 분명히 그려봄으로써 어지럽게 동요되는 자기의 감정을 누르듯이 악을 써보는 것이었다. 바로 그때 뒤에서 소리가 났다.

"어머니."

항백의 소리였다. 그는 아직도 공부를 하느라고 앉아 있던 모양이다. 영옥이는 분주히 눈물을 닦고 고개를 돌리었다.

"무엇을 생각하세요."

영옥이는 대답 대신에 웃음을 웃어 보이다가 문득 자기의 남편을 기다리는 것은 자기 혼자뿐이 아니라는 것이 느껴졌다. 그것이 자기의 힘이라고 생각되던 서슬에 그는 눈물을 닦은 눈에 다시금 눈물을 쭈루룩 흘려놓고야 말았다.

며칠째 계속하던 장맛비가 갠 어느 날 오후였다. 영업시간을 앞두고 영옥이가 이층에서 화장을 하고 있을 때 학교 학생들이 달려와서 항백이가 부상을 당했다고 했다. 영옥이는 그것이 처음엔 다른 아이의 이야기만 같았다. 그러나 그것이 틀림없이 항백의 일이라고 생각하니, 그저 가슴이 활랑거리는 채, 어찌할 줄을 모르고 한참이나 멍하니 앉아 있었다. 차를 몰아 항백이가 입원했다는 병원으로 달려가서 입원실을 물으려도 침이 말라, 말이 잘 떨어지질 않았다.

"항백이, 이항백이 말이지요."

안내소에 있는 젊은 간호원이 입원 환자의 명부를 뒤져보고 나서 이층 삼십이호 실이라고 알려 주었다.

삼십이호 실—그러면 죽지는 않았구나. 그제야 그는 간신히 숨을 모아 내려쉬었다. 실상 그는 지금까지 며칠전 신문에서 본 야구를 하다가 죽었다는 어느 학생의 불행만을 생각하고 있던 것이었다. 그는 이층으로 올라가 박하의 냄새와 구레졸 냄새가 뒤섞인 복도를 걸어가며 입원실의 번호를 찾았다. 입원실에는 세개의 '베트'가 나란히 놓여 있었다. 그 중 끝 쪽에 있는 침대에 항백이가 누워 있는 것을 대번에 찾아냈다.

"항백아 어디가 상했니?"

영옥이는 침대 옆으로 다가가서 떨리는 말로 가만히 입을 열었다. 자는 듯이 눈을 감고 있던 그는 눈을 떠 어머니를 보자, 갑자기 눈물어린 얼굴이 되었다. 그는 눈물을 참느라고 입을 힘껏 다물고 있는 것이었다. 영옥이는 그곳에 와 있는 항백이 선생에게 인사를 차릴 것도 잊고 수건부터 꺼내어 자기 눈물을 닦았다.

항백이는 기계운동을 하다 떨어진 것이었다. 목봉에서 건공으로 살판을 지며 떨어지던 순간에, 어린애가 지나가는 것을 피하려다가 목봉 기둥에 가슴을 부딪히고 기절했던 것이었다. 넘어지면서 땅에 쓸리운 얼굴의 상처는 그리 대단한 것은 아니었다. 가슴이 울리운 것이 중한 것이었다. 의사의 말대로 보름 동안 입원해 있었다. 그 사이에 가벼운 산보도 할 수 있게 되어 집에서 좀 더 정양할 생각으로 퇴원했다. 그러나 집이라는 것은 '홀' 이층을 쓰고 있는 육조방이었다. 앞에는 커다란 창고가 막히어, 한종일 가야 해를 구경할 수조차 없는 침침한 방이었다. 그곳에서 시름없이 누워 있는 항백이를 바라보면 옛날에 살던 생각이 자꾸만 떠오르며 덧없이 서러워졌다. 항백이의 가슴은 외부의 강한 타박상으로 안에 염증이 생기면서 그것이 원인이 되어 잠복해 있던 벌레가 좀먹기 시작한 것이었다.

아침마다 떠오르는 미열은 좀처럼 떨어지질 않았다. 병원을 다니

추운(秋雲) 417

기도 힘들어 하므로 대학병원에 나가고 있는 남편의 옛 친구에게 저녁마다 들려달라기로 했다. 그러나 그의 몸은 점점 더욱 쇠약해질 뿐이었다.

어느 날 항백이는 창가에 기대어 하염없이 거리의 싱싱한 가로수를 바라보고 앉아 있다가

"어머니."

하고 고개를 돌리었다. 새로 나왔다는 폐결핵 약의 설명서를 읽고 있던 영옥이는 문득 고개를 들었다.

"나는 이러다가 그만 쓰러지고 말겠지요."

하고 하염없이 고개를 떨어치었다.

항백이는 어떤 일순간에 저지러진 운명을 생각해 보는 것이었다. 그야말로 일순간에 된 일이었다. 그 결과로서 자기의 희망도 목적도 모두가 무너지고 만 것이었다. 뿐만 아니라 자기의 생명까지가 얼마 동안이나 붙어 있을지조차 모르는 일이었다. 그것을 생각하면 덧없기가 한이 없으며, 지금까지 자기 몸의 일부라고 생각하던 폐는 독립한 한 개의 생물로서 무서운 악마처럼 느껴지는 것이었다.

내년이면 항백이도 고등학교에 들어가는 것이었다. 그는 대학에 들어가면 아버지가 하던 생화학(生化學)을 계속한다는 것이었다. 그것은 또한 무엇보다도 영옥이의 즐거운 일이었다. 그러나 그것도 그만 부질없는 꿈이 되어버리고 마는가.

지금 항백의 얼굴엔 빨간 홍조가 뽀얀 안개처럼 서려 있다. 바로 한 달 전만 해도 원기가 왕성하던 그의 모습은 지금에 찾을래야 찾을 수가 없어졌다. 영옥이는 그것이 서럽고 분한 대로 꾸짖듯이 소리쳤다.

"왜 바보 같은 소리를 하는 것가, 아무리 무서운 병이라도 자기 의지만 굳세면 바람에 날아가듯 없어지고 만단다."

그는 어떤 일이 있어도 그의 폐를 고쳐 주고야 만다고 이를 악물어 결심했다.

그후로 그는 항백이를 위하여 저자를 보러나가 달걀을 사다가도 무심중 눈물을 흘리는 일은 있을망정, 그의 앞에서는 절대로 눈물을 보이는 일이 없었다.

영옥에게 결혼 이야기를 갖고 왔던 그 손님은 그 후로도 몇 번인가 나타났다. 그것이 이상스럽게도 그 손님이 나타나면 반드시 무슨 불길한 일이 생기고야 마는 것이었다. 실상, 항백이가 부상을 당한 것도 그가 처음으로 왔던 다음 다음 날이었고, 폐가 나빠지기 시작한다는 것을 알게 된 것도 그가 다니고 간 바로 그날이었다.

오늘도 그가 나타나자, 영옥이는 가슴이 덜컥 내려앉는 것 같았다. 그렇지 않아도 항백이가 어제부터 감기로 누워 있기 때문이었다.

그 병에 감기가 무엇보다도 나쁘다는 것을 영옥이는 잘 알고 있었다. 이 손님의 덕으로 항백의 병은 더욱 나빠지지 않는가—물론 생각하자면 아무런 근거없는 이야기지만, 그러면서도 영옥이는 그런 불안스러운 감정을 털어버릴 수가 없는 것이었다.

"그래서 그 동안 그 이야기는 다시 생각해 보았습니까?"

"그건 전번에 딱히 말씀 드렸다고 생각해요."

"그렇다면 역시 지금엔 결혼할 마음이 없다는 것이지요?"

"……"

영옥이는 이 손님과 이런 이야기를 하고 있는 일조차가 무슨 죄를 짓고 있는 것 같은 기분이었다.

"그런 결심이라면 나두 잘 알겠소. 이 이상 더 그 이야기는 꺼내지 않기로 하지요. 그런데 집의 아이의 병세는 요즘 어떤지요. 혼자서 몹시 걱정 되겠습니다."

그 손님은 그런 일까지도 알고 있는가. 그렇다면 도대체 그 손님은 누구인가, 영옥이는 또다시 그 손님의 뒤에 있는 인물을 생각하게 되었다. 그러나 역시 누구라고 딱히 생각할 수가 없는 것이었다.

그때에 집에 있는 애가 항백이를 봐 주는 의사가 왔다고 알려 주었다. 영옥이는 손님들에게 잠깐 실례한다고 하고서 이층으로 올라갔다. 그 곳에는 의사와 함께 정두선이도 와 있었다.

정두선이는 S대학의 불문학 교수로, 납치되어 간 남편과는 둘도 없는 친구였다. 영옥이는 좋은 일, 나쁜 일 할 것 없이 무슨 일이 생기기만 하면 그에게로 달려가서 허물없이 털어놓고 의논했다. 실상 이 '스탠드 빠'를 내게 된 것도 그의 주선으로 어느 술회사의 시음소(試飲所)로 시작했던 것이었다. 그도 이번 사변통에 아내를 잃어버리고 고독한 몸이었다. 그러나 그는 죽은 사람과 너무나도 의가 좋았던 때문인지, 재취할 기색도 없이 밤낮 일에 밀리어 분주스럽게 뛰어다닐 뿐이다. 영옥이는 그것이 남의 일 같지도 않아서, 언젠가 무슨 이야기를 하던 끝에

"참 선생님은 언제까지나 그러고만 있을 작정이요." 하고 조롱삼아 물어보자, 천성으로 온순한 그는 실눈이 되어 웃어가며 "나야 걱정될 것이 뭐요. 아이들은 할머니가 있어 잘 길러 주겠다, 그보다도 나는 정말 아주머니가 걱정이요. 그만큼 기다려 보았으면 이제는 훌륭한 열녀도 되었는데." 하고 오히려 저편에서 역습을 하는 것이었다. 영옥이는 그만 자기의 약점을 들어 보인 것 같아 낯을 붉히는 수 밖에 없었다. 그리고는 그의 앞에 그런 이야기를 다시는 꺼낼 수도 없었던 것이었다.

두선이는 의사와 상의한 끝에, 항백이를 요양소(療養所)에 입원시키자고 영옥에게 의논하러 온 것이었다.

"항백이와 헤어져 있어야 한다는 건 좀 섭섭하겠지만 그러나 그

애의 건강을 위해선 하는 수 없지 않아요."

물론 영옥이는 불만이 있을 리 없는 것이고, 그저 고마울 뿐이었다. 그러면서도 지금에 당장 마음이 내켜지지 않는 것은 무슨 이유인가, 오늘따라 그 이상한 손님이 찾아온 것이 마음에 걸리기 때문이었다.

영옥이는 그런 일까지도 풀어놓고 두선에게 이야기할 수가 있었다.

"어쩐지 불안스러운 것이 기분이 나쁜 걸요."

그 이야기를 듣고 있던 의사와 두선이는 서로 바라보며, 무슨 의미나 있듯이 웃었다.

"하여튼 그 사나이가 다시는 그 이야길 안 한댔으니 이제부터는 항백이 병도 좋아지겠지요."

하고 두선이는 조롱조로 영옥의 기분을 돌려 주었다.

"글쎄요, 그랬으면 오죽 좋겠어요."

하고 영옥이는 말을 받으면서도 조롱을 조롱대로 받을 여유도 없는 심각한 얼굴이었다. 그 얼굴을 바라보기가 어쩐지 어색한듯 두선이는 긴 목에 손을 얹고 두어번 쓸어댔다.

항백이가 남한산성 부근에 있는 요양소에 입원하게 된 것은 그후 일주일쯤 지나서였다. 두선이는 그 날 분주한 몸이면서도 영옥이와 항백이를 데리고 요양소까지 같이 가 주었다.

그들은 버스에 흔들리며 수풀이 우거진 산골길을 따라 올라갈 때 무슨 '하이킹'이나 가는 것 같은 그런 기분이었다. 요양원은 산정에 있었다. 그곳엔 벌써 가을빛이 완연했다.

영옥이는 생각보다도 훨씬 좋은 곳이라고 생각하며 그곳에서 규칙적으로 요양생활을 하고 있는 항백이와 같은 소년들도 많이 보았다.

그는 가슴이 터질듯 불어오는 바람에 머리카락을 날리며 아지랑이 속에 아물거리는 먼 산과 벌판을 바라보았다. 이런 곳이라면 항백의 병도 곧 회복되리라는 안도감을 느낄 수가 있었다.

돌아오는 '버스'에는 손님이란 그들 둘밖에 없었다. 영옥이는 이상스러운 기분이었다. 들창 밖으로 흘려지는 수풀과 낟알이 누렇게 익어가는 벌판을 바라보며 어쩐지 모르게 안절부절한 마음이었다. 그는 하잘것 없이 지난날의 남편인 태환이와 신혼여행으로 석왕사까지 자동차로 달리던 기억을 더듬어 보기도 했다. 문득 두선이가 고개를 돌려 입을 열었다.

"아주머니두 이전 그런 장사에 시살이 날대두 났지요."

"시살이라니 보다두 외상에 견딜 수가 없다니까요. 집에 오는 손님이란 대개가 가난한 선비들인 걸요."

"그러니 그걸 일일이 거절할 수도 없는 것이고……."

하고 두선이는 말을 그대로 따라 웃고나서

"우리가 처음부터 계획을 잘못 세운 셈이지요. 도대체 아주머니가 그런 장살 못할 장사였던 걸."

"그렇지만 그것이라두 용단을 내렸기 말이지요."

영옥이는 항백이가 앓기까지 하는 지금에 이렇게라도 살 수 있게 된 것이 얼마나 고마운 일이냐고 생각지 않을 수가 없었다.

버스가 서울에 들어왔을 때에는 아주 어두웠다. 그들은 어느 '그릴'로 들어가서 저녁을 먹었다. '커피'가 나오자 그것을 두어 모금 마시고 난 두선이는 약간 어색한 얼굴이 되며 입을 열었다.

"전 이달 안으로 어떻게 되면 불란서로 가게 될는지 모르겠습니다."

"그래요!"

영옥이는 축하해야 할 일이라고 생각하면서도 눈부터 크게 떴다.

"그곳 원조를 받아 제가 한불사전 편찬하는 일을 맡게 되는 모양입니다."

"그러면 퍽 오래 계셔야겠군요."

"사오 년은 걸리겠지요."

"사오 년이나요?"

영옥이는 다시 눈을 크게 떴다.

"그때는 모름지기 태환이도 돌아오게 되겠지요."

하고 두선이는 친구가 그리운듯 쓸쓸한 얼굴로 웃었다. 그러나 영옥이는 남편의 이름이 반가운 것보다도 의지하고 있던 바람벽이 무너지는 것 같은 허수한 감을 느끼었다.

며칠 후에 두선이는 드디어 '파리'로 떠나게 되었다. 그날 영옥이는 비행장으로 바로 나가서 전송할 생각으로, 시계를 보고 앉아 있다가, 서 있는 시계라는 것을 알고 당황했다. 그는 분주히 택시를 집어타고 비행장으로 달려갔으나, 그때는 이미 여객들은 비행기에 올랐을 때였다. 그가 어쩔 줄 모르고 서 있는 동안에 요란스럽게 소리치던 비행기는 어느 듯 공중으로 떠올라 커다란 '카보'를 그리며 남쪽 하늘로 날아가고 있었다.

영옥이는 두선에게 미안도 하고 어이도 없는 대로 점점 적어지는 비행기를 멍하니 바라보고 있다가 그만 돌아서고 말았다. 뒤에서 누가 소리쳤다.

"어떻게 오늘 늦으셨군요."

문득 보니 결혼 이야기를 갖고 왔던 그 손님이었다.

"오늘부터 나두 다시 집의 손님이 되어도 괜치 않겠지요. 그는 이미 날아갔으니까."

"네?"

영옥이는 순간에 무슨 의미인지 몰랐다. 웃음을 띠운 그의 얼굴을 쳐다보자

"지금에 와서 이야기지만 내가 이야기하던 사람은 바로 두선이었지요."

"네!"

영옥이는 자기도 모르게 발걸음을 주춤했다.

"그러나 그것은 두선에겐 아무런 관계도 없습니다. 저 혼자의 생각이었으니까."—그렇던가.

영옥이는 갑자기 소란스럽게 가슴이 수물거리었다. 그러나 그것은 확실히 후회하는 마음과는 다른 것이었다. 그러면서도 가을바람이 낙엽을 날리며 지나가는 듯한 쓸쓸한 마음이었다.

영옥이는 비행장을 다 나와서 그 사나이와 헤어져 혼자서 두선이가 날아간 남쪽 하늘을 바라보았다. 그 곳에는 이미 비행기는 보일 리 없고, 유리처럼 치면 깨어질 듯한 푸른 하늘 아래 흰 구름이 한 송이 한가롭게 떠 있었다.

춘한(春恨)

　종로에 한지도매상(漢紙都賣商)으로 이름난 백지상점(百紙商店)의 주인인 최필수 영감은 작년 가을에 진갑을 맞이하자, 데릴사위 격인 만화에게 상점을 맡겨버리고, 자하문 근처로 나가 넓직한 집에 들어앉아서 한가한 몸이 되었지만, 본시 겁겁한 성미라 집구석엔 가만히 배겨 있질 못하여, 할일없이 상점에 나가 앉아 있지 않으면 옛 친구들과 산놀이를 간다, 낚시질을 간다, 바둑을 둔다, 그런 일로써 매일같이 문안으로 들어가지 않는 날이 없었다.

　그렇던 그가 어쩐 셈인지, 날이 풀리며 뜰의 개나리가 피자부터 한종일 집에서 채소를 심는다고 터전을 갈며 닭을 친다고 계사를 짓는 둥, 그런 일로 날을 지우는 날이 많았다. 그것도 남을 시켜 하는 일이 아니라, 집에 있는 영숙이란 열아홉살 난 계집애를 데리고 손수 하는 것이었다.

　최영감이 계사의 지붕을 넣으려 올라간 것을 그의 아내인 필녀가 나오다 보고 깜짝 놀라며 "저러다가 정말 떨어지기나 하면 어쩔라고, 어서 내려와 내일이구 사람을 대서 해요." 하고 분주히 말리었다. 그래도 영감은 웃음부터 웃으며,

　"남을 대서 할 일이 따루 있지 이런 걸 다…… 영숙아, 그렇지? 하하…… 참 저년하고 일을 하면 눈치가 있어 손이 맞는 다니까." 하고 영숙이를 조롱대어 추어가며 얼굴이 환해지는 것이었다. 최영감이 그렇게도 기분이 좋아지는 일은 참으로 희한한 일이었다. 그의 아내

인 필녀는 그것이 기쁘다기 보다도 퍼석퍼석한 불안이 먼저 앞섰다. 물론 필녀는 남편이 산전수전 다 겪은 장사꾼으로 사람을 얼려 부리는 그 수완이 비상함을 모르는 바도 아니지만, 그렇다고 해도 이렇게 마음속의 웃음을 그대로 드러내어 웃는 일은 극히 드문 일이었다. 그 웃음이야말로 일에 신이 나서 어쩔 줄 몰라 급기야 웃음으로 터진다는 것이 역연했다.

필녀는 그렇게 달라진 그것부터도 이상스럽다고 생각되었거니와 더더군다나 요즈음에 자기한테 대하는 태도가 각별나게도 부드러운 품이 또한 그렇다고 생각되었다. 그럴수록 어제 남편이 탕약을 한제 져다 준 것도 필시 무슨 곡절이 있는 것만 같이 생각되었다.

필녀는 남편에게서 얻은 병으로 첫딸을 낳고서는 다시 애를 나 보지 못했거니와 그 후로 나이 들며 그 병으로 생긴 허리증에 신경통까지 겹쳐놓는 날이 많았다. 그렇다고 해도 이편에서 약을 져다 달라고 말을 꺼내기도 전에 저편에서 먼저 져다준 일은 전혀 없던 일이었다.

필녀는 남편의 그 화기 띠운 웃음이 마땅치 않는 듯 외면한 채— "설마 저 나이에 그 버릇을 또 피울라고야 않겠지." 하고 생각하면서도 옛날의 기억이 퍼뜩퍼뜩 떠오르는 대로 다시금 남편의 얼굴을 살피지 않을 수가 없었다.

남편이 지나치게 친절할 때에는 반드시 그 뒤에는 계집이 생겼을 경우였기 때문이다. 그것은 지금까지의 경험으로 미루어 알 수 있는 일이었다.

실상 필녀도 그의 첫 바람에 정든 첫정을 끊지 못하고 소실로 주저앉았던 것이지만 그 후 큰댁이 자식도 없이 돌아가고 필녀가 큰댁에 들어앉게 되었을 때에도 그의 외도 바람은 끊길 줄 몰라 그럴때면 으레 그답지도 않게 옷감을 떠다준다 연극 구경을 끌고간다 떠들썩하니 서둘러대어 무슨 표적을 나타내고야 말았다. 그가 그렇게도 애정을 꾸며가며 수선을 피우는 것은 방탕한 자신이 미안스러워 그런 것이 아니라 자기만은 그것으로 아내의 의심을 막는 방패선이 되는 셈으로 생각하는 모양이었다.

필녀는 물론 그것을 눈치채지 못할 리가 없으면서도 그래도 늘 속는 척 해왔다. 그것은 자기의 전신이 그런 바탕의 계집이란 약점에서 그 집의 대손을 이어줄 아들을 낳기 전엔, 언제나 자기는 남이라는 불안스러운 마음이 잠시도 떠나지 않았기 때문이었다. 그러므로 그는 늘 그늘에 숨어 눈물을 짓지 않는 날이 없었다. 그러면서도 천성으로 연약한 필녀는 한결같이 부드러운 마음으로 그의 마음을 돌리려고 애썼다. 그것이 우스꽝스럽게도 남편이 꾸며대는 정과 통하여 스러졌던 정이 다시금 되살아질 때가 많았다.

한영감이 계집을 멀리한 것은 사십의 불혹이라는 나이에 들어서며 부친상을 겪고 난 후부터였다. 그때는 또한 사람이 그렇게도 달라질 수 있을까 놀라리 만큼 어엿한 상인으로 들어앉아 사업에 열중했다. 말하자면 그때까지의 계집에 대한 정열이 사업에 대한 정열로 옮겨진 셈이었다. 그러므로 다만 관조의 대상이 달라졌다고 해야 할 일이었다.

그 후 이십년 동안 한결같이 사업 일에 왕성했던 그가, 한가한 몸이 된 요즘에 와서는 그 정력을 어디다 풀어 놓을 곳이 없어 확실히 클클해하는 모양이었다. 본시 혈색이 좋아 육십이 넘은 나이면서도 사십대로 보이는 팽팽한 얼굴이지만 영숙이를 조롱칠 때면 더욱 윤기가 돌며 그것이 역연하게 그려졌다.

남편에게 다시 눈을 돌렸던 필녀는 섬뜨룩한 마음을 끄지못한 채 "설마 그나이에?" 하고 거듭 그 말을 외어보다 문득 거기에 흰 털이 생겼다는 영감을 생각하고 혼자 웃고 말았다.

그러나 며칠 후에 필녀는 '설마?' 하고 의심을 품었던 것을 드디어 알아내고야 말았다. 그날 필녀는 목욕을 하고 오던 길에, 찬거리를 사가지고 들어오다 햇볕에 가득찬 툇마루에 앉아서 영감이 영숙에게 귀지를 파달래고 있는 것을 보았다. 그 순간에 "아 영숙이었구나." 하고 가슴이 철썩했다. 그래도 그때는 아랑곳하지 않고,

"영감두 망녕이지 저것두 열아홉인 걸." 하고 태연스럽게 말을 던지면서 찬거리를 영숙에게 주고 방으로 들어갔다.

그러자 지금까지 느껴보지 못한 증오감으로 갑자기 전신이 와들와들 떨리었다. 머리를 빗으려고 거울을 대하고서도 손이 떨려 빗질조차 할 수가 없었다. 필녀는 그대로 앉아서 파랗게 질려 굳어져 가는 자기 얼굴만 바라보고 있었다. 목욕물에 피어오른 얼굴이면서도 오십에 가까운 주름살은 숨길 수 없는 듯 그곳에는 지난날의 어두운 그림자만 드러나 있는 것만 같았다. 그 그림자를 지워보기나 하듯 손으로 얼굴을 쓸어보고 있을 때 문득 미닫이가 열리며,

"찬거리를 어떻게 할까요?" 하고 영숙이가 물었다.

"좋두룩 하렴." 하고 아무렇게나 던지는 말이 놀랍게도 사납게 굴러지었다. 필녀는 그 놀라운 자기 소리에 다시금 치를 떨었다.

그 후로 필녀는 영숙이를 보기만 하면 속에서 불덩이가 타오르는듯하여 가만히 앉아 있을 수조차 없었다. 그러면서도 지질스러운 감시의 눈을 잠시라도 영숙에게서 떼려고 하지 않았다. 열아홉 살에 숙성할대로 숙성한 영숙이는 불룩하니 타오른 젖가슴이 '스웨터' 위로 피어져 그것이 분주스럽게 마루를 훔칠 때면 바람의 연꽃처럼 마구 흔들리었다. 필녀에겐 그것이 그저만 더럽고 추하고 징그러운 짐승 같이만 느껴졌다. 얼굴을 찡그려쳐 침을 배앝아 주고 싶은 충동만이 일어났다. 그러면서도 이상하게 눈만은 영숙에게서 떼려고 하지 않고, 자기도 모르게 저고리 앞자락으로 손을 넣어 가슴

에 말라 붙은 자기의 젖을 아프라고 힘껏 쥐어보는 것이었다. 그리고 는 "늙고서야" 하고 한숨이라기 보다도 실망에 시름해지다 문득 눈앞에 싱싱한 영숙의 몸덩어리에 다시금 눈이 부딪치고 나서는 불시에 질투의 불길이 타올라 눈앞이 달아오다 못해 아찔해졌다. 그 감정을 눅으러치기 위해서 필녀는 평상시보다는 몇 갑절이나 부드러운 말로,

"넌 일을 너무 건성건성해서 흠이라니까, 여긴 이렇게두 먼지가 있는 걸." 하고 다시 걸레를 치게 했다. 그러면 영숙의 젖가슴은 전보다도 더 마구 흔들리었다. 그런 동작을 몇 번이나 반복시키는 동안에 필녀의 눈은 점점 더 붉어지면서도 영숙에게서 눈을 돌리려고 하지 않았다. 자기는 이 질투에 어디까지 참고 견딜 수 있느냐고 마치 자기가 자기를 시험하듯이.

영숙이는 1·4후퇴 때에 평양에서 가족들과 같이 나오다 도중에서 어떻게 된 일인지도 알 수 없게 가족들을 잃어버리고 혼자 부산까지 내려와, 어느 누구의 소개로 필녀의 집에 있게 된 것이었다. 그러므로 필녀가 영숙이를 데리고 있는지도 이미 사 오 년이 되는 셈이었다. 그러면서도 필녀는 지금까지 영숙에게 큰소리 한번 못 쳐본 대로, 그저 남의 집에 있기에는 너무나도 알뜰한 애라고 생각했을 뿐이었다.

영숙이는 이북에서 여학교를 이학년까지 다녔으므로 아는 것도 필녀보다는 월등했다. 그렇다고 그런 점에서만 필녀가 그렇게 생각하는 것은 아니었다. 늘 외로운 듯이 눈물을 서린 듯한 얼굴이면서도 "영숙아!" 하고 부를 때면 갑자기 웃음이 피어지며 밝아지는 그 얼굴이 말할 수없이 귀엽기만 했고, 더군다나 가본가본한 동작에는 언제나 이쪽에서 미안할 지경이었다. "영숙아 내일 겟날이지." 하고 한마디 말만 해도 두마디 세마디 알아차리고 치마를 다려놓고 고무

신 안팎을 깨끗이 닦아 놓곤 했다. 그러한 애에게 정이 가지 않을 리도 없는 일이었다. 입맛이나 없을 때면 "오늘 무엇이나 해 먹잔. 참 네가 도라지 볶은 것을 좋아하지, 그래 그래 나두 그것이 먹고 싶다." 하고 말이 그렇게 나올수록 자기도 모르게 입맛이 돌아지는 것만 같았다. 시장에 옷감을 끊으러 나갈 때도 영숙이를 앞세우고 나가 그의 어깨에 비단을 느리우고 눈을 가늘게 떠 보며 바라보기도 했다. 그런 때엔 자연 영숙의 옷감도 끊게 되었지만, 그것은 말하자면 외딸인 정옥이를 출가시킨 이후로 필녀로서는 무엇보다도 즐거운 일종의 도락과도 같은 것이었다.

최영감이 화투를 꺼내 혼자서 심심파적으로 거북패를 떼다 그것도 물리고 나면 필녀에게 화투를 하자고 했다. 그런 때도 필녀는 영숙이를 불러 한자리에 앉게 하였다. 그런 자리가 거듭할수록 영숙이가 남의 사람 같지 않은 기분이었고 허리증을 구실삼아 자연 영감의 시중까지도 맡겨 버리게 되었다. 밤 자리에 눕기 전에 영감이 영숙에게 다리를 주물러 달라는 데도 별다른 의심을 품어 본 일이 없으며 더군다나 요즘에 뒤뜰에서 채소를 심고 꽃씨를 심는데, 의심이 갈 리가 없는 일이었다. 영감을 신용한다는 그런 의미보다도 워낙 영숙이가 자기의 딸처럼 귀엽기 때문에 그런 의심을 품어볼 생각조차 없었던 것이었다. 그러니만큼 필녀는 이번 일에 대해선 자기의 실수라고 생각했다. 그저 어리다고 생각하고 방심한 것이 자기의 잘못이라고, 자기자신에게 화가 나 견딜 수가 없었다. 그럴수록 어리광을 피워 빨죽빨죽 웃는 영숙의 웃음이 지금까지 귀엽기만 하다고 생각한 그 웃음이 영감을 유인한 웃음이었던가 하고 어이가 없어지는 대로 열아홉의 영숙이를 자기로서는 따를 수 없는 그 무엇이 소연스럽게도 눈앞에 보여지는 것 같기도 했다.

살구꽃을 뒤이어 벚꽃이 피자부터 며칠을 두고 계속하는 비가 갤 줄을 몰라, 아침저녁은 겨울날씨처럼 싸늘했다. 이렇게도 날씨가 구 질 때면 신경통이 더욱 심해지는 법이었다. 필녀는 불을 넣은 건넌 방에 누운 채 벌써 일주일 동안 일어나질 못하였다.

"그러고만 있지말고 어서 정옥이나 데리고 온양에나 가 얼마 있어 보라니까."

아내의 병을 걱정하여 최영감은 타근한 말로 딸과 함께 온천 가 는 것을 권해 보는 것이었다. 그 말을 지금의 필녀로서는 전과 같이 그대로 고맙다고만 들을 수가 없었다. 영감과 영숙이를 남겨놓고 집 을 빈다는 것은 생각만 해도 치가 떨리는 일이었다. 영감이 어디 외 출이나 할 때면 영숙이를 불러, 모자를 털어다고 양말을 다고 했다. 으레 있을 수 있는 일이었다. 그렇지만 필녀에겐 공연한 수선을 피우 는 것만 같았다. 더군다나 밤에 영숙이가 영감의 방으로 들어가 다 리를 풀어 줄 때에는 불안해 견딜 수가 없었다. 필녀는 참다못해 필 요도 없는 물을 떠오라고 소리치기도 했다. 물론 필녀도 그러한 자 신이 싫어지다 못해 미워지는 것이었다. 그래도 그러지 않고는 견딜 수 없는 것도 또한 어쩔 수 없는 일이었다.

그래도 영숙이는 그런 것은 알은 척도 하지 않고, 예전이나 지금 이나 빨죽빨죽 웃는 그 웃음은 마찬가지로 태연스러운 얼굴이었다. 그 얼굴을 보면 자기를 조롱대며 도전이나 해오는 듯 싶어 어느덧 자기도 단순한 어린애의 심정이 되어, 악이 받히는 대로 이를 부드 득 갈았다. 그런 때에는 허리증도 잊어버리고 놀랍게도 기운이 생겨 지며 자리에서 일어나 뜰을 걸어보기도 했다. 마치도 무서운 질투의 반응으로 생활의 탄력을 얻어, 쇠약해진 육체가 소생하는 것과도 같 은 것이었다. 이런 일이 계속되며 필녀는 조금씩 활기를 얻기 시작 했다.

어느 날 필녀가 누워서 야담책을 읽고 있을 때, 딸인 정옥이가 금년에 네살된 외손녀를 데리고 들어섰다. 그렇지 않아도 정옥이를 오랩 생각으로 두근거리던 필녀는 급기야 마음을 진정시켜가며 일어나 앉았다.

"어머니는 늘 누워만 있게 되니 걱정 아니야."

정옥이는 들고 온 과일봉지를 내려놓으며 안색이 흐려졌다. 신경통에는 별로 약도 없다는 의사의 말을 다시 생각하는 모양이었다. 필녀는 그래도 딸의 그 살뜰한 한마디가 대견한 대로 입술이 타오른 자기 얼굴이 보이는 듯 갑자기 눈물이 그렁해졌다. 그것을 분주히 감추려고,

"우리 난수가 참 예쁜 옷을 입고 왔구나, 어디 그새 얼마나 컸나 볼까?" 하고 난수를 끌어 물팍에 앉히려 했다. 그러나 난수는 과일봉지에만 눈이 팔려 그것을 끌어 안으려고 했다.

"이건 할머니 옛소 할라고 사온 것 아니야, 착한 애가 그러면 못쓴다니까."

"어서 깎아 주렴."

"앤 뱃증 기운이 있어 안 먹여야겠어요. 참 신경통엔 귤이 좋다는 걸요." 하고 정옥이는 봉지에서 사과와 귤을 꺼내놓고서 영숙이를 불러, 깎아놓을 접시를 가져오라고 했다. 잠시 후에 영숙이가 접시를 들여놓으며,

"난수가 오늘은 더 예뻐졌구나. 나하구 나가 놀까?" 하고 빨죽 웃음을 치자,

"그래. 과일은 있다 먹구, 영숙이 고모하구 나가 놀아요." 하고 달래었다.

필녀는 그 고모란 말이 귀에 거슬리는 대로 갑자기 눈쌀을 찌푸리며

"과일을 깎는다는 데 왜 칼이 없니?" 하고 목소리가 커졌다. 그것을 오히려 자기의 잘못으로 생각하는 영숙이는 목을 움츠려치면서 혀를 내밀어 정옥에게 웃음을 쳤다. 필녀는 그것이 또한 아니꼬운 대로,

"그건 또 무슨 버르쟁이가?" 하고 눈을 흘겨본다는 것이 배앝듯이 쏟아졌다.

정옥이는 의외로 기색이 나빠진 어머니가 이상하다고 먹먹하니 지켜보다 영숙이가 칼을 가지러 가자,

"참, 어머니두." 하고 가만히 불러 "접시만 가져오랬으니까 그랜걸 뭐." 하고 웃었다. 그 웃음을 구기지 않고 그대로 다시금,

"영숙이가 무엇 잘못이라도 한것 있어요?" 하고 어머니의 내심을 찾듯이 은근히 물었다. 그 말에 대답을 못차리고 과일을 굴려보고 있던 필녀는 잠깐 얼굴을 들고 웃었다. 그리고는 왜 그런지 눈을 돌리고 나서,

"잘못이라야 그저 그렇지만." 하고 말보다도 의미있게 한숨을 흘리었다. 잘못이라면 이렇게도 잘못된 일이 있을 것인가고 생각하는 모양이었다.

"그것두 나이가 차니 걱정이 돼서……." 하고 필녀는 다시 말을 이으려다 문득 입을 다물었다.

아까부터 어머니 물팍에 앉아서 과일만 깎기를 기다리고 있던 난수가 부릅떴던 할머니의 눈에 놀란 채, 눈을 말똥말똥 굴리고 있다. 그 조그마한 눈이 이상스럽게도 마음에 걸리며 쉽게 말을 꺼내놓을 수가 없었다. 영숙이가 칼을 갖다놓는 틈을 타서,

"난수 영숙이하고 뒤뜰에 가보지 않을래. 할아버지가 닭을 많이 사왔단다." 하고 달래었다. 그래도 난수는 과일을 앞에 놓고는 갈 생각이 없는듯 어머니 품에 더욱 달려들었다. 그럴수록 필녀는 더욱

마음이 설레며 어떻게 말을 꺼낼지 모르다가, 정옥이가 깎아주는 사과를 받아 놓고 나서,

"언제부터 영숙이 일두 너하고도 한번 의논할라고 했지만, 부모도 없이 불쌍한 것 어서 마참한 델 골라 혼사를 맺어 줘야지 않겠니?" 하고 비교적 자연스럽게 말을 꺼내었다. 그러나 정옥이는 그 말이 의외란 듯 과일을 깎던 손을 멈추었다.

"영숙이가 없으면 집의 일은 어떻게 하고요?"

"그거야 불편도 하겠지만 식모는 또 구할 수도 있는 것이고……."

"영숙이 같은 애가 쉬워요?"

"그렇지만 그애두 열아홉인 걸."

"열아홉이 뭐 그렇게 많다고."

"그래두 잘못을 저즐 나인 차구 남았지."

"어머니두……."

정옥이는 어머니의 말을 웃음으로 우겨버리려다 문득 너무나도 심각해진 어머니의 얼굴을 보고 섬뜩룩해진 채,

"정말 영숙에게 무슨 일이 있었어요?" 하고 정색하여 다잡어 물었다.

"무슨 일이야 별로……."

"그럼 왜요."

"하여간에 그렇게 하는 것이 마음이 놓일 것 같은 걸. 더군다나 너의 아버지란 사람이……."

하고 필녀는 그만 낯을 붉혔다.

그제야 눈치챈 정옥이는 생글생글 웃음부터 새어 나왔다. 그러면서도 그것이 사실이라면 웃고만 있을 일이 아니라고 생각했다.

그런 일이 있은 후로 영숙의 혼담은 급작스럽게 진척되었다. 만일에 난처한 일이라도 생기게 되면 그때는 정말 야단이라고, 정옥이는

가슴을 설레며 서둘러대기 시작한 것이었다. 드디어 정옥이는 신랑의 후보자로서 둘을 갖고 왔다. 하나는 남편의 먼 일가가 된다는 금년 스물일곱 살 난 어느 신문사의 인쇄공인 윤종화라는 젊은 친구와, 또 하나는 1·4후퇴 때에 평양에서 혼자 나와 지금은 남대문 시장에서 조그맣게 지물전을 하고 있는 박찬수라는, 연령은 갓 마흔이었다.

정옥이의 생각으로는 젊은 윤종화에게 영숙이를 맡기고 싶었다. 필녀도 마찬가지의 생각이었다. 그러나 무슨 이유인지 최영감만이 그것을 반가워하지 않는 태도였다.

그날, 저녁상을 물려 놓고 나서 필녀는,

"오늘 정옥이가 영숙의 혼담일루 우정 와서." 하고 말을 꺼내놓았다. 신문을 읽고 있던 최영감은 "그래……." 그뿐으로 신문을 뒤치였다. 신문에 얼굴이 가리워 보이지는 않았지만 미간을 찌푸린 얼굴이란 건 알 수 있었다. 그러고 보면, 영숙이의 혼담 이야기를 내비치운 이후로 최영감은 확실히 기분이 좋지 않아 이렇게 상면하고 있을 때에도 신문을 읽거나, 잡지를 읽지 않으면 라디오를 틀어 눈을 감고 혼자서 판소리에 흥이 취할 때가 많았다. 그런 때의 필녀는 마치도 가시방석에 앉은 것처럼 안절부절했다. 지금도 영감의 흥없는 대답에 난처해 있자,

"글쎄 난 그 애 혼사 일을 상관 않기로 했다니까." 하고 역시 신문에서 눈을 떼지 않았다.

"그래도 사오년씩이나 데리고 있는 앨 그럴 순 없지 않아요?" 하고 필녀는 정옥이가 갖고 온 신랑감을 꺼내 놓고 기술도 있고 나이도 젊은 윤종화가 좋을 성싶다고 자기 생각을 천천히 늘어 놓았다.

신문에 눈을 둔 채 그것을 듣고 있던 최영감은 잠시 무엇을 생각해 보는 듯하다가,

"젊은 애보다 나이 디숙한 것이 났겠지." 하고 뚝스럽게 입을 다물었다.

"그래도 영숙에게 비해서 나이가 너무나도……." 하고 필녀가 불만의 얼굴을 짓자,

"젊었다야 군대나 나갔지 별 수 있어?" 하고 분주히 신문을 놓고 일어나, 자기 방으로 가버리고 말았다.

설사 그렇다 하더래도 영감이 사십된 박찬수가 좋달 줄은 필녀로서도 천만 뜻밖이었다. 영숙이를 그렇게 귀해하고 사모한다면, 아무리 내놓기가 아수하고 싫다 하더래도 그의 행복을 생각하여, 응당 젊은 윤종화를 배필로 묶어준다는 것이 그럴법한 일이었다. 그러나 지금의 말은 그것과는 반대였다. 필녀는 남편의 횡포하고도 무자비한 탐욕을 본 듯싶어 등골이 싸늘해짐을 느꼈다.

영감이 자리에 누운 기색을 보고, 필녀는 영숙이를 불러 신랑감 후보를 설명하고 나서,

"너는 어느 편이 좋다고 생각하니?" 하고 물었다. 영숙이는 그런 생각이란 전혀 없었던 듯 얼굴이 붉어질 대로 붉어지어 고개를 폭 숙인 채,

"몰라요." 하고 간신히 한마디로 입을 열었다.

"모른다면 어떻게 하니? 네 혼사인데 네가 정해야지."

"그래두 전 모른다니까요." 하고 역시 마찬가지의 대답이었다.

필녀는 영숙의 탐스럽게 타오른 볼을 물끄러미 바라보면서 지금까지의 질투도 잊은 듯 이번에는 영감의 의사를 꺾더래도 영숙의 희망을 들어주리라고 생각했다.

그날은 그대로 결말을 짓지 못했지만 며칠 후에 영숙이는 필녀의 재촉에 못이겨 젊은 사람보다도 자기는 사십의 박찬수가 좋다고 했다. 이유는 간단했다. 타향사람보다도 같은 고향사람이 좋다는 것이

었다. 그러나 그것이 영숙이로선 필녀에 대한 마지막 반항의 표시였는지도 몰랐다. 그것을 느끼지 못하는 필녀는 필시 그것은 배후에서의 영감의 조종이라고 생각하며 저윽이 마음에 흡족치 못한 감을 느끼었다. 그러면서도 그것이 영숙이의 희망이라는 데는 안타까이 우기고 싶지도 않았다. 필녀는 곧 정옥이를 불러 이야기를 진전시켰다. 이윽고 당사자인 박찬수가 국산 양복에 줄을 세워 입고 정옥이 남편과 함께 약속한 장소에 나타났다. 그는 보기에도 민망하게끔 머리가 벗어지어 자기 먹은 나이보다도 대여섯 살은 더 나 보이었다. 그렇다 해도 그의 얼굴엔 시종일관으로 희색이 만면해 있었다. 그것에 비하면 늘 웃음을 치던 영숙이가 오늘은 너무나도 가련한 존재였다. 필녀는 이 이상스러운 장면을 바라보며 영숙에 대한 약간의 허수한 감을 느끼면서 지금까지의 긴장이 비로소 풀어짐을 느끼었다. 무거운 짐을 풀어놓은듯이, 그러면서 앞으로 더욱 기분이 나빠질 영감의 표정을 그려보며 즐거운 미소를 흘려보는 여유도 가질 수가 있었다.

일이 성립된 이상 하루라도 더 끌 필요가 없다는 것이 신랑의 의견이었다. 필녀는 매일처럼 영숙이를 시장으로 끌고가 결혼 준비에 바빴다. 역시 사오년이나 데리고 있던 정은 어쩔 수 없는 것으로, 허수하게 보내고 싶지 않은 것이 필녀의 진심이었다. 경대도 알이 두꺼운 것을 골랐고, 모본단 이불도 한 감 끊었다. 이렇게도 바쁘던 어느 날 오후 삯바늘집에서 영숙의 옷을 찾아다 입혀보고 있을 때에 최영감이 들어왔다.

"저것이 나이롱이란 건가?" 하고 최영감은 비웃듯이 선 채 흘겨보았다.

"그래 어때요, 영숙이두 이렇게 차리고 나니까……" 필녀가 영감을 살펴가며 쳐다보자 최영감은 갑자기 눈을 피하며,

"그런 옷이나 늘 입겠다면 쫓겨 오기나 일쑤지." 하고 나가 버리었다.

조금 후에 최영감은 자기 방으로 필녀를 불러들였다.

"영숙에게 도대체 나이롱이 뭐야. 옷이란 신분에 맞춰 입는 것인 줄도 몰라?" 하고 최영감은 꾸짖는듯 소리쳤다.

"그래두 그건 단 한 벌인걸요. 시집가는 애두……."

"하여간에 영숙이가 시집을 가면 갔지, 온 집안이 떠들썩할 필요가 어디 있나 말야, 돈이 썩어진대도 그렇지." 하고는 창밖에 눈을 던지었다. 불을 배앝는 듯한 눈이었다. 필녀는 남편의 그러한 심정을 이해하기가 곤란하다고 생각했다. 실상 자기는 남편의 불순한 행동의 대가로서 자기의 힘이 미치는 껏 정성을 다하려는 생각이었던 것이다. 그것을 몰라주는 남편을 보고 있자니 가슴이 할랑 뛰었다. 그럴수록 필녀는 자기의 감정을 누르려고 필사적으로 악을 썼다. 그것은 이십년 동안이나 닦아온 자기의 수양이라고 생각했다. 그러나 그 수양도 지금은 어쩔수 없는 듯, 이윽고 필녀는 얼굴을 들고야 말았다.

"이번 일은 제게 맡겨 두세요. 당신두 영숙에겐 그만한 의리는 있을 걸요."

"뭐?"

"영숙이가 불쌍한 걸요." 하고 필녀가 눈물을 떨어치기도 바쁘게,

"애 이 미친 년아!" 하고 최영감은 필녀에게 와락 달려들어 머리채를 그러잡고 마구 흔들어대었다. 그것은 마치도 무엇을 훔친 어린애가 드러나게 되어 발버둥을 치는 것과 같달가, 그렇지도 않다면 굶주린 짐승이 먹을 것을 앞에 놓고 요동치는 것과 같달가. 참으로 분간할 수 없는 일이었다.

그런 일이 있은 그날 밤, 영숙이는 이상스럽게도 행방을 감추고 말았다. 그로 말미암아 누구보다도 실망의 상처를 입은 사람은 영숙의 약혼자인 박찬수였다. 그는 며칠동안 장사도 집어치우고 경찰을 비롯하여 수소문해 보았다. 그러나 영숙의 행방은 알 길이 없었다. 필녀도 아침저녁으로 신문을 대할 때마다 "혹시 매욱한 거……." 하고 가슴을 설레곤 하였다. 그러나 그것도 며칠이 안가서 까라지고 말았다. 영숙이 대신 식모도 새로이 들어왔다. 오십 미만의 얌전한 사람이었다. 그래도 최영감은 전처럼 다리를 풀어달라는 말이 없었다. 아침 일찍 일어나서 닭의 시중을 보아주던 것도 전처럼 신이 나지 않는 모양이었다. 그러면서 그는 또다시 매일처럼 문안에 들어가지 않는 날이 없게 되었다.

어느덧 뜰에는 녹음이 무성했다. 필녀는 방문을 열고 무심히 뜰을 내다보며, 이번 여름엔 온양이나 가서 몸이나 힘껏 쉬어볼까 하고 생각했다.

탈피

평양처럼 재(嶺)가 많은 도시도 없을 겁니다. 옷밭재, 장잿재, 산정재, 남산재, 가막재가 모두 그런 것이지요. 이 재들은 모란봉 산줄기가 평양성 한복판을 흘러내리면서 생긴 것이랍니다. 이 재 중에서 제일 크고 높은 것은 장잿재입니다. 그래서 평양에는 장잿재 도투머리라는 말도 있지요. 무엇이나 제일일 때 쓰는 말이랍니다.

우리는 그 잿등에서 살았답니다. 그러니 평양성에서는 제일 높은 곳에서 산 셈이지요. 그러나 우리 집은 그렇게 자랑할 만한 집은 못되었어요. 쓰러져가는 오막살이였던 걸요. 장대현 예배당 북쪽 담에 붙어 있는 정말 보잘것없는 집이었답니다. 그렇다고 나는 그런 것을 비관해 본 일은 별로 없었습니다. 바로 우리 집 뒤가 장대현 예배당이었기 때문인지도 모르지요. 그곳은 뜰이 수만 평이나 되고 나무가 많아서 놀기가 아주 좋았으니 말입니다. 그런 일보다 내가 비관한 것은 남처럼 학교를 다니지 못하는 일이었지요. 아버지는 비석을 쪼는 석공으로 이름도 났던 분입니다. 그러나 술이 과하기 때문에 일하는 날보다도 쉬는 날이 더 많았어요. 그 때문에 딸 둘의 그리 많지도 않은 식구가 제대로 끼니도 끓이지 못하는 형편인데 학교가 다 뭐예요. 그러니 어머니와 아버진 매일 싸움이었지요. 아버지는 고집이 세고 어머니는 성센 성미라 둘이서 맞붙어서 싸우는 걸 보면 굉장했어요.

아버지와 어머니가 싸울 땐 나는 으레 예배당으로 도망을 빼곤 했답니다. 싸우는 데 있어야 욕이나 먹던 걸요.

아주 어렸을 땐 예배당 뜰로 혼자 가서 개미굴을 파며 놀았어요. 언니를 따라가서 냉이를 캐던 생각도 나는군요.

좀 더 커선 유치원 애들의 노래와 춤추는 구경을 했지요. 예배당 안에 있는 그 유치원에는 미끄럼 타기도 있고 그네도 있었지만 나는 창밖에 서서 그들이 노는 것을 구경하는 것이 무엇보다도 즐거웠습니다. 나는 구경만으로써 그들이 하는 노래와 춤을 못하는 것이 없었으니까요. 그리고 좀 더 커선—그렇지요. 학교 가서 공부하는 걸 구경하는 일이었지요. 그때는 국민학교도 지금처럼 남녀 공학이 아니었고 여자와 남자 학교가 따로 있었답니다. 그러므로 구경한다고 심술궂은 새날미 새끼들한테 야단맞을 그런 염려는 없었어요. 하여튼 나는 창밖에 서서 구경하는 것으로 유치원도 다녔고 소학교도 다닌 셈이에요.

이렇던 우리네 살림이 좀 피게 된 것은 언니가 기생이 되어 불리기 시작한 그때부터였답니다. 언니는 나보다도 다섯 살 위로 나보다는 얌전도 했거니와 얼굴도 예뻤답니다. 어머니는 끼니를 굶으면서도 언니 하나만은 기생으로 가꿨습니다. 그것으로써 낙을 보자는 것이었지요.

언니가 기생학교를 나오던 바로 그해 여름, 아버지는 술탈로 돌아가셨답니다. 맹꽁이배처럼 부어오른 배를 안은 채 미음도 넘기지 못하고 엉엉 울면서 돌아가셨답니다. 그러나 어머니는 그러한 아버지가 조금도 가엾다고 생각지 않는 꼴이었어요. 죽었을 때도 울기는커녕 앓는 이나 빠진 것처럼 시원해했으니까요. 그런 사람인 걸요.

언니 덕으로 살림이 좀 피게 되자 나도 학교를 보내 주었습니다. 그러나 내 나이는 그때 벌써 열세 살이던 걸요. 여학교에 들어갈 나이였어요. 그 나이로 소학교 삼학년을 다녀야 했으니 창피한 노릇이었지요. 그러나 나는 그걸 별로 창피하게 생각지도 않았습니다. 몹시 다니고 싶던 것이 학교였으니 그런 걸 생각할 계제가 못 되었던 것이지요. 또한 그 학교는 장로교에서 경영하는 사립학교로 인가가 없기 때문에 극빈자의 아이들이나 다니는 학교였습니다. 그러므로 나 같은 경우의 아이들이 많았으므로 그런 것을 부끄럽게 생각할 필요도 없었어요. 아니 그런 생각보다도 학교에 다니게 된 것이 그저 기쁘기만 했다고 하는 것이 옳을 겁니다. 우리들은 놓여난 말처럼 밀려다니고 히히덕거리고 하여튼 그때처럼 즐거웠을 때가 없었던 걸요. 더욱이 크리스마스 밤이나 졸업생 송별회 같은 땐 동생 같은 어린것들에겐 노래와 춤을 시키고 큰 것들인 우리들은 연극을 했답니다. 그땐 각 예배당이며 중학교나 여학교에서 연극이 대유행이었던 걸요. 우리들은 그런 곳에서 한 연극을 흉내 내서 하는 것이었어요. 물론 지도해주는 선생 같은 분이 있을 리가 없었지요. 아니 우리들은 대본도 없이 했으니까요. 그래도 곧잘 했답니다.

우리가 육학년이 됐을 땐 우리 반엔 중학생들과 연애하는 애가 한둘이 아니었어요. 하기는 나도 열여섯 살이었던 걸요. 그럴 나이도 되었던 거지요. 그때는 아직 머리를 땋아서 내려뜨리고 댕기를 드리고 다니던 때이지만 머리를 허분하게 빗어 뒷머리를 높게 하는 것이 유행이었답니다. 요즘의 '후까시' 머리나 비슷하다고 할 수 있지요. 여학교에서는 물론 그런 머리를 금했지만 내가 다닌 학교에서는 그런 일을 갖고서 야단치는 일은 없었습니다. 교장 부인이 미국 선교사 부인이었던 만큼 교풍이 자유롭던 점도 있었겠지만 소학교 학생들을 갖고서 야단친다는 노릇도 우스운 일이었겠지요. 그렇다고 남학생들을 따라 활동사진 구경을 하고 양식당에 가는 일을 내버려둘 리는 없었겠지요. 우리는 그런 일도 예사롭게 했으니 말입니다. 그땐 참 물가가 쌌어요. 양식당에선 이십 전만 주면 면보를 산더미

같이 구워줬으며 거기에 잼, 설탕, 우유, 홍차 같은 것이 곁따라 나왔으니까요.

나도 그런 양식당엔 남학생들을 따라 숱해 가봤어요. 혼자서 아니고 동무들과 말입니다. 그렇다고 나는 그 남학생 중에서 누구를 더 좋아한다는 그런 일은 없었습니다. 다시 말하면 달뜬 기분으로 그들을 그저 따라다녔을 뿐으로 연애 같은 달콤한 기분엔 아직도 눈을 뜨지 못했던 것이에요.

우리들과 잘 놀던 그들은 장대현 예배당의 밴드 대원들이었습니다. 대개가 꽤 사는 집의 학생들이었어요. 그야 그렇지 않겠어요. 밴드 대원이 되자면 악기값만 해도 대단한 돈이 들었으니 말이지요. 색소폰 같은 악기는 그때 돈으로 백 원도 더 했답니다. 백 원이라면 황소 한 마리 값이었어요. 그중에는 양말공장 집 아들도 있었고 고무공장 집 아들도 있었답니다. 그러니만큼 그들이 우리를 양식당이나 구경을 데리고 가는 노릇은 그리 힘든 노릇도 아니었지요.

우리가 육학년이던 그해 여름방학에 그들은 관서 지방으로 순회음악을 떠나게 되었답니다. 그 연습으로 그들은 예배당 안에 있는 청년회관에서 밤늦게까지 연습을 하게 되었습니다. 그때도 우리들은 매일 밤 예배당에 가서 놀게 되었어요. 우리끼리 야시(夜市) 구경이나 싸다니는 것보다는 그들과 노는 것이 즐거웠으니까요.

그들과 놀면서는 주로 통차기를 했답니다. 통차기란 숨바꼭질이나 비슷한 놀이지요. 요즘 아이들은 별로 그런 놀일 하지 않는 모양이지만 그때는 많이 했답니다. 예배당 안은 나무가 많고 풀이 무성해서 그런 놀이 하긴 아주 좋았어요. 더욱이 달밤 같은 날은 정말 신이 났답니다.

그날 밤도 통차기를 하고 여럿이 돌아오던 길이었습니다. 영애란 애가 무슨 생각인지 나보고서,

넌 누구 오줌 받았니? 하고 묻지 않아요. 영애는 우리들 중에서는 멋 부린다고 여름에도 목에 붕대를 감고 다니던 애였답니다.

"오줌을 받다니?"

나는 그 말이 무슨 말인지 몰라 되물었지요. 그러자 그 계집애는 무엇이 우스운지 웃어대며,

"저건 아직 오줌두 못 받아본 모양이야."

하고 멸시하듯이 말하지 않아요. 나는 그만 얼굴이 붉어졌답니다. 무엇인가 내게 부족한 것이 있는 것 같은 생각이 들었기 때문이었지요. 나는 얼굴을 붉힌 채,

"오줌 받는 게 뭐야?"

하고 다른 애에게 물었어요. 그 계집애도 생글생글 웃으며,

"너두 이제 오줌을 받게 될 거야. 누가 싸주나 기다려봐요."

역시 알 수 없는 말을 하는 것 아니겠어요. 나는 집에 가서 자면서도 생각해봤답니다. 그게 뭘까 하고 말예요. 생각다 못해 나중엔 다달이 하는 그걸 말하는 것이 아닌가 하고도 생각해봤어요. 나는 그걸 처음 하고 나서 무척 당황했으니 말이에요.

그러나 며칠 후에 그것이 무엇인지를 분명히 알게 됐답니다. 그날도 물론 통차기 하면서 안 것이지요. 그걸 알려준 것은 슬라이드 트롬본을 멋지게 부는 학생이었습니다. 그것이 끝나자 알 수 없게도 얼굴이 홧홧거렸지만 그보다도 남들이 아는 것을 나도 알았다는 것이 더 기뻤습니다. 다음에는 웃는 말 잘하는 북치는 학생이었지요. 그다음에는 빼스를 부는 개발코에 여드름투성이인 정말 못생긴 학생이었어요. 그래도 꼬는 일 없이 순순히 응했답니다. 지금 생각해보면 얼굴이 막 붉어지는 일이었지만 그땐 그런 일이 악수하는 거나 다름없는 일이라고 생각한 걸요.

그러면서 나는 은근히 사모하는 학생도 생기게 되었답니다. 클라

리넷을 부는 얌전한 학생이었어요. 그는 별로 우리들과 이야기도 하지 않았습니다. 어쩌다가 무슨 이야기를 하게 되면 얼굴부터 붉히곤 했어요. 그는 늘 책을 갖고 다니면서 책을 읽었기 때문에 우리들은 그를 시인이라고 별명을 지어 불렀습니다.

그들이 순회 음악회를 떠나게 된 바로 전날 밤이었어요. 그날은 낮처럼 밝은 달밤이었어요. 우리들은 그들의 전송회를 해준다고 하면서 수박과 참외를 사다 나눠 먹고 나서 또 통차기를 했답니다. 그날 밤 나는 시인이라는 그 학생과 숨게 되었습니다. 좀 더 분명히 말하면 그가 숨는 곳에 내가 따라가서 숨은 것이지요. 그 학생하고도 그러고 싶었던 걸요. 그러나 아무리 있어도 손 하나 만져주는 일이 없지 않아요. 나는 기다리다 못해 갑갑증이 나서 내가 먼저 그의 목을 쓸어안으려고 했답니다. 다른 학생들이 그런 것처럼 그러자고 말예요. 그 순간 그는 나를 떠밀고 벌떡 일어나지 않아요. 그러고는 가쁜 숨을 내뿜으며 나를 노려보겠지요. 무서운 눈이었답니다. 나는 풀밭에 넘어진 채 그 눈을 바라보며 그저 울고만 싶었던 걸요. 난 비로소 여자로서의 수치감을 안 것이었지요.

학교를 나오자, 웃학교 대신에 나는 기생학교를 다니게 되었답니다. 어머니가 나를 학교에 보내줬던 것은 실상 그런 목적이 있었기 때문이었답니다.

기생학교를 다니게 된 후로는 밴드 대원들과도 만날 기회가 없게 되었어요. 집은 기생촌인 이문골로 옮긴 관계도 있었거니와 같이 밀려다니던 동무들도 학교를 나오고서는 뿔뿔이 헤어졌으니 자연 그렇게 된 것이지요. 아니 그보다도 내가 의식적으로 그들을 만나지 않은 것도 있답니다. 기생이 된 나로선 그들을 만나서는 안 된다는 생각이 있었기 때문이랍니다.

기생학교 다니는 기생을 평양에서는 모아기생이라고 하지요. 아직도 솜털이 가시지 않은 어린 기생이라는 뜻인 모양이에요. 모아기생은 물론 요정에는 불리지 못했지만 집에서는 손님을 받았답니다. 손님을 대하는 솜씨도 배워주면서 기생으로 가꾸는 비용이나마 얻어 쓰자는 것이었지요. 기생으로 가꾸자면 학비도 학비려니와 옷값이 대단했으니까요.

언니가 기생인만큼 우리 집엔 손님이 많았습니다. 나는 손님이 든 방엘 곧잘 들어갔지요. 재미나던 걸요. 언니의 손님은 대개 나보다는 이십 세나 위였으므로 어리광도 부릴 수가 있었지요. 그런 손님들과는 대체로 화투놀이를 했어요. 따면 갖고 떼우면 안 줬으므로 땅 짚고 헤엄치기지요. 술상이 들어오면 장난으로 술도 몇 잔 받아 마셨답니다. 그럴 때면 언니가 눈을 흘기는 것이었지만 크게 야단치는 것은 아니었어요.

그러나 나도 언제까지나 어리광을 피울 나이도 아니었지요. 멀지 않아 인력거로 불리우게 됐으니 말이에요. 그러면서 머리를 얹어주겠다는 사람도 나서게 되었답니다. 남문거리에서 포목상을 하는 평양에서도 이름난 부자 영감이었답니다.

머리를 얹어준다는 것은 기생의 첫 서방이 되는 일이었지요. 그러자면 기생방의 의걸이로부터 침구에 이르기까지 살림살이 일체를 장만해 줘야 했으므로 적지 않은 돈이 들었지요. 그러므로 팔자 좋은 영감이 아니고서는 엄두도 내지 못하는 노릇이었어요.

포목상 영감과 어머니는 이미 그런 타협이 된 모양이었답니다. 어머니가 부지런히 점바치를 찾아다니는 걸 보면 알 수가 있었지요. 머리 얹을 날을 받으러 다닌 걸요. 그러나 나는 머리를 얹을 생각은 털끝만큼도 없었답니다. 내게도 사모하는 사나이가 있었던 걸요. 종로에서 지물전을 하는 집의 둘째 아들인 김대우라는, 언니 방에 놀러 오던 손님이었지요. 나보다는 십 년도 더 위인 사나이였지만 아저씨 아저씨 하고 따르는 사이에 나도 모르게 정이 들게 된 것이랍니다.

그는 먹는 일엔 참으로 눈이 어두운 사람이었어요. 국수도 성내 국수는 맛이 없다며 십 리 길이나 되는 흥부까지 국수를 먹으러 부러 택시를 잡아타고 나가곤 했답니다. "너두 진짜 국수 맛을 알겠으면 따라와." 따라가 보니 바퀴가 우글거리는 시골집이었지만 역시 국수만은 구수하면서 찡한 것이 거리의 국수 맛과는 확실히 달랐습니다. 대접에 말아 온 국수 양도 거리의 국수보다는 배나 되었지요, 그는 그 국수를 다 먹고도 또 덧사리를 청하는 데 정말 놀랐어요. 그의 말에 의하면 국수 배는 따로 있는 거라며 배가 터지게 먹어야 국수 맛이 난다는 거지요. 그는 양요린 한약 내가 나서 싫다고 했고 중국요린 평양엔 먹게 해주는 집이 없다는 것이었어요. 그러므로 나를 끌고 가는 집은 돼지 세둥이로 끓인 비지집이 아니면 돼지 내장으로 끓인 중탕집, 좁쌀 대신에 지장을 갈아 넣은 순댓국집, 우미(牛尾)만으로 국물을 내는 육숫집, 이를테면 허리띠를 풀어놓고 먹어도 겁날 것 없는 집이었어요. 이런 곳은 젊은 여자가 따라갈 만한 곳이 못 되었으므로 처음엔 나도 얼굴을 찌푸렸지만 "어때, 맛이 무던하지. 선옥이두 내가 아니면 이런 맛을 모르고 살 거야." 하고 말하는 설명을 받아가며 먹으면 역시 맛이 있었습니다. 그러면서 나도 그를 붙잡고서 "우리 순대 먹으러 가요. 설수당골 순대 참 맛있더라." 하고 먼저 말하게도 되었답니다.

따라서 우리의 정은 이런 터분한 데서 시작된 것이지만 실상 내가 아저씨 하고 따른 것은 또 다른 이유도 있답니다. 이광수의 『무정』이란 소설에 울어도 본 나는 집에 오는 손님들과는 또 다른 눈으로 대우를 보고 있는 셈이지요. 그는 평양에서 발간하던 동인지의 소설을 쓰면서 중앙에도 알려지기 시작한 문학청년이었답니다. 물론 이런 일을 자기 입으로 떠벌린 일은 없었지만 그래도 나만은 그가 언제까지나 집의 전포에서 수판알만 퉁기고 있을 사람이 아니란 걸 알고 있었답니다. 지금 생각해보면 그것도 철없는 생각이었지요. 그러나 그땐 그를 존경할 충분한 조건이 되었던 걸요.

그렇다고 우리는 육체적으로 이를 데까지 이른 사이는 아직 아니었어요.

물론 대우도 나의 의사를 떠본 일이야 있지요. 언젠가 경마장에서 돌아오는 길이었답니다. 그날은 이상스럽게도 잘 맞아서 예상 이외의 많은 돈을 땄답니다. 대우는 흐뭇한 기분을 주체 못하는 투로,

"이 돈으로 온천이나 갈까."

하고 내 의사를 묻겠지요. 나는 나도 모르게 뽀로통해지며,

"싫어요. 날 건사해 주지도 못할 사람이."

하고 톡 쏘아줬지요. 그러나 그는 무엇을 생각하듯이 잠시 하늘을 멍하니 보고 있다가,

"어디 가 저녁이나 먹지."

하고 차를 잡더군요.

그날 저녁 나를 데리고 간 곳은 서기산 밑에 있는 조용한 일본 요정이었답니다. 그 집에서 우리는 술 반 되 푼수나 먹었을까요. 술도 받지 않는 침울한 얼굴로 앉아 있다가 술값 치르고 난 돈을 내 핸드백에 넣어 줬답니다. 물론 나는 싫다고 했지만 억지로 넣어준 것이지요. 나는 그와 헤어져 집으로 돌아오면서 무엇을 꼭 저지른 것 같은 허전한 마음이었답니다.

어머니는 내가 대우를 따라다니는 것을 별로 좋아하지 않았답니다.

대우네 집도 못사는 집은 아니었지만 그의 아버지는 예배당의 장로 노릇까지 하는 독실한 신자인 걸요. 그런 집에서 기생 며느리를 맞을 리도 없는데 왜 주책없게 따라다니느냐는 것이었지요. 어머니

말도 일리가 있는 말이지요. 그러나 어머니의 본심은 그 때문만도 아니었답니다. 둘에 대한 소문이 날 것이 더 걱정이었겠지요, 그렇게 되면 머리 얹을 자격도 잃게 되어 한밑천 잃게 되는 노릇이었으니까요. 그래서 어머니는 내 머리 얹는 일을 서두르기도 했답니다.

물론 나는 앞에서 말한 대로 처녀의 몸이라고는 할 수 없었지요. 그것이 철없는 장난이건 멋모르고 한 일이건 하여튼 세 사나이를 안 것만은 틀림없는 사실인 걸요. 그러나 그걸 내 입으로 말하기 전에는 처녀의 몸으로 통하는 것이었지요. 하기는 처녀의 몸으로 머리 얹는 기생이 있을 탓도 없기야 했지만—

나는 죽는 한이 있어도 권 영감의 머리는 안 얹겠다고 하자, 어머니는 그것이 대우 때문이라고 생각한 모양이었어요. 그러나 실상 나로서는 딱히 그런 것도 아니었답니다. 나는 클라리넷을 불던 그 소년에게 부끄러움을 알고 난 그 후로 누구에게도 응한 일이 없었답니다. 결혼하기 전엔 다시는 내 몸을 더럽히지 않을 결심이었던 걸요. 여태까지 대우에게 응하지 않은 것도 이 때문이었어요.

어머니는 내 마음을 돌려본다고 치마를 해주느니 가락지를 해주느니 하고 얼러도 봤어요. 그러나 내가 그런 일에 넘어갈 리는 없었지요. 나는 대답 대신에 이불을 둘러쓰고 누운 채 며칠씩 밥도 안 먹었답니다. 이럴수록 어머니는 울화증이 더욱 끓어오르는 모양이었어요, 견디다 못해 어느 날 아침 어머니는 내가 쓰고 있는 이불을 벗겨,

"이년아, 네 거긴 금테두릴 둘렀니, 뭐가 잘나서 에미 말두 못 듣는다구 야단이가."

다듬잇방망이로 마구 내려쳤답니다. 꼭 미친 사람같이 말예요.

건넌방에 있던 언니와 부엌에 있던 할멈이 뛰쳐 들어와 겨우 방망이를 빼앗아 놓았지요. 그러자 이번엔 또 넋두리를 늘어놓는 것이었

어요.

"저년의 애빌 잘못 만나 미역 한 꼭지 못 사다 놓구 저년을 낳아 죽이야 밥이야 그 고생으로 키워노니, 아이구 원통해라, 저년이 뭐가 도도해서 에미 말두 못 듣겠다는 거야, 못 듣겠으면 나가, 썩썩 나가, 나가서 다시는 얼씬두 말어."

나는 입은 옷째로 집을 뛰쳐나왔습니다. 어머니의 말대로 다시는 집엘 들어가지 않을 생각으로요. 매는 참을 수도 있었지만 그 욕설만은 정말 참을 수가 없었던 걸요.

그날 아침 내가 찾아간 곳은 대우네 가게였답니다. 대우를 만나기 위해서였어요.

나는 언젠가 그의 가게 앞을 지나다가 종이를 실어 보내는 그를 본 일이 있답니다. 어느 인쇄소에 보내는 모양이었어요. 수량을 적는 모양인지 귀에 꽂았던 연필로 슬슬 수첩에 적어 넣더군요. 아주 능숙한 솜씨였답니다. 문득 나와 눈이 부딪치고서도 모른 체하니 하던 일만 계속하고 있지 않아요. 나는 그것이 우스워 견딜 수가 없었답니다.

나는 대우를 찾아가면서도 그를 불러낼 일이 걱정이었습니다. 지금처럼 구두닦이 애도 없던 그때였던 걸요. 그렇다고 섣불리 전화도 걸 수가 없는 노릇이었어요. 만일의 경우 그의 아버지라도 받게 되면 큰일이니까요. 하는 수 없이 골목 어귀에 서서 그가 전포 앞에 나오기를 기다리는 수밖에 없었어요.

내가 그 골목 어귀에서 십 분쯤 기다렸을 때입니다. 누가 뒤에서 갑자기 내 눈을 가리우지 않아요. 나는 대뜸 그것이 대우라는 것을 알았지요.

"아침에 웬일이야?"

"웬일이긴 보고 싶어 왔지."

나는 웃었답니다. 그러나 심상치 않은 일로 온 모양이란 것을 알아챈 대우는 나를 그 부근의 중국 요리점으로 데리고 갔습니다. 그땐 평양에 아직 다방도 없을 때였으므로 둘이서 이야기하자면 그런 자리를 비는 수밖에 없었어요.

대우는 맥주와 간단한 안주를 시키고 나서,

"정말 웬일이야?"

하고 다시 물었답니다. 나는 대답 대신에 잔등을 드러내 보였어요.

"드디어 폭발이 된 모양이구면."

그도 집의 일을 짐작하고 있던 만큼 이어 어머니에게 맞은 것을 알아내었습니다.

"어떻게 하면 좋아요, 집에서 쫓겨난 걸요."

"그게 무슨 걱정이야."

"잘 데두 없는 걸요."

"여관이 없어서."

"태평으로 이야기하는 것이예요."

"걱정 말어."

대우는 어깨를 추며 웃었답니다. 나를 위로하기 위해서도 웃어야 하겠다고 생각한 모양이었습니다.

맥주가 나오자,

"하여튼 마시고 보지, 마시면 무슨 좋은 수가 생기겠지."

맥주병을 들어 따르려는 것을 내가 먼저 들어 그의 잔에 부어주고 내 잔에도 부었습니다. 그러나 그는 반 잔쯤 쭉 들이켜고 나선 더 마시려고도 하지 않고 눈을 껌벅이고 있었습니다. 내가 집 나온 것이 모두가 자기 책임이나 되는 것처럼 생각하는 얼굴이었지요. 그렇게도 한참이나 앉아 있던 그는 갑자기 내게로 시선을 돌려,

"선옥이, 내가 지금 무얼 생각하구 있는지 알어?"

"글쎄요."

"언젠가 우리 경마장에 갔던 날 있지. 그날 말야 난 선옥이와 헤어지구 나서 무슨 위험 지구에서나 벗어난 것처럼 생각했어. 정말 좋아하는 선옥일 놓아두고서두 말야. 난 이렇게두 비겁하구 너절한 놈이지."

나는 이 말을 듣고 지금까지 참고 있던 눈물이 쫙 쏟아졌습니다. 그러면서 비겁한 건 나도 마찬가지가 아니야 하는 생각이 번개쳤지요. 그 순간에 나도 모르게,

"난 처녀도 아무것도 아니랍니다. 벌써 열여섯 살 때……."

나는 더욱 어깨를 들먹였습니다.

나는 집을 나올 땐 결코 죽을 생각을 하고 나온 것은 아니었답니다. 그런 생각도 해 본 일이 없었지요. 그러나 이 말을 배앝아 놓고서는 죽을 수밖에 없다고 생각했던 걸요. 정말 지금 생각해봐도 오싹해지는 일이지요. 그런 때에 사람이란 너무나도 쉽게 죽는 것이 아닌가고 생각되니 말입니다.

그러나 대우는 오히려 내가 이런 말까지 꺼내 놓게 된 것이 미안한 듯이,

"그랬으면 어때, 그게 무슨 문제야. 그보다두 선옥인 내가 이렇게 비겁하구 너절한 사나이라는 걸 알구서두, 알구서두 말야, 나와 고생하구 싶은 마음이 있는지 그걸 묻고 싶어."

"네?"

나는 울던 얼굴을 번듯 들어 그를 쳐다봤습니다.

"그럴 마음이 있으면 둘이서 오늘 밤이라도 서울로 가."

"……."

나는 말이 없으면서도 눈만은 더욱 크게 떴습니다.

"지금 막 수금하고 들어오던 길이야. 거둔 돈이 이백 원은 돼요. 그

거면 두어 달은 살 게 아냐. 그동안에 나두 일자리를 구하게 되면 어떻게 살게 되겠지."

막연히 말하는 것 같으면서도 평소에 볼 수 없던 심각한 얼굴이었답니다.

파경(破鏡)

숙희는 자기의 불행이 모두 6·25 때문이라고 했다. 또한 그렇게 생각하는 것이 마음 편하기도 했다. 그렇기에 미술가라는, 좀 더 분명히 말하자면 양키들의 얼굴을 그려주는 환생이인 섭이에게 몸올 의지하게 되고서도 별로 서글픈 일이라고는 생각지 않았다. 그러나 섭이와의 결혼은 머릿속에 그리고 있던 이상과는 너무나 인연이 먼 것이었다.

숙희가 생각하던 상대자는 머리 빗질도 할 줄 알고, 옷도 단정히 입을 줄 아는, 무역회사원이나 은행원인, 그런 족속의 얌전한 청년이었다. 그가 무남독녀로서 양친의 귀염을 받아가며, 비교적 아담스러운 문화주택들이 들어 있는 남산 밑에서 살고 있을 그때, 그의 옆집에는 은행원이 살고 있었다. 숙희는 학교 가는 길에서, 출근하는 은행원을 그의 아내가 대문 밖까지 바래주는 장면을 가끔 보곤 했다. 키가 늘씬한 은행원은 천천히 골목길을 걸어 나오다 큰길로 나설 때면, 으레 얼굴을 돌리었다. 언제 보나 지재꽃의 청초하고 순박한 품이라 해야 할 그의 아내는 그저 잠잠히 서 있다가 그제야 생긋 웃으며 손을 들어, 두어 번 한들한들 흔들어 주었다. 숙희는 그것을 볼 때마다 자기도 결혼한다면 그와 같은 아담한 가정을 가져보리라고 생각했다. 그러한 생각은 또한 그로 하여금 결백한 성격을 형성해주기까지 하였던 것이다.

그러나 지금의 숙희는 담배도 피울 줄 알고, 술도 즐길 줄 알았다.

거리의 창부와 다른 것은 그저 마담이라고 불리는 이름뿐이라고 스스로 생각했다.

지금도 그는 거울 앞에서 얼굴을 짓다가 무심중 그때의 다정스럽던 부부를 생각할 때가 많았다. 그런 때면 그의 탐스러운 눈시울엔 눈물부터 서려졌다. 마치 동란 속에서 겪어온 가시덤불과도 같은 자기의 생활이 눈앞에 서려지듯—"모두가 6.25 때문이지." 그는 한숨을 짓고 나서도, 그냥 멍하니 거울 속의 얼굴을 들여다보는 일이 많았다. 그러다가는 어쩔 줄 몰라, 입술을 힘껏 깨물어 보기도 했다. 그러나 아무리 힘껏 입술을 깨문다 하더라도 마음만 더욱 아팠다. "6·25가 나를 망쳐버렸다니까." 그는 한숨 대신에 다시 오도깝스럽게 웃어보기도 했다. 웃음을 따라 고독 속으로 말려드는 허전한 마음은 더한층 가슴 저린 것이었다.

"모두가, 모두가 그 때문이라니까."

실상 동란 전까지는, 즉 대학의 생물과 교수였던 그의 아버지와 그리고 숙희만을 위해주던 어머니가 계실 때에는, 그는 불행이 무엇인지도 모르고 살아왔다. 그렇던 그로서는, 그러한 결혼 이상이 결코 무슨 허영과 같은 것은 아니었고, 응당 있을 수 있는…… 하나, 동란은 그에게 너무도 많은 불행을 갖게 하고야 말았다. 그의 아버지는 북으로 납치되어 갔고, 그의 어머니는 그 때문에 부아병으로 돌아가시고…… 이렇게도 일조일석으로 고아가 되어버린 그는 허랑창한 집도 혼자서 지켜야 했다. 그것은 서럽다기보다도 무서운 일이었다.

국군이 들어와 다시 서울이 수복되었다 해도 그는 기쁨을 몰랐다. 뜰에 얽혀 핀 코스모스를 바라보기조차 스산스럽던 가을을 울적으로 보내고, 해가 짧은 겨울을 맞이하여, 다시 1·4후퇴를 당하게 되자, 그는 외숙의 가족들과 함께 사흘 동안이나 기차 지붕 위에서 떨며 부산까지 내려갔다. 본시 변덕이 수다스러운 외숙댁은 피란생활을 펴는 첫날부터 숙희를 흰 눈으로 돌리기 시작했다. 하긴 손바닥만한 판잣집 속에서 군식구가 대견스러울 리는 만무한 것이었다. 숙희는 눈칫밥에 꼬신꼬신 마르다 못해 이제는 더 견딜 수가 없을 지경에 이르렀다. 어느 날, 숙희는 산꼭대기에 물을 지어 오르다 기절해 넘어지고야 말았다. 얼마 후에 정신이 들자, 자기는 어느 판잣집 병원에 누워 있었다. 몽롱한 의식 속에서도 누구의 말인지 "얘가 김선생 딸이래." 하는 소리가 들리었다. 그러나 숙희가 기절한 것은 오히려 다행한 일이라고 해야 했다. 말하자면 그런 일이 있기 때문에 숙희는 의사 부인을 알게 되어, 미군부대에 일자리를 얻게 된 것이었다. 숙희는 정말 죽으려면 살 길도 생기는 모양이라고 생각했다.

숙희가 부대에서 하는 일은 다른 처녀들과 같이 끼니때마다 식사 준비와 그릇을 부시는 일이었다. 그러나 숙희는 동무들과 모여 앉아서도 별로 말이 없는 편이었다.

때때로 군인들은 처녀들의 뒤로 슬그머니 와서 허리를 껴안아, 농을 치기도 했다. 그런 때면 그 자리엔 갑자기 웃음이 터지며, 안긴 처녀는 팔을 내흔들어 싫어 싫어 하고 벌쭉벌쭉 웃는 군인의 가슴을 방망이쳤다. 그러면서도 동족 아닌 체온을 슬그머니 즐겨보는 흥분이 기실 싫은 모양도 아니었다.

그러나 숙희는 그런 공기에도 끌려들 줄 몰랐다. 간혹가다 어떤 군인이 숙희의 허리에 손을 대는 일도 없지 않아 있었지만, 숙희는 낯빛 하나 구기는 일 없이 가만히 밀어 헤치었다. 그러는 사이에 어느덧 저편에서 모두들 숙희에게만은 농을 삼가게시리 되었다.

식당에는 젊은 남자들도 있었고 중년 부인들도 있어서 모여 앉기만 하면 자연 누가 누구하고 눈이 맞았느니 하고 이야기가 벌어졌다. 그러다가는 으레 자기들의 들뜬 마음까지 끄집어내어 이왕 군인에게 시집을 가려면 그래도 영급은 돼야 한다는 둥, 나는 음악가가 좋다는 둥, 무엇무엇 그래야 장사꾼이 제일 실속 있다는 둥 하고 자기들의 결혼 상대자를 털어놓는 것이었다. 하나 이런 때도 숙희는 자기의 결혼에 대한 이상을 한 번도 실토해 본 일이 없었다. 그러면서도 부모까지 모두 잃어버리고 부대에서 그릇이나 부시고 있는 지금의 신세로서는 자기의 이상에 맞는 결혼은 도저히 가망이 없으리라고 생각했다. 그렇다고 그는 실망하거나 슬퍼하지도 않았다. 만일에 자기가 그런 이상에 맞는 결혼을 할 수 없다면, 모든 것을 단념하고 수도원으로 들어가서 수녀가 되겠다고 생각했다. 그럴 때면 그의 눈앞에는 검은 가운에 흰 가운을 쓰고, 십자가를 늘이우고 마리아 앞에서 손을 모으고 신공을 올리는 자기의 성스러운 모습이 떠올랐다. 그럴수록 그의 눈은 말할 수 없이 엄숙하게 맑아지는 것이었다. 그러므로 그는 자기 앞에 은행원이나 회사원 같은 말쑥한 청년이 나타나지 않는다 하더라도, 앞으로 자기의 살 길은 이미 모든 것이 결정된 셈과도 같이 안심했고, 다만 걱정되는 것은 이북에 끌려가신 아버지의 안부뿐이라고 생각했다. 그는 아침저녁으로 가슴에 십자가를 그어 아버지의 건강을 빌어가며, 하루바삐 나라가 통일되어 아버지가 돌아오도록 기원했다. 아버지만 돌아온다면 자기는 모든 것이 행복할 것만 같이 생각되었다. 그러면서 숙희는 스물두 살이라는 아까운 나이를 부대 천막 속에서 베이컨의 기름 냄새와 함께 보내었다. 그러나 베이컨의 기름 덕으로 꼬신꼬신 말랐던 그의 얼굴이 활짝 피어진 것도 사실이었다. 길쭉하고도 부드러운 윤곽 속에 어글어글한 눈이 담아진 그의 해말쑥한 얼굴은 실상 평범한 회사원의 아내가 되기에는 너무나도 과분한 얼굴이라 해야 했다.

그러한 숙희가 또한 직장에 있는 젊은 축들의 가슴을 태우는 존재가 되지 않을 수도 없는 일이었다. 숙희는 그들로부터 몇 번인가 편지도 받았다. 대개가 당신을 생각하며 달을 쳐다보았느니, 한숨을 지었느니 하는 따위들의 편지였다. 그러나 누구 하나 숙희에게 회답을 받은 사람은 없었다. 또한 말많은 그곳이면서도 그런 소문이 화제에 오른 일도 없었다. 숙희는 그들과 하루 종일 마주 서서 일을 하면서도, 평시와 조금도 다른 기색을 보이는 일이 없었다. 그것은 어떠한 유혹에도 능히 이길 수 있다는 굳은 의지를 말하는 것 같기도 했다.

그렇던 숙희가 은행원도 회사원도 아니고, 볼품도 없는 키가 작달막한 섭이와 결혼하였다는 것은 참으로 이상한 일이라고 해야 하겠지만, 또한 그것엔 그럴 만한 이유가 있었던 것이다.

섭이는 거리에서 흔히 볼 수 있는, 머리도 길게 기르고 구제품인 코르덴 저고리를 걸치고 언제나 스케치북을 끼고 다니는 아직 미술가가 채 못 된 미술 학생이었다. 그는 부대 피엑스에서 군인들의 초상화를 그려 주는 것으로 부대 안에서는 누구보다도 수입이 많았다. 그래서 자신이 붙는 모양인지, 그는 또한 숙희에게 편지를 하는 것도 누구보다 열심이었다. 그러나 숙희는 역시 다른 남자와 마찬가지로 그에게 눈 한번 돌리는 일이 없었다. 물론 직장에서는 섭이에게 눈을 주는 처녀들이 없는 것도 아니었다.

"어제 섭이가 영화 구경으로, 찻집으로 한턱 잘 냈다."

"그럼 뭐 하루 버는 돈이 우리 한 달 월급보다 나은 걸."

숙희는 동무들의 이런 이야기를 옆에서 들을 때가 많았다. 그럴 때면 더욱이 섭이가 미워졌다. 돈푼이나 번다고 계집애들을 둘 셋씩이나 끌고 다니는 것도 미웠거니와 그러면서도 그런 체도 없이, 자기에겐 당신만 사랑하느니 어쩌느니 하고 써 보내는 것이 가증하기가 짝이 없다고 생각했다. 그러므로 숙희에겐 섭이가 그저 처녀를 유혹하는 악마로밖에 더 생각되지 않았던 것이다.

그래도 섭이는 쉬지 않고 버스의 혼잡을 이용하여 숙희의 팔소매에 편지 넣는 일을 계속했다. 편지에는 언제나 크리스마스카드처럼 그림으로 곱게 장식돼 있었다. 때로는 춘향이가 그네 뛰는 것도 있었고, 또한 처녀가 가슴에 손을 얹고 달을 쳐다보는 것도 있었다. 숙희는 편지를 찢어버리면서도 그 그림만은 늘 아까운 듯한 감이었다.

동래의 벚꽃이 한창이라는 어느 날 저녁이었다. 숙희가 부대에서 돌아오자 외숙댁이 유별스럽게도 반가이 맞으며,
"네 나이를 생각하면 내가 왜 걱정이 없겠니."
하고 약혼 말을 꺼내놓았다. 마음엔 그런 준비가 전혀 없던 숙희는 몹시 당황했다. 그러면서도 어서 자기를 처분해 버리겠다는 외숙댁의 심사를 모르는 바도 아니므로, 무턱대고 싫다고는 할 수 없는 일이었다. 숙희는 듣는 체라도 해야겠다고, 억지로 얼굴엔 부끄럼까지 드러냈다. 외숙댁은 숙희가 싫지 않은 기색인 줄만 알고 얼굴에 웃음까지 헤쳐놓으며,
"너도 잘 아는 사람이란다."
했다. 숙희는 자기가 잘 아는 사람이라는 말에 놀라며 얼굴을 들자, 듣고 보니 그것이 섭이의 집에서 보낸 혼담이었다. 숙희는 어이가 없느니보다도 갑자기 전신에 더럽고 징그러운 것이 묻어 오르는 것만 같았다.
"예장이니 잔치니 뭐니 간에 일체를 다 그 집에서 맡는다는구나, 정말 넌 양상을 타고났기 말이지……."
이 말까지 듣고 보면 자기의 약점을 엿보고 혼담을 내댄 것이 분명했다. 숙희는 무엇보다 자기의 가엾은 처지가 서러워 눈물이 글썽해졌다. 이러한 숙희의 마음을 알 리가 없는 외숙이면서도 그래도 자기는 숙희의 눈물을 안다는 듯이,

"이렇게도 기쁘면 부모의 생각도 나는 법이지."

하고 방바닥을 당겨 숙희 앞으로 다가앉았다. 그럴수록 숙희는 더욱 서러워 눈물 끝을 못 맺자, 외숙댁도 약간 기맥을 알아챈 듯,

"아니 그럼 싫다는 소린가?"

하고 숙희의 내심을 살폈었다. 그래도 숙희는 대답이 없이, 억지로 울음을 맺으려고 흐느끼기만 했다. 한참이나 번거롭게 숙희를 보고 앉아 있던 외숙댁은 그만 시퍼런 얼굴이 되어 획 돌아앉으며,

"하긴 감사 자리두 저 싫다면야 별수 없지."

하고 종시 탁한 소리를 굴리었다.

숙희가 섭이의 청혼을 퉁겼다는 소문은 사흘 못 가서 부대 안에 알려졌다. 그 이야기가 또한 부대 안에서 큰 화젯거리가 되지 않을 수 없는 일이었다. 섭이가 식당에 식사를 하러 가도 계집애들이 몰려와서,

"미스타 황은 요즘 무슨 슬픈 일이 있는 모양이야, 안색이 아주 말이 아니야……."

"정말 어째 그럴까, 성이 황씨라고 그럴 리도 없겠는데."

"앤 남의 속 알지도 못하면서, 일편단심 아 하……."

하고 한숨까지 지어 보이며 조롱했다. 섭이는 숙희도 있는 그런 자리에서, 계집애들에게 그런 조롱을 받는 것이 몹시 자존심이 꺾이는 모양이었다. 그래선지 그는 그 후부터 별로 식당에도 가지 않았다. 또한 편지도 하지 않았다. 숙희는 그것으로 이제는 그가 자기를 단념한 것으로만 생각하고 있었다.

그리고 일삭이 지난 어느 날, 바로 부대 안에 파티가 있던 밤이었다. 그날은 숙희가 당번이었기 때문에, 그는 밤 아홉 시가 넘어서야 달도 없는 어두운 길을 혼자 돌아오고 있었다. 훈훈한 바람과 함께 그윽한 꽃향기가 풍겨지는 커다란 아카시아 밑을 지나다 그는 무심

중 하늘을 쳐다보았다. 나뭇잎 사이에는 별들이 무수히 반짝이었고, 어디선지도 모르게 이름 모를 벌레들이 소리 높이 울어댔다. 바로 그때 앞에 어두운 나뭇가지가 갑자기 휘어내리며 검은 그림자가 불쑥 나타났다. 숙희는 문득 놀래어 걸음을 주춤했다.

"내가 그렇게도 무서운가?"

술 냄새와 함께 다가오는 그 목소리는 대번에 섭이라는 것을 알았다. 그러면서도 숙희는 너무나도 뜻밖인 일에 어쩔 줄을 모르고 가슴만 울렁거리고 서 있었다. 점점 가까이 오는 섭이의 눈에서는 어둠 속에서도 번득이는 광채가 분명히 보여졌다. 그것이 느껴지던 그 서슬에 불시에 섭이의 손이 날아들며 철썩하고 숙희의 뺨을 울리었다.

"아……."

숙희가 소리도 맺기 전에 섭이의 손은 뒤따라 다시금 날아들었다.

"건방진 년……."

섭이는 반사적으로 몸을 움치고 나서 몸부림을 쳤다. 그러고는 자기의 반발적인 행동을 무엇이라 뱉으려면서도 적당한 말이 찾아지지 않는 모양이었다. 그저 허덕이는 숨결을 따라,

"건방지다니까 건방져."

하고 그 소리만 자꾸 반복하자,

"그래요?"

숙희도 이를 악문 채 간신히 한마디 흘렸다.

"그래요라니?"

다시 달려드는 섭이에게 몸을 빼어낸 숙희는 너무나도 일방적인 언사에 악이 치미는 대로 무엇이라 한마디 더 뱉어주고 싶었다. 하나 말이 새어나면 주먹이 빗발칠 것은 분명했다. 숙희는 그만 앞을 향해 걷고 말았다. 뒤에서,

"흥."

하고 비웃는 듯한 섭이의 웃음소리가 들리었다. 어쩐지 모르게 자조와 같은 그 웃음소리가 어둠 속에 사라지자 숙희는 그제야 알 수 없는 눈물이 핑 돌았다. 그러면서도 한편 그와의 결혼을 피할 수 있은 것이 얼마나 다행한 일이었던가고 생각했다.

다음 날, 어제 일을 있은 체도 없이 피엑스에서 그림을 그리고 앉아 있으리라고 생각했던 섭이가 보이지 않는 것이 이상했다. 숙희는 그런 것도 필시 그가 자기에게 거짓 양심을 보여주겠다는 그의 간사한 수단으로밖에 더 이상 생각되지 않았다. 그러나 섭이는 다음 날 그 다음 날도 보이지 않았다. 그럴수록 숙희는 그것이 또한 마음에 씌어지며 공연히 궁금했다. 그렇다고 숙희는 섭이의 결근 이유를 안타깝게 캐어 알고 싶은 것도 아니었다.

그러면서 이 주일이 지나 그에 대한 얄따란 궁금증도 잊어지려던 어느 날 저녁, 숙희가 집에 돌아가려고 옷을 갈아입고 있을 때, 동무가 들어와서 면회실에 누가 찾아왔다고 했다. 부대에 들어온 이후로 면회라곤 처음 당해 보는 숙희는 약간 의아스러운 대로 나가보니, 그곳에는 근 오십 살의 알지 못할 여인이 기다리고 있었다. 여인은 숙희를 보자 슬픔이 서린 얼굴에 어떤 부끄러움을 감추지 못한 채, 자기는 섭이의 어머니라고 했다. 그 첫마디에 숙희는 잊었던 불쾌감이 불시에 살아 올라왔다. 섭이 어머니는 어떻게 말을 꺼낼지 몰라 민망한 얼굴을 짓고 있다가,

"그 애가 무슨 정신으로 글쎄 널 공연히……."

하고 가벼운 한숨을 쉬었다.

"바루 그날 밤 말이다. 그 애가 술이 취해서 얼굴이 새하얗게 질려가지구 들어왔기에, 나야 몸도 약한 애가 왜 저렇게 술을 먹구 다니는지 모르겠다고만 생각했지 누가……."

하고 다시 한숨을 쉬고 나서 말을 이었다.

"그날부터 이불을 쓰고 드러누워서, 이건 무얼 먹길 하겠다겠, 어디가 아프냐고 물어두 대답이 있겐. 그저 영문 모를 한숨만 푹푹 쉬고 있으니 에미된 나야……."

하고는 소매 속의 손수건을 꺼내 눈물을 닦았다. 숙희는 어미의 정이라는 것은 그렇게도 미련한 것인가고 허전해지는 대로 들창으로 눈을 돌리었다. 군인들이 발리볼을 놀고 있는 사장에는 저녁 햇빛이 눈에 부신 채, 그 앞으로 한없이 넓고 푸른 바다 위에는 갈매기가 두어 마리 날고 있었다.

"무슨 생각인지 오늘이야 이야길 하면서 너를 꼭 집에 좀 오게 해달라는구나. 그렇지 않으면 자기는 죽는다면서……."

죽는다는 소리에 숙희는 문득 고개를 돌리며 섭이 어머니를 쳐다보았다.

"그렇게도 죽기가 쉽답디까?"

"글쎄 누가 알겠니."

섭이 어머니도 열적은 웃음을 웃었다. 그러고서는,

"그래도 난 그걸 아들로 믿고 산단다. 나를 생각해서 우리 집엘 잠깐 가주렴."

했다. 그 말에 숙희는 섭이가 지금 와서 어떠한 낯짝을 들고 자기를 대하는가, 그것도 한번 보아주고 싶은 얄궂은 생각이 불시에 일어났다.

"힘들 것 없지요."

숙희는 자기로서도 놀라리만큼 선선한 대답을 하고 불쑥 일어섰다. 섭이네 집은 판잣집들이 다락다락 붙어 있는 보수동 산중턱에 있었다. 어제 비에 씻기워 돌들이 드러난 좁은 언덕길을 섭이 어머니는 앞서 올라가며 이런 곳에 숙희를 데리고 오기가 미안하다는 듯

이,

"서울에 두고 온 집은 그래도 뜰엔 우물도 있고 살구나무도 있어서……."

하고 몇 번인가 숙희에게 민망한 얼굴을 돌리었다. 숙희는 서울에 돌아간대도 반가울 것이 아무것도 없는 자기가 한없이 외로웠다. 그러면서도 어딘지 모르게 섭이 어머니는 인정미가 있는 사람같이만 느꼈다.

얼마를 더 올라가다 응달진 산마루턱 아래를 돌아 나와, 양지쪽에 파들이 총총한 경사진 야채밭으로 나서자,

"저것이 우리가 사는 오막이란다."

하고, 섭이 어머니는 판자에 콜타르 칠한, 그래도 부근에서는 제일 눈에 드는 집을 가리키었다. 언젠가 섭이가 자기가 사는 집이라고, 편지 속에 그려 보냈던 바로 그 집이었다.

숙희가 들어서자 섭이는 몹시 당황했다.

"언제까지나 한숨만 짓고 있겠, 잘못했으면 씨원스럽게 이야기하고 속을 풀어야지."

어머니의 그러한 비난에도 섭이는 잠자코 머리를 숙이고 있었다. 그러나 숙희는 그 한마디로 자기를 이곳에 오게 한 것이 섭이의 의사가 아닌 것만은 알 수가 있었다. 무겁고 어색한 공기가 잠시 흘러지자, 그 틈을 타서 섭이 어머니는 자리를 비어날 생각으로,

"잠깐 앉아 있어, 내 곧 저자를 봐 올껜."

하고 일어섰다. 숙희도 끌려들 듯 따라 일어섰다.

"일어서긴 왜 일어서, 집에 왔으면 저녁이라도 먹고 가야지……."

"저녁은 집에 가 먹지요."

숙희는 붙잡는 섭이 어머니를 물러서려고 했다. 그제야 섭이가 입을 열었다.

"이왕 오셨으니 앉으시오. 숙희 씨에게 제가 할 이야기도 있고……"

"제게요?"

숙희는 얼굴을 돌리었다. 전신을 떠받쳐 항거하듯이…… 하나 자기의 목소리가 왜 그렇게도 떨리고 약한지 화가 날 지경이었다. 실상 자기는 지금까지의 분노를 그의 얼굴에 뱉어줄 심사로 예까지 온 것이 아니었던가. 무엇이 겁나고 무섭다고 일어서긴 왜.

"어서 하세요, 제가 듣지요."

숙희는 풀썩 주저앉으며, 섭이를 비방치듯 바라보았다. 그것이 또한 섭이에겐 가슴에 젖어드는 모양이었다. 어머니가 나간 후에도 그는 좀처럼 이야기를 꺼낼 성싶지 않게 방바닥에 빈 그림만 그리고 있었다. 그러다가 그는 갑자기 무엇에 부딪치어 억제할 수 없는 듯이 머리를 번쩍 들었다.

"제가 그렇게도 싫습니까?"

"……"

"저는 무엇보다도 그것을 알고 싶습니다. 분명히 들려주세요."

숙희는 섭이를 잠잠히 바라보고만 있었다. 그러면서도 자기의 의지를 걷잡을 수 없게끔 가슴이 활랑거림을 느끼었다.

"부대 안엔 황 선생을 좋아하는 이가 많은데요."

"그건 아무래도 좋습니다."

"그래도 전 그렇게 재미난 여자가 못 되는 걸요."

숙희는 실상 그런 말도 하고 싶은 것은 아니었다.

"하여튼 제가 싫다는 말이지요?"

섭이는 대들었다. 숙희는 맞대 놓고 이런 대답을 분명히 할 수 없는 것이 여자의 약점이라고 생각하면서 그만 고개를 떨어뜨리고 말았다. 그러자 섭이는 지금까지의 흥분 속에서 얼마큼 깨어나,

"사실 저는 그동안 숙희 씨에 대하여 미안스러운 일이 한두 가지

가 아닙니다. 그날 나의 횡포한 짓도…… 그러나 그것이 나로서도 설명할 수 없는 애정의 표시였다는 것만 알아달라고 하고 싶어요."

"네?"

숙희는 문득 놀라운 얼굴을 들면서도 그것은 도시 이해할 수 없는 말이라고 생각했다. 그러면서도 그의 그 말이 더욱 가슴에 젖어들며 지금에 아무리 악을 친대도 그에게 대항할 아무 말도 없는 것이 애통했다. 그것이 또한 부끄럽기까지 하면서도 어쩌는 수가 없는 일이었다.

'그럴 수도 있는가, 정말 그럴 수도…….'

숙희는 입술을 깨물고 있다 못해 무심중 시선을 돌려 방 안을 두루 살펴었다. 좁은 판잣집 방이면서도 책상엔 깨끗한 책상보가 깔려 있고, 찬장의 식기들이며 간격을 맞추어 오려 붙인 그림들이 아늑한 가정을 말하여 주는 것 같기도 했다.

—저것도 섭이의 그림이겠지. 숙희는 들창 위에 걸려 있는 수선화를 그린 정물화에 눈을 두고 있다가 문득 자기는 어째서 지금까지 그를 무턱대고 불량하다고만 생각했는지 모른다고 생각했다. 그러자 그에 대한 미안스러운 감이 불시에 일어나며 그렇게도 진실하고 착한 사람을 지금까지 자기가 오해한 것이 시의심(猜疑心)에 어두운 미련한 계집의 생각이었다고 느껴지며, 자기의 얼굴이 붉어지는 것 같아 불시에 얼굴을 돌리었다. 남풍이 불어오는 먼 바다가 바라보이며 저녁놀을 받아들인 기선도 수면도 모두가 붉은 일색이었다.

"참 전망이 좋군요."

숙희는 이렇게도 그만 섭이에게 부드러운 눈을 돌리고야 말았다. 그러면서 그 한마디가 무엇이 그렇게도 부끄러운지 얼굴이 홧홧 달아옴을 느끼었다.

그날 저녁, 숙희는 종시 저녁까지 얻어먹고 어두워서야 일어섰다.

바다의 찬란한 등불이 바라보이는 언덕길을 혼자 내려오면서 따뜻한 식탁에 앉아본 것도 참으로 오래간만이라고 생각했다. 그러나 그 방문이 섭이와의 결혼을 결정짓는 동기가 되었다는 것은 그 후에야 숙희는 알았다.

단오도 앞으로 며칠 남지 않은 어느 날이었다. 숙희는 며칠 전부터 열병으로 누워 있는 사촌동생에게 파인애플 한 통을 갖다 주려고 부대에서 들고 나오다 가드에게 발각되었다. 그것으로 숙희는 간단하게도 부대에서 쫓겨나게 되었다.

숙희는 그날 집으로 올라가는 골목 어귀에서 파인애플 한 통을 사가지고 들어갔다. 외숙댁이 그것을 보고 놀랍다는 듯이 "숙희도 그런 것을 들고 다닐 줄 아나?" 하고 비양쳤다.[1] 그 소리가 자기의 가슴을 푹 찔러주는 것 같아 시원하기까지 했다.

그날부터 숙희는 자리에 눕는 것이 전날과 같지 않았다. 실상 숙희가 지금 붙어 있는 외숙네 집은 외숙이 시장에서 넝마를 팔아 여섯이나 되는 식구가 간신히 살아가는 형편이었다. 그런 처지에 숙희가 지금까지 있을 수 있은 것은, 그래도 부대에서 얼마 타오는 월급으로 보태주었기 말이지 그것까지 없으면 도저히 있을 수가 없는 곳이었다. 더욱이 외숙댁의 눈초리를 견뎌낼 수 없다는 것은 숙희 자신이 잘 아는 일이었다. 그렇다고 내일로 당장에 일자리가 나설 리도 없는 것이었다. 숙희는 그저 앞이 막막하고 가슴이 답답한 채 밤을 밝히었다.

이튿날, 숙희는 자리에 누운 채 건병을 앓는 수밖에 없었다. 다음 날도 그랬다. 그러나 그것도 언제까지 그럴 수 없다는 것을 생각하

---

*1 비양치다. 빗대어 놓고 빈정거리다.

며 다락에 혼자 누워서 몸만 뒤채고 있었다. 어느덧 해도 어지간히 기울어진 모양이었다. 서쪽 벽에는 판장 틈 사이로 스며드는 햇빛의 긴 무늬가 하나 둘 그려지기 시작했다. 그때 다락에 오르내리는 구멍문이 열려지며 외숙댁의 상반신이 나타났다.

"넌 언제까지나 누워 있을 작정이가?"

"……."

"그렇게 이틀씩이나 부대엔 안 나가도 괜찮니?"

그래도 숙희의 대답이 없자 구멍문이 쾅 하고 닫히었다. 내려간 줄만 알았던 외숙댁은 다시금 구멍문을 벌컥 열어젖히고 부리나케 숙희 머리 맡으로 와 앉았다.

"대답은 왜 없는 거가, 속 씨원히 말이나 좀 하렴."

"부댄 그만두었어요."

숙희는 태연스럽게 말을 꺼내고도 울먹해지는 얼굴을 감추려고 몸을 돌려 누웠다.

"아니 부대를 그만두다니?"

숙희는 대답 대신 이불을 둘러썼다. 그 서슬에 외숙댁은 이불을 끌어당겨 숙희의 머리를 끌어잡았다.

"이년아, 이년, 무슨 재세루 부댄 그만두는 거가."

숙희는 물건처럼 이리저리 흔들리었다.

"이년아, 나가라 나가, 내 집에서 썩썩 나가라니까."

거품을 물고 고함치는 바람에 밑에서 앓아누워 있던 사촌동생이 울면서 올라왔다. 뒤이어 옆집 부인들이 올라와 숙희의 머리카락을 그러쥔 손을 억지로 떼놓았다. 외숙댁은 숨을 헐떡이며 푸념을 풀어놓았다.

"부댈 그렇게 다니면서도 그 흔하다는 고기 한 칼 들고 온 일이 있었겠소. 그 꼴을 보면서두, 아이구 내가 못났지."

외숙댁은 동네 부인들에게 끌려 내려가면서도 여전히 소리쳤다.

혼자 남은 숙희는 그제야 잊었던 눈물을 흘리기 시작했다. 한참이나 울고 난 그는 하여튼 외숙이 들어오기 전에 이 집을 나가야겠다고 생각했다. 숙희는 엉킨 머리를 대강 매만지고 나서 옷을 갈아입었다. 밑에서 혼자 누워 있던 사촌동생이 숙희를 보고,

"어디 가?"

하고 눈을 반짝이었다.

"잠깐 나갔다 오께."

숙희는 갑자기 가슴이 뜨거워짐을 참아가며 분주히 얼굴을 돌리었다. 집을 나왔으나 어디라고 갈 곳이 있는 것도 아니었다. 그저 무턱대고 걸었다. 물밀리듯 밀리는 군중 속을 걸으면서도 그는 빈 거리를 걷는 것만 같이 쓸쓸했다. 찻집에도 앉아보았다. 활촉 꽂기도 기웃거려 보았다. 약장수의 바이올린 소리도 들어보았다. 그러면서 영도다리의 긴 난간에 기대고 서서 해풍에 머리카락을 날리고 있을 때는 이미 어두웠을 무렵이었다. 다리 위로 흘러지는 사람들의 떼 속에는 간간 양갈보들도 끼여 지껄이며 지나갔다. 숙희는 그들의 뒷모양을 바라보며 가슴이 스멀거림을 느끼었다. 그때에 헤드라이트의 불빛이 무수히 흘러지며 환하게 숙희를 드러내었다. 그 겁결에 그는 문득 그 흘러지는 불빛 속에 뛰어들기만 하면 자기의 불행은 끝날 것이라고 생각하다 불시에 몸을 돌이켜 어두운 바다를 바라보았다. 그러고는 그것은 언젠가 부대 안에서 본 〈애수〉라는 영화의 한 장면과도 같다고 생각했다.

전쟁에 나갔던 애인이 돌아왔으나 이미 자기는 창부의 몸이었다. 다시 옛날의 순정을 이을 수 없는 애타는 가슴을 안은 채 워털루 다리 위에 흘러지는 바퀴 속에 몸을 던져버리는 어떤 가련한 여인의 이야기에 그는 말할 수 없이 동정의 눈물을 흘려가면서도, 만

일에 자기가 그런 경우라면 수녀가 된다고 생각했던 것이다. 그것이 지금에 불시에 떠오르며 이 길로 신부를 찾아가서 수녀가 되겠다고 마음먹어 보았다. 그러나 마음은 덧없이 허전해지며, 문득 섭이가 그리워졌다.

"섭이 씨만은……."

숙희는 가만히 그의 이름을 외어보았다. 이 역경에 처해 있는 자기를 그래도 동정해 줄 사람은 오직 섭이 하나뿐이라고 생각하니 캄캄한 어둠 속에서 갑자기 불빛을 얻기라도 한 듯 마음이 밝아졌다. 그러자 자기는 어느덧 그의 집을 향하여 걷고 있는 것을 느끼고 낯을 붉히었다. 그는 다시 난간에 기대어 검은 수면(水面)을 내려다보았다. 그 어둠 속에서도 섭이의 얼굴만은 환히 떠올랐다. 그는 다시 걸었다. 그래도 부끄럼이 걸음보다 앞섰다. 그러면서 그는 불들을 환히 켜놓은 노점 거리로 나와서, 사과 한 구럭을 사들고 가슴이 활랑거리는 대로 섭이를 찾고야 말았다. 그리하여 그날부터 숙희는 섭이의 식구가 되고 만 것이다.

다음 날, 섭이는 같이 미술학교에 다니던 친구라면서 서너 명 데리고 들어왔다. 모두 섭이처럼 머리를 길게 기른 분들이었다. 숙희는 어머니의 손을 도와 정성껏 안주를 만들었다. 취기가 오르자, 그들은 노골스러운 말로 섭이를 조롱하기 시작했다. 부엌에서 듣고 있던 숙희는 어젯밤의 자기들의 비밀을 어머니에게 드러내어 보이는 것만 같아, 자꾸만 얼굴이 붉혀지었다. 그러면서도 어서 섭이와 둘이만 되고 싶은 마음이었다.

통행시간이 거의 되어서 그들이 일어서자, 어머니는 옆집에 가서 잔다고 자리를 비켜주었다. 둘이서 마주 앉고 보니 숙희는 문득 지금에 벌어졌던 술상이 자기들의 결혼 잔치였다는 것이 새삼스럽게 느껴지었다. 숙희는 약간 쓸쓸했다.

그러나 섭이는 그저 그것이 숙희의 귀여운 얼굴이라고만 생각했다.

섭이네 새로운 살림은 어느덧 숙희가 중심이 된 셈이었다.

시어머니는 아침저녁의 찬거리까지 숙희에게 맡기었다. 적은 돈을 들여 맛난 음식을 만드는 일이 용이한 일이 아니었다. 그러면서도 그것은 그에게 무엇보다 즐거운 일이었다. 저녁을 먹고 나면, 시어머니는 젊은 그들의 심정을 알아주어 옆집으로 마을 가는 일이 많았다. 숙희는 그것이 고마우면서도 한편 미안스럽기도 했다.

그러한 숙희에게 물론 은행원이 지금엔 생각될 리도 없는 것이었다. 그저 섭이에게 자기의 몸을 맡기었다는 그 사실만이 만족했고, 그만이 세상에서 가장 믿음성 있는 남편이라고만 생각했다. 그럴수록 반발과 적개심이 느껴지던 지난날의 편지의 문구들이 열렬한 애정으로 다시금 살아오르며 그것을 모두 찢어버린 자기는 섭이에게 커다란 죄를 진 것만 같았다. 그 죄를 갚기 위해서도 자기는 섭이를 더욱 공대해야겠다고 생각했다.

이리하여 무더운 여름도 지나가고 가을이 되었다. 부대 피엑스에서 노는 날이면, 숙희는 김밥을 싸가지고 섭이가 스케치하러 가는 길을 따라나섰다. 부산은 산보다도 역시 바다가 좋았다.

영도산 밑에 드문드문 서 있는 버드나무 사이로 활짝 벌어진 바다는 눈이 어지럽게 지독하니 푸른 빛깔이었다. 자줏빛 안개 속에 싸인 먼 산을 배경 삼고, 바람에 깃발이 나는 여객선이 그 앞을 천천히 흘러지는 모양은 언제 보나 아름다운 한 폭의 그림이었다. 섭이가 능숙한 솜씨로 물이랑을 차는 기선을 화폭에 올려놓으면, 옆에서 숙희는 갈매기도 한 마리 그리라고 했다.

그즘에는 초상화를 그리는 일감도 많았다. 일방 늘어만 가는 살림을 보고, 어머니는 기쁨을 참지 못했다.

"그것이 다 네 덕이다. 네 덕이야. 네가 온 후 저 애가 이제는 술도 안 먹기로 한 모양이구."

섭이는 어서 돈을 벌어가지고 거리의 간판점을 낸다고 했다. 숙희는 섭이의 샤쓰를 빨다가도 무심중 전신이 간지럽게 노곤해지며, 이것이 행복인가보다고 생각해 보았다.

추석엔 찹쌀을 두어 되 사다 떡을 했다. 서울에 사람이 들기 시작한다는 말을 듣고, 숙희는 친어머니의 산소라도 한번 가보고 싶었다. 그러나 그것은 마음뿐이었다. 그날 저녁 어머니가 떡에 질리워 갑자기 자리에 누웠다. 열이 대단한 것을 보면 단순히 체한 것만 같지도 않아, 숙희는 몹시 걱정했다. 그래도 어머니는 감기가 덮친 모양이라고 우겨대어, 종시 의사를 부르지 못하게 했다. 그리고 사실 패독산 한 첩으로 아무 일도 없이 자리에서 일어났다. 숙희는 자기도 이젠 서글픈 고생이 끝난 모양이라고 혼자 생각했다. 그러면서 자기 몸에 이상이 생겼음을 느끼었다. 섭이에게만 가만히 알려주려던 그것이 감출 수 없게 드러나자 어머니는 또한 기쁨을 감추지 못했다.

"네 손톱의 흰 점을 보니 영락없이 아들이다."

그것은 숙희의 욕심이기도 했다.

그해 겨울도 지나고 버들가지도 물들기 시작했다. 숙희의 해산도 앞으로 두어 달 남았을까 말까 한 어느 날 섭이에게 소집 영장이 나왔다.

"그 애야 부대에 다니는데."

하고 어머니는 태연했다. 그러나 부대에서도 그것은 면제가 되지 못하는 것을 알게 되자, 당장에 아들이 죽어 넘어가기나 한 듯이 울어댔다. 그러나 숙희는 전쟁에 남편을 내어놓는 사람이 비단 자기뿐이냐고 그것이 절실하게 느껴질수록 쓰라린 마음도 참고 견디었다.

섭이는 그들이 앞으로 지낼 걱정을 하다 못해, 수많은 환송자들의 만세 소리를 받아가며 부산을 떠났다. 숙희는 그날까지도 그에게 눈물을 보이지 않으려고 무척 애를 썼다.

섭이가 떠나자, 한 낮이라도 까먹을 수는 없다고 둘이서 의논한 끝에 보수동 집을 팔아 영도로 옮기어 구멍가게와 바꾸었다. 코 흘리는 어린 애를 상대로 하는 장사라 처음엔 노름 같지도 않았지만, 점점 이력을 치고 나니 그것으로 어떻게 밥을 먹을 성싶었다. 숙희는 시장에 사과를 사러 가는 일도 신이 났고, 밤늦게 졸고 앉아 있다가 담배 한 갑을 팔아도 대견했다. 그러면서 가게의 물건은 하나하나 늘어갔다.

밤늦게까지 가게를 지키다가 아침 새벽에 일어나는 일은 좀처럼 쉬운 일이 아니었다. 그러나 섭이가 일선에서 지내는 일을 생각하면 이불에서 자는 것조차 미안스러운 일이었다. 숙희는 매일 아침 걸어서 삼십 분이나 걸리는 중앙성당에 가서 섭이의 건강을 위하여 신공을 올리는 것이 첫 일과였다. 그때마다 아버지의 생각보다도 섭이의 생각이 먼저 앞서는 것은 자기로서도 어쩔 수 없는 일이라고 생각했다.

그러면서 섭이에게서 편지가 옴 직한 때도 되었다. 우편배달부를 볼 때마다 군사우편이 없느냐고 물었다. 어느덧 저편에서 먼저 없다고 대답하게끔 되었다.

드디어 섭이에게서 편지가 온 것은 신록이 무르익기 시작한 5월이었다. 숙희는 아카시아나무 밑에서 섭이에게 뺨을 맞던 생각으로 얼굴을 붉혀가며 봉투를 뜯었다.

부산은 벌써 여름이겠지요. 5월이라니 어쩐지 당신이 더욱 그리워집니다그려.

이렇게 첫머리에 씌어져 있었다. 그러고는 그동안 어떻게 지내는 지, 그것을 하루도 걱정하지 않는 날이 없다면서 지금은 후방에서 훈련을 받고 있다고 했다. 그리고 끝으로

  지금쯤은 당신 옆에 누워 있을지도 모를 애기가 왜 이다지도 보고 싶을까요.

했다. 그리고 자기의 사진도 한 장 같이 넣어 보냈다. 웃통을 벗어 던지고 거멓게 그을은 얼굴에 히죽하니 웃음을 띤 사진이었다. 숙희 는 자기도 모르게 사진을 가슴에 품어보았다.

그러나 편지를 받은 이튿날, 숙희는 고통을 참다못해 사산(死産) 을 할 줄은 꿈에도 생각지 못하였던 일이었다. 숙희는 자리에 누워 신음하면서 그것은 자기가 섭이의 편지를 매정스럽게 찢어버린 죄인 지도 모른다고 생각했다. 그럴수록 섭이에겐 무엇이라 편지를 써야 할지 답답했다.

그 후에도 섭이의 편지는 한 달에 한 번씩은 늘 있었다. 그러던 편 지가 끊어진 지 벌써 석 달이 넘었다, 라고 하면 그만인 것 같지만 그동안의 숙희의 초조한 마음은 또한 형용할 수가 없는 일이었다.

실상 숙희는 가게를 혼자 지키다가도—혹시 무슨 일이라도, 하고 지나친 생각으로 가슴을 두근거리는 일이 없지 않아 있었다. 그러나 지금엔 휴전 회담이 벌어지고 있어서 큰 싸움도 없다는데 하고, 뛰 는 가슴을 돌려가며—후방에 있을 때와도 달라 일선은 여러 가지로 바쁜 때문이겠지, 하고 자기의 경망을 꾸짖기도 했다. 그러면서 그의 얼굴은 눈에 보이게끔 여위어졌다.

그러던 어느 날 밤,

"아주머니, 담배 하나 삽시다."

하고 조롱치며 가게로 들어서는 사나이가 있었다. 보니 어느 신문사에 다닌다는 섭이의 동무인 경수였다.

"어머나, 박 선생."

숙희는 놀라면서 혹시 이이는 섭이의 소식을 알는지도 모른다고 생각했다. 그는 약간 어색한 얼굴로,

"참 찾기가 힘들군요."

했다. 그러면 일부러 찾아온 것도 틀림없었다.

"이런 꼴을 보시려구요."

숙희도 조롱을 치며, 그의 앞에 사과를 깎아놓았다. 그러나 그는 사과를 집을 생각도 없이 몹시 무거운 얼굴이 되었다. 그러고는 무엇을 주저하던 끝에,

"사실 전 이곳에 오기를 몇 번인가 망설였습니다만, 앞으로의 아주만의 생활도 결국 생각해야겠고……."

"네?"

순간에 숙희의 가슴엔 번갯불이 번쩍 일었다.

"일선에 취재를 갔다 우연히도 섭이가 행방불명된 것을 알았습니다."

숙희는 그 소리를 듣고 있으면서도 들리지 않았다. 그저 앞이 아득할 뿐 눈물도 없이 실신한 사람처럼 멍하니 앉아 있었다. 그때 뒷방에 누웠던 어머니가,

"뭐 어떻게 됐어?"

하고 문을 벌컥 열었다. 그러고는 곡성밖에 나올 것이 없었다. 시체도 없는 초상집의 곡성이란 더욱 처량하고 허전한 것이었다. 그 후부터 어머니는 장사를 돌볼 생각은 않고, 날마다 눕기만 했다.

"이십 과부로, 믿고 살던 게 그저 그 하나던 걸, 아이고 이년의 팔자야."

그렇다고 숙희의 서러움이 그보다 못할 리가 없는 것이었다. 별로 손님도 없는 가게를 늦게까지 지키고 앉아 있자면, 부대에서 섭이를 만나던 그때부터의 가지가지 생각이 떠오르며, 일상 주고받던 말의 아양까지가 모두 슬픔으로 변해지는 것만 같았다.

그러던 설움도 날이 감을 따라 차차로 삭아지자, 어머니는 이상스럽게도 오금을 못 펴고 네가 불쌍하다, 가련하다, 하고 숙희의 비위를 맞추기에 급급했다. 숙희는 그것이 싫기도 하고 서럽기도 했다. 어째서 어머니는 어머니답게 굴지 못할까. 그러나 지금에 의지할 곳이 숙희밖에 없는 그로서는 며느리는 역시 남이라는 불안을 털어버릴 수가 없는 모양이었다. 백 일이 지나자,

"벌써부터 이야기하려던 말이지만, 이미 이렇게 된 일을 어떻게 하겐, 나야 지금껏 그 애나 믿고 혼자 살아왔다 하겠지만, 아이도 없는 빈 몸으로 앞길이 구만리 같은 너야……."

"어머니 그것은 못할 말입니다."

"글쎄 내 걱정은 말고, 나야 남의 집 식모살이를 해서라도 살 테니까."

"어머니까지 그런 말씀을 하시면 저는 누구를 믿고 살겠어요. 남편이 없다 해도 저는 집이 이곳밖에 없는 걸요. 어머니만 좋으시다면 딸로서 이 집을 지키겠어요."

"네가 그렇게 말하여주니 고맙다만 그래도 나 때문에 네 팔자 망칠 필요는 없지 않니?"

"하여튼 어머니, 이런 그런 이야긴 제게 두 번 다시 하지 마세요."

숙희는 따끔히 말을 잡아떼었다. 자기를 그렇게까지 사랑해 주다가 사라져버린 남편을 생각하면 그런 이야기를 하는 것조차 말할 수 없이 불결한 것 같이 느껴지었다.

그러므로 그런 말을 먼저 꺼낸 어머니가 오히려 박정하다고까지

생각했다.

숙희의 진심을 알게 된 후부터 어머니는 전보다도 더욱 열심히 장사에 손을 돕기 시작했다. 둘이서는 한적한 가게에 앉아서 지난날의 이야기로 눈물을 씻고 앞으로 살아갈 이야기로 웃어도 보며 밤 깊은 줄을 모르는 날이 많았다. 육친 관계가 아닌만큼 서로 양보가 앞서, 두 사람의 생활은 아무런 파란도 없이 행복하게만 보이었다. 동네의 여인들도 처음엔,

"꽃 같은 며느리를 앉혀논 채 잡아먹을 셈이야."

하고 어머니를 나무랐지만, 차차 사정을 알게 되자,

"그 여인은 복도 많지, 요즘 같은 세월에 그런 며느리가 어디 있겠다고."

하고 부러워하며 숙희를 칭찬했다. 그러면서 동네의 남자들 중엔 숙희에게 은근히 딴마음을 먹고 날마다 담배를 사러 오는 자들도 늘어갔다.

거리에는 김장 배추 짐이 부산스러운 어느 날, 숙희는 물건을 사러 국제시장을 갔다 오던 길에 새로 차리는 찻집 앞에서 레지 채용이라고 써 붙인 것을 보고 약간 가슴이 울렁거리었다. 사실 숙희는 전부터 취직할 생각이 없지 않아 있었기 때문이었다. 지금에 장사는 조금만 도와주면 어머니 혼자서도 넉넉히 해 나갈 수 있는 것이었고, 또한 그것으로 살아갈 수도 있으므로, 자기가 취직한다면 그 월급만은 온전히 남아질 것이 분명했다. 숙희는 집에 가는 길로 어머니에게 의논삼아 이야기를 꺼내었다.

어머니는 숙희를 믿어왔고, 또한 그것이 잘 살기 위해서 하는 일이라는 데는 싫달 수는 없었다. 그러면서도 그늘진 얼굴이 되어,

"찻집 말곤 없겐? 남 보기엔 소견이……."

"어머니, 참! 찻집이 무슨 술집 같은 곳인 줄 아는가봐."

"그래두 그곳엔 남자들이 많이 드나드는 곳이라면서?"

"글쎄 그런 걱정은 마세요."

"하긴 어디나 마음먹을 탓이지, 그런 곳일수록 속도 풀 수 있고 좋을지 모르겠다."

자기의 변명까지 하여가며 결국 꺾여지고 말았다. 숙희는 어머니의 승낙까지 얻게 되니 섭이와 함께 몇 번 가본 일이 있는 찻집의 아늑한 기분에 싸여지며, 그 자리를 남에게 빼앗길 것만 같아, 그날 밤은 잠도 변변히 자지 못하였다. 이튿날 아침, 숙희는 거울 앞에 앉았다.

오래간만의 화장이라 분도 잘 먹는 것 같지 않았다. 생각해보니 섭이의 비보를 들은 이후 처음으로 하는 화장이었다. 어머니는 벨벳 치마로 성장을 하고 나가는 숙희의 뒷모양을 바라보며 무엇을 잃은 듯이 쓸쓸한 얼굴을 지었다.

찻집에서는 이미 결정한 사람은 있으나 그만두랄 수도 있으니 내일부터 나와도 좋다는 대답이었다. 숙희는 자기를 무슨 물건처럼 뜯어보는 마담의 앙칼스러운 눈도 거슬렸거니와, 더군다나 남의 자리를 빼앗는다는 것이 미안했다. 하여튼 생각해보겠다고 나와 그런 자리는 천천히 구할 수도 있을 것이라고 자신을 가져가며 이왕 나섰던 길이니 섭이가 잘 가던 찻집에 가서 차를 한 잔 먹고 가리라고 생각했다. 그곳을 찾던 길에 바람에 떨어지어 너불거리는 광고가 문득 눈에 띄었다. 보니, 역시 레지를 구하는 광고였다. 숙희는 기쁨과 불안이 한꺼번에 둘러침을 느끼며, 찻집 문을 열었다. 실내가 밝은 것처럼, 마담도 밝은 얼굴이었다. 그는 숙희에게 차를 권하며, 학력과 집 형편을 간단히 물었다. 숙희의 숨김없는 대답에 몹시 동정하면서 홀에서는 한복은 당할 수가 없으니 양장이 간편하리라고 했다. 숙희는 섭이가 해준 여름 슈트 한 벌이 있을 뿐임을 생각하고 낯을 붉혔다. 그러나 그 한마디로써 숙희의 취직은 이미 결정된 것이었다.

숙희는 찻집에 나가자부터 갑자기 마음이 밝아지며, 사는 보람까지 느껴졌다. 마담은 처음 생각한 대로 상냥한 분으로, 월급의 선불로써 숙희의 동복도 한 벌 지어주었다. 한종일 가야 별로 불유쾌한 손님도 없었고, 한가스럽게 레코드나 틀고 찻값이나 받으면 그만이었다. 생각해 보면 이렇게 편한 직업도 별로 없을 성싶기도 했다. 손님들의 얼굴과도 차차 익숙해지자, 손님들은 심심치 않게 조롱도 걸어주었다. 그런 때면 마담이 밉지 않게 흘기는 눈짓으로 조롱을 받아주며,

"그만해요. 절에서나 하는 말, 우리 속인이야 알안들 듣겠어요?"

하고 손님보다는 오히려 이편이 더 권리가 있는 듯 비양쳤다. 숙희에겐 손님들이 모두가 선량하고 명랑하게만 보이었다.

숙희는 월급을 받으면 그대로 어머니에게 갖다 바치었다. 어머니는 억함을 못 참아 눈물을 흘리었다. 그런 때면 섭이의 생각이 더욱 생생했다.

숙희는 그의 사진 앞에 가만히 앉아서,

"당신을 위하듯 어머니를 위하겠으니 안심하세요."

하고 자기의 결심을 다시 맹세해 보기도 했다.

별이 총총한 밤, 찬 바람 몰아치는 영도 다리를 건너올 때면, 섭이와 스케치를 갔다 돌아오던 기억이 아르르했다. 그런 때면, 먼 바다에서 들려오는 기적 소리가 더욱 아프게 가슴을 찔러주는 것 같았다. 그러면서도 그는 혹시 그가 포로가 되었다가 돌아올지도 모른다는 희망을 가져보지 않는 바도 아니었다. 하나 그것은 언제나 덧없고 가엾은 것이었고 구름 속에 숨어버리는 달처럼 지워지기 쉬운 것이었다.

부대에서 편지를 받듯이 숙희는 그곳에서 편지를 받았다. 그것

은 모두가 열렬한 편지였지만, 그럴수록 섭이에게 편지를 받던 시절이 추억 속에 더욱 서러워질 뿐으로 아무런 감동도 느껴지지 않았다. 그리고 부대에서와 마찬가지로 편지를 준 사람에게 구김없는 얼굴로 한결같이 대했다. 그러한 태도가 손님들로 하여금 또한 더한층 걷잡을 수 없는 매력을 느끼게 하는 모양이었다.

정숙하다 얌전하다 하고 숙희의 인기가 높아감에 따라 마담도 숙희를 동생과 같이 대하였다. 마담은 숙희한테 가게를 맡기고 한종일 싸다니는 날이 많았다. 그런 날이면 마지막까지 남아서 셈을 봐야 하기 때문에, 자연 찻집에서 자게 되는 수가 많았다. 그러나 혼자 기다리고 있을 어머니를 생각하고 그는 될 수 있는껏 집에 돌아가려 애썼다.

"오늘같이 궂은 날이면 그곳에서 잘 게지."

하고 어머니가 말했다. 그것은 숙희가 눈을 함빡 쓰고 돌아온 밤이었다. 그런 후 일주일쯤 지나서 숙희가 늦게 돌아오자, 방에는 알지 못할 사나이가 술이 잔뜩 취한 채 코를 골며 자고 있었다. 어머니는 평상시와는 달리 어색한 얼굴로,

"마산에 계신 너의 아저씨 되는 분이란다. 오늘 아침 올라왔다면서 술이 취해가지고 이곳엘 용히 찾아오지 않았겐."

했다.

이튿날 숙희가 깨었을 때에는 벌써 그 손님은 보이지 않았다.

그리고 사오일이 지난 일요일 아침, 숙희가 새벽 미사를 드리고 오는 길에 옆집 부인이 저자를 보러 가다가 숙희를 보고 다짜고짜로 골목 안으로 끌고 갔다. 그러고는 갑자기 숨이 넘어갈듯 분을 참지 못하여,

"네 시어머니가 요즘 어느 놈팽이하구 얼려가지고서…… 글쎄 너같이 정숙한 애 앞에서 무슨 꼴이가, 정말 동네에선 눈이 헤서 못

볼 지경이다"

"그게 정말입니까?"

숙희는 그렇게 반문하면서도, 듣고 보면 실상 마음에 짚이는 일이 한 두 가지가 아니었다.

"정말이 뭐까, 과자 도부꾼에게 미쳐서, 그놈두 엉큼하지. 네가 찻집에서 늦게 오는 것을 알고서는 밤마다 잔뜩 자빠졌다 가군 하지 않겠니?"

하고 낯을 찡기지 못해 침을 뱉었다.

숙희는 몸이 징그럽게 떨리면서도 분명히 허수한 감이었다. 섭이를 두고 이루어진 고부간의 정을 서로 믿고 이해하여 깨끗하게 일생을 즐거이 지켜보겠다던 마음도 꿈만 같았고 마치 자기 몸이 더럽히기나 한듯 분하기까지 하면서 무엇에 속은 것만 같았다.

어머니의 문제는 그때부터 매일 숙희의 마음을 괴롭히었다. 그가 자기의 집을 나가버릴 생각도 해보았다. 그러나 어머니를 버린다는 것은 섭이를 배신하는 것과 같다고 생각했다. 언제나 자기만 경건한 마음을 지켜가면 어느 때에 가서라도 어머니는 반드시 깨달을 때가 있으리라고 믿어지었다. 숙희는 남편의 난봉을 참듯이, 어머니가 하루바삐 바른길로 돌아오기를 기다렸다. 그러기 위하여 그는 날마다 신공을 올리며 첫마디로 그것을 빌었다. 그러면서도 숙희는 어머니가 그러는 동안에 자기의 월급까지 모두 맡겼다가는 나중에 곤경을 당할 것도 걱정하지 않을 수가 없었다. 그러므로 숙희는 옷을 맞췄느니 무엇을 샀느니 하고 없는 일을 꾸며대며 따로이 저금을 시작했다.

음력 정초가 닥쳐지자, 가게의 물건은 눈에 보이게끔 줄었다. 어머니는 그것을 변명하여

"물가는 자꾸 높아가는데 그 장한 장사라고 꼬박꼬박 뽑아만 쓰니

무슨 재간으로 당한다구."

하고 돈을 들여오지 않는 숙희를 나무랐다. 어머니도 숙희가 눈치를 채지 않는가고 의심하기 시작한 모양이었다.

숙희는 어머니의 명절살이로 자미사 저고리 한 감을 떠다 드렸다. 그러고는 그 기회를 놓치지 않고,

"어머니, 요즘엔 우리가 버는 것보다도 쓰는 것이 더 많으니 걱정이 아닙니까? 앞으로 환도도 한다는데, 어떻게 해서든지 절약해서 살 방침을 세워야 하지 않아요?"

하고 타곤히 말했다. 이것이 숙희로서는 어머니의 마음을 돌려보려는 유일의 진정한 말이었다. 어머니는 그 말을 맞대놓고 싫다고는 할 수 없었지만, 숙희가 그런 말을 꺼낸 후에는 반드시 안색이 나빠지는 것도 사실이었다. 더군다나 비나 눈이 오는 밤엔,

"나 혼자 잔다면 범이 물어 갈까 봐, 참 걱정두 많은 애였지."

하고 있던 정도 떨어지게끔 싫은 기색을 드러냈다. 그러나 숙희는 자기까지 집을 비고 다닌다면 아주 파장이 되고 말 것이므로 고통을 참고 견디었다. 하나 어머니는 날이 갈수록 숙희의 존재가 귀찮다고 더욱 노골스러운 얼굴을 드러내었다. 과자 도부꾼이 같이 살자며 그곳에다 과자 가게를 벌여놓으면 큰 수 난다는 소리에 귀가 벌룩해서 몸이 달았다고 옆집 부인이 알려주었다. 그렇다면 자기로서도 더 어떻게 할 수 없는 것이고, 하여튼 자기는 나와서 기다려 보는 수밖에 없다고 숙희는 생각했다. 그들이 그렇게 살다가도 있는 것 다 떨어먹고 곤란하게 되면 자연 사나이는 떨어지게 될 것이고, 어머니도 마음을 고쳐먹고 자기를 찾아올 것이 아닌가고, 그리하여 숙희는 마담에게 사정 이야기를 하고 그와 함께 다방 이층에 있기로 했다.

전신이 기생이었던 마담은 그의 부드러운 성격대로 숙희의 신세를

누구보다도 잘 알아주었다. 그는 늦게 들어올 때면 으레 숙희를 위하여 과일이나 과자를 사들고 왔다. 그들은 자리에 누워서 그것을 먹어가며, 지난날의 서글픈 이야기로 밤을 밝히는 날도 있었다. 이제는 제법 농담도 할 줄 아는 숙희가 믿지 않은 익살을 부려 섭이에게 뺨을 맞던 이야기라도 끄집어내면 마담은 자못 부러운 듯이,

"나도 그런 열렬한 연애나 한번 있었더면."

하고 조롱의 한숨을 쉬다가도 첫사랑의 상처로 눈물을 짓는 날도 있었다. 무엇이나 값비싼 것을 좋아하는 마담은 향수를 사다가는,

"어때, 냄새가?"

하고 숙희의 코에 대주었다. 숙희가 엄청난 값에 놀라면,

"그래도 향순 좋은 것 써야 한단다."

하고 그의 경대 앞에 놓아주기도 했다. 그러면서 숙희는 어머니와 갈래가 벌어지며 새로운 정이 마담에게 옮아감을 느끼었다.

어느 공휴일 아침, 마담은 숙희에게 범어사(梵魚寺)에 바람이나 쐬러 가자고 했다. 마담과 약속된 손님은 어느 해운회사의 사원들이었다.

"그 사람들이라면 숙희도 안심하겠지."

하고 마담은 웃는 눈으로 다짐을 주었다. 숙희도 실상 싫은 손님이 아니었고, 마담과 같이라면 그런 곳도 한번 가보고 싶은 마음이었다.

약속한 장소에는 벌써 그들이 지프를 가지고 와서 기다리고 있었다. 마담이 먼저,

"장 선생님, 숙희를 유인해 온 공로가 있어야지요."

하고 의미있게 말하자,

"이 형을 끌고 온 공로는 어떻게 하고요."

"그런 소리 하는데 숙희야 우린 갈까?"

모두 웃어댔다. 일행 넷이 탄 지프차는 아직 바람이 쌀쌀한 국도를 달려 삽시간에 범어사에 이르렀다. 그곳에서 고적을 탐상하기도 하고 개울가에서 점심을 먹기도 하며 한나절을 보내는 동안에 숙희는 다방에서 늘 대하던 이 씨와 마담의 사이가 이만저만한 사이가 아니라는 것도 알게 되었다. 오는 길에 저녁을 먹자면서 동래에 들렀다. 차가 여관인지 요리점인지 알 수 없는 어느 현관 앞에 멈춰지자, 피곤한 대로 숙희는 마담과 함께 욕탕에 들어가 몸을 풀었다. 마담은 탕 물이 피어오른 얼굴을 더욱 붉혀 숙희에게 자기와 이 씨의 관계를 비로소 밝히면서,

"너두 설마 오늘 혼자 간다고야 하지 않겠지."

하고 숙희의 부드럽고 탐스러운 몸을 풀어진 눈으로 바라보았다. 그러고는 같이 온 장 씨가 어느 누구의 아들이라며 그의 이야기를 꺼냈다. 숙희는 그제야 아침 인사의 의미를 알아채고 얼굴이 달아왔다. 마담은 대답 없는 숙희의 잔등을 꼬집고 먼저 일어서며,

"그래도 내일이면 새침을 딸 애가 뭘."

하고 무엇에 담뿍 들뜬 웃음을 돌리었다. 반발할 여유도 없는 숙희는 무엇에 쏘인 듯 전신이 짜르르하며, 탕 물에서 느껴지는 촉감 속에 있었던 체온이 되살아 올라 홧홧한 것이 그저 무엇을 힘껏 껴안고만 싶었다. 그러나 탕 물을 안아보아도 너무나도 허분하게*2 건더기도 없는 것이 안타까웠다. 숙희도 그만 물을 차고 나와버렸다.

동래의 하룻밤으로 숙희는 그렇게도 쉽게 섭이가 잊혀질 줄은 몰랐다. 말하자면 그가 섭이와의 결혼으로 말쑥한 회사원의 환상을 지운 듯이 장이란 사람과의 하룻밤으로 섭이를 잊어버릴 수가 있었

---

*2 허분하다. 딱딱하지 않고 푸슬푸슬 헤지기 쉬우며 묽다.

다. 그리고 자기는 지난날에 잃었던 동경(憧憬)을 다시 찾았다고 생각했다. 장은 마담의 조롱을 받아가면서도 곧잘 숙희를 끌어내었다. 영도로 송도로 끌려다니는 동안에 숙희는 향락이 무엇이라는 것도 짐작하게 되었다. 향락은 확실히 즐거운 것이었다. 그러나 향락도 어느 한도에 이르면 물리는 모양이었다. 장에게는 그것이 보여지기 시작했다. 어느 날 밤, 장은 술이 얼마만큼 취해서 다방으로 와서 숙희를 불러냈다. 그러고는 중국 요릿집으로 데리고 가서 첫마디로.

"숙희 씨가 나를 그렇게도 감쪽같이 속이다니."

했다. 영문 모를 소리를 듣고 보니 자기는 숙희가 처녀인 줄만 알았다는 것이었다. 숙희는 그렇게도 비열한 사나이와 지금까지 교제해 왔다는 것조차 싫어졌다. 숙희는 들어오는 음식도 보지 않고 일어서 나와버렸다. 가게로 돌아오자,

"숙희가 그런 사나이와 그런 줄은 몰랐는데."

하고 이번엔 언젠가 숙희에게 편지를 준 일이 있는 사나이가 흐린 얼굴을 했다. 숙희는 가슴속에서 불덩이가 불솟는 대로,

"누가 그런 사나이하고요. 참 선생님, 언제 한번 같이 놀러 가요. 전 언제나 좋으니까."

하고 태연스러우면서도 대담하게 대들었다.

이렇게도 사나이를 바꾸는 동안에 숙희의 주위에는 수많은 사나이가 생기게 되었다. 그 속에서 그는 남자를 통하여 여자만이 차지할 수 있는 생활의 윤택과 허영을 알게 되었다. 하나 그것은 언제나 비누 거품과 같이 찬란하면서도 꺼지기 쉬운 것이었다. 어느덧 숙희도 공허를 알게 되었다. 빈 홀에서 혼자 시름없이 앉아 있을 때면 더욱 그것이 뼈아프게 느껴지었다. 그가 거울을 마주 앉고 자기의 얼굴을 들여다보는 습성을 갖게 된 것도 모름지기 그때부터라고 생각된다. 돌이켜 보면 동래에서 일이 있은 후부터 불과 일 년밖에 경과

하지 않은 변천이었다.

　홀에 손님이 별로 없던 어느 날 오후, 숙희는 창가에 앉아서 따사로운 석양빛을 즐겨가며 신문을 뒤척이다가 문득 놀라운 기사를 발견했다. 섭이 어머니가 목을 매어 자살했다는 기사였다. 숙희는 처음엔 몹시 당황하기도 했지만 다시 생각해보니 잘된 성싶기도 했다. 그러면서도 같이 지나던 정이 그렇지 않아, 마음이 울적하여 앉아 있을 때 마담이 와서 차근히 앉으며,

　"넌 또 누굴 생각하느라고?"

　하고 조롱치는 웃음을 웃다 말고 정색해서,

　"넌 언제까지 그러고만 있겠니, 최 전무가 너만 좋다면 서울에 다방을 내줄 생각이라는데."

　하고 말을 꺼냈다. 숙희는 자기가 지금 끼고 있는 반지도 그가 해준 것이라고 생각하며 지금에 누구보다도 자기를 생각해 주는 사람은 역시 그분뿐이라고 생각했다.

　환도와 함께 숙희는 소공동에 있는 어느 빌딩의 방을 얻어 차전을 내었다. 자기 이름의 숙자를 따서 '숙의 집'이라고 했다. 처음엔 이런 곳도 꽤 영업이 될까 하고 불안했지만 역시 부산부터의 낯도 있고 또한 부근엔 큰 회사가 많아 예상 이외로 흥성했다. 숙희는 이제는 제법 마담의 풍채가 생기어 "이리 앉으셔요." 한마디 말을 해도 옛날에 '레지'로 있을 때와는 달랐다.

　어느 날 밤, 숙희는 어느 '파티'에 갔다가 술이 약간 취해가지고 돌아오다 어떤 분이 마담을 몹시 기다리다 갔다면서 레지가 편지를 주었다. 봉투 뒤를 보니 알 수 없는 이름이었다. 그렇다면 또 어느 놈팡이의 편지겠지 하고 대수롭게 여기지도 않고 자기 방으로 들어갔다. 그리고는 방금 헤어진 젊은 건축가와 춤을 추던 흥분과 함께 콧노래를 불러가며 밤 화장을 지우러 경대 앞으로 가 앉았다. 거울 속

엔 모란꽃처럼 붉게 피어 오른 얼굴이 담아졌다. 숙희는 거울 속에 담아진 자기의 얼굴에 저윽이 만족한 듯 간지러운 눈웃음까지 웃어 가며 바라보다 문득 박경수라면 섭이의 불행을 알려준 그이가 아닌 가고 생각나는 대로 편지를 뜯었다.

　부인께서도 물론 아시겠지요. 이번 포로 교환에 섭이가 돌아오게 되었다는 것을…… 그놈이 죽지 않고 돌아온다는 것은 정말 꿈만 같습니다. 하여튼 내일 다시 와서 자세한 말씀…….

　숙희는 전신이 떨리어 편지를 더 읽을 수가 없었다. 그저 먹먹하니 앉은 채 거울만 바라보고 있었다. 그사이에 어느덧 지금까지 아름답다고 생각되던 자기 얼굴이 어쩐지 자기 얼굴 같지 않게 변해졌다. 그러면서 멍하니 벌린 붉은 입술이, 커다랗게 뜬 놀라운 눈이 점점 더욱 무섭게 커지다가 갑자기 자기 앞으로 달려드는 것만 같이 느껴졌다. 겁결에 그는 '으악' 하고 비명을 치다 못해 크림병을 들어 거울을 때려 부수었다. 일순간에 거울은 깨어지고 찢어져, 불빛에 가지가지의 광채가 찬란하게 반사되며 깨어진 조각마다 세일 수 없이 그의 얼굴이 담아지었다. 숙희는 더욱 질겁해 몸을 움치면서 와들와들 떨어대었다. 그러면서도 그는 그 속에서 무엇을 찾아낼 듯이 그래도 눈만은 두리번거리었다. 그러나 그 많은 얼굴 중에서도 섭이를 대할 얼굴을 찾아낼 수가 없는 듯, 빈 웃음을 치다 말고 그만 그의 눈에서는 눈물이 흘려지고야 말았다. 그러자 거울에는 다시금 가지가지의 구슬방울이 애잔하게도 아롱아롱 빛나기 시작했다.

편심(偏心)

　남들이 아버지를 매라고 했다. 매처럼 메마른 때문인지 그렇지도 않으면 매처럼 날카로운 눈을 갖고 있기 때문인지—

　나는 아버지가 늘 '라디오' 앞에서 기미시세(期米時勢)를 듣고 있던 그때의 일을 기억하고 있다. 메마른 얼굴에 늘 긴장을 띠우고 있던 아버지의 눈은 지금도 잊어지지가 않는다. 그러나 아버지는 결국 '라디오' 앞에서 돌아가시고 말았다. 그것은 먹장구름이 떠돌며 소나기가 퍼붓는 어느 날 아침이었다. 수십 일을 가무는 통에 천장을 모르고 올라갔던 쌀값이 갑자기 비가 내리며 폭락이 되자 거기에 '쇼크'를 받아 아버지는 절명하게 된 것이었다. 말하자면 산으로 자꾸만 올라가다가 절벽 위에서 발을 헛짚고 떨어진 것과 같은 죽음이었다.

　아버지가 돌아가시자 그때까지는 꽤 홍성홍성하게 살던 것 같던 우리 집도 와르륵 무너지고 말았다. 우리는 성내 집을 내어놓고 기림리로 이사를 하게 되었고, 일본 가서 음악 공부를 하고 있던 누나도 돌아오게 되었고, 그리고 또 나는 뜻하지 않았던 척수 '가리에스'*¹로 객담을 하고 눕게 되었다. 그것이 바로 내가 열한 살 때의 일이다.

　그때 어머니는 매일 눈물로 날을 새우지 않는 날이 없었다. 그러

＊1 카리에스. 만성 골염으로 뼈가 썩어서 파괴되는 질환. 골질이 석회 염분을 잃고 유기 성분을 액화해 뼈가 손상되고 고름이 남. 거의 결핵균에 의해 늑골, 척추뼈 등에서 일어남.

면서도 어머니는 이 불행을 헤쳐나가기 위해서 누나에게 나를 맡겨 버리고 금 밀수출을 시작했다. 금을 사서 안동현에 갖다 파는 장사였다. 그것도 모름지기 쉬운 장시는 아니었을 것이다.

그때부터 누나는 헌 피아노를 빌려다가 피아노 교습생을 받기 시작했다. 비록 음악학교는 중퇴했다 하더라도 그 당시엔 평양에선 당당한 '피아니스트'였으므로 교습생이 대여섯 명은 되었다. 그것으로 우리 생계에 보탬도 되었고, 또한 자기 몸 치다꺼리도 했다.

나는 어두컴컴한 방에 누워서 피아노의 그 단조로운 음을 들어가며 어머니가 사다 준 동화책을 읽는 것으로 날을 보냈다. 그러나 그때는 지금처럼 동화책도 많지 못했거니와 또한 어머니는 많이 사줄 생각도 하지 않았다. 내가 갖고 있던 동화책이란 '그림' 동화집, 《사랑의 학교》, 그리고는 우리나라 《전래 동화집》 정도였다. 나는 그것을 다 읽고 나서는 처음부터 다시 반복해서 읽었다. 피아노를 배우는 애들이 같은 곡을 자꾸만 반복해서 치듯이. 이렇게도 나는 어제도 오늘도 내일도 똑같은 지루하고도 갑갑한 생활을 얼마 동안이나 계속하였는지 알 수 없으나, 하여튼 그러는 동안에 앓던 뼈가 겨우 굳기 시작하여 의사도 불구자만은 면할 수 있게 되었다고 말했다. 누나가 약혼하게 된 것은 그 무렵이었다.

누나의 약혼자는 스물일곱이면서도 회사의 중역처럼 아주 체지가 있어 보이는 뚱뚱한 청년이었다. 나는 그를 처음 보면서부터 호감을 가졌다. 그것은 무엇보다도 그가 뚱뚱한 때문이었다. 사실 나는 그때 뚱뚱한 사람이라면 무조건 존경하고 싶었고, 메마른 사람이라면 아무리 훌륭하다는 '간디' 같은 사람까지도 멸시하고 싶었다. 그만큼 나는 몸이 쇠약했던 것이다.

나는 벽에 걸린 아버지의 사진을 보고서도 늘 이런 생각을 했다 —내 아버지는 어쩌면 저렇게도 빼빼 마른 북어처럼 메마른 사람이었을까. 내가 '가리에스'로 앓아눕게 된 것도 저런 체질을 물려받은 때문일 거야. 저런 체질 속엔 무서운 독소가 있는지도 모르지. 아니 모를 것도 없는 일이지. 아버지가 그렇게 갑자기 돌아간 것도 분명 그 때문일 걸. 아—나도 부대한 아버지를 가졌더라면…… 내 팔로서는 도저히 안을 수 없는 '드럼'통 같은 아버지를 가졌더라면…… 그 물큰한 허리에 매어달리며 마음껏 어리광을 피울 수 있는 아버지에 태어났더라면 얼마나 좋았을까. 아마 그런 아버지라면 동화책이나 잡지 같은 것도 잘 사다 줄게고, 꾸지람도 하는 일 없을 거야.

그러나 누나는 나의 생각과는 아주 달랐다. 누나는 그가 뚱뚱한 것을 그렇게 좋게 생각하는 기색이 아니었다. 선을 보고 돌아온 날도 "그 사람이 너무나두 뚱뚱하니 같이 다닐 수가 있어요?" 하고 불평을 말했다. 그러면서도 그의 집에 돈이 많다는 데 그런 불평쯤 참을 수밖에 없다는 얼굴이었다. 그것은 어머니도 역시 마찬가지였다. "우리두 이제는 그 매부 덕으로 고생을 면했으면 됐지, 그 이상 더 뭘 바라겠니?" 하고 한숨을 내쉬듯이 말했다. 나는 앓아누워 있으면서도 이제는 다시 전에 살던 성내 집으로 우리가 돌아가게 되는 모양이라고 생각했다.

그는 누나에게 반한 모양이었지만 그러면서도 누나의 '피아노'에 대해서는 별로 관심이 없는 모양이었다. 그런 것보다는 오히려 내가 읽는 동화에 더 흥미가 있는 것 같았다.

누나가 애들에게 '피아노'라도 배워주고 있으면 그는 내가 누워 있는 방으로 와서 자기도 길게 눕고는 내가 읽던 동화책을 집어 들어 "각설 이때에" 하고 할아버지들이 고대 소설을 읽는 투로 읽어대곤 했다. 그러나 언제나 두 장도 읽기 전에 어느덧 코를 골기 시작하는 것이었다. 그 코고는 소리와 단조로운 피아노의 소리는 아주 잘 어울리어 무슨 신기한 연주나 하듯이 들렸다. 그럴 때면 나는 단추가 풀어진 와이샤쓰 사이로 비여나온 그의 배를 바라보며, 그 거대한 배 속에는 무엇이 들어 있을까 하고 생각해보는 것이었다. 역시 그 속에는 누나나 어머니가 바라는 찬란한 금이 가득 들어 있을까, 그렇지도 않다면 누나를 사랑하는 아름다운 마음으로 가득 차 있을까, 아니 그보다도 그이나 내가 좋아하는 동화의 세계가 가득 차 있을지도 몰라…… 이런 어이없는 생각을 했던 것이다.

그러나 누나는 그와 결혼한 지 석 달도 못 되어 다시 집으로 돌아오게 되었다. 그 허광이라는 사나이는 남들이 이야기하는 것처럼 돈도 그리 많지 못했고, 또한 기생의 몸에 아이가 둘이나 된다는 것을 나도 후에 들어서 알게 되었지만, 하여튼 그때 누나는 그같은 사나이를 일생 믿고서는 살 수가 없다고 생각했던 모양이다. 그러나 나는 허광이를 원망하고 싶은 마음은 털끝만큼도 없었다. 오히려 그의 돈만을 생각하고 결혼했던 누나가 미련하다고 생각되었을 뿐으로, 나만큼이라도 그에 대한 호의를 갖는다면 반드시 행복한 가정을 이루었을 것이라고 생각했다.

나는 건전한 발육을 하지 못했기 때문에 중학교에 들어가서도 남들처럼 여자에 대해서는 별로 흥미를 느껴본 일이 없었다. 아니 성에 대해서는 전혀 무관심이었다는 것이 옳을 것이다. 그 대신에 나는 언제까지나 동화의 세계에서 배회하며 공상의 꿈을 즐기고 있었다. 그런 오랜 기간을 거치면서 그것도 성적이라면 성적이랄 수 있는 어떤 하나의 욕망을 갖게 되었다. 이상적인 아버지를 내 머릿속에 그려보는 일이었다.

그때 나는 매일 아침 전차로 통학하면서 어떤 뚱뚱한 신사를 만나곤 했다. 가방을 들고 나오는 것을 보면 그는 회사의 중역쯤은 되는 모양으로 나와 같은 역에서 전차를 타고 여섯째 정거장에서 내리었다. 나는 그와 함께 전차를 타고서는 그의 옆에 되도록 가까이 가서서 가슴을 두근거렸다. 그는 늘 찻간에서 영어책을 펴 들고 읽었다. 나는 그가 책을 읽는 동안엔 그 따스할 듯한 손에 뽀얗게 돋은 솜털을 멍하니 보고 있었다. 그가 손끝으로 책장을 뒤는 것을 보아도 나에겐 신기스럽게 보이었다. 어느덧 그가 내릴 정거장에 이르면 그는 천천히 책을 덮어 주머니에 넣고서 조금도 덤비는 일 없이 내리었다. 그러면 나는 급기야 그가 앉았던 자리에 가 앉았다. 그리고는 밑에서부터 그의 체온이 내 몸속으로 옮아지는 듯한 쾌감을 느껴가며 그가 걸어가는 뒷모양을 들창 밖으로 찾는 것이었다. 그는 전차가 가는 반대 방향으로 걸어갔다. 그러므로 전차가 떠남을 따라 그와의 거리는 삽시간에 멀어져, 보이지 않게 되었다. 그래도 나는 그의 뒷모양을 찾으려고 애쓰다가 그만 하는 수 없이 눈을 감고, 나도 저런 아버지나 있다면, 하는 공상에 젖어들기 시작하는 것이었다. 그런 때면, 나는 언제나 어리광을 피워보겠다는 생각부터 먼저 했다. 예를 든다면 오늘이 토요일이니까 내일은 일요일이지, 일요일이면 아버지와 둘이서 낚시질도 갈 수 있는 일 아닌가. 낚시꾼들이 들끓지 않는 조용한 곳으로 찾아가서 둘이서 낚시를 드리우고 어머니가 싸준 도시락을 먹는 맛이란…… 아버지가 붕어를 잡아내면 나는 넙치를 잡아내고 그런 중에 내가 어쩌다가 뿜반*² 쯤 되는 잉어를 한 마리 잡아내면 아버지가 그것을 부러워하다 못해 돌아오는 길에서 "집에 가선 그 잉어 내가 잡았다고 하자야." 하고 그런 말을 할지도 모르지. 내가 싫다고 고개를 돌리면 "그럴 것 없이 내게 팔어 팔어. 얼마에 팔겠니?" 이런 말이 나올 게야. 활동사진 구경을 가자면 나도 돈은 필요한 것이므로 못 견디는 체하고 삼십 전에 사

---

*2 땜반의 오식으로 보임.

라고 하지. 그러나 결국 이십 전에 낙찰될 거야. 아버지도 내가 구경 갈 생각이란 건 알고 있으니까 그 돈에서 더 줄 리는 없는 것 아니야. 그건 하여간에 아버지가 집에 가서 어머니에게 자랑하는 모양이란, 그렇게 며칠이 지나면 그 일이 자연 드러날 것 아니야. 그때에 온 집안이 쏟아놀 웃음판이란……

이렇게도 공상은 공상의 꼬리를 이어 내가 전차에서 내릴 때까지 계속되는 것이었다.

그러면서 나는 그 신사에게 더욱 열중하게 되었다. 나는 그 신사가 내게 관심을 돌리기 위하여 영어책을 읽는 그의 옆에서 '리다'*3를 꺼내어 속소리로 읽어본 일도 있었다. 그러나 그는 다른 사람의 일에는 일체 무관심인 듯 눈 하나 까딱하지를 않았다. 그때의 나의 부끄러움이란……

또 언젠가는 그의 앞에서 나는 일부러 손수건을 떨어쳤다. 그것을 그는 분명히 보았으리라고 생각되는데도 여전히 책만 읽고 있었다. 나는 그만 부아가 나서 떨어진 수건을 모른 체하고 구둣발로 밟았다. 그러자 맞은편에 앉았던 여학생이 마지못해 그것을 알려줬다. 나는 얼굴이 빨개졌다. 빨개진 채 그 여학생이 미웠다. 그러니 그 신사가 미꼴사납던 것이란 더 말할 수 있으랴.

그런 일이 있은 지 며칠이 지난 어느 토요일 밤, 우연히도 그 신사를 야시장 거리에서 만나게 되었다. 나는 그를 삼사 미터 앞에서 보고 무슨 죄나 진 것같이 가슴이 뛰는 대로 불시에 고개를 숙였다. 그러면서도 그 신사가 몹시도 즐거운 얼굴로 왼쪽 옆구리에 커다란 수박을 끼고 나와 동년갑의 볼이 토실토실한 소년의 손을 잡고 가는 것을 놓치지 않고 보았다. 그 순간에 나는 지금까지 뛰던 내 가

---

*3 reader의 일본어 표기로 보임. 즉 '영어 독본'을 의미하는 듯.

슴이 싸늘하게 식어짐을 느끼었다. 그것도 일종의 질투심에서 오는 것이었던지 알 수는 없었으나 하여튼 그때부터 그 신사에 대한 흥미가 완전히 없어진 것만은 사실이었다.

나는 이런 덧없는 실망을 몇 번이나 되풀이한지 모른다. 어떤 때는 단 십 분도 못 가서 싫어지는 사람도 있었고, 어떤 때는 두 달이고 석 달이고 쭉 계속하는 사람도 있었다. 내 좋아하는 그런 사람들은 또한 직업별로도 종잡을 수가 없었다. 때로서는 고깃간의 주인도 대상이 되었고, 의사와 회사 중역인 경우도 있었다. 한때는 미국 선교사에게 미쳐서 주일학교를 열심히 나닌 일도 있었다. 이러한 나의 이상한 취미는 급기야 학교 성적까지에도 드러나게 되었다. 부대한 선생의 과목은 으레 성적이 좋았으니…….

언젠가 나는 결막염으로 누나와 같이 도립병원에 갔던 일이 있었다. 누나가 아는 의사가 있기 때문에 같이 갔던 것이다.

그때 치료를 끝마치고 복도로 나오자 그곳에서 기다리고 있던 누나가 어떤 남자와 이야기를 하고 있었다. 그 사람도 부대한 몸이었지만 어딘지 모르게 초라한 것이 내가 좋아하는 타입은 아니었다. 내가 좋아하는 타입은 우선 혈색이 좋아야 했고 삐루*⁴ 통처럼 앞배가 나와서 곡선미가 있어야 했다.

그 사나이는 내가 그 앞으로 가자 지금까지 하던 말을 뚝 멈추고서 내 얼굴을 유심히 바라봤다. 그러고는,

"늘 누워 있던 동생이 이렇게 컸나?"

하고 놀란 얼굴을 누나에게 돌리었다. 그러나 누나는 대답도 없이 멸시하는 표정으로 그를 외면해 버리고 말았다. 그러자 그는 다시금

*4 일본어로 맥주를 뜻함.

나를 향해 싱긋 웃으면서,

"나 생각나니?"

하고 물었다. 나는 그제야 내 동화책을 얼굴에 올려놓고 코를 골던 그의 옛모습을 생각해낼 수가 있었다.

"그럼요."

하고 나도 그가 웃는 대로 싱긋 웃었다.

"넌 왜 저런 사람하고 웃는 거야."

하고 누나가 뽀로통해서 내 손을 끌었다.

"왜 그렇게 급해서 야단이요. 오래간만에 만났는데 어디 가서 저녁이나 먹읍시다."

하고 그는 넌지시 누나에게 말을 건네었다. 그러나 누나는 그런 말은 들으려고도 하지 않고 나도 귀치않은 듯이 내버려 두고 총총히 걸어 구름다리를 뛰어 내려갔다. 그러자 그는 분주히 뒤따라갔으나 사타구니에 무엇을 끼운 것 같은 이상스러운 걸음으로 빨리 걷지를 못했다. 그것을 보면 아마 그런 병 때문에 병원엘 오게 된 모양이었다. 그는 구름다리 위에서 잠시 굽어보고 서 있다가 다시금 뒤따라 어정어정 내려갔다. 그러나 그가 현관까지 갔을 때에는 누나는 나도 기다리지 않고 벌써 없어지고 말았다. 그래도 그는 자갈이 깔린 현관 앞까지 나와서 두리번거려 누나를 찾아보다가,

"내일두 또 누나와 같이 오겠지?"

하고 내게 물었다. 허전한 얼굴이었다. 나는 그의 표정에 동정이 가면서도,

"오겠지요."

하고 나도 모르게 싸늘한 대답을 했다.

내가 집으로 돌아오자 누나는 극도로 흥분된 채,

"이제는 그 사람 보기만 해두 등골이 오싹해지는 걸요. 어쩌면 그

렇게두 비위가 좋구 치근치근할까."

하고 어머니와 이야기를 하고 있었다.

"그 꼴이면서두 허풍은 여전하지 않아요. 뭐 자기가 갖고 있던 산에서 흑연이 나는데 그걸 팔면 다시 벼락부자가 된다는 거지요. 그렇게두 속은 내가 그 말을 곧이들을 줄 알구! 정말 박 선생이라두 들을 것 같아서 겁이 났어요."

나는 그 박 선생이라는 분이 나를 봐준 의사인 모양이라고 생각하고 있는데, 누나는 문득 내게로 얼굴을 돌려,

"너보구 뭐라고 하던?"

하고 물었다. 나는 누나의 그 의식적인 반발에 반감을 느끼고 있던 참이라,

"집에 한번 놀러 오겠다면서 어머니두 잘 있느냐구 문안하더군요."

생각지도 않았던 말을 한마디 하고서는 내 방으로 가버렸다. 그리고는 아버지의 사진을 또 쳐다보며 아버지의 얼굴이 그 사람만큼이라도 부했더라면 하는 생각을 해보았다.

다음 날 누나는 허광이를 만날 것이 겁이 나는 모양으로 나를 병원에 데리고 가지 않겠다고 했다. 그러고는 그를 병원에서 만나더라도 말을 해서는 안 된다고 했다. 나는 아무 말도 없이 집을 나와버리고 말았다.

나는 병원에 가는 도중에서 허광이라는 사람은 누나나 어머니가 생각하는 것처럼 사실로 나쁜 사람인가, 내가 생각하는 것처럼 그렇다고는 할 수 없는 사람인가, 하고 생각해보았다. 그렇게 생각해보면 역시 나는 부한 사람에 대한 '핸디캡'이 있기 때문에 무작정 그를 좋게 보려고만 하는 것 같았다. 그렇다면 나의 이런 감정에 대해서는 앞으로 주의해야겠다고 생각했다. 그러나 그것은 그저 그렇게 한번 생각해보는 것뿐으로 그 감정은 나로서도 어쩔 수 없는 일이었다.

그날도 나는 치료가 끝나고 나서는 집에 돌아오려고 하지 않고 공연히 복도를 몇 번이나 돌았다. 그 다음 날도 역시 마찬가지였다. 그러면서 나도 모를 커다란 실망이 자꾸만 가슴속에 얹어짐을 느꼈다. 그럴수록 나는 그를 만나야 할 일도 없으면서 그를 꼭 만나야 할 것만 같았고, 만나지 않고서는 공연히 불안해 견딜 수가 없었다.

어느 날 나는 치료를 받고 나오는데 어떤 부대한 사나이가 저편 비뇨기과 앞에서 모퉁이를 돌아가는 것이 걸핏 눈에 띄었다. 나는 분주히 따라가서 "나 좀 봐요!" 하고 소리쳤다. 얼굴을 돌린 사람은 내가 처음 보는, 몸도 그렇게 뚱뚱하지 않은 사나이였다. 나는 몹시 실망했다. 그리고는 그렇게도 실망하는 나 자신을 느끼고서는 놀라지 않을 수가 없었다.

그다음 날이었다. 약국에서 약을 받고 있는데 누가 내 어깨를 툭 쳤다. 부드러운 촉감이면서도 커다란 손의 탄력이라는 것을 나는 직감적으로 알아냈다. '이건 틀림없이 허광이다.' 나는 무슨 문제를 알아맞히듯이 그를 쳐다봤다. 역시 허광이었다. 나는 그를 만난 것이 기쁘다느니보다도 그것을 알아낸 것이 기쁜 것처럼 웃었다. 그는 눈을 두룩거려 내 주위에서 누구를 찾고 있는 모양이더니,

"오늘은 혼자야?"

하고 물었다. 그는 누나가 오지 않은 것을 알고서는 실망하는 빛을 노골스럽게 드러내어 눈을 두어 번 섬벅거리다가,

"자, 그럼 또 만나."

하고 손을 들었다.

나도 웃음으로 인사를 하고 무슨 큰 소원이나 이룬 것처럼 가벼운 걸음으로 대여섯 발짝 걸어갔을 때, 나를 부르는 그의 소리가 다시금 났다. 얼굴을 돌리자 그는 여전히 이상스러운 걸음으로 내게로 가까이 와서 아주 다정스럽게도 내 어깨에 손을 올려놓으며,

"다른 데 들를 데 없지?"
하고 물었다.

나는 내 어깨에 올려놓은 육중하고도 따뜻한 그의 손에 억눌리우듯 "응." 하고 고개를 끄덕이었다.

"그러면 잘됐어. 나하고 가자."

"어디요?"

"어디구 좋은데."

나는 얼굴이 달아오는 것 같아서 눈을 깜박이었다. 그 순간에 누나의 모밀눈이 생각나지 않은 것은 아니었지만 그런 것은 문제가 되지도 않았다. 나는 오래전부터 그에게서 그런 말이 나오기를 기다리기나 했던 듯이 "좋아요, 어디든지 따라가겠어요." 하고 나는 마음으로 소리쳤다. 그것은 용기에서 나온 행동이라느니 보다도 어떤 억센 감정에 지배를 받아 어쩔 수 없이 끌려가는 체념과도 같은 것이었다.

우리는 영화관으로 들어갔다. 영사막에 흘려지는 영화는 엉터리 같은 '후트 깁슨'이 악한들을 때려눕히는 서부희극이었다. 나는 신이 나서 보고 있는 중에 문득 보니 그는 어느 사이에 잠이 들어 코를 골고 있었다. '후트 깁슨'이 악한들을 추격하는 장면이 나오자 관중들의 박수가 터지었다. 그 소리에 펀뜻 눈을 뜬 그는 분주히 화면을 보는 듯했으나 잠시 후엔 또다시 머리를 쪼아대며 코를 골았다. 나는 무엇보다도 옆사람 보기가 부끄러워 견딜 수가 없었다.

"그만 보구 나갈까요?"

눈을 뜬 기회를 타서 그에게 가만히 말했다. 그는 옆의 사람들이 처다보리만큼 커다란 소리로,

"재미없어?"

하고 내게 얼굴을 내댔다. 나는 더욱 부끄러워진 채 잠자코 있

었다.

"재미없으면 나가지."

하고 그는 잠에서 깨어나는 소리로 일어서려고 했다. 그것을 나는 분주히 그의 팔을 잡아다니어 앉게 했다.

"재미있어요, 다 보구 가요."

그는 다시 앉고 나서는 얼마 동안은 점잖게 앉아 있었지만, 그러는 사이에 무거운 체중이 나를 기대고 있다는 것을 느꼈을 때에는 또다시 그는 거렁거렁 코를 골기 시작했다. 그렇다고 내가 몸을 빼내게 되면 그는 그 자리에서 당장 고꾸라질 판이었으므로 나는 눈을 꾹 감고 그 압력을 참고 견디었다. 그러자 내 전신에는 부드러운 감각과 함께 따뜻한 체온이 점점 퍼지며 그가 내 옆에서 동화책을 펴 들고 자던 그때의 일이 떠올랐다. 그러면서 그때가 말할 수 없이 행복했던 듯한 착각과 함께 나는 그에게서 사랑이나 받는 듯한 기분으로 언제까지나 이대로 이대로 있고만 싶은 마음이었다.

극장을 나오자 아직도 어둡기 전인 저녁이었다. 나는 거기서 그와 헤어져 집으로 돌아갈 생각이었다. 그러나 그는 나를 또 중국 요리점으로 데리고 갔다. 기생도 부를 수 있는 꽤 큰 집이었다. 보이가 이층으로 안내해주는 대로 방을 잡고 맥주와 요리를 청하고 나서는 갑자기 나를 향해 히죽하니 웃었다. 그것은 비굴스러우면서도 부끄러움에 찬 웃음이었다. 그 웃음을 그대로 계속하면서 나를 자꾸만 보고 있었다. 천치가 어떤 여인을 히죽거리며 쳐다보는 듯한 그런 눈길이었다. 나는 참고 앉아 있을 수 없으리만큼 난처했다. 천장도 쳐다보고, 벽에 걸린 손문과 장개석의 사진도 쳐다보고, 고개를 돌려 들창 밖으로 멀리 떠 있는 '애드벌룬'도 쳐다봤다. 이러는 동안에 음식이 들어왔다. 나는 무슨 위험 속에서 벗어난 듯한 느낌이었다. 그러면서 그 순간에 그의 입에서 무슨 말이 있으리라고 생각했다. 대체로 누구나가 부끄러운 짓을 하고 나서는 그것을 감추기 위해서 딴 말을 꺼내는 일이 많기 때문이다. 그때는 '가리에스'로 누워서 앓기만 했는데 지금은 훌륭한 중학생이 되었다든가, 누나를 꼭 닮은 것이 계집애 같다든가, 사나이가 계집애같이 생긴 건 그렇게 자랑할 것이 못 된다든가, 으레 이런 말이 나오리라고 생각한 것이었다. 그러나 그는 나의 예감과는 달리 '컵'에 맥주부터 부어 그것을 단숨에 쭉 들이켰다. 그러고는 또 부어서 쭉 들이켰다. 이렇게 석 잔을 연거푸 마시고 나서야 갈증이 꺼지는 듯한 얼굴로,

"한 잔 먹을래?"

하고 거품이 묻은 '컵'을 내게 내대었다. 너무나도 맛있게 먹는 모양을 보니 나도 침이 꿀꺽 넘어갔다. 그러면서도 나는 싫다고 고개를 돌리면서 웃었다.

"그럼 이거나 먹어."

하고 자기가 먼저 손으로 '뎀뿌라'를 하나 집어 불근불근 깨물었다. 그가 혼자서 맥주를 세 병째 기울일 때 기생이 왔다. 눈시울이 풀어진 노기였다. 나는 짜장면까지 먹고 나자 아무것도 할 일이 없어졌지만, 둘이서는 맥주를 많이 마시는 내기나 하듯이 마셔댔다. 나는 그것을 아주 흥미나 있는 일처럼 구경하는 수밖에 없었다. 맥주는 계속해서 날려 와 빈 병이 여기저기서 굴게 되자 그들도 어지간히 취하여 나 같은 것은 있거나 말거나 서로 물어뜯고 키들대며 야단이었다. 그렇다고 나를 전혀 도외시하는 것도 아니었다. 서로 옳다고 승강을 할 때는 자기편이 돼달라고 나를 끌어다니기도 했고 코구멍으로 담배를 피워 웃기려고도 했다. 나는 웃고 싶은 기분보다도 우울한 채 억지로 하품을 참는 것이 고작이었고, 나중엔 지루하다 못해 눈물이 날 정도였다.

그렇게 한참이나 야단치다가 갑자기 그는 정색한 얼굴이 되어,

"몇 시야?"

하고 기생에게 물었다.

"열 시두 넘었어요."

초조해서 앉아 있던 내가 이어 대답하자,

"그럼 가볼까."

하고 일어섰다. 생각보다는 비교적 취한 동작도 아니었다.

거리로 나오자 그는 장난감 같은 '다또상'*⁵을 한 대 잡고서 나를 먼저 태우고서는 자기도 올라탔다. 그가 올라타자 차가 기울어지며 쓰러질 것 같았다. 차는 움직이면서 겨우 안정이 되었다.

"늦었는데 내 집까지 데려다 주지. 어머니에게 사과두 하구."

나보고 걱정하지 말라는 듯이 웃으면서 내 어깨 위에 팔을 올려 놓았다. 그러고는 〈이 풍진 세상〉을 코노래로 부르다가 문득 눈을 부릅뜨고,

"너 집에 가서 오늘 이야기 해선 안 된다."

하고 다짐을 받았다.

나는 처음으로 술 취한 사람과 동행이 되었으므로 술 냄새가 고 약했지만 그것보다도 이런 사람과 같이 집에 가면 어머니가 화를 낼 것이 걱정스러웠다. 그러면서도 또 한편 어머니와 누나가 이 사나이를 대하고 당황해하는 모양도 한번 보고 싶은 마음이었다.

차는 어느덧 칠성문 앞을 지나 우리 집에 이르렀다. 그는 차에서 먼저 내리고서는 대문을 열라고 요란스럽게 떠들어댔다. 내가 온 줄만 알고 뛰어나온 어머니는 그를 보고 뒤로 쓰러질 듯이 놀래었다. 그러나 그는 술 취한 기분에 비윗살 좋게,

"어머니, 오래간만입니다. 나를 몹시 욕했지요. 그래두 난 어머니가

---

*5 일본어로 '소형 승용차'를 뜻함.

이렇게 보고 싶어서 찾아온 것이랍니다."

하고 절을 굽신 했다. 그러고 나서는 마루 앞에서 구두를 벗으며 방으로 들어가려고 했다. 그것을 어머니가 분주히 그의 꽁무니를 잡아낚으었다. 그는 한 다리를 든 채 뒤로 비틀거리다가 나를 보고 싱긋 웃었다. 나도 따라 웃었다. 그러고는 어머니에게 민망한 생각이 들어 내 방으로 쑥 들어가 버리고 말았다. 그러자 큰 방에서 도망쳐 건너온 누나가 내 앞에 나서며,

"이 맹추야, 저건 무엇하려구 데리고 왔니."

하고 주먹을 들먹거려 속소리를 치며 눈을 흘겼다. 나는 그를 데리고 오고 싶어서 온 것도 아니면서도 변명할 말이 없어 고개를 숙였다. 누나는 여전히 흘기는 눈으로 내 책상 앞에 가 앉았다.

허광이는 큰방에 들어가 앉아서 뭐라고 지껄이는 모양이었다. 그러나 뜰을 건너 들리기 때문에 문창호지에 대고 말하는 소리 같아서 무슨 소린지 알 수가 없었다. 그 소리 사이사이로 어머니의 가파로운 소리도 들리었다.

나는 누나의 험악한 눈길을 대하고 있을 수가 없어서 다시 마루로 쫓겨 나왔다. 그곳에서는 그들의 말을 어느 정도로 알아들을 수가 있었다. 허광이는 누나를 만나게 해달라고 어머니에게 조르는 꼴이었다.

"이 사람아, 그 앤 시골 이모네 집 갔다지 않아. 시골 간 애를 어떻게 지금 만날 수 있어."

어머니는 술 취한 그를 얼러서 보낼 생각인 모양이었다. 그러나 그는 그런 말로는 통하지가 않았다.

"그렇다면 여기서 자고 기다려서 내일 만나도록 하겠어요."

"내일 올지 모레 올지 시골 간 사람을 어떻게 알겠나."

"그럼 올 때까지 기다려 만나기로 하지요."

그 소리에 어머니는 화가 난 모양으로 갑자기 언성이 높아졌다. 그러고는 지난날의 그의 잘못을 끄집어내어 그를 윽박아 주었다. 그래도 그는 태연했다.

"그렇기 그 사람을 만나겠다는 것이 아니예요. 만나서 제가 사과를 하고 지난날의 오해를 풀겠다고……."

그러자 어머니의 말이 뚝 그쳐버리고 말았다. 너무 기가 막혀서 말이 나오지 않는 모양이라고 생각했더니 어머니의 울음 섞인 소리가 들리었다.

"제발 가줘요. 글쎄 지금 와서 무슨 낯짝 들구 남이 된 지 오랜 사람을 만나겠다는 거야."

그 소리에 그는 펄딱 뛰듯이 말했다.

"남이라구요? 천만에요. 난 그렇게 생각지 않아요. 그 사람은 아직도 내 아내지요. 내 아내 아니구요. 하여튼 난 그 사람밖에 아내로 생각하는 사람이 없으니까요."

"기생의 몸에 아이가 둘셋씩이나 있다면서두 그런 소린가."

"그게 무슨 아내요. 어머니두 참 그거야……."

"우리 모자가 자네한테 속은 것만 해두 원통해 죽겠는데 뭐가 또 부족해서 지금 와서 이 주정인가."

"그렇기 사과하러 왔다구 아까두 말하지 않아요. 그러나 나두 이전 사람이 달라지게 되었지요. 이제 흑연광만 팔게 되면 그 사람 아니라, 어머니까지두 호강을 시킬 수 있게 되었으니 말예요."

"우린 이제는 그런 호강 바라지도 않겠으니 어서 가기나 하게."

그러자 그는 갑자기 목소리가 높아졌다.

"내가 큰 부자가 돼두 어머닌 후회하지 않는단 말이지요?"

"그래, 후회하지 않을게."

"고래 같은 집에서 예쁜 색시를 데려다 살아두요?"

"그래."

"그래두 그 사람은 그렇게 생각하지 않을 거예요. 그러니까 그 사람을 만나고 가겠다는 거지요."

그제야 어머니는 그와 그런 이야기를 밤새도록 해도 끝이 나지 않으리라고 생각한 모양으로 나를 불렀다. 그러고는 차를 한 대 잡아 오라고 했다. 그러자 그는 분주히 어머니 앞에 굴복하고 엎디어 손을 비비면서,

"오늘 하룻밤만 재워줘요. 피곤해서 지금은 갈 수도 없는 걸요."

하고 애원했다. 나는 그 꼴이 우스워 웃음이 튀어나오려고 했으나, 그래도 어머니는 냉정했다.

"집엔 자네 재울 침구도 없어."

"그래두 그 사람 덥던 이불은 있을 것 아니예요. 오래간만에 그 이불이라두 덥구 자게 해줘요."

그 말에 어머니는 징그러운 듯이 어깨를 떨었다. 그러면서 나를 향해,

"너는 왜 그곳에 우두커니 서 있니. 빨리 가 차를 불러 오라는데."

하고 소리쳤다. 그러나 그때는 이미 열두 시가 가까웠을 때이므로 나가야 차를 잡을 수 있을 것 같지도 않았다. 그러므로 나는 머뭇거리다가,

"늦어서 차를 잡을 수도 없을 텐데 내 방에서 하룻밤만 자랍시다레."

하고 말했다.

"안 된다지 않아."

어머니의 번개 같은 눈길이 내게 와 닿았다. 그 순간에 그는 벌떡 일어섰다.

"그 앤 꾸짖을 것 없어요. 내가 가면 될 것 아니오. 내가 갈 테니

걱정 말아요."

딸꾹질을 두어 번 하고 나서는 비틀거리며 미닫이를 벌컥 열었다. 미닫이가 열린 사이로 가득 차 나가는 그의 뒷모양을 바라보며 나는 알 수 없게도 어머니가 미워 견딜 수가 없었다. 그는 신을 찾아 신고 나서 누나가 있는 나의 방을 잠시 보고 서 있다가 쓸쓸히 돌아가 버리고 말았다.

그 후에도 나는 늘 그를 만나고 싶은 마음이었지만 그 후로 그는 내가 사는 평양에서 아주 떠나버리고 말았는지 통 볼 수가 없었다. 그러면서 나도 뚱뚱한 사람에 대한 나의 이상스러운 그 편협도 점점 엷어지고 말았다.

지금은 그 사람을 길에서 만나더라도 알아볼는지가 의심스러운 일이지만 그때의 그 허광이라는 사람은 어머니들이 생각하던 그런 사람도 아니고 내가 생각하던 그런 사람도 아니라는 것만은 알 수가 있다. 지금에 그가 살아 있다면 또 얼마나 변했을까.

풍속(風俗)

　진화는 어느 출판사에서 교정을 보고 있었다. 그 출판사에서는 대체로 '법' 자가 붙은 책을 출판했다. 예를 들면 《연애의 비결법》, 《토끼 사육법》, 《사교댄스 교습서》와 같은 것들이 있다. 이러한 책들은 물론 외국의 책을 그대로 갖다가 베껴 내는 것이었다. 그러나 진화는 그러한 것엔 신경을 쓸 필요는 없었고 또한 참견할 권리도 없었다. 활자로 된 그저 그러한 원고들이 활자로 된 오자를 집어내기만 하면 그뿐이었다.

　그는 배가 쪼르륵거리며 눈이 핑 돌게 되면 오늘 하루의 일은 겨우 절반쯤 끝났다는 것을 느끼며, 그제야 숨을 모아 길게 내쉬어 보는 것이었다. 그리고는 시뿌연 국물이 담아진 뚝배기의 설렁탕을 생각해보는 것이지만, 그것은 이어 오식인 듯싶어, 백 환짜리 우동을 생각하고서는, 그것도 역시 오식인 듯싶어, 결국은 스토브 앞으로 가서 뜨겁고도 깨끗한 백비탕*1 한 잔으로 낙찰을 짓고 만다.

　이렇게도 하루를 지나놓고 사를 나오게 되면 눈이 핑핑 도는 대로 집도 사람도 자동차도……그의 눈에 보이는 것은 모두가 오식투성이로만 보이었다. 그러나 또 달리 생각해보면 자기가 오식투성이기 때문에 세상은 지꾸만 오식으로 보이는지도 모른다고 생각되었다. 그는 고개를 숙이고서 그것을 열심으로 생각하며 걷는 것이었다.

---

*1 아무것도 넣지 않고 맹탕으로 끓인 물.

세상이 오식인가, 내가 오식인가, 세상이 틀린 것인가, 내가 틀린 것인가, 그러나 그는 그것을 해결하지 못한 채 그의 하숙에 이르게 되고 마는 것이었다.

그의 월급은 이만 환이었다. 그것에서 일만 오천 환이란 하숙비를 떼어버리고 나면 우울하다는 두 글자밖에 남는 것이 없었다. 말하자면 그는 우울하기 위해서 사는 것만 같았다.

그러나 그의 나이는 스물아홉이었다. 그 나이로 우울만 하기 위해서 산다면 그것은 정말 너무나도 우울한 일이었다.

그러므로 그는 되도록 이 우울에서 벗어나려고 애썼다. 그가 일기를 쓰기 시작한 것도 그러한 우울에서 벗어나기 위한 노력의 하나였다. 그러면서 때때로 자기는 문장에 특별한 재간이 있는지도 모른다고 생각하게 되었다.

그는 일기를 쓰는 공책에다가 신문에 나는 시나 수필 같은 것을 오려 붙이었다. 그리고 자기가 읽은 감상도 그 옆에다 썼다. 그날의 천기 같은 것도 정확히 써넣으므로 그것을 보면 절기가 변하는 것과 사회에서 일어나는 것 같은 지난날의 모든 일이 언제나 알 수 있게 되어 있다.

—맑은 날씨, 근종일무,*² ……나는 이 시를 읽고 감동을 받은 바크다. 태양과 같이 살자, 얼마나 씩씩한 말이냐.

또한 어떤 때는

—오후부터 비가 내리다. 가을이 깊어가는 비다. 고향에서는 한참 밤을 따기 시작하겠구나.

그리고는 딴 줄을 잡아, 괄호를 치고,

—구두를 사야겠는데, 별수 없다. 남대문 시장에 가서 헌 구두나

---

*2 '맑은 날씨, 종일 근무'의 오식으로 보임.

사도록 노력할 것. 날씨가 좋은 날은 잊고 있었지만 비가 오므로 구두가 새는 것을 느끼게 된 모양이었다.

또한 어떤 곳엔

—내가 바라는 것은,

하고서는

백만 환을 바라는 것은 아니다. 바란대야 생길 리도 없는 것이다. 그저 월급이 삼만 환만 되어주기를 바라는 것뿐이다. 그러나 이것도 좀처럼 가망이 없다.

그리고 삼사일 후의 것에는

—사장은 오늘이 월급날이라는 것을 또 잊어버린 얼굴이다. 그 얼굴은 내일도 역시 마찬가지일지 모른다. 그러면 이번 달에도 또 십여 일쯤 끌 셈인가, 월급날이 지나고도 월급을 받지 못하는 것처럼 답답한 일이 없는데, 사장은 어쩌면 그렇게도 태연할 수 있을까—

실상 사장은 출판사 말고도 큰 인쇄소까지 갖고 있지만 인색하기가 짝이 없었다. 한 달에 열흘 이상이나 잔업을 시키면서도 잔업 수당이란 한 번도 내본 일이 없었다. 가끔 어떻게나 되면

"영록이 너 가서 그거 아홉 그릇만 시켜 오너라." 하고 모두가 들으라는 듯 사동에게 소리쳤다. 그거라면 별것이 아니라 백 환짜리 짜장면이었다. 그래도 사원들은 그것이나마 만족한 듯이 쭈룩쭈룩 마시었다. 그 소리에 사장도 자못 만족한 얼굴로

"맛있지?"

"네."

"그러면 두 시간만 더 일을 해."

잔업 수당은 그런 선심에 포함된 모양이라고 단념해버리지만, 월급을 월급날에 주지 않는 것은 정말 가슴이 좋여 들어오는 일이었다. 오늘인가, 오늘인가 하고 사장의 기색만 살피는 동안에 어느덧

십여 일이 지나고 다음 달 월급날의 꼬리를 물게 된다. 그렇다고 두 달의 월급을 한꺼번에 콱 줄 리는 없다는 것을 이편에서 잘 알기 때문에 더욱 초조감을 느끼게 된다. 사원들은 참다못해

"정말 견딜 수가 없어요. 월급날을 지켜줘야지 이거야."

하고 말하면,

"그렇다면 돈 많은 한국은행에 가서 일하지, 왜 여기 와서 일하면서 야단인가. 월급은 짤라먹진 않을 터이니 안심하구들 있어."

하고 한마디로 시침을 따버리고 만다. 사장 자신은 앞으로 돈을 벌어서 은행도 한번 경영해보리라는 생각을 하고 있는 모양이지만, 사원들은 지금부터 분수에 넘치는 그런 버릇을 갖게 되면 안 된다는 것이다.

어느 날 진화는 사무실에서 일기장에다가 신문에 난 시를 오려 붙이고 있었다. 그때에 문득 정신이 들고 보니 등 뒤에 사장이 와 있었다.

"아니 이것은 어떻게 교정을 본 셈인가?"

사장은 교정을 본 인쇄 뭉치를 내보이면서 말했다. 그는 키가 작은 데다가 힘껏 살이 쪄 둥실둥실한 자루가 두서너 개 잇닿은 것 같은 인상이었다. 시를 오려 붙이는 데만 정신이 팔려 있던 진화는 사장의 소리에 놀라는 동시에 그의 기분이 좋지 않다는 것도 그 순간에 알아채었다.

진화는 분주히 일기장을 덮으면서 얼굴을 붉히며 일어섰다.

"도대체 이것이 뭐냐 말야. 나를 망칠 셈인가?"

진화는 사장의 억양으로 화가 난 것이 어느 정도라는 것도 잘 알고 있었다. 사장이 화가 극도로 났을 때에는 고함치는 대신에 같은 말을 몇 번인가 반복했다. 그러다가 나중에는

"그만두게나, 내일부터 그만두라구."

하고, 이제는 아주 이편을 동정해주듯이 부드러운 말로 반복하는 것이었다. 진화는 지금도 그것을 생각하고 전신이 오싹함을 느꼈다. 그는 이전에도

"그만두게나."

라는 소리를 두 번이나 들은 일이 있었다. 처음에 이것을 선고받았을 때에는 내일부터 이곳에 다시 오지 못하게 된 것이라고 생각하고 풀이 죽었던 것이다. 그러자 동료 하나가

"이편에서 먼저 그만둘 필요는 없어. 밀어낼 때까지 견뎌볼 거지, 사장은 요즘같이 그리 바쁘지 않을 때면 자기 발로 걸어 나가기를 바라는 것이지만, 이편에서 모른 척하면 별수 없는 거야."

하고 진화를 위로해줬다. 사실로도 그의 말대로였다. 두 번째 들을 때에는

"그만두라."

는 그 소리가 더욱 저질스럽게 반복되면서

"실상 자네는 전번에 벌써 그만뒀어야 할 거야."

하고 말했다. 그러나 그때도 어떻게 무사할 수가 있었지만 이번은 세 번째다. 이번만은 별수 없다는 것을 각오하지 않으면 안 되었다.

그는 '오케이' 원고에 삽화를 바꿔 넣은 것이었다. 그것이 그대로 책이 되어 나갔다면 사장의 손해가 적지 않았을 것도 사실이다. 그러므로 진화는 할 말이 없었다. 고개를 숙인 채 내일부터는 하숙비를 어떻게 물어야 하는가 그것만이 걱정이었다. 그것을 생각하면 자연 슬픈 얼굴이 되는 것도 어쩔 수 없는 일이었다.

"왜 대답이 없는 거야, 응. 그러면서두 속으론 웃고 있겠지, 너 잘 논다구 웃고 있겠지?"

사장은 반응이 없는 가련한 사나이의 심정까지도 안다는 듯이 소리쳤다.

"앞으로 주의를 하겠습니다."

진화는 머리를 숙이며 간신히 입을 열었다. 그러자 그 말이 떨어지기도 전에 사장은

"주의한다구 되는 줄 알아, 자네 같은 사람은 천성으로 그렇게 되어 먹어서 별수가 없는 거야."

하고 빈정대듯이 말했다. 그리고는 언제나 마찬가지로

"그만두게나."

를 되풀이하다가 진화의 책상 앞에 있는 일기장을 문득 보고 손을 내밀어 집었다. 잠시 동안 벌칵벌칵 뒤져보다가 갑자기 얼굴이 붉어지며

"도대체 이게 뭐야, 사에 나와서 이런 것이나 하구 있으니까 그런 오식이 생길 것 아냐."

하고 고함을 쳤다. 동시에 진화의 일기장은 한편 구석으로 날아가 버리었다.

"틀렸어 자넨."

하고 사장은 어쩔 수 없다는 듯이 배앝고 나서는 그대로 방을 나가버렸다.

진화는 자기 대신에 매를 맞다시피 갈피갈피 찢어져 나간 일기장을 집어 들었다. 일기장 갈피 속에 넣었던 꽃이 부서지어 흙물이 괴인 마루 위에 떨어져 있었다. 그것은 오래전부터 그가 귀중하니 보존해 오던 아카시아꽃이었다. 하이얀 꽃이 지금은 노랗게 변색된 것으로 어느 여자에게서 받았던 것이었다.

그는 흙물 위에 떠 있는 그 아카시아꽃을 물끄러미 들여다보았다. 그러자 불시에 격분과 슬픔이 한꺼번에 가슴속에서 스며 올라왔다. 그러나 그것뿐으로 얼굴에 나타낼 수도 없는 노릇이었다. 그저 그는 자기 책상에 도로 가 앉아서 자기는 정말 행복하지 못하다는 것을

멍청하니 생각해 볼 뿐이었다.

그는 그 꽃을 처음 받았을 때, 무거운 책갈피 속에 두었다. 그렇게 두면, 꽃은 언제나 변하지 않으리라고 생각한 때문이었다. 다음에는 그것을 사전에 넣어두었다. 사전은 때때로 펼쳐볼 수가 있기 때문이었다. 그러다가 나중엔 매일 펼치게 되는 일기장에 넣게 되었다. 그러자 꽃은 언제나 같은 말을 진화에게 속삭이는 것이었다.

"저를 잊지 마세요."

그는 그것이 자기의 연애라고 생각했다. 지금까지 단 한 번밖에 없는—

진화는 몇 년 전에 어떤 여자를 알게 되었다. 그가 하숙하는 집에 역시 그 여자도 하숙하고 있었다. 그 여자의 하숙방에는 때때로 미국 군인이 찾아왔다. 그 여자는 코스모스처럼 가냘픈 몸이었지만 그 군인은 몇 백 년 묵은 박달나무처럼 억세고도 장대했다. 그 군인이 찾아올 때마다 진화는 슬펐다. 우울했다. 앞이 캄캄하기도 했다. 그러나 진화는 그 군인을 못 오게 할 도리가 없었다. 그때의 양키 부대에 '레이버'로 있는 신세로서는 어쩔 수가 없는 일이었다. 그러므로 진화는 그 여자가 자기를 대할 때마다 미소를 흘려주는 것으로 만족하는 수밖에 없었다.

언제인가 그 여자는 열병으로 앓게 되었다. 그는 그 여자의 머리맡에 늘 앉아 있었다. 그러면서도 그 군인이 오지 않는가 하고 대문 소리에 마음을 놓지 못하였다. 그는 그 여자가 잠이 들었을 때, 이마에 가만히 손을 대어보았다. 열이 얼마나 있는지 보기 위해서였다. 그러자 그 여자가 깜짝 놀라서 눈을 떴다. 잿빛이 도는 눈이면서도 맑은 눈을 또렷또렷 굴려가며 그를 쳐다보고 있다가 슬며시 눈을 감았다. 진화도 따라 눈을 감으면서 가만히 한숨을 모아 쉬었다. 그리고는 그뿐이었다. 그리고 며칠 후에 그 여자는 자리에서 일어나는 대로 박달나무 같은 그 군인을 따라 동해안으로 가버리었다. 아카시아꽃은 그녀에게서 온 첫 편지에 들어 있던 것이다. '북쪽에 있는 고향에는 아카시아꽃이 핀다고 이야기해 주었지요. 지금 이곳은 아카시아꽃이 한창이랍니다. 거리에는 그 향기로 가득 차 있답니다.'

진화의 고향은 평양에서 사오십 리 떨어진 순안이란 곳이었다. 그곳은 선교사들이 많이 살게 되면서 아카시아가 번성했다. 5월 말경이 되면 아카시아꽃이 하얗게 피었다. 그는 아카시아꽃과 함께 여러 가지의 즐거운 생각을 갖고 있었다. 여자가 보내준 그 아카시아꽃은 그 추억과 함께 더욱 그를 즐겁게 하여주었다. 편지는 그 후에도 몇 번인가 오고 가고 하였지만 진화는 아무것도 쓸 이야기가 없게 되었다. 진화는 그동안 그 여자가 반겨줄 만한 청년이 되어 보리라고 노력했다.

그가 양키 부대를 나와 버린 것도 그 때문이었다. 그곳엔 아무리 있어야 그 여자를 맞을 만한 청년이 될 수 없다는 것을 알았기 때문이었다. 그러나 도회 생활이라는 것도 알고 보니 자기를 행복하게 해줄 아무런 이유도 없었다. 그래도 그는 이를 갈아가며

"나두 이제 성공을 해서 남부럽지 않은 생활을 한다."

하고 결심해보는 것이었으나 그것이 겨우 이만 환짜리의 교정원이었다. 그러나 그의 주위에는 자기보다도 더 훌륭한 대학생들의 실업자가 우글우글했다. 그런 자리나마 얻을 수 있은 것이 다행이라고 잠자코 있는 것이 영리한 일이었다.

어느 날, 그는 같은 사에 있는 동료와 함께 잔업을 하고 집으로 돌아오고 있었다.

"너 이거 하지."

하고 잔을 들어 마시는 시늉을 했다.

"조금은 하지."

하고 진화는 웃으면서 대답을 했다. 그리하여 그들은 어느 선술집으로 들어갔다. 달이 밝은 밤이었다. 길가에는 자동차에 불빛이 요란스러웠고 사람들의 떼도 끊칠 줄 모르고 흘러갔다. 양복쟁이도 지나갔고, 젊은 여성도 지나갔고, 학생들도 지나갔고, 때로는 그 속에 섞이어 술 취한 지게꾼도 지나갔고, 노동자들도 지나갔다. 그러나 모두가 즐거운 것만 같았다. 술기운이 점점 올라오는 대로 그들을 멍하니 보고 있던 그는 자기도 그 틈에 낄 수 있다는 것이 말할 수 없이 기뻤다. 그는 오늘 밤, 자기를 이렇게 즐겁게 해준 동료가 고마웠다. 고마운 대로 자기도 가만 있을 수가 없어 시계를 풀어놓기로 결심을 했다. 그 시계는 양키 부대에서 장만했던 것이다.

"너는 참 좋은 놈이구나, 정말 내 친구야."

그 동료는 신이 나서 어두운 골목길로 들어섰다. 진화는 약간 겁을 먹어가면서 뒤따랐다.

그때부터 진화는 연애란 거리에 얼마든지 굴러다니고 있다는 것을 알게 되었다. 그러나 진화는 그렇게도 무더기로 있는 연애는 가치가 없는 것으로 생각했다. 그런 연애를 하고 나면, 돈의 아수함과 후회가 가슴에 차질 뿐이었다. 그러면서 그 여자가 더욱 그리워졌다. 그 여자에게서 지금은 편지도 오지 않게 되었지만, 그래도 그는 그 여자를 잊을 수가 없었다. 그 여자를 생각할 때면 자기의 고독을 위로해 주는 가지가지의 말이 귓전에 속삭여 주는 것만 같았다. 그러므로 그날 아카시아꽃이 그렇게 된 데서 받은 그의 타격은 대단한 것이었다. 그는 돌아오는 길에서 그러한 난폭한 사장 앞에서 머리를 굽신굽신 숙이는 것보다는 차라리 군밤 장사라도 해가면서 혼자 조용히 살고 싶다고 생각했다.—그것으로 밥만 먹을 수 있다면 얼마나 행복할 수 있는가. 지금처럼 실직할 두려움도 없고…… 하고 그는 낡은 외투에 손을 넣고 묵묵히 걸으면서 진정으로 생각해 보았지만 그것에도 역시 행복과 즐거움과는 인연이 먼 것만 같이 생각되었다. 그는 밝은 거리로 나왔다. 그곳에는 말쑥하니 차린 젊은 남녀들이 오고 갔다. 그들은 모두가 행복과 즐거움과 기쁨의 견본같이만 보이었다. 그러고 보면 자기는 그들에게 불행을 보이기 위해서 걷는 것만 같았다. 더욱이 오늘은 그를 위로해주던 아카시아꽃까지 부서져 버렸으므로 자기의 행복이란 완전히 없어진 것이라고 생각했다. 이런 때엔 술이 약간 필요하다는 것을 그는 모르는 것은 아니었다. 그러나 그는 주머니를 뒤져보기도 전에 그것을 단념해야 했다. 그 대신에 빨리 하숙으로 가서 저녁이나 얻어먹는 것이 현명한 일이라고 생각했다.

하숙에는 식은 시래깃국과 역시 마찬가지로 식은 밥이 그를 기다리고 있었다. 그의 위는 정신과는 반대로 대단히 건전하므로 그런 것이라도 맛나게 먹을 수가 있었다.

그의 하숙에는 하숙인이 대여섯 사람 있었다. 모두가 독신자뿐이었다.

진화의 방은 북향 방으로 한 간도 채 못 되는 방이었다. 이 방에서 저녁을 먹고 나면 아무것도 할 일이 없었다. 사에서 출판되는 책은 한 책씩 얻어 오지만, 교정볼 때 이미 다 본 것이다. 집에 갖고 올 필요도 없이 책방에다가 팔아버리고 만다. 신문은 사에서 읽는다. 라디오는 옆방의 것을 듣는다. 이런 생활이 일생 계속될지 모른다고 생각하면 더욱 우울할 뿐이었다.

같은 하숙에 있는 사람들과 교제할 수도 있는 것이지만 그것도 역시 돈이 필요했다. 한잔하러 가자고 옆방 사람들이 끄는 일도 없는 것은 아니지만, 그는 언제나 사양했다. 얻어먹게 되면 언제든지 갚아야 하기 때문이었다. 그러나 자기로서 갚을 수 없다는 것은 너무나도 잘 알고 있었다. 그러므로 가만히 앉아 있는 것이 제일 좋은 방법이라고 생각했다. 조금이라도 움직이면 돈이 필요한 세상이다. 그러나 지루한 것은 참을 수가 있다. 참자, 참자…… 지루한 대로 참자.

사실 월급에서 하숙비를 제하면 그의 손에 남는 것은 오천 환뿐이다. 그것으로 이발도 하고 목욕도 하고 일용품도 사야 했고 세탁비도 내야 했다. 그러므로 구두에 구멍이 난 지가 몇 달이 되었어도 그대로 참아야 했다. 그는 용케도 참는 것으로 살아오는 셈이었다.

사장에게 세 번째의 말을 듣고서도 쫓겨나는 것은 면한 모양이었다. 월급을 주면서도 아무 이야기가 없는 것을 보면 알 수가 있었다. 역시 새로운 사람을 썼댔자 별수 없으니까, 하고 그는 회사를 나오면서 자기가 무슨 기술자나 되는 것처럼 안도감을 느끼게 했다. 그러나 실상은 안주머니에 받아넣은 월급이 그런 기분을 돋우어주는지도 모르는 일이었다.

그는 안주머니의 월급을 만져보면서 차라도 한잔 마실까 하고 망설이고 있을 때 누가 뒤에서 따라오는 소리가 났다.

"이 선생."

돌아다보니 같은 사에 있는 영숙이었다. 스물두 살의 묘령이지만, 코가 빈대코에다가 입이 공연히 넓다. 게다가 키까지 작으니 말이 아니다. 그래도 입이 넓은 만큼 못하는 말은 없다.

"이 선생, 내 이야기 좀 들어봐요."

영숙이는 진화 옆으로 바싹 와 붙었다. 이렇게 되고 보면, 영숙이가 키가 조금만 더 크다면 길가에 굴러다니던 행복이 와 붙은 셈이나 마찬가지인데……

"글쎄 말이에요, 그 돼지가 참 우스워 죽겠다니까요."

돼지라면 물론 그들의 사장을 두고 말하는 것이었다. 돼지라는 말에 진화는 공감이 되며

"왜?"

하고 영숙에게 슬쩍 얼굴을 돌리었다. 역시 감심할 수 없는 얼굴이다.

"그 얼굴로서 나한테 마음을 두고 있는 모양 아니에요."

그 얼굴이라는 말은 자기로서도 못할 처지인 것 같은데 그래도 태연한 채

"그 생각하면 정말 오싹해요."

하고 일부러 치까지 떨어 뵈었다.

"그래서 뭐라고 해?"

"아직 무슨 말은 없었지만, 그 얼굴 보면 다 알지요. 이제 집 사주구 살림 차려준달 걸요."

"그랬으면 좋겠구만."

"어머나, 누가 그런 것하구……."

그리고는 가슴을 두근거리는 달뜬 말을 잠시 더듬거리다가

"실상 이 선생두 저한테 그런 마음이 있지요?"

"뭣이?"

"다 알아요."

"뭐를?"

"그렇지 않구요. 사장이 그러니까 혼자서 앓구 있는 것이지요. 이 선생 비겁해요."

여자에게서 이런 소리를 듣기는 평생 처음이므로, 진화는 가슴이 두근거리지 않을 수도 없었다. 그러나

"그런 쓸데없는 소린 그만해요."

하고 어이가 없다는 듯이 말했다.

"그래요?"

영숙이는 의외란 듯이 놀라 보고 나서

"그러면 전날 그 책갈피의 아카시아꽃은 누구를 위한 것이에요?"

하고 물었다.

진화는 아카시아꽃의 비밀을 영숙이에게 알리고 싶지가 않았다. 그럴수록 얼굴이 이상스럽게도 홧홧했다.

"그것 봐요. 그 아카시아꽃이 나를 의미하는 것이면서두…… 그것이 좋아요. 이 선생의 그런 순진한 점이 좋다니까요."

영숙이란 여자는 어쩌면 그렇게도 자신만만할 수 있을까, 진화는 실상 월급을 탄 기분으로, 영숙에게 차라도 한잔 살 용기를 갖고 있었던 것이 쑥 들어가 버리고 말았다.

"난 여기서 실례하겠습니다."

"어머나 그래요? 난 선생과 영화 구경이라두 같이 가줄 생각이었는데……."

"오늘은 그런 시간이 없어요."

"그러면 다음 기회로 하지요."

영숙이는 갑자기 걸음을 빨리 놓았다. 진화는 뒤에서 영숙이의 걸어가는 모양을 멍청하니 바라보고 서 있다가, 역시 오늘도 빨리 하숙으로 돌아가서 공복을 해결하는 것이 선결문제라고 생각했다.

오늘도 옆방에는 여자 손님이 온 모양이었다. 자동차 '서비스' 공장에 다닌다는 그 사나이는 언제나 경기가 좋았다. 술이 취해서 들어오지 않는 날이 없고 계집도 한둘이 찾아오는 것이 아니다. 찾아올 뿐만 아니라, 자고도 갔다. 그런 때면 진화는 자연 견딜 수 없는 소리를 들어야 했다. 언젠가는 참다못해

"그만 잡시다래."

하고 옆방에 사는 예의를 지켜 점잖게 소리를 치자, 계집이 키득키득하는 소리의 뒤를 이어

"이 형 미안합니다. 그러나 같은 처지에 용서하시우."

하고 의젓하니 응수를 해왔다.

그러나 생각해봐도 같은 처지라는 것을 진화는 도시 이해할 수가 없었다.

오늘은 진화가 저녁상을 내놓기가 바쁘게 옆방에서는 일을 벌려 놀 듯이 키득거리기 시작한다. 어떻게 생각하면 진화를 쫓기 위해 서 일부러 그러는지도 몰랐다. 진화는 그 계교에 넘어가는지 모른다 고 생각하면서도 집을 나올 수밖에 없었다. 하늘엔 별들이 또렷한 채 초겨울의 찬바람이 흥분한 얼굴을 식혀주는 듯했다. 그는 어디라 고 갈 곳이 있는 것도 아니었다. 그러나 오늘 밤은 여느 날처럼 그렇 게 우울한 것은 아니었다. 그것은 아직도 주머니에 월급이 들어 있 기 때문이다. 물론 그것은 내일 아침이면 밥값이니, 구멍가게 외상값 이니, 그런 것으로 모두 없어질 돈이다. 말하자면 잠깐 맡아둔 돈이 나 마찬가지다. 그래도 그것이 있을 때면 이상스럽게도 마음이 흐뭇 했다. 하숙에서 오 분쯤 언덕을 올라가면 불을 환히 켜놓은 노점들 이 있었다. 그곳에서는 서울의 밤거리를 내려다보면서 술을 마실 수 가 있었다. 진화는 그 어느 한 집에 들어가서 앉았다. 북어를 찢어가 며 소주를 마시기 시작하자, 은가루를 뿌려놓은 듯한 무수한 등불 들은 더욱 자꾸만 늘어가는 것 같았다. 자동차가 헤드라이트를 비 추며 달리는 것도 보였다.

진화는 그 등불 밑에는 무수한 사람들이 살고 있다는 것을 문득 생각했다. 그리고는 그것은 조금도 이상스러운 일이 아니고, 새로운 발견도 아니라고 생각하면서도 무서운 듯한 감이 들었다.

—그 숱한 사람들이 지금 무엇을 하면서 무엇을 생각하고 있을까. 그것은 전혀 예측할 수 없는 혼돈의 세계이면서도 가지가지의 인생 이 벌어지고 있는 것만은 사실이었다.—안경을 쓴 늙은이, 리본을 단

계집애, 밤일을 하는 인쇄 직공, 연애를 하는 대학생, 호떡을 빚는 중국인, 교통 순경, 운전수, 매음부, ……모든 풍속의 사람이 그의 눈에 한꺼번에 달려들었다가 사라졌다. 그러자 그 숱한 사람 중에 정말 행복하다고 생각하는 사람은 몇 명이나 될 것인가 하고 생각했다.— 어떻게 생각해보면 제각기 모두가 불행하달지도 모른다. 인생이란 행복한 것보다도 불행한 편이 더 많은 모양이니까, 그렇다면 나는 어떤가 하고 진화는 생각해봤다. 내일은 몰라도 지금 같아서는 조금도 불행한 것 같지가 않다. 이만 환이란 월급이 아직도 안주머니에 남아 있기 때문이다. 그 돈만 있으면 아무것도 먹지를 않아도 배가 부른 것 같았다. 영화를 보지 않아도 본 것처럼 흡족했다. 참으로 이상한 것이라고 생각됐다.

그는 술집을 나와서 오래간만에 명동을 한 바퀴 돌아볼 생각을 했다. 늘 풀이 죽어 걷던 명동거리를 술의 기운으로 아니, 돈의 기운으로, 기세 있게 걸어보고 싶었던 것이다. 그러나 막상 걸어보니 겉으로 돌긴 정말 싱거운 놀음이었다. 그건 정말 수박 겉핥기보다도 심심했다. 그는 어두운 골목에 있는 어느 '바'의 유리창 사이로 안을 들여다봤다. 밝은 전등 아래 스토브가 빨갛게 타고 있고, 카운터에는 가지가지의 양주병이 나란히 진열되어 있다. 흰 저고리를 입은 '바텐더'가 그 속에서 '칵테일'을 만들면서 귀걸이가 달랑거리는 여자와 이야기를 하고 있다. 그 앞의 깊숙한 소파엔 곱게 차린 여자들과 미끈한 손님들이 웃고 있다.

몰랐더니 행복이란 이런 데다가 모두 모아다 놓은 것만 같았다.

진화는 자기도 그곳에 한번 들어가 보고 싶다는 충동을 느껴보며, 그러나 그것은 다만 충동에 지나지 않는 것이라고 생각하고 있던 그때, 문득 놀라지 않을 수가 없었다. 저편 구석에서 양주병을 들고 카운터로 오는 것은 분명 아카시아꽃의 주인공인 그 여자가 아닌가, 이름이 무엇이던가 주리지, 분명 주리였지, 진화는 눈을 닦았다. 틀림없는 주리였다. 그는 불시에 문을 열고 들어섰다. 문소리에 이쪽으로 돌렸던 여자들은 별로 반가운 손님이 아니란 듯 도로 고개를 돌렸다. 진화는 갑자기 더워진 공기에 얼떨떨한 듯이 방 안을 한 번 둘러보고 나서 문에서 제일 가까운 자리에 가 앉았다. 이윽고 여자 하나가 그의 자리로 왔다.

"무엇 드릴까요?"

"술을 줘요."

"술도 여러 가지인 걸요, 위스키 드릴까요?"

"그래요."

진화는 위스키를 석 잔이나 마시고 있었어도 주리는 그를 알아보지 못했다.

참다 못해

"주리."

하고 카운터에 온 그녀를 불렀다. 그 소리에 주리는 문득 돌아서서

"저를 불렀어요?"

하고 이상스럽다는 듯이 가슴에 손을 가리키면서 진화를 바라봤다.

"저를 모르겠소?"

"어머나!"

주리는 그제야 진화를 알아봤다. 그의 자리에 와 앉으며

"웬일이세요?"

역시 주리도 반가운 모양이었다. 진화는 기뻤다.

"그때보다도 더 예뻐졌어요."

"괜한 말씀, 아주 늙었지요. 그래 지금 무엇 하세요?"

"을지로에서 조그마한 출판사를 심심풀이로 하나……."

"아주 좋은 사업 하시네요."

"그래두 직원이 십여 명은 되니까 사실은 그리 적은 편두 아니지."

"선생이, 사업 수완이 그렇게 훌륭해요?"

"뭐 수완이 좋아선가, 그것도 운이지."

"저두 취직시켜 줘요. 이래 봬두 타이프라이터는 좀 친답니다."

"주리의 청이라면야."

"결혼하셨어요?"

"아직."

"그러면 후보자가 많겠구만요."

"좀 있지만…… 참 오늘 난 주리를 만난 것이 기뻐."

진화는 드디어 정신없이 취해가지고 '바'를 나와서 주리가 잡아주는 자동차를 탔다.

"자동차 값만은 남겨 두었어요."

주리가 말하자

"염려 말어."

"내일 또 오세요."

"염려 말어."

차가 굴기 시작하자, 그는 취한 몸을 쿠션에 묻은 채

"아까울 게 뭐냐, 아까울 것이 뭐야."

하고 혼자서 중얼거렸다.

차는 큰 거리로 나와서 늦은 밤거리를 태평스럽게 달렸다.

학춤

'후생에 가서두 저런 놈을 만날까 겁이 난다.'

자리에 누웠던 성구 영감은 화가 치밀어 오르는 대로 일어나 앉아 중풍에 떠는 입술을 부들부들 떨어댔다.

언제나 성구 영감은 양로원의 서쪽 들창으로 햇볕이 스며드는 그때가 되어야만 간신히 눈을 붙여 잠을 들어보는 것이었다. 그것이 오늘은 영월 영감에게 기분을 상케 되어 아무리 눈을 감아보아도 좀처럼 잠이 오질 않았다. 그는 오래전부터 지독한 불면증으로 기나긴 밤도 뻘건 눈을 뜬 채, 꼴딱 새워야 하는 것이었다. 그러므로 낮에 잠깐 동안이나마 눈을 붙여보는 것이 그의 유일한 즐거움이었다. 그것이 오늘은 그나마의 잠도 잃어버리고 말았으니, 내일 오후까지는 가슴이 찢어지는 듯한 고통을 참아내야 하는 것이었다. 그것을 생각하면 등골에서 막 땀이 날 지경이었다.

'영월 영감, 그놈이 도대체 내게 무슨 원한이 있길래 그 모양이야, 원한이 있을 리가 없는 것이 아닌가, 그렇다면 남이 이야기하는 것을 잠잠히 듣고만 있으면 그뿐인 걸 무슨 이유로 말대꾸를 붙이며 야단이란 말야.'

성구 영감과 영월 영감의 불화 싸움은 언제나 성구 영감의 자랑인 학춤 이야기에서부터 시작되는 것이었다.

"학춤의 대를 이은 사람은 죽은 성준이와 그리구선 나밖에 없지."

성구 영감은 이렇게 허두를 꺼내놓고 나서는 『설중매(雪中梅)』의 연극과 함께 유명한 원각사(圓覺社)에서 학춤을 추던 그 시절의 이야기를 신이 나서 풀어놓는 것이었다. 그러면 듣는 노인들도 이야기를 받아주어,

"그렇지, 그때의 춤이 춤이었지 요즘의 춤이야 그게 어디 춤이라구." 하고 그의 흥을 돋워주기도 하고,

"참 그때의 영감의 춤을 못 본 것이 한이야." 하고 정말 분해하기도 했다. 더군다나 아직도 고운 모습이 있다 하여 예쁜 할멈이라는 박씨는 본시가 기생이던 만큼, 그의 이야기에는 통하는 데가 있는 듯 한 마디 놓칠 세라 귀를 기울여가며 혀를 차주는 것이었다.

그러나 영월 영감만은 성구 영감의 이야기라면 어이가 없다는 듯이 먼저 코방귀부터 뀽겨대며, "또 학춤 이야긴가." 하고 통 믿어주질 않았다.

오늘도 성구 영감이 잠을 못 자게 된 것은 그 때문이었다. 언제나 마찬가지로 안남미 밥에 찬이란 새우젓밖에 없는 점심을 끝내고 나서, 그들은 마루에서 담배를 피워가며 해바라기를 하고 있을 때 뜰 건너 여자 양로원에 있는 예쁜 할머니가 약밥을 갖고 왔다.

"옛날 나한테 소리를 배우러 다니던 애가 이걸 해갖고 보러 왔어요."

젊었을 때에는 큰 집의 잔치라면 맡아놓고 불려 다녔다는 그는, 약밥을 해 온 것보다도 자기에겐 아직도 자기를 잊어주지 않는 사람이 있다는 것을 무엇보다도 자랑하고 싶은 모양이었다.

"그 애는 지금 동대문 밖에서 큰 음식점을 하고 있다지 않아요. 이제 집을 수리하고 나서 나까지 데려간다니……."

조록조록 말라 든 눈시울에는 눈물이 비쳐 있으면서도 입술엔 즐거움이 역연했다.

"예쁜 할멈 덕으로, 우리 신세루 생각도 못 할 약밥을 다 먹게 되

고……."

단것이라면 애들처럼 염치를 모르고 달라붙는 영감들은 사방에서 오가리 같은 손을 내밀었다.

"약밥이 아주 잘 되었어."

"이건 정말 옛날 약밥 그대로야."

"그 앤 음식 솜씨가 남보다는 다르니까."

합에 든 약밥을 예쁜 할머니가 숟가락으로 떠주는 대로 받아 들고서는 모두들 그것에 정신이 팔리어 떠들어대었다.

바로 그때에 한편 구석에서 코에다 백통 안경을 걸고 표지가 떨어져 나간 야담 잡지를 읽고 있던 영월 영감은 약밥이란 소리에 그쪽으로 잠시 눈을 돌려 훑어보고 나서는 그들을 경멸하는 얼굴로 다시금 책에다 눈을 돌리었다. 아직도 그는 남산에 올라가서 관상쟁이 행세도 할 수 있으므로 이곳에서는 누구보다도 수입이 제일 많은 편이었다. 그러므로 그는 남이 먹으려고 생각도 못 내는 설렁탕도 먹을 수 있었고, 때로는 술 냄새도 풍기며 들어왔다. 그러한 영감을 이곳에서 좋아할 리가 없었다. 더군다나 성구 영감으로서는 더 말할 필요도 없는 일이었다.

"영월 영감두 좀 먹어보구 내 마지막 관상이나 봐줘요."

예쁜 할머니는 기분이 터진 대로 영월 영감에게도 약밥을 권했다.

"으……."

영월 영감은 무엇을 대답하는지 알 수 없게 한마디 하고서는 눈을 거들떠보는 일도 없었다.

"그만둬요. 먹지 않겠다는 사람 애써 먹으랠 것두 없지."

이마에 콩알만 한 혹이 붙어, 혹부리라는 영감은 미꼴사납게 앉아 있는 영월 영감을 흘겨보며 말했다.

"그렇지, 먹지 않겠다는 걸 억지루 먹일 것이야 없지."

하고, 다른 영감도 약밥을 집어 가며 입을 열자,

"저 사람은 술을 좋아하니까 단것은 입에 대기도 싫을 거야."

언제나 성경책을 끼고 있는 박 장로가 말을 받았다.

"성구 영감은 왜 먹지 않고 가만히 보구만 있어요."

예쁜 할머니는 약밥을 먹을 생각이 없이 멍청하니 앉아 있는 성구 영감에게 문득 시선이 간 채 말했다.

"먹지요." 그러나 성구 영감은 약밥에 손을 내밀려고는 하지 않고, 그 대신 눈시울을 실룩거리다가 그만 긴 한숨을 내쉬고야 말았다.

'나두 남처럼 자식이나 두었더라면…… 하지만 그건 내 사주에 없는 팔자이니 어쩔 수 없었다 치고, 똑똑한 제자라두 하나 키웠으면 이 신세는 면했을 것이 아닌가.'

실상 그도 제자를 키우지 않은 것은 아니었다. 둘씩이나 두었던 것이다. 그것이 인수라는 사내자식은 아직 발짝도 제대로 떼기 전에 어느 과부가 눈독을 들여 뺏겨버렸고, 옥주란 계집년은 그래도 손과 발이 격대로 움직이려 할 때에 어느 소리꾼에게 미쳐서 달아나 버리고 말았다. 성구 영감은 지금도 그 옥주의 재간만은 아깝다고 생각했다. 그년이 자기의 처신만 잘 지켜주었더라면…… 하나 그 뒤에 옥주에 대한 소문이 들려오는 것은 결코 반가운 이야기가 아니었다. 그의 정부와 함께 소리패와 어울리어 지방으로 떠돌아다니다가 결국은 아편쟁이까지 되어버리고 말았다는 것이다. 그 생각을 하면 성구 영감은 저절로 한숨이 나와버리고 말았다.

그는 지금도 한숨이 비어져 나오려는 것을 억지로 참아 입술을 두어번 삐죽거리고 나서,

"난 예쁜 할멈이 부러워 죽겠소. 배은망덕을 예사로 아는 지금에 할멈을 찾아주는 기특한 사람이 있다니……."

하고 아까부터 기어이 나오려던 한숨을 풀어놓고야 말았다. 그렇

다고 그의 가슴속에 뭉쳐 있는 설움이 풀릴 리는 없었다. 그는 다시금 눈시울이 뜨거워짐을 느껴가며 입을 열었다.

"내가 늘 이야기하는 옥주 말요. 그 애 하나만은 꼭 끼구서 내 춤을 물려줄 생각이었지요. 그래서 처음부터 몸을 닦는 수양을 시켰어요. 수양이 모자라면 춤이 되지 않으니까요. 더군다나 학춤은 그렇지요. 내 경험으로두 그렇습니다. 계집을 가깝게 할 땐 으레 춤의 품이 떨어지거든요. 그건 숨길래야 숨길 수가 없습니다. 옥주두 결국 그랬지요. 몸을 다 닦기도 전에 그만 연정에 끌리어 나를 배반하고 춤을 버리게 되었다니까요. 허나 지금 와서 또 생각해보면 그때의 옥주가 잘했다고도 볼 수 있는 일이지요. 지금에 내가 이 꼴이 된 이상에야."

여기까지 이야기하고서는 갑자기 눈앞이 어지러워진 듯 고개를 숙이었다. 그러고 나서는 자기의 암담한 얼굴을 감추려고 빈 웃음을 쓸쓸히 웃고 잠시 말을 더듬다가 다시금 이야기를 계속했다.

"옥주는 지금 종로 거리에서 크나큰 한약국의 마누라로 행세를 하구 산답니다만, 그가 춤을 버리고 나간 이상 남이지요. 내가 여기서 당장에 누워 죽을 지경에 이르렀다 해두 패독산*¹ 한 제 지어달랄 의리도 없지요."

그래도 말만은 이렇게 해보았다. 그러면서도 정말 옥주가 그렇게 산다면 마음 한편으로 얼마나 의지가 될까 하고 생각하지 않을 수가 없었다.

"그래두 옥준 영감이 이곳에 있다는 것을 알면 곧 달려올 걸요."

"그야 그럴는지도 모르지요. 그러나 그것은 못할 일입니다. 못하지 않고, 못하지."

---

*1 강활, 독활, 시호 등을 넣어서 달여 만드는 탕약. 감기와 몸살에 씀.

예쁜 할멈의 말에 흥분된 성구 영감은 제풀에 눈물까지 흘려, 소매 끝으로 닦고 나서,

"바루 파고다 공원에 있던 원각사에서 동백이랑 성준이랑 우리가 한참 날릴 때엔……."

하고 이야기를 또다시 꺼내놓았다. 그가 기분이 좋을 때면 으레 그 이야기가 시작되는 것이었고, 그 이야기만 시작되면 그의 중풍증도 가신 듯이 없어지고 말았다.

실상 그들은 한종일 가야 별로 할 이야기도 없으므로 서로 지난날의 신세타령이나 들어가며 날을 보내는 것이 즐거움이었다. 그러나 날이란 하루 이틀에 끝나는 것도 아니고 언제나 끊임없이 계속되는 것이므로 그들의 이야기도 이제는 깎아먹을 대로 깎아먹고 우려먹을 대로 우려먹은 셈이었다. 그러면서도 그들은 기나긴 밤의 적적을 끄지 못하여 벌써 몇 번이나 한 이야기를 다시금 되풀이하는 것이었다. 그런 때면 듣는 사람이 앞질러 가면서,

"그래서 아들 녀석이 빨갱이가 되었다는 말이지." 하고 말하면,

"그렇다니까, 글쎄 그 녀석이 무슨 정신으로……." 하고 기막힌 한숨을 내쉬는 것이다. 그러고는 그 지리스러운 이야기와 함께 밤은 깊어가며 그들도 잠이 들어버리고 마는 것이다. 그러나 성구 영감은 이런 때에도 누가 자기 이야기에 앞을 지르면 대번에 낯색이 변해지어 화를 냈다. 그러한 성미를 잘 알고 있는 그들은 그가 이야기할 땐 비위를 맞추어 잠자코 들어주었지만, 영월 영감만은 입을 닫아주질 않았다. 그러니만큼 성구 영감도 그가 있을 때에는 그 이야기를 꺼내지 않았다. 그것이 오늘은 예쁜 할멈의 흥에 끌려 들어가기도[*2] 모르게 그 이야기를 꺼내놓게 되었던 것이다.

[*2] '끌려들어 자기도'의 오식으로 보임.

성구 영감의 학춤 이야기가 시작되자 영월 영감은 기다리기나 했던 듯이 야담 잡지에서 눈을 떼어 헛기침을 두어 번 기쳐 먼저 흥을 죽이고 나서,

"또 학춤 이야긴가, 용케두 물리지 않는구면."

일부러 천장을 쳐다보며 혼잣말처럼 빈정댔다. 그 말에 그만 이야기를 끊겨버린 성구 영감은 지금까지 태연스럽던 중풍증이 불시에 떠오르는 채 그를 노려보았다. 그러나 그것은 극히 순간이었고, 뒤이어 영월 영감 같은 것은 개의치도 않는다는 듯이 다시금 계속했다.

"그때엔 학춤이라면 장안이 떠들썩했지, 실상 그때까진 학춤은 궁실에서나 보는 줄 알았으니 자연……."

하고 한참 신이 나서 이야기할 때에,

"그래서 영감은 학춤을 보기나 했나, 아마 학춤을 이렇게 추댔지."

영월 영감이 곱사춤을 흉내 냈다.

성구 영감은 그만 화가 터져버리고 말았다.

"이이……육실할 녀석아, 다시 말해……말해봐."

벌떡 일어난 채 전신을 와들와들 떨어대며 성이 악 받쳐 말도 제대로 하지 못했다.

"영감들두 노망이지, 그런다고 그렇게 화를 낼 건 뭐람. 영월 영감두 좀 들어주구료, 잠잠히 들어주구료."

예쁜 할멈은 성구 영감의 성을 가라앉히는 한편, 영월 영감에게 눈을 껌벅거려 웃어 뵈었다.

"다들 재미나게 듣고 있는데 혼자서 비양치는 것이 잘못이야."

영월 영감이 관상쟁이이기 때문에 성구 영감 못지않게 싫어하는 박 장로가 입을 열었다.

"저런 것이 학춤을 추었다니 내가 웃지 않을 수 있어."

영월 영감은 두 개만 남은 뻐드렁니를 드러내어 웃어댔다. 그 웃음

소리에 성구 영감은 아까보다도 더욱 벌벌 떨어대며,

"이 자식아, 뭐 어째."

예쁜 할멈에게 잡혀 있는 손을 뿌리치고, 그에게로 대들려고 했다. 그러나 영월 영감은 피할 생각도 없이 여전히 비양치는 웃음을 웃고 앉아서,

"저 몸부림치는 것이 바로 그 학춤이었구면, 그것 참 볼만한데, 좋구나 좋아."

장단까지 치며 약을 올리었다. 성구 영감은 예쁜 할멈에게 잡힌 손을 뿌리치다 못해 모두들 들떠 일어나 잡는 바람에 허벅대기만 하다가 급기야 손에 목침이 잡히는 대로 영월 영감의 면상을 향해 갈겼다. 영월 영감이 날쌔게 몸을 피했기 때문에 목침은 미닫이만 부쉬댔다. 그제야 영월 영감도 낯빛을 달리하고 나서,

"타구난 제 얼굴은 속일 수 없어. 저 뱃통 가지고 얼굴에 주살이 배기지 않을 수 있겠다구."

하고 다시는 상대도 하지 않겠다는 셈으로 일어서 나가다가 문득 약밥을 본 듯이,

"아, 이거 참 맛나는 약밥을 이렇게두 남겨놓다니."

넌지시 그릇째 들어 손가락으로 뜯어 먹으며 자기 방으로 갖고 갔다. 노인들은 그의 진득스러운 행동이 어이가 없어 보고만 있었다.

성구 영감은 이미 이야기를 계속할 기력도 없어져 박 장로에게 시간을 물었다. 박 장로는 어느 선교사가 그에게 기념으로 주고 갔다는 그의 유일한 재산인 커다란 백통시계를 꺼내었다.

"두 시 이십 분인 걸, 영감이 자야 할 시간인데."

그는 이십 년 동안이나 한 번도 서본 일이 없는 시계라는 것을 자랑하면서 누구에게나 묻는 시간을 알려주는 것이 유일의 즐거움이었다.

"그만 잠이나 자볼까."

기분이 상한 성구 영감은 한숨을 내쉬고 자리에 가서 누웠다.

예쁜 할멈도 빈 합을 찾아가지고 자기 있는 곳으로 돌아갔고, 다른 노인들도 자기 자리로 돌아가 자기 하던 일을 시작했다. 그들이 하는 일은 대개가 봉투 붙이는 일이었다. 백 장을 붙여야 겨우 오 원의 삯을 받는 그들의 벌이로는 그날그날 피우는 담뱃값도 될 리가 없는 일이었다. 그러나 그들은 그것이라도 붙이지 않고는 심심해서 견딜 수가 없었다. 그러면서 양로원 안은 아무 일도 없는 듯이 다시 조용해지고 말았다.

잠을 못 이루고 일어나 앉은 성구 영감은 영월 영감이 곱사춤을 추어 조롱치던 생각을 다시 하고 지금까지 떨고 있던 입술이 굳어짐을 느끼며 심장까지가 굳어지는 것 같았다. 그러한 공포와 불안에 휩쓸려 든 채 몸도 까닥하니 움직일 수가 없는 듯이 멍하니 들창 밖을 바라보고 있었다.

누런 잎이 떨어지다 남은 오동나무 위에 걸린 해를 보아 네 시는 훨씬 넘었을 듯했다. 그 앞으로 지형이 낮은 집 지붕 너머로 나뭇잎이 점점 벗어지어 나날이 겨울을 재촉하는 풍경이 바라보이었다. 서리에 곱게 물들었던 뜰의 단풍잎들도 잎을 하나하나 셀 수 있게 단조로워졌고, 왼쪽 언덕 위로 길게 서 있는 버드나무들은 바람이 스치기만 하면 몸부림이나 치듯 누런 잎들이 우수수 흩어지며 그 소리가 방 안까지 들려와 무슨 울음소리처럼 들리었다.

─하기야 난들 지난날의 이야기가 즐거워서 하는 것이 아니지, 그런 이야기로나마 답답한 걸 그저 꺼보자는 것인데…… 모두가 끝나는 것만 같은 음산하고도 쓸쓸한 바깥 풍경에 이제는 더 견딜 수가 없어, 좀처럼 움직일 수가 없을 것처럼 앉아 있던 그는 몸을 돌이켜 다시 자리에 가 누웠다. 천장이 핑 돌며 어둠과 고독이 일시에 뒤섞

이어 그의 몸을 억눌렀다. 그는 고통을 잊으려고 슬며시 눈을 감았다. 그러자 그의 눈앞에는 낙엽이 휘날리는 거리에 서서 저물어가는 해를 쳐다보며 먹지를 못하고 잘 곳을 못 찾아 헤매고 있는 어떤 노인이 보였다. 그것이 꿈인지 자기의 상상인지 분간하지 못한 채 하여튼 그런 것이 자기를 이렇게도 구슬프게 하는 것이라고 막연히 생각했다. 그러면서 아까에 허덕이던 피곤이 몰려든 채 그는 잠이 들어버리고 말았다.

전등불이 찬란한 무대가 갑자기 나서며 옷을 잘 차린 영감 하나가 그 곳에서 서성거리며 서 있자, 막이 오르며 수많은 관중들의 박수소리가 터져 나왔다. 성구 영감은 그 영감이 누군가고 보니, 바로 자기였다. 그는 어떻게 된 일인지를 몰라서 눈이 둥그레진 채 허둥대자 이윽고 공중에서 수백 마리의 학이 내려앉으며, 그를 에워쌌다. 성구 영감은 더욱 당황해서 도망치려고 했으나, 학들은 물결치듯 몰려와서 그의 앞을 막아냈다. 그는 뒤로 움쳐 돌아서서 도망치려고 했다. 그러자 학들은 다시금 그의 앞으로 와서 막아냈다. 그가 어쩔 줄을 모르고 우두커니 서 있자, 문득 그의 앞에는 학으로 분장한 옥주가 생글생글 웃음을 피우며 나타났다. 성구 영감은 너무도 반가워,

"옥주야."

하고 소리치며 끌어안으려고 했다. 그러나 옥주는 그러면 안 된다는 듯 그에게서 몸을 빼어내며 고개를 흔들어댔다. 성구 영감은 그제사 자기가 무대 위에 있다는 것을 알아채고 열적은 웃음을 웃었다. 옥주는 슬그머니 그의 등 뒤로 와서 성구 영감의 팔을 벌려줬다. 그러자 어디선지 모르게 고(鼓)와 북소리가 울리며 학들도 모두 날개를 펼쳐 들었다. 성구 영감은 불시에 신이 나서 목을 쪼아대며 다리를 껑충거려 춤을 추기 시작했다. 학들도 일시에 머리를 끄덕여 그의 춤을 따랐다. 성구 영감은 한참이나 춤을 추어 다시금 목을 돌려

몇 발짝 가볍게 껑충껑충 뛰다가 문득 앞을 보니, 저편 구석에서 옥주가 날개를 늘여 쿨쩍쿨쩍 울고 있었다. 성구 영감은 지금까지 흥이 났던 춤도 그만두고 분주히 옥주 앞으로 가서 어서 춤을 추자고 했다. 그러나 옥주는 고개를 흔들고만 있었다. 그래도 그는 억지로 옥주를 일으켜 세워 날개를 펴주려고 했다. 그러다가 불시에 그의 날갯죽지가 부러진 것을 알고서는 당황해서 빨리 막을 내리라고 했다. 그때에 관중석에서 터져 나오는 웃음소리에 문득 눈을 뜨고 보니 옆방 영감들의 웃음소리가 들려왔다. 그 바람에 그도 꿈을 깨어 버리고 만 것이다.

성구 영감은 몇 십 년 만에 처음 만난 옥주와 좀 더 다정스럽게 이야기를 못 하고 헤어진 것이 분했다. 그러면서도 그 찬란한 무대에서 학들과 춤을 춘 것을 생각하니 가슴이 뛰었다.

그는 꿈 이야기를 들어줄 사람을 찾아, 설깨인 눈을 들어 마루 쪽을 보았다. 둘러앉아서 묵묵히 봉투를 붙이고 있는 그들은 앉은 자리도 아까 그대로였다. 풍경의 변화가 있다면 해가 기울어 방 안이 어두워졌다는 것과, 부엌에서 시래깃국이 끓는 냄새가 풍겨오는 것뿐이었다.

성구 영감은 누구를 찾을까 하다가 자기의 꿈을 알아줄 사람이 있을 성싶지도 않아 베개 위에 다시 머리를 두고 말았다.

그날 밤부터 성구 영감은 미열이 나기 시작하여 날이 갈수록 병이 더하여 기거를 하지 못하게 되었다. 그날의 심신의 타격이 원인이 된 모양이었다. 순수한 정신의 예인으로서 불합리한 모욕을 받은 것처럼 고통이 큰 것은 없다. 더군다나 자기의 일생을 바친, 생명과 같이 생각하는 학춤을 비양쳤을 때, 그의 마음이 어떠했으랴. 성구 영감의 병은 그의 이러한 정신적 타격으로서 온 것임에 틀림없었다. 그렇다고 양로원에서는 환자라고 살뜰하니 위해주는 일도 없었다.

기껏 아스피린이나 몇 알 던져주는 일뿐이었다.

　그가 누워 있는 육조 방에는 같이 사는 노인이 여섯이나 있었으나 그들도 어쩔 수 없는 일이었다. 그들은 식사 시간을 내어놓고는 제각기 자기의 세계에 묻혀버리어 다른 일에는 전혀 무관심한 얼굴이었다.

　담배 없이는 못 산다면서 한종일 봉투를 붙이는 염소 영감, 휴지를 모아다가 무엇하자고 노끈을 꼬고 앉아 있는지 알 수 없는 주코 영감, 법회경을 중얼거리며 외고 있는 혹부리 영감, 멍하니 하늘만 쳐다보고 있는 풍월 영감, 때때로 찬송가를 불러 놀라게 하는 박 장로 영감, 그들은 모두가 자기 일밖에 생각하지 않는 것이었다. 실상은 자기 일도 생각을 못하면서.

　그래도 예쁜 할멈만은 성구 영감의 병을 진심으로 걱정해서 때때로 미음을 쒀가지고 왔다. 그런 때면 혼수상태에 있던 성구 영감도 약간 정신을 차렸다. 그러나 예쁜 할멈이 돌아가면 그시로 무서운 발작이 시작되었다. 긴장했던 신경이 풀어지며 고독이 휩쓸려 드는 그 틈을 타서, 그의 풍증이 발작되는 모양이다. 그는 그 괴로움을 참지 못해 허덕이다가는 그만 모든 기능이 마비되어 버린 사람처럼 충혈된 눈을 감고 잠이 드는 것이다. 무서운 피로에 밀리어 불면증도 잊어버리고 잠이 드는 것처럼.

　그날부터 눕게 된 성구 영감은 들창 밖에 오동나무 잎이 다 떨어져도 일어나지를 못하였다.

　찌뿌듯한 하늘에서 첫눈이 내리기 시작한 어느 날, 영감들은 고개 너머 있는 고아원 애들이 와서 노래와 춤으로 여흥을 해준다는 이야기를 듣고 아침부터 떠들썩하니 기뻐했다. 아이들로 다시 돌아간 그들이니 그들답다고도 하겠지만, 그러나 그들의 기쁨이 단순한 기쁨이라기엔 너무나도 처량한 데가 있었다.

점심이 끝나자 조금 후에 여흥이 시작되었다.

빈방에 혼자 남아서 누워 있는 성구 영감은 아까부터 웅성거리던 그들의 소리가 울음소리라고 생각했다. 마침내는 몽롱한 의식 속에서 그 울음소리가 자기가 우는 것처럼 착각되었다. 그들이 운다고 생각하면서 실상은 자기가 울고 있다고 느낀 것이었다. 그러면서 언젠가 꿈에서 본, 무대에서 울고 있던 옥주의 애련한 모습이 떠오르며 얼굴이 확확 달아옴을 느끼었다.

강당으로부터는 간간이 어린애들의 노랫소리가 들려왔다. 박수소리도 들려왔다. 그는 급기야 눈을 크게 떠보았다. 확실히 자기가 꿈을 꾸고 있는 것은 아니었다.

다시금 새로운 노래가 시작된 모양으로 박수소리가 터졌다.

"찌리링 찌리링 비켜나세요…… 큰일 납니다."

들려오는 노랫소리를 따라 노인들의 웃음소리가 터졌다.

그것은 분명히 지금까지 들어보지 못하던 웃음소리였다.

성구 영감은 허덕이며 앙상하게 뼈만 남은 손에 힘을 주어 몸을 뒤채 보려고 했다. 그러나 몸은 말을 잘 들어주질 않았다. 또 박수소리가 터졌다. 노랫소리가 이번엔 들리지 않는 품이 춤을 추는 모양이었다. 바람결에 장구 소리도 간간이 들리었다. 웃음소리가 아까보다도 더 크게 터졌다. 웃음소리가 더 커질수록 그의 숨결소리는 커졌다.

"와하!" 하고 다시금 웃음소리가 터지는 겁결에 그는 미친 듯이 이불을 밀어내고 일어나 앉았다. 전신이 와들와들 떨리었다. 그는 잠시 기운을 차리고 나서, 다시금 쓰러지는 것을 간신히 벽을 짚고 일어나 선반 위에 올려놓았던 조그마한 보따리를 내리었다. 그 속에서 쭉실쭉실 주름이 간 당목 중의를 꺼내어 구제품 양복을 입고 있던 그 위에 껴입었다. 그러고는 역시 바람벽을 의지해가며 강당으로 올라가는 구름다리까지 갔다. 강당에서는 노래와 장구소리가 들리며 계속해서 웃음소리가 터졌다.

성구 영감은 그곳까지는 왔으나, 구름다리는 도저히 혼자서 올라갈 자신이 없어 난간을 부여잡고 숨을 채우고 있었다.

그때 강당 뒤에서 구경을 하고 있던 젊은 직원이 성구 영감을 보고 뛰쳐 내려왔다.

"영감님, 왜 이러시우?"

"나를 저 강당까지 올려다 주게나."

"그 몸으로 구경인들 하겠어요, 가 눕시다."

"아니야, 아니야, 나를 강당까지만 올려다 줘."

성구 영감은 젊은 직원을 붙잡고 애걸했다. 젊은 직원은 성구 영감의 심정을 이해할 수 있는 모양이었다. 잠시 생각하다가 그를 부축하고 이층으로 올라갔다.

강당이라야 오십 명이 겨우 들어가 앉는 넓은 방이었다. 그곳에서는 까치동(때때옷)으로 곱게 단장한 어린 계집애가 〈도라지 타령〉에 맞추어 한참 춤을 추고 있었다. 그것을 본 성구 영감은 지금까지 볼 수 없던 생기가 얼굴에 피어오르며 히죽 웃었다. 그러고는 갑자기 미친 듯이 관중들의 어깨를 헤쳐가며 무대 위로 올라갔다. 춤을 추던 애가 질겁을 하고 뛰쳐 들어가자 갑자기 장내는 소란해졌다.

"저 영감이 미쳤나."

"아침엔 혼자서 변소에도 못 가던 것이……."

"남 구경도 못 하게, 끌어내라."

그러나 성구 영감은 그들의 소란스러운 소리는 아랑곳도 없이 양손을 벌리고 우뚝하니 서 있었다.

기침소리가 사방에서 들려왔고 계속해서 떠들어대는 소리로 웅성거렸다. 그러나 다음 순간, 성구 영감의 눈에서는 광채가 돋으며 휙

하고 팔을 한 번 접어 들자, 놀랍게도 장내는 호수의 물속처럼 조용해지고 말았다. 그는 다시 팔을 벌려 든 채 떨고 있었다.

아이들과 같이 온 고수가 그의 춤에 박(拍)을 쳐주려고 장구를 두어 번 뚜들겨댔다. 그 소리에 그는 고개를 돌리는 듯 마는 듯 눈살을 짚고 나서 처음의 자세 그대로 서서 움직이려고도 하지 않았다. 장구 소리는 걷어지고 말았다. 그래도 그는 발을 떼려고 하지 않았다. 아무것도 움직이는 것이 없으면서도 손끝으로부터 발끝까지 전신을 부드럽게 떨어대는 움직임—그의 이마에서는 땀이 빗발치고 숨결이 고도로 높아졌다. 그래도 자세를 구기지 않고 서 있던 그는 주춤하고 학의 걸음으로 두어 걸음 걸어 나가고는 지금까지 광채가 나던 눈이 부드러워지며 팔을 차차 거두기 시작했다. 마치도 학이 벌렸던 날개를 거두듯이, 그러고는 사풋이 주저 앉아 목을 두어 번 비꼬고서는 옆으로 약간 누인 채, 가만히 눈을 감아버렸다. 고즈넉하고도 아름다운 얼굴이었다.

춤에 도취되었던 관중들은 불시에 박수갈채로 환성을 올렸다. 그러나 성구 영감은 그 환성소리에도 고요한 얼굴 그대로 다시는 눈을 뜨지 못했다.

성구 영감의 죽음을 누구보다도 서러워하는 이는 역시 예쁜 할멈이었다. 그날 밤 그는 자기가 아끼고 아끼던 무명필을 꺼내어 수의(壽衣)를 호매었다. 혹부리 영감은 그의 명복을 빌어, "유왕생위극락(唯往生爲極樂) 나무아미타불." 하고 염불을 외었다. 박 장로는 그의 관 앞에서 "며칠 후 며칠 후 요단강 건너가 만나리." 하고 혼자서 가만히 찬송가를 불렀다. 영월 영감은 죽은 성구 영감이 천당에 갈는지 극락에 갈는지 알 수 없다고 생각했다. 그러나 성구 영감 얼굴에 주살이 박힌 상이라 한 것은 확실히 자기가 잘못 본 관상이라고 생각했다.

허민(許民) 선생

　얼마 전에 이사 온 앞집에서 '스피츠'란 개를 사 왔다. 부드러운 하얀 털에 싸여 있는, 크기가 고양이만한 아주 귀여운 개다. 짐승 같은 것을 별로 좋아하지 않는 나도 저런 개라면 한번 길러보고 싶은 생각도 나는 개다.

　그러나 그 개 값이 십오만 환이라는 데는 입이 벌어지고 말았다. 우리 살림으로서는 그만한 돈을 한꺼번에 만져도 보지 못한 일이었기 때문이다.

　그 집에서 개를 사 온 다음 날로 집의 둘째 녀석인 성수가 우리도 그런 개를 사 오자고 졸라댔다. 금년 국민학교 이학년이니 그 개가 얼마나 비싸며 우리 형편이 어떻다는 것을 알 리가 없었다. 그렇다고 그것을 사실대로 이야기해 줄 수도 없었다. 개 한 마리를 사줄 돈도 없대서야 무엇보다 아버지의 위신이 서지 않는 일이기 때문이다.

　그 개 건은 아내가 자기 동무네 집에서 '셰퍼드'를 얻어다 준다는 약속으로 무마시킬 수가 있었다.

　앞집에서 이번엔 전화를 놨다.

　우리가 사는 집은 영단(營團) 집이다. 앞집과의 사이에는 겨우 하늘을 쳐다볼 수 있는 뜰이 있을 뿐이다. 앞집에서 얼마큼 크게 말하는 소리는 싫건 좋건 들어야 했고, 그 집에서도 역시 마찬가지다. 그러니만큼, 그 집에 전화가 걸려올 때마다 전화벨 소리도 싫건 좋건 들어야 했다.

"아 박 선생인가요. 오래간만이에요."

하고 전화하는 말소리도 들어야 했다.

바깥주인은 아침에 출근하는 모양으로 전화는 대체로 그 집 부인이 받았다. 얌전한 부인도 수화기를 들면 공연히 목소리가 커진다. 먼 사람과 이야기한다는 생각에서 자기도 모르게 목소리가 커지는 모양이다.

성수가 낮의 반인 어느 날, 셋이서 늦은 조반을 먹고 있는데 앞집에서 전화소리가 또 들려왔다.

그 소리에 성수는 문득 생각한 모양으로

"우리두 전화를 놔요."

하고 졸라댔다.

나와 아내는 무슨 약속이나 하듯이 서로 얼굴을 쳐다봤다. 뭐라고 대답할 말이 없었기 때문이다. 실상 전화도 대수가 점점 느는 것을 보면 개가 새끼 치는 것과 같다고 하겠지만 그러나 강아지처럼 쉽게 얻어 올 수는 없는 일이다. 하는 수 없이

"이제 아버지도 훌륭해지면 전화를 놓게 되지."

하고 궁한 대답을 하자,

"그럼 아버진 앞집 사람보다 훌륭하지 못해?"

하고 물었다. 또 대답할 말이 없어 그렇다고 고개를 끄덕일 수밖에 없었다.

앞집에서 '스피츠'를 사 오고 전화를 놓기 때문에 못난 아버지라는 것이 사실 그대로 드러나게 되고 만 셈이었다. 생각하면 화가 나는 일이었다.

그러나 앞집 덕으로 우리는 셰퍼드 새끼도 한 마리 생겼고 전화도 얻어 쓰게 되었다.

강아지가 생긴 것은 나로선 그렇게 반가운 것 아니었지만 전화를

얻어 쓰게 된 것은 정말 고마웠다. 전화로 연락해도 될 일을 문안까지 들어가 술이나 마시고 오는 일이 많았기 때문이다. 그것이 요즘에는 전화를 빌려 쓰는 것뿐만 아니라 우리 집에 오는 전화까지 연락을 해주게 되었다.

이렇게 되고 보니 못난 아버지라는 것이 드러나 화가 났던 일도 쑥 들어가고 이웃사촌이라는 말이 옳다고만 생각되었다.

그렇지만 남의 집 전화가 자기네 전화와 같을 리는 없었다. 친구에게 전회번호를 알려주면서도 꼭 필요할 때나 걸라고 당부했고, 아침이나 밤은 되도록 삼가라는 그런 부탁도 잊지 않았다.

그런데 오늘 아침은 내가 아직도 이불 속에 있는 새벽에

"성수네 전화왔어요."

하고 앞집 식모가 알려줬다. 그 소리에 나는 벌떡 일어나 분주히 바지를 껴입다가 생각해보니 이런 새벽에 전화가 걸려올 일이 없었다.

"우리 집에 온 것이 아닐 거야."

나는 부엌에서 밥을 짓고 있는 아내에게 말했다.

"그런 소리 말구 빨리 가서 받아요."

아내는 전화가 올 때마다 무슨 좋은 소식이나 있을까 하고 기대를 갖는다. 이런 새벽에 전화가 왔으니 더욱 기대를 갖는 모양이었다.

그 전화는 허민 선생의 부음(訃音)을 알려주는 전화였다. 전혀 생각지 못했던 일이다.

"김해동 씨인가요? 소설 쓰는 김해동 씨지요? 여긴 N시립병원인데 허민 영감 아시지요? 그 영감이 어젯밤 한 시에 죽었어요."

전화는 본시 그 집 안방에 있던 것이 마루에 내놔 있었다. 전화 소리에 잠을 깬 주인이 수화기를 들어보고 우리 집 전화이므로 화가 나서 끊으려다 마루에 내논 모양이다.

나는 거기에만 신경을 썼기 때문에 전화로 알려주는 말에는 별로 충격을 받지 않았다. 하기는 전화의 말소리가 처음 듣는 소리고, 그 어조도 극히 사무적으로 알려주는 탓도 있었다. 그리고 또한 내 생각으로서도 허 선생이 죽었다는 것을 도무지 사실 같지가 않았다. 아직도 십 년이나 이십 년은 너끈히 살 거라고 생각하고 있었기 때문이다.

"장례 문제도 있고 하니 선생님이 곧 와야겠소."

그 말로써 전화가 끊어졌다. 나는 그때까지

"네, 네."

하고 대답만 했다. 아침부터 남의 집에 와서 전화를 쓰며 사람 죽은 이야기를 지껄일 수가 없었기 때문이다.

그 집을 나오자 그제야 겨우 움켜들었던 마음이 펴지는 것 같았다. 해방감과 비슷한 것이 전신에 퍼지는 것이 분명히 의식할 수가 있었다.

"허 선생도 죽을 때가 있구나, 역시 죽는구나. 하기는 죽을 나이도 되었지, 재작년에 환갑을 지난 수학 선생 배 선생과도 동년갑이었으니 예순 셋이나, 넷은 됐을 거라. 그 나이가 되면 언제 죽을지 알 수 없는 일이야, 길모퉁이의 영감도 좀처럼 죽을 것 같지 않더니 하룻밤 사이에 넘어 가지 않았던가."

산을 넘어 올라오는 아침 해를 바라보며 중얼거렸다. 그렇다고 해도 허 선생이 너무도 맹랑하게 죽은 감도 없지 않아 있었다. 그가 우리 집에 왔던 것은 지난 일요일이니 일주일도 못 되었다. 그 때는 앓는 기색도 없었고 평소나 다름없었다. 그는 본시 부한 몸도 아니므로 뇌출혈 같은 것으로 넘어질 염려도 없었다. 전 달에 왔을 때나 조금도 다름이 없이 가지런한 흰 이를 드러내어 웃었다. 육십이 넘으면서도 이 하나 빠지지 않은 것을 자랑이나 하듯이 웃었지만, 실상 그것은 의치(義齒)였다. 나는 그것을 알 뿐만 아니라 그것을 보기만 해도 먹은 것이 솟구쳐 올라왔다. 그 의치에서 받은 봉변이 한두 번 아니었기 때문이다. 그러나 그는 나한테도 그 이를 자랑하듯이 웃어댔다.

허 선생은 한 달에 한 번씩 우리 집을 찾아왔다. 좀 더 자세히 말하면 매달 마지막 일요일마다 와서는 일금 오천 환을 받고서는 영수증을 쓰고 갔다. 그렇다고 나는 그에게 돈을 빌려 써서 이자를 내는 것도 아니고 그의 집에 세를 들어 집세를 내는 것도 아니었다.

실상 나는 허 선생에게 돈을 지불할 아무 의부도 책임도 없었다. 그러면서도 다달이 오천 환을 지불하는 것은 돈을 받아 가는 그날 이외는 허 선생이 우리 집을 찾아오지 않는다는 약속이 있었기 때문이다.

그 약속이 있기 전에는 허 선생은 우리 집을 수시로 찾아왔다. 때로는 통행 시간이 늦은 밤에, 때로는 우리가 아직도 일어나기 선인 이른 새벽에 찾아와서는 대문을 두드렸다. 뿐만 아니라, 내가 서재라고 쓰는 방을 며칠씩 차지하고서는 누워 있었다. 정말 견딜 수 없었다. 나는 견디다 못해 이편에서 사정하듯이

"제발 선생님, 집에 찾아오는 것만은 삼가줘요. 선생님두 알다시피 전 매일 원고지를 한 칸 한 칸 메꿔 사는 녀석인데, 이렇게 방을 독차지하고 있으니 어떻게 일을 할 수가 있습니까. 선생님이 찾아오시지 않는다는 약속만 하면 그 대신 제가 힘 돌아가는 대로 도와드리겠어요."

그러자 허 선생은 대뜸

"그러면 한 달에 오천 환씩만 돌봐주겠나? 그것이면 밥을 붙일 데가 있으니 말야."

그때는 지금과도 달라 살림을 처음 시작했을 때이므로 오천 환이

란 우리에게 큰돈이었다. 그러면서도 허 선생과 그 약속을 하지 않을 수가 없었다.

"빚이라도 졌다고 생각하면 되잖아요."

하고 말하는 아내의 그 말대로.

그 후부터 허 선생은 매달 나한테 오천 환씩을 받아 가며 영수증을 써주곤 했다. 그가 영수증을 쓰는 것은 나한테 돈을 거저 받을 하등의 이유가 없으므로 꾼다는 형식으로 쓰는 모양이다. 남에게 돈을 거저 받는다는 것보다도 꾼다는 것이 기분상 훨씬 좋을지도 모른다. 나 역시 허 선생을 동정하는 마음은 털끝만큼도 없었으므로 오히려 꿔준다고 생각하는 것이 기분상 깨끗했다.

그러한 허 선생이 농말이 아니라 정말 죽었다고 하니 무겁던 짐에서나 벗어난 것처럼 기쁘지 않을 수가 없었다.

"여보 허 선생이 죽었대요. 이렇게 기쁜 일이 어디 있소."

집으로 뛰어 들어간 나는 옆집에도 들리리만큼 아내에게 소리쳤다.

"그 영감이 죽다니, 어떻게 된 일에요?"

아내는 어리둥절한 얼굴이었다.

"어떻게 죽은 걸 내가 알게 뭐야, 어떻게 죽었건 하여튼 죽었으면 됐지. 그런데 날 보구 그 영감의 송장 치러 오라지 않아, 누가 가, 내가 뭣하러 가냐 말야, 절대로 갈 리 없지."

나는 혼자 흥분해서 소리쳤다.

허민 선생은 내가 평양서 다닌 중학교의 조선어 선생이었다. 자기 나라 말을 국어라고도 할 수 없던 그때라, 조선어는 어느 과목보다도 천대를 받아 그것을 가르치는 선생까지도 다른 선생들에게 멸시를 받았다.

무슨 일이 있어 간혹 직원실에 들어가 봐도 허민 선생은 늘 외톨로 나서 낡은 책상 앞에 쓸쓸히 앉아 있었다.

허민 선생은 선생들뿐만 아니라, 학생들에게도 멸시를 받았다.

허 선생이 교실에 들어오면 으레 누구 하나가

"조선어는 배워서 뭣해요, 다른 학교에서는 집어친 지 오랬는데 우리두 그만두고 옛말이나 해요."

하고 화를 내게 했다. 선생이 화가 났을 때는 두 주먹을 부르쥔 채 입술을 벌벌 떨어댔다. 그러나 한 번도 소리를 내어 고함을 치는 일은 없었다. 그저 떨리는 입술을 다물고 맞은편 벽만 바라보고 서 있었다. 그 얼굴은 무엇에 반항하는 듯한 무섭고 심각한 얼굴이었으나 실상은 화가 난 것이 풀릴 때까지 기다리고 있는 모양이었다.

나는 그러한 허 선생을 볼 때마다 분한 마음 그대로 울고 싶었다. 우리나라 말이 없어진다는 비분이 어린 가슴속에 더욱 분명히 얽혀지기 때문이었다.

사실 나는 그때 허민 선생이 우리나라 말의 상징이라고 생각하고 있었는지도 모른다. 그러므로 나는 다른 선생의 집은 한 번도 찾아간 일이 없었지만 허 선생의 집은 몇 번인가 찾아갔다. 찾아갔다고 해도 별로 이야기도 없이 마주 앉아 있다가 그대로 돌아오는 날이 많았지만 그러면서도 나는 그것으로 만족을 삼았다.

허 선생에게는 자식이 없었다. 다만 선생을 이해하려고 그것만 열심히 생각하는 얌전한 사모님이 있을 뿐이었다.

언젠가 선생님이 없을 때였다. 사모님은 어린 나를 붙잡고서

"선생님하구 같이 살자니 힘들어 죽겠어요. 학생두 잘 알다시피 선생은 통 말이 없잖아, 그러니 어떻게 해야 좋아할는지 알 수가 없는 걸, 이래라저래라 씨원스럽게 이야기해주면 좋겠건만, 무슨 걱정이 생겨두 혼자서 꿍꿍 앓고만 있으니."

이런 말을 했다. 사실 허 선생은 남의 일에 대해서는 참간하는 일이 없었다.

내가 웃학교를 간 다음 핸가 그다음 핸가 분명히 기억되지 않지만 선생은 학교를 그만두게 되었다. 아니 쫓겨났다. 내가 다닌 학교에서도 조선어 과목을 드디어 없이했기 때문이었다.

여름방학으로 집에 와 있으면서 그 말을 들은 나는 어느 날 선생의 집을 찾았다. 고독히 지내리라고 생각되는 선생과 이야기나 실컷 하고 올 생각에서였다.

그러나 그날은 공교롭게도 선생네가 가르개라는 시외로 이사를 가는 날이었다. 나는 허 선생 부부가 애쓰는 것을 보고 그대로 돌아올 수가 없어 저고리를 벗고 이사를 도왔다.

이삿짐은 별로 없었지만 그래도 말 달구지 하나는 힘껏 되었다. 대부분이 선생의 책이었다. 나로서는 잘 읽을 수 없는 한서(漢書)였다. 이 밖에는 옷을 넣은 고리가 두 개, 이불보, 부엌에서 쓰던 찬장, 그리고 밥상과 책상 같은 것들이었다. 그중에서 단 하나 선생 부부에게는 어울리지 않는 풍금이 달구지 윈 끝에 실려 있었다. 어디다 감춰뒀던 모양으로 내가 그 집에 갔을 때는 한 번도 본 일이 없었다. 나는 풍금 앞으로 가서 뚜껑을 열고 키를 짚어봤다. 바람을 넣지 않았으므로 물론 소리는 나지 않았지만 선생님도 즐거운 시절이 있었구나 하는 생각이 났다.

사모님이 타는 풍금에 맞춰 노래를 부르던 정경도 보이는 것 같았다.

"왜 그리구 서 있어, 아 풍금을 보구, 그건, 정말 그걸 보면 여러 가지 일이 생각나요. 그땐 선생님이 상해서 사갖고 온 굉장한 것이지만, 지금은 아주 구식배기 풍금이 되고 말았어."

사모님은 혼자서 그런 말을 하며 웃었다. 나는 나도 모르게 사모님의 얼굴을 봤다. 사모님은 분주히 내 시선을 피하면서 눈을 깜박이었다. 처녀시절과 현재의 변화를 생각해본지도 모른다.

허 선생이 이사 간 집은 조그마한 초가집이었지만, 벽에는 회도 발랐고 뒤뜰에는 우물도 있는 아담한 집이었다. 더욱이 마루 밖에는 넓은 목화밭이 있어 시원한 맛이 있었다. 그때는 우리 주위가 모두 암담하기만 하던 때라, 이런 곳이라도 나와 살면 한결 마음이 시원할 것 같기도 했다.

"시외는 역시 공기가 맑아 이런 한적한 곳으로 나와보니 비로소 나도 살고 있다는 것이 느껴지네. 그러니 이제부터는 나도 일을 좀 열심히 해야지. 없어져가는 우리나라 말을 나 같은 녀석이나 붙잡고 있어야지 누가 붙잡고 있겠나."

이삿짐이 정돈되자, 허 선생은 이런 말을 하고 쓸쓸히 웃었다. 그리고 나서는

"오늘은 김 군이 무척 수고했는데, 우리 술이나 한잔 먹게 해줘요."

하고 아내에게 말했다. 사모님과 나는 서로 얼굴을 쳐다보며 웃었다. 이런 일은 좀처럼 없었기 때문이었다.

사모님이 술을 받으러 나가자 둘이서는 저물어가는 하늘을 바라보고 있었다. 그러던 중에 문득 허 선생은 내게로 얼굴을 돌려

"자네는 무슨 생각으로 나를 가끔 찾아오는가, 아무도 가까이하려고 하지 않는 나 같은 사람 말야."

나는 알 수 없게도 가슴이 철썩했다. 가슴이 철썩한 채 잠자코 있자,

"외롭고 불쌍해 뵈니 위로라도 해주겠다는 생각으로 오는 건가. 그런 생각이라면 다시는 오지 말게나, 난 아직도 동정 받을 사람은 아니라네."

그리고는 혼잣말처럼

"동정이란 남을 돕는 일보다도 해치는 일이 더 많지, 그러니만큼 무서운 거야, 하여튼 동정을 받는다는 것은 자기의 힘으로써는 살 수 없다는 뜻과 마찬가지가 아닌가, 그처럼 비참한 일이 어디 있는가."

나는 이 말을 듣고 선생은 지난날에 그 동정 때문에 지금의 침울한 사람이 된지도 모르겠다고 생각했다. 그러면서 나는 잠자코만도 있을 수 없어

"동정이 그렇게도 나쁘기만 한 걸까요. 물론 선생님 말대로 자기의 힘으로 모든 것을 해결하는 것이 제일 좋겠지만 세상일이 어디 그렇게만 될 수 있어요. 때에 따라서는 남의 힘도 빌리고 동정도 받고, 말하자면 동정을 받는 것도 자기에게 한 도움이 된다고 생각할 수 있잖아요."

눈을 감고서 내 말을 듣고 있던 선생은 아무 말 없이 미소만 지었다. 너도 앞으로는 내 말을 알 때가 있으리라는 그런 얼굴이었다.

그 후로 나는 허 선생의 집을 가는 것을 공연히 주저하게 되어 통가지를 않다가 이듬해 겨울 친구들 몇이서 술병을 들고 찾아갔다. 함박눈이 내리는 날이었다. 그러나 허 선생은 그 집에 살고 있지를 않았다. 옆 집 아낙네가 대구 근처의 어느 소학교 선생 자리를 얻어 갔다고 했다. 허 선생이 그런 사람인 만큼 자기가 가는 것을 분명히 알리고 가지를 않았다. 그러니 편지 한 장 낼 수도 없었다. 편지 내왕조차 없게 됐으니 자연 선생에 대한 기억도 점점 없어지게 되었다.

그렇다고 나는 아주 허 선생을 잊어버렸던 것은 아니다. 왜정 말기에 한글학회 사건이 있을 때도 선생이 연루되지나 않았는가 하고 걱정했고, 더욱이 해방을 맞이하게 되고서는 선생도 이제는 기를 펴고 살리라고도 생각했다.

그러나 삼팔선으로 막힌 이북에서 남한에 계신 선생의 소식은 좀

처럼 알 수가 없었다. 이제는 선생도 글을 쓸 거라고 삼팔선 장수들의 손을 통해 내려오는 잡지를 대할 때도 선생의 이름을 찾아봤고, 서울서 온 사람들에게 물어도 봤다. 그러나 선생의 글도 볼 수가 없었고 안다는 사람도 없었다. 그렇다면 혹시 작고하신 것이 아닌가 하는 막연한 생각도 해 봤다.

그 허 선생을 내가 다시 만난 것은 환도 후 처음으로 민의원 선거가 있던 그 무렵이었다.

1·4후퇴 때 북에서 나온 나는 그때 여기저기 잡지에다 소설 비슷한 것을 써가며 후암동에서 하숙생활을 하고 있었다. 그곳에 허 선생이 나타난 것이다.

이십 년 만에 처음 만나니만큼 나도 무척 반가웠다. 허민 선생은 그 때보다 조금도 늙은 인상이 아니었고 오히려 신수가 더 환해진 것 같았다. 그것은 그동안에 여유 있게 지낸 것을 말해주는 거나 다름이 없었다.

"자네 글 쓰는 것은 하나도 빼놓지 않고 읽지."

방에 들어가 앉아 허 선생은 첫마디로 이런 말부터 했다. 그리고는

"자넨 연애에 대단히 취미가 있는 모양이두구만."

이런 말도 했다.

나는 그동안의 선생의 생활이 궁금한 대로

"선생님은 통 글을 쓰지 않는 것 같은데 그동안에 논문 발표라도 있었습니까?"

하고 물었다. 허 선생은 내 말에 얼굴이 약간 붉어지는 듯한 웃음으로,

"이제야 뭐 내가 하지 않아도 국문학을 하는 사람이 많은데 나 같은 녀석까지 할 필요가 없지. 난 그동안에 시골서 중학교를 하나 맡

아가지고 있었지만 교육사업도 그만큼 했으면 이제는 정계에 좀 나서려고 생각을 돌렸어. 이번에 서울 올라온 것도 실상은 누가 선거 자금을 주겠다기에 올라온 것인데 자네두 좀 만날 필요가 있어서."

나를 만날 필요가 있다는 것은 별다른 일이 아니라 자기가 민의원에 당선되면 비서로 쓰기로 약속할 테니 같이 내려가서 선거운동을 해달라는 것이었다.

나는 어이가 없었다. 어이가 없으면서 어쩌면 이렇게도 사람이 달라질 수 있을까 하고 생각했다.

내가 거절하자 허 선생은 뜻밖이라는 얼굴이 되었다. 나는 허 선생을 만났기 때문에 허 선생과 더 멀어진 것 같은 기분이었다.

선거가 끝난 얼마 후 나는 어느 술집 벽의 석판으로 인쇄한 민의원의 사진이 있는 것을 보고 혹시 허 선생의 사진도 있나 하고 찾아봤다. 그러나 보이지가 않았다. 그렇다고 안됐다는 생각도 들지가 않았다. 나는 허 선생 일로 조금도 신경을 쓸 필요가 없었기 때문이다.

그러나 그 허 선생은 낙선된 그 이듬해 봄에 다시금 내 하숙에 나타난 것이다. 아니 나타나기 전에 먼저 짐을 부쳐 왔다. 커다란 이불보와 무엇이 들었는지 알 수 없는 사과상자 두 개가 하숙으로 배달되어 왔다. 내 방은 그것으로 가득 차고 말았다.

그리고 이삼일이 지나 그는 목욕 주머니 하나 든 가벼운 몸차림으로 하숙 현관에 나타났다. 나를 보자 헤헤하고 웃었다. 옛날에 심각하던 그 얼굴로서는 도저히 웃을 수 없는 맥 빠진 웃음이었다. 그런 웃음으로써 민의원의 낙선을 변명대는 것 같기도 했다.

"전번에 선거자금을 대준 친구가 같이 사업을 해보자고 하기에 올라 왔지."

"그렇다면 그 집으로 짐을 부칠 게지 남의 집에 하숙하고 있는 저한테 말 한마디 없이 짐을 부치면 어떻게 합니까?"

나는 약간 화가 난 얼굴로 말했다.

"그래서 내가 그럴 사정이 있다구 편지 보내지 않았던가."

"전 그런 편지 받은 일 없어요."

"안 받았다니 무슨 소리야!"

허 선생은 자기 주머니를 여기저기 뒤져보기 시작했다.

"그렇다면 내가 편질 쓰기만 하고 잊었던가?"

나는 보고만 있었다. 허 선생은 더욱 열심히 바지 뒷주머니까지 뒤졌었다. 그렇다고 편지가 있을 리 없었다. 나는 하는 수가 없어

"하여튼 들어갑시다."

허 선생은 마루에 올라서자 벗은 구두를 집어들었다. 별로 새 구두도 아니었으나 현관에 그대로 벗어놓고 들어가기가 마음이 놓이지 않는 모양이었다. 그러고 보면 처음 왔을 때보다는 신색도 못했고 옷도 이상스럽게 큰 것이 구제품을 사 입은 것 같았다.

방으로 들어가 앉아 허 선생은 방 안을 절반이나 차지한 자기 짐을 둘러보고 나서

"뭐 대단한 물건이라고 이걸 방에다 뒀나. 광에 내다 둬두 좋은데."

남의 집에 있는 심정은 모르고 이런 소리를 하고 나서는

"사실 자네에게 편지 썼다는 것은 다른 이야기가 아니라 내 집사람이 지난 겨울에 죽었다네. 그래서 한식엔 떼를 입히고 올라왔는데 그렇게 되고 보니 세상이 허무해서 살 수 있던가. 그런 참에 서울 친구가 올라오라기에 이제는 서울 가서 자네나 동생처럼 생각하구 지낼 생각으루……."

날 동생처럼 생각하겠다는 말에 깜짝 놀랐다. 놀랄 뿐만 아니라 등골이 오싹했다. 찌부둥한 얼굴로

"이 집은 나도 밥을 붙이고 있는 판에 어떻게 같이 있자는 겁니까?"

"내가 밥값을 안 낼 것 같아서 그런 말 하나. 적어두 난 낙선은 됐을 망정 민의원 출말 했던 사람이야."

그리고는 갑자기 자기 입에서 의치를 뽑아

"이 이빨 속에두 금 닷 돈 중이나 들어 있어."

나는 너무나도 어처구니없어 웃지도 못하고

"물론 선생님이 제게 그런 폐야 끼치겠소만 이렇게 좁은 방에 어떻게 둘이 있을 수 있냐 말입니다."

"그건 염려 말게. 난 늘 나가 있을 사람이니 자네 일엔 조금도 지장이 있을 턱 없구, 그리구 또 우린 남하구 달라 사제지간이라니보다도 동기간이나 다름이 없으니 방이 좁다 해두 정이 있어 괜찮아."

'동기지간은 뭐이구, 정은 도대체 무슨 정이 있다는 것인가.'

나는 더 말도 하고 싶지 않아 돌아앉아서 원고 쓰던 일을 계속했다. 그러자 허 선생은 내 기분 같은 것은 아랑곳없이 짐을 풀기 시작했다. 집 주인에게 장도리를 얻어다 사과상자를 뜯기 시작했다.

그 속에 든 것은 깨어지지 말라고 솜으로 싼 이조 자기들이다. 그러나 슬쩍 넘겨본 눈으로도 값가는 물건은 아니었다.

허 선생은 그것을 꺼내면서 이것 봐라, 이것이 깨졌으니 어떻게 해, 교통부 녀석들은 도대체 짐을 어떻게 취급했기에 이 꼴이 됐담. 그 자식들을 혼내주기 위해서도 내가 꼭 민의원이 됐어야 할 일인데. 이런 말을 혼자서 중얼거렸다. 시골 학교에 있으면서 학생들의 집을 찾아다니며 모은 그릇들인 모양이다. 그것을 서울에 올려다 팔면 한밑천 되리라고 생각하고 갖고 올라온 것도 틀림이 없었다.

허 선생은 짐을 다 정리하고 나서는 백자기 병을 하나 들고 나갔다가 한참 만에 개나리꽃을 꽂아갖고 들어와서 내 책상 위에 놓아 줬다.

"이건 내 물건 중에서도 제일 값가는 진품인데, 우리가 만난 기념으로 자네 주기로 하지."

나는 그 병을 주는 것이 조금도 반갑지가 않았다. 그보다도 하루 바삐 짐을 싸갖고서 나가줬으면 하는 생각뿐이었다.

그러나 허 선생은 그날부터 내 하숙에 눌러 있으면서 딴 곳으로 갈 생각은 전혀 하지 않았다. 아침을 떠먹고 나가서는 으레 밤늦게 술이 취해가지고 들어왔다. 그렇다고 처음 자기 말대로 무슨 사업을 하기 위해서 아침부터 나가는 것 같지도 않았다. 아침에 나갈 때마다 그가 갖고 올라온 이조 자기를 한 가지씩 싸갖고 나가는 것을 보면 그것을 팔아서 한종일 기원에서 바둑이나 두다가 저녁때쯤 되면 술을 한잔 걸치고 들어오는 모양이었다. 내가 밤늦게까지 일을 하느라고 앉아 있으면

"패를 받어."

"집이 되야 말이지."

이런 잠꼬대하는 것을 여러 번 들었다.

허 선생이 내 하숙에 와 있는 지도 거의 한 달이 되었다. 그러한 어느 날 주인아주머니는 나를 붙잡고서

"선생 방에 와 있는 손님의 하숙비는 어떻게 하는 거예요?"

"그건 그 사람이 낼 겁니다."

"그래두 그분은 선생님이 책임을 진다고 하시던데."

"내가 그 사람의 것을 왜 책임져요."

"선생에겐 아주 귀한 물건을 줬다면서 그 값으로 하숙빌 책임질 거라고 하던데요."

"뭐 그런 소릴 해요?"

화가 독같이 난 나는 허 선생이 들어오는 대로 나가라고 소리칠 생각으로 잔뜩 기다리고 있었다. 그러나 나는 그날도 허 선생을 내 어쫓을 수가 없었다. 한 주일만 꼭 참아달라고 허 선생이 빌었기 때

문이다. 그때는 내가 잡아도 뿌리치고 나간다는 약속까지 했다.

"이 사람아 자네가 내 사정을 봐주지 않으면 누가 봐주겠나. 이제 한 주일이야, 한 주일만 있으면 내가 거부가 되건, 거지가 되건 결판이 나는 판이야. 나두 시골서 올라올 땐 돈 백만 환은 갖고 올라왔는데 모두 거길 쓸어 넣구 요즘은 용돈도 없어 내가 아끼는 골동품을 팔아먹고 있는 것은 자네도 알고 있지 않나. 하여튼 한 주일만 참아주게 한 주일만, 일만 잘되면 하숙비가 문제인가, 아니 내가 자넬 언제까지나 이렇게 하숙생활만 하래겠나. 하여튼 한 주일만……."

나는 그 소리가 무슨 소린지 알 수 없으면서도 그의 말대로 한 주일만 참아주기로 했다.

그러나 한 주일이 지나서도 허 선생은 거부가 된 것 같지 않고 나가려고 노력하는 기색도 보이지가 않았다. 그뿐만 아니라, 이제는 시골서 갖고 올라온 골동품도 팔 것이 없는 모양으로 버스값이 없다고 손까지 벌렸다. 책상 위에 놓고 피우던 담배가 없어지는 날도 많았다.

나는 허 선생과 한방에 있는 것도 싫어서 죽겠는데 그의 하숙비를 줘야 하고 거기다 용돈까지 줘야 할 판이 되었다.

그러나 원고를 써서 사는 내 수입이란 뻔한 것이었다. 허 선생을 도와줄 마음이 있다고 해도 그럴 수가 없었다. 나는 허 선생에게 이런 딱한 이야기를 하고 애원하는 도리밖에 없었다. 내가 애원하는 데는 허 선생도 어찌할 수 없는 모양으로

"알겠네 알겠어, 자네가 그렇게 말하는 데야 그대로 있겠나, 나가지. 나가긴 나가겠네만 나도 니궁등 나갈 수 없잖아. 그러니 내가 나갈 하숙을 찾기까지 며칠만 더 참아주게나."

하고 말했다. 실상은 나갈 생각이 있어서가 아니고 이런 말로 며칠을 더 끌 생각이었던 것이다.

그러나 허 선생은 결국 내 하숙에서 쫓겨나지 않을 수 없는 일이 생기고야 말았다. 내가 허 선생의 의치를 뽑아 담은 주전자의 물을 마셨기 때문이다.

바로 그 전날 친구들과 술을 마셨던 관계로 새벽녘이 되자, 목이 말랐다. 아직 밤이 채 밝지 않은 때라, 나는 손을 더듬어 머리맡에 있던 주전자를 찾아서 주둥이에 입을 대고 한참이나 물을 마셨다. 그렇게 정신없이 마시다 보니 주전자 속에서 이상스럽게도 무엇이 뎅그랑거리는 소리가 났다. 그러나 나는 타던 목이 시원해진 때문이었던지 그런 일에 별로 신경을 쓰지 않고 자리에 누웠다. 그리고 나서 얼마큼 있다가 문득 '주전자 속의 그것이' 하는 생각이 머리에 떠올랐다. 나는 분주히 불을 켜고 허 영감의 입을 봤다. 양 볼이 쑥 들어간 것이 역시 이가 뽑아져 있었다. 나는 벌떡 일어나서 주전자 뚜껑을 열어봤다. 빌건 잇몸에 흰 이가 박힌 허 영감의 의치가 바닷속의 산호처럼 물에 잠겨 있었다. 나는 다짜고짜로 소꾸질을 두어 번했다. 빈 배 속에서 쓴 물이 솟구쳐 올라왔다. 그 쓴 물을 허 선생 상판에 배알아주듯

"나가요, 나가요, 당장 나가요."

소리치는 동시에 그 주전자를 집어 들어 허 선생 면상에 던졌다. 그가 줬던 꽃병도 이불 위에 내던졌다. 지금까지 참아오던 격분이 드디어 폭발된 것이었다.

코를 데룽데룽 골며 자던 허 선생은 물 주전자 벼락을 맞고 놀래어 닁큼 일어나 앉았다. 물론 처음엔 무슨 영문인지 몰라 어리둥절했지만 물 덤벙이가 된 자리에 자기의 의치가 떨어져 있는 것을 보고서는 내가 왜 화가 난지 안 모양이었다.

"나가지 나가. 나가겠다는 사람을 물 주전자로 왜 치면서 야단이야."

허민 선생도 화가 난 얼굴로 의치를 집어 들어 팔소매에 쓱쓱 문지르고 나서 입에 문 후 벌떡 일어섰다. 그리고는 올 때 들고 왔던 목욕 주머니를 찾아들고 나갔다.

나는 그 뒤로 이불을 둘둘 말아 들고 따라 나가 대문 밖에다 던져 줬다. 그동안에 자기 그릇은 모두 들고 나갔으므로 허 선생의 물건이란 사실 그것밖에 없었다. 그것으로써 나는 허 선생과 관계를 끊었다고 생각했다. 그러나 입에서 메슥메슥하게 구역이 나는 것은 어쩔 수가 없었다. 치약으로 닦고 소금으로 닦아봐도 역시 마찬가지였다.

허 선생이 나가자 나는 부랴부랴 하숙을 옮겼다. 다시금 찾아오리라고 생각되었기 때문이다.

내가 하숙을 옮긴 집 주인은 신문사 사회부 부장이었다. 전에 있던 하숙집보다 친절도 했거니와 내가 쓰는 방도 깨끗하고 조용했다. 더욱이 그 집은 전화가 있어 편리했다. 그 전화 덕으로 나는 생각지 않은 원고 청탁도 받게 되었다. 나는 그 집에 있으면서부터 전화가 문명의 이기라는 것을 비로소 알게 된 셈이다.

어느 날 아침, T병원에서 나한테 전화가 걸려왔다고 그 집 딸이 알려 줬다.

새벽에 걸려올 전화가 없으므로 나는, 고개를 비틀며 전화통으로 가서 수화기를 들었다. 듣고 보니 허 선생이 어젯밤 약을 먹고 자살하려다가 미수가 되어 입원을 하고 있다는 전화였다.

"그러니 빨리 와야 해요."

히스테릭한 목소리가 간호부장이라도 되는 모양이었다.

"네 곧 가겠습니다."

하고 전화를 끊었다. 그러나 그것은 대답뿐이었지 갈 생각은 털끝만치도 없었다. 어젯밤 늦게 앉아 있었으므로 졸려 견딜 수가 없었다. 나는 다시금 이불을 둘러썼다.

내가 깬 것은 열두 시가 거의 되었을 때다. 점심 겸 조반을 먹고 거리로 나왔다. 맑은 날씨였다. 어디로 갈까?

나는 그날을 한종일 야구 구경으로 날을 보내고 술도 한잔하고 밤늦게 돌아왔다.

다음 날은 혼자서 우이동으로 하이킹을 하고 왔다. 그다음 날은 변두리 극장에서 영화를 봤다. 돌아오는 길에 이제는 허 선생도 퇴원을 했겠지 하는 생각과 함께 잠깐 들러보기로 했다. 그것을 모르고서는 이상스럽게 가슴이 설레어 집에 앉아 있을 수가 없었기 때문이다.

그 병원이 가톨릭 계통의 종합병원이라고 하기에 꽤 큰 집인 줄 알았는데 적산 주택을 뜯어고친 조그마한 병원이었다. 현관 정면의 시계를 보니 네 시도 못 되었는데 벌써 외래 환자들이 끊어진 모양으로 복도에는 소제부 노파가 물걸레를 치고 있었다.

그 소제부에게 허민 선생의 일을 묻자 삼십쯤 난 간호원을 데리고 나왔다. 내 이름을 대자 간호원은 눈을 치뜨면서

"그날 왜 오시지 않고 지금 오시는 거예요."

나무랐다. 그 음성으로써 전화를 건 간호원이라는 것을 알 수가 있었다.

"바쁜 일이 있어서."

나도 모르게 손이 목덜미로 갔다. 실상은 야구 구경을 갔다고 대항하듯이 말하려던 것이 그런 말이 나왔기 때문이다.

"바쁜 일이 있어도 그렇지요. 형님이 위독하게 됐는데."

"형님이라니?"

"그럼 형님 되는 분이 아니예요?"

허 선생은 분명 나를 동생이라고 한 모양이었다. 그러나 그것을 구태여 정정할 필요는 없으므로 일부러 나도

"그래 내 형님 된다는 사람 병상은 어때요?"

"고금 뗐어요. 그런 환자가 어디 있어요."

몸부림을 쳤다. 그 몸부림치는 것을 보고서는 나도 몸부림을 치고서 슬리퍼를 철떡철떡 끌며 간호원 뒤를 따라갔다.

허 선생이 입원하고 있는 방은 북쪽 방이었다. 침대에 누워서 병원에서 준 성경 팸플릿 같은 것을 읽고 있다가 나를 보고서는

"오! 어떻게 이제야 자네가 와."

마치도 나를 만나기 위해서 약을 먹었던 것처럼 쉰 소리로 말했다. 목소리가 쉰 것을 보니 약을 먹은 것만은 분명하다.

"어떻소?"

"응 이제는 괜찮아."

"먹지 않는다고 간호원이 걱정을 하는데 이제는 살아났으면 먹어야 할 것 아니요."

나는 무슨 위로를 하기 위해서 한 말도 아니고 할 말이 없어서 한 것 뿐이다.

"그래서 자넬 불른 거야."

"네?"

"뭘 먹으려두 이빨이 있어야 말이지. 자네보구 그걸 좀 찾아다 달라구."

그리고 보니 양 볼이 쑥 들어간 것이 이가 없었다. 그래서 더욱 여위어*¹ 보이기도 했다.

"어디다 뒀기요?"

---

*1 원문에는 '여워'임.

"여관에 있어."

허 선생은 내 얼굴을 약간 외면한 채 여관이 어디라는 것을 알려 줬다. 그 의치에 금 닷 돈 중이 든 것이 사실이라면 그가 기어이 찾 으려고 할 만도 한 일이었다. 그러나 나로서는 결코 반가운 심부름 이 아니었다.

그러면서도

"그건 찾아줘도 좋지만 그 대신 내가 해주는 것은 그것뿐입니다."

하고 따집었다. 따집어 봤댔자 마찬가지라는 것을 알면서도 따집 었다.

"응."

허 선생은 힘없이 대답했다.

"이 병원의 입원비를 어떻게 해달라는 소리를 해도 안 되고, 내 하 숙에 전화를 걸거나 찾아와도 안 됩니다."

"알겠소, 알겠소."

허 선생은 귀치않은 듯이 고개를 끄덕이었다. 내 부담이 그것으로 끝난다면 못할 일도 아니므로 그 여관을 찾아가기로 했다.

나는 병원에서 나오는 길로 그 여관을 찾았다. 귀치않은 일은 빨 리 끝내고 싶은 생각이었기 때문이다. 막상 찾아가 보니 나도 언젠 가 술이 취해서 친구들과 어울려 잔 일이 있는 여관이었다. 말하자 면 그런 손님을 주로 하는 여관이었다.

내가 들어서자 문간방에 앉은 술통 같은 육십쯤 난 영감이

"야 손님 오셨다."

하고 소리쳤다. 손에 든 것도 없이 혼자 들어선 것을 보고서는 적 적해서 온 그런 손님이라고 안 모양이었다.

나는 모자를 벗고 깍듯이 인사를 했다.

"며칠 전에 여게 육십 가까운 영감 한 분 들어오셨지요?"

"이 빠진 영감?"

주인은 대번에 알아맞히며 얼굴빛이 달라졌다. 물론 험악하게 달라졌다.

"바로 당신이 그 영감의 족하되는 분이군요?"

"족하요?"

나는 반문했다. 허 선생이 여기선 나를 족하라고 이용한 것을 알면서도 물었다.

"족하가 아니세요?"

나는 대답 대신 코웃음을 쳤다.

"그럼 당신 그 영감과 어떻게 되는 사람이요?"

"어떻게 된다고 할까, 그 영감은 날 대단히 친하다고 생각하는 모양인데 난 조금도……."

"흐음."

주인은 알겠다는 듯 끄덕이고 나서

"그 영감 살긴 했소?"

"죽어서 서러워할 사람도 없는 사람은 으레 목숨이 질긴 법인 걸요. 좀처럼 죽겠어요."

화가 난 것처럼 방패선을 쳐놓는 것이 유리할 것 같아 억지로 화가 난 얼굴을 했다.

"정말이지 그런 영감 일 년에 두 번만 만나면 우리 여관은 망하고 말겠소. 서울 바닥에 여관이 하도 많은데 해필 우리 여관에 왜 와가지구 그 야단이냐 말유."

나를 대고서 화를 내고 나서

"도대체 죽긴 왜 죽는다는 거요. 그러지 않아두 며칠 안 가서 넘어질 영감이."

"글쎄 나두 모를 일이지요. 좀전에 병원엘 들렀더니 그 영감이 날

보구 여관에 들러달라기에."

"뭐 숙박료 때문에—그까짓 것 안 받아두 좋지만 그 대신 이불값이나 낼 생각 하라구 해요. 온통 배려놨으니."

"그것이 아니구 그 영감이 여기다 이를 뽑아놓구 간 모양인데 그걸 좀 찾아다 달래기에……."

"뭐?"

주인 영감은 무엇을 생각했는지 갑자기 울상 같은 씨뿌듯한 얼굴이 되며

"그 이빨이 그 영감 핸가?"

"그럴 겁니다. 그 영감은 잘 땐 반드시 이를 뽑고 자는 모양이니."

"아니 그럼."

주인 영감은 할 말을 못 하고 크윽 하고 요강에다 가래침을 뱉었다. 다시 솟구쳐 올라오는 가래를 문 채 손을 흔들어

"못 주겠네 못 주겠어, 그건 절대로 못 주겠어."

"못 주겠다니 이불값을 가져오기 전엔 줄 수 없다는 뜻인가요?"

나는 주인 영감이 갑자기 구역질을 왜 하는지 알 수 없다고 생각하면서 물었다.

"그뜻이 아니야, 이불값을 갖고 와도 줄 수 없어."

"그 징그러운 걸 뭣에 쓰려고요?"

"뭣에 쓰건, 하여튼 줄 수 없어."

"그러나 그 영감은 그 이가 없기 때문에 먹지를 못하는데 안 주면 어떻게 해요."

"죽으려던 영감 먹지 않으면 죽을 텐데 무슨 걱정이야."

그 말엔 나도 동감이었다. 그러나 나는 그 이를 찾아다 준다는 약속을 했으므로

"죽으려던 영감두 죽지를 못했으니 이제는 살도록 해줘야 할 것 아

냅니까?"

"죽건 살건 난 그걸 관계하는 것이 아니야. 그 이만은 줄 수가 없어."

"도대체 무슨 이유로 그런 고집을 부리십니까?"

"이유두 말하고 싶지 않아."

"그래두 난 그 영감한테 가서 무턱대구 안 주겠단다구두 할 수도 없잖아요?"

"사실은 의치를 넣은 물을 먹었어."

"네?"

"그것이 내 마누라 이빨인 줄 알았는데 지금에 생각해보니 손님방에서 나온 주전자에 있었어."

그 말에 나도 불시에 구역질이 났다. 마찬가지인 피해자였기 때문이다. 나는 연달아 구역질을 두 번 하고 나서

"그렇다면 절대로 줄 수 없지요. 그 물을 먹다니 예익 더러워, 그 이 빠지는 시궁창에나 버려요."

얼굴을 찡그리며 침을 칵 배앝았다.

내가 결혼하여 H동에 나간 지 얼마 되지 않아서였다.

어느 날 친구들과 술을 먹고 늦게 들어가자 대문을 열어주는 아내가 형님이 오셨다고 알려줬다.

나는 가슴이 덜컥했다. 내게는 사촌형도 없었기 때문이다. 아니 허 선생이 그 수법을 또 썼다는 것을 알았기 때문이다.

내가 서재라고 쓰는 방에서 허 선생은 코를 골다가 문소리에 벌떡 일어나 앉으며

"이틀만."

하고 의치를 자랑하듯이 헤헤 웃었다. 의치를 찾은 것을 보니 그

여관 주인도 그렇게 나쁜 사람은 아닌 모양이었다. 그러나 그때보다도 신색은 더욱 말이 아니었다.

이틀만 있겠다던 허 선생은 다음 날 아침 조반도 먹기 전에 없어졌다. 참으로 이상하다고 생각하다 보니 책상 위에 놓여 있던 라디오도 없어졌다.

나는 그 때문에 아내에게 두고두고 이야기를 듣게 되었다.

그러나 허 선생은 한 달도 못 돼서 또 나타났다. 그때는 집에도 들이지 않고 화를 내서 돌려보냈으나 그때뿐이었고 그는 며칠 후에 또 나타났다. 하기는 그것이 허 선생이 사는 유일의 방법이니 그럴 수밖에 없는 일이었다.

화를 내지 않는다고 야단치던 아내도 그것이 허 선생에겐 통하지 않는다는 것을 알고 나서는

"또 왔어요."

하고는 한숨을 짓곤 했다.

결국 우리는 십만 환의 오부 이자를 쓴 것으로 생각하고 다달이 허 선생에게 이자를 물기로 했다. 그것으로써 우리의 가정이 겨우 안정할 수 있었던 것이다.

"여보 오늘은 십만 환의 빚을 문 셈인데 어디 좋은 데 좀 갑시다."

나는 허 선생이 죽은 것이 십만 환이 아니라 그보다 몇 곱절의 빚을 문 것 같은 기분이었다.

"당신 정말 허 선생 죽은 데는 가지 않을 생각이오?"

"내가 뭣하러 가."

나는 화를 내다시피 소리쳤다. 그때 앞집에서 따르릉 하고 전화가 걸려오는 소리가 났다. 에이쿠 전화가 또 왔구나 하고 가슴이 철썩했다. 그러나 우리 집에 오는 전화는 아니었다. 앞집 부인 친구가 영

화 구경을 가자는 그런 전화인 모양이었다.

"우리두 영화 구경이나 갑세다. 이제는 영감 주던 부담도 없어졌는데 오늘은 이류 삼류가 아니구 봉절관으루."

"정말요?"

아내는 웃으려다 말았다.

"구경하고 나서 어디가 고기두 좀 베봅시다."

"그래두 영감님 불쌍해요."

"그런 쓸데없는 소리 말구 어서 나갈 차비나 하래두."

나는 아내를 꾸짖기나 하듯이 또 소리쳤다.

"……."

"왜 말이 없어?"

아내를 쳐다보니 어느 틈에 눈물을 닦고 있었다.

"울긴 왜 울어, 기뻐서 울어?"

그리고 보니 나도 영문 모르게 눈시울이 뜨거워지는 것 같았다. 참 어이가 없다. 정말 앙천대소할 일이다.

화병(花瓶)

그 화병이 벌써 팔렸다는 말을 듣고 은주는 아쉽다기보다는 아득했다. 그 병은 아버지가 갖고 있던 백자기였다. 그녀의 아버지는 골동에 파고들진 않았지만 문적이니 피갑이니 목상이니 이런 것들로 집에서 사용도 되고 있는 물건으로 대여섯 점은 늘 갖고 있었다. 그 중에서도 제일 아끼던 것이 그 화병이었다.

바로 그제, 은주는 안국동 거리에 있는 어느 골동상 앞을 지나다가 우연히도 그 화병에 눈이 끌리게 되었다. 그 순간 은주는, 저 꽃병이 어떻게 이곳에 있을까 하고 가슴이 활랑 뛰었다. 그러나 동란 통에 잃은 것이 비단 그 화병뿐만이 아니라는 것을 생각하니, 이상스러울 것도 없는 일이고, 그저 아버지를 대하는 것 같은 반가운 마음이 앞섰다.

"분명 저것은 내가 매일 물을 갈아 주던 아버지의 그 꽃병이라니까."

은주는 진열장의 화병을 바라보며 한 번 더 중얼거려 보고서 불시에 문을 열었다.

"저 화병 좀 보여줄 수 없을까요."

하고 병을 받아놓고 나서, 병 밑의 검은 점까지 보고 나니, 이제는 의심할 데가 없어지고 말았다.

"아버진 그 병이 뭐 그렇게 좋다구 야단이야."

하고 조롱대듯 말하면,

"너두 이제 알게 될 때도 있지. 하여튼 지금은 아주 훌륭한 것이라구만 알아 둬."

하고 웃으시던 아버지의 그 얼굴까지가 기억에 떠올랐다.

은주는 꽃병을 놓고

"얼마입니까?"

하고 가격을 물었다. 골동상 주인은 은주를 한 번 훑어 보고서는,

"그 병은 골동품치고서는 보통 병과는 좀 다른 것이 돼서 비쌉니다. 만 이천 환은 받아야 합니다."

그리고는 다른 병을 보이며

"이건 어떻습니까, 꽃병으론 이것이 더 좋을지도 모릅니다. 무늬도 있고 값도 싸고, 저 병에 절반값이라도 드릴 수 있어요."

골동을 모르는 은주의 눈에는 그것도 별반 차이가 없어 보였다. 그러나 단순히 골동을 사기 위해서 가격을 물은 것은 아니었다.

"지금 돈을 넣고 나오질 못해, 못 가져가겠습니다만, 이 병을 내일 와서 꼭 사갈 테니 남에게 팔지 말아요."

"염려 말아요. 골동이 그렇게 팔리나요."

"만일이래두요. 정말 팔면 안돼요."

은주는 이렇게 다짐까지 주고 나왔던 것이다. 그리고 다음날인 어제 그 병을 사려고 저금을 찾으려니까 생각지 못했던 일요일이었다. 그렇다고 그만한 돈을 변통 대자면 못할 바도 아니었지만, 골동상 주인의 말대로 설마 그렇게야 팔리리 했던 것이 오늘 와보니 덜컥 팔려 버리고 말았다. 은주는 화가 나는 대로 골동상 주인에게 짜증도 내보았으나 이미 팔린 것은 어쩔 수가 없었다. 그래도 단념할 수가 없어서, 사 간 사람을 찾아가서 사정이라도 해 볼 생각으로 어떤 분이냐고 물어 보았으나, 삼십여 세쯤 나 보이는 젊은 남자라고 막연히 대답할 뿐으로 자기도 처음 보는 사람이라고 했다. 은주는 실

망한 채로 돌아오는 수밖엔 없었다.

은주는 합승이라도 탈까 하고 생각해 보았으나 그런 기분도 나지 않아서 버스를 타고 말았다. 버스 안은 몹시 혼잡했다. 그 혼잡 속에서도 은주 옆에 앉은 가정부인인 듯한 두 젊은 여자가 야단스럽게 지껄여댔다.

옷차림을 보아서는 그렇게 교양이 없을 성싶지도 않은데 주위의 사람을 조금도 꺼리지 않는 여성이었다.

은주는 몇 번인가 눈살을 찌푸렸다. 그들의 소리가 그렇게까지도 귀에 거슬린 것은 화병을 사지 못해서 기분을 상한 때문인지도 몰랐다.

그 두 젊은 부인은 어느 양재학원에 양재를 배우러 다니는 모양이었다. 그 선생에 대하여 왼쪽에 앉은 부인이 불평을 말하여 투덜대는 것이었다.

"글쎄말예요. 그렇지 않아, 처음부터 잘 하면야 무엇하자구 월사금을 갖다 바치면서 배우러 다니겠어요. 배우자구 다니는것 아니에요. 그런데 내가 와이샤쓰를 핸 것 보구 하는 소리 봐요. 이거 당신 남편 갖다 주면 입을 것 같아요, 막 이러지 않겠어요. 정말 어이가 없어서, 그렇게 창피를 주는 법이 어디 있어요. 그것두 앞으루 양잴 직업으루 가질 사람에게 그런다면 또 몰라요. 우리야 그저 심심풀이루 배워 보자는 거 아니에요. 정말 기분 나빠 죽겠다니까요. 그래두 오늘 잠자코 참았지만 내일 또 그런 소리만 해봐요. 대번에 쏴주구 말테니, 그렇지 않아요. 서울 바닥에 양재 배우는 곳이 그곳 하나 밖엔 없다구 가만 있겠어요."

이런 어조였다. 그래도 동행인 부인은 옆 사람들을 거리껴, 민망한 얼굴로써 마지못해 고개만 끄덕여 주는 것이었지만, 그런 것도 생각지 않고, 혼자서 떠벌려댔다. 안국동에서 창경원 앞을 지날 때까지도 잠시도 입을 쉬는 일이 없었다. 물론 은주는 그 양재선생이 누구인지는 알 리가 없었다. 그런 욕지거리가 자기로서는 아무런 책임도 없는 것이므로, 혼잡한 버스 속에서 심심풀이가 되지 않는 것도 아니었지만 그러나 남의 욕도 지나치게 되면 듣기가 괴로와지는 것이었다. 이야기하는 사람이 밉살스럽다.

그 부인은 은주와 거의 같은 연세였다. 콧날이 날카로운 것이며, 뺨이 마른 것이며, 말이 끝날 때마다 오므라드는 입이 모두가 얼음장 같은 싸늘한 인상이었다. 양재선생의 잘못도 있는지는 모르지만, 이런 강습생을 가진 선생도 결코 마음 편안할 수는 없는 일이었다.

명륜동 앞에 이르자, 그 부인들은 내렸다. 은주는 손잔등의 사마귀라도 떨어진 듯한 기분이었다. 그 부인들이 앉았던 자리에 여고생들이 앉았다. 은주는 다음에서 내리겠으므로 못 앉은 학생에게 자리를 내어주고 일어섰다. 다음 정류소에서 내려서 대여섯 발자국 갔을 때였다.

"이것 봐요."

하고 버스 안의 여학생들이 찾았다.

"이걸 놓구 내렸어요."

은주가 몸을 돌리자 "자, 받아요." 하고, 여학생들은 장난치듯 웃으면서 보에 싼 것을 던져 주었다. 동시에 버스는 떠나 버렸다.

놓고 간 물건이라기에 은주는 생각도 없이 던져 준 그것을 받았다. 그 서슬엔 자기도 사실 무엇을 놓고 내린 것만 같은 생각이었으나, 막상 받아 놓고 보니 자기 물건이 아니었다. 화병을 못 산 생각이 그런 착각을 일으키게 했을지도 몰랐다. '이거 내 해가 아니야.' 이렇게 말하려고 하였을 때에는 벌써 버스는 여남은 발 앞에서 달리고 있었다. 은주는 남의 물건을 받아들고서 어찌해야 할지를 몰랐다. 파출소라도 맡겨 버리고 말까 하고도 생각해 보았지만, 그러나 이것은 길에서 얻은 물건도 아니었다. 남의 물건을 꼭 훔친 것만 같은 불안스러운 기분에 가슴이 설레었다. 그러나 다섯 시까지는 나가야 하는 직장이 있으므로 그렇게 서성거리고만 있을 수도 없었다. 은주는 종로에 있는 어느 조그마한 음식점의 접대부로 나가고 있었다.

청량을 넘어오는 저녁 찬바람이 윙하고 지나가며 그녀의 뺨을 스쳤다.

집에 돌아오자, 같이 있는 옥주가 출근하려고 경대를 향해 열심히 화장을 짓고 있었다. 은주가 그 보자기를 내보였다.

"성가신 일이 생겼다니까, 이거 어쩌면 좋니?"

"넌 별걱정 다 많다. 풀어보구 거게 돈이라두 잔뜩 쌓여 있으면 둘이서 나눠 쓰자꾸나."

"그래두 남의 물건인 걸, 기분 나쁘지 뭐."

"하여튼 풀어봐요. 거기 혹시 무슨 증명서 같은 것이 나올는지도 모르니까. 주소를 알면 보내줄 수도 있지 않아."

그 말을 듣고 보니 그렇기도 했다. 풀어보니, 핸드백과 재단을 한 옷감과 노트 한 권이 나왔다. 핸드백을 열어 보니 무슨 부인회의 신분증이 나왔다. 그곳에 붙은 사진을 보니, 말이 다사스럽던 그 여자의 얼굴이었다.

"신분증이 있어서 정말 됐어. 돌려줄 수 있다니까."

은주는 그러면서도 속으론 참 애를 태우는 사람이라고 엉절거리고 싶은 대로 처음처럼 보를 싸 놓았다. 그날은 출근할 시간이 늦었기 때문에 다음날 아침, 은주는 신분증의 주소를 더듬어 그 집을 찾아갔다. 명륜동의 동회로 찾아가서 번지를 물었다.

"그 집이라면 H은행에 다니는 박성업이네 집이구만요, 이 길루 올라가다 이발소가 있는 옆 골목을 돌아 셋째 집입니다."

동회 사무원은 친절히 알려주었다.

박성업—그 이름을 들었을 때 은주는 불시에 가슴이 뛰었다. 혹시 그 사람이 아닐까. 그러나 서울은 넓으므로 동성동명도 흔히 있을 수 있는 것이다. 은주는 그런 생각을 품어 보는 자기를 웃으면서 가리켜 준 골목을 돌아 들어갔다.

그 집은 그리 크지는 않았지만, 아담하게 꾸민 한와 집이었다. 대문의 박성업이라는 문패가 역시 가슴을 두근거리게 하는 채 용기를 내어 들어갔다.

식모애가 나왔다.

"집에 김영애란 분이 계시지?"

"쥔 아주머님인데요. 어떻게 찾으시나요?"

"이거 어제⋯⋯."

하고 은주는 보자기를 내보이면서,

"어제 버스간에서 놓고 간 것을⋯⋯."

하고 말하자

"어머나, 어제 그걸 잃었다구 했는데⋯⋯."

하고 식모애는 보자기를 받아 들고 들어갔다. 잠시 후에 어제 버스간에서 야단을 피우던 그 부인이 나왔다. 외출하려고 화장을 하고 있던 모양이었다.

"이걸 당신이 얻었어요?"

하고 은주를 한 번 치켜보고 나서

"잃어도 심상한 물건이었어요. 돈두 좀 있기는 하였지만."

그리 고맙다는 표정이 아니었다. 그보다도 은주가 그것을 어떻게 얻었는지 그것이 이상스럽다는 얼굴이었다.

"버스를 내릴 때 옆에 앉았던 학생들이 제가 놓고 내린 줄 알고 던져 주던 걸요. 그러나 집의 주소를 알 수 있어서 다행이었어요. 그러면······."

은주는 인사를 하고 돌아가려고 하자

"잠깐 기다리세요. 우정 이렇게 찾아다 주셨는데."

하고 핸드백에 들었던 돈을 꺼냈다.

"얼마 되진 않지만 받아요."

그런 것이나 바라고 찾아온 것으로 알고 있다는 듯이 내주었다. 은주는 불유쾌하기 짝이 없었다.

"그런 것 받자구 갖다드린 건 아닙니다."

비양치듯 한 마디 하고서는 획 돌아서서 나와 버렸다. 밖에 나와서도 불유쾌한 생각은 그대로 가시지 않았다. 그보다도 박성업이란 이름이 마음에 걸리었다. 만일 그 집의 주인이 박성업이라면—그런 여자가 그의 아내라면 남의 일 같지 않게 더욱 불유쾌하면서 걱정되었다.

집에 돌아와서

"어이가 없드라니까. 그래두 자기 물건 찾아다 주는데 그럴 수가 어디 있니?"

하고 잡지를 보고 있던 옥주에게 말하자,

"그렇기 넌 언제나 친절이 지나치는 것이 걱정이라니까."

하고 은주를 나무라 가며 분개해서

"나 같으면 그 돈 그의 얼굴에 뿌려 주고 왔을께야."

정말 그렇게 했다면 지금에 분한 마음이 후련했을 것 같기도 했다.

뜻하지 않았던 박성업이란 이름은 은주가 잊고 있던 옛꿈을 되살아 오르게 했다.

—그때부터 몇 년이나 되는가, 은주는 가만히 햇수를 꼽아 보았다. '십 년이다. 새해를 맞이해서 꼭 십 년이라니까.' 세월이 너무나도

바쁘다는 것이 새삼스럽게도 가슴에 오는 것 같았다.

　그때 은주의 아버지는 상과대학의 교편을 잡고 있었다. 외딸인 은주는 세상의 괴로움이란 모르고, 곱게 자라났다. 은주가 여학교를 나오던 해, 육이오 동란이 일어나 아버지는 북으로 납치되어 갔고, 부산 피난살이에서 돌아와서는 쓰고 있던 대학 관사에도 다시 들수가 없게 되었다.

　아버지가 계실 때에는 상과학생들이 삼사 명은 늘 드나들었다. 그중의 한 사람이 박성업이었다. 아버지도 진실한 이 청년을 특히 사랑하여, 그는 그 집의 가족과도 같았다. 일요일 같은 날, 그 집에서 산놀이나 천렵놀이를 갈 때도 그는 으레 동반했다.

　은주와 나란히 서면 보기 좋은 오누이와도 같았다. 자연 은주의 가슴에는 성업이를 사모하는 마음이 싹텄고, 성업이 역시 마찬가지였다. 그러나 그것이 익기 전에 뜻하지 않았던 동란이 일어나 성업이는 자기 고향인 목포로 내려가게 되었고, 은주네는 부산으로 가서 용두산 판잣집에서 살게 되었다. 그러면서 그들 사이에는 서신의 내왕조차도 끊어지고 말았다.

　그때, 은주는 이성에 대한 연정을 생각할 겨를도 없이 실상 살기에 바빴던 것이다. 그는 자기가 할만 한 직장도 찾아보았으나, 피난으로 어지러운 때라, 마참한 일자리란 좀처럼 얻기가 힘들었다. 하는 수 없이 집에서 어머니와 옷을 지어 시장에 내다 파는 것으로써 겨우 생계를 세워 나갔다. 그러는 동안에 어머니가 병으로 눕게 되었다. 힘에 부친 과로가 어머니의 몸을 쇠약하게 한 것이었다. 은주의 혼자의 일로써는 도저히 살아나갈 수가 없게 되었다.

　은주는 영단을 내어, 다방 레지가 되었다. 그러나 그 수입으로써도 점점 더 과해 가는 어머니의 약값을 지탱해 나갈 수가 없었다. 드디어 그녀는 죽는 것과 같은 각오를 하고서 요릿집의 접대부가 된 것이었다. 그러나 여학교까지 나온 그녀로서의 바닥이 다른 그 생활의 괴로움이란, 입으로 말할 수가 없는 것으로 어머니를 살려 보겠다는 욕심이 없었다면 견디어 나갈 수도 없는 일이었다. 그러나 그 어머니도 결국은 서울로 올라오는 해 죽고야 말았다. 은주는 이미 단 혼자의 외로운 몸이었다. 그러면서 그녀는 지금의 옥주와 방을 얻어 살면서, 통일이나 되어 아버지나 돌아오시기를 기다리는 것을 유일의 희망으로 삼았다. 그러나 날이 갈수록 그것도 절망에 가까운 것으로만 생각되었다.

'만일 동란이 일어나지 않았더라면⋯⋯.' 지금도 은주는 때때로 먼 옛날의 성업의 얼굴을 그려 보며 자기의 운명을 생각해 보곤 했다. 혹시는 그와 결혼했을지도 모르는 일이다. 아버지도 은근히 그것을 바라고 있지를 않았던가? 죽기 며칠 전에 어머니가 문득 성업이 이야기를 꺼냈다.

"성업이 소식은 너두 전혀 모르구 있니?"

지난날의 일이란 되도록 잊으려고만 애쓰시던 어머니가 옛날의 꿈을 더듬듯이

"그 사람두 한 번 보고 싶구나."

어머니가 어째서 그런 말을 하실까 하고 생각하며 은주는 백짓장 같은 어머니의 얼굴을 물끄러미 들여다 보았지만, 고생만 시키다 마는 딸의 걱정을 그런 연줄에 더듬어 보는지도 몰랐다.

"글쎄요."

하고 그때 은주는 대답을 얼버무리고 말았지만 성업의 이름이 그립지 않은 것은 아니었다. 뿐만 아니라 사실 은주는 그가 자기 고향인 목포에서 어느 은행에 근무하고 있다는 것도 풍문으로 알고 있었다. 그러나 그와의 소식이 끊어진 것이 차라리 잘됐다고 생각했다. 그런 천비가 된 자기 몸을 그에게 알리고 싶지가 않았기 때문이었

다. 그렇게까지도 그의 앞엔 생생한 부끄러움이 앞서는 것이었다.

　그날 저녁 조그마한 연회가 있었다. 때때로 오는 H은행의 조사부장인 문부장으로부터 열 여덟 사람의 자리를 준비해 달라는 전화가 왔다. 이태 동안 홍콩 지점에 나가 있던 전 조사부장이 돌아온 모양으로 같은 부원 몇 사람이 환영의 자리를 베푼다는 이야기였다.

　문부장은 사십여 세의 중년신사로 지금의 자리를 내어놓는다 하더라도 걱정 없이 지낼 만한 여유는 있는 모양이었다.

　일주일에 한두 번쯤은 으레 와서 접대부들을 웃기고 갔다. 팁도 인색스럽지가 않았다. 그러므로 접대부들에게 인기가 대단했다. 일곱 시라는 약속 시간이 되자 거의 모인 모양이었다.

　"아직 성업이가 안 왔지?"

　문부장이 말했다. 그러자 바로 옆에 앉은 안경낀 젊은 부원이

　"그 사람은 밤에 외출하려면 부인에 대한 수속이 좀 복잡하니까요."

　그 소리에 모두 웃어댔다.

　"그 사람이 그렇게두 공처가인가?"

　문부장도 따라 웃으며 물었다.

　"부장님 아직 모르십니까? 열시 반 넘으면 대문을 안 열어 준다는 이야기……."

　다시금 웃음이 터졌다.

　성업이란 이름에 남의 말 같지 않아 은주는 따라만 웃을 수가 없었다.

　"그 사람이 어떤 분이에요?"

　"우리 부에 있는 사람인데, 대단한 부인을 가진 사람이야."

　"그렇다면 정말 딱하겠구만요."

지나가는 말처럼 말해 보면서도 오늘 아침에 그 밉살스럽던 부인이 머리에 떠올랐다. 그 집의 문패가 외어졌다. 그러나 설마 그 사람의 일일라구 하고 그런 생각을 지우듯이 웃었다.

　그들은 성업이라는 사람을 기다리다 못해 술잔을 돌리기 시작했다. 그리고 얼마 안되어서

　"이리로 들어오세요."

　하고 같이 있는 접대부가 안내하는 소리에 은주는 불시에 가슴이 뛰었다. 술을 붓던 채 문득 그쪽으로 눈을 두자, 키가 훌쑥한 젊은 사나이가 외투를 벗으며

　"늦어서 미안합니다."

　하고 머리를 굽신 숙였다. 그 순간 은주 얼굴에는 전신의 피가 한꺼번에 올라오는 것 같았다. 혹시나 하던 생각이 들어맞는 것이었다. 학생 때와는 아주 달라지어 훌륭한 신사가 되었지만, 그러나 옛날의 그 모습까지가 달라질 리는 없는 일이었다. 은주는 불시에 시선을 돌려 버리고 말았다.

　"그렇지 않아두 지금 자네 이야기였네. 자넨, 몰랐더니 대단한 애처가라구."

　문부장이 허물없는 말로 조롱대자, 다시금 웃음판이 벌어졌다. 성업이는 약간 열적은 대로 머리를 빽빽 긁으며 앉자,

　"후래 삼배주라구, 위선 한 잔 받게나."

　하고 부장은 잔을 주고 나서

　"은주 좀 부어 줘, 그러구 은주두 잘 봐 뒀다가 저런 사람에게 시집을 가라구, 그래야 사랑을 받는 거야."

　또 웃음이 터졌다. 은주는 하는 수 없이 그의 옆으로 갔다.

　"드세요."

　그 순간에 둘이서는 눈이 부딪쳤다. 성업이는 급기야 놀란 얼굴이

되었다.

"아니……"

입을 열고서도, 알 수가 없다는 듯이 멍멍하고 있는 것을 은주는 모르는 척하니 일어섰다.

"미안해요. 술이 떨어졌어요."

술병에 술이 없는 것처럼 은주는 그것을 들고 분주히 방을 나왔다. 갑자기 쓰러질 것만같이 앞이 아득했다. '그 사람을 이런 곳에서 만날 줄은 정말 뜻밖이 아닌가, 저 사람도 나를 알아본 모양이야, 어떻게 하면 좋아.'

이런 생각이 머리에 스쳐지는 대로, 다시는 자리에 나가지 못할 것만 같았다. 그러나 자기가 당번인 이상 나가지 않을 수도 없는 일이었다. 은주는 되도록 그의 눈을 피하려고 했다. 저편에서도 몹시 가슴에 걸리는 모양이었다. 그의 눈길이 자꾸만 느껴지는 것 같아, 은주는 얼굴이 홧홧했다.

어느 정도 술이 돌자, 좌석은 흥에 겨워 어지러워졌다.

성업이가 약간 비틀거리는 걸음으로, 한편 구석에 앉아 있는 은주 옆으로 왔다.

"실례일지 모르지만"

하고 얼굴이 갑자기 굳어졌다.

"당신이, 선옥이 아닙니까?"

선옥이는 은주의 본명이었다. 그녀는 이런 곳에 나오면서부터 은주라고 이름을 간 것으로, 선옥이란 이름은 지금엔 다만 지난날의 그리운 이름일 뿐이었다.

"……"

대답은 못하면서도 눈물이 번져지려는 얼굴이 수긍해 버리고 말았다.

"역시 그렇군요. 아까부터 참 비슷한 사람두 있다구 생각하구 있어요. 전 그때부터 소식을 몰라 퍽 찾구 있었답니다. 거기서는 내가 고향에 내려가 있었다는 것쯤은 알고 있었을 터인데."

"이 꼴이 된 걸요. 뭣 자랑하자구 알리긴들 하겠어요."

"그래 어머니는 잘 있어요?"

"돌아가셨답니다."

"언제요?"

"서울로 환도하는 해니까, 벌써 오랬지요."

"그래요. 그러면 제가 아직 목포에 있을 때구만요. 그 어머니에겐 신세를 진 것이 이만저만이 아닌데."

"신세랄 것이 뭐예요. 어머니두 돌아가기 전에 한 번 보고 싶다고 하던 걸요."

"그러면 왜 알리지 않았습니까?"

"알리려고 해도 주소도 분명치 않고……."

"하긴 그렇게두 됐군요."

성업이도 옛날이 그리운 듯이 슬며시 눈을 감아 버렸다.

변소에 갔다가 돌아오던 부장이 그들을 보고서,

"거기서 둘이 무슨 심각한 이야기야? 박군도 몰랐더니 대단한데, 첫눈에 은주를 케오시키는 재간이 있으니……."

하고 취한 웃음을 웃어댔다.

그후부터 성업이는 때때로 혼자 와서 식사도 하고 친구들을 데리고 오기도 했다. 그러면서 은주도 오늘쯤은 그가 올는지 몰라 하고 기다리는 마음이 짙어갔다.

어느 날 저녁, 뜰이 내다보이는 좁은 방에서 둘이 마주앉게 되었다.

"지금 집이 어디시에요?"

하고 은주가 물었다. 전날의 그 여인이 사실로 그의 부인인가, 그것은 은주로서 알 필요가 없는 일이면서도 공연히 걱정이 되었다.

"명륜동입니다."

둘이 되면 성업이는 자기가 손님이란 의식이 없어졌다. 스승의 딸이라는 생각뿐이었다.

"명륜동이요?"

은주는 불시에 침을 삼키며

"그러면 이발소 있는 골목으로 들어가서 셋째 집인가요?"

"우리 집을 어떻게 잘 압니까?"

성업이는 이상스럽다는 얼굴이었다.

"언젠가 무슨 일루 그 앞을 지나다가 우연히 문패에 눈이 띄었어요. 혹시나 하고 생각했던 것이 정말 그렇군요."

그런 일로 찾아갔던 것을 이렇게끔 때워 버렸다.

"그렇다면 한 번 들릴 법이지."

그러나 실상은 그 반대의 어조였다. 그것은 부인을 꺼리는 때문인 모양이었다. 은주는 흐려지는 듯한 기분을 돌리려고,

"그래, 아인 몇이시에요?"

하고 물었다. 그것은 행복하냐고 묻는 대신도 되었다. 성업이는 없다고 고개만 흔들었다.

"그러면 적적하겠군요."

이야기가 잠시 끊어진 채 성업이는 어둡기 시작한 뜰의 나무들을 무심히 바라보고 있었다. 잎 떨어진 겨울의 뜰은 쓸쓸할 뿐이었다. 성업이는 문득 얼굴을 들었다. 눈에는 광채가 도는 듯했다.

"자기가 언제까지나 이러구만 있을 생각이요?"

무서운 입김이 은주 얼굴에 끼얹어지는 대로 대답을 못 차리고 있다가 겨우;

"조롱감 같은 몸인 걸요. 저 같은 걸 누가……."

다음 말을 계속하면 눈물이 될 것 같아 입을 다물고 말았다.

"왜 자기를 그렇게 생각해요."

"그럼요, 사실이 그런 걸요."

"그런 생각 버려요. 좀더 자기란 걸 애껴요. 나두 실상 나를 애끼기 위해서 다시 혼자가 될 생각입니다."

"혼자가 된다면, 그럼 지금 부인과 헤어진다는 말이에요?"

"그렇습니다. 내 생활을 다시 뜯어고칠 생각입니다."

"그것은 안되는 말이지요. 무엇보다도 부인이 불쌍하지 않나요?"

은주는 그 여인의 날카로운 콧날이 눈에 보이는 것 같았다.

"그 사람에겐 불쌍한 것도 없어요. 불쌍한 것은 오히려 내가 불쌍한 편이지요."

하고 성업이는 웃었다. 자조와 같은 쓸쓸한 웃음이었다.

바로 그때에 은주와 같이 있는 옥주가 들어왔기 때문에 이야기는 거기서 그쳐 버리고 말았다.

그날 밤, 은주는 평상시엔 잘 입에 대지도 않던 술을 몇 잔 마셨다. 어쩐지 그러고 싶은 마음이었다. 그럴수록 애절한 무엇이 가슴에 더욱 울렁거리는 것 같았다.

돌아오는 길에서 옥주가,

"넌 그 사람과 무슨 깊은 곡절이 있는 모양이더라."

하고 등떠보듯 물었다. 그 말에도 은주는

"뭐 그런 것은 아니지만……."

하고 말을 얼버무리고 말았지만, 그러나 역시 가슴에 사무치는 것은 있었다.

"그래두 이상하더라. 널 자주 찾아오는 것두 그렇구."

"넌 그런 손님 없니 뭐. 그 사람두 아내가 있는 사람인 걸."

그 말을 하기가 왜 그렇게도 괴로운 것인가. 만일 아내가 없을 때에 그를 만났더라면—그러나 지금은 이미 늦었다. 그 사람이 어떠한 사정으로 이혼을 한다 하더라도 그것은 확실히 비극이었다. 그 비극 위에 자기의 행복을 쌓아 보겠다는, 그러나 그것은 자기로서 못할 무서운 일같이만 생각되었다. 은주는 편잔 같은 자기의 운명을 비웃고만 싶어졌다. 어쩌자고 지금 와서 그를 우연히도 만나게 되었는가, 차라리 만나지나 않았더라면 이다지도 마음이 괴로울 리는 없었는데.

이월달에 들어서며 풀린 날씨가 매일 계속되었다. 어디선지 모르게 봄이 스며드는 것만 같았다.

십여 일째나 보이지 않던 성업이가 문득 나타났다. 어디선지 전작이 있은 모양으로, 혼자였다.

"며칠 후에 런던으로 가게 되었습니다."

하고 말했다.

"런던요? 은행 일루 가시나요?"

"그곳 지점예요. 그러나 제겐 공부할 행운이 태워진 셈이지요."

"그러면 얼마 동안은 보시지두 못하겠구만요."

은주는 마음이 텅 비는 것 같았다.

"그렇지요. 전 되도록 오래 있을 생각이니까요. 있을 수 있다면 일생 동안이라도……."

조롱치는 웃음을 웃다 말고

"같이 가 줄 생각 없습니까?"

그 순간에 은주는 대답보다도 당황한 채로 고개를 떨어쳤다.

"지금의 아내는 떠나기 전까지 어떻게 결말을 질 것 같습니다."

은주의 가슴은 무섭게 뛰었다. 그것이 간지러운, 즐거운 것만 같으면서도, '데리구 가줘요.' 그 한 마디가 목구멍에서 쉽게 나오지를 않는다. 상에 떨어진 물방울로 빈 그림만 그리고 있었다. 그러한 침묵이 성업이는 마음에 없는 것이라고 생각한 모양인지

"오늘 밤은 어디 가 한껏 춤이라도 춰 볼까요. 이별의 밤으로……"

"그러면 오늘 밤으로 다시는 못 오게 되나요?"

은주는 분주히 고개를 들며 물었다.

"그렇지두 않을 껍니다. 한두 번은 더 들리게 되겠지요."

그것으로써 은주는 겨우 걸렸던 숨을 내려쉴 수가 있었다. 이대로 성업이와 헤어진다면, 오늘 밤은 분명 원한의 밤이 되어 버리고 말았을 것이다. 그러나 한 번은 더 온다니, 그날은 지금에 가슴에 걸려 있는 심정을 쉽게 이야기할 것만 같았다.

그러나 그 날 밤으로 성업이는 나타나지를 않았다. 전화를 걸어 볼까 하는 마음이면서도, 그대로 떠날 리는 없으리라는 기분이 그것도 망설이게 했다. 문부장이 오면 물어 보도록 하자. 그러나 사흘이 멀다 하고 나타나던 그 문부장도 요즘엔 통 나타나지를 않았다. 그러면서 일주일이 지난 어느 날 밤,

"요즈음 보고서를 작성하는 것이 있어서."

하고 문부장이 피곤에 서린 얼굴로서 들어섰다. 은주를 보자,

"오늘두 바쁜 걸, 은주에게 전해 달라는 것이 있어서 우정 왔어."

하고, 들고 온 보를 보이면서

"이것 성업군이 은주에게 꼭 전해 달라는 물건이야……"

"성업 씨가요?"

"오늘 떠났어. 예정은 아직 더 며칠 있었는데, 급히 가야 할 은행 일이 생겼기 때문에."

"벌써 떠났어요?"

은주는 절망에 가슴이 싸늘해 오는 것 같았다.

"실상, 이것도 그 사람이 이곳에 갖고 올 생각이었던 모양인데……."

문부장은 보자기를 풀기 시작했다. 그가 자기에게 주고 간다는 물건은 무엇일까, 그것은 놀랍게도 아버지가 아끼던 백자기의 그 화병이었다. '골동상에서, 그것을 누가 사 갔느냐 하고 놓쳐 버린 것을 분해했더니, 그것이 성업 씨였던가?' 그러자 서로 소식이 끊어졌던 그 사이에도 성업이가 아버지를 생각하는 그 마음은 변함이 없었다는 것이 분명히 느껴졌다. 그 마음은 자기의 감정과 직접 잇닿아지는 것만 같았다.

그러나 은주는 전등에 반사되어 더한층 빛깔이 청초해 보이는 백자기의 화병을 물끄러미 바라보고 있었다. 그러면서 그의 가슴엔 자기로서 건널 수 없는 넓고 푸른 바다가 달려들며, 그곳에서 일어나는 산떼 같은 물이랑이 자기를 뒤집어씌우는 것만 같았다.

환등(幻燈)

비누 거품과 같이 아주 귀한 것 같으면서도 기실 맹랑하기 짝 없는 것이 세상의 우화라는 것을 이미 지치도록 느껴진 나로서는 다시 우화의 트릭 즉 하나의 진리를 내세우려 아홉의 사실을 우겨댄다는 그 어처구니 없는 수법에 대하여 여론하기를 피하려는 것이요 또한 이러한 곳에서는 아무리 학구적으로 그 우화의 오류를 지적하고 치밀한 명문장의 학설을 쏟댔자 지루한 하품을 돋아주는 영양분의 효력밖에 없다는 것도 역시 확언한 사실이므로 애써 둔치의 짓을 되풀이할 필요가 없이 가장 쉽게 예를 들어 가령 어항에 든 물고기의 불행을 끔찍이도 생각하여 어항을 깨쳐버렸다는 우화를 하나 생각하여볼 때 벌써 나의 가슴속엔 그 허수아비 정열에 손을 들어 수긍하던 자신이 얼마나 천치였다는 것을 새삼스럽게 밝히듯 금시에 어항이 천 갈래 만 갈래 부서지어 물을 잃은 고기들이 다시 목숨을 이어보겠다고 팔딱거리는 민둔한 꼴이 눈앞에 그려짐에 따라 전율을 일으키는 자신을 비웃어 자신의 운명까지 저주할 것이야 무엇이 있는가고 애꿎은 자책에 잡혀드는 것이 결코 숙취의 머리가 혼돈된 때문만이 아니라 악몽에서 깨쳐나던 순간에 문득 낯설은 계집의 침대 속에 묻혀 있는 자신을 발견한 놀라움과 함께 쿠션에 그을은 음흉한 살내음새에 우둔해진 머릿속이 어지럽게 맴돌아 한참 동안이나 움직이는 천장을 진정시킬 수 없는 사이 흑묘 같은 사색이 환멸 속에 뛰쳐들듯 찌꺼기의 양심을 깨끗이 씻어버릴 수도 없다는 양심의 미련을 비웃을 수도 없이 구구히 끌려가는 자신의 운명을 보는 것은 마치 요지경 속에 샅샅이 드러난 우화의 트릭을 설명하는 것과 무엇이 다르리오. 그러나 나의 신경은 라퐁텐으로 달려가 급급히 그의 우화시(寓話詩)를 택하려는 법은 없고 아주 뚱딴지로 어딜 갔는지 보이지 않는 계집에게 증오의 화살을 던진다는 것은 또한 나로서도 나의 머리를 추측할 수 없는 기적다운 일이라겠지만 사실은 눈앞을 추궁하듯이 어차피 그의 침대 속에 넘어져 있는 나로 입술 하나 기억에 남지 않는 그와의 불의의 관계라는 것이 단지 불유쾌하다는 따위 이상으로 권태 속에 썩어빠진 나의 무기력한 생활을 설명하여주는 것이요, 이윽고 나의 생활이 받아야 할 무서운 형벌의 암시가 기어이 벽에 걸린 콜벨*1의 초상을 발견케 함에 따라 후다닥 뛰쳐 일어나 이불을 걷어차는 대로 무서운 열병 환자처럼 눈알을 번득거리는 것이었지만 이러한 흥분조차 순식간에 풀어지는 것이었고 아무러한 열매도 없이 하염없이 꽁초를 찾아 물어야 하는 공허에 억눌리우면서도 뺨 위에 눈물 한 줄 흘릴 리 없이 태연히 커피포트를 집어 들어 밑창의 진한 커피를 꼴깍꼴깍 들이켜고 있는 자신의 인색한 본능에 질색하며 다시 전율을 일으키던 볼미간에 목덜미에 흘러내린 선뜻한 촉감 속에서 선혈을 느낀 듯한 공포에 기급을 하여 커피포트를 집어 던진 채로—순간 환멸의 착각은 요란스러운 소리와 함께 어둠 속으로 말려들어 불현듯 질긴 목숨을 생각게 하였고 어둠 속에서 다시 생각은 엉뚱하게도 방 안에 벌여진 물건에 흥미가 느껴지며 계집의 생활 경향을 떠보려는 의사임에 참말로 아연해지지 않을 수 없는 일이다. 이것이 나의 순진을 의미하는 것인지 혹은 나의 교활을 의미하는 것인지 나로서도 분간할 수 없는 일인 채 방 안의 설계로 보아 어느 아파트라는 것을 이내 알아낸 눈은 높은 천장에 침을 삼켜가며 이광수(李光洙) 기쿠치 간(菊池寬)*2 따위의 전집과는 어울리지 않는 책장 위에 프랑스 인형이며 화병이며 술병이며 그리고 벽을 어지럽힌 배우들의 얼굴까지 일일이 눈을 두어 쿠퍼, 부아예, 리리 폰스, 맥도널드, 마나 로이, 그 속에 걸려 있는 기타를 발견하고 결코 낭만적이 아닌 학생시대의 밴드를 잠시 생각하던 중 시선은 바로 기타 위에 붙어 있는 레코드 포스터로 옮아가 '아이고나 망칙해' 이런 노래를 부른 이가 이 방의 주인이라는 것을 직감적으로 알아내는 동시에 너무나 유명한 기생 아니 유행 가수 난연이 난연이 그 이름을 미루어 어젯밤에 형재와 요정(料亭)까지 찾았던가를 기억 속에서 더듬어보는 것이었으나 취중에 일어난 일이란 도시 생각날 리 없이 둔한 납덩이처럼 더욱 머리를 억눌러줄 뿐 침대 아래 벗어놓은 흙텅구리 친 양복을 바라보며 '내가 그렇게도 취했던가' 저기압에 눌리운 방 안 공기에 정신을 흐려버린 채 명하니 들창 밖을 내다보며 부지중에 난연이 난연이—

정말 어제저녁엔 나는 하숙에나 구겨박혀 돈 되지 않는 소설이라도 쓰겠다고 책상에 마주 앉아 궁싯거리던 판에 별안간 부실부실 내리는 빗소리가 아련히 들려와 나의 귓전을 바스락거리자 비 오는 밤거리를 즐길 줄 아는 나의 버릇은 잠시 동안도 머리를 수습할 수 없게시리 아스팔트에 흘러내린 네온의 휘황한 문에 이끌려 드는 즉시로 알코올의 향취까지 생각해냈던 것이었지만 막상 옷을 주워 입고 거리로 나섰을 때에는 술집 찾기를 거리끼는 걸음으로 어느 신간서점에 들러서 번연히 사지도 않을 책들에 공연한 미련을 가지듯이 옥에서 얻어가지고 나온 위병(胃病)을 핑계삼아 건강상 술을 삼가

---

*2 일본의 극작가·소설가

야겠다는 구실을 찾아내며 수중에 들은 내 전부의 재산 칠 원 육십 전이란 금액에 신경을 쓰지 않을 수 없는 초라스러운 초조가 느껴지던 겁결에 무의식적으로 케이스를 뽑아 들었던 책을 떨어쳐 버리고 얼른 집어 들어 흙탕 묻은 것조차 꺼릴 수 없이 다나*3에 꽂고 나서 오한에 밀리우듯 잡지란 쪽으로 몸을 감추어버렸던 것이며 그리고 당기지도 않는 잡지들을 뜻없이 뒤적거리다 《문학지대(文學地帶)》란 문예잡지가 눈에 골라지는 대로 벌써 새달이 되었던가 일력까지 우활한 생활에 겸연쩍음을 느껴지던 반면에 새달 잡지를 대할 때마다 으레 한 번씩은 품어보는 우리 동인지에 대한 평을 찾아보는 버릇을 잊을 리가 없이 약간의 조바심까지 먹으며 분주히 펴보았던 것이 어차피 실망이 되지 않은 것은 참말로 이상스럽다고 하리만치 문예월평 속에서 나의 소설 〈화옹(花甕)〉에 대한 평이 길다란 행수를 차지한 것을 훑어볼 수 있던 순간 뛰는 가슴을 억제할 수 없는 흥분에 싸이어 곧 잡지를 사 들고 축들이 흔히 모이는 다방 '라화이유'로 달려갔던 것이었으나 비 때문이랄지 그것이 공칙하달지 방 안에는 벌레 아닌 한 쌍이 달콤하게도 유난히 밝은 하이든의 세레나데를 즐기고 있을 뿐 그것이 진작 나에겐 핀잔을 주는 것 같았으되 뚱딴지 생각은 즉시로 구겨버릴 수 있는 것이었고 일부러 나는 카운터 앞자리를 점령하여 희열에 찬 흥분을 홀로 축복하는 뜻으로 그렇게 거리끼던 술을 청하고 다시 월평을 펴 들어 읽기 시작하였던 것이었지만 글의 내용이란 순식간에 나의 흥분을 쓸어버림과 함께 나의 경솔을 비웃어야 할 참말로 괴로운 것이었다. 그러나 나는 무엇을 말하리요 마음의 축배를 들려던 술잔을 깨쳐버리고 그의 평론에 수긍하지 않을 수 없는 '운명' 그 비열한 운명을 받아야 하면

---

*3 선반. 일본어이며 여기서는 '혼다나', 즉 '책장'을 가리키는 것으로 보임.

서도 경희를 증오하기는커녕 경희의 이름만으로써 벌써 나의 얼굴엔 체온이 높아짐은, 아아 그런 것을 지금에 와서 또다시 무엇을 숨기리오. 사실 나는 〈화옹〉이란 소설에서 처음 의도하기엔 긴장한 운동 속에 몸을 감추어버린 경희의 탄력 있는 생활을 그리려던 것이었으나 붓을 들고 경희의 자태를 생각할 때마다 나의 가슴속에 깊이 깊이 사무쳐 있는 그의 요염한 자태가 나의 침착성을 문질러버리는 즉시로 뜨거운 숨결에 젖어들어 〈화옹〉 속에 흐르는 화려한 문장으로 그를 장식하려던 참말로 나의 미련한 짓이 그만이야 현실에 대한 능동적 의지와 추구력을 박약케 함에 따라 대상이 유발하여 버린 관조의 세계로 떨어지어 내가 쓰려던 리얼의 것과는 엄청나게도 주관적 정감에 지나지 않는(내 기분에 홀린 채로 치정의 이야기로 끝난) 그따위 것이 되고 말았으니 희극도 비극도 아닌 나의 무능한 노력을 지금에 와서 또한 어디다 탄하리오. 나의 옹졸한 태도에―경희의 요염한 자태에―그러나 이미 흥미를 잃어버린 나의 소설을 이 이상 더 들추어본다는 것은 이 또한 나에겐 말할 수 없이 괴로운 일이요 들추어본댔자 결국 경희와 나와의 치정 관계를 피로한 것밖에 없을 것이니 흥미 없는 짓은 청컨대 삼가기로 하고 다시 이야기를 찻집으로 옮기어, 나는 이러한 고배를 겪은 후이라 역시 비이르*⁴는 필요하였던 것이었고 바로 벌레 아닌 한 쌍이 방 안에 사랑의 때꼽재기를 남겨놓고 나가던 그때에 그들과 어기어 레인 코트를 벗어 들면서 들어오는 삼십 줄에 놓여진 사나이에게 어쨌든 뜻 없이 힐끔하고 눈을 던졌던 것이었지만 나의 몽롱한 눈으로서는 그가 형재라곤 짐작도 못 하였던 것이 그편에서 먼저 나를 알아보고 "아아 언제 올라왔나!" 방 안에 다른 손님이 없던 것이 다행함을 느껴야 할 목소리로

---

*4 일본어로 '맥주'를 뜻함

나에게 달려오며 "참 어르신네 때문에 요즘 더위엔 꽤 무던하실 걸." 하고 극히 순간이나마 근심의 표정을 지어 보이는 꼴은 약 일 개월 전 어느 단체에 관련되어 감금된 나의 아버지에 대한 위문이었으되 나는 집에서 아주 쫓겨 나오다시피 거의 삼 개월 전에 상경하였다는 사실을 그에게 일일이 외어 바칠 필요까지는 느껴지지 않았으므로 그저 "며칠 되었소. 요즘 재미란 어떻소?" 이러한 평범한 인사로 대꾸를 피하자 "내 재미야 그저 그렇지." 하고 그는 육중한 얼굴에 유들스러운 웃음을 헤뜨린 채 애에게 비이르 컵을 명하며 천연스럽게 해태갑을 꺼내는 꼴을 보아 그의 주머니가 꽤 무던히 풍성풍성해 보인다는 것에 의아함을 느끼지 않을 수 없었다, 라는 것은 그의 살림을 너무나 잘 안다는 즉 나와 같은 조직에 연락을 취하던 모프르[5]에서 일을 보았다는 관계보다도 예과때 내가 그의 집에 하숙을 하고 있는 사실로서 그의 부처와 딸 형제 네 식구의 살림이 온전히 C신문사에서 타내 오던(하마터면 그의 명예스러운 직분, C신문 사회부 기자였다는 것을 잊을 뻔했다) 월급으로 지속하던 것인바 벌써 C신문이 정간된 지 이미 일 년이나 넘은 지금에 그도 실직자의 한 사람으로 주제가 초라스러워야 당연할 것임에도 불구하고 신조한 하복이며 파나마이며 그러한 것들이 아주 우스운 것 같으면서도 딴은 그렇지도 않다는 것을 요즘에 와서야 절실히 깨달은 때문인지 나는 그의 생활비 출처를 짐작할 수 없다는 공연한 걱정을 사가며 그가 부어주는 술에 거의 만취가 되어버리었고 그도 술기운이 도는지 혀를 자주 놀리며 "군과 마주 앉으니 참 감개무량할 뿐이요 뭐 더러운 공판을 이야기하여 무엇하겠소. 나는 아무 변명도 없이 군들이 뱉

---

*5 러시아어로 '국제적색구원회'를 가리킴. 1924년 독일에서 조직된 적색 구원회에서 비롯된 것으로, 혁명운동 과정에서 희생된 혁명운동가와 그 가족의 구원을 사명으로 하는 단체.

는 침을 달게 받을 수밖에 없지요 사실 그때 나의 생각이란 하루바삐 나아가 운동을 계속하려던 것이 뭐 그때만 하더라도 시대가 시대였던 걸, 그건 하여간에 지금의 시대란 비참이란 정도요 정치와 분리된 문화운동이 겨우 있다 하더라도 것도 군과 같이 본시 문학에 재질이 있는 이에게 말이지 과거에 아무리 건전한 분자였다 할지라도 위선 손 하나 움직일 구멍이 어데 있어야 말이지요. 그저 죽고 싶은 시대지요." 한숨을 내품고 다시 그는 고개를 쳐들면서 "아참 군의 소설 읽었지. 군의 재간이 그렇게도 놀라울 줄이야……." 하고 그의 말을 그대로 받아들이기에는 너무도 수월한 칭찬의 말로 나의 소설 〈화옹〉에 옮겨지고 있는 서술에 마담에게 눈을 뺏겼던 나로서는 당황하지 않을 수 없이 "술 들지요. 결국 현실과 싸울 양심이……." 그의 말을 돌리려고 내심에 당기지도 않는 말을 억지로 주변하자 "물론 양심 문제가 크지, 그러나 현재 양심이라는 것이 무엇을 해결시킬 수 있는가가 문제가 아니요. 지금 같은 시대에선 양심 양심 하다 결국 신경쇠약에 걸리는 것밖에 무엇이 있소. 그러기 말이요. 나는 요즘에 와서 이렇게 생각합니다마는—물론 나의 현실에 대한 도피랄지는 모르겠소마는 하는 수 없이 집단 운동 속에서 분리되어 가슴속에 양심을 간직한 채 개인 개인의 준비 공작으로 밝은 날을 다시 만들어야 한다는 즉 군은 문학자로서 나 같은 바보에게는……."

하고 갑자기 음성을 낮추어 얼굴의 표정까지 그 놀라운 음성을 따르며 "군에게야 뭐 숨길 것이 있을라고 지금껏 비밀을 지켜온 일이지만 내가 금광을 하나 얻었소. 물론 군도 알다시피 처자를 먹여 살려야 한다는 비굴한 생각도 없다고야 못 하겠지만 하여튼 간에 문화운동에 돈의 필요라는 것이야 뭐 말할 것이, 한데 참 금판이라는 곳도 꽤 움푹하던 걸 뭐 요즘 같은 성적이라면 며칠 안 가서 제

이세 최창학*⁶이가 또 아 그렇게 되면 군들이 나에게 쟁의운동을 하겠구만." 입가에 웃음까지 묻히어 수작을 털어놓는 그의 꼴을 바라보다 나는 문득 공판 때에 전향을 성명하던 그의 게끔한 음성이 끔찍스럽게도 아직까지 나의 머릿속에 남아 있음을 생각해내고 변명을 찾아 자기의 입장을 합리화해보려는 그가 교활하다니보다는 오히려 기특하다거나 가련하다는 뜻으로 해석되는 것이었으되 사실이란 동정을 앞서서 단지 불유쾌한 대상일 뿐이었던 것이요 따라서 나는 그와 마주 앉아 있다는 것조차 꺼림칙한 기분이 느껴지는 것이었으므로 한 초라도 바삐 자리를 피하러 카운터로 가서 셈을 치르고 오자 "어쩌자고 그러우 어쩌자구." 야단을 쓰다시피 나를 나무람하던 것이 비 오는 보도로 나서기가 무섭게 어처구니없게도 그는 오늘 따라 돈을 안 넣고 나온 것이 신통하다 하며 오뎅집이라도 가서 더 몇 잔 하자는 걸 나는 사양이 아니라 완고히 거절하여버릴 것을 염두에 두며 "술값도." 하고 난처하게 입을 여니까 "괜찮아 괜찮아." 거품을 입가에 품은 채로 나의 옷깃을 붙잡으며 "술인들 우리의 고민을 씻어줄 리야 있겠나만 아아 비 나리는 밤 방황하는 이 땅의 인테리요." 그 음성까지 높은 세리푸*⁷ 에 누가 듣지나 않는가 하고 주위를 살피지 않을 수 없는 낯간지러움을 느껴지던 서슬에 문득 불길한 밤은 모욕(侮辱)으로서 수식(抵抗)해야 할 것을 생각해내고 주저하는 것 없이 그를 따라 오뎅집을 찾았던 것으로, 장폭을 들치고 우리가 들어서자 객이란 하나도 없는 방 안에 술 붓는 계집애가 혼자 맹랑하게 하품을 켜던 입을 그대로 구겨 "이랏샤이."*⁸ 뱉어 놓고는 "야 긴장." 다급히 형재에게 달려들듯이 덤비며 지방질

---

*6 일제 강점기에 금광으로 성공한 한국의 기업가.
*7 세리후. 일본어로 '대사', 틀에 박힌 말을 뜻함.
*8 "어서오세요."

인 얼굴에 숨길 줄 모르는 애교를 털어놓는 꼴을 보아 형재가 늘 드나드는 술집이라는 것을 이내 알아낼 수 있는 것이었지만 그깟 거야 아무튼 간에 나는 형재가 사주는껏 술을 먹는다는 것으로써 만족하려던 판이라 다잡고 훈훈한 김이 떠오르는 오뎅 가마를 마주 앉고 계집애가 부어주는 컵술을 되도록 신속히 쭉쭉 들이켰다마는 형재가 그 기름진 몸뚱어리의 영양을 보존키 위하여 북실북실 오뎅 깨물기를 조금도 게으르지 않음에도 불구하고 그의 마시는 컵 수를 도저히 따를 수 없는 일은 심히 안타깝던 일이요 뿐만 아니라 그의 입은 그러고도 여유가 있어 연방 나에게 술 잘한다는 찬사(나에겐 더할 나위 없는 모욕이었지만)로부터 계집과의 희롱의 말을 주고받고 웃고 시시덕거리는 것이었으니 가히 가공할 만한 노릇이었으며 계집애가 나를 가리켜 누구냐고 물을 때에도 그는 온순히 대답하는 법 없이 네가 반한 고오깃지*⁹보다는 어떠냐고(나는 우울하더이다) 벌쭉 웃자 "시라나이"*¹⁰ 저린 어리광을 피우는 것을 다시 받아 "히도메미따노가 스끼니 낫다노요."*¹¹ 그 우둔한 사나이가 곡조까지 첨부하여 얀간을 피우는 꼴을 바라보면서도 나는 조금도 기분을 상할 필요가 없다는 듯이 그저 무관심할 것을 고의로 인식하여가며 한 잔의 술값이라도 더 축내주어야 할 옥생각에 술잔을 들다 문득 나의 위장에 이상이 없음을 느끼던 동시에 기쁨을 느끼며 다시 술잔을 들이켰던 것이 급기야 방종의 뜻으로 되어버리어 복부에서 경련이 일어난 듯 뱀이 곧아 들어옴에 따라 전신의 맥이 풀어지는 것이었으니 어쩌는 수 없이 걸상 위에 머리를 파묻고 진정되기를 기다리다가 변소로 가서 토해 보는 것이었으나 본시 탄력을 잃은 위주머

---

*9 사람 이름인 듯.
*10 "몰라."
*11 "한 번 본 게 좋아졌다고요."

니라 졸연히 나오지 않는 것을 혀를 눌러 억지로 좀 토하고 다시 죠오바*¹²로 나오자 내가 나간 고사이에 방 안의 공기란 음란하여졌음을 가히 추측할 수 있게시리 그들의 자세가 수상치 않은 채 형재가 열적어하며 "술 더 할까?" 어색하게 입을 여는 것이었고 물론 나는 술을 얼마든지 먹고 싶은 욕망은 느껴지는 것이었지만 생리문제가 얄밉게도 들이켜 남은 술잔을 말똥말똥 바라만 보게 할 뿐— 형재는 이 틈을 타서 "자, 또 그럼 일어서 볼까?" 우지개*¹³를 내밀어 술값은 적어두라며 그리고 또 비위 좋게 한 삼 원만 취해달라고 얼쯩거리니까 "한 시가 넘었는데 어딜 또." 마치 마누라처럼 분부하시는 것을 형재는 그의 말이 떨어지기가 바쁘게 손을 휘저어 그렇지 않다고 우겨대며 "긴상(나)의 하숙이 청량리인데 전차도 끊어진 지금 어떻게 비 오는 길을 나갈 수 있는가?" 되는 대로 말을 주워 붙이며 계집에게 대들다시피 하여 억지로 오 원짜리 한 장을 꺼내 쥐고는 "가세나." 호령을 치듯이 문을 차고 나가는 것이었고 그렇다고 계집애는 성을 내는 것이 아니라 자리를 일어서는 나의 손을 활짝 잡으며 "키스시데요"*¹⁴(아 나는 오뎅집의 돈판이다) 호박 같은 얼굴에 부끄러움도 느낄 줄 모르는 계집의 얼굴을 어처구니없이 들여다보며 코라도 문질러 쥐고 두어 서너 번 흔들어줄까 하다 연민의 정을 금할 수 없어 "마다 구루까라."*¹⁵ 문을 열고 나왔다. 거리에는 그냥 비가 내리었고 비에 젖은 뿌연 가등들이 눈앞으로 달려와 쏘오니아로 보이는 둥 마는 둥 내리는 비에 어깨를 적시며 어정어정 길어귀로 나오자 형재는 그곳에서 소변을 갈기다가 "어이 야이짱이 너한

---

*12 카운터 혹은 계산대.

*13 사람의 윗도리를 비유적으로 이르는 말.

*14 "키스해줘요."

*15 "또 올테니까."

테 반했어요." 혼자 좋아라고 웃어대며 "또 어딜 갈까?" 하고는 무엇 나의 대답을 기다리는 것 없이 "옳지, 좋은 데 있네." 야단을 치는가 하면 벌써 택시를 잡아놓고 "어서 올라타게." 나를 부축까지 하여주는 것임에 나는 감각 없이 쿠션에 몸을 쓰러트리는 대로 그도 올라타며 운전수에게 "극락관 아지요." "극락관이라니, 유곽 말이시유?" "뭐어 알면서." 빙그레 웃는 웃음을 그대로 돌리어 "소설가란 유곽도 더러 가보아야지 무엇보다 경험이 제일이니깐." 아주 장한 말이나 되는 것처럼 천언스러운 수작에 나는 참말로 어이가 없이 그의 흐늣흐늣한 뺨을 때린다는 짓조차 치사스러운 짓이겠다고 생각하기에 복부의 고통까지 잊어버리던 지경이었다. 차는 얼마 안 걸리어 등불이 찬란한 유곽거리에 멈추어짐을 따라 형재는 분주히 나를 일으키어 어서 내리자는 것을 나는 그대로 돌아가겠으니 혼자 놀다 오니까아 뭐 부끄러워할 것이 아니라고 벌써 그때엔 차 안에까지 계집애들이 들어와 나를 끌어내리는 것이었으니 운전수에게 그런 꼴을 보인다는 것이 짝 없이 겸연쩍어 순순히 현관까지 끌려 들어와서 형재를 찾았으나 벌써 복도를 돌아 없어지었고 몽롱하여진 뇌세포에 알코올과 성욕이 물둘레침에 따라 나도 계집들이 구두를 벗겨주는 대로 안내되어 어두운 침대 속에 몸을 쓰러트리자 천장은 무너질 듯이 핑핑 돌아 눈 위에 파란 등불마저 싸안고 복잡하게 어른거리었다. 계집은 나의 머리 아래로 무릎을 넣어준 채 아무런 수선도 없이 호젓이 담배를 피워 뿜다 그대로 내 입에 물려주며 "천천히 노시다 가세요." 미소를 띠려다 금시에 눈물방울이 터질 듯한 애처로운 그 얼굴에 유난스럽게도 끌려들듯 나도 울멍하여지며 팔을 벌리니 계집애는 나의 품에 쓸어안기어 입술을 물어주었고 서슬 무거운 육향에 질식된 전신엔 오랫동안 이성을 잊었던 욕심이 탄력으로 뻗쳐 승천(昇天)하여지던 채 요동치는 스프링의 소리조차 의식할 수 없었던 그러한 순간에, 갑자기 문창이 부서지는 소리가 요란스럽게 들려오는 것이 바로 옆방인 듯 무거운 혼란 속에서 홀저히 놀란 계집애는 황급히 몸을 일으켜 문틈으로 동정을 살피다

"긴상이에요?"

설레는 말이 떨어지기가 무섭게 뺨 치는 소리가 들려오며

"날 기다리겠다구 하고 다른 놈하고……"

벼락같은 소리가 틀림없이 형재요,

"오빠가 버리면 버렸지 내가 오빠를……"

계집의 울음 섞인 목소리가 들려오자

"더러운 년 같으니, 무슨 염체에 수작은……"

"이년은 팔렌 몸이 아니가."

느껴 우는 소리에 뒤를 이어 다른 계집의 목소리가

"오빠두우 왜 울리니, 하잘. 하자가 딱하지 않간. 관(官)이 오면 어카간. 어서 내 방이라두 가서 자자는데."

"누가 관이 무섭대던."

다시 우직끈하는 소리에 반사적으로 후다닥 일어난 나는 이 틈을 타서 집에 갈 차비를 생각하며 복도로 나와

"왜 그래, 형재?"

"뭐 아니야, 넌 가만 있어라."

와이샤쓰를 입은 사나이의 멱살을 그러쥔 형재의 우뚝뚝한 팔뚝엔 두 계집애가 매어달린 채 악을 쓰는 것이며 슈미즈로 나온 것이 하자인 듯

"나를 때리럼, 나를. 손님이 무슨 죄가 있다고."

"우리 생각도 좀 하려무나. 안타까워 죽겠구나."

아우성치는 혼탕 속에서 하자는 재빠르게 자기의 손가락을 물어뜯듯이 반지를 뽑아 형재에게 쥐여주며

"내 뜻 알았으면 가려무나."

"가라면 누가 못 갈 줄 아니."

그러쥐었던 사나이를 담벼락에 다부지게 밀어버린 채 받아 쥔 반지를 슬쩍 주머니에 넣고 나서는 자못 영웅처럼 복도를 걸어 나가는 것이었고 우리를 따라 나온 계집애가 신을 내어주는 대로 신고 나서 현관을 나서기가 무섭게 형재가 나의 옆구리를 쿡 찔러

"돌아보질 말아, 돌아보질."

설레는 태도에 불안을 먹으며 힐끔 등 뒤를 살펴본즉 정복한 치와 장꾸지(장화(長靴)) 신은 사나이가 어깨를 같이하여 우리를 따르는 것이 떼어짐에 따라 겁결에 발걸음이 허청해지는 서슬

"기미라 마떼에."*16

왈칵 지르는 소리에 고작 달아나는 형재에게 휩쓸려 들듯 나도 줄달음쳐 현황한 헤드라이트가 달려오는 홍수 속에서 좁은 골목으로 휘어 돌아 다시 인적 없는 거리로 방향없이 정신없이 한참이나 어둠 속으로 달려가던 그때에 홀저 발끝이 허청해지던 의식과 거의 동시 하늘이 무너지듯 앞이 캄캄해진 것이요 그리고는 얼마나 지나간 후에 일어난 일인지는 몰라도 수레바퀴랄 수도 없는 이상한 둘레가 서로 엉키어 빙빙 도는가 하면 어지러운 곡선 위에 굽이쳐 흐르는 나부(裸婦)들의 처염스러운 난무가 음악도 없이 전개되는 채 나에게 휩쓸려 드는가 하다 어느 사이에 머리를 풀어 헤친 시독 속에 묻혀 허위적거리며 나의 피를 빨아 먹으러 달려든 거미를 떠받치느라고 악을 쓰는 것이었으나 악을 쓸수록 나의 전신은 점점 창백해질 뿐이었고 거미는 더욱더욱 비대하여만지다가 갑자기 피투성이로 녹아내리며 전신에서 흘러내리는 핏줄기가 산 남루처럼 팔닥거려 요

---

*16 "너희들 거기서."

동을 치는 대로 다시 에테르의 전파를 따르듯 소리를 쳐 돌진하자 난데없는 회오리바람이 일어나는 동시에 시독들이 움직여 사면에서 몰려드는 시독으로 뿌연 연막을 치더니 삽시간에 개어지며 요마(妖魔)로 화신된 골벨*17이(유곽서 본 계집애라긴 아무래도 좀) 나에게로 달려드는 즉시로 나의 육편(肉片)을 질근질근 화약처럼 깨물어 먹는 것이었고 요마에게 굴복된 나는 아무런 반항도 없이 망측한 압박을 따라 짜릿짜릿 황홀한 세계로 굴러들던 것을 기억해낼 수 있는 것이다. 그러나 그 형태가 아무리 나의 머릿속에 또렷이 남아 있다 할지라도 달이 없고 해가 없는 단순히 나의 머릿속에 남아 있는 환영일진대 이미 세상에서 두려워할 필요가 없는 한갓 꿈에 지나지 않는 것이요 따라서 나를 유인한 스코우프의 장난이 아무리 흉악망측한 것이었다 할지라도 꿈이 스러진 지금에 당하던 그 짓을 다시 생각하며 부끄러워하거나 전율을 일으킨다는 것은 참말로 쑥스러운 일이요 또한 나로서도 그렇게 생각하지 않으려고 굳이 애를 쓰는 것이지만 애를 쓸수록 쿠션에 젖어 그을은 음흉한 살냄새가 강렬하게 느껴짐을 따라 어리석게도 나의 부끄러운 비밀을 숨겨보려던 뜻임을 설명하여주는 데 어쩔 수 없이 낯을 붉혀 난연이 난연이 부지중에 그의 이름을 중얼거려보며 방 안에 달린 세면대로 가서 되도록 거울에 외면하여 뿍짝뿍짝 머리를 씻어 귀찮은 기억까지 씻어버리던 도중에 도어가 열려지는 소리를 따라 난연이 나타나며

"굿도모닝."

비록 발음은 어색하다 할지언정 원피스의 민출한 자태가 대뜸 나를 저리우게 하매 나는 대답조차 궁하여 공연히 눈만 서뭇거려 눈에 비눗물이 들어간 양을 짓자 난연이 손 빨리 수건을 집어 주며

---

*17 콜베르를 뜻하는 '콜벨'의 오식으로 보임.

"술을 먹어도 그렇게 분수를 모르고 먹는 법이 어데 있소. 그 입은 바지의 꼴……."

노여움을 띤다는 것이 조롱의 뜻임을 진작 알면서도

"참 미안하오. 미안하오."

"미안은 또 뭐람."

난연이는 나의 주변을 못 차린 온순한 말이 마땅치 않다는 듯이 나의 팔꿈치를 꼬집어 미소를 띠어주는 너무나 익숙하고도 다정스러운 짓에 놀라운 대로. 아직 통성도 못한 우리 사이가 아니었던가를 생각해내고 무안하여지다 이미 육적 관계까지 맺은 사이였던 것을 다시 생각해내고는 어안이 벙벙하여지는 채

"여태 어델 갔댔소."

어색한 물음으로 나의 어색한 태도를 숨겨보려는 것이 또 달리 난연이의 안색을 말째게*18 하며

"아침에 산보를 하는 습관을 가지고 있어요."

그의 당황한 태도가 갑자기 가슴속에 젖어들며 형재를 생각하여하는 어젯밤의 추악한 기억이 다시금 떠올라짐을 따라 즉시로 그러한 환각을 구겨버리려고 스스로 애써

"성대를 위함이요?"

어조에 조롱을 띠어보자 난연이도 따라 태연해지며

"사람을 놀려두…… 어서 끼 늦은 조반이라도 먹으러 내려가자요."

말끝을 이어 다시 나의 입은 바지의 꼴을 바라보고는 자못 어처구니 없다는 듯이 오도깝스럽게 웃어대는 채로 의장으로 가서 가운을 꺼내다가 문득 손을 멈춰

"뭇 사나이가 걸치던 걸……."

---

*18 말째다. 사람이나 일이 다루기에 끼다롭다. 거북하고 불편하다.

꺼내주기를 주저하는데 다짜고 나는 웃을 수도 없이 대체 나 같은 초라한 문청(文靑, 원고료조차 한 번 받아본 일 없는)에게 그렇게 수선까지 피울 필요야 무엇이 있는가고 저절로 퉁겨지는 콧방귀를 느껴지는 대로 나는 손 쉽게 가운을 꺼내 걸치니까 난연이는 잠잠히 눈만 쫑긋거려 나를 정시하다 애잔한 웃음으로 쓸어버리고 나를 식당으로 안내한다.

끼 늦은 때문인지 식당 안은 한산한 편이었다.

"무엇을 잡수세요?"

방 안에서와도 달리 명랑한 어조로 메뉴를 집어준다. 나는 아무것이나 좋다고 받아 쥔 메뉴를 그대로 놓고 커튼을 헤치어 비에 씻긴 뜰의 풍경을 받아들인다. 아담한 뜰이다, 튤립이 곱다.

난연이는

"그럼 제가 좋아하는 비푸스데키를 대접하기로 하지요."

바텐더를 불러 음식을 주문시키고 나서,

"참, 집의 끼식을 양식으로 하신다지요?"

참말로 뜻 모를 소리에 나는 뜰에서 시선을 돌리어

"난 그런 소리 한 기억이라곤……."

"접때 《조광》이었든가요, 어느 잡지에 났든 집의 가정방문기에 그러셨든데요."

"아, 그랬든가요?"

나는 홀저히 이런 대답을 하지 않을 수 없던 것은 바로 이 년 전에 미주(美洲)로부터 돌아와 지방 사립전문학교 교편을 잡고 있는 나의 아버지의 지위를 미루어 응당 있을 법도 한 짓이라고 생각한 때문이지만 또한 내가 그와 부자간이라는 것을 난연이가 안다는 것은 자못 현란한 일이라고 생각되는 겹결에 이어 형재의 입이 생각됨을 따라 조금도 이상스러울 것이 없이 그의 부지런한 입은 벌써 어

제저녁으로 난연이에게 나에 대한 장황한 설명이 으레 있었을 것을 비로소 생각해내고

"하긴 그것두 양요리라면 양요리겠지요. 밀지짐과 밀떡."

집에서 얻어먹던 음식을 솔직히 말해보는 것이었으나 물론 난연이에겐 곧이 들릴 리 없이

"세상에 부러운 것이 그 밀지짐과 밀떡."

사뭇 선망의 웃음을 웃어 나를 바라보매 나는 질겁을 먹다시피 대답을 계속하지 못하고 고개를 떨어뜨렸다.

바로 이때에 음식이 날려 온 것은 다행한 일이었다. 상 위에 여러 개의 접시가 벌여짐을 따라 나는 오래간만에 포식할 흥분을 느낀다.

"어서 드세요."

난연이는 나에게 포크를 잡게 하고 다시 입을 열어

"참, 양식을 먹는 예법을 좀 가르쳐주세요."

손을 우겨 나의 포크질 하는 것을 따르는 것이 참말로 보기에도 흉하고 내심으로도 민망하여

"음식이란 배를 채우면 그만인 걸 예법을 찾아 무엇하겠소. 할 것 없는 배부른 놈들의 장난이 무엇이 귀한 것이라고."

타이르듯 편잔을 던지자 난연이는 진작 아무렇게나 포크를 놀리어

"이만하면 되었소?"

용하게 장난으로 비비대고 그리고 나서는 아주 회화까지 돌려버리어

"오늘 저녁 음악회 가시겠지요?"

그 음악회라는 것은 말할 것도 없이 하이페츠의 바이올린 독주회를 가리킴이었다. 거리거리에 포스터가 붙어진 벌써 그때부터 그의 바이올린을 듣고 싶은 흥분을 느끼는 것이면서도 그 비싼(나에겐)

입장료에 눌리어 지금껏 입장권 사기를 망설인 채 결단을 내지 못한 자신을 생각하며

"글쎄요."

애매한 대답을 하다 문득 나의 옹색함을 난연이에게 보인 듯도 한 면구스러움을 느껴지는 반동에 몇 닢 남지 않은 주머니를 마저 털어서라도 난연이의 초라한 가오*¹⁹가 되어본다는 것이 어쩐지 맥빠진 생활 속에 강렬한 자극을 주는 듯도 한 일종의 흥미가 느껴지는 대로

"제 한턱 낼까요?"

나의 말이 예상 이외로 난연이에겐 당기는 말인 듯

"김 선생이 같이 가주신다면 전……."

"무한의 영광으로 생각하시겠단 말이우?"

그러나 난연이는 나의 조롱을 듣지 않고,

"기생과 같이 다녀도 괜찮으세요?"

사뭇 얼굴에 정색을 띠어 물으매

"저를 무슨 귀족으로 생각하시우, 혹은 젖 먹는 애로 생각하시우?"

핀잔의 웃음을 웃자 난연이 달리 애잔한 웃음을 웃어

"오늘이 저의 생일이에요. 선생님이 단 하나의 손님이 되어준."

옷 틈에서 티켓을 두 장 꺼내 테이블 위에 놓으며,

"이런 기적을 은밀히 기다리고 미리 준비했든 것인지도……."

온순한 말씨나 무척 당돌한 말에 깜짝 현혹해진 듯 나는 그의 시선과 부딪힌 대로 잠시 동안 어쩔 줄을 몰랐다.

이러한 찰나에 난연이 얼굴이 지워지듯이 뿌옇게 흐려짐을 따라 경희의 얼굴이 나의 망막 속에 떠오름은 또한 어떠한 발작이랄까—

---

* 19 일본어로 '얼굴', '낯', '체면'을 뜻함.

나의 가슴 속에 갈피갈피 맴돌던 경희에 대한 애정을 잊어버리고 새로이 옮아지는 난연이의 애정을 마음껏 즐기자는 뜻이라면 허구에 질식된 생활 속에 아주 뛰쳐들어 찌꺼기의 양심마저 깨끗이 씻어버리자는 뜻인지도 모르겠다고 의식의 한 개가 아롱아롱 둘레침을 따라 그 속에서 박차고 나가는 듯한 경희의 자태가 그때 5월의 풍물과 같이 자뭇 탄력 있는 그대로 눈앞에 굽이쳐 흐르는 것이다.

아직 학생의 신분으론 주저하여야 할 경계선을 대담히 뛰어넘었던 우리들은 새로운 세계로 목표를 향하여 쌓아 올리던 그날그날의 역시를 거리 속에서 민첩하게 움직이던 그때 그러한 활기를 띤 약동 속에서 또한 우리들의 애정이 움트고 있었음을 의식할 수는 없었던 것이요, 그것이 급기야 확연한 선으로 나타나기엔 훈풍의 계절이 무르녹아 아카시아가 바야흐로 향기롭던 무렵 어느 저녁의 일이었다. 나는 오래간만에 한가한 시간을 얻어 하숙방에서 뒹굴어가며 소설을 읽고 있던 바로 그때에 놀라웁게도 방문이 열려지며,

"일이 모두 드러나고 말았어요."

팽창된 눈방울을 두리번거려 뛰쳐 들어오는 것이 경희이매 반사적으로 나는 벌떡 일어나 전신에 떠받치는 공포의 소름에 어쩔 수 없이 느껴지던 참말로 두렵고도 긴장된 순간이었었다.

"어떻게 해요, 이대로 있다 그물에 든 고기의 형세가 되면."

얼굴에 초조를 띠어 설레는 경희에게 나는 억지로라도 침착을 지켜 보여줄 것을 느껴

"설마 오늘 밤이야 이곳까지."

그곳으로 하숙 옮긴 지가 며칠 되지 않았던 것을 말하여 마음을 누굽히자 경희도 얼마큼 안심을 먹는 양으로 전신에 지녔던 긴장을 풀어헤치어 책상에 걸터앉은 채 동자의 초점을 잃어버렸던 것이었으며 나는 그의 어지러운 마음이 정돈되기를 바라고 다시 소설에 눈

을 두어보는 것이었으나 긴 침묵에 엎눌리운 정숙을 따라 활자는 무거운 복선으로 변하듯 머리에 들어올 리 없이 가슴속에 깊이깊이 잠재하여 있던 애정의 불길이 호흡을 뜨겁게 함을 의식할 수 있었던 것이요 그것을 단순히 분 냄새가 던져준 짐승의 욕심이었다고 한다면 꺼릴 눈이 없던 좁은 방 속에서 완전히 그의 몸은 나의 품속에 차지할 수 있던 것이다.

그러나 나를 엄연히 지니고 온 그때의 이성은 희멀건 육체 앞에 느껴진 공포와 흥분을 행동으로 옮기기보다도 능히 회화로 돌리어 소화시킬 수 있었던 것이니,

"경희, 무섭지 않소?"

"처음의 일이 되어서 그런지 서마서마해요*20."

"아니 내가 무섭지 않나 말이요. 가령 머리의 착각이 일어나 이제라도 당장 짐승이 된다면."

"무슨 조롱을 또…… 기치(旗幟)를 위해선 그때그때 순간의 이성을 따르는 수밖에 없지 않아요."

그때에 맺어진 경희와의 관계와 지금에 맺어진 난연이와의 관계는 확실히 근본의 뜻부터 다른 것이라고 금을 그어 건전한 생활을 약조한 경희와의 설계는 스스로 마음속에 귀한 것이라고 밝혀지는 것이었으며 눈앞에 난연이를 마음껏 향락할 수 있다는 것은 권태 속에 지친 나의 이만된 장난으로 해석되는 것이었다마는 또한 난연이의 그 철없는 허영심이 결코 순정에 못지않은 귀한 것이라고 생각하여질수록 신변에 일어나는 애정문제까지 맥 빠진 지성의 지배를 받는다는 자신이 가련하고도 맹랑하고도 우습고도(3자 삭제) 그렇게 생각하는 것이 나는 난연이와 다방 '아베뉴'에서 다섯 시 반에 만

---

*20 서마서마하다. 마음이 든든하지 못해서 조마조마하게 조이는 데가 있다.

나 같이 음악회 가기를 약속하고 그가 친히 다려까지 준 양복을 떨쳐입으며 아파트를 나선 때에는 거의 두 시, 그 길로 숙소에 돌아오자 뜻하지 않았던 어제의 그 사나이 형제가 나의 방 속에 넘어져 있는 것이다(참말로 나는 다시 우울하더이다). 방 안에 늘어놓은 꽁초를 보아 그가 온 지도 꽤 무던히 오랜 모양, 대체 나의 숙소는 어떻게 알고 찾아왔는가 하는 의아함을 느끼는 동시에 그가 찾아온 것이 귀치않은 대로 입을 열어

"어젯밤의 일은 참말로 고마웠소. 신세를 언제 갚아야 할지."

얼굴을 찌부리트려 과장의 핀잔을 던지자 노상 그도 무안해하는 표정을 보인다는 것은 참말로 가소롭다 하리만큼

"별달리 생각할 것이 뭐야, 술의 장난인 걸."

변명의 말을 찾는 것이며 그의 이야기는 물론 그 한마디로 그칠 리 없이

"술을 많이 먹으면 망신을 당하고야 만다니까. 글쎄 환장이 만났댔지. 유곽엘 어디메라고 참 치가 떨려—글쎄 그곳서 붙들리기만 했드면 그 꼴이란 유치장 신세 지구 또 그뿐이야, 작자네(신문 기자) 귀에 들어가, 그까짓 나야 괜찮지만 집의 망신이……."

하고는 그 기괴한 표정을 넌지시 나에게 디밀며

"하수도에 빠졌든 건 생각나나?"

묻는 것이었으나 나는 그러한 생각이 날 리 없는 것이고 듣고 싶지도 않은 것이고 또한 그의 말대답조차 하고 싶지 않아

"대체 무슨 친절로 난연이 방엔 안내한 것이오?"

골을 내다시피 되려 묻자 그는 오히려 싱글벙글 웃는 낯으로

"군이 두 길이나 되는 하수도에 떨어진 채 정신을 잃어버렸으니 얼마나 급했댔겠나 생각이나 좀 바로—난연이네 아파트가 부근에 있는 것을 생각하였기에 말이지 농말이 아니라 정말 군이 큰일 보는

줄 알았소.”

“차라리 죽었든 편이 나을 뻔했는지도 모르지.”(속으론, 네 꼴을 볼 걱정도 없고.)

“이 사람 말을 해두 원…… 문청들은 너무 감상적으로 흐르는 것이 결점이야.”

“아 그런가요.”

나는 그의 무지함에 어처구니없음을 느끼며 한땐 그래도 진보적 사상에 세례를 받았던 자라는 것이 이 모양인가고 민망하듯이 사뭇 우울해지는 것이었지만 그는 저대로 비굴한 웃음까지 웃어대며

“하여튼 어젯밤엔 재미가 괜찮았지?”

하고 농지거리를 치는 그의 비대한 상판에 침이라도 뱉어주고 싶은 충동을 일으키는 채

“좋았을 뿐이겠소, 외도란 난생…….”

말이 불쾌해 나는 멈추기가 바쁘게 그는

“한턱 내야지, 그럼.”

“한턱 한턱은 보호과에 가서 받아보지.”

순간 나는 눈을 모아 그를 쏘았다.

어제 일을 미루어 유곽 계집애의 반지를 빼앗아먹는 작자인대야 무슨 짓인들 못 하리라고 생각이 들자 문득 우리 사건을 팔아먹은 것도 역시 동무들의 추측대로 그의 짓이 아닌가고 짚어진 때문이었다. 확실히 형재는 나의 시선에 놀란 듯 당황한 빛을 드러낸 채로 그 것을 감추려는 뜻인지 나자빠지며

“돈을 모은대야 무엇하노, 하고 싶은 일도 못할 바에야.”

그리고는 갑자기 생각난 듯이

“경희 지금 무엇하나?”

“나 보다야 더 잘 알 걸.”

"농이 아니라 숙소 모르나?"

"건 알아 무엇하게?"

"내가 그래도 전엔 모프르에 있지 않댔나."

"아, 자금을 조달해 줄래나?"

"아니 그것까지야."

"금광주가 됐으면 돈두 풍성풍성할 께라."

"참 양심 있는 일을 하고 싶어."

"잉심, 양심 있는 일이 그렇게도 하고 싶다면 날도 더워지는데 아이스케이키 장수나 시작하여보지. 서울 시민을 위하여 얼마나 뜻깊은 사업인가."

결코 그에겐 핀잔이 아닌 충고의 말을 던지는 대로 나는 일어나 변소에 간다는 핑계로 모자도 안 쓴 그대로 혼자 나와버리고 말았다.

거리로 나와 나는 어디로 가야 좋을지를 모른다. 모른다는 발걸음은 찻집으로 향해지는 대로 그곳에서 일어날 사건까지 머릿속에 일부러 그려본다.

먼저 마담에게 인사를 해야 한다. 담배를 피워 물며 홍차를 청한다. 영화 잡지를 쥐어본다. 으레 말동무를 만나 화제는 자연히 문화를 중심 삼고 벌어지는 것이다. 그러나 나는 당면한 문제에 진지한 태도로 열의를 품어 본 적이 없다.

아니 열의를 품는다는 것이 맹랑한 짓이라고 생각하는 것이다. 당면한 문제에 태도와 흥미를 그때그때의 홍차를 마시는 태도와 흥미에 표준을 두면 그뿐이라고 생각한다. 이미 마드리드 함락의 비보를 접하고 심금을 울리던 것도 특히 먼 역사의 기록으로 기억되면 그만이고 물의를 일으킨 지드의 여행기를 읽고 나서도 그의 귀족적 소시민을 경멸할 수 있다는 영웅적 심리를 품어보던 것으로 그뿐이고 지금에 와서는 호외 속에서 느껴지는 권태를 정열의 시스템인 줄도 모르고 구겨버리면 그만이고 그러나 나는 이러한 생각을 더 계속하자는 것이 두려워지는 것이니 사실에 있어선 이러한 생각으로써 그 치근치근한 형재의 그림자를 나의 머릿속에서 지워버리려던 카무플라주였던 것이 아무러한 효과도 없이 오히려 부작용까지 시킨 셈이 되어 형재의 얼굴이 더욱더욱 확연히 보여짐을 따라 나는 그에게 좀 더 대들어 그의 뺨을 때리기엔 오히려 무서운 진상을 추궁하지 못한 것을 후회한다, 라기보다도 추궁하기를 피하고 결국 이러한 태도로써 어디까지든지 그를 증오한다는 짓으로써 그것을 이용하여 자신의 결백성(흔히 소시민성)에 비추어 만족하려는 뜻이 아닌가고 나의 교활한 심경을 짚어 힐책하여보는 것이다. 그러나 나는 반성을 강요하기 전에 행동을 잃어버린 수동적 태도 속에서 자신을 발견하는 것이다. 다시 말하자면 행동이 봉쇄된 절름발이의 이데올로기를 붙안은 채 그것마저 붕해될까 두려워 전율을 일으키는 자신을 발견할 수 있는 것이다. 물론 이러한 태도를 절망의 표현이랄 수는 없는 것이지만 절망적에 절박하고 있는 것이요 따라서 맹랑하달 수 없다는 그 자태가 언제나 동요되고 있는 진실을 언제까지든지 고정시킬 수 없다는 불안 속에서 다시 이데올로기의 붕해를 역용할 수 있다는 변명을 찾아내는 것이다. 운동이 정지된 이데올로기 내면에서 느껴지는 고민을 한 역사의 발전으로 통찰한다는 문학운동이란 추상적 레테르 속에서 자신을 합리화하려는 '교활', 이러한 '교활'로써 그것을 교활로 느껴지지 않는 '신경의 퇴화'를 만족하려는 것이다. 확실히 그것은 나 자신이 행동하기에 가장 편리한 거울이다. 그러나 그 거울엔 순이 떨어지지 않았음을 누가 장담하랴. 투명되는 맑은 글라스 앞의 행동—그것이 얼마나 무서운 행동을 소치할는지 나는 알리가 없는 것이요 또한 알려고도 하지 않는 것이다. 단지 명백한 것은 자신의 무력과 허위뿐. 순간에 나는 찻집을 향하던 걸음을 멈추고 난연이와의 약속까지 지워버릴 것을 생각하여본다. 그러나 그것을 결정하기 전에 다시 어디로 가야 할 곳을 찾아야겠다는 걱정이 앞을 가리우며 디파아트*²¹의 쇼윈도에 던졌던 시선은 7월의 감각이나 발견한 듯이 오늘같이 일기가 쾌청한 날은 교외로 나가 '대자연의 찬미자'가 되어본다는 것이 괜찮은 일이라고 대뜸 안전대에 올라서는 것이었으나 차는 몇 차례가 지나가도 탈 생각 없이 그대로 멍하니 지내버림을 따라 역시 미음에 당기지 않는 일이라고 느껴질수록 요만한 일에도 임의로 결단을 못 낸다는 부끄러운 자신의 반동이랄 일종의 강박관념에 휩쓸려 들듯 바로 떠나는 전차로 황급히 달려가 올라타는 것이었다마는 역시 몇 정류소를 못 지나는 사이에 대자연 속에서 신선한 공기를 마음껏 호흡할 수 있다는 기쁨보다도 단조한 풍경에 지칠 권태의 시산이 괴로울 성싶어 좀 더 시간을 쉽게 보낼 수 있는 상설관이 마침 부근에 있음을 생각해내고 차에서 내려 그곳을 찾았다. 시멘트 벽이 터지어 회가 드러나고 빗줄이 흘러 낡은 날림 건물로 극장이라기보다도 창고와 같은 집이었지만 정면에 울긋불긋한 간판과 노보리*²²를 깨끔스럽게 붙여놓은 것이 극장의 면목을 지키고 있는 것이었으며 또한 그것이 일종의 델리킷한 흥미를 준다. 나는 그곳에서 무슨 사진을 상영하는지를 알아보려고도 하지 않고 그대로 입장권을 사고 들어갔다. 어둠 속에서 움직이고 있는 화면은 관중들의 박수소리와 함께 한창 쟌바라*²³가 전개되고 있었다. 나는 먼저 사진의 줄거리를 찾아야 할 조바심을 먹으

---

*21 디파트먼트스토어(department store), 백화점.
*22 일본어로 '폭이 좁은 천의 옆과 위에 많은 고리를 달고 장대를 끼워서 세우는 기'를 뜻함.
*23 시대극.

며 손을 더듬어 자리를 찾던 서슬에 무더운 김 속에 흩어진 분 냄새에 찔리운 쾌감과 함께 미끄러운 적삼에 부딪힌 채로 흐늑한 촉감에 기급을 하여 물러서자

"앉으시라요."

자리를 비켜주는 여인의 아연한 소리에

"미안합네다."

겸연쩍은 대로 그의 옆에 앉지 않을 수 없는 일이었다. 사진은 이어 마끼노 치라는 것을 알아내는 대로 나도 관중들과 같이 가경에 들어가려면 상당히 애를 써야 할 것을 어느 때나 마찬가지로 생각하고 머리를 가다듬어보는 것이었으나 순간순간의 화면은 유난스럽게도 뜻을 잇는 법이 없이 눈앞으로 흘러져버리고 어둠 속에서 차츰차츰 눈이 떠지는 대로 시선은 여인에게 끌려들며 바의 계집이랄까 홀의 계집이랄까 식당의 계집이랄까 그의 직업을 찾아내려는 노력 속에서 다시금 느껴지는 체온에 마비되듯(확실히 그의 물팍 위에 놓여졌을 손을 덥썩 쥐어본다면 그럴 바에야 좀 더 대담스럽게 망측한 데를 쥐어본다면 부끄러움에 그는 눈을 감을까 그렇지도 않다면 짜장 소리를 지를까) 그에게 흉측한 생각을 품어보면서도 조금도 죄의 의식이 느껴지지 않는 자신이 무서워지며 계집이 그렇게 필요하면 응당 찻집으로 달려가 너그러운 시간을 가지고 난연이를 흡족하게 맞는 것이 떳떳한 일이 아닌가고 자신을 비웃어보는 것이다. 그러나 나는 좀처럼 자리를 일어서지지를 않는 것이었고 시대극이 끝나 다음에 남아 있는 사진이 뉴스와 〈과학자의 길〉이 있다는 것을 알고 겁을 먹다시피 분주히 극장을 뛰쳐나왔다. 〈과학자의 길〉은 첫 봉절 때에 이미 본 사진이다. 그곳에 나오는 파스퇴르가 과학자로서의 요구로부터 실행에 이르기까지 무서운 세균과의 구체적인 일상생활에 직면한 투쟁 속에서 여러 가지의 장해를 물리치고 한결같이 무서운

불굴의 정신으로 나가는 그의 강인한 의지와 정열은 나에겐 정도를 넘어서서 단지 무서운 대상뿐이었던 것이었다. 극장에서 뛰쳐나온 나의 눈엔 평범한 거리가 유난스럽게도 어지러워 보였다. 점포 안을 기웃거려 시계를 찾아보고는 난연이와 약속한 시간이 아직도 한 시간쯤은 남아 있음에 저으기 안심을 먹으면서도 그 한 시간을 메워야 하겠다는 나의 자존심이 환선(丸善)으로 가 스타아*24 나 한 책 사가지고 명과(明菓)에 들러 커피나 한 잔 마실 플랜을 세워보는 것이다. 마는 그렇게 여유를 느낄 수 없다는 듯이 역시 다방 '아베뉴'로 총총히 걸어가는 것이다. 빌딩의 지하실을 이용한 방이기 때문에 언제나 어스름한 광선 속에 몸을 묻힐 수 있다는 점에서 이 집을 찾는 습관을 갖고 있다. 문을 열고 들어서자 난연이는 벌써 와 있었다.

"오신 지 오랬수?"

"저도 바로 왔어요."

그러나 탁자 위에 놓여 있는 빈 컵을 보고 나는 미안함을 느끼면서도 자존심에 만족을 약간 느껴진다. 축음기에서는 수선스러운 재즈가 바로 끝나고 다시 바이올린의 음색이 부드럽게 흘러짐을 따라

"무슨 곡인지 아세요?"

난연이 물음에 나도 귀를 담아 들어보며

"로만스 안탈샤."*25

"아주 음악에도 용하십네다그려."

대뜸 이러한 말에 나는 어떠한 태도를 취해야 할지(참말로 난처한 일이었다). 우리는 이곳서 간단히 끼식까지 끝내고 자리를 부민관으로 옮겼다. 장내는 벌써 팽화 상태의 성황이었다. 정각을 따라 장내가 어둠 속에 묻혀 들며 조명등의 광선이 쏘아 부시자 막은 뱀의 비

---

*24 당시 일본의 대중 잡지로 추정됨.
*25 Romanza andaluza. 〈안달루시아의 로망스〉로 추정됨.

늘처럼 흐물거려 소리없이 열려지고 파도소리와 같은 서곡의 뒤를 이어 그어 내리는 멜로디가 고기의 탄력처럼 흘러내린다.

곡초는 〈크로이체르 소나타〉부터 시작되었다. 청중들은 모두가 흥분을 띠어 엄숙한 침묵을 지키고 있는 것이었고 그 속에서 확실히 나도 귀를 기울여 그의 음악을 듣고 있는 것이었다마는 오히려 그의 음악보다도 마음은 가경에 들어간 청중들에 쏠리며 그들의 개성을 따라 얼굴에 그려진 진기한 표정을 차례차례 검토하는 것으로써 무상의 흥미가 느껴지는 것이다. 고상한 예술을 감상하러 왔다가 개떡 먹는 격이라고 마음을 크게 먹어 다시 무대로 시선을 모아보는 것이었으나 얼마를 못 가 역시 관객들에게 흥미가 느껴지는 것은 하는 수 없는 일이요 따라서 난연이에게도 흥미는 느껴지는 것이다. 석고와 같이 고정된 자세로 연연히 흘러내리는 멜로디의 구절구절을 난연이 혼자서 차지한 듯한 그의 얼굴을 바라보며 나는 그가 음악가였다는 것을 미처 생각하지 못하고 보통 축들과 같이 가소로운 홍소를 느꼈던 것은 이어 외람된 짓이었다고 뉘우칠 수 있었으나 생각하면 그러한 나의 실수의 짓이 맹랑한 나의 자존심이 아니었던가고 짐작됨을 따라 마음속에 숨어 있는 것은 결국 난연이와 거리를 두어보려던 뜻이라는 것을 깨달아지는 것이었다. 하여튼 이러한 심리작용 때문에 소나타는 망쳐버렸고 다음 콘체르토부터는 열심히 들어볼 것을 굳게 마음먹으며 자리를 일어서자

"참말로 귀신의 재간이에요."

자신이 든든한 난연이 말에 나는 미소를 띠며 조소의 웃음이 되지 않도록 이어 담배를 꺼내 물었다.

휴게실은 순식간에 수선스러워졌고 시끄러운 연주회 이야기는 역시 나의 신경을 거슬리게 한다. 나는 구석 소파를 찾아 피곤한 몸을 쓰러뜨리는 이때에 난연이 앞에 낯모를 사나이가 나타나며

"너무하지 않으시우, 같이 오자는 약속까지 하시구 혼자 오신다는 건."

어조에 가시가 없이 나무라는 것이고 난연이도 웃음으로 대하는 편이 퍽 익숙한 사인 듯,

"혼자 오긴 누가 혼자 왔어요."

버젓이 나를 내세운다는 뜻을 밝히듯이 나에게 향하여 고개를 갸우뚱거린다. 그들의 이야기를 귀틈으로 담다 나는 문득 그 사나이의 머리로부터 단정한 양복과 나의 초라스러운 주제를 겨누어보려는 쑥스러운 의식에 얼굴을 붉히며 들이켰던 담배를 내어뿜던 서슬에 누가 나의 어깨를 짚는 감각에 반가운 동무나 아닌가 하던 순간의 생각은 금시에 움츠러들고

"아, 최 선생."

담배까지 감추어야 하는 그 인물 앞에서 실망의 빛을 보일 수도 없는 것이고

"혼자 왔나?"

이러한 물음에도 물론 고개를 끄덕이는 수밖에 없는 일이었고

"어머니가 올라와 자네 퍽 찾았다네."

"언제 올라왔기에요?"

"사오일 됐어. 한데 아부님이 그런 욕을 보시는데 아직 한 번도 안 가 보았다니 자네 거 무슨 짓인가?"

친자식을 책하듯이 얼굴에 진정을 띠는 것이고 또한 나도 잠잠히 그의 충고를 들어야 한다는 것은 그가 일찍이 미주로부터 돌아와 직수입이라는 간판을 내세우고 약방을 시작하였던 것이 일취월장 격으로 불어나고 지금에 와서는 신문 전면 광고 급에 달한 출세자로서 나의 아버지와의 죽마지우라는 것보다도 나에겐 잊지 못할 은인이라는 즉 나의 학비를 삯바느질로 푼푼이 모아 대어주시던 어

머니가 내가 중학을 졸업하는 것도 못 보시고 돌아간 그 후에 나는 온전히 그의 힘을 받아 공부를 계속한 것으로서 그러면서도 나는 한 번도 그의 은덕을 보답하기 위하여 어떻게 해서라도 입신출세하여야 하겠다는 마음을 먹어본 적이 없이 외람되게도 정열에만 끌리어 끝끝내 학교까지 쫓겨 나왔음을 생각하여 볼수록 그를 대할 땐 태도만이라도 머리를 숙여야 하는 것이었으며 또한 나의 아버지에 대하여서는 이미 불효의 자식이라고 자처한 지금 어쨌다고 말할 수도 없는 일이요.

"지금 어데 계십니까, 어머니?"

그 어머니라는 끝말이 흐려지는 어색함에 시선을 돌리다 문득 이곳으로 다가오는 젊은 여인을 발견한 순간에 무어라고 중얼거리는 그를 떠받치다시피 빼쳐나와 단숨에 층층대 구름다리를 뛰쳐 내려서는데 어느 사이 난연이 달려와

"왜 그러세요. 천천히……전 먼저……."

불이라도 뱉듯 한 어세가 떨어지기 전에 문을 열은 것은 난연이었고 우리는 거의 한 몸뚱어리가 되어 거리로 굴러떨어지는 대로 나는 아무 감각도 없이 쏜살같이 달아나던 눈앞에 갑자기 택시가 요란스럽게 멈추어지며,

"숙소로 가면 어떻게 해요. 위험해요, 저희 집으로 가세요."

긴장을 띤 난연이 얼굴이 차 속에서 튀어나오매 나의 전신은 아찔해지는 채 그의 착각(나의 당황한 행동이 긴장한 운동에서 오는 줄 아는)이 끼쳐주는 전율이 나의 머리끝까지 치받치며 얼굴이 화끈 달았다. 그러나 그때엔 이미 차에 올랐던 때였고 창밖에 흘러지는 가등을 따라 마음을 잡아보는 것이었으나 새삼스럽게도 또 달리 순간순간의 등불이 난수(나의 어머니)의 얼굴로 변하듯 금시에 눈앞에 활짝 달려오듯—나는 머리를 손 속에 파묻고 어지러운 환영을 구겨

버리려고 애를 쓰는 것이다마는…….

옥에서 나와 나는 어떡해서라도 서울서 생활방침을 찾아보려고 무척 애를 쓴 것이었지만 불행히도 나 같은 위인을 써주려는 사람은 하나도 없어 하는 수 없이 바로 그때에 금의환향하여 젊은 처까지 맞아 그야말로 이상적 가정을 이룬 나의 아버지 집의 식객으로 들어가서 나는 자신의 불통일한 단면의 분열을 수습하며 되도록 체계를 세워 문학공부를 하여 군이 활기를 띠는 온건한 생활 속에서 그날그날을 지우던 그때에 어느 날 난수의 앨범을 들춰본 우연한 기회에서 난수와 경희가 여학교 시대에 퍽 친한 사이였다는 것을 알게 된 그 후로부터 서로 말하기조차 서먹서먹하던 사이가 제법 동무와 같은 사이가 되다시피 찻집도 같이 찾으며 영화도 같이 보러 다니며 이러한 평범한 접촉이 나날이 쌓여짐을 따라 그의 육체적 권태와 나의 정신적 권태의 우연한 조화는 무서운 방향을 향하여 궤도 위에 움직이고 있음을 의식하여지던 반면에 표면에 나타낼 수 없는 질투로 번민하는 아버지의 태도를 볼 때엔 우리의 장난(?)을 그대로 손뼉칠 만한 잔학성은 다행히도 나에겐 없었고 나는 아버지의 안락한 가정을 위하여서나 또는 자신의 건전한 생활을 찾기 위하여서나 결국 집을 나와야겠다는 굳은 의협심 속에서 서랍에 넣어둔 아버님의 월급봉투를 그대로 들고 서울로 올라왔던 지도 이미 석 달—

그동안 한 것이란 아무것도 없이 찻집에 묻히어 허위 맹랑한 세월을 흘러 보내었으니 이런 불초의 자식이 무슨 면목으로 다시 아버지 앞에 나타나리요. 나는 진정으로 개탄하지 않을 수 없는 일이려니와 또한 지금 나는 무엇 때문에 난연이에겐 끌려가고 있는 것인가. 아아 허위의 로맨티시즘 허위의 로맨티시즘이여(30자 삭제) 차는 멈추어지었다.

난연이 익숙하게 문을 여는 대로 그를 따라 아파트에 들어선다.

긴 복도의 십 촉 등불은 사막처럼 고요하고 층층대 계단은 유달리 무서운 짐승같이 엉큼해 보인다. 방으로 들어서기가 바쁘게 난연이 핸드백을 내동댕이치는 대로 침대 위에 쓰러지는 것이었고 상기된 나의 몸은 저절로 의자 속에 묻혀지고 만다. 움직일 줄 모르는 두 생물이 어두운 스탠드 램프에 슬며시 밀리우듯 벽 위에 그려진 무서운 그림자가 정물처럼 정숙을 지키는 것 같은 방 안의 공기란 혼란이 없을 게다. 사색 같은 침묵은 흘러지어 무서워진다.

"난연이 운동을 어떻게 생각하시우?"

저으기 떨리는 심장의 말로 나는 눈을 감아본다.

"풍선 같은 생활 속엔 운동이 무엇이며 진리가 무엇……"

푸른 탄식으로 몸을 비꼬듯이 일으키어 들창으로 가서 커튼에 매달린다.

멀리 등불들이 초롱초롱 지붕을 넘어 달려온다. 난연이 다시 입을 열어

"고독이 무서워 기타를 배워요."

기타란 탄력 있던 어조에 문득 학생시대의 밴드를 이용하던 활기 있는 생활이 머릿속에 스쳐진다.

먼 기억 속에 아롱아롱 새겨져 있는 마테를링크의 동화와도 같이 음향 없이 눈앞에 어른거릴 뿐—

아름다운 추억마저 지워버리기가 안타까워 황급히 침대로 가 그곳에 놓여져 있는 기타를 쥐어본다. 이미 손은 굳어졌고 줄을 고르기에도 음정은 비틀어지어 〈안달루시아의 야곡〉이 중도에서 헝클어질 때 난연이에게 정성껏 애원하듯

"이밤을 기타로 새워 봅시다."

이윽고 난연이 나의 옆으로 다가와 앉으며 떨리는 기타 줄에 따라 노래를 왼다.

포도송이가 없고 임금이 없는
가을의 사상이란 창백할 뿐이오.
스으친의 풍경이 두려워질수록
아아 빈방 안이란 빈방 안이란—

　노래를 잇던 난연이 눈물이 핑 돌며 내 무릎에 쓰러지는 대로 기타는 침대 아래로 굴러내려가 무거운 정숙을 무찌르듯 기타 줄의 탄력이 끊어짐을 따라 요란스러운 소리에 뒤를 이어 여음이 무섭게 뒤에 젖어든다. 고동할 수 없는 두 육체 속에—나는 무서운 그림자를 쳐들어 들창을 넘어 달 없이 별들이 찬란한 하늘을 우러러본다. 또렷한 별을 보는 것도 아니고 눈앞엔 아무것도 보이지 않는다.

흐름 속에서

금화산에 다닥다닥 붙은 집들은 멀리서 보면 무슨 고층 건물 같기도 하다. 그것이 불이 켜진 밤이면 더욱 그렇다. 그 잿등에는 화강암으로 높다랗게 종각을 쌓아올린 교회당이 있다. 그 교회에서는 매일 새벽 다섯 시마다 종소리가 울려졌다.

"뎅그랑 뎅그랑 뎅그랑……."

산 중턱에 있는 우리 하숙에서는 그 종소리가 너무나도 요란스럽게 들렸다. 정말 귀가 막 터질 지경이다.

그 종소리는 천국을 가려는 사람들을 부르는 소리에 틀림없었지만, 그러나 나에겐 지옥을 알려주는 소리로밖에 들리지 않았다. 그것은 비단 나뿐만이 아니라, 이 부근에 사는 사람들은 모두 그렇게 생각할는지도 모른다. 이 부근에는 누구 하나 잘사는 사람이 없기 때문이다. 그들은 모두가 눈만 뜨면 당장에 먹기 위한 걱정뿐이다. 모두가 무허가 집을 쓰고 있는 그들은 언제 어느 시에 철수 명령이 내릴지 모르는 불안 속에서 살고 있다. 그렇지 않아도 이곳의 집들을 밀어내고 관광호텔을 짓는다는 소리는 벌써 전부터 들리는 소문이다. 오늘도 '세단'차를 타고 나온 신사들이 이 부근을 둘러보고 갔다고 한다. 그런 판에 그들에게 천국 같은 것을 생각할 여념이 있을 리는 만무하다. 그저 눈만 뜨면 불안하고 우울한 것밖에 없는 지옥이다. 그러니 잠을 깨우는 그 종소리야 정녕 지옥을 알리는 종소리가 아니고 무엇이랴.

이곳 주민들을 괴롭히는 것은 비단 그 종소리만이 아니다. 이곳도 분명 서울시인 것은 틀림없으면서도 하수도가 안 되어 비가 조금만 내리면 뒷집 뒷간에서 흘러내린 물이 앞집 부엌으로 스며드는 것은 예사로운 일이다. 첫눈만 내리면 길은 얼음판이 되고 만다. 마치 겨울에 등산하는 기분이다. 쓰레기차 한번 오는 일 없는 이곳은 이른 봄부터 집집 문 앞에 쌓여 있는 쓰레기 냄새로 코를 찌른다. 물론 수도가 올라왔을 리 없으므로 사시장철 물난리가 그치는 날이 없고, 전기는 들어왔다는 명색뿐으로 실오리 같은 뻘건 선이 그어질 뿐 그것도 켜 있는 시간보다는 꺼지는 시간이 더 많다. 문명이 극도로 발달한 지금이라 해도 이곳은 그 혜택과 전혀 관계가 없다해도 과언은 아닐 것이다. 그러니 누가 이런 곳에서 살고 싶어서 살랴. 그저 갈 곳이 없으니 사는 것뿐이다.

만일, 이곳의 주민들도 딴 곳으로 갈 곳만 있다면 사라호 같은 세찬 태풍을 기다릴 것도 없이 제각기 도끼를 들고 나와서 자기 집들을 짓부숴 버릴지도 모른다. 아니 소돔 성처럼 불을 활활 질러놓고 춤을 출지도 모른다. 그러나 그들은 갈 곳이 없으므로 참고 견디고 사는 것이다. 나 역시 마찬가지다. 나도 이곳에서 살고 싶어서 사는 것은 아니다. 딴 곳보다 하숙료가 싸기 때문에 사는 것뿐이다. 같은 값이라면야 누가 이런 곳에서 살랴.

내가 지금 나가고 있는 출판사에서 받는 월급으로써는 이런 하숙도 실상 과람한 편이다. 월급으로 하숙료를 내고 나면 일금 오천 환이라는 금액밖에 남지를 않는다. 그것으로 한 달 동안의 버스값도 해야 했고, 담뱃값도 해야 했고, 이발도, 목욕도, 그리고 때로는 셔츠도 사야 했다. 그러니 아무리 아껴 쓰고 안 쓰고 요령 있게 쓴다 해도 처음부터 모자라는 것은 모자랄 수밖에 없다. 그러니 모자라는 것은 또 모자라는 대로 사는 수밖에 없었다. 버스값이 떨어지면 떨어진 대로 걸었고, 담배가 떨어지면 꽁초를 피웠고, 그것도 없으면 굶었다. 이는 소금으로 닦았고, 신문은 회사에 가서 읽었고, 재작년에 장만한 군대화는 아직도 일 년은 넉넉하다. 말하자면 나는 참는 것으로 살아왔다. 그러나 참는 것도 한계가 있는 것이다. 이러다가 앓기나 하면 또 어떻게 되는 것인가. 하기는 그때도 열이 오르면 내릴 때까지 기다릴 수도 있는 일이다. 사람은 죽으라는 법은 없는 모양이니. 그렇다 해도 이런 생활이 질식할 정도로 우울해 견딜 수 없는 것만은 어쩔 수 없는 일이다. 더욱이 이런 생활이 일 년도 아니고 이 년도 아니고 일생 동안 계속될는지도 모른다고 생각하면 기막힌 노릇이다.

내가 나간다는 그 출판사는 천국사(天國社)라는 이름만은 아주 굉장한 국민학교 코흘리개들을 상대로 만화를 출판하는 곳이다. 나는 그곳에서 영문으로 된 서부 활극의 만화의 번역과 교정 일을 맡아보았지만 사장이라는 사람은 하마 얼굴에다가 한일자로 눈썹을 뿍 근듯한 그 얼굴이 그야말로 전형적인 만화 주인공의 인물이었다. 나는 처음 그를 대면했을 때, 비록 월급은 적다해도 그 대신 그의 얼굴을 쳐다보는 것으로써 심심치는 않겠다고 생각했다. 그러나 그것도 처음 며칠뿐이었다. 넓지도 못한 좁은 방에서 그 잘난 얼굴과 늘 맞대고 있어야 하니 클클하달 정도가 아니라 정말 견뎌낼 도리가 없었다. 더군다나 그 작지도 않은 몸으로 회전의자를 타고 앉아서 삥삥 돌려가며 새끼손가락으로 코딱지를 뜯어내다가 탁 튀기는 데는 그때는 정말 그 코딱지의 방향이 어디로 갈지 몰라 아슬아슬한 일이다. 그러나 그보다도 더 견디기 어려운 일은 무엇 무엇 그래야 그 잘난 월급을 주면서도 월급날을 까마득하게 잊어버리는 일이었다. 그것은 정말 견뎌낼 도리가 없었다. 나는 언젠가 사원 대표로서(사원 대표라 해도 나 이외에 교정과 경리를 겸하는 여사원과 외무를 보는 사원 해서 단 세 명이지만 그래도 대표는 대표다) 용기를 내어 사장 앞에 나섰다.

"월급만은 어떻게든지 제때에 줘요. 우린 그것만 믿구⋯⋯."

하고 입을 여는 도중에 사장은 갑자기 붉어진 얼굴이 되며

"자네 빨갱이로구만, 빨갱이야, 업주한테 대드는 건 다 빨갱이야."

하고 노발대발하는 것이었다. 홍당무처럼 된 얼굴을 보면 실상 당사자 본인이 빨갱이가 된 것 같은데⋯⋯.

사장의 빨갱이란 말은 입버릇 같은 것이었다. 잘못되어 동판을 바꿔 넣어도

"너 빨갱이구나, 빨갱이야. 나를 망치려는 빨갱이 간첩이야."

하고 소리쳤고, 수금을 나갔다가 돈을 못 받아가지고 와도

"너 빨갱이구나, 빨갱이야. 빨갱이 아니구서야 자기 돈 안 받는 놈이 어디 있어."

하고 고래고래 소리쳤다. 사장은 우리 사*¹라고 해서 사원이 단 세 명밖에 안 되는 출판사를 하필 망치겠다고 간첩이 들어올 리는 없는 것이고, 자기 돈을 안 받으리만큼 빨갱이들이 그렇게 인심 좋을 리도 만무하다. 그러니 우리들만 공연히 빨갱이라는, 그 빨 자만 들어도 이가 갈리는 그 소리를 듣는 것이다. 그 생각을 하면 당장에 책상을 둘러엎고 나오고 싶은 마음이지만, 뒤이어 머리에 떠오르는 것은 학교를 나와서 직업을 못 얻고 거리를 헤매던 그때의 생각이다. 정말 그때를 생각하면⋯⋯.

지금 나는 그 잘난 출판사, 그 잘난 사장하고 노상 장한 듯이 까불고 있지만 '빽'이 없는 나로서는 이 직장이나마 이만저만 힘들게 얻은 것이 아니다. 하여튼 이곳도 내가 학교를 나온 지 이 년 만에

---

*1 원문에는 '우리사'임.

겨우 얻은 직장이니 말이다. 그 전까지는 매일 이 친구의 집에서 저 친구의 집으로 굴러다니며 살았다. 친구 집에서 조반을 한술 얻어먹고 나서는 쫓겨나듯 갈 곳도 없는 거리로 나와, 이 거리에서 저 거리로 한종일 방황했다. 때로는 발 가는 대로 시장에 가서 사지도 않을 넝마들도 끼웃거려 보고, 약장수의 나팔 소리에도 걸음을 멈춰보고, 그러다가 결국 주저앉는 곳이 길바닥에 벌여놓은 장기판 앞이다. 거기서 두 시간 세 시간 앉아서 내가 풀 수 있는 박보를 기다리다가 드디어 친구에게서 얻어갖고 나온 일금 백 환을 어이없게도 잃고 일어서는 심정이란—사실 그때의 백 환이란 나에게 얼마나 귀중한 돈인지 모른다. 그것만 있으면 소주 두 잔으로 거뜬히 취할 수도 있는 일이고, 짜장면 한 그릇으로 배를 불릴 수도 있는 일이고, 다방에 들어가서 물론 차는 안 먹는다 해도 그 백 환이 주머니에 있고 없는 데서 기분이 얼마나 차이가 있었던가. 그저 그 박보꾼을 힘껏 때려주고 싶던 심정은 지금도 잊을 수가 없다. 그 심정으로 터불터불 잘 곳을 찾아 들어오다가 길바닥에 굴러 있는 코 푼 종이를 혹시나 돈인가 하고 분주히 집어보던 처량함이란—그때의 일은 생각만 해도 진저리가 난다. 이제 또다시 그 짓을 하다니, 아서 말아라. 그건 정말 견뎌낼 수 없는 일이다. 빨갱이라면 어쩌랴. 나만 빨갱이가 되지 않았으면 그뿐 아닌가. 비굴하다면 어쩌랴, 비굴하지 않고서는 못 사는 세상인 걸. 참자, 참어. ……책상을 둘러엎는 일만은 참자. 눈을 꾹 감고 참자. 참는 자 복이 있나니라. 아니 복이 없어도 좋다. 참자 참어. 도대체 나는 화를 낼 자격도 없는 놈이 아닌가. 화를 내자면 화풀이할 술값이나 있고서 할 말인데 그것도 없는 녀석이 무슨 자격으로 주제넘게도 화를 낸다고…… 결국 나는 그의 앞에 헤헤…… 하고 웃는 웃음으로써 백기를 들어, 내가 빨갱이가 아님을 표시할 뿐이었다.

사실 나는 이 출판사에 들어올 땐 월급도 지금 받는 월급보다는 만 환을 더 받게 되어 있는 것이다. 그러나 그는 나로서는 어떻게 할 수 없는 참으로 곤란한 조건을 하나 요구한 것이다. 그것은 이력서에 졸업증서를 첨부하는 일이었다.

나는 분명히 대학을 나왔지만 대학을 나온 지 벌써 삼 년이나 되면서도 아직 졸업증서를 받지 못했다. 물론 등록금을 내지 못했기 때문이다. 그것으로 나는 대학을 나왔지만 완전히 나왔달 수 없는, 말하자면 나온 셈이 되어 있는 것이다. 나는 그 사정을 사장에게 이야기했다. 그러나 진정으로 인정사정 없는 그 얼굴로서

"그러면 할 수 없지. 졸업장을 첨부할 때까지 월급을 만 환 깎는 수밖에."

하고 딱 잡아떼는 것이었다. 정말 억울한 일이었다. 등록금도 제대로 못 내고 대학을 나온 그 심정을 알아줄 생각도 않고 청천 벼락 같은 그런 말을 얼굴 하나 찡그리는 일 없이 하니, 역시 사회는 차구나 하는 그것을 뼈저리게 느끼지 않을 수 없었다.

나는 졸업반에서만 등록금을 미룬 것은 아니었다. 대학에 다니는 동안에 하여튼 나는 한 번도 제대로 등록금을 내본 일이 없었다. 그 이유야 너무나 간단한 것으로 혼자이신 어머니가 학비를 낼 힘도 없이 나를 대학에 보냈기 때문이다.

그래도 어머니는 다달이 만오천 환씩은 부쳐주었다. 그것은 어머니가 전도사로 받는 자기 월급의 전부였다. 그러나 그것으로써 등록금까지 내야 하는 내 학비가 될 리는 없었다. 그러므로 나는 또 나대로 얼마라도 벌기 위해서 우유 배달도 했고, 가정교사도 했지만 역시 학기 초에 가서 등록할 때는 등록금으로 언제나 마음이 답답할 뿐이었다. 나는 그것을 해결하기 위해서는 결국 어머니에게 편지를 쓰는 길밖에 없었다. 어머니가 그 편지를 받고서 나보다도 몇 곱

절이나 괴롭고 답답하리라는 것을 잘 알면서도, 편지를 써야 했다. 그러면 며칠 후엔 반드시 연필을 꼬박꼬박 눌러쓴 어머니의 격려의 편지와 함께 환금증이 든 등기 우편이 배달되는 것이었다. 그 환금 증은 모름지기 삯바느질로 밤을 새워서 얻은 돈이 아니면 친척들에 게 구걸로써 얻은 돈이었을 것이리라. 그것은 정말 어머니의 피를 마 르게 하는 일이라는 것도 나는 잘 알고 있었다. 그러므로 그 등기 우편을 받고 나서는 말할 수 없이 슬펐고, 슬퍼지는 대로 나의 결심 은 더한층 굳어지는 것이었다. 나는 하루빨리 대학을 나와서, 훌륭 한 사람이 되어 기어이 어머니의 소원을 풀어줘야겠다는 그 결심이.

　사실 나는 그때만 하더라도 대학만 나오면 나의 앞길은 으레 열리 리라고 생각했던 것이다. 그러므로 대학의 강의가 세상을 살아나가 는 괴로움과는 별반 관계가 있는 것 같진 않다고 생각되면서도 그 것을 듣지 않으면 나의 희망은 꺼져버리는 것 같았다. 다시 말하면 그 어이없는 강의들을 내 머릿속에 억지로 틀어박는 것이 내가 무 슨 훌륭한 사람이라도 될 수 있는 일이라고 생각했던 것이다. 그러 나 나는 이러한 나의 생각이 결국 어리석은 착각이었다는 것을 나도 모르는 사이에 알게 되었다. 그것이 더욱 분명해질수록 나의 주위에 보이는 것은 모두가 허위 투성이라는 것이 더욱 분명해질 뿐이었다. 그러한 허위 속에서 내가 대학을 나왔댔자, 아무런 의미도 찾을 길 이 없다는 것도 뻔한 일이었다. 구태여 의미를 찾는다면 무능력한 인 간이 되는 것밖에 없었다. 그러므로 나의 가슴 속에 타고 있던 희망 도 그때에 이미 꺼져버리고 만 셈이었다. 그러면서도 내가 그대로 학 교를 계속했다는 것은 어머니에게 절망과 같은 실망을 줄 수밖에 없 었기 때문이었다.

　어머니는 내게 보내는 편지마다

　"어서 대학을 나오너라, 대학을 나오너라."

하고 써 보낸 그대로 그것만을 희망으로 삼고 살아왔던 것이다. 그 희망이 바야흐로 실현되는 것으로만 믿고 있던 어머니는 내가 학교를 그만둔다면 실망이 얼마나 크랴. 그러나 어머니는 끝내 내가 대학을 나오는 것도 보지 못하고 돌아가시고 말았다. 그것은 내가 졸업반이던 어느 눈 내리던 밤이었다. 허약한 몸으로 내 학비를 대기 위한 과로가 그런 결과를 미치게 한 것이라고 생각할 수밖에 없는 일이었다. 물론 나는 어머니의 죽음이 말할 수 없이 슬펐다. 그러면서도 한편 다행한 일이라고도 생각하지 않을 수가 없었다. 어머니는 나에 대한 그나마의 희망을 그대로 안은 채 눈을 감을 수가 있었기 때문이다. 그렇지 않고 어머니가 살아 계셔서 지금의 나의 꼴을 보신다면 그 실망이 또한 얼마나 크랴. 아니 지금도 나는 어머니가 어디서 보고 있는 것 같아 조마조마해서 견딜 수가 없는 일이다.

"너는 대학을 나오고서도 어째서 아직도 그 꼴이냐. 내가 그렇게도 힘들게 너를 공부시켰는데. 나는 잠도 자지 않고 새벽 기도에 나가서 매일같이 네가 잘되기를 바랐는데 너는 어쩌면 그 새벽 종소리까지 저주하는 녀석이 되었느냐."

하고 어디서 꾸짖는 것만 같다. 어머니가 나를 위해서 하루도 빠짐없이 새벽 기도를 올렸다는 그 글발은 아직도 내 가방 속에 간직되어 있다.

'나는 오늘 새벽도 첫 눈길을 밟으며 너를 위하여.'

로 시작되는 그 편지를 몇 번이나 읽었는지 몰라 이제는 줄줄 따로 외고 있다. 그런데 나는 어쩌면 그 새벽 종소리를 지옥을 알리는 종소리로 생각하는 놈이 되었는가. 세상에 이렇게도 또 불효한 녀석이 어디 있으랴. 아! 나는 어떡해서든지 하루바삐 그 종소리가 들리지 않는 먼 곳으로 떠나야 하겠다. 나도 국회의원처럼 빼기는 인물은 못 되더라도 국산 양복에 넥타이쯤은 제대로 매는 인물이 돼야 하겠다. 이런 생각이 어찌 간절치 않을 수 있으랴. 말하자면 나도 하루바삐 이런 우울한 생활을 떠나기 위해서 어떻게 변통을 대야 하겠다고 생각한 것이다. 그런 생각 밑에서 내가 기껏 생각한 것이 옛날 선생들을 찾아다니며 번역 하청을 맡기 시작한 일이다. 내가 때때로 밤을 새우는 것도 그 때문이다.

그것은 대체로 외국 소설을 몇 사람에게 뜯어줘 시키는 일이다. 많이 돌아온대야 오륙십 페이지에 불과한 것이다. 닷새도 못 가서 끝나버리는 일이다. 그러나 나에겐 그것이 대단한 수입이라고 하지 않을 수 없었다. 대화 중도에서부터 시작되는 그런 번역이었으므로 물론 만족한 번역이 될 리는 없었다. 또한 나만 충실한대도 딴 사람이 설치면 아무 의미가 없는 노릇이었다. 또한 그럴 시일의 여유도 없었다. 그러므로 대단스러이 신경을 쓸 필요도 없이 그저 원문을 원고지에 우리말로 옮겨놓으면 그뿐이었다. 그것으로써 나는 원고지 한 장에 백 환이라는 보수를 받을 수가 있는 것이었다. 물론 교수가 출판사와 계약한 번역료는 그렇게 쌀 리는 없는 것이고 내가 받는 몇 배가 되리라는 것은 나로서도 쉽게 추측되는 일이었다. 그렇다고 나는 거기에 대해서 무슨 불평을 표시하려는 것은 아니었다. 오히려 그와는 반대로 나를 그만큼이라도 생각해주는 그가 고마울 뿐이었고, 이런 일이라도 그치지 않고, 언제든지 얻을 수 있다면 얼마나 좋겠느냐고 생각할 뿐이었다.

그러나 그런 번역 일을, 남들이 다 자는 재밤중*²에 혼자 일어나서 전등도 없는 방에 촛불을 켜놓고 해야 한다는 것은 결코 즐거운 일은 아니었다. 무엇보다도 몸이 고단해 견딜 수 없는 일이었다. 사실 나의 생활에서 즐거움이 조금이라도 있다면 잠자는 일밖에 없었

---

*2 한밤중.

다. 몇 닢의 돈을 얻기 위해서 그것마저 희생해야 한다는 것은 너무나도 슬픈 일이었다. 그것은 언젠가 혈액은행에 피를 팔러 갔던 그런 것과도 같은 것이었다. 정말 눈물이 쭈루룩 흘려지는 일이었다. 그러나 나는 언제나 '젊어서의 고생은 돈 주고도 못 산다'는 격언에 자위를 얻으며 살았다. 물론 이런 말이 어이없는 말이라는 것을 모르는 바는 아니다. 그러면서도 나는 그 말을 믿어보려고 했다. 믿지 않는 편보다는 그래도 믿는 편이 마음의 위로가 되기 때문이었다.

번역 일로 밤을 새우다가 이제는 더 눈을 버티고 있을 수가 없게 되면 옆방의 고등학교 학생이 부스럭거리며 일어나는 소리가 들렸다. 그때는 아직도 교회당의 그 요란스러운 종소리가 울리기 전인 그저 사방은 캄캄하고 고요한 새벽이다. 그 학생은 남에게 안면방해라도 될 듯싶어 조심조심히 옷을 주워 입고서는 가만히 방문을 열고 나간다. 자박자박 걸어 나가는 그의 발소리가 나면, 나는 그제야 분주히 철필을 놓고서 그 소리를 엿듣는다. 찬 바람과 함께 스며드는 듯한 그 소리는, 귀에 들리는 소리라기보다도 나의 지나온 기억과 더불어 가슴에 사무치는 소리였다.

'나도 저런 생활을 얼마나 오래 계속했던가.'

이런 서글픈 생각이 가슴에 사무치는 동안에 대문 여는 소리가 나고, 뒤이어 그의 발소리는 아주 사라져버리고 만다. 그러고 나면 지금까지 잊고 있던 피곤이 전신에 몰려드는 것이다. 저 혼자 눈이 스스로 감기는 그런 피곤이다. 그러나 그 피곤을 억지로 견뎌내며 간들거리는 촛불을 멍하니 보고 앉아 있는 것이 나로선 또한 말할 수 없이 즐거운 일이다. 촛불 속에 떠오르는 칠색의 무늬가 꿈과 같은 환각을 그려주며, 어린 시절의 어머니의 기억을 되살아 오르게 하기 때문이다. 나는 그 환각 속에서 때로는 어머니의 목소리도 들었다.

"너는 어쩌면 그렇게도 가련하니, 남들이 자는 밤에 잠도 못 자고."

그것은 나를 재워주며 불러주던 자장가처럼 부드러운 소리였다. 나는 그 소리가 말할 수 없이 그리운 대로 언제까지나 그 소리를 듣고 싶다. 그러나 녹아내리던 초가 마지막의 잔광을 남기고 꺼지면서 나의 환각도 지워지고 마는 것이다. 그리고 나면 나는 어쩔 수 없이 일어나 잘 준비를 하는 수밖에 없었다. 나는 찬 이불 속에 들어가서는 잠들기 위해서 모든 것을 잊어버리려고 애쓴다. 여덟 시면 또 일어나서 출근을 해야 했기 때문이다. 그러나 몰리던 잠도 지쳐버리고 나면 좀처럼 잠은 오지 않고 귀찮은 생각만이 머릿속에 빙빙 떠돌 뿐이다.

'나는 이렇게도 잠을 못 자고서 몸이 견뎌날 수 있을까. 먹지 못하는 사람은 잠으로 부족되는 영양을 보충해야 한다는데…… 하기는 나폴레옹도 하루에 세 시간밖에 자지를 않았다지 않아, 그래두 그 사람이야 세계를 정복하겠다는 야심이나 있었기에 말이지, 나는 도대체 무엇 때문에…….'

이런 어이없는 생각이 자꾸만 꼬리를 물고 떠오르는 것이고 그럴수록 나는 잠을 못 이루고 공연히 몸만 뒤채게 된다. 그러는 동안에 고개를 넘어오는 첫 버스 소리가 들려오는 것이고, 그 소리를 어렴풋이 들어가며 겨우 옅은 잠이 들락 하면 급기야 그 요란스러운 종소리가 온 동네를 들었다 놓고야 만다.

이렇게 되고 나면 내가 아무리 잠을 자려고 애써도 쓸데없는 일이다. 그 종소리에 완전히 잠은 도망가 버리고 이제는 몸도 뒤챌 기력이 없게끔 전신은 피곤에 마비되고 말기 때문이다. 그것은 내 몸이 천근만근으로 무거워진 감이기도 하다. 바늘로 머리를 쿡쿡 찌르는 것 같기도 하다. 이런 상태에서 겨우 움직일 수 있는 것은 눈뿐이다. 그것도 뚜꺼비처럼 눈을 뜨고 있다는 것뿐이다. 그것으로써 나는 또한 어쩌는 수 없이 어제와 오늘의 구분 없는 하루를 맞이해야 하는 것이다.

내가 들어 있는 이 하숙집은 ㄱ자로 꺾어진 전형적인 날림집이다. 남향인 큰방은 주인네가 쓰고 있고, 서향으로 된 건넌방을 송판으로 간을 막아 하숙을 놓은 것이다. 이 집에 하숙하는 사람은 나까지 세 사람이었다. 내 아랫방을 쓰고 있는 법과대 학생과 웃방에는 신문 배달로 고학하는 고등학교 학생이 들어 있었다. 대학생은 아침부터 〈오 솔레미오〉를 불러대는 극히 원기 왕성한 학생이었다. 그는 학비도 꽤 풍부하게 오는 모양인데 무엇하자고 이런 싸구려 하숙에 들어 있는지 알 수 없었다. 관광호텔의 후보지인 만큼 전망이 좋은 때문인지, 그렇지 않으면 자기가 잘사는 것을 우리에게 자랑하자는 셈인지, 하기는 그가 이 집에서 제일 깨끗한 방을 쓰고 있는 것만은 사실이다.

나는 그의 방에 어떤 여자가 거의 매일 밤 와서 자고 간다는 것을 번역 일로 밤을 새우면서 알게 되었다. 그러나 나는 그 여자를 한 번도 본 일은 없었다. 그래도 그 여자가 광화문에 있는 어느 다방의 레지라는 것은 송판 사이로 새어 나오는 그들의 말소리로 알았다. 물론 둘이서는 대개 같이 들어왔지만, 여자 혼자 오는 날도 많았다. 그것은 대체로 첫 사이렌이 부는 시간이었다. 다방을 파하고 오기 때문인 모양이다. 그 여자가 와서 길가로 난 들창문을 똑똑 뚜드리면 대학생은 금시에 코를 골다가도 번개처럼 일어나 "오우케이." 하고 문을 열어주는 것이었다. 그러고 나서는 얼마 동안 소곤거리는 소리가 나다가 불이 꺼지면 불꽃이 튀는 듯한 극도로 흥분한 숨소리가 들려오는 것이다. 그 숨소리는 정말 나로서는 견딜 수 없는 소리지만 어쩌는 수 없이 하룻밤에 두 번은 들어야 했다. 밤새껏 둘이서 '듀엣'을 하듯 코를 골다가도 그 요란스러운 종소리엔 눈을 뜨는 모양으로, 다시금 그 벅찬 숨소리가 들려오기 때문이었다. 사실 나는 그 요란스러운 종소리보다도 그 숨소리가 더 견디기 힘든 소리였다.

그러나 고등학교 학생이 들어 있는 웃방은 언제나 호수에 잠긴 것처럼 고요했다.

그 학생이 들어 있는 방은 내가 있는 방보다도 더 형편없었다. 그것은 본시 몸체에 잇달아 헛간으로 쓰려고 지었던 것을 방을 들인 것으로 반자지도 바르지 않아서 보꾹이 그대로 보이는 방이었다. 그는 그 방에서 매일 밤늦게까지 영어와 수학을 자습하고 있었다. 그의 방에서는 가끔 목소리를 죽여 영어를 읽는 소리가 들리었다. 나는 그 소리가 들리면 붓을 놓고 엿들었다. 무슨 음악소리같이 맑은 소리가 나를 즐겁게 해줬기 때문이다.

그러나 나는 벽을 하나 사이에 두고 그와 한 달을 지내면서 한 번도 말해 본 일이 없었다. 그는 신문 배달로 아침에 일찍 나가고 저녁엔 늦게 들어오므로 그럴 기회가 없었던 것이다.

그것은 이 집 주인이나 아주머니도 역시 마찬가지로 좀처럼 대면할 기회가 없었다. 그들은 아침을 먹기가 바쁘게 집을 나가기 때문이었다.

이 집 주인은 황보 영(皇甫 榮)이라는 성이 두 자고 이름이 한 자인 이상스러운 이름이었다. 기껏 났아야 오십 밖에 더 나보이지 않는 그는, 얼굴이 부글부글한 것이 신경통하고는 인연이 멀 성싶은데, 그 병 때문에 지팡이를 놓고서는 다섯 발자국을 걷지 못했다. 옛날엔 꽤 산 모양으로 큰 장사도 했다는 그는, 지금엔 큰길가에 있는 친구의 병원으로 가서 한종일 바둑 두는 일로 날을 보냈다.

주인아주머니는 주인보다 서너 너덧 살 아래라는 것은 짐작되었으나, 더 늙어 보이기도 했다. 그것은 젊었을 땐 예뻤으리라고 생각되는 그 얼굴에 고생을 도맡아 한 주름이 그대로 드러나 있기 때문이었다. 이 집은 하숙보다도 주인아주머니가 시장에 나가서 하는 저고리 좌판 장사로 어떻게 사는 모양이었다.

나는 이 아주머니처럼 걸음이 잰 사람을 여태까지 본 일이 없다. 어쩌다가 아침에 커다란 봇짐을 이고 나가는 것을 보면 그야말로 세찬 바람에 경기구가 둥둥 떠가는 그대로였다. 더욱이 키까지 작으니 그렇게 보일 수밖에도 없는 일이었다.

이 밖에 이 집 식구는 금년 열여섯 살 나는 선옥이와, 군대에 나가 있어서 일 년에 한두 번이나 들르는 그녀의 오빠와, 그리고 칠십 난 할머니가 한 분 있었다. 이 집은 주인아주머니가 늘 시장에 나가 있으므로 집안 살림은 선옥이가 도맡아서 했다. 선옥이는 살림에 대해선 굉장한 기술을 갖고 있었다. 그 작은 몸으로 그 많은 일을 해치우면서도 조금도 혼란을 일으키는 일이 없었다. 방을 치울 때나, 뒷설거지를 할 때면 노래까지 부르며 했다. 그것을 보고 있으면 그런 일이 즐거워 견딜 수 없어서 하는 것만 같았다. 얼굴도 못난 편은 아니었다. 그것이 어머니를 닮은 때문인지 알 수 없었지만 바지런한 것은 분명히 어머니를 닮았다고 할 수 있었다.

내가 이 집으로 온 지 일주일쯤 된 어느 날 아침이었다. 밥상을 들고 들어온 선옥이가 무슨 말을 꺼낼 생각으로 잠시 망설이고 서 있다가

"선생님 방송국에는 아는 사람 없어요?"

하고 물었다. 나는 무슨 뜻으로 선옥이가 그런 말을 꺼냈는지 모르면서

"왜?"

하고 되물었다.

"있으면 노래자랑 표 얻을라구요."

선옥이는 미닫이의 손잡이를 만지면서 말했다. 나는 그제야 선옥

이의 속심을 알아차렸다.

"선옥이가 노래자랑에 나갈라구?"

"하여튼 얻어줘요."

"자신 있어?"

"그야 가서 불러봐야 알지요. 그래두 옆방 대학생처럼 쉽게 떨어질 라구요."

하고 얼굴을 약간 붉히면서도 자신이 있는 듯이 말했다.

방송국엔 내가 아는 선배가 한 분 있는 것이 생각되어 그때는 그러마 하고 약속을 하였으나, 여태까지 종시 표를 얻어다 주질 못했다. 그러나 나는 그때부터 조반을 먹으면서 선옥이와 여러 가지의 이야기를 하게 되었다. 이 집 할머니가 집에 늘 보이지 않는 것은 죽은 딸네 집에 손자들을 보러 가기 때문이라는 것도 알았으며, 대학생의 방에 오는 여자가 벌써 세 번째의 여자라는 것도 알았다. 그러면서 나는 주인네 방으로 건너가서 조반을 먹게도 되었다. 그런 때면 할머니가 찌개를 올려놓은 화롯불을 헤쳐주면서 자랑할 일이 못되는 집안 이야기를 꺼내놓는 것이었다. 할머니의 입에서 그런 이야기가 시작되면 선옥인 한사코 그 말을 막으려고,

"할머닌 또 저런 소리, 뭐 자랑할 이야기라구."

하고 눈을 흘기다시피 했다. 그러나 할머니는 언제나 자기 할 이야기는 하고야 말았고 그 이야기는 또한 언제나 선옥이 아버지에 대한 험구였다. 해주서 월남하여 6·25 전에는 거릿집도 한 채 마련하고 살던 것을, 더 잘 살아보겠다고 제재소를 합네 하고 야단을 치다가 결국 투전으로 이 꼴이 되었다는 것이다. 그 말을 넋두리 외듯 외고 또 외면 선옥이는 듣다못해,

"할머니 제발 그만둬요."

하고 화를 내듯 소리친다. 할머니도 지지 않고,

"넌 누 때문에 중학교두 못 다니게 되었니."

말해보라는 얼굴로 선옥이를 바라본다. 그래도 선옥이는 지지 않고,

"뭐 여자가 공부나 많이 해서 장할 것 뭐야."

하고 톡 쏘아붙이고서는 눈을 돌려 창밖을 넘겨다본다. 그것은 할머니가 할 말을 선옥이가 대신 하는 것만 같았다. 그 말엔 할머니도 그만 풀이 죽고 내게로 얼굴을 돌려

"저것두 운이 나빴지, 지금만 하더래두······."

하고 한스러운 한숨을 내쉬는 것이다.

결국 나는 이러한 이야기로써 이 집의 과거와 현재를 알게 되었다. 그러나 그것은 또한 그들의 앞날을 이야기해주는 것과도 별다른 차이가 없는 것이라고 생각되었다.

얼마 전의 일이었다. 나는 그날도 한종일 사에서 만화책의 교정을 보고 있었다. 그것은 《홍길동전》을 만화로 그린 책이었다. 나는 그 속에서 오자를 하나씩 하나씩 집어내면서 우리나라도 악한 이는 많은데 어떻게 그 《홍길동전》에 나오는 악한들처럼 간단히 해치울 방법은 없는가고 생각했다. 《홍길동전》처럼 생각하자면 그 방법은 얼마든지 있었다. 우선 날을 수 있는 옷을 만들어 낸다. 그 옷만 입으면 아무리 높은 담도 문제가 없다. 백 층 위로도 날을 수가 있다. 아니 우리나라에선 그렇게까지 높이 날을 필요도 없다. 오륙 층만 날을 수 있어도 충분하다. 하여튼 재봉침을 자꾸 돌려서 그 옷을 백 벌만 만든다. 동지들이 입을 옷이다. 그 옷들을 입고서 재밤중에 악한들을 잡으러 날아간다. 악한 이는 코를 골면서 정신없이 자고 있는 것을 들창문을 열고 들어가서 꽁꽁 묶어놓고서는 밖에서 기다리고 있는 소리 없는 헬리콥터에 실어낸다. 이리하여 서울 장안에 있는 악한 이를 모두 일망타진하여 헬리콥터에 싣고 창경원으로 가서

울 속에 갇혀 있던 동물들을 모두 놔주고 그 속에 악한 이들을 가
둬놓는다. 해방된 동물들은 기뻐서 어쩔 줄 몰라, 춤을 추고 노래를
부르며 서울 시가로 행진을 한다. 꾀꼬리의 '소프라노', 들소의 그럴듯
한 '베이스', 코끼리가 '슬라이드 트럼본'을 길게 뽑으면 그 위에서 다
람쥐가 재롱을 부린다.

나는 이런 생각에 취하여 나도 모르게 혼자서 싱글싱글 웃고 있
었다. 따뜻한 오후의 햇살이 언제나 수면 부족인 나를 졸음과 함께
그런 공상의 세계로 끌고 갔다고도 할 수 있는 일이었다. 이때에

"선생님 미친 사람처럼 뭐 그렇게 혼자 벙글벙글 웃고 있어요. 전
화 왔어요."

하고 나와 맞은편에 앉아 있는 미스 리가 전화통을 내줬다. 나는
침까지 흘려지려던 입을 분주히 씻고서 전화를 받았다. 성훈이에게
서 온 전화였다. 번역할 책이 있으니 퇴근하는 길에 자기 집으로 들
러달라는 것이었다. 나로선 이보다 더 반가운 전화가 있을 리 없다.
그는 나와 대학 동창이다. 대학을 나오자, 그대로 대학원에 남아서
은사의 딸과 결혼을 한 것이 그의 행운의 출발이었다. 물론 그도 대
학생 때에는 수재에 틀림없었으나, 그는 또한 부당한 권력의 세계에
서 남보다는 춤도 잘 출 줄 알았다.

그는 잘사는 사람들만 모여 산다는 장충동에 살았다. 그의 집도
그 부근에서 그렇게 빠지는 집은 아니었다. 셰퍼드가 짖어대는 대문
앞에서 나는 초인종을 누르기에 어쩐지 주저하게 됨을 느끼었다. 반
감과 적의에서 오는 것은 아니었지만, 그러면서도 성훈이와 나와의
커다란 간격이 반드시 정당한 사회의 질서에서 오는 것이라고 하기
에는 너무나도 억울한 것 같은 심정이 가슴속에서 부글거리는 때문
인지도 몰랐다.

성훈이는 반갑게 나를 맞아주었다. 별로 바쁜 일도 없으니 천천히

놀다 가라고 했다. 전부터 알고 있는 그의 아내도 나와서 좌석에 웃음을 피웠다. 그러나 나는 그들의 웃음이 자기들의 행복한 부부생활을 내 앞에 자랑하기 위해서 웃는 것만 같았다. 뿐만 아니라, 성훈이와 마주 앉고 있으면서도 옛날의 동창이라는 의식은 사라지고, 무슨 훌륭한 사람과 마주 앉아 있는 것만 같은 기분이었다. 그것은 어떻게 생각하면 나 혼자만이 공연히 외띄게 생각하는 일인지도 몰랐다. 그러나 나는 그 비굴한 자신이 그렇게 불쾌한 것 같지도 않았다. 오히려 그편이 나로서는 마음이 편한 것 같기도 했다.

성훈이 아닌 다른 사람과의 경우도 나는 언제나 이 모양이었다. 나는 남보다 위에 올라설 때는 없었다. 그런 생각부터 한다. 이렇게도 나의 자존심을 잃어버린 지가 벌써 오랜 것이다. 맥주와 '피넛'이 나왔다. 번역 일이라는 것은 요즘에 미국에서 '베스트셀러'가 된 소설이었다. 소설로서는 그렇게 대단하달 만한 것도 못 되지만, 팔리리라는 것만은 틀림없는 책이었다. 이런 점에도 성훈이는 남보다 재빠른 데가 있었다.

그는 번역책을 싸주면서 딴 서점에서도 이것을 출판할 모양이니 되도록 빨리 해야 한다 하며, 최소한의 기일을 잡아주는 것도 잊지를 않았다. 나는 꽤 두꺼운 책인 원서를 받으며, 또 얼마 동안 밤을 새워야 하겠다는 생각보다도 번역료가 얼마쯤 되리라는 그 생각부터 했다. 그것은 나로서 흥분하지 않을 수 없는 금액이었다. 우선 선불로 얼마큼 요구할 수도 있는 일이었다. 그러나 그의 아내가 있는 자리에서는 돈 이야기는 차마 나오지를 않았다. 자리에서 일어나, 현관을 나서면서 겨우 그 기회를 얻었다. 웃는 말로 바래주던 그가 갑자기 싸늘한 얼굴이 되어 자기도 아직 출판사에서 계약금을 못 받았다는 그런 대답에 나는 딱한 내 사정을 털어놓았다. 그는 아내를 불러서 그녀의 손으로 천 환짜리 열 장을 세어 주게 했다. 그리고는

"정말 오역만은 없도록 힘써주게, 그건 내 명예에 직접 관계되는 일이니."

하고 한 계단 높은 층층다리에서 나를 내려다보며 말했다.

나는 그 집 대문 밖을 나서서 겨우 한숨을 내쉴 수가 있었다. 그러나 언제까지나 그런 기분에 잡혀 있을 필요는 없었다. 며칠만 있으면 거액의 돈이 생길 게고, 지금 당장에도 만 환이란 돈이 내 주머니에 있다는 것을 생각할 수 있었기 때문이었다.

나는 노란 개나리꽃이 활짝 핀 울타리에 어둠이 서리기 시작한 언덕길을 내려와서 손을 버쩍 들어 택시를 잡아타고 번화한 거리로 나왔다. 걸음도 되도록 천천히 걸었다. 그러나 번화한 거리의 형광등은 나의 초라한 옷을 너무나도 노골스럽게 드러내주었다. 그렇다고 지금까지의 기세가 수그러질 리는 없었다. 우선 무엇을 먹을까 하고 생각했다. 음식점의 간판들을 살폈다. 그러나 좀처럼 결정을 짓지 못했다. 그동안에 내가 먹고 싶던 것이 너무나도 많았기 때문이었다. 그렇다고 그것은 결코 곤란한 일은 아니었다. 밝은 거리에서 그런 생각을 하며 걷는 것은 한없이 즐거울 뿐으로, 어떻게 생각하면 그 모든 것을 한꺼번에 먹는 것 같은 기분이기도 했다. 걸음이 흥겨운 것도 그 때문일 것이다.

이런 때엔 친구를 만나도 좋으련만―.

결국 나는 어두운 골목길을 들어서다가 어떤 '바'의 문을 열었다. 성훈네 집에서 비이르 한 병으로 참았던 간지러움을 우선 해결하기 위해서였다. 그곳은 동굴처럼 어두운 실내였다. 붉은 불빛이 더욱 눈을 어둡게 하는 것 같았다. 그러나 나는 지극히 태연스럽게 들창 옆으로 가 앉았다. 실상 나는 이런 곳은 처음이면서도.

여급이 와서 주문을 받았다. 나는 옆의 테이블로 잠시 눈을 돌렸다. 모두가 배가 나온 중년 신사들이었다. 나는 비이르를 청했다. 여급이 비이르를 가지러 간 틈에 문득 보니 저편 구석에 나와 같은 혼자 온 손님이 무엇인가 마시고 있었다. 급기야 나는 그 손님과 시선이 마주쳤다. 혼자서 술을 마시는 울적에 견디지 못해하는 그런 얼굴이었다. 나는 그의 시선에서 외면했다. 그에 대한 관심을 가질 필요가 없었기 때문이었다. 그러나 역시 그에 대한 관심을 갖게 되었다. 비이르를 갖고 온 여급이 비이르를 한 잔 부어주고서는 이어링을 간들거리며 딴 자리로 갔기 때문이다. 나는 하는 수 없이 혼자서 비이르를 부어 벌컥벌컥 마시고 비이르를 다시 청했다. 여급은 역시 첫 잔만 부어놓고 딴 자리로 갔다. 나는 불쾌했다. 불쾌한 대로 일어서고 말았다. 불쾌한 기분을 푼다는 핑계로써 또 딴 집엘 들렀다. 그집의 여급도 역시 내가 달가운 손님이 아닌 듯, 첫잔만 부어놓고 일어서려고 했다. 나는 여급의 손목을 붙잡았다. 그 순간에 호들갑스러운 얼굴이 된 그녀는 손을 뽑아내려고 악을 썼다. 그럴수록 나는 손에 힘을 더욱 주며 싱글싱글 웃었다. 천치처럼 웃었다.

"이 사람이 미쳤나?"

여급은 그만 맥을 놓고 어이없다는 듯이 나를 멀진멀진 보고 있다가 갑자기 다그쳐서 손목을 뽑고서는 딴 곳으로 가버렸다.

이곳도 불쾌할 뿐이었다. 그러나 여급이 파들거리던 손맛의 쾌감은 잊을 수가 없었다. 역시 식욕에만 굶주렸던 것은 아니었다. 나는 또 딴 집에 들러 여급의 허리부터 끌어안으며 앉았다. 그러나 여급은 별로 싫어하는 기색도 아니었다. 나는 여급이 하자는 대로 '진피즈'도 청했고 또 무엇도 청했다. 그러나 아무 걱정도 없이 먹은 그것들이 그렇게 비싼 것인 줄은 몰랐다. 나는 결국 '바텐'에게 멱살을 잡혔다. 그 술값으로 성훈이한테 받아가지고 온 책을 놓고 가겠다고 했지만, 그들은 내 주머니를 뒤지어 시민증을 빼앗았다. 나로선 정말 잘된 일이었다. 나는 그것이 우스워 견딜 수 없어 집까지 내내 웃으면서 왔다. 세상은 참 어수룩한 데도 있다고—그러나 집에 들어서서 방문을 열던 찰나에 지금은 도저히 생각할 수조차 없는 참으로 이상스러운 착각을 일으키고야 말았다. 옆방에서 여자가 캐들거리며 웃어대는 그 소리를 나를 비웃어대는 소리로 생각했던 것이다. 나는 그 대학생의 방을 벌컥 열었다. 붉은 입술에 '슈미즈' 바람이 번뜩 눈에 띄었다. 물론 그들은 놀라고도 당황한 얼굴이었다.

"뭐가 우스워서 캬들거리는 거야."

대짜고짜로 나는 계집의 뺨을 후려갈겼다. 그러나 그것은 생각뿐이었다. 어느 사이에 나의 손목은 대학생에게 잡혀 공중에 들려 있었고, 그것을 느끼는 순간에 내 면상에서는 불이 번쩍 일어났다. 연달아 주먹인지 발인지 알 수 없는 무엇이 가슴에 안겨지는 통에 나는 걷잡을 것도 놓쳐버리고, 방 밖으로 굴러 떨어졌다. 그러고서 문득 의식을 찾을 수 있었을 때, 누가 뒤에서 나를 부축하고 있었다. 나는 그것이 옆방의 고등학교 학생이라는 것을 알았다. 선옥이와 주인아주머니도 버티고 서 있는 대학생 앞에 서서 뭐라며 말리고 있었다.

"김 선생 무슨 일이에요? 별로 술도 자시지 않던 분이."

나를 나무라는 주인아주머니의 말소리가 들리었다. 그러나 나는 대답할 말이 없었다. 생각해보면 그들의 방문을 열어야 할 아무런 이유도 없었기 때문이었다. 억지로 이유를 붙인다면 동에서 뺨 맞고 서에 가서 분풀이한다는 격이라고나 할까. 그러므로 나는 공연히 씨 걱거리며 서서 그 여자의 '슈미즈' 위로 불룩 튀어 오른 젖가슴만 보고 있었다. 그것은 흐물거리는 그대로 생물 같았다. 그러면서도 무엇인지 모를 설움이 그 속에 숨어 있는 것 같기도 했다.

결국 나는 고등학교 학생에게 부축되어 내 방으로 돌아왔다. 그 학생은 자리까지 펴주고서

"참으세요. 참는 것이 제일이에요."

하고 한마디 하고서는 자기 방으로 돌아갔다. 나는 그 학생의 말에 너도 역시 나와 마찬가지로 참는 것으로 사는구나 하는 생각을 하며 눈 위에 멍이 든 것도 잊고 혼자 싱글싱글 웃었다. 나는 지금까지 참는 것으로만 살아왔지만 앞으로도 역시 참는 것으로 살아야 할 생각을 하니 산다는 것이 핀잔 같기만 했기 때문이다.

그 후로 나는 말도 하지 않던 그 고등학교 학생과 갑자기 친해졌다. 그렇다고 전과 별달리 달라진 것은 없었다. 약간 달라진 것이 있다면, 그의 이름이 염상철이라는 것을 알았고, 새벽에 그가 배달을 나갈 때, 내가 촛불을 켜고 앉아 있으면,

"너무 무리하지 마세요."

하고 내가 먼저 해야 할 말을 자기가 했고, 영어 자습을 하다가 모를 것이 혹 있으면,

"선생님 잠깐만 실례하겠어요."

하고 내 방으로 책을 갖고 오는 일뿐이었다.

그러한 어느 날 과자를 사갖고 들어온 것이 있길래 그의 앞에 내놓으면서

"왜 부모들과 같이 있지 않고 떨어져 있나?"

하고 물었다. 그러나 상철이는

"어머닌 돌아가시고. 그리구…… 아버지두 돌아가신 걸요."

갑자기 얼굴이 흐려지면서 더듬거리듯 말했다. 나는 묻지 않을 말을 물었다고 '아차'했다. 그와 같은 경우인 나는, 그런 대답이 얼마나 괴롭다는 것을 너무나도 잘 알기 때문이었다. 나는 분주히 말을 돌리려고 했다. 그러나 그는 이미 괴로운 마음을 참을 수가 없는 듯이 피가 뭉친 얼굴이 되며,

"실상 아버지는 죽은 것이 아니라, 6·25때 월북했지요. 빨갱이란 걸

요."

더러운 것을 배앝듯이 말했다. 그리고는 잠시 무엇을 생각하고 있는 듯 입술을 깨물고 있다가

"그런 사람의 아들로선 사관학교 시험 쳐야 쓸데없는 일이겠지요?"

하고 나를 쳐다봤다. 눈을 두룩 굴리는 그 눈은 무엇을 애원하는 눈 같기도 했다. 나는 아무 대답할 말이 없었다. 그런데 대한 지식도 없었거니와, 내가 생각되는 대로 말할 수는 더욱 없었기 때문이었다. 내가 대답을 못 하고 있는 것을 그 학생은 어떻게 생각한 모양인지 다시금 입을 열어

"서울엔 을지로에서 사는 삼춘도 한 분 있답니다. 그렇게 잘사는 편은 아니지만, 그래두 쓸데없는 덴 돈두 잘 쓰지요. 그러면서두 나 공부시켜줄 생각이야 어디 해요. 그것두 학빌 다 대달라는 것두 아니고, 등록금이나 대준다면 내가 어떻게 하겠대두…… 그러니 나 같은 놈 학비 대주는 사관학교나 가야 할 텐데 거긴 힘들기도 하려니와……."

하고 말끝을 맺지 못하고 풀 죽은 얼굴이 되었다. 그가 사관학교를 지원하려는 것은 무엇보다도 공부를 하고 싶기 때문이다. 그 심정까지 알고 있는 나로서는 더욱이 뭐라고 할 말이 없었다. 그러면서도 가만히 있을 수만도 없어서

"사관학교라고 그럴 법이 어디 있어. 그것은 자기 잘못 생각이야."

하고 한마디 해줬다. 그러자 용기라도 얻은 듯이 빛나는 눈이 되어

"하여튼 난 어떻게 해서든지 공부를 할 생각이에요. 선생님도 그렇게 공부를 하셨다지요?"

하고 나를 또 쳐다봤다. 나는 대답에 궁한 채 의미 없는 웃음을 웃어 보였을 뿐이었다. 그러면서 그의 빛나는 눈을 바라보며 그와

는 정반대로 나의 마음이 어두워짐을 느끼었다.

매일같이 전화가 걸려오는 성훈이의 번역 독촉에 못 이겨, 며칠을 계속해서 밤을 새운 것이, 전에 앓은 일이 있는 늑막염을 재발시키려는 모양이었다. 아침저녁으로 열이 바짝바짝 나며 왼쪽 잔등에 압박감이 가시지를 않았다. 그것은 방구들에 짓눌려 있는 것만 같은 아픔이었다. 나는 대야에 물을 떠다 놓고 물찜으로써 그 압박감을 견디었다. 바깥은 제법 봄인 모양이었다. 선옥이가 뒷산에서 진달래를 꺾어다가 물병에 꽂아준 것을 보아도 알 수 있었다. 뜰에서 병아리들이 뽕뽕거리는 소리를 들어도 역시 봄인 모양이다. 그러나 나의 방은 여전히 침침했다. 그 침침한 방 속에서 한종일 이불을 둘러쓰고 누워 있는 것이 내 일과가 되어버리고 말았다. 어떻게 생각하면 이것이 내 휴식 같기도 했다. 사실 앓지도 않는다면 이렇게 한가스럽게 누워 있을 기회도 없는 것이다. 그러나 휴식이라기엔 내 몸은 고달프고 괴로웠다. 물론 지금의 나로서는 번역 일감이 산더미같이 생긴다고 해도 조금도 기쁠 것이 없는 것이다. 밤을 새우는 버릇이 생겨서 잠도 잘 오지를 않았다. 잔다고 할지, 자지 않는다고 할지 알 수 없는 옅은 잠 속에 언제나 빠져 있었다.

날이 풀리자, 동네 아이들이 모두 기어나온 모양으로 바로 창밖에서 한종일 재깔거리었다. 여의도에서 뜨는 비행기도 자주 부릉거렸다. 그런 소리도 나는 옅은 잠속에서 들었다. 때로는 간신히, 때로는 귀밑에서 왕왕 울리는 것처럼 들리었다. 새벽마다 들리는 교회당의 종소리도 역시 마찬가지로 들리었다. 그런 의식에서 나는 무엇보다도 옆방 대학생이 봄방학으로 고향에 내려간 것은 다행한 일이라고 생각했다. 지금의 신경으로 허덕허덕 넘어가는 그 기막힌 숨소리를 들어대자면…… 더욱이 그는 집에 가기 바로 며칠 전에 앞으로 춤을 출 모양인지 전축까지 사다 놓고서 나를 괴롭힌 것이다. 아침부터 밤까지 쭉 계속해서 트는 재즈송은 정말 견딜 수 없는 일이었다.

열은 더욱 자꾸 올라만 갔다. 그것이 며칠 동안 계속한지 모른다. 나는 그 열을 뿌드드한 아스피린만 먹고서 떨구려고 했다. 다른 약은 살 돈도 없었기 때문이다.

아침마다 내가 겨우 마루를 내려서서 신을 찾아 신으면 부엌에서 밥을 푸던 선옥이가

"죽을 또 쑬까요?"

하고 소리쳤다. 내가 아무것도 좋다고 한마디 하고서 소변을 보고 돌아와 다시 방문을 열고 들어가려면, 으레 선옥이가 쪼르르 따라와서

"오늘은 정말 병원엘 가요. 아버지가 아는 병원이 돼서 많이 받지두 않아요."

하고 걱정하는 얼굴로 행주치마 끝을 만지작거리고 있는 것이다. 그러나 나는 아무 말도 없이 내 방으로 들어와 버리고 만다. 그리고는 또다시 이불 속으로 들어가, 그 옅은 잠 속에 빠지는 것이었다.

선옥이가 병원에 가보란 말이 고맙지 않은 것은 아니었다. 그러나 나는 병원에 가기 전에 의사가 내게 할 말도 이미 알고 있었다. 맛난 것을 먹고 몸을 푹 쉬라는—이처럼 나에 대한 핀잔은 또 어디 있는가. 그것은 불가능한 일을 가능케 하라는 말밖에 되지 않는다. 언젠가 출판사에서 홍길동의 꿈을 꾼 그대로 날을 수 있는 옷을 나보고서 만들어 놓으라는 것과 꼭 같은 것이다. 꿈속에서나 이룰 수 있는 불가능을 가능케 할 수 있는 일—하기는 나의 즐거움이 그런 꿈이나 꾸는 데밖에 없는 것이지 만—나는 그런 꿈이 그리운 대로 꿈을 재촉했다. 그러나 언젠가의 즐겁던 그 홍길동의 꿈과는 달리, 단지에서 연기가 뭉게뭉게 피어 오른 《아라비안나이트》의 그 마물 같은 커

다란 장수가 나를 타고 엎누르는 꿈이 아니면, 삐죽삐죽한 창날이 돋친 벽이 사방에서 나를 향해 몰려드는 '에드거 앨런 포'의 소설 같은 그런 꿈이었다. 말하자면 내가 몰리기만 하는 꿈이었다. 오늘도 나는 그런 꿈속에서 벗어나려고 악을 쓰다 문득 문소리를 듣고, 눈을 떴다. 그리고는 죽을 쒀갖고 와서 내 이마를 짚어보는 선옥이의 손길을 느끼면서도 좀처럼 눈을 뜨지 못했다. 눈을 뜨려고 해도 눈앞에는 아직도 불덩이 같은 굴렁쇠가 자꾸만 돌기 때문에 눈을 뜰 수 없었던 것이다. 그러나 눈을 뜨지 않으면 그 꿈속에서 벗어날 수는 없는 노릇이었다. 겨우 눈을 뜨고서 선옥이가 도와주는 대로 몸을 엎디고서 죽 그릇을 당기었다. 입맛이 있을 리가 없었다. 그러나 선옥이의 정성을 생각해서라도 또한 그런 괴로운 꿈을 꾸지 않기 위해서도 숟갈을 들지 않을 수가 없었다. 마른 입에는 죽에 친 간장 맛이 약간 느껴질 뿐이었다. 그것으로 잠이 깬 것을 아는 셈이었다. 선옥이는 머리맡에 앉아서 삶은 달걀을 까서 소금에 찍어줬다. 그것도 구미에 당기지 않았다. 나는 뜨던 숟갈에 맥을 잃고, 내가 지금 먹으면 구미에 당길 만한 것이 무엇일까 하고 생각해봤다. 아무것도 없는 것 같으면서도 냉면 고명에 친 실백만은 그래도 구미에 당길 것 같았다. 그것만 걷어 먹으면 병이 물러가고 대번에 거뜬해질 것 같기도 했다. 그러나 선옥이가 아무리 나에게 친절하려고 해도 그런 마음을 이해해줄 리는 없었다.

서너 숟갈 뜨다 말고 죽 그릇을 밀어놓자, 선옥이는 나를 어린애처럼 억지로 두 숟갈을 더 먹이고 나서, 그 웃방의 고등학교 학생이 그날 사관학교에 시험 치러 갔다는 것을 알려줬다. 그러나 그런 말도 귀치않았다. 그때 내가 생각할 수 있은 것은 제발 늑막염만 재발하지 말라는 그 생각뿐이었다.

십여 일이나 계속해서 내릴 줄 모르던 열도 차츰 내리기 시작했다. 그러자 나는 언제까지나 그렇게 멍청하니 누워 있을 수만도 없었다. 또 다시 열이 오를 것 같은 걱정이 앞서면서도 나는 책상에 마주 앉아 그 번역 일을 계속하지 않을 수가 없었다.

그러나 앓고 나서부터는 왜 그렇게 번역 일이 지루한지 알 수가 없었다. 번역책만 펼쳐놓으면, 앓을 때에 꿈속에서 본 그 거대한 마물이 내 목을 눌러 숨이 막히는 것처럼 답답했고, 그 창살로 머리를 쿡쿡 찔러대는 것만 같았다. 극도로 쇠약해진 때문인 모양이었다.

그러한 어느 비 오는 밤, 여전히 사전을 펴가며 번역을 하고 있는데, 언제 들어왔는지 알 수 없는 상철이가 자기 방에서 울고 있는 소리가 들리었다. 그것은 울분을 억제하지 못하여 흐느끼는 울음이었다. 나는 잠시 그 소리를 가만히 듣고 있었지만 점점 소리가 높아지므로

"상철이 왜 그래, 무슨 일이라두 있었나?"

하고 소리쳐 물었다. 그러나 대답은 없이 흐느끼던 울음소리만 그쳤다.

다음 날은 일요일이라 늦게 일어나 들창을 열자, 간밤의 비는 씻은 듯이 개이고 뒤뜰에는 개나리가 활짝 피었다. 나는 얼굴을 씻으러 뜰로 내려서다가 상철이의 방을 두드렸다. 배달은 끝나고 돌아왔을 시간인데 그의 방에선 아무 소리도 나지 않았다. 나는 선옥에게 세숫물을 받으면서

"상철이 아직 배달 나갔다가 들어오지 않았니?"

하고 물었다.

"왜요. 들어왔다 또 나갔지요."

"어딜 그렇게 아침부터 나가는 모양이야?"

"누가 알아요. 아침 나가선 밤이 늦어서야 들어오는 걸요."

"왜 그럴까? 어젯밤두 울던데……."

"왜 그러긴요. 시험에 떨어져서 그런 것이지요."

"사관학교에?"

"그럼요. 정말 보기가 딱해요."

선옥이의 흐려진 얼굴을 보며 나는 그동안에 앓기도 했고 바쁜 탓도 있었지만, 상철이에 대해서 너무나도 무관심했다는 것을 생각지 않을 수가 없었다.

상철이는 그날도 그다음 날도 계속해서 열두 시가 거의 가까워서야 들어왔다. 언제나 다름없이 방문을 가만히 열고 들어가는 그를 나는 몇 번이나 부를 생각을 하다간 그만두곤 했다. 그를 불러도 할 말이 없기 때문이었다.

그 후부터 나는 그가 늦게 들어오는 것이 몹시 마음에 씌어졌다. 그는 별로 갈 곳이 있는 것도 아니라는 것은 내가 잘 알기 때문이었다. 그는 하잘것없이 혼자서 거리를 싸다니다 들어오리라는 것은 뻔한 일이었다. 그것은 참으로 처량하고 서글픈 일이다. 그런 일은 나도 지난날에 너무나도 뼈아프게 겪은 일이다. 내가 일자리를 못 얻고서 거리를 헤매던 그때의 일—그것이 지금의 상철이의 심정과 조금도 다를 바가 없었다. 그것은 정말 누구보다도 내가 잘 알 수 있는 일이다. 그렇다고 나로서는 그를 어떻게 해줄 방도가 있는 것은 아니었다. 사실 나는 그런 것보다도 내 번역 일이 더 급했다. 앓기 때문에 이십 일이나 지쳤으므로 매일 엽서로 불같은 독촉이었다. 상철이의 일 같은 것은 번역이나 끝나고서…… 이렇게 생각했을 뿐으로 나는 사에도 나가지 못하고 밤낮으로 번역에만 열중했다.

그러면서 또 며칠이 지난 어느 날 밤이었다.

"선옥이 빨리 나와서 짐 좀 맞잡아 다고."

갑자기 대문을 두드리며 고함치는 소리가 났다. 집에 갔던 대학생이 올라온 것이었다. 나는 내일부터 그 전축 소리를 들어야 하니 우울하기가 그지없었다. 그러나 때마침 그때가 마지막 페이지의 번역을 하던 때였으니 다행이라고도 하지 않을 수가 없었다.

나는 오래간만에 사에 얼굴을 내밀었다. 사장은 나를 보자, 부러 놀란 얼굴을 지어

"다시 나올 사람이 그 모양이었던가?"

하고 콧방귀를 내 얼굴에 향하여 통기었다. 나는 송구스러운 웃음을 웃었다. 그러나 겁날 것은 없었다.

나올 때부터 그만두라면 그만둘 각오도 했기 때문이다. 그만두라는 데는 별수가 없으니 말이다. 그러나 사장은 그런 싼 월급으론 나 같은 사람도 쓸 수 없다고 생각한 모양인지,

"이거 빨리 번역 좀 해요. 새 학기에 나갔어야 할 건데……."

하고 책상 서랍에서 만화책 하나를 꺼내어 내 앞에 던져줬다. 역시 서부 활극 만화책이었다.

나는 원고지를 두어 장 뜯어서 책상에 뽀얗게 앉은 먼지를 씻었다. 그리고는 옆의 동료에게

"이거 받았나?"

하고 손가락을 동그랗게 해 보이었다. 내가 쉬는 동안에 월급날이 지난 것이다. 그는 무엇을 베끼던 손을 멈추고서 고개를 흔들었다. 역시 월급날을 잊은 그 버릇은 고치지를 못한 모양이었다.

월급은 내가 나가기 시작한 후에도 사오일이 지나서야 나왔다. 바로 그날, 점심시간이 임박해서 생각지도 않았던 상철이가 사에 나타났다. 거리를 싸맨 때문인지 거멓게 탄 얼굴이 몹시 수척해 보이었다.

"어떻게 여길 다 들르게 됐나?"

"이 부근을 지나다가 간판이 눈에 띄어서 들렀어요."

그러나 이 출판사에는 그렇게 눈에 띌 만한 간판이 붙어 있는 것도 아니었다. 그것을 미루어 생각해도 그가 일부러 찾아온 것을 알 수가 있었다.

"하여튼 나가서 점심이나 먹세."

하고 나는 그를 가까운 중국집으로 데리고 갔다. 늘 점심은 이런 데서 먹는 것처럼.

그는 식탁을 안고 나와 마주 앉아서는 더욱 기가 죽은 얼굴이었다. 무엇을 먹겠냐고 해도 아무것도 좋다는 대답을 한마디 할 뿐이었다. 나는 우동 둘과 탕수육을 시켰다. 그러자 그는 갑자기 일어서며

"시키지 말아요. 저는 가겠어요."

하고 말했다.

"그런 걱정 말고 앉어. 오늘 돈이 좀 생겼어. 월급이라구……."

하고 웃으면서 말했다. 그는 하는 수 없이 다시 앉고 나서는

"선생님, 나 같은 것은 살면 살수록 죄만 짓는 것 같아요."

하고 문득 이런 말을 꺼내었다.

"왜?"

"남을 미워하기만 하려는 그런 신경만 자꾸 예민해지는 걸요."

이 말에 나는 벌써 그의 가슴에 타고 있던 희망이 무너지기 시작한 것을 느끼었다. 그 때문인지 내 가슴에 찌릿한 진동이 느껴졌다.

"그것이 무슨 죄야, 썩은 감을 썩었다고 보는 것뿐인데……."

"그래두 그건 내 마음이 비틀어졌기 때문에 모두가 나쁘게만 보이는 것이 아닐까요?"

"자기가 비틀어진 것이 도대체 뭐가 비틀어졌어, 공부하고 싶다는데 공부할 수 없어 억울하다는 것이? 그것처럼 솔직한 것이 어디 있다구."

"그건 그렇다 해두 그 때문에 남을 증오하게 된다는 것은 나쁘지 않아요?"

"그런 것이 아니야, 인간이란, 증오 없이는 사랑할 수도 없는 거야. 증오 없이는 선을 이룰 수 없는 일이 세상엔 얼마나 많다구. 참 언젠가 나보고 참으라고 한 일이 있지. 우리가 참는 것두 그래. 그 증오심이 없이 참는 것은 아무런 의미도 없는 거야. 그거야 알맹이 없는 빈탕 같은 것이지."

상철이는 내 말을 아는지 모르는지 머리를 푹 숙이고 있었다. 그러나 이렇게 떠들고 있는 나 자신은 또한 얼마나 우스운지 알 수가 없었다. 내가 언제 한 번이나 이가 부득부득 갈리리만큼 증오심을 참으면서 살아왔다고. 그저 어둡고 무서운 바람이 부는 대로 가랑잎처럼 떼굴떼굴 굴러온 내가…… 나는 그만 갑자기 웃고 말았다. 상철이는 불안스럽게 나를 쳐다봤다.

"왜 그러세요?"

"아무것도 아니야."

나는 내 웃음을 변명할 길이 없어 난처해 있는데 탕수육이 왔다.

"자 먹세나, 우린 지금 먹는 것이 제일 중요해, 그런데 학교 어떻게 됐어?"

나는 그제야 비로소 그것을 물었다. 상철이는 소독저를 찢으려다 말고

"모두 단념하기로 했어요."

"왜?"

"어떻게 할 길이 있어야지요. 실상 제 생각으론 일자리를 얻어서 M대학 야간을 나갈 생각으로 시험은 봤지만 어디 등록금이……."

상철이는 말끝을 흐리며 어두운 얼굴이 되었다.

"삼촌이란 사람은 뭐라는데?"

"안 된다지요."

그는 긴 말을 더 하기도 싫다는 듯이 한마디로 대답했다. 나는 등록금 때문에 애를 쓰던 그때의 일이 머리에 떠오르는 대로 잠시 생각해 보고서는

"하여튼 먹세."

하고 다시금 음식을 권했다. 나로선 그 말밖에 더 할 말이 없는 듯이. 그러면서도 속으론 내가 앓기를 잘했다고 생각했다. 그 일로 번역이 늦어, 내 주머니에 번역료가 없기를 다행이라고, 만일 그 번역료가 내 주머니에 있더라면 지금 나의 마음은 어떻게 움직였을지도 모른다고.

그리고서 그날 밤이었다. 나는 월급을 받은 김에 동료와 약주를 한잔 하고 늦게 집으로 돌아오자 선옥이가,

"선생님—"

하고 침이 마른 소리로 뛰쳐나오면서 소리쳤다. 그리고서는 나를 방에 들어가지 못하게 끌어 잡으면서

"상철이가……"

하고 숨을 삼키었다. 나는 그것으로써 상철이에게 무슨 일이 생겼다는 것을 직감적으로 알 수가 있었다. 그러나 선옥이는 다음 말을 잇지 못하고 눈물어린 눈으로 나를 쳐다만 보고 있었다.

"왜? 상철이가 어떻게 됐니?"

"바루 지금 잡혀갔어요. 대학생의 방에 있던 전축과 시계가 오늘 학교에 갔다 왔더니 없어졌다는 거예요."

순간 나는 전신의 피가 머리 위로 끓어오르는 것 같았다. 그것은 틀림없이 상철이가 한 짓이라고 단정됐기 때문이었다. 그것은 몇 시간 전에 식사를 같이한 그의 초조했던 태도로서도 충분히 단정할 수 있는 일이었다. 그러면서도 나는

"그런 법이 어디 있니, 설마 상철이가……."

하고 더듬거리며 말했다.

"그렇기 말이에요. 그렇게도 착한 학생이…… 전 절대로 믿어지지 않아요."

선옥이는 눈물을 뿌리면서 자신있게 말했다. 나는 그 말을 더 받을 수 없는 것이 괴로울 뿐이었다. 그러면서 옆방 대학생에 대한 증오심으로 전신이 부르르 떨리었다. 그것은 지금까지 느껴보지 못한 나로선 처음의 증오심이었다.

그리고서 삼사일이 지나서였다. 그 전축을 훔친 진범인이 뜻밖에도 이 하숙집 주인인 황포 영감이라는 것이 드러나게 되었다. 그는 얼마 전부터 집안사람 몰래 아편을 맞아온 것이다. 신병의 고통을 막기 위해서 시작한 모양이었다.

선옥이는 또다시 눈물이 글썽한 검은 눈을 반뜩거리며 나를 붙잡고서

"아버지가 나빠요. 정말 나빠요."

애원하듯이 말하였다.

"아버지 나쁠 것두 없는 거야."

나는 선옥이가 늘 아버지를 비호하던 그 말을 한번 외어봤을 뿐이었다.

다음 날 저녁 사에서 늦게 돌아와 보니 옆방에서 레코드 소리가 들렸고, 상철이는 불도 켜지 않고 방에 앉아 있었다. 대학생은 잃었던 전축을 도로 찾은 모양으로 그 〈유어 크레이지〉를 여전히 틀고 있었다.

나는 상철이의 방문을 열면서,

"왜 불도 켜지 않고 있니?"

하고 소리쳤다. 방 한복판에 멍청하니 앉아 있던 상철이는 말없이

얼굴만 돌리었다.

불을 켜자, 바로 불빛 아래 앉은 상철이의 목덜미의 핏자국이 선뜻 눈에 띄었다. 나는 침을 모아 삼키고서

"고생 많이 했지?"

상철이는 대답 대신에 나를 쳐다보며 피식 웃었다. 그리고는 어깨를 걷어 봤다. 잉크를 뿌려논 듯한 핏자국이 보였다.

"그래두 다행이야, 사실대로 드러났기 말이지……."

내가 이런 말을 되풀이하고 있을 때

"신문까지 났다지요. 등록금이 빚어낸 범죄라구……."

하고 물었다.

"그런 것 다 괜찮아."

나는 역시 얼버무렸다. 그러자 상철이는 격분이라기보다는 오히려 서글퍼진 눈이 되며

"참 그곳은 생사람 잡는 곳이에요. 등록금이 필요했으면 필요했다고 말하라며 소젖몽치로 막 때려대지요. 신문 배달을 하며 선거 반대의 비밀 연락도 했다는 것이지요."

나는 잠자코 그의 말을 듣고 있는 수밖에 없었다. 그리고는 언젠가 내 이불을 그가 펴준 것처럼 나도 그의 이불을 펴주고서

"하여튼 지난 일은 지난 일이니까 잊어버리구 오늘은 푹 자요."

하고 나의 방으로 돌아왔다. 옆방에서는 또다시 〈유어 크레이지〉가 걸리었다.

상철이가 4·19데모대에 나가서 죽은 것은 그날부터 사흘 후였다. 그 날 밤 나는 그가 들어오기를 밤새껏 기다렸으나 종시 들어오지 않았다. 그 다음 날도 역시 마찬가지였다. 결국 내가 그를 찾은 것은 그다음 날 S병원의 시체실에서였다.

장례는 그가 강의도 한번 들어보지 못한 M대학 학교장으로 했다. 영결식장에서는 학생들은 물론 총장을 위시하여 교수, 그 밖에 명사들의 많은 조객이 있었고, 그의 삼촌이라는 사람도 보이었다. 매부리코가 그의 특징이었다. 옆방의 대학생도 이날만은 선봉을 섰다.

그날 총장은 긴 조사(吊辭)로써 자기의 과오를 속죄하는 모양이었고, 삼촌인 매부리코는 국가에서 주는 조위금을 받기 위해서도 억지로 슬픈 얼굴로 하고 있어야 할 것 같은데 그런 티도 없었다. 진심으로 서러워하는 것은 역시 선옥이뿐이었다. 흐느끼며 연방 수건으로 눈물을 찍어내고 있는 선옥이를 나는 그의 옆에서 가만히 바라보며 언젠가 약속한 '노래자랑' 표를 이번엔 꼭 얻어줘야겠다고 생각했다. 선옥이의 노래가 방송이 되어 하늘을 날아가면 죽어서 혼이 된 상철이가 혹시 들을지도 모른다고 생각하며—.

김이석 연보

1914 평안남도 평양에서 태어나다

1933 평양 광성중학교 졸업

1936 서울 연희전문학교 문과입학

1937 "환등(幻燈)" 발표

1938 연희전문학교 중퇴. "부어(腐魚)" 동아일보 입선

1939 문학동인지 《단층(斷層)》 발간

1940 "공간(空間)" "장어(章語)" 발표

1951 1·4후퇴 때 월남

1952 문학예술에 "실비명(失碑銘)" 발표

1953 문학예술 편집위원. "악수" "분별" 등 발표

1954 "외뿔소"(신태양) "달과 더불어" "소녀 대숙의 이야기"(문학예술 3)

1955 "춘한(春恨)"(문학예술 7)

1956 "추운(秋雲)"(문학예술 1) "학춤"(신태양 9) "파경(破鏡)". 단편집 《실비명》 출판. 제4회 아시아자유문학상 수상

1957 "광풍속에서"(자유문학 창간호) "뻐꾸기"(문학예술 5) "발정(發程)"(문학예술 11) "비풍(悲風)"(신청년 2) "아름다운 행렬"을 조선일보에 연재

1958 "한일(閑日)"(신태양 1) "풍속(자유문학 1)" "화병(희망 1)" "한풍(寒風)"(신청년 2) "어떤 여인"(자유세계 2) "청포도"(신태양 7) "동면(冬眠)"(사상계 7,8) "종착역 부근" "잊어버리는 이야기"(사조 9) "어떤 사랑"(소설공원 10)

1959 "적중(的中)"(자유문학 3) "세상(世相)" "기억" "해와 달은 누구를 위해"

(새벗에 연재)

1960 "지게부대"(현대문학 8) "흐름속에서"(사상계 8) "흑하(黑河)"를 10월부터 민국일보에 연재

1961 "밀주"(자유문학 10) "허민선생"(사상계 12) "창녀와 나"(자유문학) 발표. 《문장작법》 출판

1962 "관앞골 기억"(자유문학) "난세비화(亂世飛花)"를 한국일보에 11월부터 연재

1963 "장대현시절"(사상계) "편심(偏心)"

1964 "교련과 나"(신세계 3) "탈피"(사상계 5) "금붕어"(여상 8) "리리양장점"(여원 8) "교환조건"(문학춘추 10) "재회"(현대문학 10) "신홍길동전"을 대한일보에 5월부터 연재. 단편집 《동면》《홍길동전》《해와 달은 누구를 위하여》 출판. 9월 18일 급서(急逝). 제14회 서울시문화상 수상

1970 《난세비화》 출판

1973 《아름다운 행렬》 출판

1974 《김이석 단편집》 출판

2011 《한국문학의 재발견 김이석 소설선》 출판

2018 《김이석문학전집 총8권》 출판

김이석(金利錫)

평양에서 태어나 평양 광성중학교 졸업 연희전문학교 문과 수학. 1938년 《부어(腐魚)》가 〈동아일보〉에 당선. 전위적인 성격 순문예동인지 〈단층〉 창간 멤버. 1·4 후퇴 때 월남해 1953년 〈문학예술〉 창간 편집위원, 1956년 《실비명》으로 아세아 자유문학상. 1958년 박순녀와 결혼. 〈한국일보〉에 역사소설 《난세비화》 〈민국일보〉 《흑하=검은 강》을 연재 사회적 인기를 얻었다. 문학적 업적으로 서울시문화상에 추서되었다.

김이석문학전집 1

실비명

김이석 지음

1판 1쇄 발행/2018. 11. 11

발행인 고정일

발행처 동서문화사

창업 1956. 12. 12. 등록 16−3799

서울 중구 다산로 12길 6(신당동 4층)

☎ 546−0331~6 Fax. 545−0331

www.dongsuhbook.com

＊

사업자등록번호 211−87−75330

ISBN 978−89−497−1697−8 04810
ISBN 978−89−497−1687−9 (세트)